KB245116

잃어버린 것들의 책

THE BOOK OF LOST THINGS by John Connolly

Copyright © 2007 by John Connolly
All rights reserved.
Korean translation rights arranged with Darley Anderson Literary, TV & Film Agency, London
through Danny Hong Agency, Seoul.
Korean translation copyright © 2008 by Hyundae Munhak Publishing Co., Ltd.

이 책의 한국어판 저작권은 대니홍 에이전시를 통한
저작권사와의 독점 계약으로 (주)현대문학 폴라북스에 있습니다.
저작권법에 의하여 한국 내에서 보호를 받는 저작물이므로
무단전재와 복제를 금합니다.

THE BOOK OF LOST THINGS

잃어버린 것들의 책

존 코널리 지음 | 이 진 옮김

폴라북스

이미 어른인 제니퍼 리드야드와 너무 빨리 어른이 되어버릴
카메론과 앨리스테어 리드야드에게 이 책을 바친다.
모든 어른들의 마음속에는 그의 과거인 어린아이가 살고 있고
모든 어린아이의 마음속에는 그의 미래인 어른이 살고 있기에.

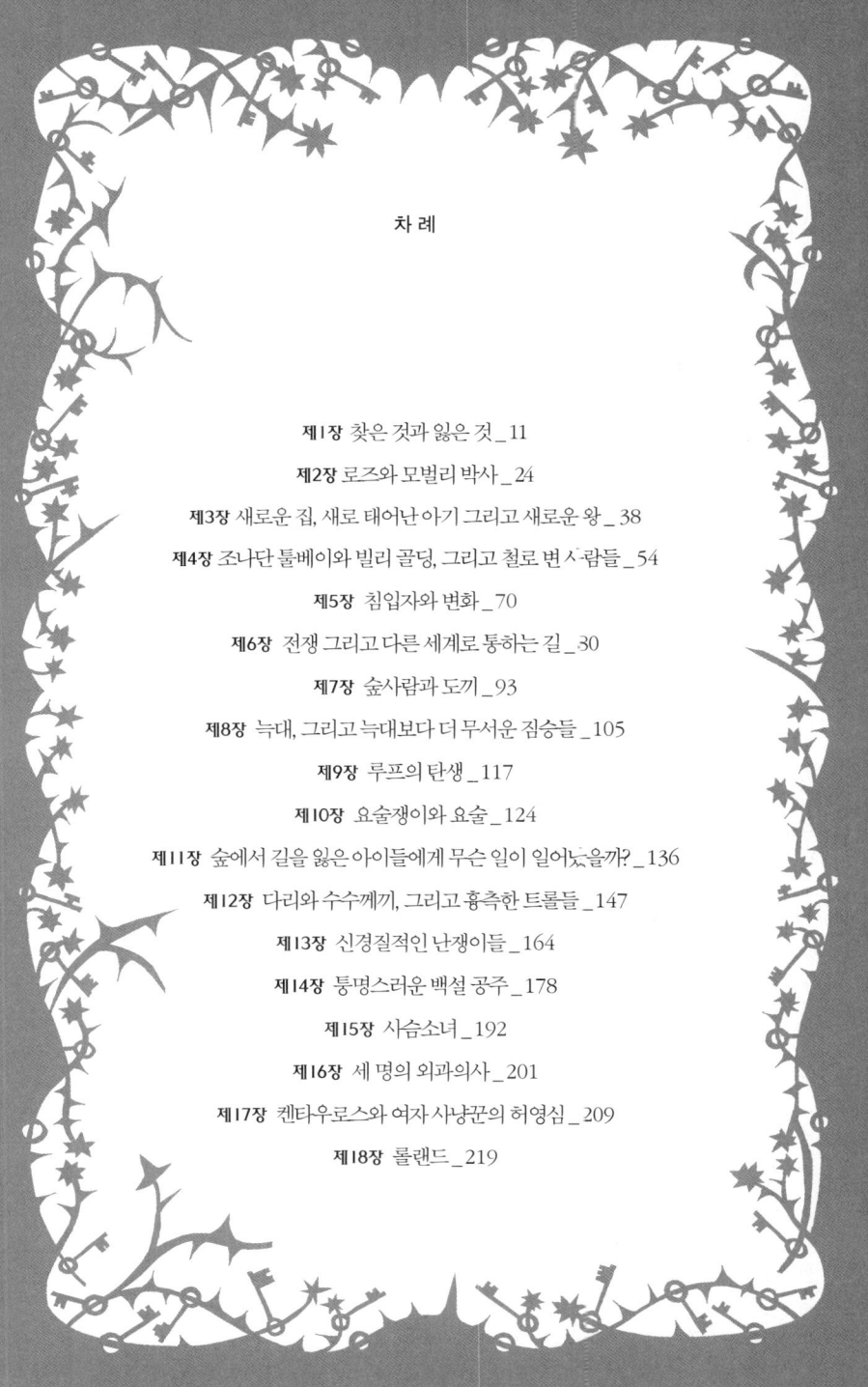

차 례

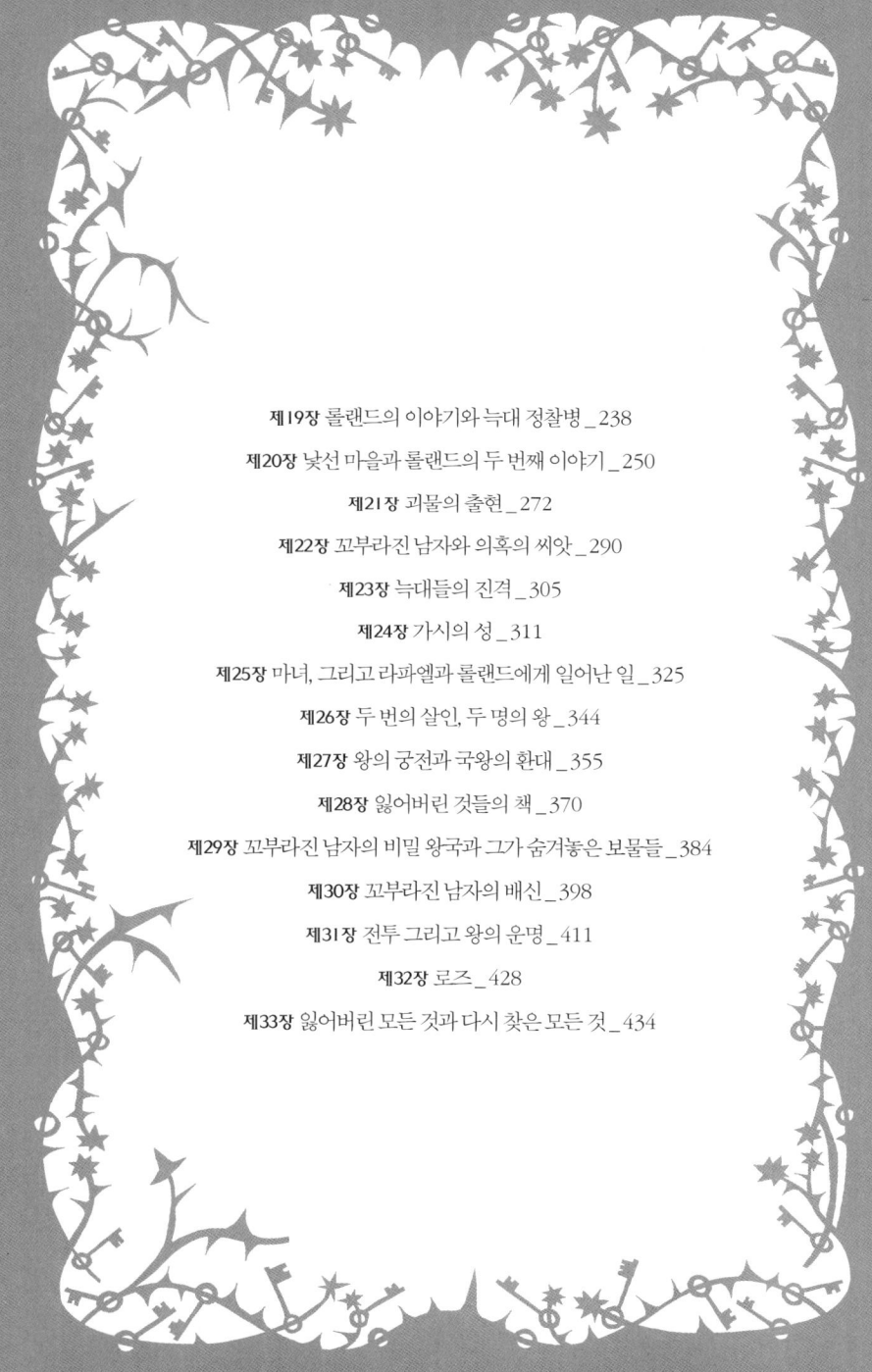

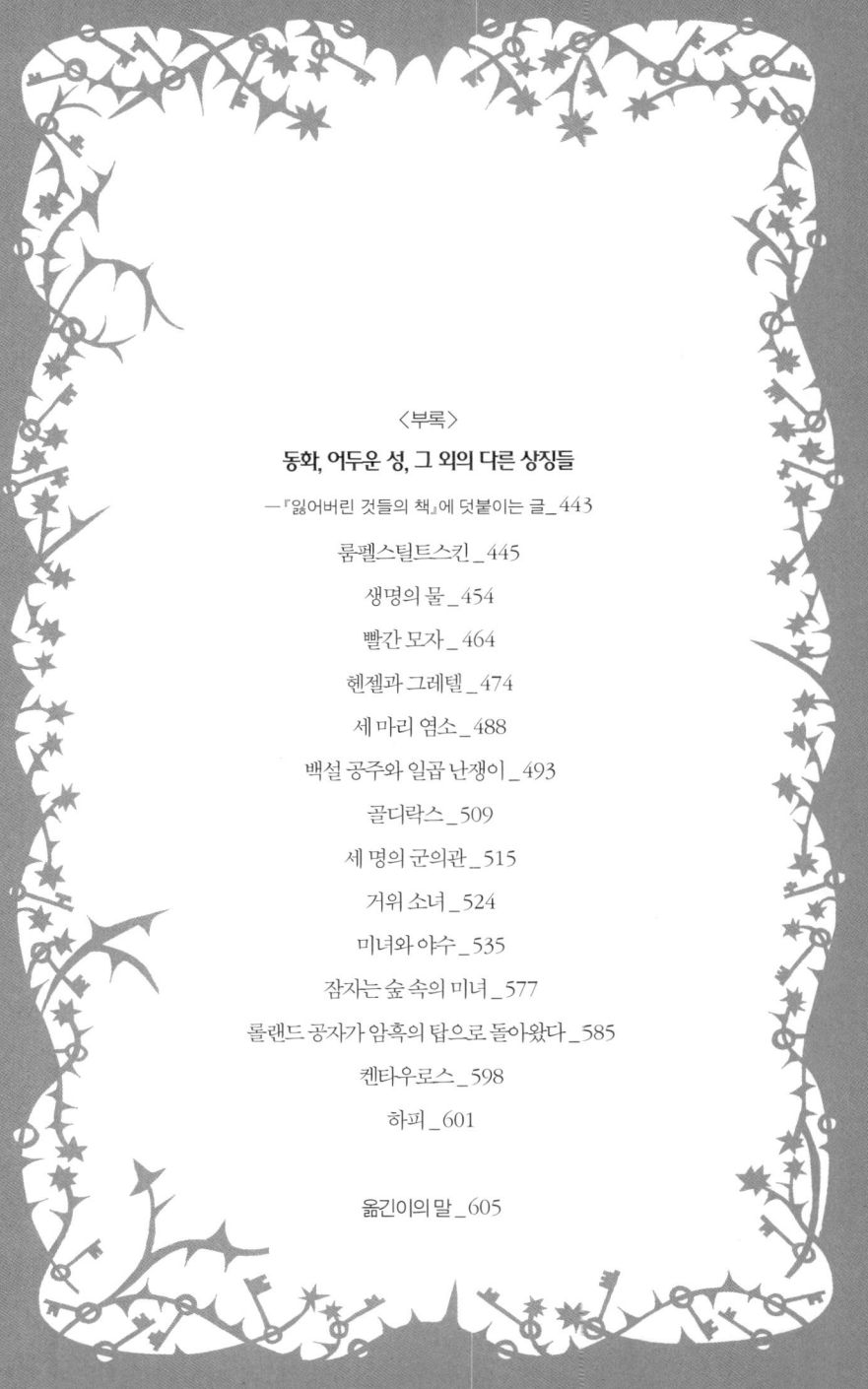

삶이 내게 가르쳐준 진리보다 어린 시절 읽었던 동화에
더 심오한 의미가 담겨 있다.
—프리드리히 실러 (1759-1805)

상상할 수 있는 모든 것은 현실이다.
—파블로 피카소 (1881-1973)

제1장
찾은 것과 잃은 것

옛날 옛적에.

모든 이야기는 그렇게 시작된다.

옛날 옛적에, 엄마를 잃은 소년이 있었다. 소년은 오랜 시간에 걸쳐 엄마를 잃었다. 엄마를 죽음으로 몰고 간 병마는 비겁하게도 살금살금 다가와서 몸속부터 갉아먹기 시작하더니 나중에는 정신까지 파고들었다. 시간이 지날수록 엄마의 눈동자는 총기를 잃었고 피부는 창백해졌다. 조금씩 엄마를 빼앗기면서 소년은 엄마를 영원히 잃게 될까봐 두려웠다. 소년은 엄마가 그의 곁에 있어주기를 원했다. 소년에게는 형제도 자매도 없었다. 소년은 아빠를 사랑했지만 엄마를 더 사랑했다. 엄마 없이 산다는 것은 상상조차 하기 힘들었다.

데이빗이라는 이름의 소년은 엄마를 살리기 위해 할 수 있는 일은 무엇이든 했다. 기도도 했다. 혹시 자신이 저지른 잘못 때문에 엄마가 벌을 받게 될까봐 항상 조심했다. 집 안을 돌아다닐 때에도 조용히 다녔고 장난감 병정들과 전쟁놀이를 할 때에도 최대한 목소리를 낮추었다. 하루 일과의 규칙을 정하고 그 규칙을 지키려고 노력했다. 그의 노력에 따라 엄마의 운명이 달라질 수도 있을 거라고 믿었다.

매일 아침 침대에서 내려설 때 왼쪽 발을 먼저 딛고 그 다음에 오른쪽 발을 내려놓았다. 이를 닦을 때에도 스물까지 세고 멈추었다. 수도꼭지나 문손잡이를 만질 때에도 일정한 횟수를 정해두었다. 홀수는 나쁜 숫자였고 짝수는 좋은 숫자였다. 2나 8은 그가 좋아하는 숫자였지만 6은 왠지 마음에 안 들었다. 3을 두 번 곱한 숫자인데다 3은 13의 뒷자리 숫자이기 때문이었다. 13이야말로 가장 불길한 숫자였다.

어쩌다가 벽에 머리를 부딪치면 짝수를 만들기 위해 한 번 더 부딪쳤다. 머리가 벽에 제대로 부딪치지 않은 것 같아서, 혹은 세던 숫자를 잊어버려서, 아니면 머리카락이 방해가 된 것이 마음에 걸려서 현기증이 나고 구역질이 날 때까지 계속 머리를 부딪친 적도 있었다. 엄마가 병을 앓던 일 년 동안 소년은 매일 아침 일어나자마자 똑같은 책 두 권을 침실에서 식탁으로 가져왔다가 잠자리에 들기 전 다시 침실로 가져갔다. 조그만 그림형제 단편 동화집과 끝이 나달나달해진 만화책 한 권이었다. 그림형제의 책을 만화책 위 정 중앙에 오게 한 뒤 밤에는 양탄자 모서리에 책

모서리를 맞춰서 두었고 낮에는 그가 가장 좋아하는 부엌 의자 위에 올려두었다. 그렇게 데이빗은 엄마를 살리기 위해 나름대로 애를 쓰고 있었다.

학교에서 돌아오면 데이빗은 엄마 곁을 지켰다. 건강한 사람 대하듯 이야기를 할 때도 있었고 그저 잠든 엄마의 모습을 지켜보면서 엄마를 이 세상에 간신히 머물게 해주는 힘겹고 거친 숨소리를 세어보기도 했다. 머리가 아프지 않을 때면 엄마는 데이빗에게 책을 읽어달라고 했다. 엄마에겐 엄마의 책들이 있었다. 두툼한 검은색 제본에 깨알처럼 글씨가 박힌 로맨스나 미스터리였다. 그러나 엄마는 데이빗에게 동화책을 읽어달라고 했다. 엄마는 신화나 전설, 성 이야기나 모험담, 무시구시한 말하는 짐승 이야기를 좋아했다. 데이빗도 그런 이야기들이 싫지 않았다. 올해 나이 열두 살이고, 이제 더 이상 어린애가 아니었지만 데이빗은 여전히 동화를 좋아했고 자신이 읽는 동화들을 엄마가 좋아했기 때문에 동화에 대한 애착은 더욱 커졌다.

병들기 전 데이빗의 엄마는 이야기는 살아 있는 생명체라고 말하곤 했다. 다만 인간이나 개, 고양이와는 살아 있는 방식이 다를 뿐이라고 했다. 사람은 다른 사람이 알아주건 말건 살아 있을 수 있는 반면 개들은 사람들이 충분히 관심을 주지 않으면 어떻게든 관심을 끌어보려고 노력한다. 반면 고양이는 비위를 거스르지만 않으면 사람들 따위는 세상에 존재하지 않는 것처럼 구는 데 익숙하지만 어디까지나 연기일 뿐이라고 했다.

이야기는 그런 생명체들과는 전혀 다르다고 했다. 이야기는 누군가가 읽어줄 때 살아나는 것이었다. 큰 소리로 이야기를 읽는 사람의 목소리가 없다면, 담요를 뒤집어쓰고 램프 불빛 아래서 이야기를 좇는 커다란 두 눈동자가 없다면, 이야기는 결코 이 세상에서 존재할 수 없다. 이야기는 새의 부리에 물린 채 땅에 떨어지기를 기다리는 한 알의 씨앗이고, 악기가 연주해주기를 기다리는 음표였다. 때를 기다리며 조용히 잠들어 있다가 누군가 읽어주는 순간부터 이야기는 꿈틀거리며 살아난다. 이야기는 그렇게 읽는 사람의 상상력에 뿌리를 내리고 마음을 움직인다. 이야기는 누군가에게 읽혀지기를 원한다고 엄마는 데이빗에게 속삭이곤 했다. 이야기가 원하는 것은 바로 그것이라고, 그래야만 이야기 속의 세상에서 우리가 사는 세상으로 건너올 수 있는 거라고 했다. 우리가 생명을 주기를 이야기들은 기다리고 있다고 했다.

물론 병이 깊어지기 전에 엄마가 들려준 이야기였다. 그런 이야기를 들려줄 때면 엄마는 한 손에 책을 들고 손가락 끝으로 책 표지를 쓰다듬곤 했다. 마치 데이빗이나 데이빗의 아빠가 뭔가 중요한 일을 하거나 중요한 말을 했을 때, 그들이 엄마의 삶에 얼마나 소중한 존재인지 새삼 깨달았다는 듯 얼굴을 쓰다듬어줄 때처럼.

엄마의 목소리는 데이빗에겐 노래였다. 평범한 노래라기보다는 새로운 즉흥곡이었고 한 번도 들어본 적이 없는 특별한 선율의 노래였다. 성장하면서 음악이 점점 더 데이빗의 삶에서 중요한 의미를 지니게 되었을 때, 물론 그렇다고 해서 결코 책만큼 중요해지지는 않았지만, 엄마의 목소리는 한 곡의 노래라기보다는 교향곡처럼 느껴졌다. 익숙한 테마나 멜로디라고 해도 엄마의 기분에 따라 얼마든지 변화를 줄 수 있기 때문이었다.

자랄수록 데이빗은 점점 더 혼자 책을 읽으며 보내는 시간이 많아졌다. 그러나 엄마가 몸져눕게 되면서는 비록 읽는 사람이 바뀌긴 했지만 엄마와 함께 책을 읽던 어린 시절로 돌아갈 수 있었다. 물론 엄마의 병이 깊어지기 전에도 데이빗은 엄마가 책을 읽고 있는 방에 살그머니 들어가보곤 했다. 데이빗이 미소로 엄마에게 인사를 하면 엄마도 항상 미소를 지어 주었다. 그러면 데이빗은 조용히 엄마 곁에 앉아서 그만의 책 속으로 빠져들었다. 그렇게 두 사람은 같은 시간과 공간 속에서 각자 그들만의 세계에 빠져들었다. 엄마의 표정을 관찰해보면 알 수 있었다. 책 속의 이야기가 엄마의 마음속에 살아나고 있는지, 엄마가 이야기 속 세상으로 들어가 있는지를.

그럴 때면 데이빗은 이야기와 이야기 자체가 지니고 있는 힘, 이야기를 움직이는 우리 자신의 힘에 관한 엄마의 말을 다시 한 번 생각해보곤 했다.

엄마가 세상을 떠난 그날을 데이빗은 한 번도 잊은 적이 없었다. 그 소식을 들었을 때 데이빗은 학교에서 공부를 하고 있었다. 아니, 어쩌면 공부를 하고 있지 않았는지도 모른다. 그의 머릿속은 온통 닥틸로이(아이다 산에서 금속 세공, 마술 등의 일을 하는 산의 요정—옮긴이)들과 오운각(짧은 단어와 긴 단어를 알파벳 다섯 글자 중심으로 배열하는 형식—옮긴이)의 시들, 선사시대에 살았던 이상하게 생긴 공룡 이름 같은 것들로 가득 차 있었다. 교장 선생님이 교실 문을 열고 영어 교사인 벤자민 선생님에게로 다가왔다. 벤자민 선생님은 거구인데다 수시로 조끼 주머니에서 회중시계를 꺼내 보면서 굵직한 목소리로 아이들에게 더디게 흘러가는 시간을 알려주었기 때문에 '빅벤'이라는 별명으로 통했다. 교장 선생님이 벤자민 선생님의 귀에 대고 무언가를 속삭였고 벤자민 선생님은 심각한 표정으로 고개를 끄덕였다. 학생들 쪽으로 고개를 돌린 벤자민 선생님은 데이빗과 눈을 맞췄다. 그의 목소리는 어느 때보다도 다정했다. 그는 데이빗의 이름을 부른 뒤 가방을 챙겨서 교장 선생님을 따라가라고 말했다. 무슨 일이 일어났는지 짐작이 갔다. 교장 선생님이 그를 양호실로 데리고 가기 전에 데이빗은 이미 상황을 알고 있었다. 양호 선생님이 차 한 잔을 들고 나오기 전에, 교장 선생님이 그의 앞에 서기 전에, 여전히 근엄한 그러나 엄마 잃은 아이에게 따뜻하게 대해주려고 노력하는 것 같은 표정을 짓기 전에 그는 이미 알고 있었다. 찻잔이 그의 입술에 닿기 전에, 교장 선생님이 입을 떼기도 전에, 뜨거운 차에 입술을 데는 순간 비록 엄마를 잃었지만 자신은 여전히 살아 있음을 깨닫기 전에 이미 알고 있었다.

하루 일과를 철저하게 지켰건만 엄마를 지킬 수 없었다. 그날 이후 데이빗은 생각해보았다. 혹시 그날 제대로 못한 것이 있었는지, 그날 아침 숫자를 잘못 세었던 것은 아닌지, 상황을 바꿀 만한 결정적인 행동 같은 것이 있었는지. 그러나 소용없는 일이었다. 엄마는 이제 없었다. 데이빗은 그날 집에 있었어야 했다. 학교에 있을 때면 항상 엄마가 걱정되었다. 엄마와 떨어져 있으면 엄마를 지켜줄 수가 없었다. 규칙적인 생활의 위력은 학교에서는 통하지 않았다. 게다가 학교에서는 일과표를 지키기도 어려웠다. 학교에는 학교 나름의 규칙과 일과표가 있었다. 데이빗은 학교의 규칙을 철저히 지키는 것으로 일상의 규칙을 지키는 것을 대신하려 했지만 그것은 그가 정한 규칙들과는 달랐다. 결국 엄마가 그 대가를 치르고 말았다. 데이빗은 자신의 잘못이 부끄러워서 울음을 터뜨렸다.

　그 후로 며칠 동안은 북적거리는 이웃 사람들과 친지들, 머리를 쓰다듬어주며 동전을 쥐어주는 이상한 아저씨들, 데이빗을 가슴에 힘껏 끌어안고 흐느끼면서 독한 향수 냄새와 방충제 냄새로 감각을 마비시켜버리는 검은 옷의 아줌마들로 얼룩진 나날들이었다. 장례식을 치르던 날 밤 데이빗은 밤늦도록 거실 한구석에 앉아서 어른들이 주고받는 이야기를 들었다. 지금껏 알지 못했던 엄마에 관한 일화들이었다. 친언니가 죽었을 때 그토록 사랑했던 사람을 영원히 볼 수 없다는 사실을 도저히 받아들일 수가 없어서 눈물을 흘리지 않았던 아이, 그다지 큰 잘못도 아니었는데 횟

김에 아버지가 집시한테 줘버리겠다고 야단을 치자 하룻밤 가출을 감행했던 소녀, 데이빗의 아빠가 다른 남자로부터 빼앗아 온 아가씨, 결혼식 날 엄지손가락을 가시에 찔리는 바람에 흰 웨딩드레스에 선명한 붉은 핏자국을 남긴 여인의 이야기였다.

마침내 잠이 들었을 때, 데이빗은 엄마의 삶에서 일어난 동화 같은 이야기들의 꿈을 꾸었다. 꿈속에서 데이빗은 다른 시대에 일어난 사건들의 이야기를 듣는 소년이 아니었다. 그는 엄마와 같은 시대에서 그 모든 광경을 직접 보고 있었다.

장의사가 관을 닫기 전 데이빗은 마지막으로 엄마의 모습을 보았다. 관 속에 누워 있는 엄마는 평상시와 다르기도 했고 똑같기도 했다. 엄마는 병에 걸리기 이전의 모습으로 돌아가 있었다. 일요일 날 성당에 갈 때나 온 가족이 함께 저녁식사를 하러 나갈 때, 혹은 극장에 갈 때처럼 화장을 했고 가장 좋아했던 파란색 드레스를 입고 양 손은 배 위에 가지런히 모으고 있었다. 손가락에는 묵주가 감겨 있었지만 반지는 없었다. 입술은 무척 창백했다. 데이빗은 엄마 곁에 서서 엄마의 손을 만져보았다. 차갑고 축축했다.

아빠가 그의 곁으로 다가왔다. 실내에는 두 사람뿐이었고 다른 사람들은 모두 밖으로 나가 있었다. 두 사람을 태우려고 차 한 대가 대기하고 있었다. 크고 검은 차였다. 모자를 쓰고 있는 운전기사의 얼굴에 웃음기라고는 조금도 없었다.

"엄마한테 작별 키스를 하렴." 아빠가 말했다.

데이빗은 아빠를 쳐다보았다. 촉촉해진 눈동자가 붉게 충혈되어 있었다. 엄마가 세상을 떠나던 날 아빠는 울었다. 학교에서 돌아온 데이빗을 끌어안고 아무 걱정하지 말라고 했다. 그러나 그날 이후로는 지금껏 눈물을 보인 적이 없었다.

바로 그 순간 데이빗은 아빠의 눈에서 커다란 눈물방울이 만들어져서 뺨 위로 주르륵 흘러내리는 것을 보았다. 데이빗은 엄마에게로 돌아섰다. 그리고 관 쪽으로 몸을 숙여 엄마의 얼굴에 키스했다. 약품 냄새와 뭔가 다른 냄새가 풍겨왔지만 그게 무엇인지 생각하고 싶지 않았다. 입술에서도 그런 맛이 느껴졌다.

"안녕, 엄마." 그가 말했다.

눈동자가 따끔거렸다. 뭔가 해야 할 것 같았지만 뭘 해야 할지 알 수 없었다. 아빠가 데이빗의 어깨에 손을 얹은 뒤 몸을 숙여 엄마의 입술에 살짝 키스했다. 아빠는 엄마의 뺨에 뺨을 맞대고 데이빗이 알아들을 수 없는 말을 속삭였다. 그리고 마침내 두 사람은 돌아섰다. 장의사와 인부들이 다시 관을 들고 나왔을 때는 관 뚜껑이 닫혀 있었고 조그만 금속 명판에 새겨진 이름과 생몰년도가 엄마가 그 안에 누워 있음을 말해줄 뿐이었다.

그날 밤 엄마는 성당에 홀로 남겨졌다. 데이빗은 엄마 곁을 지키고 싶었다. 엄마가 외롭지 않은지, 엄마가 자신이 누워 있는 곳이 어딘지 알고 있는지, 벌써 천국에 있는지 아니면 신부가 마지막으로 기도를 하고 관을 땅에 묻기 전에는 천국에 갈 수 없는 것인지 궁금했다. 나무와 청동과 못에 갇힌 채 엄마 혼자 성당에 있어야 한다는 것이 영 마음에 걸렸지만 아빠에게 말을 하지는 않았다. 아빠는 데이빗을 이해하지 못할 것이 분명했고 결국 달라지는 것은 아무것도 없을 것이다. 그렇다고 데이빗 혼자 엄마 곁을 지킬 수도 없었다. 대신 방에서 엄마가 지금 어떤 기분일지 상상해보았다. 데이빗은 커튼을 치고 방문을 닫아 방 안을 최대한 어둡게 만든 다음 침대 밑으로 기어들어갔다.

침대가 낮았기 때문에 공간은 비좁았다. 침대는 벽에 붙여져 있었다. 데이빗은 왼손이 한쪽 벽에 닿을 때까지 움직인 다음 눈을 감고 꼼짝 않고 누워 있었다. 잠시 후 데이빗은 머리를 들어보았다. 그 순간 매트리스를 지탱하는 침대 널판에 머리가 세게 부딪쳤다. 그는 머리로 침대 널판을 밀어보았다. 널판은 못으로 고정되어 있어서 꼼짝도 하지 않았다. 양손으로 침대를 들어보았지만 너무 무거웠다. 먼지 냄새와 요강 냄새가 났다. 기침이 났고 눈물도 났다. 데이빗은 침대 밖으로 나가야겠다고 생각했다. 그러나 들어가는 것보다 나오기가 더 힘들었다. 재채기를 하다가 머리가 침대 모퉁이에 또 한 번 세게 부딪쳤고 그때부터 슬슬 겁이 나기 시작했다. 디딜 곳이 있는지 발끝을 이리저리 움직여보다가 마침내 침대 밑판에 발을 딛고 가장자리까지 몸을 밀었다. 그는 침대 밑에서 빠져나와 일어서서 벽에 몸을 기대고 숨을 몰아쉬었다. 죽음이란 그런 것이었다. 엄청난 무게에 짓눌리면서 비좁은 공간 안에 영원히 갇혀버리는 것이었다.

데이빗의 엄마는 1월의 어느 날 아침 땅에 묻혔다. 땅은 단단했고 조문객들은 모두 장갑을 끼고 코트를 입고 있었다. 흙 속에 자리 잡은 관은 너무 작아 보였다. 살아 있을 때 엄마는 키가 컸는데, 죽음이 엄마를 조그맣게 만들었다.

그 후로 몇 주 동안 데이빗은 책에 파묻혀 지내려 애썼다. 책마다 엄마와의 추억이 얽혀 있었다. 엄마의 책들 중에서 '적당한' 책들을 데이빗이 물려받았다. 데이빗은 이해할 수 없는 소설과 운율이 맞지 않는 시들을 읽으려 애썼다. 아빠에게 책 내용에 대해 물어볼 때도 있었지만 데이빗의 아빠는 책에 거의 관심이 없었다. 아빠는 늘 신문을 보면서 시간을 보냈고 그럴 때면 담배 연기가 마치 인디언의 신호처럼 신문 위로 피어오르곤 했다. 아빠는 현실 속에서 일어나는 일에만 관심이 있었다. 히틀러의 군대가 유럽 전역을 휩쓸고 있었고 머지않아 이곳까지 침공해올 가능성이 점점 더 높아졌다. 아빠도 예전에는 책을 많이 읽었지만 이제는 더 이상 그런 이야기 속에 빠져들 수 없게 되었다고 언젠가 엄마가 말한 적이 있었다. 이제 아빠는 신문을 더 좋아한다고 했다. 공들여 배열한 활자들이 가판대에 진열되는 순간 이미 가치를 잃어서 사람들이 그 글을 읽을 무렵에는 이미 한물 지나간 이야기가 되고 그래서 곧바로 또 다른 새로운 소식들로 대체되어도 그 기다란 글자들의 기둥을 더 좋아한다고 했다.
책 속의 이야기들은 신문 속의 이야기들을 싫어한다고 엄마는 말했다. 신문 속 이야기들은 막 잡은 물고기처럼 살아서 펄떡일 때만 가치가 있는 것일 뿐 결코 오래가지 못한다고 했다. 신문이 석간을 돌리는 시끄럽고 끈질긴 거리의 소년과 같은 것이라면 진짜 이야기, 제대로 된 이야기는 잘 정돈된 도서관의 든든하고 믿음직스러운 사서와 같다고 했다. 신문의 이야기들은 연기처럼 부질없고 하루살이처럼 생명이 짧다고 했다. 결코 뿌리를 내리지 못하고 잡초처럼 땅에 기생하면서 제대로 된 이야기들이 받아 마땅한 햇살이나 빼앗으며 사는 것들이라고 했다. 데이빗의 아빠는 날카롭고 경쟁적인 목소리에 심취했다. 그런 목소리들은 아빠가 관심을 보이는 순간 잠잠해졌지만 곧바로 또 다른 아우성이 아빠의 주의를 끌었다. 엄마가 미소를 지으며 데이빗에게 그런 이야기를 들려줄 때면 아빠는 두 사람이 자기 흉을 보고 있다는 것을 의식하면서도 절대로 겉으로 드러내지는 않았다. 그래봐야 두 사람이 더 재미있어 할 것이 뻔했기 때문이었다.

그래서 엄마의 책들을 지키는 것은 데이빗의 임무가 되었고 엄마의 책들은 데이빗의 책들과 합쳐졌다. 엄마의 책들은 기사와 병사들의 이야기였고 용과 바다 괴물의 이야기였으며, 주로 신화나 동화들이었다. 엄마가 소녀시절에 좋아했던 책들이었다. 서서히 병마가 덮쳐왔을 때, 엄마의 목소리가 속삭임으로 잦아들었을 때, 썩어가는 나무에 문지르는 사포처럼 숨소리가 거칠어졌을 때, 그리고 마침내 그렇게 하는 것조차 너무 힘들어서 숨이 멈추던 바로 그 순간까지 데이빗이 엄마에게 읽어준 책들이었다. 엄마가 세상을 떠난 뒤 데이빗은 그 책들을 피하고 싶었다. 엄마와 얽힌 추억들이 너무 많아서 이야기에 몰입할 수가 없었다. 그러나 완전히 외면할 수는 없었고 언젠가부터 책들이 데이빗을 부르기 시작했다. 마치 데이빗에게서, 이를테면 호기심이나 상상력 같은 특별한 무언가를 발견했다는 듯이. 물론 데이빗 혼자만의 생각일 수도 있었다. 데이빗은 책들의 소리를 들을 수 있었다. 처음에는 작게 소곤거렸지만 점점 더 커졌고 또 거세어졌다.

그 책들이 담고 있는 이야기들은 인류의 역사만큼이나 오래되었고 그 오랜 세월을 견디고 살아남을 만큼 강렬한 것들이다. 책이 사라져버린 뒤에도 이야기는 사람들의 머릿속에 남아 오랫동안 메아리로 울려 퍼진다. 그 이야기들은 현실 도피이기도 하고 그 자체로 또 하나의 현실이기도 하다. 너무 오래되고 너무 이상해서 이야기가 담겨 있는 책과는 별개로 존재했던 이야기들이다.

데이빗의 엄마가 말했던 것처럼 오래된 이야기의 세상은 우리가 살고 있는 세상과 분리되어 그 나름대로 존재해왔다. 그러나 그 두 세계를 구분하는 벽은 너무도 얇고 약했고 언젠가부터 그 두 세계가 섞이기 시작했다.

바로 그때부터 일이 꼬이기 시작했다.

바로 그때부터 나쁜 일들이 일어나기 시작했다.

그리고 바로 그때부터 꼬부라진 남자가 데이빗을 찾아오기 시작했다.

제2장
로즈와 모벌리 박사

　이상하게도 엄마가 세상을 떠난 직후 데이빗은 오히려 안도감을 느꼈다. '안도감'이라고밖에는 달리 표현할 말이 떠오르지 않았고 데이빗은 그런 자신이 싫었다. 이제 엄마는 없었고 다시는 볼 수 없었다. 신부가 장례미사 때 했던 말도 다 소용없었다. 신부는 엄마가 더 좋은 곳, 더 행복한 곳에서 더 이상 아무런 고통도 느끼지 않고 살게 될 거라고 했다. 비록 볼 수는 없지만 항상 데이빗의 곁에 있을 거라고도 했다. 그러나 보이지 않는 엄마는 여름날 저녁 산책을 하면서 꽃이나 나무 이름을 가르쳐줄 수도 없고 숙제를 도와줄 수도 없었다. 철자법을 고쳐주려고 몸을 숙일 때마다 풍겨오던 체취도 이제는 맡을 수 없었다. 낯선 시의 의미를 이해하기 위해 생각에 잠기는 모습도 볼 수 없었고 쌀쌀한 일요일 오후, 벽난로에서 불길이 타오르고 빗줄기가 창문과 지붕을 때리고 집 안에 온통 나무 타는 냄새와 빵 냄새가 자욱해도 그에게 책을 읽어줄 수 없었다.

문득 데이빗은 마지막 몇 달 동안 엄마는 이미 그 어떤 것도 해줄 수 없었다는 사실을 떠올렸다. 의사가 처방해준 약 때문에 엄마는 기운이 없었다. 집중을 할 수도 없었고 아주 단순한 일조차도 할 수가 없었다. 산책은 당연히 할 수 없었다. 마지막이 가까워 올 무렵, 데이빗은 엄마가 그를 알아보는지조차 의문이 들었다. 게다가 언젠가부터 이상한 냄새도 나기 시작했다. 나쁜 냄새라고 말할 수는 없었다. 마치 오랫동안 입지 않았던 옷처럼 그저 조금 이상한 것뿐이었다. 밤이 되면 엄마는 통증 때문에 괴로워하며 울부짖었고 아빠는 엄마를 안고 진정시키려 애썼다. 상태가 심각해질 때면 의사를 불렀다. 결국 엄마는 도저히 집에 있을 수 없는 상태가 되었고 구급차가 와서 엄마를 병원으로 실어갔다. 사실 병원이라고 말할 수도 없었다. 그곳에 간 사람은 결코 건강해지지도, 다시 집으로 돌아오지도 못했으니까. 그곳에 간 사람들은 점점 더 조용해졌고 결국에는 빈 침대와 침묵만을 남겨두고 영원히 떠나버렸다.

그 병원 같지도 않은 병원은 집에서 멀리 떨어져 있었지만 데이빗의 아빠는 퇴근을 하고 돌아와서 하루걸러 병문안을 갔고 아빠가 돌아오면 두 사람은 함께 저녁식사를 했다. 데이빗은 적어도 일주일에 두 번은 낡은 포드 승용차를 타고 병원을 따라갔다. 병원에 다녀오고 나면 숙제하고 저녁 먹는 시간 외에는 거의 시간이 남지 않았지만 그래도 그렇게 했다. 아빠는 매일 아침 일찍 일어나서 데이빗에게 아침을 차려주고 학교를 보내고 출근을 했다가 다시 집으로 돌아와서 차를 만들고 데이빗의 어려운 숙제를 도와주고 엄마에게 병문안을 갔다가 와서 데이빗을 재우고 한 시간쯤 신문을 읽다가 잠자리에 들었다. 데이빗은 어디서 그런 기운이 솟아나는지 신기했다.

한 번은 한밤중에 눈을 뜬 데이빗이 목이 칼칼해서 아래층으로 물을 가지러 내려간 적이 있었다. 거실에서 코고는 소리가 나서 살펴보니, 아빠가 흔들의자에서 신문을 바닥에 떨어뜨리고 고개를 의자 등받이 가장자리에 기댄 채로 잠들어 있었다. 새벽 3시였다. 데이빗은 어떻게 할지 잠시 고민하다가 결국 아빠를 깨웠다. 장거리 기차여행을 할 때 이상한 자세로 잠이 들었다가 한동안 목이 아팠던 기억이 떠올랐기 때문이었다. 아빠는 조금 놀란 표정이었고 심지어는 화가 난 것 같기도 했지만 바로 의자에서 일어나서 2층으로 갔다. 아빠가 옷을 입은 채로 침대가 아닌 다른 곳에서 잠이 든 것은 그때가 처음이었다.

그래서 데이빗의 엄마가 세상을 떠났다는 것은 더 이상 엄마가 고통 받지 않는다는 의미이기도 했지만 한편으로는 사람들이 형체도 없이 사라져버리는 커다란 노란색 건물에 들락거리지 않아도 되고 의자에서 잠들지 않아도 되고 허겁지겁 저녁을 먹지 않아도 된다는 의미이기도 했다. 침묵이 그 자리를 채웠다. 마치 누군가가 시계를 고치려고 수리소에 맡겼는데 한참 후에야 비로소 편안하고 친근한 초침소리가 사라졌음을 깨닫고 그것을 그리 워하는 것과 같았다.

안도감은 며칠 만에 사라졌다. 데이빗은 엄마가 병이 드는 바 람에 그가 해야만 했던 일들을 더 이상 하지 않아도 된다고 기뻐 했던 자신에 대해 죄책감이 들기 시작했다. 죄책감은 몇 달이 가 도록 사라지지 않았다. 사라지기는커녕 오히려 점점 더 심해졌 고 데이빗은 어느 순간부터는 차라리 엄마가 아직도 병원에 있었 으면 좋겠다는 생각이 들었다. 엄마가 병원에 있어서 매일 볼 수만 있다면 매일 아침 일찍 일어나서 서둘러 숙제를 해야 하더 라도 상관없을 것 같았다. 엄마 없이는 도저히 살 수 없을 것 같 았다.

학교생활도 점점 더 힘들어졌다. 여름 휴가철이 되어서 마치 민들레 홀씨 흩어지듯 친구들이 뿔뿔이 흩어지기 훨씬 이전부터 데이빗은 친구들과 멀어졌다. 9월에 새 학기가 시작되면 아이들 이 모두 런던을 떠나 근교로 보내질 거라는 소문이 돌았지만 데 이빗의 아빠는 다른 아이들처럼 데이빗을 멀리 떠나보내지 않겠 다고 약속했다. 이제 런던의 집에 남은 사람은 그들 둘뿐이었고 두 사람은 무슨 일이 있어도 함께 있어야 했다.

아빠는 하워드 부인이라는 가정부를 고용해서 청소와 부엌일, 다림질을 시켰다. 데이빗이 학교에서 돌아오면 하워드 부인이 와 있었지만 데이빗과 이야기를 나누기에는 너무 바빴다. 그녀는 공 습대피지도원으로 일하면서 남편과 아이들까지 돌보고 있었기

때문에 데이빗과 이야기를 나누거나 오늘 하루는 어땠냐고 물어
줄 여유가 없었다.

하워드 부인은 4시가 되자마자 떠났고 데이빗의 아빠는 6시는
되어야 대학에서 돌아왔다. 그보다 더 늦는 날도 많았다. 데이빗
은 라디오와 책들을 벗 삼아 빈집에 갇혀 있어야 했다. 가끔 데이
빗은 한때 아빠 엄마가 함께 사용했던 침실에 앉아 있곤 했다. 엄
마의 옷들이 옷장에 그대로 있었다. 가지런히 걸려 있는 드레스
와 스커트들이 꼭 사람처럼 보일 때도 있었다. 데이빗은 손끝으
로 드레스를 쓰다듬어보거나 살짝 흔들어보면서 엄마가 드레스
를 입고 걷는 모습을 상상해보았다. 그 다음에는 침대로 올라가
베개 왼쪽에 누웠다. 그 자리가 엄마가 누웠던 자리였다. 데이빗
은 엄마의 머리가 닿았던 자리에 머리를 대고 누웠다. 베개의 공
단이 다른 곳보다 조금 어두워져 있었기 때문에 구분하기가 어렵
지 않았다.

달라진 세상에 적응하는 것은 너무도 힘들었다. 데이빗도 어떻
게든 적응해보려고 안간힘을 썼다. 그는 일상의 규칙들을 철저히
지켰다. 숫자를 셀 때도 항상 조심했다. 그렇게 철저하게 규칙을
지켰건만 세상은 그를 끝내 배신했다. 현실 속의 세상은 이야기
속의 세상과 달랐다. 이야기 속의 세상에서는 선은 보상을 받았
고 악은 처벌을 받았다. 큰 길을 벗어나 숲으로 들어가지만 않으
면 항상 안전했다. 동화 속의 늙은 왕이 병들면 왕자들이 병을 고
칠 약이나 생명의 물을 찾아 길을 떠났다. 왕자들 중에 용감하고

진실한 아들이 있으면 왕의 생명을 구할 수 있었다. 데이빗은 용감한 소년이었다. 데이빗의 어머니는 더 용감했다. 그러나 그들의 용기로는 충분치 않았다. 그들이 살고 있는 세상은 용기를 보상해주지 않았다. 그런 생각을 하면 할수록 데이빗은 점점 더 이 세상에 살고 싶지가 않았다.

데이빗은 여전히 일상의 규칙들을 지켜나갔지만 예전처럼 철저하게 지키지는 않았다. 그저 손잡이를 두 변 만지고 항상 왼손이 먼저이고 그 다음이 오른손이고 모든 횟수를 짝수로 유지하는 정도로만 지켰다. 매일 아침 여전히 왼발을 먼저 내려놓으려고 애썼고 계단을 오를 때에도 왼발을 먼저 내디디려고 애썼지만 그렇게 하는 것이 그다지 힘들지는 않았다. 규칙을 지키지 않았다가 이번에는 무슨 일이 일어날지 알 수 없었다. 어쩌면 아빠한테 무슨 일이 일어날지도 모른다고 생각했다. 비록 엄마를 지킬 수는 없었지만 아빠만은 지켜야 한다고 생각했다. 이제 아빠와 데이빗 두 사람뿐이었고 괜한 모험을 하고 싶지는 않았다.

그의 삶에 로즈가 나타난 것은, 그리고 그들의 습격이 시작된 것은 바로 그 무렵이었다.

첫 습격사건이 발생한 곳은 트라팔가르 광장이었다. 데이빗과 아빠는 피카딜리의 '파퓰러 카페'라는 식당에서 점심식사를 한 뒤 비둘기 모이를 주고 있었다. 아빠가 파퓰러 카페가 곧 문을 닫을 거라고 말했다. 그곳이 멋진 식당이라고 생각했던 데이빗은 서글퍼졌다.

엄마가 죽은 지도 다섯 달하고도 석 주하고도 나흘이 지났다. 그날 파퓰러에서 점심식사를 할 때 한 여자가 그들과 함께 식사를 했다. 아빠는 '로즈'라고 그녀를 소개했다. 로즈는 몹시 가냘프고 키가 크고 짙은 갈색 머리카락에 선홍색 입술을 한 여자였다. 고급스러운 옷에 금과 다이아몬드가 귀와 목에서 반짝였다. 그녀는 조금만 먹겠다고 해놓고는 그날 오후 자기 앞으로 나온 닭요리를 거의 다 먹었고 그러고 나서도 푸딩이 들어갈 자리가 있는 모양이었다. 데이빗은 그 여자가 어딘가 낯이 익었다. 알고 보니 데이빗의 엄마가 세상을 떠난 '병원 같지도 않은 병원'에서 행정직을 맡고 있다고 했다. 데이빗의 아빠는 로즈가 데이빗의 엄마를 '아주 정성껏' 돌봐주었다고 했다. 그래도 죽음을 막을 수 있을 정도는 아니었던 모양이라고 데이빗은 생각했다.

로즈가 학교나 친구들 이야기를 물었고 그날 저녁 뭘 하고 싶으냐고도 물었지만 데이빗은 거의 대답을 할 수가 없었다. 아빠를 바라보는 로즈의 눈빛이 싫었고 그녀가 친근하게 아빠의 이름을 부르는 것도 싫었다. 아빠가 재미있는 말을 할 때마다 아빠의 손을 슬쩍 만지는 것도 싫었다. 무엇보다도 데이빗의 아빠가 그녀 앞에서 재미있는 사람이 되려고 애쓰는 것이 싫었다. 왠지 아빠가 그래서는 안 될 것 같았다.

레스토랑을 나설 때 로즈는 아빠의 팔을 잡았다. 데이빗은 그들보다 조금 앞서 걸었고 그가 앞서 걷는 것을 두 사람은 다행으

로 여기는 것 같았다. 도대체 상황이 어떻게 돌아가고 있는 것인
지 알 수가 없었다. 아니, 알 수 없다고 믿고 싶었다. 트라팔가르
광장에 도착했을 때 데이빗은 아빠가 내민 모이주머니를 받아들
고 모이주머니로 비둘기를 끌어 모으기 시작했다. 비둘기들이
새로 등장한 모이 앞으로 모여들기 시작했다. 비둘기의 깃털은
도시의 먼지로 더러워져 있었고 눈빛은 공허하고 미련해 보였
다. 아빠와 로즈는 그의 곁에 서서 낮은 목소리로 이야기를 주고
받았다. 데이빗이 보고 있지 않다고 생각하고 얼른 키스를 하기
도 했다.

그 일이 일어난 것은 바로 그 순간이었다. 데이빗은 분명히 한
팔을 앞으로 뻗고 있었고, 길고 가느다란 줄을 그리며 바닥에 모
이가 떨어졌고, 조금 통통한 비둘기 두 마리가 그의 소매 끝에서
모이를 쪼고 있었다. 그리고 그 다음 순간 그는 바닥에 누워 있었
고, 아빠의 코트 자락이 그의 머리를 받치고 있었고, 호기심어린
행인들과 이상하게 생긴 비둘기 한 마리가 그를 쳐다보고 있었
고, 뭉게구름이 마치 무심한 풍선들처럼 그 광경의 배경이 되고
있었다. 아빠는 그가 정신을 잃었다고 말했고 데이빗은 그 말이
맞을 수도 있다고 생각했다. 그의 귓가에서 전에는 들어본 적이
없는 목소리와 속삭임이 들려오고, 울창한 숲이 보이고, 울부짖
는 늑대들의 모습이 희미하게 머릿속에 남아 있지만 않았다
면……. 로즈가 도울 일이 없냐고 묻자 데이빗의 아빠는 괜찮다
고, 집으로 데려가서 재워야겠다고 말했다. 집으로 돌아갈 택시

를 잡아타기 직전 아빠는 로즈에게 나중에 전화하겠다고 했다.

그날 밤 데이빗이 방에 누워 있을 때 귓가에서 들려오는 속삭임에 책들의 웅성거림까지 합세했다. 아주 오래된 이야기들이 긴 잠에서 깨어나 싹틔울 자리를 찾는 동안 데이빗은 그 소리들을 듣지 않으려고 베개로 귀를 틀어막았다.

모벌리 박사의 상담실은 런던 한복판의 가로수 길에 자리 잡은 집으로 테라스가 있었고 아주 조용했다. 바닥에는 고급 카펫이 깔려 있었고 벽에는 바다를 항해하는 배의 그림들이 걸려 있었다. 머리가 허옇게 센 여자가 안내 데스크 뒤에 앉아서 서류를 뒤적이고 타자를 치고 전화를 받았다. 데이빗은 데스크 앞에 놓인 커다란 소파에 앉아 있었고 그의 아빠가 곁에 앉았다. 한구석에서 대형 괘종시계가 재깍거렸다. 데이빗과 아빠는 아무 말도 하지 않았다. 무엇보다도 실내가 너무 조용해서 무슨 말을 하건 데스크의 여자가 들을 것 같아서이기도 했고 아빠가 화가 난 것 같아서이기도 했다.

트라팔가르 광장 사건 이후로도 두 차례 더 습격이 있었다. 매번 조금 더 오래 머물렀고 그의 마음속에 이상한 형상을 남겨놓았다. 이를테면 깃발이 흩날리는 성이라든가, 껍질에서 붉은 피를 흘리는 나무라든가, 그 이상한 세계의 어둠 속에서 마치 무언가를 기다리는 듯 웅크리고 앉아 있는 누군가의 그림자 같은 것들이었다. 아빠는 가족 주치의인 닥터 벤슨에게 데이빗을 데리고 갔지만 그는 데이빗에게서 아무런 이상도 발견하지 못했다. 닥터 벤슨이 데이빗을 큰 병원의 전문의에게 소개했고 그는 데이빗의 눈동자에 불을 비춰 보고 두개골을 검사해보았다. 그는 데이빗에게 몇 가지 질문을 한 뒤 아빠에게 그보다 훨씬 더 많은 질문을 했다. 그중에는 데이빗의 엄마와 엄마의 죽음에 관한 질문도 있었다. 데이빗은 두 사람이 이야기를 나누는 동안 밖에서 기다려야 했고 데이빗의 아빠는 몹시 화가 난 표정으로 상담실을 나왔다. 그렇게 해서 결국 모벌리 박사의 상담실까지 오게 된 것이었다.

모벌리 박사는 정신과 의사였다. 비서의 데스크에서 신호음이 울리자 그녀가 데이빗과 아빠에게 고개를 끄덕였다.

"들어가세요." 그녀가 말했다.

"들어가 보거라." 데이빗의 아빠가 말했다.

"아빠는 같이 안 들어가요?" 데이빗이 물었다.

데이빗의 아빠는 고개를 저었다. 데이빗은 아빠가 이미 모벌리 박사와 전화로 이야기를 나누었다는 것을 알고 있었다.

"너 혼자 보자고 하신다. 걱정 마라. 끝날 때까지 아빠가 여기서 기다릴 거야."

데이빗은 비서를 따라 방으로 들어갔다. 대기실보다 훨씬 크고 넓었고 푹신한 소파와 의자들이 있었다. 한쪽 벽 책장에는 빼곡하게 책들이 꽂혀 있었다. 데이빗이 읽었던 것 같은 종류의 책들은 아니었다. 방 안으로 들어서는 순간 책들이 떠드는 소리가 들렸다. 이해할 수 없는 말들이 대부분이었지만 아주 천천히 또박 또박 말을 하고 있었다. 그들이 하려는 말이 아주 중요한 것이거 나 아니면 말을 듣는 사람이 아주 멍청하거나 둘 중 하나라는 듯 이. 어떤 책들은 라디오 대담 프로그램에 출연한 전문가들이 자 신의 박식함으로 상대방을 제압하려고 할 때처럼 만사가 귀찮다 는 투로 말을 하고 있었다.

책들이 수군거리는 소리 때문에 데이빗은 불안해졌다. 체격에 걸맞지 않게 너무 크고 고풍스러운 책상 뒤에 회색 머리에 회색 턱수염을 기른 남자가 앉아 있었다. 금줄이 달린 사각형 모양의 안경을 끼고 있었고 붉은색과 검은색 배색의 나비넥타이를 반듯 하게 매고 있었으며 조금 헐렁한 짙은 색 양복을 입고 있었다.

"어서 오너라."

그가 말했다.

"난 모벌리 박사란다. 넌 데이빗이지?"

데이빗은 고개를 끄덕였다.

모벌리 박사는 데이빗에게 앉으라고 말한 다음 책상 위의 노 트를 뒤적이더니 노트에 적힌 내용을 훑어보면서 턱수염을 잡아 당겼다. 그러고 나서 고개를 들고 데이빗에게 요즘 어떠냐고 물 었다. 데이빗은 잘 지낸다고 대답했다. 모벌리 박사는 정말 잘 지 내냐고 물었고 데이빗은 정말 잘 지낸다고 대답했다. 모벌리 박 사는 데이빗의 아빠가 걱정하고 있다고 말한 뒤, 엄마가 보고 싶 으냐고 물었다. 데이빗은 대답하지 않았다. 모벌리 박사는 데이빗이 당했다는 '습격사건'이 걱정이 된다면서 그 습격이 어떻게 해서 이루어진 것인지 함께 알아보자고 했다.

그는 데이빗에게 연필 한 상자를 주고 집을 그려보라고 했다. 데이빗은 연필을 들고 조심스럽게 벽과 굴뚝, 창문과 문을 그린 다음 지붕에 굴곡이 있는 슬레이트를 한 장씩 얹기 시작했다. 모벌리 박사가 그만 됐다고 말할 때까지 데이빗은 슬레이트의 곡선을 그리는 데 열중했다. 박사는 그림을 보고 다시 데이빗을 보았다. 그리고 왜 색연필을 쓰지 않았냐고 물었다. 데이빗은 그림을 아직 다 그린 것이 아니라고, 지붕을 다 그리고 나면 붉은색으로 칠할 생각이었다고 말했다. 모벌리 박사는 데이빗에게, 책들의 말투처럼 아주 또박또박하게 도대체 슬레이트가 왜 그렇게 중요하냐고 물었다.

데이빗은 모벌리 박사가 진짜 의사가 맞는지 의심스러웠다. 의사라면 아주 똑똑해야 할 텐데 모벌리 박사는 그다지 똑똑해 보이지가 않았다. 데이빗은 아주 또박또박, 슬레이트가 없으면 비가 들이치기 때문이라고 말했다. 그래서 슬레이트는 벽만큼이나 중요한 거라고 했다. 모벌리 박사는 비가 들이치는 게 무서우냐고 물었고 데이빗은 비에 젖는 것이 싫다고 했다. 비옷을 입고 있다면 또 모르겠지만 집 안에서 비옷을 입는 사람은 없지 않느냐고 말했다. 그의 말에 모벌리 박사는 조금 혼란스러워하는 것 같았다.

그는 다시 데이빗에게 나무를 그려보라고 했다. 데이빗은 다시 연필을 들고 조심스럽게 나뭇가지를 그린 다음 가지마다 잎사귀들을 그리기 시작했다. 겨우 세 번째 가지에 잎사귀를 붙이고 있는데 이번에도 모벌리 박사가 그만 하라고 했다. 모벌리 박사는 마치 데이빗의 아빠가 일요일 신문에서 낱말 퍼즐을 겨우 완성하고 났을 때의 표정을 짓더니 만화에 나오는 미친 과학자처럼 엉거주춤한 자세로 손가락으로 공중을 가리키면서 "아하!"하고 소리쳤다. 아주 흐뭇한 표정이었다.

모벌리 박사는 집안일과 아빠 엄마에 관한 여러 가지 질문을 던졌다. 정신을 잃었던 일에 대해서도 물었다. 그 일에 대해 기억나는 것이 있는지, 그때 기분이 어땠는지, 의식을 잃기 전에 혹시 무슨 냄새 같은 것을 맡지는 않았는지, 나중에 머리가 아프지는 않았는지, 예전에 머리가 아팠던 적은 없었는지, 혹시 지금 머리가 아프지 않은지를 물었다.

그러나 데이빗은 그가 가장 중요한 질문을 빠뜨리고 있다고 생각했다. 모벌리 박사는 데이빗이 습격을 당했던 당시 완전히 정신을 잃어서 그때 일어난 일을 하나도 기억하지 못할 거라고 가정하고 있었다. 그러나 그것은 사실이 아니었다. 데이빗은 습격을 당했을 때 보았던 이상한 풍경에 대해 말을 할까 생각해보았지만 모벌리 박사는 이미 엄마에 관한 이야기를 하기 시작했고 엄마에 관해서라면 데이빗은 아무 말도 하고 싶지 않았다. 더 이상은, 더구나 낯선 사람과는 하고 싶지 않았다. 모벌리 박사는 로즈에 대해서도 물었다. 로즈를 어떻게 생각하느냐고 물었다. 데이빗은 어떻게 대답해야 할지 알 수 없었다. 로즈가 싫었고 아빠가 그 여자와 함께 있는 것도 싫었지만 박사가 아빠한테 말을 옮길 수도 있었기 때문에 그런 얘기를 하고 싶지 않았다.

상담이 끝나자마자 데이빗은 울음을 터뜨렸다. 왜 울었는지는 그 자신도 알 수 없었다. 사실 얼마나 심하게 울었는지 코피까지 나기 시작했고 피를 본 순간 더럭 겁이 났다. 그때부터 데이빗은 소리를 지르기 시작했다. 그리고 바닥에 쓰러졌다. 머릿속에서 하얀 불빛이 번쩍하는 것 같은 기분이 들더니 온몸이 부들부들 떨렸다. 데이빗은 주먹으로 바닥의 양탄자를 때렸다. 모벌리 박사가 도움을 요청했고 데이빗의 아빠가 허겁지겁 방으로 달려 들어왔고 책들이 혀를 끌끌 차는 소리가 들렸다. 주위가 컴컴해졌다. 그때부터 몇 초가 흘렀다고 생각했지만 실제로는 아주 긴 시간이 흘러 있었다.

어둠 속에서 데이빗은 여자의 목소리를 들었다. 엄마의 목소리 같다고 데이빗은 생각했다. 누군가가 그에게 다가왔고 자세히 보니 여자가 아니었다. 남자였다. 길쭉한 얼굴에 허리가 꼬부라진 남자가 마침내 어둠의 세계에서 모습을 드러낸 것이다.

그는 웃고 있었다.

제3장

새로운 집, 새로 태어난 아기
그리고 새로운 왕

그 후 많은 일들이 있었다.

로즈가 임신을 했다. 템즈 강변에서 과자를 먹다가 아빠가 그렇게 말했다. 강 위로 배들이 분주히 오가고 있었고 기름 냄새와 해초 냄새가 섞인 바람이 불었다. 1939년 11월이었다. 거리에는 그 어느 때보다도 경찰들이 많이 눈에 뜨였고 제복 입은 사람들이 곳곳에 서 있었다. 창문마다 모래주머니를 쌓아놓았고 악마의 덫과도 같은 철조망이 엄청나게 길게 둘러졌고 정원마다 방공호를 만들었고 공원 곳곳에 참호를 팠다. 빈 공간마다 여지없이 붙은 흰 포스터들에는 등화관제, 전쟁 중인 국가에서 지켜야 할 사항들, 국왕의 선언 같은 것들이 적혀 있었다.

데이빗이 알고 지내던 아이들은 대부분 런던을 떠났다. 아이들은 조그만 갈색 수하물표를 코트에 붙이고 농장이나 이상한 마을로 떠나는 기차에 몸을 실었다. 아이들이 사라지자 도시는 더욱 텅 빈 것 같았다. 텅 빈 도시에 감도는 묘한 긴장감이 남아 있는 사람들의 삶에 드리워졌다. 폭격기들이 출몰하기 시작했고 어둠에 휩싸인 도시는 폭격을 어렵게 만들었다. 등화관제가 시행되는 도시는 너무도 어두워서 달의 분화구까지 볼 수 있을 정도였고 하늘은 온통 별들로 뒤덮여 있었다.

강으로 향하는 길에 그들은 하이드 파크에서 방공 기구에 바람을 넣는 것을 보았다. 기구에 바람을 넣어 한껏 부풀어 오르면 쇠줄에 묶었다. 그렇게 엮은 쇠줄들은 독일 폭격기들이 저공비행하는 것을 막아주었고 그렇게 되면 고도가 높은 지점에서 폭탄을 투하할 수밖에 없어서 결국 폭탄이 목표물에 조중할 확률이 줄어들었다.

방공 기구는 그 자체가 꼭 거대한 폭탄 같았다. 데이빗의 아빠는 그것을 '아이러니'라고 표현했다. 데이빗은 그 말이 무슨 뜻이냐고 물어보았다. 아빠는 이 도시를 폭탄이나 폭격기로부터 보호하려는 장치가 폭탄처럼 생겼다는 게 우습다는 뜻이라고 했다. 데이빗은 고개를 끄덕였다. 이상하긴 이상했다. 데이빗은 독일 폭격기에 타고 있는 사람은 어떤 사람일까 궁금했다. 지상에서 빗발치는 포화를 뚫고 폭격 조준기 앞에 몸을 숙이고 있을 조종사들은 폭탄을 투하하기 전에 집이나 공장에 있을 사람들을 한 번이라도 생각해볼까? 하늘에서 내려다보면 런던 시내는 장난감 집과 조그만 나무와 조그만 거리로 이루어진 토형 도시 같을 것이다. 폭탄을 떨어뜨리려면 그렇게 생각할 수밖에 없을지도 모른다. 실제 도시가 아니고 폭탄이 터져도 사람이 불에 타 죽지 않는 모형도시라고 생각해야 할지도 모른다.

데이빗은 폭격기를 조종하는 자신의 모습을 상상해보았다. 영국 폭격기였다. 웰링턴이나 위틀리 같은 영국 폭격기에 폭탄을 싣고 독일 상공을 날아다니면 기분이 어떨까? 과연 폭탄을 떨어뜨릴 수 있을까? 어쨌건 전쟁은 전쟁이었다. 독일 놈들은 나쁜 놈들이었다. 그것은 누구나 다 아는 사실이었다. 그들이 전쟁을 일으켰다. 놀이터에서 벌어지는 싸움처럼 먼저 시작한 사람이 잘못이지만 일단 일이 벌어지고 나면 그때부터는 불평을 해봐야 소용없었다. 데이빗은 폭격기를 조종하게 되면 꼭 폭탄을 투하하겠다고 생각했다. 그 아래 사람들이 있을지도 모른다는 생각 따위는 하지 않을 것이다. 그저 공장이나 조선소, 어둠 속의 형상들뿐이고 그 안에 있던 사람들은 모두 폭탄이 그들의 일터를 산산조각 내는 동안 다른 곳으로 피신해서 편안히 잠들어 있을 거라고 생각할 것이다.

문득 궁금해지는 것이 있었다.

"아빠, 독일군들이 풍선들 때문에 목표물을 정확히 맞히지 못하면 아무 데나 떨어질 수 있다는 거잖아요? 그러니까 그놈들이 공장을 파괴하려고 하는데, 그럴 수가 없으면 그냥 아무 데나 폭탄을 떨어뜨려 놓고 폭파된 건물이 공장이기를 바라지 않을까요? 풍선이 있다고 되돌아가서 다른 날 다시 오지는 않을 테니까요."

아빠는 한동안 대답을 하지 않았다.

"아빠 생각엔 말이다. 그 사람들은 어느 쪽이든 상관하지 않을 거야. 그 사람들은 그저 우리 국민들의 사기나 희망을 꺾어놓고 싶은 거야. 물론 폭탄이 우연히 비행기나 배를 만드는 공장을 폭파시킬 수 있으면 더 바랄 게 없겠지. 전쟁이라는 건 원래 그렇게 하는 거거든. 본격적인 폭격을 시작하기 전에 여기저기 일단 가볍게 터뜨려보는 거란다."

아빠가 한숨을 쉬었다.

"데이빗, 안 그래도 너하고 할 얘기가 있어. 아주 중요한 얘기야."

두 사람은 모벌리 박사와 또 한 번 상담을 하고 돌아온 터였다. 그 상담에서도 엄마가 보고 싶으냐는 질문을 받았다. 물론 데이빗은 엄마가 보고 싶었다. 그런 한심한 질문이 어디 있을까? 데이빗은 엄마가 보고 싶었고 그래서 슬펐다. 굳이 의사까지 나서서 그런 말을 해줄 필요는 없었다. 데이빗은 모벌리 박사가 하는 이야기를 대부분 알아들을 수가 없었다. 너무 어려운 단어를 사용해서이기도 했지만 그보다는 박사의 목소리가 책장에 꽂힌 책들의 웅성거림에 파묻혔기 때문이었다.

책들이 내는 소리는 점점 더 또렷하게 들렸다. 데이빗은 자신에게 들리는 소리가 모벌리 박사에게는 들리지 않으리라는 것을 알고 있었다. 만약 그 소리가 들렸다면 미치지 않고서야 상담을 계속할 수가 없을 것이다. 모벌리 박사가 좀 그럴 듯한 질문을 던지기라도 하면 책들은 마치 발성 연습을 하는 남자 합창단처럼 "음……" 하는 소리를 냈다. 만약 질문이 마음에 들지 않으면 그를 향해 모욕적인 말들을 내뱉었다.

"돌팔이!"

"헛소리 하고 있네!"

"저런 멍청한 놈 봤나!"

『융 심리학』이라는 제목의 책은 얼마나 화가 났는지 책장에서 튀어나와 양탄자 위로 떨어져서 씩씩거렸다. 책이 떨어졌을 때 모벌리 박사는 몹시 놀라는 것 같았다. 데이빗은 그 책이 무슨 말을 했는지 그에게 알려주고 싶었지만 책들이 하는 말을 들을 수 있다는 것이 자랑 같지는 않았다. 데이빗은 '머리가 이상해서' 격리되는 사람들의 이야기를 들은 적이 있었다. 데이빗은 격리되고 싶지 않았다. 게다가 책들이 하는 이야기가 항상 들리는 것도 아니었다. 몹시 화가 나거나 흥분했을 때만 들렸다. 데이빗은 항상 흥분하지 않으려고 노력했고, 좋은 일만 생각하려고 노력했다. 그러나 그러기가 쉽지 않았다. 모벌리 박사나 로즈와 함께 있을 때는 더욱 어려웠다.

데이빗은 아빠와 함께 강가에 앉아 있었다. 그를 둘러싼 온 세상이 변하려는 순간이었다.

"이제 곧 동생이 생길 거야. 로즈가 아기를 낳을 거란다."

데이빗의 아빠가 말했다.

데이빗이 과자를 먹던 손을 멈추었다. 갑자기 맛이 이상했다. 머리가 깨질 것 같았다. 벤치에서 굴러 떨어져서 또다시 습격을 당할 것 같은 기분이 들었지만 가까스로 정신을 잃지 않고 버틸 수 있었다.

"로즈 아줌마하고 결혼하실 거예요?"

그가 물었다.

"그럴까 생각 중이란다."

그의 아빠가 말했다.

데이빗은 그 전주에 아빠와 로즈가 그 문제를 의논하는 것을 엿들었다. 데이빗이 잠자리에 들 시간에 로즈가 찾아왔다. 그러나 데이빗은 계단에 앉아 두 사람이 하는 이야기를 들었다. 데이빗은 가끔 그런 짓을 했다. 그러나 대화가 중단되고 키스하는 소리가 들리기 시작하거나 로즈가 낮은 목소리로 키득거리기 시작하면 곧바로 잠자리에 들었다. 마지막으로 그들의 이야기를 엿들었을 때, 로즈는 '사람들' 이야기를 했다. 사람들이 수군거린다고 했다. 로즈는 사람들이 하는 이야기가 듣기 싫다고 했다. 결혼 이야기가 나온 것은 바로 그때였다. 그러나 그 이후의 이야기는 들을 수 없었다. 아빠가 물을 끓이기 위해 밖으로 나왔고 데이빗은 가까스로 몸을 피했다. 아빠가 2층으로 올라와 데이빗이 잠들었는지 확인한 것으로 보아 어쩌면 조금 의심을 했는지도 모른다는 생각이 들었다. 데이빗은 눈을 꼭 감고 잠이 든 척했고 아빠는 안심을 한 것 같았다. 그러나 다시 계단으로 나가서 대화를 엿들을 용기는 나지 않았다.

"데이빗, 네가 알아야 할 것이 있단다."

아빠가 그에게 말했다.

"아빤 널 사랑해. 그건 앞으로도 영원히 변치 않을 거다. 누구하고 함께 살게 되건 말이야. 네 엄마도 사랑했단다. 아빤 엄마를 언제까지나 사랑할 거야. 하지만 지난 몇 달 동안 로즈와 알고 지내면서 아빠가 많은 도움을 받았어. 로즈는 착한 여자란다, 데이빗. 게다가 널 아주 좋아해. 로즈한테 기회를 한번 줘보지 않겠니?"

데이빗은 대답하지 않았다. 그저 침을 꿀꺽 삼켰다. 사실 데이빗은 항상 동생이 있었으면 좋겠다고 생각했다. 그러나 이런 식으로는 아니었다. 아빠 엄마와 함께 살 때 얘기였다. 이런 식으로는 싫었다. 앞으로 태어날 아이는 그의 동생이 아니었다. 로즈의 배에서 태어난 아이이기 때문이었다. 그건 전혀 얘기가 달랐다.

그의 아빠가 한 팔을 데이빗의 어깨 위에 올려놓았다.

"데이빗, 무슨 말이든 해보렴."

"집에 가고 싶어요."

그의 아빠는 데이빗의 어깨 위에 아주 잠깐 더 손을 얹고 있다가 내렸다. 아빠는 마치 누군가 아빠의 몸에서 바람을 빼기라고 한 듯 축 늘어졌다.

"그래. 그만 집에 가자."

아빠가 서글픈 목소리로 말했다.

6개월 뒤, 로즈는 사내아이를 낳았고 데이빗과 아빠는 어렸을 때부터 살던 집을 떠나 로즈와 데이빗의 이복 남동생 조지와 함께 살기 위해 로즈의 집으로 들어갔다. 로즈는 런던 북서부의 웅장한 저택에서 살고 있었다. 집 앞에 넓은 정원이 있고 숲으로 빙 둘러싸인 집이었다. 로즈의 가족이 몇 대에 걸쳐 살았던 집이었고 데이빗이 살던 집보다 세 배는 더 크다고 했다. 처음에 데이빗은 그 집에 들어가고 싶지 않았지만 아빠가 차근차근 이유를 설명했다. 그 집이 아빠의 새 직장에서 더 가까울 뿐 아니라 전쟁 때문에 일이 갈수록 더 많아지고 있기 때문에 직장에서 가까운 곳에 살면 데이빗과 함께 보내는 시간이 더 많아질 거라고 했다. 어쩌면 점심식사를 하러 집에 올 수도 있을 거라고 했다. 아빠는 또 데이빗에게 런던 시내가 점점 더 위험해지고 있기 때문에 근교에서 사는 편이 훨씬 더 안전하다고 했다. 독일 비행기들이 몰려오고 있고 아빠 생각에는 히틀러의 군대는 결국엔 패배하겠지만 당분간은 아주 상황이 나빠질 거라고 했다.

데이빗은 아빠가 무슨 일을 해서 돈을 버는지 확실히 알 수 없었다. 아빠가 수학을 아주 잘한다는 것과 최근까지 큰 대학에서 학생들을 가르쳤다는 것은 알고 있었다. 그런데 최근에 아빠는 대학교를 그만두고 근교에 있는 낡은 시골 별장에서 나라를 위해 일하게 되었다. 근처에는 군대 막사들이 있었고 별장으로 가는 길목마다 군인들이 지키면서 수시로 순찰을 돌았다. 무슨 일을 하냐고 물을 때마다 아빠는 정부에서 하는 일의 숫자를 점검하는 일이라고만 대답했다. 살던 집을 떠나 로즈의 집으로 들어가는 날 아빠는 데이빗에게 좀 더 자세히 설명해줄 필요가 있다고 생각한 모양이었다.

"데이빗, 넌 옛날이야기나 동화책을 아주 좋아하지?"

이삿짐 운반차를 따라 런던을 빠져나가는 길에 아빠가 말했다.

"아마 넌 궁금하겠지? 아빠가 왜 너처럼 그런 것들을 좋아하지 않는지. 사실 어떻게 보면 아빠도 이야기를 좋아한단다. 아빠가 하는 일도 바로 그런 거거든. 가끔 그럴 때가 있지 않니? 어떤 이야기가 처음에 네가 생각했던 것과 전혀 다른 이야기인 경우 말이야. 그럴 땐 이야기 속에 어떤 의미가 감추어져 있기 때문에 그의미를 잘 새겨봐야만 하겠지?"

"성경처럼요?"

데이빗이 말했다.

매주 일요일, 신부는 큰 소리로 성경 구절을 낭송하고 그 의미를 설명해주곤 했다. 데이빗은 항상 신부의 설교에 귀를 기울이지는 않았다. 사실 신부의 말은 지루하기 짝이 없었다. 그러나 아주 단순하게만 생각했던 이야기 속에서 신부가 전혀 다른 의미를 발견해내는 것을 보면 놀랍다는 생각이 들었다. 솔직히 일부러 복잡하게 만드는 것 같기도 했다. 그래야만 더 말을 많이 할 수 있을 테니까. 데이빗은 성당을 별로 좋아하지 않았다. 데이빗은 엄마에게 일어난 일에 대해, 그리고 로즈와 조지를 그의 삶에 끌어들인 것에 대해 아직도 하느님에게 화가 나 있었다.

"하지만 세상에는 누구나 쉽게 이해해서는 안 되는 이야기도 있어."

아빠가 말을 이었다.

"오직 몇 사람만 이해할 수 있도록 그 의미를 아주 잘 감춰놓은 이야기 말이야. 글을 사용할 수도 있고 숫자를 사용할 수도 있고 어쩔 땐 둘 다 같이 사용할 때도 있어. 어떤 식이든 목적은 같단다. 보는 사람이 쉽게 이해하지 못하게 하는 거지. 암호를 모르는 사람에게는 아무 의미도 없는 글이 되는 거야. 독일 사람들이 정보를 주고받을 때 암호를 사용하지? 우리도 그렇단다. 어떤 건 아주 복잡하고 또 어떤 건 아주 단순해 보이지만 알고 보면 오히려 그런 게 더 복잡하지. 아빠는 아무나 이해할 수 없게 써놓은 비밀 이야기를 해독하는 일을 하고 있어."

아빠가 데이빗에게 몸을 돌려 한 손을 어깨에 얹었다.

"아빤 널 믿는다, 데이빗. 아빠가 무슨 일을 하는지는 누구한테도 얘기해서는 안 돼."

아빠가 손가락을 입술에 대고 "이건 일급비밀이거든!" 하고 말했다.

"일급비밀!" 데이빗은 아빠의 동작을 흉내 내며 말했다.

그들은 계속 차를 타고 달렸다.

데이빗의 침실은 저택의 꼭대기에 있었다. 온통 책으로 가득해서 데이빗의 방으로 로즈가 정해준 천장이 조금 낮은 다락방이었다. 그렇게 해서 데이빗이 가져온 책들은 자기들보다 더 오래되고 이상한 책들과 한 책장을 쓰게 되었다. 처음에는 그가 가져온 책들을 꽂기 위해 자리를 만들다가 결국에는 색상과 크기별로 책장을 정리하기에 이르렀다. 그래야만 보기가 좋을 것 같았다. 그것은 데이빗의 책들이 이곳에 본래 있던 책들과 섞이는 것을 의미했다. 결국 데이빗의 동화책들은 공산주의 역사와 1차 세계대전의 마지막 전투에 관한 책 사이에 꽂히게 되었다. 데이빗은 공산주의에 관한 책을 읽어보았다. 공산주의라는 게 도대체 뭔지 궁금했다. 데이빗의 아빠는 그것이 아주 나쁜 것이라고 생각하고 있는 것이 분명했다. 그러나 겨우 세 페이지 정도 읽고 난 뒤에 데이빗은 흥미를 잃었다. '생산 도구에 대한 노동자들의 소유권'과 '자본의 강탈'에 관한 이야기를 읽다보니 저절로 졸음이 쏟아졌다. 1차 세계대전 이야기는 그나마 조금 나았다. 곳곳에 잡지에서 오려낸 것 같은 낡은 탱크 삽화들이 있었기 때문이었다. 따분한 프랑스어 교재도 있었고 재미있는 그림들이 있는 로마 제국에 관한 책도 있었다. 그림을 그린 사람은 로마인들이 다른 민족들에게 저지른 잔인한 행위들과 그에 대한 보복으로 다른 민족들이 로마인들에게 저지른 행위들을 그림으로 표현하는 게 퍽 재미있었던 모양이었다.

데이빗이 가지고 있던 그리스 신화 시리즈들은 시집들과 색깔이나 크기가 같았기 때문에 종종 신화를 뽑으려다가 시집을 뽑게 되곤 했다. 마음을 단단히 먹고 읽어보면 어떤 시집들은 생각만큼 형편없지는 않았다. 그중 한 권은 중세의 어느 기사에 관한 시였다. 그 기사는 시 속에서 '공자'라고 불렸다. 그가 어둠의 성을 찾아 여행을 떠난다는 이야기였는데 그 성에 어떤 비밀이 숨겨져 있는지는 알 수 없었다. 사실 그 시는 조금 황당하게 끝났다. 기사가 성에 도착했고, 그걸로 끝이었다. 데이빗은 그 성 안에 무엇이 있는지 궁금했고 그 성에 도착한 이후 기사에게 무슨 일이 일어났는지도 궁금했다. 그러나 그 시를 쓴 시인은 그런 것이 별로 중요하지 않다고 생각한 모양이었다. 데이빗은 도대체 어떤 사람들이 시를 쓰는 것인지 궁금했다. 누구라도 기사가 성에 도착했을 때부터가 진짜 이야기가 재미있어지는 순간이라고 생각할 것이다. 그러나 그 시인은 바로 그 지점에서 이야기를 중단하고 다른 이야기를 쓰기 시작했다. 어쩌면 계속 이어서 쓰려고 했다가 깜박 잊어버린 것일까? 아니면 사람들을 깜짝 놀라게 할 만한 대단한 괴물을 생각해내지 못했던 것일까? 데이빗이 상상하는 시인은 여러 등장인물들을 종이 위에 끼적거린 뒤 하나씩 지워가는 사람이었다.

~~늑대인간~~
~~용~~
~~아주 큰 용~~
~~마녀~~
~~아주 큰 마녀~~

작은 마녀

데이빗은 시의 소재로 등장하는 괴물의 형상을 머릿속에 그려 보려 했지만 그럴 수가 없다. 생각보다 힘든 일이었다. 어떤 괴물 도 썩 그럴듯해 보이지 않았다. 결국 데이빗은 거미줄이 드리워 진 어둠 한구석에 도사리고 있는, 그가 상상할 수 있는 가장 두려 운 것들을 뒤섞어 만든 미완성의 괴물 하나를 가까스로 생각해 낼 수 있었을 뿐이었다.

책장의 빈 공간을 채우기 시작하자마자 방 안에 감도는 변화 를 데이빗은 느낄 수 있었다. 새로 꽂힌 책들은 오래된 책들 옆에 서 왠지 불안한 듯 이상한 소리를 냈다. 어딘가 주눅이 든 것 같 은 모습이었고 데이빗에게 알아들을 수 없는 소리로 투덜거렸다. 오래된 책들은 송아지 가죽이나 다른 가죽으로 제본이 되어 있었 는데 이미 오래전에 사장되었거나 새로운 과학적 발견에 의해 오 류로 판명되어서 새로운 진리로 대체되는 과정에 놓인 책들도 있 었다. 해묵은 지식을 담고 있는 책들은 자신들의 가치가 사라졌 다는 사실을 결코 받아들이지 못했다. 그런 책들은 동화책보다도 더 낮은 등급으로 전락했다. 동화는 지어낸 이야기이고 진실이 아닌 것이 당연했지만 그런 책들의 경우에는 애초부터 보다 원대 한 목표를 갖고 집필된 것이었다. 그 책을 쓴 사람들은 아마도 엄 청난 노력을 쏟아 부었을 것이다. 자기가 알고 있는 모든 것, 이 세상에 대해 믿고 있는 모든 것을 한 권의 책으로 엮었을 것이다.

그들이 잘못 생각했고, 그들이 믿었던 진리가 더 이상은 아무런 가치도 없는 것이라는 사실은 그 책들로서는 받아들이기 힘들었을 것이다.

성경을 철저히 분석한 뒤 1783년도에 세상의 종말이 올 것이라고 주장했던 책은 완전히 실성해서 지금이 1782년 이후라는 사실을 믿기를 거부하고 있었다. 그 사실을 인정한다는 것은 곧 책의 주장이 틀렸다는 것을 시인하는 것이나 마찬가지였고 그렇게 되면 그 책은 그저 호기심의 대상으로 전락할 수밖에 없었다. 화성의 문명에 관한 얇은 책도 있었다. 그 책의 저자는 커다란 망원경과 한 번도 흐른 적이 없는 운하의 자국을 식별할 수 있는 특별한 눈을 갖고 있었는데 그는 화성인들이 지하에 숨어서 비밀 무기를 만들고 있을 거라고 떠들어대고 있었다. 그 책은 최근에 불행히도 농아들을 위한 점자 책 옆에 자리를 잡았다. 점자책들은 다행히 다른 책들이 하는 이야기들을 전혀 들을 수가 없었다.

데이빗이 갖고 있던 책들과 비슷한 책들도 있었다. 두툼하고 삽화가 그려진 옛날 동화들로 그림이 화려하고 아름다웠다. 새 집으로 들어간 이후 처음 며칠 동안 데이빗은 창가에 놓인 의자에 누워서 그 책들을 읽으며 시간을 보냈다. 이따금 창밖의 숲을 바라볼 때면 이야기 속에 나왔던 늑대와 마녀와 괴물들이 살아날 것만 같았다. 동화 속에서 묘사한 숲이 그가 바라보는 숲과 너무도 똑같아서 그 둘이 같은 숲이 아니라는 사실이, 그 책에서 영감을 받아 만든 숲이 아니라는 사실이 믿기지 않을 때도 있었다. 그림에 전혀 소질이 없는 사람이 조심스럽게 그려놓은 것 같은 삽화가 들어 있는 책들도 있었다. 그런 경우에는 그림을 그린 사람들의 이름을 밝혀놓지 않았다.

처음 읽는 이야기인데도 그 이미 외우고 있는 것 같은 기분이 들 정도로 친근한 이야기들도 있었다. 마법에 걸려서 밤에는 밤새도록 춤을 추고 낮에는 하루 종일 잠만 자야 하는 공주의 이야기도 있었다. 그 공주는 왕자나 지혜로운 하인에 의해 구출되는 대신 죽음을 당했다가 유령이 되어 돌아와서 마법사를 지하세계로 던져버렸고 마법사는 그곳에서 불에 타 죽었다. 숲길을 걷다가 늑대의 공격을 받은 소녀의 이야기도 있었다. 소녀는 늑대를 피해 달아나다가 나무꾼을 만난다. 그런데 나무꾼이 늑대를 죽이고 소녀를 가족들의 품으로 돌려보내느냐 하면 절대 그렇지 않았다. 나무꾼은 늑대의 머리를 도끼로 찍은 다음 깊은 숲 속 자신의 오두막으로 소녀를 데리고 가서 소녀가 결혼할 나이가 될 때까지 놓아주지 않는다. 결국 나무꾼은 소녀와 결혼을 하고 주례는 부엉이가 맡는다. 소녀는 오랜 세월 동안 부모를 그리워하며 눈물을 흘리지만 나무꾼은 결코 그녀를 놓아주지 않는다. 소녀는 나무꾼의 아이들을 낳고 나무꾼은 그 아이들을 늑대 사냥꾼으로 키우고 숲에서 길을 잃은 사람들을 데려오도록 가르친다. 남자가 걸려들면 죽인 다음 값진 물건들만 빼앗아 오라고 했고 여자가 걸려들면 집으로 데려오라고 한다.

데이빗은 밤낮으로 그런 동화들을 읽었다. 로즈의 집은 따듯한 적이 한 번도 없었기 때문에 늘 담요를 뒤집어쓰고 읽었다. 창문 틈으로 스며들어온 바람이 마치 무언가를 찾으려는 듯 책장을 넘겼다. 저택의 앞뒤 담장을 뒤덮은 담쟁이덩굴은 오랜 세월에 걸쳐 벽을 뚫고 들어와 천장 한구석을 점령하거나 창틀 밑으로 덩굴손을 뻗어왔다. 처음에는 가위로 덩굴을 잘랐지만 며칠이 지나면 다시 덩굴손이 뻗어나왔고 갈수록 두꺼워지고 길어지면서 목재나 벽토 위로 더 단단하게 들러붙었다. 곤충들마저 벽 틈새로 들락거리면서 안과 밖의 경계는 갈수록 흐릿해졌다. 옷장 안에서 딱정벌레들이 나오기도 했고 양말서랍에서 집게벌레가 나오기도 했다. 밤이면 천장 위에서 쥐들이 뛰어다니는 소리가 들렸다. 마치 자연이 데이빗의 방을 자기 것이라고 우기는 것 같았다.

그보다 더 나쁜 것은 데이빗이 '꼬부라진 남자'라고 이름 붙인 사람이 꿈에 더 자주 나타난다는 사실이었다. 그는 데이빗의 창밖에서 내다보이는 숲과 아주 비슷한 숲 속을 거닐고 있었다. 그는 숲 가장자리에 서서 로즈의 집과 비슷한 집이 있는 푸른 잔디를 바라보고 있었다. 꿈속에서 그는 데이빗에게 말을 걸었다. 그는 조롱하는 것 같은 미소를 짓고 있었다. 그가 하는 말이 무슨 말인지 데이빗은 통 알아들을 수가 없었다.

"모두 기다리고 있습니다! 어서 오십시오, 국왕 폐하! 새로운 국왕 만세!"

그가 말했다.

제4장

조나단 툴베이와 빌리 골딩,
그리고 철로 변 사람들

데이빗의 방은 구조적으로 좀 이상했다. 천장은 너무 낮은 데다 고르지 않았고 곳곳에 경사가 져 있어서 부지런한 거미들이 거미줄을 치기에는 더할 나위 없이 완벽한 조건을 제공했다. 책장의 비교적 후미진 곳들을 살펴보려 할 때마다 머리와 얼굴에 은빛 거미줄을 뒤집어쓰기 일쑤였다. 그럴 때면 거미줄 주인은 허겁지겁 책장 한구석으로 피신한 다음 처량한 표정으로 다음번엔 어떤 거미줄 공격으로 복수를 할지 궁리했다. 방 한구석에는 나무로 만든 장난감 상자가 있었고 또 다른 구석에는 커다란 옷장이 있었다. 그 사이에 거울이 달린 서랍장이 하나 있었다. 벽이 엷은 푸른색인데다 화창한 날에는 벽을 뚫고 들어온 담쟁이덩굴과 더불어 거미들의 먹이가 되곤 하는 곤충들까지 방 안을 날아다녀서 마치 들판에 있는 것 같은 기분이 들기도 했다.

방에는 잔디와 숲이 내다보이는 조그만 유리 창이 하나 있었다. 의자 위에 올라서면 교회 뾰족탑과 이웃마을의 지붕까지 보였다. 남쪽이 런던이었지만 느낌으로는 런던이 마치 남극 어딘가에 있는 것 같았다. 나무와 숲이 저택을 외부세계로부터 철저하게 차단하고 있기 때문이었다. 데이빗은 창가에서 책 읽는 것을 가장 좋아했다. 책들은 여전히 자기들끼리 소곤거렸지만 기분이 괜찮을 때면 데이빗은 단 한 마디로 그들을 조용히 시킬 수 있었다. 게다가 데이빗이 책을 읽을 때면 책들도 대체로 입을 다물었다. 데이빗이 자기들의 이야기를 읽어주는 것이 흐뭇하다는 듯이.

다시 여름이 돌아왔고 데이빗은 책 읽을 시간이 넘쳐났다. 아빠는 이웃 친구들을 사귀어보라고 했다. 도시에서 피난 온 아이들도 부근에 있었지만 데이빗은 그 아이들과 어울리고 싶지 않았다. 그 아이들 역시 데이빗에게서 슬픔과 무관심을 감지하고 거리를 두었다. 책들이 친구들의 자리를 대신했다 특히 친필로 내용을 덧붙이고 삽화들을 넣은 낡은 고전 동화책들은 어딘가 신비로우면서도 불길하게 느껴졌다. 데이빗은 그 동화책에 완전히 빠져들었다. 그 동화를 읽을 때마다 엄마 생각이 났지만 대부분 좋은 기억들이었다. 엄마 생각에 빠져들수록 로즈와 로즈의 아들 조지와는 점점 더 멀어졌다. 책을 읽지 않을 때면 창가 자리에 앉아 저택 곳곳의 이상한 점들을 관찰했다. 숲이 시작되는 곳 부근 잔디에 움푹 내려앉은 지하 정원도 그중 하나였다.

초록색 네모로 이루어진 네 칸의 석조계단과 정원 주위를 빙

두른 판석이 깔린 산책로 때문에 지하 정원은 마치 빈 수영장 같았다. 정원사 브릭스가 정기적으로 잔디를 깎았는데 그는 매주 목요일마다 와서 꽃과 나무를 돌보고 사람의 손길이 필요한 곳이 없는지 살펴보았지만 정원의 돌담만큼은 부서진 채로 방치해두었다. 돌담에는 큼직하게 균열이 가 있었고 한 귀퉁이는 완전히 부서져서 마음만 먹으면 그 구멍으로 들어갈 수도 있을 것 같았다. 그러나 데이빗은 머리를 한번 넣어본 것이 전부였다. 그 너머의 공간은 어둡고 눅눅했으며 온갖 종류의 꿈틀거리는 벌레들이 우글거렸다. 데이빗의 아빠는 지하 정원이 공습대피소로 제격일 것 같다고 했지만 지금까지는 헛간에 모래주머니와 골함석들을 높이 쌓아놓은 것이 전부였다. 그 덕분에 브릭스 씨는 연장을 가지러 헛간에 갈 때마다 쌓아놓은 물건들을 피해서 돌아가야 했기 때문에 몹시 짜증스러워했다. 지하 정원은 데이빗만의 공간이 되었다. 책들이 수군거리는 소리가 듣기 싫을 때, 좋은 의도이겠지만 결코 반갑지 않은 로즈의 잔소리를 피하고 싶을 때 특히 그랬다.

데이빗과 로즈의 관계는 그다지 좋지 않았다. 아빠의 부탁도 있었고 항상 공손하려고 노력하긴 했지만 데이빗은 로즈가 싫었고 그녀가 자신의 삶에 끼어든 것이 싫었다. 로즈가 엄마의 자리를 차지했다는 것, 아니면 차지하려고 노력한다는 것만으로도 싫어할 만한 이유는 충분했지만 그게 전부는 아니었다. 식료품을 배급받아야 하는 상황에서도 로즈는 데이빗이 좋아하는 음식을 만들어주려고 애썼지만 데이빗은 그런 로즈가 짜증스러웠다. 로즈는 데이빗이 자신을 좋아해주기를 바랐고 데이빗은 그래서 로즈가 더 싫었다.

무엇보다도 아빠에게 로즈는 엄마에 대한 추억을 엷어지게 만드는 사람이었다. 아빠는 벌써 로즈와 새로 태어난 아기에게 홀딱 반해서 엄마를 잊어가고 있었다. 꼬마 조지는 아주 까다로운 아기였다. 항상 보챘고 항상 아파서 마을 의사가 정기적으로 집을 드나들었다. 조지 때문에 밤마다 잠을 설치고 지치고 짜증스러워하면서도 아빠와 로즈는 조지에게 푹 빠져 있었다. 결국 데이빗 혼자 남겨지는 시간이 점점 더 많아졌다. 데이빗은 조지 덕분에 얻게 된 자유가 좋으면서도 한편으로는 아무도 관심을 가져주지 않는 것이 서글펐다. 어쨌든 책 읽을 시간은 훨씬 더 많아졌고 그것만큼은 결코 나쁜 일이라고 말할 수가 없었다.

그러나 오래된 책들에 대한 애정이 깊어져 갈수록 그 책들의 전 주인에 대한 궁금증도 커졌다. 그 책의 주인은 데이빗과 비슷한 사람이었던 것이 분명했다. 이름도 알아냈다. 드 권의 책에 '조나단 툴베이'라는 이름이 적혀 있었다. 그가 누구인지 궁금했다.

그러던 어느 날, 데이빗은 마침내 로즈에 대한 증오심을 억누르고 그녀가 일하고 있는 부엌으로 내려갔다. 정원사의 아내이자 가정부인 브릭스 부인이 이스트본에 사는 여동생의 집에 갔기 때문에 로즈가 집안일을 하고 있었다.

밖에서 뛰어다니는 닭들의 울음소리가 들려왔다. 데이빗은 조금 전에 브릭스 씨를 도와 닭 모이를 주었고 채소밭에 가서 토끼들이 들어오진 않았는지도 살펴보았고 여우가 들어올 만한 구멍이 있는지도 둘러보았다. 지난주에 브릭스는 집 근처에 덫을 놓아서 여우 한 마리를 잡았다. 덫에 걸려 거의 목이 부러지기 직전이었던 여우의 모습을 보고 데이빗은 불쌍하다고 말했다. 그랬더니 브릭스 씨가 만약 여우가 닭장으로 들어갔다면 닭들을 전부 물어 죽였을 거라면서 데이빗을 나무랐다. 그러나 데이빗은 조그맣고 날카로운 이빨 사이로 혀를 길게 물어 빼고 덫에서 벗어나려고 몸부림치다가 살점이 찢겨나간 여우의 시체를 바라보고 있기가 영 거북했다.

데이빗은 레몬주스 한 잔을 만들어서 식탁에 앉으면서 로즈에게 몸이 어떤지 물었다. 로즈는 설거지를 하던 것을 멈추고 돌아섰다. 기쁨과 놀라움으로 가득한 표정이었다.

데이빗은 로즈로부터 정보를 얻어내기 위해 아주 상냥하게 굴 작정이었다. 그때까지 두 사람은 기껏해야 음식이나 취침시간에 관한 한두 마디의 대화만을 나누고 있던 터였다. 그런데 데이빗과 친해질 모처럼의 기회를 로즈가 덥석 잡아버리는 바람에 데이빗은 연기력을 발휘할 필요조차 없었다. 로즈는 행주에 손을 닦은 뒤 데이빗의 곁에 앉았다.

"난 아주 좋아. 물어줘서 고맙다. 조지 때문에 조금 피곤하긴 하지만, 차츰 나아지겠지. 지난 며칠 동안 좀 정신이 없더라. 너도 그랬을 거야. 우리 네 사람이 갑자기 한 집에 살게 됐으니 말이야. 그래도 네가 우리 집에 와줘서 얼마나 좋은지 몰라. 혼자 살기에 이 집은 너무 큰 데다 부모님이 이 집을 꼭 지켜주기를 원하셨거든. 그 분들한테는 아주 특별한 의미가 있는 집이었단다."

"왜요?"

데이빗이 물었다. 지나친 관심을 보이지 않으려고 노력하면서.

데이빗은 로즈에게 말을 거는 이유가 이 집과 그의 방, 그 방에 있는 책들에 대한 궁금증 때문이라는 사실을 들키고 싶지 않았다.

"왜냐하면 이 집은 아주 오랫동안 우리 가족들이 살았던 집이거든. 우리 할아버지가 지으셨고 자식들과 함께 사셨어. 할아버지 할머니는 우리 가족이 대대로 영원히 이 집에서 살기를 원하셨고 항상 여기서 아이들이 뛰어놀기를 원하셨단다."

"그분들이 제 방에 있는 책의 주인이신가요?"

데이빗이 물었다.

"그중 일부는 그래. 그 나머지는 그분들의 자식들, 그러니까 나의 아버지와 아버지의 여동생, 그리고……."

로즈가 잠시 말을 멈추었다.

"조나단이란 사람요?"

데이빗이 물었고 로즈가 고개를 끄덕였다. 로즈는 슬퍼 보였다.

"그래, 조나단. 어떻게 알았니?"

"책에 적혀 있었어요. 그 사람이 누구일까 궁금했어요."

"그 사람은 나의 삼촌이란다. 내 아버지의 형이었지. 그런데 난 한 번도 삼촌을 본 적이 없어. 네 방은 한때 그 삼촌의 방이었어.

거기 있는 책들은 대부분 삼촌의 책이었고. 책들이 마음에 안 든
다면 미안하구나. 네가 좋아할 거라고 생각했는데……. 좀 어둡
긴 하지만 책이 많아서 난…… 아무래도 내가 생각이 짧았던 것
같구나."

데이빗은 당황스러웠다.

"아니에요! 전 그 방이 좋아요! 책들도 좋고요."

로즈는 고개를 돌렸다.

"그 얘기가 아니란다."

"얘기해주세요! 네?"

로즈는 마음이 약해졌다.

"조나단 삼촌은 실종됐어. 겨우 열네 살이었지. 아주 오래전 일
이야. 할아버지 할머니는 삼촌의 방을 그대로 보존해두셨어. 언
젠가는 돌아올 거라고 믿으셨거든. 그런데 삼촌은 결국 돌아오지
않았어. 삼촌하고 같이 없어진 아이가 있었는데, 어린 여자아이
고 이름은 애나야. 할아버지 친구 분의 딸이었는데, 부모가 화재
로 죽었기 때문에 할아버지가 데려다 키우셨어. 애나는 일곱 살
이었어. 할아버지는 조나단한테 여동생이 있으면 좋을 거라고 생
각했고, 애나한테도 오빠가 있으면 좋을 거라고 생각하셨어. 어
쨌든 둘이 어디로 떠나버린 건지, 아니면 무슨 일이 일어났던 건
지, 그 후로 아무도 그 두 사람을 보지 못했단다. 참 슬픈 일이지?
사람들이 꽤 오랫동안 그 둘을 찾아 다녔어. 숲에도 가보고, 강도
뒤져보고, 이웃 마을까지 수소문을 했어. 런던까지 가서 곳곳에

포스터를 붙였지만 그 둘을 보았다는 사람은 아무도 없었어.

그 후로 두 분은 아이를 둘 더 낳으셨는데 바로 우리 아버지하고 아버지의 여동생 캐서린이야. 하지만 결코 조나단 삼촌을 잊지 않으셨고 두 사람이 반드시 돌아올 거라고 믿으셨지. 특히 할아버지는 자식을 잃은 상실감 때문에 몹시 괴로워하셨어. 그렇게된 게 다 당신 잘못이라고 생각하셨어. 아이들을 잘 지켜주지 못했다고 생각하셨지. 내 생각엔 아마 그 일 때문에 할아버지가 일찍 돌아가신 것 같아. 할머니가 돌아가시면서 우리 아버지한테 조나단이 언제 돌아올지 모르니까 방을 치우지 말고 책도 그대로 두라는 유언을 남기셨단다. 결코 희망을 버리지 않으셨지. 애나에 대해서도 걱정을 하셨지만 조나단은 큰아들이었으니까. 아마 침실에서 창밖을 내다보면서 언제라도 어른이 된 아들이 성큼성큼 걸어 들어와서 그동안 있었던 일들에 대해 신나게 이야기하는 상상을 하셨을 거야.

아버지는 할머니가 시킨 대로 책들을 그대로 두셨단다. 아버지 어머니가 돌아가신 뒤에는 내가 그렇게 했지. 나도 늘 언젠가는 내 가족을 갖겠다고 생각했어. 조나단 삼촌이 책을 너무도 좋아했기 때문에, 언젠가 삼촌처럼 책을 좋아하는 꼬마가 그 책을 읽어주길 삼촌도 바라실 거라고 생각했어. 아무한테도 읽혀지지도 않은 채로 썩어가는 대신 말이야. 이제 그 방은 네 방이란다. 하지만 다른 방으로 옮기고 싶으면 그렇게 하렴. 방은 얼마든지 있으니까.”

"조나단 아저씨는 어떤 분이셨어요? 할아버지가 얘기해주시던 가요?"

로즈가 잠시 생각에 잠겼다.

"나도 너만큼이나 궁금했단다. 그래서 할아버지한테 조나단 삼촌에 대해 물어보곤 했지. 내 나름대로 조사도 했고. 할아버지 말씀으로는 아주 조용한 아이였고, 너도 짐작했겠지만 책을 무척 좋아했다더구나. 꼭 너처럼. 재미있는 얘기도 들었어. 특히 동화를 좋아했는데, 그러면서도 한편으로는 무서워했대. 가장 무서워했던 동화를 가장 즐겨 읽었다지? 그중에서도 늑대를 무서워했다더라. 할아버지한테 들은 얘긴데, 한번은 늑대가 쫓아오는 꿈을 꿨대. 보통 늑대가 아니라 동화 속에서 나오는 말하는 늑대였대. 꿈속에 나오는 늑대들은 아주 교활하고 무서운 짐승이었대. 자꾸 악몽을 꾸는 게 좋지 않을 것 같아서 할아버지가 그 책을 치우려고 할 때마다 조나단이 그냥 두라고 말려서 결국 할아버지가 책을 다시 가져다 두셨대. 거기 있는 책들 중에 어떤 책들은 정말 오래된 책들이란다. 조나단 삼촌이 그 책을 갖게 되었을 때 이미 아주 낡은 책들이었지. 만약 누군가 그 책에 낙서를 해놓지만 않았다면 꽤 값이 나갈 만한 책들도 있었어. 원래는 없었던 글과 그림들이 덧붙여져 있었거든. 할아버지는 그 책을 판 사람이 그려놓은 거라고 생각하셨어. 런던의 한 서점 주인이었는데, 좀 이상한 사람이래. 아이들 책을 많이 팔았는데, 정작 아이들을 좋아하지 않았다는구나. 항상 아이들한테 겁을 줬대."

로즈는 창밖을 내다보면서 할아버지와 실종된 삼촌에 대한 추억에 잠겼다.

"할아버지는 조나단과 애나가 사라진 뒤에 그 서점을 찾아가셨단다. 아이들을 키우는 사람들이 그 서점에 자주 올 테고 혹시 사라진 아이들에 대해 뭔가 알고 있을지도 모른다고 생각하셨던 거지. 그런데 막상 그 서점이 있던 런던 골목에 도착해보니 서점이 사라지고 없더래. 판자를 가로질러서 문에 못을 쳐놓았더란다. 아무도 없어서 그 서점 주인이었던 땅딸막한 남자한테 무슨 일이 일어났는지 물어볼 수도 없었대. 어쩌면 죽었을지도 모르지. 할아버지 말씀이, 아주 늙고 아주 이상한 사람이었다더라."

초인종이 울리면서 데이빗과 로즈 사이에 드리워졌던 마법의 주문도 깨졌다. 집배원이었다. 로즈가 우편물을 받으러 나갔고 그녀가 다시 돌아왔을 때 로즈는 혹시 출출하냐고 물었다. 데이빗은 아니라고 대답했다. 데이빗은 사실 로즈어 대한 경계를 너무 쉽게 풀어버린 자신에 대해 슬슬 화가 나기 시작하고 있었다. 덕분에 수확은 있었지만 로즈가 이제 두 사람 사이에 아무런 문제도 없다고 생각하는 것은 싫었다. 왜냐하면 그것이 사실은 아니기 때문이었다. 전혀 사실이 아니었다. 그는 부엌에 로즈를 혼자 남겨두고 방으로 올라갔다.

올라가는 길에 잠깐 조지를 들여다보았다. 조지는 흔들침대에서 곤히 잠들어 있었고 그 옆에는 유아용 방독면(2차 세계대전 당시 독가스 살포를 우려하여 영국정부가 전 국민이 방독면을 소지할 것을 명령했음—옮긴이)과 방독면에 공기를 주입하는 기구가 있었다. 저 아이가 여기 있는 것은 저 애의 잘못이 아니라고 데이빗은 스스로를 타일렀다. 조지는 이 세상에 태어나고 싶어서 태어난 것이 아니었다. 그러나 왠지 데이빗은 그 아기를 좋아할 수가 없었다. 아빠가 새 식구를 안고 있는 모습을 볼 때마다 가슴이 찢어졌다. 이 아기야말로 데이빗에게 닥친 모든 부당한 일들과 모든 변화를 상징하는 존재였다. 엄마가 세상을 떠난 뒤에 이 세상에는 데이빗과 아빠만 남았다. 달리 의지할 사람이 없었던 두 사람은 더욱더 가까워질 수밖에 없었다. 그러나 이제 아빠에게는 로즈와 새로 태어난 아들이 있었고 데이빗에게는 아무도 없었다. 그는 여전히 혼자였다.

데이빗은 아기에게서 돌아서서 그의 다락방으로 돌아갔다. 그곳에서 오후 내내 조나단 툴베이의 낡은 책들을 뒤적이며 시간을 보냈다. 그는 창가 의자에 앉아서 오래전 그 자리에 앉았을 조나단을 생각했다. 그는 똑같은 복도를 걸어 똑같은 부엌으로 가서 식사를 했을 것이고 똑같은 거실에서 놀다가 똑같은 침대에서 잠들었을 것이다. 오래전 어느 날, 그는 그 모든 일들을 똑같이 했을 것이다. 어쩌면 데이빗과 조나단은 같은 공간 안에서 다른 차원의 세계에서 살고 있는 것인지도 모른다. 어쩌면 조나단도 마치 투명인간처럼 데이빗이 사는 세상을 거닐면서 그가 매일 밤 낯선 사람과 한 침대를 쓴다는 사실을 모르고 있을 수도 있었다. 그런 생각을 하면서 데이빗은 몸서리를 쳤다. 그러나 너무도 닮은 두 소년이 어떤 식으로든 서로 연결되어 있을 거라는 생각을 하니 기분이 좋았다.

데이빗은 조나단과 어린 소녀 애나에게 도대체 무슨 일이 있었던 건지 궁금했다. 혹시 둘이 함께 달아나버린 것은 아닐까? 동화 속에서 집을 떠난 아이들에게 일어나는 일과 열네 살, 일곱 살 소녀가 실제로 가출을 했을 때 겪게 되는 일이 다르다는 것쯤은 데이빗도 알고 있었다. 설령 가출을 감행할 만한 일이 있었다고 해도 머지않아 몹시 지치고 배가 고플 것이고 집을 떠난 것을 후회하게 될 것이 뻔했다. 데이빗의 아빠는 혹시라도 길을 잃게 되면 경찰관을 찾거나 어른에게 경찰서에 데려가 달라고 부탁하라고 했다. 남자들끼리만 모여 있는 사람들에게는 절대 물어선 안 되고 여자에게 묻거나 여자와 함께 있는 남자, 아니면 어린아이가 있는 사람이면 더 좋다고 했다. 아주 조심해야 한다고 아빠는 말했다. 조나단과 애나에게도 그런 일이 일어났던 것일까? 혹시 나쁜 사람에게 길을 물었던 것일까? 그래서 그 아이들을 집으로 데려다주지 않고 멀리 데려가서 아무도 찾지 못하는 곳에 숨겨둔 것일까? 도대체 왜 그런 짓을 했을까?

침대에 누운 데이빗은 그 질문의 대답이 무엇인지 알 것 같았다. 엄마가 '병원 같지 않은 병원'으로 떠나기 전, 데이빗은 아빠와 엄마가 빌리 골딩이라는 아이의 죽음에 관해 이야기하는 것을 들었다. 빌리 골딩은 어느 날 학교에서 집으로 돌아오는 길에 실종되었다. 빌리 골딩은 데이빗과 같은 학교에 다니지도 않았고 데이빗의 친구도 아니었지만 일요일 축구팀에서 축구를 아주 잘했기 때문에 데이빗도 그의 얼굴을 알고 있었다. 아스날 축구팀에서 빌리 골딩을 스카우트할지도 모른다는 소문도 있었지만 빌리가 꾸며낸 이야기일 뿐 전혀 근거 없는 얘기라고 말하는 사람도 있었다. 그런데 어느 날 빌리가 사라졌고 경찰은 2주 연속으로 일요일 축구경기가 열리는 공원으로 찾아와서 그를 아는 사람들과 이야기를 나누었다. 데이빗과 데이빗의 아빠도 경찰과 이야기를 나누었지만 그들에게 도움을 줄 수가 없었다. 두 번을 찾아온 뒤 경찰은 다시 오지 않았다.

그로부터 며칠 뒤, 데이빗은 빌리 골딩의 시체가 철로 변에서 발견되었다는 소식을 학교에서 들었다. 그날 밤 잠자리에 들 준비를 하면서 데이빗은 아빠 엄마가 침실에서 나누는 대화를 들었다. 데이빗은 시체가 발견되었을 당시 빌리가 발가벗겨져 있었고 시체가 발견된 곳에서 멀지 않은 작고 깨끗한 집에서 어머니와 단 둘이 살던 남자가 체포되었다는 사실을 알게 되었다. 아빠 엄마의 어투로 보아 죽기 전에 빌리에게 아주 끔찍한 일이 일어났다는 것, 그것이 작고 깨끗한 집에 살던 남자와 관계가 있다는 것을 짐작할 수 있었다.

데이빗의 엄마는 그날 밤 아픈 몸을 이끌고 데이빗의 방에 와서 키스해주었다. 엄마는 데이빗을 꼭 끌어안고 절대 낯선 사람하고 얘기해서는 안 된다고 말했다. 학교가 파하면 곧장 집으로 와야 한다고, 낯선 사람이 다가와서 자기하고 같이 가면 사탕을 준다거나 애완용 비둘기를 주겠다고 해도 최대한 빨리 집으로 와야 한다고 했다. 만약 그가 계속 쫓아오면, 가장 가까운 집으로 가서 누군가 쫓아온다고 말하라고 했다. 낯선 사람이 무슨 말을 하더라도 절대로 따라가서는 안 된다고 했다. 데이빗은 절대로 그러지 않겠다고 약속했다. 그 약속을 하면서 머릿속에서 한 가지 질문이 떠올랐지만 그 질문을 입 밖에 내진 않았다. 엄마의 얼굴은 이미 수심으로 가득했고 더 이상 엄마를 걱정시키고 싶지 않았다. 그랬다가는 밖에 나가서 놀지도 못하게 할 것이 분명했다. 그러나 그 질문은 엄마가 불을 끄고 나간 뒤 어둠 속에 혼자 있게 되었을 때에도 계속 그의 뇌리에 남았다. '만약 그 사람이 강제로 절 끌고 가면 그땐 어떻게 해요?'

이제 데이빗은 다른 방에 누워서 조나단 툴베이와 애나를 생각하고 있었다. 작고 깨끗한 집에서 어머니와 살던 남자, 주머니 속에 사탕을 넣고 다니는 남자가 그 두 아이도 강제로 철로 변으로 끌고 갔는지 궁금했다.

철로 변 어둠 속에서 남자가 그만의 방식으로 아이들을 데리고 놀았을지도 궁금했다.

그날 저녁식사 시간에 데이빗의 아빠가 또 전쟁 이야기를 시작했다. 데이빗은 아직도 전쟁이 일어나고 있다는 사실이 피부에 와 닿지 않았다. 극장에 가면 가끔 뉴스영화를 통해 전쟁 장면들을 볼 수 있긴 하지만 여전히 먼 나라 일처럼 느껴졌다. 전쟁은

데이빗이 생각했던 것보다 훨씬 더 따분했다. 말로만 들었을 때
는 아주 흥미진진할 것 같았지만 현실 속의 전쟁은 전혀 달랐다.
물론 전투함대가 수시로 하늘을 가르며 날아다녔고 해협을 두고
끊임없이 전투가 벌어졌다. 독일 폭격기는 남쪽에서 공격을 멈추
지 않았고 심지어는 이스트 엔드의 세인트 자일스, 크리플 게이
트에까지 폭탄을 투하했다. 브릭스 씨는 '과연 나치 놈들다운 짓
거리'라고 했지만 데이빗의 아빠는 덤덤하게 템스 셰이븐의 정유
공장을 파괴시키려는 서툰 시도일 뿐이라고 말했다. 데이빗은 그
모든 일들이 그와는 상관없는 일처럼 여겨졌다. 전쟁은 그에게
강 건너 불구경이었다. 런던 사람들은 접근이 금지되어 있는 추
락한 독일 폭격기에서 기념품을 챙겼고 폭격기에서 살아남은 나
치 조종사들은 한동안 런던 시민들의 구경거리가 되었다. 런던에
서 불과 80킬로미터 떨어진 곳이었지만 그들이 사는 마을은 항
상 조용했다.

아빠가 〈데일리 익스프레스〉를 접시 옆에 접어놓았다. 신문은
예전보다 훨씬 더 얇아져서 겨우 여섯 페이지에 불과했다. 데이
빗의 아빠는 종이도 배급제로 바뀌었기 때문이라고 말했다. 〈마
그넷〉은 이미 지난 6월에 발행이 중단되었다. 덕분에 데이빗은
연재만화 '빌리 번터'를 보는 기쁨을 빼앗겼다. 그러나 〈보이스
오운〉이라는 월간지가 있었고 데이빗은 늘 그 잡지를 『항공기의
전투력 분석』 옆에 모아 두었다.

"아빠도 싸우러 가야 해요?"

어느 날 저녁식사를 끝낸 뒤 데이빗이 아빠에게 물었다.

"아니. 그럴 것 같진 않아. 아빠는 여기서 일하는 게 전쟁에 더 도움이 될 거야."

"일급비밀이라는 그 일요?"

아빠가 그에게 미소를 지었다.

"그래. 일급비밀."

아빠가 말했다.

아빠가 스파이일지도 모른다는 생각을 할 때마다, 스파이가 아니라고 해도 최소한 스파이에 대해 알고 있을지도 모른다는 생각을 할 때마다 왠지 가슴이 설레었다. 지금까지 전쟁과 관련하여 데이빗에게 일어난 일들 중에서 재미있는 일이라고는 그것뿐이었다.

그날 밤 데이빗은 침대에 누워 창가로 스며드는 달빛을 바라보았다. 하늘은 맑았고 달빛은 환했다. 잠시 후 데이빗의 눈이 스르르 감겼다. 꿈속에서 데이빗은 늑대와 어린 소녀들, 폐허가 된 성의 왕좌에서 잠든 늙은 왕을 보았다. 철로가 성 옆을 지나고 있었고 그 옆으로 길게 자란 풀숲 사이로 사람의 그림자가 어슬렁거렸다. 남자아이와 여자아이, 그리고 꼬부라진 남자가 언뜻 보였다가 땅 속으로 사라졌다. 사탕 냄새와 젤리 냄새가 났고 어린 소녀의 울음소리가 들렸고 철로를 달려오는 기차 소리가 소녀의 울음을 삼켜버렸다.

제5장
침입자와 변화

9월이 시작될 무렵 꼬부라진 남자가 마침내 데이빗의 세계로 건너왔다.

길고 힘겨운 여름이었다. 데이빗의 아빠는 집에서보다 직장에서 더 많은 시간을 보냈고 때로는 이틀 혹은 사흘씩 외박을 했다. 밤이 깊어지면 집으로 돌아오기가 힘들었다. 독일군들의 침공을 방해하기 위해 도로의 모든 간판을 철거했기 때문에 데이빗의 아빠는 낮 시간에도 길을 잃곤 했다. 헤드라이트를 끈 상태로 운전을 하다가 어디로 가게 될지 누가 알겠는가?

로즈도 엄마 노릇이 결코 쉽지 않다는 사실을 서서히 깨달아가고 있었다. 데이빗은 죽은 그의 엄마도 그렇게 힘들어했는지, 데이빗도 조지처럼 까다로운 아기였는지 궁금했다. 그렇지 않았으면 좋겠다고 생각했다. 아기로 인한 스트레스 때문에 데이빗에

대한 로즈의 인내심도 약해졌고 데이빗은 점점 더 우울해졌다. 데이빗과 로즈는 거의 대화가 없었고 아빠는 그들 두 사람의 관계에 대한 관심을 완전히 접어버렸다. 하루는 저녁식사 때 데이빗이 무심코 한 말에 로즈가 몹시 불쾌해하며 화를 내자 데이빗의 아빠가 폭발했고 두 사람은 다투기 시작했다.

"제발 좀 사이좋게 지낼 수 없어! 왜 항상 티격태격하는 거야! 겨우 이런 꼴 보려고 집에 오는 줄 알아! 전쟁이라면 직장에서도 지긋지긋하게 보고 있단 말이야!"

데이빗의 아빠가 소리를 질렀다.

유아용 식탁의자에 앉아 있던 조지가 울음을 터뜨렸다.

"아주 잘하셨군요."

로즈가 말하고 냅킨을 던지면서 조지에게로 다가갔다.

데이빗의 아빠는 손바닥으로 얼굴을 감쌌다.

"다 내 잘못이란 투로군."

아빠가 말했다.

"그럼 내 잘못이란 거예요?"

로즈가 말했다.

두 사람의 시선이 동시에 데이빗에게로 향했다.

"다 제 잘못이란 거죠? 알았어요! 알았다고요!"

데이빗은 식사도 끝내지 않은 채로 자리에서 벌떡 일어났다. 배가 고팠다. 그러나 스튜라고 해봐야 야채가 대부분이고 그나마 싸구려 소시지가 둥둥 떠다니며 맛을 내고 있는 형편없는 음식이었다. 오늘 저녁에 남긴 것을 결국 내일 먹게 되리라는 것을 알고 있었지만 상관없었다. 다시 데운다고 해도 지금보다 더 맛이 없어질 수는 없을 테니까. 방으로 돌아가면서 그는 아빠가 당장 돌아와서 먹던 것을 마저 먹으라고 말해주기를 내심 바랐지만 아무도 그를 부르지 않았다. 데이빗은 침대에 털썩 주저앉았다. 그는 빨리 여름방학이 끝나기만을 기다렸다. 개학하면 집에서 멀지 않은 학교 기숙사로 들어갈 계획이었고 그렇게 되면 적어도 로즈와 조지를 매일 보지 않아도 될 것이다.

데이빗은 모벌리 박사와 자주 상담을 할 수 없었다. 런던까지 그를 데리고 갈 사람이 없어서였다. 어쨌건 습격은 일단 멈췄다. 적어도 겉으로는 그렇게 보였다. 더 이상 바닥에 쓰러지지도, 의식을 잃지도 않았다. 그러나 그보다 훨씬 더 이상하고 황당한 일들이 일어나기 시작했다. 이제 어느 정도 익숙해져가고 있는 책들의 속삭임보다 훨씬 더 이상한 일들이었다.

데이빗은 백일몽을 꾸기 시작했다. 그렇게밖에는 달리 표현할 길이 없었다. 늦은 저녁, 책을 읽거나 라디오를 듣다가 너무 피곤해서 깜빡 잠이 들면서 꿈을 꿀 때 같은 느낌이었다. 다만 한 가지 다른 점이 있다면 잠이 들었다는 사실을 깨닫지 못하기 때문에 그저 온 세상이 갑자기 아주 이상하게 변하는 것 같은 기분이 들었다. 방에서 놀거나 책을 읽거나 정원을 거닐 때 갑자기 주위의 모든 것이 흐릿해졌다. 벽이 사라졌고, 책이 손에서 떨어졌고 정원은 언덕들과 커다란 회색 나무들로 바뀌었다. 어느덧 데이빗은 황혼으로 물들어 있는 낯선 세계, 서늘한 바람이 불고 산짐승들의 냄새가 풍겨오는 이상한 세계에 서 있었다. 가끔은 목소리가 들려오기도 했다. 그의 이름을 부르는 목소리는 왠지 낯설지 않았다. 그러나 그가 눈앞에 펼쳐진 풍경을 제대로 보려고 애쓰는 순간 곧바로 현실로 돌아오곤 했다.

무엇보다도 이상한 것은 목소리들 중에 엄마의 목소리가 있다는 점이었다. 엄마의 목소리가 가장 크고도 또렷했다. 어둠 속에서 엄마가 그를 부르고 있었다. 엄마는 그의 이름을 부르면서 자기가 아직 살아 있다고 했다.

백일몽은 지하 정원에 가까이 있을 때 가장 또렷해졌지만 꿈을 꿀 때마다 마음이 편치 않았기 때문에 되도록 정원에서 멀리 떨어져 있으려 애썼다. 사실 꿈 때문에 너무 괴로워서 아빠가 시간을 내줄 수만 있다면 모벌리 박사한테라도 그 이야기를 하고 싶었다. 책들의 속삭임에 대해서도 이제는 말할 수 있을 것 같았다. 어쩌면 그 두 가지가 연관이 있을지도 모른다는 생각이 들었다. 그러나 모벌리 박사가 엄마에 대해 이것저것 묻던 일을 생각해보면 이 얘기를 듣고 데이빗을 멀리 떠나보낼지도 모른다는 생각도 들었다. 데이빗이 엄마가 보고 싶다고 말할 때마다 모벌리 박사는 슬픔과 상실감에 대해 이야기하면서 엄마를 보고 싶어하는 것은 아주 자연스러운 일이지만 그래도 어떻게든 슬픔을 이겨내야 하는 거라고 말했다. 그러나 엄마의 죽음을 슬퍼하는 것과 엄마가 어두운 지하 정원의 돌담 밑에 자기가 살아 있다며 소리를 지르는 것은 전혀 별개의 문제였다. 데이빗은 모벌리 박사가 어떤 반응을 보일지 궁금했다. 멀리 보내지는 것은 싫었지만 꿈이 너무 무서웠다. 데이빗은 그런 꿈을 꾸는 것이 싫었다.

개학이 얼마 남지 않은 어느 날이었다. 데이빗은 집에 있기가 따분해져서 집 뒤쪽의 숲으로 산책을 나갔다. 데이빗은 기다란 나뭇가지 하나를 주워서 키 큰 풀들을 헤치며 걸었다. 그러다가 수풀에서 거미줄 하나를 발견하고는 거미줄 한복판에 조그만 나무 부스러기를 매달아서 거미를 유인해보려 했다. 그러나 아무 일도 일어나지 않았다. 거미줄에 걸린 나무 부스러기가 움직이지 않아서였다. 거미를 유인하는 것은 거미줄에 걸린 곤충의 몸부림이었다. 데이빗은 조그만 곤충 치고는 거미가 참 영리하다는 생각이 들었다.

데이빗은 문득 숲 속에 서서 자신의 방 창문을 바라보았다. 벽을 타오른 담쟁이덩굴이 창틀을 거의 다 뒤덮었기 때문에 그의 방은 마치 자연의 일부 같았다. 그런데 멀리서 보니 담쟁이덩굴은 유독 데이빗의 방 창문만을 뒤덮고 있었고 다른 창문에는 얼씬도 하지 않았다. 보통 담쟁이덩굴이 그렇듯이 1층 벽을 뒤덮고 있지도 않았고 곧장 데이빗의 방 창문 쪽으로 뻗어 오른 것이었다. 마치 잭을 거인에게로 이끌었던 콩 줄기처럼 담쟁이덩굴도 자기가 어디로 가야 할지 정확히 알고 있는 것만 같았다.

바로 그때 방 안에서 무언가가 움직였다. 초록색 옷을 입은 누군가가 유리창을 스쳤다. 처음에는 로즈나 아니면 브릭스 부인일 거라고 생각했지만 브릭스 부인은 집으로 돌아갔고 로즈는 거의 방에 들어오는 일이 거의 없었다. 들어오더라도 꼭 그의 허락을 구했다. 아빠일리도 없었다. 창문에 비친 그림자의 형상으로 보아 아빠가 아닌 것은 분명했다. 사실 그 그림자는 아주 이상했다. 살금살금 돌아다니는데 익숙한 듯 온몸이 꼬부라져 있었다. 척추도 둥글게 휘었고 팔도 비틀어진 나뭇가지처럼 뒤틀렸고 손가락은 금방이라도 무언가를 움켜잡을 듯이 잔뜩 힘을 주고 있었다. 좁다란 매부리코에 비스듬히 모자를 쓰고 있었다. 그는 잠시 사라졌다가 데이빗의 책 한 권을 뽑아들고 다시 나타났다. 그는 책장을 넘기면서 뭔가 재미있는 것을 찾는 것 같은 표정을 짓더니 어느 페이지에서 멈추고 읽기 시작했다.

그때 아기 방에서 조지의 울음소리가 들렸다. 그 그림자는 책을 떨어뜨리고 귀를 기울였다. 그리고 마치 바로 눈앞의 사과나무에 매달린 사과를 따려는 듯 두 손을 앞으로 모았다. 왼손이 뾰족한 턱을 문지르는 것으로 보아 이제 어떻게 해야 하나 고민하는 것 같았다. 생각에 잠긴 동안 그는 어깨 너머로 숲을 쳐다보았다. 그러다가 데이빗 쪽을 쳐다본 순간 잠시 얼어붙더니 곧바로 바닥으로 몸을 숙였다. 그러나 데이빗은 이미 보고 말았다. 마치 옷걸이에 너무 오래 걸려놔서 축 늘어진 듯 너무도 길고 마르고 창백한 얼굴에 박힌 두 개의 검은 눈동자를! 입도 무척 컸고 입술은 묵은 와인처럼 어두운 빛깔이었다.

데이빗은 집을 향해 달리기 시작했다. 부엌으로 들어가 보니 아빠가 신문을 읽고 있었다.

"아빠! 제 방에 누가 있어요!"

그가 소리쳤다.

아빠가 어리둥절한 표정으로 고개를 들었다.

"무슨 소리니?"

"2층에 사람이 있다고요! 숲에서 걷다가 제 방 창문을 보았더니 누군가가 있었어요! 모자를 쓰고 있었는데 얼굴이 굉장히 길었어요! 아기가 우는 소리가 들리니까 가만히 그 소리를 들었어요! 그리고 절 보더니 숨으려고 했어요! 아빠, 제발 제 말을 믿어 주세요!"

아빠는 미간을 찌푸리며 신문을 내려놓았다.

"데이빗, 너 혹시 장난하는 거면……."

"장난 아니라니까요! 정말이에요!"

그는 아빠를 따라 위층으로 올라갔다. 손에는 여전히 나뭇가지를 들고 있었다. 방문은 닫혀 있었고 데이빗의 아빠는 문을 열기 전 잠시 망설이다가 마침내 손잡이를 돌렸다. 방문이 열렸다. 방 안에는 아무도 없었다.

"자, 봐라. 아무것도 없지……."

그 순간 무언가가 얼굴에 세게 부딪치는 바람에 데이빗의 아빠는 비명을 질렀다. 그것은 퍼덕거리는 소리를 내며 벽과 창문에 연달아 부딪쳤다. 공포의 순간이 지나가자 데이빗은 정신을 차리고 방 안을 둘러보았다. 침입자는 다름 아닌 까마귀였다. 까마귀 한 마리가 밖으로 나가려고 퍼덕거리고 있었다.

"나가서 문 닫고 기다려라. 까마귀는 사나운 새니까."

아빠가 말했다.

데이빗은 아빠가 시키는 대로 했지만 여전히 무서웠다. 아빠가 창문을 열고 까마귀를 향해 고함을 지르며 창문 밖으로 내쫓는 소리가 들렸다. 까마귀 소리가 더 이상 들리지 않았고 잠시 후 그의 아빠가 문을 열었다. 조금 땀을 흘리고 있었다.

"까마귀 한 마리 때문에 진땀을 뺐구나."

데이빗은 방 안을 둘러보았다. 남아 있는 것이라고는 바닥에 뒹구는 깃털 몇 개뿐이었다. 새가 날아다녔던 흔적도, 이상하고 조그만 남자가 있었던 흔적도 없었다. 데이빗은 창가로 다가갔다. 까마귀가 지하 정원의 부서진 돌담 위에 앉아 있었다. 마치 데이빗을 바라보는 것만 같았다.

"까마귀를 잘못 본 모양이구나."

아빠가 말했다.

데이빗은 아니라고 우기고 싶었다. 그러나 이 방 안에 있었던 것이 까마귀보다 훨씬 크고 기분 나쁜 것이었다고 말해봐야 소용없을 거라는 생각이 들었다. 까마귀는 비스듬한 모자를 쓰지도 않고, 아기 울음소리에 귀를 기울이지도 않았다. 데이빗은 분명히 그와 눈이 마주쳤다. 그의 꼬부라진 몸과 무언가를 움켜쥐려는 것 같은 긴 손가락들도 똑똑히 보았다.

데이빗은 다시 지하 정원을 바라보았다. 까마귀는 어느새 사라지고 없었다.

아빠가 길게 한숨을 내쉬었다.

"까마귀가 아니었다고 생각하는구나. 그렇지?"

데이빗의 아빠는 무릎을 꿇고 침대 밑을 살펴보았다. 옷장 문도 열어보고 화장실 문도 열어보았다. 심지어는 책장 뒤까지 살펴보았다. 책장 뒤에는 데이빗의 손이 간신히 들어갈 만한 공간밖에는 없었다.

"봤지? 네가 본 건 새였어."

그러나 데이빗이 그 말을 믿지 않는다는 것을 아빠도 알고 있었다. 두 사람은 위층에서 아래층까지 방마다 일일이 들어가서 살펴보았다. 집 안에 있는 사람이 아빠와 데이빗, 로즈와 아기뿐임을 확인할 때까지.

그러고 나서 데이빗의 아빠는 다시 신문을 읽기 시작했다. 방으로 돌아간 데이빗은 창가에 떨어진 책을 집어 들었다. 조나단 툴베이라는 사람의 동화책 중에 「빨간 모자」가 펼쳐져 있었다. 커다란 늑대가 조그만 소녀에게 덤벼드는 그림이 있었다. 늑대의 발톱에는 할머니의 피가 묻어 있었고 이젠 소녀를 잡아먹으려고 허연 이를 드러내고 있었다. 누군가가, 어쩌면 조나단이, 늑대를 검은색 크레용으로 지워놓았다. 아마 늑대가 무서웠던 모양이었다. 데이빗은 책을 덮어서 도로 책장에 꽂아두었다. 방 안은 고요했다. 작은 속삭임조차 들리지 않았고 모든 책들이 조용했다.

데이빗은 아마도 까마귀가 책을 떨어뜨린 모양이라고 생각했다. 그러나 까마귀는 닫힌 창문으로 들어올 수 없었다. 분명히 누군가가 이 방에 있었다. 동화 속에서 사람들은 항상 변신을 한다. 동물로 변하기도 하고 새로 변하기도 한다. 그렇다면 꼬부라진 남자가 달아나려고 자신의 모습을 바꾸었던 것일까?

까마귀는 멀리 날아가지 않았다. 지하 정원까지 날아갔다가 그곳에서 사라져버렸다.

데이빗은 침대에 누워 잠이 들었다 깨기를 반복했다. 어두운 정원에서 엄마의 목소리가 들려왔다. 엄마가 그의 이름을 부르면서 절대로 엄마를 잊어선 안 된다고 했다.

데이빗은 알고 있었다. 머지않아 정원에 가서 도대체 거기 무엇이 있는지 확인해보게 되리라는 것을.

제6장
전쟁 그리고 다른 세계로 통하는 길

그 다음 날 데이빗과 로즈는 최악의 말다툼을 했다.

오랜 시간에 걸쳐 쌓였던 것이 폭발한 싸움이었다. 로즈는 조지에게 모유를 먹였기 때문에 한밤중에도 젖을 물리기 위해 수시로 일어나야 했다. 그러나 조지는 젖을 먹고 난 뒤에도 보채며 울었고 그럴 때면 아빠가 곁에 있어도 할 수 있는 일이 없었다. 그런 상황은 말다툼으로 이어지기 일쑤였다. 처음에는 아주 작은 것으로 시작되었다. 데이빗의 아빠가 깜빡하고 치우지 못한 접시라든가, 신발에 묻히고 온 흙이 부엌 바닥에 남긴 자국 때문에 말다툼이 시작되면 로즈는 결국 울음을 터뜨렸고 조지는 엄마의 울음소리에 덩달아 울었다.

데이빗은 아빠가 그 어느 때보다도 늙고 지쳐 보인다고 생각했다. 아빠가 걱정이 되었다. 아빠가 그리웠다. 로즈와 크게 말다툼을 한 날 아침, 데이빗은 욕실 문 앞에 서서 아빠가 면도하는 것을 바라보았다.

"요즘 많이 바쁘신가 봐요."

데이빗이 말했다.

"그래."

"항상 피곤해 보여요."

"네가 늘 로즈와 싸우기 때문에 피곤한 거야."

"죄송해요."

데이빗이 말했다.

아빠는 헛웃음을 웃었다.

아빠는 얼굴의 거품을 물로 닦아낸 뒤 분홍색 타월로 얼굴을 닦았다.

"요즘 아빠를 통 볼 수가 없었잖아요. 그래서 그런 거예요. 아빠가 집에 계셨으면 좋겠어요."

그의 아빠가 미소를 지으며 그의 뺨을 가볍게 두드렸다.

"아빠도 안다. 하지만 우리 모두가 희생을 하고 있지 않니? 우리보다 훨씬 더 큰 희생을 하고 있는 사람들이 있어. 그 사람들은 자기 목숨을 걸고 싸우고 있기 때문에 아빤 그 사람들을 도와야 해. 독일 놈들이 무슨 음모를 꾸미고 있는지, 우리한테 어떤 의혹을 품고 있는지 알아내는 게 아빠가 하는 일이거든. 이렇게 살고 있는 것도 운이 좋은 거야. 지금 런던은 아주 아수라장이란다."

그저께 독일군이 런던을 폭격했다. 아빠의 말에 의하면 수천

대의 폭격기가 셰피 섬 상공을 뒤덮었다고 했다. 데이빗은 런던이 어떤 모습일지 궁금했다. 거리가 온통 불타버린 건물들과 무너진 건물들의 잔해들로 뒤덮였을까? 트라팔가르 광장에는 아직 비둘기들이 있을까? 아마도 그럴 것 같았다. 비둘기는 이런 상황에서 미리 다른 곳으로 피신할 만큼 영리하지 못했다. 어쩌면 아빠 말대로 이렇게 살고 있는 것이 운이 좋은 것일 수도 있었다. 그러나 런던에 살았으면 훨씬 더 신이 났을 거라는 생각도 들었다. 물론 가끔 무서울 때도 있겠지만.

"아마 곧 끝날 거다. 그럼 다시 예전처럼 살 수 있겠지."

아빠가 말했다.

"언제요?"

데이빗이 물었다.

아빠는 대답하기가 곤란한 모양이었다.

"글쎄. 그건 아빠도 잘 몰라. 어쨌든 당장은 아니란다."

"몇 달 정도면 될까요?"

"그보다는 더 걸릴 거야."

"아빠, 우리가 이기고 있어요?"

"그럭저럭 잘 버티고 있단다. 지금으로선 그게 최선이야."

데이빗은 아빠가 옷을 입도록 자리를 피했다. 아빠가 출근하기 전에 모두 모여 아침식사를 했지만 로즈와 아빠는 거의 대화가 없었다. 두 사람이 다투었음을 눈치 챈 데이빗은 아빠가 출근하자마자 되도록 로즈의 눈에 띄지 말아야겠다고 생각했다. 데이빗은 방으로 돌아가서 병정놀이를 하다가 책을 읽으려고 뒤뜰에서 그늘을 찾았다.

그곳에 있을 때 로즈가 찾아왔다. 가슴에 책을 들고 있긴 했지만 데이빗의 관심은 딴 데 있었다. 데이빗은 지하 정원 쪽을 바라보고 있었다. 마치 무슨 일이 일어나기를 기다리는 듯 데이빗의 시선은 부서진 돌담에 난 구멍에 고정되어 있었다.

"여기 있었구나!"

로즈가 말했다.

데이빗이 고개를 들고 로즈를 바라보았다. 햇살 때문에 눈이 부셔서 눈을 찌푸릴 수밖에 없었다.

"원하는 게 뭐죠?"

데이빗이 물었다.

사실 그런 식으로 말할 생각이 아니었다. 그의 말투가 무례하고 건방지게 들렸겠지만 그런 식으로 불손하게 말할 생각은 절대 아니었다. 적어도 평상시보다 더 그렇지는 않았다. "무슨 일이세요?"라든가 아니면 그저 "네" 혹은 "오셨어요"라고 말할 수도 있었을 텐데. 그러나 그런 생각을 하기에는 이미 너무 늦었다.

로즈의 눈 밑에 붉은 반점들이 보였다. 피부는 창백했고 이마와 얼굴에 주름이 더 많아진 것 같았다. 게다가 전보다 뚱뚱해졌다. 아마 아기를 낳아서 그런 것 같았다. 데이빗이 그 얘기를 했을 때 아빠는 절대로, 무슨 일이 있어도, 로즈에게 그런 얘기를 해서는 안 된다고 말했다. 그 얘기를 할 때 아빠의 표정은 아주 심각했다. 사실 아빠는 데이빗에게 절대로 그런 생각을 입 밖에 내어서는 안 된다는 점을 강조하면서 '우리가 목숨을 잃는 한이 있어도'라는 표현까지 사용했다.

어쨌든 그렇게 뚱뚱하고 창백하고 피로해 보이는 로즈가 데이빗 앞에 서 있었다. 햇볕 때문에 눈이 부셨음에도 불구하고 로즈가 몹시 화가 났다는 것만큼은 분명히 알 수 있었다.

"정말 버르장머리가 없는 아이로구나! 하루 종일 책 속에 머리를 파묻고 빈둥거리고 집안에 도움 되는 일이라고는 하나도 하지 않으면서 이젠 네 마음대로 입을 놀리겠다는 거니? 도대체 네가 뭔데!"

사과를 할까 하는 생각이 들었지만 그만두었다. 로즈의 말은 옳지 않았다. 집안일을 돕겠다고 나설 때마다 도움을 거절한 쪽은 로즈였다. 물론 대체로 조지 때문에 바쁘거나 다른 일로 정신이 없을 때이긴 했다. 브릭스 씨가 정원 일을 할 때 데이빗은 비질을 하거나 갈퀴질을 하는 일을 돕곤 했지만 주로 집 밖에서 하는 일이라 로즈의 눈에는 띄지 않았을 것이다. 브릭스 부인이 집안 청소와 요리를 할 때 그가 돕겠다고 나서면 얼쩡거리는 것이 오히려 방해가 된다면서 밖으로 내쫓았다. 결국 데이빗은 그저 다른 사람 눈에 띄지 않는 것이 최선이라는 결론을 내렸다. 마을의 학교에서 선생님이 부족해서 개학을 늦추고 있긴 했지만 늦어도 다음 주 초에는 데이빗이 학교 책상 앞에 앉아 있게 될 거라고 아빠가 말했다. 개학만 하면 한 학기가 끝날 때까지 낮 시간에는 학교에 있고 밤 시간에는 숙제를 하며 시간을 코내게 될 테고 그렇게 되면 데이빗도 거의 아빠하고 비슷한 수준으로 바빠질 것이다. 그런데 왜 군이 지금 말썽을 일으키겠는가? 데이빗의 분노가 로즈의 분노와 비슷한 수준으로 치닫기 시작했다. 데이빗이 자리에서 일어섰다. 그의 키는 이제 로즈와 거의 비슷했다. 무슨 말을 해야 할지 미처 생각해보기도 전에 온갖 말들이 쏟아져 나왔다. 반은 진심이고 반은 진심이 아닌 말들이 조지가 태어난 이후 억눌러 왔던 분노와 함께 폭발했다.

"그러는 당신이야말로 뭐죠? 내 엄마도 아니던서 나한테 이런 식으로 말해도 되나요? 난 여기 오고 싶지 않았어요! 아빠하고 같이 있고 싶었던 것뿐이라고요! 우리끼리도 얼마든지 잘 지낼 수 있었는데, 갑자기 당신이 나타났어요! 조지가 태어나니까 이제 내가 귀찮아졌나요? 나도 당신이 귀찮고, 우리 아빠도 당신을 귀찮아해요! 아빠는 아직 우리 엄마를 사랑하고 있어요! 내가 엄마를 사랑하는 것처럼 말이에요! 우린 아직도 엄마를 그리워해요! 아빤 절대로 엄마를 사랑했던 것처럼 당신을 사랑하지 않을 거예요! 절대로! 당신이 무슨 짓을 하고 무슨 말을 해도 그런 일은 없을 거라고요! 아빠는 엄마를 사랑하고 있다고요! 아빠는! 아직도! 엄마를! 사랑해요!"

로즈가 데이빗을 때렸다. 손바닥으로 그의 뺨을 갈겼다. 세게 때린 것은 아니었다. 자신이 무슨 짓을 하는지를 깨닫는 순간 팔꿈치를 얼른 뒤로 뺐지만 이미 데이빗을 뒷걸음질 치게 만들 정도로 위력적인 일격을 가한 뒤였다. 뺨이 욱신거렸고 눈물이 솟구쳤다. 데이빗은 놀라 입을 벌린 채로 멍하니 서 있다가 로즈 곁을 지나서 방으로 뛰어갔다. 로즈가 그를 부르며 미안하다고 말했지만 돌아보지 않았다. 데이빗은 방문을 잠갔다. 로즈가 달려와 문을 두드렸지만 열어주지 않았다. 잠시 후 로즈는 돌아섰고 다시 돌아오지 않았다.

아빠가 돌아왔을 때도 데이빗은 방 안에 있었다. 로즈가 아빠에게 낮에 있었던 일을 이야기했다. 아빠의 목소리가 점점 더 커졌다. 로즈가 그를 진정시키려 애썼지만 곧바로 계단을 올라오는 아빠의 발소리가 들렸다.

아빠가 주먹으로 문을 세게 치는 바람에 하마터면 문의 경첩이 떨어질 뻔했다.

"데이빗! 문 열어라! 어서!"

데이빗이 문을 열고 얼른 뒤로 물러섰고 그의 아빠가 방으로 들어왔다. 얼굴이 자줏빛이었다. 아빠는 데이빗을 때리려는 듯 손을 들었다 내렸다. 그는 침을 꿀꺽 삼키고 심호흡을 한 뒤 고개를 저었다. 다시 입을 열었을 때 아빠의 목소리는 이상할 정도로 침착했다. 데이빗은 차라리 아빠가 소리를 지르는 편이 나을 것 같았다.

"너, 로즈한테 그런 식으로 말하면 못 쓴다."

아빠가 말했다.

"아빠한테 하는 것처럼 로즈한테도 예의바르게 행동해. 그동안 우리 가족이 모두 힘들었던 건 사실이지만 그렇다고 해서 오늘 네 행동을 용서할 순 없다. 너한테 어떤 벌을 줘야 할지는 아직 결정 못했다. 할 수만 있다면 당장 짐을 싸서 기숙사로 보내버리고 싶구나. 그러면 여기서 이렇게 지내는 게 얼마나 운이 좋은지 깨닫게 될 테니까."

"하지만 새엄마가 먼저……."

데이빗이 말하려는 순간 아빠가 손을 들었다.

"듣고 싶지 않다. 한 마디라도 지껄였다가는 가만두지 않겠어. 일단 네 방에 있어. 내일도 밖에 나가지 마. 책도 읽지 말고 장난감도 갖고 놀지마. 방문을 열어 두어라. 책을 읽거나 장난감을 가지고 놀면 아빤 매를 들 수밖에 없다. 침대에 앉아서 네가 무슨 말을 했는지 잘 생각해봐라. 로즈한테 어떻게 하건 네 잘못을 만회할 수 있는지도 생각해보고. 너한테 정말 실망했다, 데이빗. 아빠 네가 그 정도는 알 거라고 생각했다. 네 엄마와 나 둘 다 그렇게 믿었어."

그 말과 함께 아빠가 돌아섰다. 데이빗은 침대에 털썩 주저앉았다. 울고 싶지 않았지만 눈물을 참을 수가 없었다. 불공평했다. 로즈에게 그런 식으로 말한 것은 분명히 잘못이었지만 로즈에게도 잘못은 있었다. 눈물을 흘리며 앉아 있는 동안 책들이 수군거리는 소리가 들려왔다. 데이빗은 이제 책들의 속삭임에 너무도 익숙해져서 새소리나 나무를 스치는 바람소리처럼 거의 의식조차 하지 않게 되었다. 그러나 그 소리가 점점 더 커지기 시작했다. 성냥이 타는 냄새 같기도 하고 전깃줄 타는 냄새 같기도 한 어쨌든 뭔가 타는 것 같은 냄새도 났다. 처음 방이 흔들렸을 때 데이빗은 너무도 무서웠지만 주위에 아무도 없었다. 갑자기 눈앞에 찢어진 것 같은 구멍이 생기더니 구멍 속에 또 다른 세계가 펼쳐졌다. 그곳에는 성이 있었고 총안마다 깃발이 흩날렸으며 병사들이 줄을 지어 성문을 지나고 있었다. 그러더니 성이 사라지고 또 다른 장면이 펼쳐졌다. 이번에는 온통 쓰러진 가시덤불들로 둘러싸인 성이었다. 처음 보았던 성보다 훨씬 어두웠고 모양도 선명하지 않았으며 마치 하늘을 가리키는 손가락과도 같은 커다란 탑만 보였다. 탑 꼭대기의 창문은 환하게 불이 밝혀져 있었고 그곳에 누군가가 있었다. 낯설기도 하고 익숙하기도 한 누군가였다. 성에서 엄마의 목소리가 들려왔다.

'데이빗! 엄만 죽지 않았어! 어서 와서 엄마를 구해다오!'

얼마나 오랫동안 의식을 잃었는지, 아니면 잠을 잤는지 확실치 않았지만 눈을 떠보니 방 안이 어두웠다. 입안이 텁텁해서 살펴보니 베개에 먹은 것을 토해놓았다. 아빠에게 내려가서 또 습격을 당했다고 말하고 싶었지만 그런 얘기를 해봐야 조금도 가엾게 여기지 않을 것 같았다. 집안이 조용한 것을 보니 모두 잠자리에 든 모양이었다.

책장에 꽂힌 책들 위로 달그림자가 일렁거렸지만 이따금씩 들려오는 따분하고 두꺼운 책들의 코고는 소리를 제외하면 주위는 고요했다. 오랫동안 아무도 거들떠보지 않은 채로 책장 제일 위 칸에 꽂혀 있던 영국 석탄관리위원회의 역사에 관한 책은 따분하기 짝이 없는 데다 코고는 소리마저 요란했다. 가끔 우레 같은 재채기를 할 때면 검은 먼지가 풀썩이곤 했다.

그 책의 기침소리가 들렸다. 데이빗은 그 책 말고도 그가 좋아하는 이상하고 무서운 이야기가 담긴 오래된 동화책들도 깨어 있다는 것을 느낄 수 있었다.

꿈을 꾼 것이 분명했지만 꿈의 내용은 잘 기억이 나지 않았다. 한 가지 분명한 것이 있다면 마치 옻나무를 만졌을 때 손바닥에 남는 근질거리는 느낌처럼 왠지 기분 나쁜 꿈이라는 사실이었다. 그의 뺨에 남아 있는 느낌도 그와 비슷했다. 잠깐 정신을 잃은 사이 무언가 기분 나쁜 손길이 닿았던 것 같은 느낌을 떨쳐버릴 수가 없었다.

그러고 보니 낮에 입고 있던 옷을 여전히 입고 있었다. 데이빗은 침대에서 내려와 입고 있던 옷을 벗고 잠옷으로 갈아입은 다음 침대에 얼굴을 묻고 편안한 자세를 찾으려 뒤척였다. 그러나 어떻게 해도 편안하지 않았다. 눈을 감고 누워 있는데도 창문이 열려 있는 것을 느낄 수 있었다. 데이빗은 창문을 여는 것을 좋아하지 않았다. 창문을 닫아두어도 벌레들이 들어오는 데다 혹시 잠든 사이에 까마귀라도 들어오기라도 한다면 그야말로 최악이었다.

데이빗은 가만히 침대에서 일어나 창가로 다가갔다. 그때 갑자기 발에 무언가가 휘감겼고 데이빗은 깜짝 놀라 발을 들었다. 담쟁이 덩굴이었다. 방 안 곳곳에 벽을 타고 담쟁이덩굴이 뻗어 들어와 있었고 심지어는 옷장과 카펫, 서랍장까지 초록색 손가락을 뻗고 있었다. 브릭스 부인과 정원사에게 이야기를 했더니 사다리를 가지고 와서 바깥으로만 뻗도록 손질을 해주겠다고 약속했지만 아직까지는 손을 못 대고 있었다. 데이빗은 담쟁이를 만지기가 싫었다. 방 안을 잠식해 들어오는 모습이 마치 살아 있는 짐승 같았다.

데이빗은 슬리퍼를 찾아서 발 앞에 놓은 뒤 덩굴을 피해 방을 가로질러 창가로 다가갔다. 그때 그의 이름을 부르는 여자의 목소리가 들렸다.

"데이빗!"

"엄마?"

자신 없는 목소리로 그가 물었다.

"그래, 데이빗! 엄마야! 잘 들어! 두려워하지 마라!"

그러나 데이빗은 두려웠다.

"제발 두려워하지 마, 데이빗! 네 도움이 필요해. 엄만 갇혀 있어. 이상한 곳에 갇혀 있는데 어떻게 해야 좋을지 모르겠구나. 데이빗! 엄마를 구해다오! 엄마를 사랑한다면, 엄마한테 와주겠니?"

"엄마, 전 무서워요!"

다시 목소리가 들려왔지만 이번에는 훨씬 더 희미했다.

"데이빗, 그들이 날 데리고 가려고 해! 날 데려가지 못하게 해줘! 어서 날 집으로 데려가 다오! 어서 정원으로 와!"

그 순간 데이빗은 두려움을 떨쳐버렸다. 그는 잠옷 가운을 들고 정원으로 달렸다. 최대한 빨리, 최대한 조용히. 밤하늘은 고요하지 않았다. 낮고 불규칙한 엔진의 소음이 저 하늘 어딘가에서 울려 퍼졌다. 고개를 들어 보니 마치 별똥별처럼 어둠 속에서 무언가가 희미하게 반짝였다. 비행기였다. 데이빗은 지하 정원으로 내려가는 계단에 이를 때까지 그 불빛을 바라보다가 한달음에 계단을 뛰어 내려갔다. 멈추고 싶지 않았다. 멈췄다가는 다시 한 번 생각해보게 될 테고 그랬다가는 갑자기 겁이 더럭 날 수도 있었다. 정원 돌담에 난 구멍으로 달려가는 동안 발밑에 풀잎의 감촉이 느껴졌고 하늘의 불빛은 점점 더 환해졌다. 비행기는 불이 붙은 채로 추락하고 있었고 곧바로 엔진이 폭발하는 소리가 어둠 속을 갈랐다. 데이빗은 멈춰 서서 비행기가 추락하는 것을 지켜보았다. 비행기는 순식간에 산산조각이 났다. 전투기라기에는 너무 컸다. 폭격기였다. 데이빗은 폭격기에서 날개가 떨어져나가는 소리와 남아 있는 엔진이 완전히 폭발하는 소리를 분간해낼 수 있을 것만 같았다. 폭격기의 굉음은 점점 더 커지다가 마침내 하늘을 온통 뒤덮으면서 그의 집을 조그맣게 만든 다음 어느 순간 붉은빛과 오렌지빛으로 밤하늘을 환하게 밝혔다. 폭격기는 지하 정원 쪽으로 곧장 날아오고 있었다. 불길은 동체에 새겨진 독일군의 십자 훈장마저 집어 삼켰다. 데이빗이 다른 세계로 들어가

려는 것을 하늘의 누군가가 막으려는 것일까? 그러나 데이빗은
이미 결심을 했다. 더 이상 머뭇거릴 수가 없었다. 그는 벽돌담의
구멍 속으로, 그 어둠 속으로 들어섰다. 용광로가 되어버린 세상
을 뒤로 하고서.

제7장
숲사람과 도끼

벽돌과 회반죽은 어느새 사라지고 없었다. 데이빗의 손톱 밑에는 거친 나무껍질이 박혀 있었다. 둘러보니 커다란 나무의 몸통 속이었다. 눈앞에 아치 모양의 구멍이 뚫려 있었고 그 구멍 밖으로는 어두운 숲이 펼쳐져 있었다. 숲 속에서 나뭇잎들이 천천히 나선을 그리며 땅으로 떨어졌다. 가시덤불과 쐐기풀도 보였지만 꽃은 보이지 않았다. 온통 초록색과 갈색으로 이루어진 풍경이었다. 새벽이 밝아올 때나 하루해가 질 때처럼 어스름한 황혼의 풍경이었다.

데이빗은 꼼짝도 하지 않고 어두운 나무 속에 앉아 있었다. 엄마의 목소리는 들리지 않았고 나뭇잎이 스치는 소리와 멀리서 바위에 물이 부딪치는 소리만이 들릴 뿐이었다. 독일군 폭격기는 흔적조차 없었다. 집으로 돌아가서 아빠를 깨우고 이상한 풍경을 보았다고 말할까 하는 생각이 들었다. 그러나 무슨 말을 해야 할까? 게다가 로즈와의 일도 있었는데 아빠가 그의 말을 믿어줄까? 증거가 필요했다. 새로운 세상을 보았다는 증거가 필요했다. 그런 생각을 하면서 데이빗은 나무 밖으로 나왔다.

하늘에는 별 하나 보이지 않았다. 별자리들도 구름에 가려져 있었다. 처음에는 상쾌하고 깨끗한 바람이 부는 것 같았지만 심호흡을 해보니 기분 나쁜 냄새가 배어 있었다. 혀에서 바람의 맛이 느껴졌다. 동전 냄새와 썩는 냄새가 섞인 것 같은 금속성의 냄새가 배어 있었다. 문득 언젠가 아빠와 함께 길을 걷다가 죽은 고양이를 발견했던 날이 떠올랐다. 살이 찢겨서 내장이 밖으로 쏟아져 있었다. 죽은 고양이의 냄새가 이 낯선 세계의 바람 냄새와 비슷했다는 생각이 들었다. 데이빗은 부르르 몸을 떨었다. 추위 때문만은 아니었다.

그때 뒤쪽에서 엄청난 굉음이 들리면서 등 쪽에서 후끈하는 느낌이 들었다. 나무의 몸통이 커다랗게 부풀어 오르면서 구멍이 마치 동굴 입구처럼 넓어졌다. 데이빗은 땅바닥에 엎드려서 반대편으로 기었다. 나무 안에서 불꽃이 훨훨 타오르는가 싶더니 맛없는 음식을 뱉어내는 입처럼 불붙은 독일 폭격기의 잔해를 퉤하고 뱉어냈다. 조종사가 기관총을 데이빗에게 겨눈 채로 폭격기 속에 갇혀 있었다. 가시덤불 사이로 불타는 검은 길을 낸 다음 저만치 공터에서 멈춰 선 폭격기는 연기와 가스를 뿜어대면서 곧바로 불길에 휩싸였다.

데이빗은 일어서서 옷에 붙은 나뭇잎과 먼지를 털어내고 불길에 휩싸인 폭격기 쪽으로 다가갔다. 융커스88(2차 세계대전 당시 독일군이 가장 많이 운용했던 쌍발 폭격기―옮긴이)이었다. 동체만 봐도 알 수 있었다. 아직 불길에 휩싸이지 않은 저격수의 모습이 보였다. 혹시 다른 생존자가 있는지도 궁금했다. 조종사의 시체는 금이 간 폭격기의 앞 유리 밑에 깔려 있었다. 시커멓게 변한 두개골 사이로 허연 이가 보였다. 데이빗은 이렇게 가까이서 죽은 사람을 보기는 처음이었다. 적어도 이런 식으로는 아니었다. 이렇게 잔혹하게 죽은 시커멓고 악취 나는 시체는 처음이었다. 데이빗은 불타는 폭격기 속에 갇혀 살갗이 타들어갔을 독일군의 마지막 순간을 생각해보지 않을 수 없었다. 영원히 이름조차 알지 못할 죽은 독일군 병사를 바라보고 있자니 왠지 측은하다는 생각이 들었다.

날벌레가 귓가를 스칠 때처럼 휘잉 하는 소리가 들리더니 곧바로 뭔가가 부서지는 것 같은 소리가 들렸다. 잠시 후 또다시 휘잉 하는 소리가 들리자 데이빗은 총탄을 피해 바닥에 납작하게 엎드렸다. 마침 움푹하게 땅이 파인 곳이 있어서 그곳으로 몸을 던진 뒤 양손으로 머리를 감싸고 빗발치는 총성이 멈출 때까지 최대한 몸을 낮추고 기다렸다. 폭격기의 탄약이 완전히 소진된 것이 분명해진 뒤에야 고개를 들었다. 그는 일어서서 하늘을 수놓은 불꽃과 섬광들을 바라보았다. 처음으로 이 숲의 나무들이 얼마나 키가 큰지 깨달았다. 그의 집 부근의 숲에서 본 가장 오래된 참나무보다도 더 키가 크고 더 몸통이 굵었다. 나무의 회색빛 몸통은 가지도 없이 머리 위로 30미터가량 뻗어 올라가다가 거기서 또다시 잎도 없는 가지로 갈라졌다.

　데이빗이 서 있는 곳에서 그리 멀지 않은 곳에서 검은 상자 모양의 물체가 폭격기에서 튕겨져 나와 뒹굴고 있었다. 상자에서 엷은 연기가 피어올랐다. 상자는 마치 낡은 카메라처럼 생겼지만 양쪽에 바퀴가 달려 있었다. 바퀴 한쪽에는 '블리크빈켈(Blickwinkel, 조준)'이라는 글자가 보였다. 그 밑에 '아우프 파르브 글래스 아인(Auf Farbglas Ein, 색유리)'이라는 글자도 보였다.

　폭격 조준기였다. 언젠가 사진에서 본 적이 있었다. 독일군 폭격기는 이 장치로 지상의 목표물을 조준했다. 조준기는 폭격기의 잔해 속에서 불타고 있는 저 병사의 목표물에 맞춰져 있었을 것이다. 조준기에 몸을 숙이고 있었을 저 병사의 발아래 도시 전체가 펼쳐져 있었을 것이다. 생각이 거기에 미치자 조종사에 대한 동정심이 서서히 사라졌다. 조준기 덕분에 폭격기의 조종사가 추락하기 전에 무슨 짓을 하고 있었을지 훨씬 더 생생하게 머릿속에 그려졌다. 데이빗은 앤더슨 방공호에 숨어 있는 사람들을 생각해보았다. 울고 있는 아이들과 폭탄이 되도록 그들로부터 먼 곳에 떨어지기를 바라고 있을 어른들을 생각해보았다. 지하 방공호에서 폭발 소리에 귀를 기울이고 있는 사람들과 폭탄이 터질 때마다 머리 위로 떨어질 흙과 먼지들을 생각해보았다. 그나마 그 사람들은 운이 좋은 축에 들었다.

데이빗은 오른발로 조준기를 세게 걷어찼다. 유리 깨지는 소리가 들렸고 조준기의 섬세한 렌즈가 산산조각 났음을 깨닫는 순간 묘한 쾌감이 밀려왔다.

흥분이 잦아들자 데이빗은 잠옷 가운의 주머니에 손을 넣고 주변을 찬찬히 살펴보았다. 그가 서 있는 곳에서 너댓 발자국 떨어진 곳의 풀숲 사이로 밝은 보라색 꽃 네 송이가 피어 있었다. 이곳에서 처음 보는 화려한 색이었다. 잎사귀는 노란색과 주황색이었고 꽃송이는 꼭 잠든 어린아이의 얼굴 같았다. 어두운 숲 속에서도 데이빗은 감고 있는 눈꺼풀과 조금 열린 입, 두 개의 콧구멍을 분간할 수 있었다. 그 꽃들은 데이빗이 지금껏 보았던 그 어떤 꽃들과도 달랐다. 한 송이 따서 아빠에게 가져다드리면 이런 이상한 세계가 정말 존재한다는 것을 증명할 수 있을 것 같았다.

데이빗은 꽃들에게 다가갔다. 마른 나뭇잎이 발밑에서 부서지는 소리가 들렸다. 꽃들에게 가까이 다가갔을 때 꽃 한 송이의 눈꺼풀이 열리면서 조그맣고 노란 눈동자가 드러났다. 곧바로 입술이 열리더니 비명소리가 새어나왔다. 그와 동시에 다른 꽃들도 잠에서 깨어났고 네 송이가 거의 동시에 잎사귀로 얼굴을 감싸면서 끈적끈적한 액체가 묻어 있는 가시 돋은 잎사귀의 뒷면을 드러냈다.

데이빗은 왠지 그 꽃을 만져서는 안 될 것 같았다. 쐐기풀이나 옻나무 같은 식물들이 떠올랐다. 만지면 좋지 않은 식물들이었다. 이 꽃들도 스스로를 방어하기 위한 독성을 지니고 있는지도 모를 일이었다.

　데이빗은 코를 킁킁거렸다. 바람이 폭격기의 탄내를 멀리 날려보냈지만 대신 또 다른 악취가 그 자리를 대신했다. 조금 전에 맡았던 비릿한 냄새가 한층 더 강해져 있었다. 숲 속으로 조금 들어가 보았더니 낙엽 밑에 뭔가 울퉁불퉁한 것이 있었다. 얼핏 붉은색과 푸른색이 비치는 것으로 보아 낙엽 밑에 뭔가가 묻혀 있는 것이 분명했다. 대충 보아서는 사람의 형상 같았다. 데이빗은 가까이 다가가서 살펴보았다. 옷자락도 보였고 그 속의 털도 보였다. 데이빗은 눈살을 찌푸렸다. 짐승이었다. 그것도 옷을 입고 있는 짐승이었다. 짐승의 발톱에 다리는 개의 다리였다. 얼굴을 살펴보려 했지만 머리가 없었다. 주위에 동맥에서 뿜어져 나온 핏자국이 있는 것으로 보아 머리가 몸통에서 단칼에 잘려나간 것이 분명했다. 그것도 아주 최근에.

　데이빗은 토할 것 같은 기분이 들어서 손으로 입을 가렸다. 불과 몇 분 사이에 두 구의 시체를 보았더니 속이 뒤집힐 것 같았다. 데이빗은 시체로부터 물러서서 그가 빠져나왔던 나무로 돌아갔다. 그런데 바로 눈앞에서 나무에 있던 커다란 구멍이 사라져버리면서 나무가 본래의 크기로 줄어들었다. 곧바로 나무껍질이 구멍이 있던 자리를 서서히 뒤덮었고 데이빗이 살던 세상으로 돌아가는 문은 완전히 사라져버렸다. 이제 그 나무는 숲 속의 다른 나무들과 하나도 다를 것이 없는 똑같은 한 그루의 나무일 뿐이었다. 데이빗은 손끝으로 나무를 만지고 두드려보았다. 어떻게든 돌아갈 길을 찾아보려 했지만 아무 일도 일어나지 않았다. 데이빗은 울고 싶었다. 그러나 이 상황에서 울음을 터뜨리면 지는 것이었다. 집을 떠나 두려움에 떠는 보잘것없는 어린아이가 되고 마는 것이었다. 데이빗은 주위를 둘러보고 땅 의로 비죽이 나온 돌멩이 하나를 찾았다. 그는 돌멩이를 주워서 뾰족한 끝으로 나무의 몸통을 긁었다. 껍질이 벗겨져서 바닥에 떨어질 때까지 긁고 또 긁었다. 그런데 손끝에서 나무의 전율이 느껴졌다. 몹시 충격을 받았을 때 사람이 떠는 것과 비슷했다. 상처 주위로 피가 배어나오는 것처럼 나무의 흰 속살이 붉게 변하기 시작하더니 나무껍질의 갈라진 틈으로 피가 흘러나와 땅으로 뚝뚝 떨어졌다.

"그러지 마라. 나무가 좋아하지 않아."

어디선가 사람의 목소리가 들렸다.

데이빗이 돌아서 보니 멀지 않은 곳 어둠 속에 한 남자가 서 있었다. 키가 크고 체격이 좋았다. 어깨가 넓었고 머리카락은 짧고 짙은 색이었다. 무릎까지 오는 갈색 가죽 부츠에 짐승의 가죽으로 만든 짧은 외투를 입고 있었다. 눈동자가 초록빛이어서 인간이지만 숲의 일부인 것 같은 느낌을 주었다. 그는 오른쪽 어깨에 도끼를 메고 있었다.

데이빗은 쥐고 있던 돌멩이를 떨어뜨렸다.

"죄송해요. 모르고 그랬어요."

남자는 조용히 그를 처다보았다.

"그래. 그랬겠지."

그가 데이빗 쪽으로 다가왔고 데이빗은 본능적으로 뒷걸음질을 쳤다. 뒷걸음을 치다가 손이 나무를 스쳤다. 이번에도 손끝에서 나무의 전율이 느껴졌지만 조금 전처럼 심하지는 않았다. 마치 서서히 상처에서 회복되어가는 듯, 그리고 그들 곁에 남자가 있는 한 결코 더 이상 상처를 입지 않으리라는 것을 확실히 안다는 듯이. 데이빗은 낯선 남자가 나타난 것이 썩 기분이 좋지 않았다. 그는 도끼를 들고 있었다. 목을 칠 때 쓸 것 같은 바로 그런 도끼였다.

남자가 어두운 숲에서 걸어 나왔고 데이빗은 비로소 그의 얼굴을 찬찬히 살펴볼 수 있었다. 조금 무서운 인상이었지만 그러면서도 한편으로는 푸근해 보였다. 왠지 믿을 만한 사람 같았다. 한결 마음이 놓였지만 커다란 도끼에서는 시선을 뗄 수가 없었다.

"아저씨는 누구세요?" 데이빗이 물었다.

"나도 너한테 같은 질문을 할 참이었다."

남자가 말했다.

"이 숲은 내 구역인데, 넌 한 번도 본 적이 없는 아이로구나. 어쨌든, 네 질문에 먼저 대답하자면, 나는 이 숲에 사는 숲사람이야. 그것 말고 다른 이름은 없어. 적어도 너에게 알려줄 만한 이름은."

숲사람이 불타는 폭격기 쪽으로 다가갔다. 불꽃이 서서히 잦아들면서 앙상한 골격이 드러나고 있었다. 마치 거대한 짐승을 불에 구워 살코기를 발라 먹은 뒤에 남은 해골 같았다. 조종사의 모습은 이제 더 이상 형체조차 분간할 수 없었다. 그저 쇳조각들과 뒤엉킨 한 줌의 검은 재일 뿐이었다. 숲사람은 믿을 수 없다는 듯 고개를 젓더니 폭격기의 잔해에서 돌아서서 다시 데이빗에게로 다가왔다. 숲사람은 데이빗의 곁을 지나 상처가 난 나무의 몸통에 손을 올려놓았다. 그는 데이빗이 낸 상처를 한참 바라보다가 마치 말이나 개를 진정시킬 때처럼 나무를 가볍게 툭툭 치더니 무릎을 꿇고 부근에 있는 바위에서 이끼를 떼어내 나무의 상처를 메웠다.

"이제 괜찮을 거야. 곧 나을 테니 걱정하지 마."

그가 나무에게 말했다.

나무의 다른 부분은 조금도 움직이지 않았는데도 데이빗의 머리 위 나뭇가지가 조금 흔들렸다. 숲사람은 다시 데이빗에게로 돌아섰다.

"자, 이제 네 차례인 것 같구나. 네 이름은 뭐지? 그리고 여기서 뭘 하고 있는 거냐? 여긴 너 같은 꼬마가 돌아다닐 만한 곳이 아니란다. 혹시 너 이걸 타고 왔니?"

그가 폭격기를 가리키며 물었다.

"아뇨. 폭격기가 절 따라왔어요. 제 이름은 데이빗이고요. 전 저 나무 속에서 나왔어요. 아까는 분명히 구멍이 있었는데, 지금은 없어졌어요. 그래서 껍질을 벗기고 있었던 거예요. 혹시 돌아가는 길을 찾을 수 있을까 해서요. 그렇지 않으면 최소한 나중에 다시 찾을 수 있게 표시라도 해두어야 할 것 같아서요."

"이 나무를 통해서 여기로 왔다고? 어디서 왔다는 거지?"

"정원이오. 정원 돌담에 조그만 구멍이 있었는데 거기로 들어갔더니 이리로 나오게 됐어요. 엄마 목소리를 듣고 그 소리를 따라왔는데, 이제 돌아가는 길이 사라져버렸어요."

숲사람이 폭격기를 가리켰다.

"그럼 이 물건은 어떻게 여기까지 따라왔지?"

"폭격이 있었어요. 폭격기가 하늘에서 추락했어요."

데이빗의 이야기를 듣고 그가 놀랐는지는 알 수 없지만 어쨌든 내색은 조금도 하지 않았다.

"폭격기 안에 시체가 있던데, 네가 아는 사람이니?"

숲사람이 물었다.

"저격수예요. 제가 모르는 사람이고, 독일군이에요."

"죽었구나."

숲사람은 손끝으로 다시 한 번 나무를 어루만졌다. 다른 세상으로 이어진 문이 정말 있는지 찾아보려는 것 같았다.

"네가 말한 것처럼 이제 문은 없어. 그렇지만 이 나무에 표시를 해두려고 생각한 건 잘한 일 같다. 네 방법이 좀 문제가 있긴 했지만."

그는 외투 속에서 공처럼 뭉쳐놓은 조그만 밧줄을 꺼냈다. 그는 밧줄을 적당히 푼 다음 나무의 몸통을 묶었다. 그리고 조그만 가죽 가방에서 회색빛이 나는 끈적끈적한 무언가를 꺼내 밧줄에 묻혔다.

"이러면 짐승들이나 새들이 와서 갉아 먹지 못할 거야."

숲사람이 말한 뒤 다시 도끼를 들었다.

"나하고 같이 가자. 네가 앞으로 어떻게 해야 할지는 내일 생각해 보고 일단은 너를 안전한 곳으로 데리고 가야겠다."

데이빗은 꼼짝도 하지 않았다. 어디선가 여전히 피 냄새와 썩은 냄새가 풍겨왔고 가까이서 바라보니 숲사람의 도끼날에 피가 묻어 있었다. 그의 옷에도 붉은색 얼룩이 묻어 있었다.

"저기요."

데이빗이 되도록 순진한 목소리를 내려고 애쓰며 말했다.

"이 숲을 정말 아끼신다면 그런 도끼가 왜 필요하죠?"

숲사람은 재미있다는 듯이 데이빗을 바라보았다. 두려움을 애써 감추려는 아이의 속마음을 훤히 들여다보면서도 그런 노력을 하는 것만으로도 기특하다는 듯한 표정이었다.

"도끼는 나무를 자르는 데 쓰려는 게 아니란다. 숲 속에 사는 다른 짐승들 때문에 필요한 거야."

그는 고개를 들고 킁킁거리면서 냄새를 맡았다. 그는 머리가 잘린 시체가 누워 있는 방향을 가리켰다.

"저 냄새를 맡았구나."

그가 말했다.

데이빗은 고개를 끄덕였다.

"가서 직접 봤어요. 아저씨가 그러셨어요?"

"그래."

"사람 같았는데, 사람이 아니었나요?"

"아니란다."

숲사람이 말했다.

"사람이 아니야. 나중에 얘기하자꾸나. 날 무서워할 필요는 없지만 이 숲에는 네가 무서워할 만한 것들이 많이 살고 있어. 어서 가자. 시간이 없단다. 불길과 시체 타는 냄새가 놈들을 이리로 유인할 거야."

다른 선택이 없음을 깨닫고 데이빗은 숲사람을 따라갔다. 날씨가 추웠고 슬리퍼는 축축했다. 숲사람은 데이빗에게 외투를 걸쳐 주고 그를 등에 업었다. 등에 업혀본 것이 언제였던가? 데이빗은 이제 아빠가 업기에도 너무 무거웠다. 그러나 숲사람은 조금도 힘들어하지 않았다. 그들은 끝없이 펼쳐진 울창한 숲을 지났다. 주위를 둘러보고 싶었지만 숲사람이 얼마나 빨리 움직이는지 데이빗은 그저 등에 꼭 매달려 있는 수밖에 없었다. 머리 위로 구름이 갈라지면서 달이 모습을 드러냈다. 달은 밤의 장막에 뚫린 붉은색 구멍 같았다. 숲사람은 성큼성큼 크게 발걸음을 옮겨 놓았고 점점 더 속도를 냈다.

"서둘러야 해. 놈들이 곧 뒤쫓아올 거다."

그 말과 함께 북쪽에서 괴상한 울음소리가 울려 퍼졌고 마침내 숲사람은 달리기 시작했다.

제8장

늑대, 그리고 늑대보다
더 무서운 짐승들

　숲은 회색과 갈색, 겨울의 엷은 초록색이 뒤섞인 하나의 점으로 우리 곁을 스쳤다. 찔레나무 잔가지가 숲사람의 웃옷과 데이빗의 잠옷 바지를 찢어놓았고 키 큰 덤불에 얼굴이 다칠까봐 고개를 숙인 적도 여러 번이었다. 괴상한 울음소리는 멎었지만 숲사람은 잠시도 걸음을 멈추지 않았고 말도 하지 않았다. 데이빗도 말을 하지 않았다. 무섭기는 했다. 그러나 뒤를 돌아보려다가 하마터면 떨어질 뻔하고 나서는 다시는 뒤를 돌아보지 않았다.

　숲사람이 멈춰 서서 귀를 기울였다. 그들은 여전히 깊은 숲 속에 있었다. 데이빗은 이유를 물어볼까 했지만 가만히 있는 편이 나을 것 같아서 입을 다물고 귀를 기울여보았다. 목 뒤의 머리털이 곤두서는 것 같은 기분이 들었다. 누군가 그들을 바라보고 있는 것이 분명했다. 오른쪽에서 나뭇잎이 부스럭거리는 소리가 들렸고 왼쪽에서 나뭇가지가 부러지는 소리가 들렸다. 뭔가가 그들 주위에서 움직이고 있었다. 덤불숲에 숨어 있던 뭔가가 살며시 그들에게 다가오는 것 같았다.

"꽉 잡아라. 이제 거의 다 왔으니까."

숲사람이 말했다.

그는 쉬운 길을 놓아두고 양치식물들이 무성하게 자란 오른쪽 숲으로 달리기 시작했다. 추격에 속도가 붙었는지 그들 뒤에서 부스럭거리는 소리도 점점 더 커졌다. 손바닥이 긁히면서 피가 흘렀고 잠옷 바지의 무릎에서 발목 사이에 커다란 구멍이 났다. 슬리퍼도 한 짝 잃어버렸다. 맨발에 닿는 밤공기는 차가웠다. 추위 때문에 손이 시렸다. 숲사람을 꽉 붙잡기 위해 힘을 주느라 손이 아팠지만 그렇다고 손을 놓을 수는 없었다. 그들은 다시 한 번 숲길을 달렸고 마침내 밭처럼 보이는 곳으로 이어진 거친 내리막 길로 접어들었다. 데이빗이 뒤를 돌아보았다. 언뜻 달빛에 반짝이는 두 개의 눈동자와 짐승의 털을 본 것 같았다.

"돌아보지 마라. 무슨 일이 있어도 돌아봐선 안 돼."

데이빗은 다시 앞을 바라보았다. 무서웠다. 엄마의 목소리를 따라 여기까지 온 것이 후회가 되었다. 잠옷 바람에 슬리퍼 한 짝을 신고 있고 낯선 남자의 외투 속에 푸른색 낡은 가운을 걸치고 있는 아이. 누가 보아도 지금쯤 방에서 잠들어 있어야 할 아이였다.

숲이 성글어지기 시작하더니 어느덧 야채를 심은 밭고랑이 보였다. 깔끔하고 보기 좋게 정돈된 밭이었다. 눈앞에 데이빗이 지금까지 한 번도 본 적이 없는 이상하게 생긴 집이 있었다. 낮은 나무 울타리가 집 주위를 두르고 있었다. 숲에서 자른 것 같은 통나무로 지은 집으로, 가운데는 문이 있고 그 양쪽으로 창문이 나 있었다. 경사진 지붕 한쪽 끝에 돌로 만든 굴뚝이 서 있었지만 평범한 오두막으로서의 특징은 그것이 전부였다. 밤하늘을 배경으로 서 있는 오두막의 윤곽이 마치 고슴도치를 연상시켰다. 집은 온통 뾰족한 나뭇조각과 금속조각으로 뒤덮여 있었다. 그 사이사이로 길고 뾰족하게 깎은 나무와 쇠창살이 박혀 있었다. 가까이 다가가서 보니 작은 유리조각과 뾰족한 돌멩이가 벽을 뒤덮었고 심지어는 지붕에까지 박혀 있었다. 그 모든 파편 조각들이 달빛을 받아 마치 다이아몬드처럼 반짝거렸다. 창문에는 창살이 쳐져 있었고 문마다 안에서 대못을 박아 뾰족한 끝부분이 밖으로 돌출되어 있어서 집 앞에서 넘어지기라도 했다가는 그대로 못에 찔려 죽을 것 같았다. 한 마디로 그 집은 오두막이 아니었다. 요새였다.

울타리 안으로 들어서서 집을 향해 걷는데 집 뒤쪽에서 누군가가 나오더니 그들 쪽으로 다가왔다. 언뜻 보아서는 커다란 늑대 같았지만 금색 장식이 있는 화려한 셔츠에 밝은 빨간색 반바지를 입고 있었다. 자세히 보니 뒷다리로 사람처럼 서 있는 사람 같은 짐승이었다. 귀는 사람과 비슷했지만 윗부분이 털로 뒤덮여 있었고 주둥이는 늑대보다 작았다. 엄니 위로 입술이 젖혀져 있었고 마치 경고하듯 그들을 향해 으르렁거렸지만 눈동자 속에 늑대와 인간 사이의 갈등이 너무도 분명하게 드러났다. 그 눈빛은 짐승의 눈빛이 아니었다. 교활하면서도 한편으로는 자기 자신을 의식하는, 굶주림과 욕망으로 가득 찬 인간의 눈빛이었다.

그와 비슷한 짐승들이 하나 둘 숲 속에서 나왔다. 그들도 옷을 입고 있었는데 너덜너덜해진 웃옷에 찢어진 바지가 대부분이었다. 그들 역시 뒷다리로 서 있었다. 그러나 보통 늑대들이 숫자로는 훨씬 더 많았다. 보통 늑대들은 훨씬 더 작았고 네 다리로 서 있었다. 그들은 그저 잔인한 짐승일 뿐 아무 생각이 없어 보였다. 데이빗은 인간의 모습을 한 늑대들이 더 두려웠다.

숲사람은 데이빗을 땅에 내려놓았다.

"내 옆에 바짝 붙어 있어라. 무슨 일이 생기면 무조건 오두막으로 뛰어."

그가 데이빗의 등 아래쪽을 가볍게 두드리더니 데이빗이 입고 있던 외투 주머니 속에 뭔가를 넣어주었다. 데이빗은 추워서 손을 넣는 척하면서 주머니 속에 손을 슬쩍 넣어보았다. 커다란 열쇠가 만져졌다. 데이빗은 열쇠를 꽉 움켜쥐었다. 마치 자신의 목숨이 거기에 달려 있다는 듯이. 어쩌면 데이빗의 목숨은 정말 그 열쇠에 달려 있을 수도 있었다.

오두막 옆에 서 있던 늑대인간이 데이빗을 뚫어지게 바라보았다. 그 시선이 얼마나 섬뜩한지 데이빗은 땅을 보고 또 숲사람의 등을 보면서 시선을 피했다. 낯설기도 하고 익숙하기도 한 그 눈빛을 어떻게든 피하고 싶었다. 늑대인간이 긴 발톱으로 오두막의 벽에 돌출되어 있는 긴 못을 만져보았다. 얼마나 뾰족한지 가늠해보는 것 같았다. 그리고 마침내 입을 열었다. 늑대의 목소리는 깊고도 낮았고 침과 으르렁거림이 뒤섞여 있었지만 데이빗은 그가 하는 말을 똑똑히 알아들을 수가 있었다.

"그동안 아주 바빴겠군, 숲사람. 집을 아주 살벌하게 꾸며놓은 것을 보니."

"숲이 변하고 있으니 그럴 수밖에. 이상한 짐승들이 나돌아다녀서 말이야."

숲사람이 대답했다.

그는 도끼를 고쳐 잡았다.

숲사람의 은근한 위협을 늑대인간이 알아차렸는지는 확실히 알 수 없었지만 겉으로는 조금도 드러내지 않았고 마치 그의 말에 동의한다는 듯, 마치 숲사람이 저녁 산책을 나왔다가 우연히 길에서 만난 이웃이라는 듯, 낮게 으르렁거렸다.

"이 왕국 전체가 변하고 있어. 늙은 왕은 더 이상 자신의 왕국을 통치할 능력이 없고."

늑대인간이 말했다.

"난 그런 문제를 논할 만큼 박식하진 못하다네. 왕을 만나본 적도 없거니와 국왕 폐하께서는 그런 문제를 나와 의논하지 않으시거든."

숲사람이 말했다.

"의논하는 게 좋을 텐데."

늑대인간이 말했다.

미소를 짓는 것 같았지만 친근함이라고는 찾아볼 수가 없었다.

"어쨌든 넌 이 섬을 마치 자기 왕국인 양 다스리고 있으니까. 하지만 그 점에 대해 이의를 제기할 종족들이 있다는 것만은 잊지 말았으면 좋겠어."

"나는 이 숲의 모든 생명체들을 그들이 받아 마땅한 존경심으로 대하고 있을 뿐이야. 이 왕국은 인간이 다스리는 것이 자연의 섭리이고."

"내가 보기엔 이제 새로운 섭리가 필요해."

늑대인간이 말했다.

"새로운 섭리라고 했나?"

숲사람이 물었다.

데이빗은 그의 목소리에 담긴 조롱을 감지할 수 있었다.

"늑대들의 섭리 말인가? 약탈자의 섭리? 뒷다리로 걸어 다닌다고 해서 인간이 된다고 생각하나? 금 귀걸이를 한다고 해서 왕이 될 수 있을까?"

"세상에는 여러 종류의 왕국이 있지. 또 여러 종류의 왕이 있고."

늑대인간이 말했다.

"이곳은 네가 통치할 수 없어. 그게 목표라면 내가 너와 네 부하들을 전부 다 죽여버리겠다."

늑대인간이 입을 벌리고 으르렁거렸다. 데이빗은 온몸에 소름이 돋았지만 숲사람은 꿈쩍도 하지 않았다.

"그러고 보니 벌써 일을 시작한 것 같더군. 숲 속에 만들어 놓은 건 너의 작품이겠지?"

늑대인간이 숲사람에게 물었다.

"여긴 내 숲이야. 내 작품은 어디에나 있어."

"정찰병 페르디난드의 시체를 두고 하는 말이다. 머리가 날아갔더군."

"그게 놈의 이름이었나? 이름을 물어볼 기회는 미처 없었어. 날 보자마자 목을 물어뜯으려고 달려드는 바람에 그런 한가한 대화나 나누고 있을 틈이 없었거든."

늑대인간이 입맛을 다셨다.

"몹시 굶주려 있었겠지. 사실 우린 모두 굶주렸어."

그의 눈동자가 숲사람에게서 데이빗에게로 향했다. 숲사람과 이야기를 나누는 중에도 몇 번 데이빗을 흘금거렸지만 이번에는 조금 더 오래 그에게 머물렀다.

"그 친구는 더 이상은 굶주림으로 괴로워하지 않을 거야. 내가 그 고통에서 벗어나게 해주었으니까."

숲사람이 말했다.

그러나 페르디난드는 이미 그의 안중에 없었다. 늑대인간의 관심은 오직 데이빗에게로 쏠려 있었다.

"저 아인 어디서 찾았지? 아주 희한한 동물을 발견했군. 이 숲에서는 못 보던 새로운 고기야."

늑대인간의 주둥이에서 길고 가느다란 침 줄기가 흘렀다. 숲사람은 데이빗의 어깨에 손을 얹고 가까이 끌어당기면서 다른 한 손으로는 도끼를 더욱 세게 움켜쥐었다.

"내 동생의 아들이야. 우리 집에 잠깐 머물러 온 거고."

늑대인간이 네 발로 섰고 등의 털이 바짝 곤두섰다. 그가 코를 킁킁거렸다.

"거짓말! 넌 형제도 가족도 없어. 여기서 혼자 살아. 항상 그래왔지. 우리 왕국에 어린아이는 없어. 낯선 냄새가 나는 걸로 봐서 저 아인…… 이곳 아이가 아니야."

"내 아이고 내가 보호자야."

숲사람이 말했다.

"숲에서 불이 났더군. 아주 이상한 물건이 불타고 있었어. 저 아이가 가지고 온 건가?"

"난 모르는 일이야."

"네가 모르는 일이라고 해도 저 꼬마는 알겠지. 자기가 어디서 왔는지 설명해보라고 해."

늑대인간이 그의 일행에게 고갯짓을 하자 일행 중 한 마리가 시커먼 뭔가를 데이빗 쪽으로 던졌고 그것이 데이빗 앞에 떨어졌다.

시커멓게 타고 피로 뒤범벅이 된 독일군 저격수의 머리였다. 헬멧이 두개골과 함께 녹아내렸고 데이빗은 다시 한 번 죽음의 공포 속에 갇힌 그의 치아를 바라보았다.

"먹을 게 없더군. 시큼하고 쌉쌀한 숯덩이일 뿐이야."

"인간은 절대 인간을 먹지 않아. 역시 천성은 속일 수가 없군."

숲사람이 혐오스럽다는 듯이 말했다.

늑대인간이 그 말을 비웃는 듯 허공을 무는 시늉을 했다.

"그 아이를 지킬 수 없을걸. 다들 그 아이의 존재를 알게 될 테니까. 우리한테 넘겨. 책임지고 안전하게 지켜줄 테니."

눈빛만으로도 그 말이 거짓이라는 것을 알 수 있었다. 그가 내뱉는 말 한마디 한마디에서 굶주림과 욕망이 배어났다. 흰 셔츠 밑 회색 털 속의 갈비뼈가 훤히 드러났고 다리도 가늘었다. 다른 늑대인간들도 모두 굶주린 것이 분명했다. 그들은 이제 서서히 데이빗과 숲사람에게 다가오고 있었다. 먹을 것의 유혹을 뿌리칠 수 없었다.

갑자기 오른쪽에서 뭔가가 후다닥 움직였다. 늑대의 무리 중에서 비교적 서열이 낮아 보이는 한 놈이 식욕을 억누르지 못하고 그들에게 달려들었다. 숲사람이 돌아서서 도끼를 휘둘렀고 늑대는 눈 깜짝할 새에 머리가 잘려나간 채로 바닥에 고꾸라졌다. 늑대들의 울음소리가 울려 퍼졌다. 늑대들은 흥분과 고통으로 몸을 뒤틀었다. 늑대인간이 바닥에 쓰러진 늑대를 보고 다시 숲사람을 보았다. 그가 날카로운 이빨들을 드러내자 목 두의 털이 길게 곤두섰다. 데이빗은 분명히 늑대인간이 그들에게 달려들 거라고, 그리고 나머지 늑대들도 그 뒤를 따를 거라고 생각했다. 그렇게 되면 몸이 갈기갈기 찢겨 죽게 될 것이 뻔했다. 그러나 그 순간 늑대인간이 지니고 있는 인간의 이성이 짐승의 본능을 억눌렀다. 그는 자신의 분노를 통제했다. 그리고 다시 두 발로 서더니 고개를 저었다.

"그렇게 주의를 주었건만 너무 배가 고팠던 모양이군. 새로운 적과 새로운 침입자들이 나타나는 바람에 먹이가 충분치가 않거든. 새로운 적은 우리하고는 다르다네, 숲사람. 우리는 짐승이 아니지만 그놈들은 절대로 욕망을 억제하지 못해."

숲사람과 데이빗은 오두막 쪽으로 다가갔다. 안전한 오두막으로부터 조금이라도 위안을 얻으려는 듯이.

"자신을 속이려 하지 마. '우리'라니. 나와 너희들의 공통점을 찾느니 차라리 나뭇잎과 흙의 공통점을 찾겠어."

늑대 중 몇 마리가 죽은 동지의 살을 파먹으려고 다가갔지만 옷을 입은 늑대들은 다가가지 않았다. 늑대들은 동경하는 눈길로 시체를 바라보면서도 자기들의 우두머리처럼 욕망을 통제하려고 애썼다. 그러나 본능을 완전히 속일 수는 없었다. 데이빗은 그들의 코가 피 냄새를 맡고 씰룩거리는 것을 똑똑히 보았다. 그 순간 데이빗은 만약 숲사람이 아니었다면 늑대인간들이 벌써 그를 갈기갈기 찢어놓았을 거란 생각이 들었다. 서열이 낮은 늑대들은 종족을 잡아먹었지만 늑대인간들은 그럴 수가 없어서 훨씬 더 굶주린 상태였다.

늑대인간이 숲사람의 대답을 생각해보았다. 데이빗은 숲사람

뒤에 숨어서 주머니에서 열쇠를 꺼내 자물쇠에 넣을 채비를 하고 있었다.

"우리 사이에 아무런 공통점이 없다면, 결론은 분명해지는군."

그가 침착하게 말했다.

"이제 식사 시간이야."

그가 으르렁거리며 말했다.

데이빗이 열쇠를 구멍에 꽂고 돌리는 순간 늑대인간이 네 발로 섰다. 그의 온몸에 긴장이 감돌았고 금방이라도 달려들 것 같은 기세였다.

그때 숲 가장자리에 서 있던 늑대가 마치 위험을 알리듯 날카롭게 울었다. 무언가 위협을 감지한 듯 다른 늑대들도 고개를 돌렸고 우두머리 늑대인간도 잠시 그들로부터 주의를 돌려 숲 쪽을 바라보았다.

데이빗도 용기를 내어 얼른 숲을 돌아보았다 나무 뒤에 마치 뱀처럼 꿈틀거리는 뭔가가 있었다. 가까이 있던 늑대가 낑낑거리면서 뒷걸음을 쳤지만 나무 뒤에서 초록색 담쟁이덩굴이 뻗어 나와 순식간에 늑대의 몸을 휘감았다. 덩굴이 늑대의 목을 단단하게 조이면서 공중에 휘둘렀고 목이 졸린 늑대의 발이 허공에서 버둥거렸다.

마치 숲 전체가 꿈틀거리는 초록색 덩굴로 살아나는 것 같았다. 덩굴손들이 뻗어 나와 늑대와 늑대인간들의 다리와 주둥이와 목을 조르면서 공중에서, 혹은 땅바닥에서 꼼짝 못하게 만들었다. 덩굴손은 늑대들의 발버둥이 완전히 잦아들 때까지 점점 더 세게 조였다. 다른 늑대들은 곧바로 덩굴손들과 싸울 태세로 울부짖고 으르렁거렸지만 덩굴손 앞에서는 무기력했다. 달아날 수 있는 늑대들은 벌써 달아나고 있었다.

오두막의 열쇠가 자물쇠에 꽂혀서 돌아가는 동안 우두머리 늑대인간의 고개가 바쁘게 움직였다. 그는 고기를 먹고 싶은 욕망과 살고 싶은 욕망 사이에서 갈등하고 있었다. 담쟁이덩굴이 채소밭을 가로질러 데이빗이 있는 쪽으로 뻗어왔다. 싸울 것인지 달아날 것인지 빨리 결단을 내려야 했다. 숲사람과 데이빗을 향해 마지막으로 으르렁거린 뒤 늑대인간은 꼬리를 돌려 남쪽으로 달아났다. 숲사람은 데이빗을 오두막 안으로 밀어 넣었고 오두막 문을 닫아 늑대들의 울부짖음과 죽음의 소리들을 차단했다.

제9장
루프의 탄생

데이빗은 창가로 다가갔다. 조그만 오두막 창문으로 오렌지빛 황혼의 햇살이 스며들고 있었다. 숲사람은 문이 안전하게 잠겼는지 확인한 다음 늑대들이 달아나는 것을 보고 나서야 벽난로에 장작을 넣고 불을 지피기 시작했다.

조금 전에 일어났던 일들 때문에 동요하는 기색은 전혀 없었다. 숲사람은 믿기 힘들 정도로 침착했고 그의 침착함이 데이빗에게까지 전해졌다. 그가 아니었다면 데이빗은 몹시 두려웠을 것이다. 심한 충격을 받았을 수도 있었다. 말하는 늑대들에게 협박을 당했는가 하면 살아 있는 담쟁이덩굴의 공격을 목격했고 숯덩이가 된 독일군의 얼굴이 반쯤 뜯어 먹힌 채로 발치에 떨어지기도 했다. 데이빗은 뭔가에 홀린 것 같은 기분이었다.

손가락과 발가락이 간지러웠다. 집 안에 퍼지기 시작한 온기에

콧물까지 흘렀다. 데이빗은 숲사람의 외투를 벗은 다음 잠옷 가운 소매로 코를 쓱 닦았다. 왠지 부끄러웠다. 더러워질 대로 더러워진 가운은 그가 갖고 있는 거의 유일한 옷이었다. 안 그래도 더러운 옷에 콧물까지 묻히는 말걸 그랬다는 생각이 들었다. 가운을 제외하고는 슬리퍼 한 짝과 찢어지고 진흙이 묻은 잠옷 바지, 그나마 다른 옷가지들과 비교해서는 거의 새것에 가까운 잠옷 윗도리가 전부였다.

그가 서 있는 곳의 창문은 창살 안쪽으로 덧문이 하나 더 달려 있었는데 덧문에는 세로로 좁은 구멍이 나 있어서 밖을 내다 볼 수 있었다. 그 틈으로 데이빗은 숲 속으로 끌려간 늑대의 시체들이 남긴 핏자국을 바라보았다.

"놈들이 점점 더 대담해지고 교활해져서 죽이기가 쉽지 않아."

숲사람이 말했다.

그가 다가와 데이빗의 곁에 섰다.

"일 년 전만 해도 감히 나한테 덤빌 생각도 못했었지. 나하고 같이 있는 사람한테도. 하지만 이젠 숫자가 엄청나게 늘어난 데다 지금도 계속 늘어가고 있어. 머지않아 이 왕국을 집어 삼키려고 할 거야."

"하지만 담쟁이들이 늑대들을 공격했잖아요."

데이빗이 말했다.

데이빗은 아직도 그가 본 광경을 믿을 수가 없었다.

"숲은 자신을 지키는 나름대로의 방식이 있단다. 적어도 이 숲은 그래."

숲사람이 말했다.

"저들은 자연의 법칙에 어긋나는 존재들이야. 이 숲의 질서에 위협이 되는 존재들이지. 이 숲은 그들을 원하지 않아. 내가 보기엔 아마 저들의 출현이 국왕과 관련이 있을 것 같아. 국왕의 권력이 쇠퇴하고 있거든. 왕국이 분열되고 있고 갈수록 이상하게 변해가고 있단다. 하지만 루프들이야말로 지금까지 이 숲에 나타난 짐승들 중에서 가장 위험한 짐승들이야. 그들은 인간과 짐승의 가장 나쁜 면만을 지니고 있어서 절대 권력을 손에 넣으려고 싸우고 있는 거야."

"루프? 그 늑대들을 그렇게 부르나요?"

"그들은 늑대가 아니란다. 늑대들이 그들을 따라다니긴 하지만 말이야. 필요하면 두 다리로 걸어다니고 그들의 우두머리는 보석과 좋은 옷으로 치장을 하고 다니지만 그렇다고 사람도 아니야. 그 우두머리는 자신을 '르로이'라고 부른단다. 야심만만하면서도 똑똑하고, 잔인하면서도 교활해. 가끔 국왕의 병사들과 전쟁을 일으키기도 하지. 숲을 여행하는 사람들 말로는 요즘 엄청난 숫자의 늑대들이 숲을 휘젓고 다닌다고 하더라. 북방의 흰 늑대들과 남방의 검은 늑대들이 형제와 부모, 우두머리들, 루프들의 부름을 받고 이 숲으로 모여들고 있어."

잠시 후 숲사람은 벽난로 옆에 앉아서 데이빗에게 이야기를 들려주었다.

숲사람의 첫 번째 이야기

옛날 옛적에, 숲 부근의 어느 마을에 한 소녀가 살았다. 소녀는 활기차고 명랑했고 빨간 망토를 입었다. 그래야만 혹시 길을 잃더라도 쉽게 사람들 눈에 띌 수 있었다. 소녀의 빨간 망토는 나무와 수풀 사이에서 사람들 눈에 쉽게 뜨였다. 세월이 흘러 소녀는 점점 더 아름답게 성장했다. 수많은 남자들이 그녀를 신부로 맞이하고 싶어했지만 소녀는 그들의 구애를 모두 거절했다. 그 누구도 그녀의 마음에는 들지 않았다. 소녀는 그 어떤 남자보다도 영리했기 때문에 누구도 상대가 되지 못했다.

소녀의 할머니는 숲 속의 오두막에서 살았다. 소녀는 빵과 고기가 든 바구니를 들고 자주 할머니를 찾아가서 그곳에 머물곤 했다. 할머니가 잠이 들면 소녀는 숲 속을 거닐면서 산딸기를 따 먹거나 숲 속의 특이한 열매들을 맛보았다. 하루는 어두운 숲 속을 걷고 있는데 늑대가 한 마리 나타났다. 늑대는 소녀를 경계하면서 소녀의 눈에 띄지 않고 지나가려 했지만 소녀의 감각은 너무도 예민했다. 소녀는 늑대를 보았고 늑대의 눈을 바라보다가 그만 늑대와 사랑에 빠져버렸다. 늑대가 돌아서서 걸을 때 소녀는 그 뒤를 따라갔다. 그렇게 소녀는 지금껏 한 번도 가보지 못했던 깊은 숲 속으로 들어가게 되었다. 늑대는 소녀를 따돌릴 셈으로 일부러 인적도 없고 길도 나지 않은 곳으로 들어갔지만 소녀는 늑대를 놓치지 않고 잘도 따라갔다. 그렇게 소녀는 한참을 뒤쫓아 왔고 마침내 늑대는 소녀가 쫓아오는 것이 짜증스러워서 소녀를 돌아보았다. 늑대는 엄니를 드러내면서 으르렁거렸지만 소녀는 조금도 두려워하지 않았다.

"사랑스러운 늑대님, 두려워하지 마세요."

소녀는 손을 뻗어서 늑대의 머리 위에 얹은 다음 천천히 털을 쓰다듬으며 늑대를 진정시켰다. 비로소 소녀의 얼굴을 똑똑히 볼 수 있게 된 늑대는 자신을 바라보는 소녀의 눈이 얼마나 아름다운지, 자신을 쓰다듬는 손길이 얼마나 부드러운지, 탐스럽고 붉은 입술이 얼마나 달콤할지를 생각해보았다. 소녀가 몸을 숙여 늑대에게 키스했다. 소녀는 망토를 벗고 꽃바구니를 옆에 내려놓은 다음 늑대의 곁에 누웠다.

그 둘의 결합으로 늑대보다 인간적인 늑대가 태어났다. 그가 바로 루프이고 그는 자신을 르로이라 불렀다. 그 뒤로 수많은 루프들이 태어났다. 빨간 망토 소녀의 이야기를 듣고 많은 여자들이 숲으로 왔다. 빨간 망토 소녀는 숲을 거닐다가 지나가는 여자들에게 잘 익은 산딸기와 기가 막히게 맑은 샘물이 있는 곳을 안다고, 그걸 마시면 피부가 젊어진다고 유혹했다. 때로는 마을 근처까지 나아가서 여자가 지나갈 때마다 수풀 속에서 거짓으로 도와달라고 비명을 질러 여자들을 유인하기도 했다.

그러나 기꺼이 소녀를 따라갔던 여자들도 있었다. 늑대와의 동침을 꿈꿔왔던 여자들이었다.

여자들의 모습은 다시는 볼 수 없었다. 어느 순간 루프가 자신들을 낳은 여자들을 달빛 아래서 잡아먹어버렸기 때문이었다.

루프들은 바로 그렇게 해서 태어났다.

이야기를 마친 뒤 숲사람은 침대 옆에 놓인 참나무 옷장으로 가서 데이빗에게 맞을 만한 셔츠 한 벌과 조금 길이가 긴 바지 한 벌, 너무 큼직한 신발 한 켤레를 꺼냈다. 거친 실로 짠 두툼한 양말을 신으니 그런대로 신을 만했다. 가죽으로 만든 신발은 오랫동안 신지 않은 것 같았다. 데이빗은 그 신발이 어디서 난 것인지 궁금했다. 누가 보아도 어린아이의 신발이었다. 숲사람에게 물어 보았지만 그는 아무 말 없이 빵과 치즈를 꺼냈다.

빵을 먹으면서 숲사람은 데이빗에게 어떻게 이 숲에 오게 되었는지, 그가 살던 곳이 어떤 곳인지에 대해 구체적으로 물었다. 할 얘기가 많았지만 숲사람은 전쟁이나 폭격기 같은 것에는 별 관심이 없어 보였고 데이빗과 그의 가족, 엄마 이야기에 더 관심이 있었다.

"엄마의 목소리를 들었다고 했지? 엄마는 돌아가셨는데, 어떻게 그럴 수가 있지?"

"잘 모르겠어요. 하지만 분명히 엄마였어요. 전 알아요."

숲사람이 믿을 수 없다는 듯한 표정을 지었다.

"오랫동안 이 숲에서 여자를 본 적이 없는걸. 만약 네 엄마가 여기 있다면 아마 다른 길을 통해서 이곳에 왔나 보구나."

숲사람은 데이빗에게 이 왕국이 어떤 곳인지 설명해주었다. 국왕이 오랫동안 왕국을 통치해왔지만 이제 너무 늙고 지쳐서 동쪽에 있는 자신의 성에서 은둔자나 다름없는 생활을 하고 있다고 했다. 루프들이 인간처럼 이 왕국을 다스리고 싶어한다는 것, 성

맞은편에 새로운 성들이 생겼는데, 사악한 기운이 감도는 어두운 성들이라고 했다.

이름도 없고 이 왕국에 사는 다른 어떤 생물과도 비교할 수 없는 이상한 사람에 대해서도 이야기했다.

"꼬부라진 사람 말인가요? 혹시 꼬부라진 모자를 쓰지 않았나요?"

데이빗이 물었다.

숲사람은 빵을 씹다가 멈추었다.

"네가 그걸 어떻게 아니?"

"그 사람을 본 적이 있어요. 제 방에 왔었거든요."

"그자가 맞아. 아이들을 훔치러 다니는 사람이야. 그가 훔쳐온 아이들이 어떻게 되었는지는 아무도 모른단다."

꼬부라진 사람 이야기를 하는 숲사람은 너무도 슬프고 또 화가 난 것처럼 보여서 데이빗은 루프들의 우두머리라는 르로이의 말이 틀린 것이 아닌가 하는 생각이 들었다. 어쩌면 숲사람에게도 한때 가족이 있었고 아주 나쁜 일이 일어나서 지금 혼자가 된 것인지도 모른다는 생각이 들었다.

제10장

요술쟁이와 요술

데이빗은 숲사람의 침대에서 잠이 들었다. 말린 딸기와 솔방울 냄새가 풍겨왔고 숲사람이 입고 있는 옷의 가죽과 털에서 산짐승 냄새가 풍겼다. 숲사람은 불가의 의자에 앉아 꾸벅꾸벅 졸았다. 도끼는 손 가까이에 놓여 있었고 얼굴에는 꺼져가는 불꽃의 그림자가 드리워져 있었다.

오두막 안에 있으면 안전하다고 숲사람이 말했지만 데이빗은 쉽게 잠을 이룰 수가 없었다. 창문의 틈새도 막았고 혹시라도 산짐승이 굴뚝을 타고 들어올까봐 조그만 구멍이 뚫린 철판으로 굴뚝의 중간 부분을 막아두었다. 멀리 숲 속은 고요했지만 평화와 안정의 고요함은 아니었다. 숲사람은 밤새 숲이 달라진다고 말했다. 어스름한 황혼의 햇살이 사라지고 어둠이 내리면 아직 완전한 형상을 갖지 못한 이상한 짐승들이 지하에서 기어 나오기 때문에 숲 속을 돌아다니던 밤 짐승들은 죽임을 당하거나 아니면 살아남아서 더 잔혹한 맹수로 진화한다고 했다.

데이빗의 감정은 복잡하고도 미묘했다. 두려움도 있었고 안전한 집을 떠나 이 낯선 세계에 들어온 자신의 어리석음에 대한 후회도 있었다. 어떻게 해서든 다시 살던 곳으로 돌아가고 싶었다. 그러나 한편으로는 이 새로운 세계에 대해 좀 더 알고 싶었다. 엄마의 목소리가 왜 들려왔는지도 아직 알아내지 못했다. 죽으면 이렇게 되는 것일까? 죽은 사람들은 다른 세상으로 가기 전에 이곳으로 오는 것일까? 그의 엄마는 이 세상에 갇힌 것일까? 뭔가 잘못된 것은 아닐까? 혹시 엄마는 죽고 싶지 않아서 사랑하는 사람들 품으로 돌려보내줄 누군가를 기다리면서 이 세상에서 살고 있는 것은 아닐까? 이대로 돌아갈 수는 없었다. 아직은 돌아갈 수 없었다. 나무에 표시를 해두었으니 돌아가는 길은 찾을 수 있을 것이다. 엄마의 목소리가 들려왔던 이유만 찾으면, 그리고 이곳이 엄마와 어떤 관계가 있는지만 알아내면 그때 돌아가리라.

지금쯤 아빠가 그를 찾고 있을지 궁금했다. 아빠 생각을 하니 눈물이 났다. 독일 폭격기의 굉음에 아마 모두 잠에서 깨어났을 것이다. 어쩌면 지금쯤 군인들이 그의 집 정원을 봉쇄했을지도 모른다. 가족들은 데이빗이 사라진 것을 금방 알아차렸을 것이다. 지금쯤 그를 찾아다니고 있을지도 모른다. 하지만 그렇게라도 아빠의 삶에서 자신의 존재가 중요해질 수도 있다고 생각하니 한편으로는 다행이라는 생각도 들었다. 지금쯤 아마 아빠는 일이

나 암호나 로즈나 조지보다도 그를 더 많이 걱정할 것이다.

하지만 만약 아무도 찾지 않는다면 어떻게 해야 할까? 이제 데이빗이 사라져서 그들의 삶이 아주 편안해진다면? 아빠와 로즈는 골칫거리 없이 새출발을 할 수 있을 것이다. 아마 일 년에 한번 그가 실종된 날이 다가오면 조금 우울해하긴 하겠지만 머지않아 그런 것마저도 사라질 것이다. 그러면 언젠가는 로즈의 삼촌 조나단 툴베이처럼 사람들의 기억 속에 잠깐씩 떠올랐다가 사라지는 사람이 될 것이다.

그런 생각을 떨쳐버리려고 애쓰면서 데이빗은 눈을 감았다. 잠이 든 뒤에 그는 아빠와 로즈, 이복남동생의 꿈을 꾸었다. 지하세계에서 기어 나와서 누군가가 그들을 두려워할 때 비로소 완전한 짐승이 되는 이상한 생명체들의 꿈도 꾸었다.

어두운 꿈의 가장자리에서 그림자 하나가 춤을 추다가 흰 이를 드러내고 꼬부라진 모자를 공중에 던졌다.

숲사람이 음식을 준비하는 소리에 데이빗은 잠에서 깨었다. 두 사람은 벽에 붙여놓은 조그만 테이블에 앉아서 딱딱한 흰 빵과 투박한 컵에 담긴 검은 차를 마셨다. 창밖의 하늘에는 희미한 햇살만이 보였다. 데이빗은 아직 이른 새벽이라 해가 뜨기도 전인 모양이라고 생각했지만 숲사람은 태양이 완전히 모습을 드러낸 것이 아주 오래전 일이라고 했고 이곳에서는 하루 종일 이 정도의 햇볕이 전부라고 했다. 데이빗은 몇 달씩 밤이 계속되거나 몇 달씩 겨울만 이어지는 북쪽 어딘가로 온 모양이라고 생각했지만 북극에서조차도 몇 달씩 밤과 겨울이 계속되고 나면 몇 달씩 낮과 여름이 이어져서 균형을 이루었다. 이곳은 북쪽 대륙이 아닌 다른 세계였다.

식사를 마친 뒤 데이빗은 세면대에서 얼굴과 손을 씻고 손가락으로 이를 닦았다. 다 닦은 뒤에는 숫자를 세는 의식을 치렀다. 그제야 문득 방 안의 침묵을 의식한 데이빗은 숲사람이 의자에 앉아 자신을 지켜보고 있었음을 깨달았다.

"뭘 하는 거니?"

그가 물었다.

처음으로 그가 데이빗에게 던진 질문이었다. 데이빗은 자신의 행동을 어떻게 설명해야 할지 몰라 한동안 당황한 채로 서 있었다. 결국 데이빗은 사실대로 말하기로 했다.

"제가 정한 규칙이에요. 저만의 의식이기도 하고요. 엄마를 지켜주기 위해 이 의식을 시작했어요. 그렇게 하면 도움이 될 거라고 생각했거든요."

"그래서 도움이 되던?"

데이빗은 고개를 저었다.

"아닌 것 같아요. 조금은 도움이 되었을지도 모르지만 충분하지는 않았나 봐요. 이 의식이 이상하다고 생각하시는 거 알아요. 제가 이상한 아이라고 생각하시죠?"

데이빗은 숲사람을 쳐다보기가 두려웠다. 그의 눈빛에서 무엇을 보게 될지 두려웠다. 데이빗은 세면대 쪽으로 가서 물에 비친 일그러진 자신의 모습을 바라보았다.

마침내 숲사람이 입을 열었다.

"누구에게나 나름대로의 의식은 있는 거란다. 하지만 반드시 어떤 목표가 있어야 하고 눈에 볼 수 있는 결과가 있어야 하지. 그래야만 그 의식에서 만족감을 얻을 수 있으니까. 그렇지 않으면 쓸모가 없어. 목적이 없는 의식은 우리에 갇힌 짐승이 쉴 새 없이 서성거리는 거나 마찬가지야. 그게 미친 짓이라고 말할 수는 없지만 미친 짓의 전 단계라고는 말할 수 있지."

숲사람이 일어서서 데이빗에게 자신의 도끼를 보여주었다.

"여길 봐라."

그는 손끝으로 도끼의 날을 가리키며 말했다.

"매일 아침, 아저씨는 이 도끼가 깨끗하고 날카로운지 확인한단다. 또 집 안을 둘러보고 창문이나 문이 안전하게 잠겨 있는지 확인하지. 밭을 둘러보고 씨를 뿌리고 물을 주고, 숲을 돌아다니면서 길을 닦는단다. 다친 나무가 있으면 어떻게든 낫게 해주려고 최선을 다하지. 그게 나의 의식이야. 이 아저씨는 그런 일들을 즐긴단다."

그는 데이빗의 어깨에 손을 얹었다. 데이빗의 마음을 이해한다는 듯한 표정이었다.

"의식이나 규칙은 좋은 거야. 하지만 그것이 너한테 만족감을 주어야 해. 만지고 세는 것으로부터 만족감을 얻는다고 말할 수 있니?"

데이빗은 고개를 저었다.

"아뇨. 하지만 그렇게 하지 않으면 무서워요. 무슨 일이 벌어질지 모르잖아요."

"그러면 네가 행했을 때 만족감을 주는 의식을 찾아봐라. 새 남동생이 생겼다고 했지? 매일 아침 그 아이를 돌봐줘. 아빠와 새엄마를 도와드리고. 정원의 꽃들을, 창가의 화분을 돌봐줘라. 너보다 약한 자들을 돌봐줘서 그들에게 편안함을 주는 것, 그걸 네 삶의 의식과 규칙으로 만들어보면 어떻겠니?"

데이빗은 고개를 끄덕였다. 그러나 숲사람이 자신의 표정을 보지 못하도록 고개를 돌렸다. 어쩌면 숲사람의 말이 옳을 수도 있었다. 그러나 데이빗은 조지와 로즈를 위해서 그런 일들을 하게 되지는 않았다. 그래서 비교적 쉬운 일들을 의식으로 정했지만 그의 삶은 이렇게 그의 통제에서 벗어나 습격을 당하고 있었다.

숲사람이 찢어진 잠옷 가운과 더러운 잠옷, 진흙투성이가 된 슬리퍼 한 짝을 거친 자루 안에 넣었다. 그는 자루를 어깨에 들쳐메고 문을 열었다.

"어디로 가는데요?"

데이빗이 물었다.

"네가 살던 곳으로 돌려보내주려고."

숲사람이 말했다.

"하지만 나무의 구멍이 없어져버렸는걸요?"

"그럼 다시 구멍이 나타나게 해야지."

"아직 엄마도 찾지 못했는데……."

데이빗이 말했다.

숲사람은 슬픈 표정으로 데이빗을 쳐다보았다.

"네 엄마는 돌아가셨어. 네가 그렇게 말하지 않았니?"

"하지만 분명히 목소리를 들었어요!"

"그럴 수도 있고 어쩌면 그 비슷한 목소리를 들은 것일 수도 있겠지."

숲사람이 말했다.

"물론 내가 이 숲의 모든 비밀들을 알고 있는 것은 아니란다. 하지만 이곳이 위험한 곳이라는 것만은 분명해. 하루하루 점점 더 위험해지고 있고. 넌 다시 돌아가야 해. 르로이가 한 말 중에 한 가지 옳은 것이 있다면 내가 널 지켜줄 수가 없다는 거야. 실은 내 한 몸 지키기도 벅차거든. 어서 가자. 지금이 움직이기 딱 좋은 시간이야. 밤 짐승들이 깊이 잠들어 있고 낮 짐승들 중에 사나운 놈들은 아직 깨어나기 전이니까."

자신에게 다른 선택이 없음을 깨닫고 데이빗은 숲사람을 따라 오두막을 나서서 숲으로 향했다. 숲사람은 수시로 가던 길을 멈추고 한 손을 들어서 데이빗에게 소리를 내지 말라고 주의를 줬다.

"루프들하고 늑대들은 다 어디 있어요?"

한 시간쯤 걸은 뒤 마침내 데이빗이 물었다.

지금까지 본 살아 있는 생물들은 새들과 곤충들이 전부였다.

"아무래도 멀지 않은 곳에 있는 것 같다. 지금은 숲 저편에서 먹을 것을 찾아 헤매고 있을 거야. 거기가 비교적 공격을 덜 받는 곳이니까. 하지만 조만간 이리로 와서 널 잡아가려 하겠지. 놈들이 돌아오기 전에 빨리 여길 떠야 해."

숲사람이 대답했다.

르로이와 부하 늑대들이 달려들어 몸을 물어뜯는 상상을 하면서 데이빗은 부르르 몸을 떨었다. 데이빗은 엄마를 찾아 이곳을 돌아다니는 것이 얼마나 위험한 일인지 새삼 깨달았다. 어쨌든 숲사람은 그를 집으로 돌려보내기로 결심했다. 적어도 지금은 그렇게 생각하는 것 같았다. 원한다면 언제든 이곳으로 다시 돌아올 수 있을 것이다. 독일 폭격기가 정원을 완전히 뭉개놓지만 않았다면, 그래서 지하 정원이 아직도 그대로 보존되어 있기만 하다면.

마침내 그들은 데이빗이 처음 숲사람의 숲으로 건너왔던 거대한 나무들이 있는 곳에 이르렀다. 숲사람이 갑자기 걸음을 멈추었기 때문에 데이빗은 하마터면 그와 부딪칠 뻔했다. 데이빗은 그가 왜 걸음을 멈추었는지 알아보려고 숲사람의 등 뒤에서 주위를 살펴보았다.

"이런!"

데이빗이 소리쳤다.

데이빗의 눈에 보이는 모든 나무에 줄이 묶여 있었고 짐승들

이 갉아먹지 못하도록 숲사람이 발라놓은 이상한 냄새가 나는 약
도 똑같이 발라져 있었다. 데이빗이 나왔던 나무가 어떤 나무였
는지 도저히 알 길이 없었다. 이리저리 돌아다니며 살펴보았지만
나무들은 모두 비슷비슷했고 표면이 매끄러웠다. 나무마다 달랐
던 움푹한 곳이나 마디마저도 누군가 똑같이 손질을 해놓은 것
같았고 숲 사이로 난 오솔길도 완전히 사라져버렸다. 독일군 폭
격기도 보이지 않았다. 아마 여러 사람이 몇 시간에 걸쳐서 작업
을 했을 거라고 데이빗은 생각했다. 하룻밤 사이에 발자국 하나
남기지 않고 어떻게 이 엄청난 일을 해치울 수 있었을까?

"도대체 누가 이런 짓을 한 거죠?"

데이빗이 물었다.

"요술쟁이. 꼬부라진 모자를 쓴 꼬부라진 사람."

"왜 그랬을까요? 그냥 아저씨가 묶었던 줄을 풀기만 하면 됐을
텐데……. 그게 훨씬 쉽지 않았을까요?"

숲사람은 잠시 생각에 잠겼다가 대답했다.

"그랬겠지. 하지만 그렇게 하면 별로 재미가 없지 않니? 재미
있는 이야기가 되지 않았을 거야."

"이야기요? 무슨 말씀이세요?"

"넌 이야기의 일부란다."

숲사람이 말했다.

"요술쟁이는 이야기를 지어내기를 좋아해. 이건 아주 좋은 이
야깃감이야."

"이제 전 어떻게 집으로 돌아가죠?"

데이빗이 물었다.

숲사람이 그를 억지로 돌려보내려 할 때에는 오히려 어떻게든 이곳에 남아서 엄마를 찾고 싶었지만 집으로 돌아갈 길이 사라져 버리자 더더욱 집으로 돌아가고 싶었다. 참 알다가도 모를 일이었다.

"요술쟁이는 네가 집으로 돌아가는 것을 원하지 않아."

숲사람이 말했다.

"제가 그 사람한테 잘못한 것도 없는데 왜 절 여기 잡아두려고 하죠? 왜 그렇게 심술궂어요?"

숲사람이 고개를 저었다.

"그건 나도 모르겠다."

"그럼 누가 알아요?"

데이빗이 물었다.

하마터면 화가 나서 소리를 지를 뻔했다. 숲사람보다 잘 아는 사람이 있었으면 좋겠다는 생각이 들었다. 숲사람은 늑대를 죽이거나 원치 않는 충고를 해주는 데에는 아무 문제가 없었지만 그 외에 이 숲에서 일어나는 일들에 대해서는 별로 아는 것이 없는 것 같았다.

"어쩌면 왕이 알지도 몰라."

마침내 숲사람이 말했다.

"하지만 지금 국왕의 권력이 쇠퇴하고 있고 한동안 아무도 그를 보지 못했다면서요."

"그렇다고 해서 세상 돌아가는 일을 전혀 모른다고는 말할 수 없어."

숲사람이 말했다.

"소문에 의하면 왕에게는 책이 하나 있는데, 제목이 『잃어버린 것들의 책』이란다. 왕이 가장 아끼는 보물인데, 궁전에 있는 왕의 방에 숨겨놓아서 왕이 아니면 그 누구도 볼 수 없대. 그 책에 왕이 알아야 할 것들이 전부 다 들어 있기 때문에 곤경에 처했을 때나 도움이 필요할 때마다 그 책을 들춰본다더라. 어쩌면 네가 집으로 돌아가는 방법도 그 책에 들어 있을지 모르겠다."

데이빗은 숲사람의 표정을 읽으려고 노력했다. 이유는 알 수 없지만, 왕에 대해 뭔가 숨기는 것이 있는 것 같았다. 좀 더 물어보고 싶었지만 숲사람은 데이빗의 옷이 든 자루를 덤불숲에 휙 던져버리고 그들이 왔던 길로 다시 걷기 시작했다.

"하나라도 짐을 덜어야 해. 갈 길이 멀거든."

데이빗은 아쉬움이 담긴 눈길로 똑같은 나무들을 다시 한 번 바라본 다음 숲사람을 따라 오두막으로 향했다.

그들이 사라지고 나서 주위가 고요해지자 커다란 고목나무의 뿌리 사이에서 그림자 하나가 나타났다. 등은 꼬부라졌고 손가락도 꼬부라졌고 머리에도 꼬부라진 모자를 쓰고 있었다. 그림자는 덤불 숲 사이로 날렵하게 움직여서 군데군데 빨간 산딸기 열매가 달린 덤불로 향했다. 그는 열매는 쳐다보지도 않고 바닥에 뒹구는 더러운 자루를 집어 들었다. 그리고 자루 속에 손을 넣고 데이빗의 잠옷 윗도리를 꺼내 얼굴에 대고 깊이 냄새를 들이마셨다.

"한 녀석은 왔으니 이제 하나만 더 데려오면 되겠어."

그림자가 말했다.

그는 자루를 끌어안고 숲의 어둠 속으로 사라졌다.

제11장
숲에서 길을 잃은 아이들에게
무슨 일이 있어났을까?

데이빗과 숲사람은 무사히 오두막으로 돌아왔다. 그들은 가죽으로 만든 자루 두 개에 먹을 것을 챙긴 다음 오두막 뒤쪽으로 흐르는 냇가에서 두 개의 수통에 물을 채웠다. 숲사람은 냇가에서 무릎을 꿇고 진흙에 남아 있는 흔적들을 살폈지만 데이빗에게는 아무 말도 하지 않았다. 커다란 개나 늑대가 남긴 발자국 같았다. 발자국마다 물이 많이 고여 있지 않았기 때문에 그리 오래되지 않은 발자국이라는 것을 알 수 있었다.

숲사람은 도끼, 활, 화살, 그리고 긴 칼로 무장을 했다. 그러고 나서 마지막으로 서랍장에서 조그만 칼을 하나 꺼냈다. 그는 훅 하고 칼을 불어서 먼지를 털어낸 다음 데이빗에게 칼과 칼을 꽂을 가죽 벨트를 내밀었다. 데이빗은 전에 한 번도 칼을 만져본 적이 없었다. 칼에 관해 데이빗이 아는 것이라고는 나무막대기로 해적놀이를 하는 수준에서 크게 벗어나지 않았다. 진짜 칼을 쥐는 순간 데이빗은 왠지 더 강해지고 용감해진 것 같은 기분이 들었다.

숲사람은 오두막의 문을 잠근 다음 한 손을 문 위에 올려놓고 마치 기도할 때처럼 고개를 숙였다. 숲사람은 왠지 슬퍼 보였다. 혹시 다시는 집으로 돌아오지 못할 거라고 생각하는 것일까?

마침내 두 사람은 숲으로 향했다. 쉬지 않고 걸었고 희미한 황혼의 햇살이 길을 밝혀주었다. 몇 시간을 걷고 나자 데이빗은 몹시 지쳤다. 그러나 숲사람은 아주 잠깐만 쉬게 해주었다.

"날이 저물기 전에 숲에서 벗어나야 해."

데이빗은 이유를 묻지 않았다. 금방이라도 늑대들과 루프들의 울음소리가 숲의 정적을 깰 것 같아 두려웠다.

데이빗은 걷는 동안 주위를 둘러보았다. 눈에 보이는 나무들 중에 그가 이름을 아는 나무는 한 그루도 없었지만 나무의 모양들은 어딘가 눈에 익었다. 참나무처럼 보이는 나무에는 푸른 잎사귀 밑에 솔방울 같은 것이 달려 있었다. 어떤 나무는 모양으로 보나 크기로 보나 크리스마스 트리 같았고 은빛 잎사귀 밑에 빨간 딸기송이가 달려 있었다. 그러나 대부분의 나무에는 잎과 열매가 없었다.

이따금 어린아이처럼 생긴 꽃들도 눈에 뜨였다. 호기심 어린 표정으로 눈을 크게 뜨고 있다가 데이빗과 숲사람이 다가오는 것을 보자마자 잎으로 얼굴을 가린 다음 두려움이 잦아들 때까지 몸을 부르르 떨었다.

"저 꽃들은 이름이 뭐예요?"

데이빗이 물었다.

"이름은 없단다. 가끔 숲에서 길을 잃는 아이들이 있는데, 그 아이들은 결코 돌아오지 않아. 숲에서 산짐승의 먹이가 되거나 나쁜 사람들의 손에 죽으면 아이들의 피가 땅에 스며들지. 그 자리에서 꽃들이 피어나는 거야. 아이들이 숨을 거둔 자리에서 멀찌감치 떨어진 곳에서. 겁에 질린 아이들이 한 곳에 모여 있는 것처럼 꽃들도 무리지어 핀단다. 이 숲이 그런 식으로 죽은 아이들을 추모하는 셈이지. 숲도 아이들의 죽음을 슬퍼하는 거야."

데이빗은 숲사람이 먼저 말을 걸기 전에는 결코 입을 열지 않는다는 사실을 깨달았다. 그러나 데이빗이 묻는 것에 대해서는 성의껏 대답을 해주었다. 숲사람은 데이빗에게 숲의 지리를 알려주었다. 왕의 궁전은 동쪽 끝에 자리 잡고 있었고 여기서 궁전까지는 이따금씩 눈에 띄는 집 말고는 거의 인적이 없다고 했다. 깊은 협곡이 숲사람의 숲과 동쪽 땅을 구분하고 있었고 국왕의 성으로 가려면 그 협곡을 건너야만 했다. 남쪽으로는 거대한 검은 바다가 보였지만 그 바다 너머까지 가본 사람은 없다고 했다. 그곳은 바다 괴물과 용들이 사는 곳으로 태풍이나 거센 파도가 수시로 덮쳤다. 북쪽과 서쪽으로는 산들이 두르고 있었지만 일년 내내 거의 접근하기가 어렵고 산봉우리는 항상 눈으로 덮여 있었다.

함께 걷는 동안 숲사람은 루프들에 대해 더 많은 이야기를 들려주었다.

"루프들이 나타나기 전에 늑대들은 그다지 위험한 짐승이 아니었단다. 한 패거리가 열다섯 마리에서 스무 마리를 넘지 않았고 모여서 살았지만 사냥하고 새끼를 낳는 영역이 각자 따로 존재했으니까. 그러다가 루프들이 나타나면서 모든 게 달라졌어. 패거리들의 규모가 커지기 시작했고 결속이 강해졌지. 영역도 점차 넓어지면서 어느 순간부터는 영역이라는 개념 자체가 사라지기 시작했어. 그때부터 잔혹한 본성이 고개를 들기 시작했지. 예전에는 늑대가 새끼를 낳으면 반은 죽었어. 새끼 늑대들은 체구는 작았지만 부모들보다 더 많이 먹었고 먹을 것이 넉넉하지 않으면 굶어 죽는 수밖에 없었어. 어미가 죽이는 경우도 있었는데 병이 있거나 미쳤을 때만 그렇게 했지. 늑대들은 대체로 부모로서 훌륭했어. 자기들이 잡은 사냥감을 새끼들에게 나눠주고 새끼들을 지켜주고 관심과 사랑을 줬으니까.

그런데 루프들은 새끼들을 새로운 방식으로 키우기 시작했어. 강한 놈만 먹이를 주고 한 배에 둘이나 셋만, 어쩔 때는 그보다도 적게 낳았어. 약한 놈은 잡아 먹어버렸지. 그렇게 하다 보니 무리는 점점 강해졌고 성향도 바뀌었어. 다른 패거리에 적대적이고 그들 사이에는 유대감도 없게 됐지. 지금은 오직 루프들의 규칙만이 그들을 통제하고 있어. 루프들만 없다면 다시 예전으로 돌아갈 거야."

숲사람은 데이빗에게 암컷과 수컷을 구별하는 방법을 가르쳐 주었다. 암컷들은 주둥이와 이마가 더 좁고 목과 어깨도 가냘프고 다리가 짧았지만 비슷한 나이의 수컷보다 빨라서 사냥을 할 때나 천적을 만났을 때 훨씬 유리하다고 했다. 보통 늑대들의 무리에서는 암컷이 우두머리이지만 루프가 그러한 질서도 바꾸어 버렸다. 암컷들도 있긴 하지만 르로이와 그의 부하들이 중요한 의사결정을 했다. 어쩌면 그것이 그들의 약점인지도 모른다고 숲사람은 말했다. 그들의 오만함이 수천 년 동안 지켜져 왔던 암컷들의 본능마저 저버리고 있었다. 이제 그들에겐 오직 권력을 향한 야심만이 남아 있었다.

"암컷 늑대들은 결코 사냥감을 포기하지 않아. 자기들이 완전히 지쳐 나가떨어지기 전에는. 수컷보다 훨씬 더 빨리, 더 오래 달릴 수 있지. 그런데 루프들 때문에 늑대들의 속도가 떨어졌어. 그들이 두 발로 서서 다니기 때문에 전처럼 민첩하지가 않거든. 그렇다고 해도 인간은 절대 늑대의 속도를 이길 수 없단다. 오늘 밤 목적지에 도착해서 말을 탈 수 있어야 할 텐데. 말을 파는 사람을 알고 있어. 말을 살 정도의 금도 있고."

숲에는 징표로 삼을 만한 흔적이 하나도 없었다. 두 사람은 숲사람의 판단에만 의존해서 숲을 걸었지만 집에서 멀어질수록 이끼의 모습이라든가 바람이 나무를 깎아놓은 모양을 보고 그들이 길을 잃지 않았는지 점점 더 자주 확인해야 했다. 그렇게 걷는 동안 갈색빛으로 폐허가 된 집 한 채만을 지나쳤을 뿐이었다. 데이빗의 눈에는 무너졌다기보다는 녹아버린 것처럼 보였고 오직 돌로 만든 굴뚝만이 시커멓게 변하긴 했지만 부서지지 않은 채로 꼿꼿하게 서 있었다. 녹아내린 액체가 벽에 응고되어 있는 것도 보였고 창문이 있던 자리도 휘어진 채로 내려앉아 있었다. 만져 볼 수 있을 정도로 가까이 다가가서 보니 밝은 갈색 덩어리 같은 것들이 벽을 뒤덮고 있었다. 데이빗은 문틀을 만져보다가 못에 갈색 액체를 조금 묻혀 보았다. 익숙한 질감과 향기였다.

"초콜릿이잖아요! 마늘빵하고요!"

데이빗이 소리쳤다.

데이빗이 커다랗게 한움큼을 묻혀서 맛을 보려는 순간 숲사람이 얼른 데이빗의 손을 쳤다.

"안 돼! 달콤해 보여도 아직 독이 남아 있단다.'

그리고 숲사람은 또 하나의 이야기를 들려주었다.

숲사람의 두 번째 이야기

옛날 옛날에, 두 아이가 있었다. 남자아이 하나와 여자아이 하나였다. 아이들의 아빠는 죽었고 엄마는 재혼을 했다. 하지만 계부가 아주 나쁜 사람이었다. 아이들을 싫어해서 집 안에 아이들이 있는 것을 못 견뎌했다. 흉년이 들어서 먹을 것이 귀해지면서 더더욱 아이들을 미워했다. 아이들만 없었다면 자기가 더 먹을 수 있을 거라고 생각했다. 아이들이 먹을 것을 달라고 할 때마다 그는 짜증을 냈다. 어느 날 그는 더 이상은 허기를 참을 수가 없어서 아내에게 형편이 나아지면 아이는 언제든 낳을 수 있으니 아이들을 잡아먹어서 굶어죽는 신세나 면하자고 말하기에 이르렀다. 아이들의 엄마는 몹시 충격을 받았다. 자기가 없을 때 남편이 아이들에게 무슨 짓을 할지 걱정이 되었다. 하지만 엄마 자신도 더 이상 아이들을 키울 능력이 없다는 것을 알고 있었다. 결국 엄마는 아이들을 데리고 깊은 숲속으로 들어가서 아이들을 내버렸다.

첫날 밤 아이들은 울다가 잠이 들었다. 하지만 시간이 흐를수록 숲 생활에 적응하게 되었다. 여자아이가 남자아이보다 더 똑똑하고 강했다. 소녀는 덫을 놓아서 작은 짐승이나 새를 잡았다. 새둥지에서 알을 훔치는 것도 소녀였다. 반면 소년은 공상이나 하면서 하루 종일 빈둥거리며 누나가 먹을 것을 가지고 오기만 기다렸다. 소년은 엄마가 보고 싶었고 엄마 곁으로 돌아가고 싶었다. 어느 날은 아침부터 밤까지 울기만 했다. 소년은 옛날만 그리워했고 새로운 삶에 적응하려는 노력은 조금도 하지 않았다.

그러던 어느 날 소년의 모습이 보이지 않았다. 이름을 불러도 대답이 없었다. 소녀는 동생을 찾아 나섰다. 음식을 놓아둔 곳으로 다시 돌아오기 위해 꽃가루를 뿌리면서 숲 속 깊이 들어가보았다. 그곳에 아주 희한하게 생긴 집이 한 채 있었다. 초콜릿과 생강빵으로 만든 집이었다. 지붕은 과자였고, 유리창은 투명한 설탕이었다. 벽에는 온통 아몬드와 캔디, 젤리 같은 것들이 박혀 있었고 집 전체가 온갖 달콤한 것들로 이뤄져 있었다. 소년은 그곳에서 벽에서 땅콩을 떼어 먹고 있었고 입 주위는 온통 초콜릿 범벅이었다.

소년이 소녀에게 초콜릿 한 조각을 내밀었지만 소녀는 선뜻 받지 않았다. 남동생의 눈꺼풀은 황홀한 맛에 취한 듯 반쯤 감겨져 있었다. 소녀가 문을 열어보았지만 문이 잠겨 있었고 안을 들여다보려 했지만 커튼이 드리워져 있어서 아무것도 보이지 않았다. 소녀는 먹고 싶지 않았다. 왠지 기분 나쁜 집이었다. 그러나 초콜릿 향기는 너무도 거부하기 힘든 유혹이었고 소녀는 결국 한 입을 베어 먹고 말았다. 소녀가 기억하고 있던 것보다 훨씬 더 달콤한 맛이었다. 더 먹고 싶었다. 두 아이는 정신없이 초콜릿을 뜯어먹다가 지쳐 깊이 잠들었다.

마침내 눈을 떴을 때 두 아이는 풀밭에 누워 있지 않았다. 대신 집 안 천장에 매달린 새장 속에 갇혀 있었다. 웬 노파가 장작불을 지피고 있었다. 늙고 악취가 나는 노파였다. 노파의 발치에는 미끼에 걸려 잡혀온 아이들의 것으로 보이는 뼈가 한 무더기 쌓여 있었다.

"신선한 고기! 나 같은 늙은이한테는 신선한 고기가 최고야!"

소년이 울음을 터뜨리자 누나가 달랬다. 노파가 다가와서 새장 창살 사이로 그들을 바라보았다. 노파의 얼굴은 검은 사마귀로 뒤덮여 있었고 이빨은 마치 오래된 묘비들처럼 닳고 비뚤비뚤했다.

"누가 먼저 나올래?"

노파가 물었다.

소년은 얼굴을 가렸다. 마치 그렇게 하면 늙은 노파의 마수를 피할 수 있다는 듯이. 그러나 소녀는 소년보다 용감했다.

"제가요. 제가 남동생보다 더 통통하니까 훨씬 더 맛있을 거예요. 절 먼저 잡수시고 그동안 남동생을 통통하게 살찌우면, 고기를 훨씬 더 많이 드실 수 있잖아요?"

노파가 웃음을 터뜨렸다.

"영리한 계집애로군! 하지만 내 덫에 빠져들지 않을 정도로 영리하진 못했구나!"

노파가 새장 문을 열고 손을 뻗어서 소녀의 목을 잡아 밖으로 끌어냈다. 그리고 새장을 다시 잠근 다음 소녀를 화덕으로 끌고 갔다. 아직 뜨겁게 달궈지진 않았지만 서서히 달아오르고 있었다.

"저긴 못 들어가요! 저한텐 너무 작아요!"

"말도 안 되는 소리! 너보다 더 큰 아이도 넣었는데 잘만 들어가던걸!"

소녀가 못 믿겠다는 표정을 지었다.

"제가 워낙 팔다리가 길고 통통해서요. 절대 저 안엔 못 들어갈걸요? 억지로 절 밀어 넣으셨다가는 아마 꺼낼 수도 없을걸요?"

그러자 노파가 소녀의 어깨를 잡고 흔들며 소리치기 시작했다.

"내가 널 아주 잘못 봤구나! 이제 보니 아주 멍청한 계집애였어! 잘 봐라! 이 화덕이 얼마나 큰지 내가 한 번 보여줄 테니!"

노파가 머리와 어깨를 화덕 안에 집어넣었다.

"봤지?"

노파의 목소리가 화덕 안에서 울려 퍼졌다.

"내가 들어가고도 남는데 너 같은 조그만 계집애가 왜 못 들어간다는 거냐!"

노파가 나오려고 몸을 돌리는 사이 소녀는 얼른 달려가서 있는 힘을 다해 노파를 안으로 밀어 넣은 다음 문을 쾅 닫았다. 노파는 발길질을 하며 문을 열어보려 했지만 소녀는 얼른 빗장을 걸었다. 화덕이 뜨거워질 때 아이들이 달아나지 못하도록 느파가 만들어 놓은 빗장이었다. 소녀는 장작을 더 넣어서 불을 땠고 노파는 서서히 익어가기 시작했다. 노파의 비명소리와 울음소리는 너무도 끔찍했다. 화덕의 불길이 얼마나 거세었는지 노파의 몸뚱이가 순식간에 녹기 시작했고 지방이 타면서 역겨운 냄새가 풍겨왔다. 소녀는 구역질을 했다. 피부가 벗겨지고 살점이 뼈에서 녹아내리는 동안 노파는 계속 비명을 질렀다. 소녀는 불붙은 장작 몇 개를 꺼내 오두막 곳곳에 놓아둔 다음 남동생을 데리고 밖으로 나왔다. 초콜릿 집은 무너지기 시작했고 굴뚝만이 높게 남았다. 둘은 다시는 그곳으로 돌아가지 않았다.

그 뒤로 몇 달이 지났다. 소녀는 점점 더 숲 속 상황이 즐거워졌다. 소녀는 조그만 움막을 지었고 세월이 흐르면서 움막은 꽤 그럴듯한 아담한 집이 되었다. 소녀는 자신을 지키는 방법을 익혔고 옛날 생각은 점점 덜하게 되었다. 그러나 남동생은 결코 행복해지지 않았다. 그는 늘 엄마 품으로 돌아가고 싶어했다. 일 년 반이 흐른 뒤 남동생은 집으로 돌아갔지만 엄마와 계부는 벌써 어디론가 떠난 뒤였고 그들의 행방을 그 누구도 알지 못했다. 그는 다시 숲으로 돌아왔지만 누나에게로 가지 않았다. 그는 누나를 시기했고 증오했다. 소년은 나무뿌리와 가시덤불들을 쳐내고 깔끔하게 닦은 길로 들어섰다. 길가의 수풀에는 딸기가 탐스럽게 열려 있었다. 소년은 딸기를 따 먹으면서 그 길을 걸었다. 그가 발걸음을 떼어놓을 때마다 그의 뒤에서 길이 사라져버리는 것도 알지 못한 채로.

얼마 후 그는 평지에 이르렀다. 평지 한복판에 조그맣고 예쁜 집이 있었다. 담쟁이덩굴과 꽃들이 문 주위의 담을 타오르고 있었고 굴뚝에서는 한줄기 연기가 피어올랐다. 빵 굽는 냄새가 풍겨왔고 창가에는 식히려고 내놓은 케이크가 있었다. 그의 엄마처럼 밝고 명랑한 여자가 문을 열었다.

"들어오렴. 아주 피곤해 보이는구나. 한창 클 나이에 딸기로 배를 불릴 순 없지. 지금 음식을 만들고 있었단다. 네가 쉴 곳도 있어. 원하면 얼마든지 있어도 좋아. 난 아이가 없단다. 아주 오랫동안 아들을 갖고 싶었지."

소년은 산딸기 가지를 내려놓았다. 그가 걸어왔던 길은 이제 영원히 사라지고 없었다. 그는 여자를 따라 안으로 들어갔다. 커다란 가마솥이 화덕 위에서 끓고 있었고 날카로운 칼이 도마 위에 놓여 있었다.

그 후로 다시는 소년의 모습을 볼 수 없었다.

제12장
다리와 수수께끼,
그리고 흉측한 트롤들

숲사람이 이야기를 끝냈을 때 어느덧 해가 저물고 있었다. 마치 그렇게 하면 어둠이 내리는 것을 조금이라도 미룰 수 있다는 듯 숲사람이 하늘을 바라보았다. 그리고 갑자기 걸음을 멈추었다. 데이빗은 숲사람의 시선을 따라가 보았다. 그들의 머리 위, 나무들 꼭대기 부근에서 뭔가 검은 것이 날아다니고 있었다. 까마귀 울음소리 같은 것이 들렸다.

"이런!"

숲사람이 말했다.

"왜 그러세요?"

데이빗이 물었다.

"갈가마귀야."

숲사람은 등에서 화살을 하나 꺼내더니 활에 꽂으면서 무릎을 꿇고 조준을 한 다음 활을 쏘았다. 화살이 갈가마귀의 몸에 꽂히면서 데이빗이 서 있는 곳에서 멀지 않은 지점에 떨어졌다. 갈가마귀는 죽었고 화살 끝은 피로 물들었다.

"기분 나쁜 새야."

숲사람이 새의 몸뚱이에서 화살을 뽑으며 말했다.

"왜 죽였어요?"

데이빗이 물었다.

"갈가마귀와 늑대들은 같이 사냥을 하거든. 갈가마귀가 늑대들한테 우리가 있는 곳을 알려주면 늑대들이 그 대가로 우리 눈을 빼주었을 거야."

숲사람이 지나온 길을 돌아보았다.

"이제 늑대들은 냄새에만 의존해서 우리를 찾아야 하겠지. 놈들이 가까이 다가오고 있어. 늑대들은 절대 실수하는 법이 없으니까. 자, 서두르자."

두 사람은 걸음을 재촉했다. 마치 사냥에 지친 늑대들처럼 그들의 발걸음도 조금 더뎌졌다. 마침내 두 사람은 숲을 벗어나 높은 고원에 이르렀다. 그들 앞으로는 오백 미터 정도 너비에 깊이도 수백 미터는 되어 보이는 협곡이 펼쳐져 있었다. 은색 실처럼 가느다란 강줄기가 그 사이를 흐르고 있었다. 협곡의 벽 쪽에서 새 울음소리 비슷한 소리가 울려 퍼졌다. 데이빗은 소리를 내는 것이 무엇인지 계곡 아래쪽을 내려다보았다. 지금까지 그가 보았던 그 어떤 새보다도 더 커다란 새가 계곡 아래쪽에서 불어오는 바람을 타고 하늘을 날고 있었다. 새의 다리는 사람의 다리와 흡사했고 발가락은 마치 독수리의 발톱처럼 괴상하고도 길었다. 양쪽으로 펼친 팔과 그 밑으로 이어진 주름 잡힌 살이 날개의 구실을 했다. 희고 긴 머리카락이 바람에 흩날리면서 새가 노래를 부르기 시작했다. 데이빗은 노랫소리에 귀를 기울였다. 목소리가 높고 아름다웠고 가사도 분명하게 들려왔다.

> 떨어지는 것들은 우리의 먹이,
> 떨어지는 것들은 모두 죽으리.
> 하피들이 사는 이곳,
> 새조차 날기를 두려워하네.

하나의 목소리에 다른 목소리들이 포개지기 시작했고 협곡 아래쪽에는 그런 짐승들이 더 많이 날아다니고 있었다. 가장 가까이에서 날던 새가 데이빗의 머리 위에서 원을 그렸다. 우아하면서도 한편으로는 위협적으로 느껴졌다. 데이빗은 그 짐승의 벌거벗은 몸을 바라보았다. 그러나 바로 수치심을 느끼며 고개를 돌렸다. 새의 몸은 여자의 몸이었다. 나이가 들었고, 피부 대신 비늘을 갖고 있긴 했지만 분명히 여자의 몸이었다. 그는 수치심을 무릅쓰고 다시 한 번 그 짐승이 유선으로 원을 그리며 하강하는 것을 바라보았다. 무서운 속도로 마치 협곡의 절벽에 부딪칠 것 같은 기세로 날아가다가 바위에서 뭔가를 낚아챘다. 다람쥐보다 조금 큰 갈색 포유동물이 마치 바위틈에서 뽑혀 나온 듯 새의 손아귀에서 버둥거렸다. 사냥에 성공한 새는 승리감에 부르르 몸을 떨면서 먹이를 먹기 위해 데이빗의 아래쪽 계곡의 돌출부에 내려앉았다. 붙잡힌 짐승의 울음소리를 듣고 혹시나 먹이를 빼앗을 수 있지 않을까 해서 가까이 다가오는 새들이 있었지만 날개를 퍼덕거리면서 모두 쫓아버렸다. 데이빗은 마침내 그 새의 얼굴을 자세히 바라보았다. 얼굴도 여자의 얼굴을 닮았지만 좀 더 길고 가냘팠으며 입술이 없는 입 사이로 날카로운 이빨이 그대로 드러나 있었다. 새의 이빨이 몸뚱이에서 큼직하게 살점을 뜯어냈다.

"우리 왕국의 새로운 사악한 무리들이지."

곁에 서 있던 숲사람이 말했다.

"하피들이죠?"

데이빗이 말했다.

"저런 짐승을 본 적이 있니?"

숲사람이 물었다.

"아뇨. 실제로 본 적은 없어요."

하지만 읽은 적은 있었다. 그리스 신화에서 그들의 이야기를 읽은 적이 있었다. 왠지 이 왕국과는 어울리지 않는다는 생각이 들었지만 하피들은 분명히 이 왕국에 존재하고 있었다.

데이빗은 현기증을 느끼며 협곡 가장자리에서 물러섰다. 협곡은 너무도 깊어서 보기만 해도 아찔했다.

"어떻게 건너죠?"

그가 물었다.

"강 아래쪽에 다리가 하나 있단다. 해가 지기 전에 거기 도착해야 해."

숲사람이 말했다.

그는 협곡을 따라 데이빗과 함께 걸었다. 되도록 숲 가까이로 걸으면서 하피들이 기다리고 있는 절벽 아래쪽으로 굴러 떨어지지 않으려고 조심했다. 하피들이 날개를 퍼덕거리는 소리가 들렸다. 그중 한 마리가 계곡 위쪽으로 날아올라 묘한 눈빛으로 그들을 바라보았다.

"무서워하지 마라. 저들은 겁이 많아. 네가 절벽 아래로 떨어지면 널 공중에서 낚아채서 갈기갈기 찢어먹으려고 싸우겠지만 땅위에 있는 한 절대 널 공격하지 않을 거야."

숲사람이 말했다.

데이빗은 고개를 끄덕였지만 마음이 놓이지는 않았다. 이 왕국에서는 굶주림이 두려움마저 제압하는 것 같았다. 하피들도 늑대들만큼이나 야위었고 몹시 굶주린 것처럼 보였다.

두 사람은 한참을 걸었다. 하피들의 날갯짓 소리와 함께 그들의 발자국 소리가 협곡에 울려 퍼졌다. 마침내 협곡을 가로지르는 한 쌍의 다리가 눈에 들어왔다. 모양이 똑같은 두 개의 다리였다. 고르지 않은 나무 바닥에 밧줄을 엮어 만든 다리는 데이빗의

151

눈에는 별로 튼튼해 보이지 않았다. 숲사람은 어리둥절한 표정으로 다리를 바라보았다.

"다리가 두 개로군. 분명히 다리가 하나밖에 없었는데……."

"지금은 두 갠데요."

데이빗이 말했다.

두 개의 다리 중 하나를 골라야 하는 것이 별로 힘든 일 같지는 않았다. 어쩌면 건너려는 사람이 많다보니 다리가 하나 더 생긴 것일 수도 있었다. 하피들의 먹이가 되지 않으려면, 날아가지 않는 한 다리를 건너는 것 외에 협곡을 건널 방법은 없는 것 같았다.

어디선가 파리 떼가 윙윙거리는 소리가 들렸다. 데이빗은 숲사람을 따라서 절벽에서 조금 비켜난 곳의 분지로 향했다. 그곳에는 낡은 오두막과 마구간들이 있었는데, 오랫동안 방치된 모양이었다. 그중 한 마구간 앞에는 말의 시체가 놓여 있었는데, 살점은 이미 뼈에서 다 발라내어진 상태였다. 숲사람은 마구간 안을 들여다보고 그 다음에는 오두막 안을 들여다보았다. 그리고 고개를 폭 숙이고 데이빗에게 다가왔다.

"말을 파는 사람이 사라졌어. 살아남은 말을 타고 달아나버린 모양이야."

"늑대들 짓일까요?"

데이빗이 물었다.

"아니. 늑대들이 아니라 다른 놈들 짓인 것 같다."

두 사람은 다시 협곡 쪽으로 돌아섰다. 하피 한 마리가 하늘에서 그들을 바라보고 있었다. 공중에 떠 있는 상태를 유지하기 위해서 하피의 날개가 바쁘게 퍼덕거렸다. 그때 갑자기 어디선가 날아온 날카로운 은색 작살이 하피의 가슴을 관통했고 하피의 온몸에 경련이 일었다. 작살에 묶인 밧줄은 협곡의 벽으로 이어져 있었다. 하피는 작살을 뽑고 달아나려는 듯 날개로 작살을 움켜잡았지만 그 순간 중심을 잃고 추락하기 시작했다. 그때 줄이 확 당겨지면서 하피의 시체가 크고 둔탁한 소리를 내며 협곡의 바위에 세게 부딪쳤다. 데이빗과 숲사람은 죽은 하피가 협곡의 벽에 난 동굴 속으로 끌려들어가는 것을 지켜보았다. 작살의 살촉 때문에 하피는 작살에서 미끄러지지 않고 동굴 안으로 끌려들어갔다.

"대단하네요."

데이빗이 말했다.

"트롤들이야. 이제 왜 다리가 두 개인지 알겠다."

숲사람은 두 개의 다리 쪽으로 다가갔다. 다리 사이에는 석판이 하나 있었는데, 그 위에는 거칠지만 정성스럽게 글이 새겨져 있었다.

한 쪽의 거짓은 진실

한 쪽의 진실은 거짓

한 쪽은 죽음

한 쪽은 삶

하나의 질문으로

길이 열리리.

"수수께끼예요."

데이빗이 말했다.

"무슨 뜻이니?"

숲사람이 물었다.

데이빗은 곧바로 수수께끼를 이해할 수 있었다. 항상 트롤들에게 매혹되어 있었던 데이빗이었지만 실제로 본 적은 한 번도 없었다. 트롤은 다리 밑에 살면서 여행객들을 시험해보고 그들이 실수를 하면 잡아먹으려고 기다리는 짐승들이었다. 협곡 위에서 손에 횃불을 들고 있는 트롤의 모습은 그가 기대했던 것과는 전혀 달랐다. 그들은 숲사람보다 키가 작고 뚱뚱한 데다 피부는 마치 코끼리의 살갗처럼 거칠고 쭈글쭈글했다. 마치 공룡처럼 등뼈가 울퉁불퉁하게 위로 솟아 있었지만 얼굴은 원숭이와 비슷했다. 원숭이 치고도 여드름이 덕지덕지 난 아주 못생긴 원숭이였다. 트롤 두 마리는 다리 양쪽 끝에 자리를 잡고 앉아서 심술궂게 웃고 있었다. 막 내리기 시작한 어둠 속에서 그들의 빨갛고 조그만 눈동자가 기분 나쁘게 반짝였다.

"두 개의 다리, 두 개의 길."

데이빗이 말했다.

생각을 소리 내어 말하던 데이빗은 문득 트롤들에게 자신의 생각을 알려주어선 안 된다는 생각이 들었다. 답을 알 때까지 입을 다물어야 했다. 트롤들이 훨씬 유리한 입장이었다. 더 이상은 그들을 유리하게 만들고 싶지 않았다.

수수께끼 속에는 두 개의 다리 중 하나는 안전하지 않다는 암시가 들어 있었다. 다리를 잘못 선택하면 하피들이나 트롤들에게 잡아먹혀 죽게 될 것이다. 그 두 짐승들에게 낚아 채이지 않으면 저 아래 협곡 바닥으로 떨어질 것이 분명했다. 사실 데이빗이 보기에는 두 개의 다리 모두 안전해 보이지 않았지만 그래도 수수께끼 속에 진실이 있다고 믿을 수밖에 없었다. 그렇지 않다면 수수께끼 자체가 아무 의미도 없을 테니까.

한 쪽의 거짓은 진실
한 쪽의 진실은 거짓

데이빗은 이 수수께끼를 알고 있었다. 전에도 풀어본 적이 있었다. 아마 어떤 책에서였을 것이다.

트롤 중 한 명은 거짓만을 말하고 트롤 중 한 명은 진실만을 말한다. 두 트롤 중 한 명에게 어떤 다리로 가야 하냐고 물어야 하는데, 트롤의 대답은 거짓말일 수도 있다. 분명히 문제를 해결하는 방법이 있었는데 잘 기억이 나지 않았다. 그게 뭐였더라?

마침내 해가 완전히 저물었고 숲 속에서 늑대 울음소리가 울려 퍼졌다. 늑대들이 가까이 다가오고 있었다.

"빨리 건너야 해! 늑대들이 우리 발자국을 찾았어!"

숲사람이 말했다.

"어느 다리로 가야 할지 결정을 하기 전에는 건널 수가 없어요. 수수께끼를 풀기 전에는 트롤들이 다리를 건너게 해주지 않을 거예요. 만약 잘못된 다리를 건넜다가는……."

"그랬다가는 늑대가 문제가 아니겠지."

숲사람이 그의 말을 대신 끝내주었다.

"분명히 방법이 있는데 그게 기억이 잘 안나요."

숲 쪽에서 부스럭거리는 소리가 났다. 늑대들이 다가오고 있었다.

"그러니까 어떻게 물어봐야 하냐면……."

데이빗이 중얼거렸다.

숲사람은 오른손에는 도끼를 들고 왼손에는 칼을 들고 숲 쪽을 바라보면서 숲 속에서 뭔가가 튀어나오기를 기다리고 있었다.

"알았어요!"

데이빗이 소리쳤다.

"어쩌면요……."

곧바로 그가 조심스럽게 덧붙였다.

데이빗은 왼쪽에 있는 트롤에게 다가갔다. 오른쪽 트롤보다 조금 컸고 조금 더 좋은 냄새를 풍겼지만 눈에 띌 정도로 큰 차이는 아니었다. 데이빗은 심호흡을 했다.

"만약 내가 다른 트롤한테 어느 다리가 안전한 다리냐고 물으면 뭐라고 대답할까?"

데이빗이 물었다.

잠시 침묵이 흘렀다. 트롤은 이맛살을 찌푸렸고 그 바람에 얼굴에 난 여드름에서 진물이 흘렀다. 언제 이 다리를 놓은 것인지, 얼마나 많은 여행자들이 이 길을 지났는지 알 수 없지만 이런 질문을 받아본 것이 처음인 것만은 분명했다. 마침내 트롤은 데이빗의 속셈이 무언지 알아내기를 포기하고 왼쪽 다리를 가리켰다.

"그럼 오른쪽 다리예요."

데이빗이 숲사람에게 말했다.

"그걸 어떻게 알지?"

숲사람이 물었다.

"만약 제가 물어본 트롤이 거짓말쟁이라면 다른 트롤이 진실을 말했겠죠. 진실을 말하는 트롤이 안전한 다리를 짚었다면 거짓말쟁이가 그것에 대해 거짓말을 했을 테니까 안전한 다리가 오른쪽 다리라면 거짓말쟁이가 왼쪽이라고 말했을 거예요. 하지만 만약 제 질문에 대답을 한 트롤이 진실을 말하는 트롤이라면, 다른 트롤이 거짓말쟁이일거고, 그럼 안전하지 않은 다리를 가리켰을 거예요. 어느 쪽이건 왼쪽 다리가 안전하지 않은 다리잖아요!"

늑대들이 다가오고 있고 트롤들이 어리둥절한 표정으로 자신을 바라보고 있고 하피들의 울음소리가 협곡에 울려 퍼졌지만 데이빗은 기쁨의 미소를 짓지 않을 수 없었다. 데이빗은 그 수수께끼를 기억해냈고 수수께끼를 풀었다. 숲사람이 말한 대로였다. 누군가 이야기를 만들어내려 하고 있고 데이빗이 그 이야기의 일부가 되고 있었고 그 이야기는 여러 가지 이야기들로 이뤄져 있었다. 데이빗은 트롤과 하피의 이야기를 읽었고 그런 이야기 속에는 대개 숲사람 같은 나무꾼이 등장했다. 그리고 그의 뒤를 쫓고 있는 늑대들처럼 말하는 짐승들도 등장했다.

"어서 가요."

데이빗이 숲사람에게 말했다. 오른쪽 다리로 다가가자 그 앞을 지키고 있던 트롤이 한 옆으로 비켜서면서 그들이 지나가게 해주었다. 데이빗은 다리 위로 올라서면서 밧줄을 꽉 붙잡았다. 두 사람의 목숨이 자신의 선택에 달려 있다는 생각이 들자 왠지 자신이 없어졌다. 발밑에서 날아다니는 하피들이 데이빗을 더욱 불안하게 만들었다. 그러나 이미 결정은 내려졌고 이제 와서 돌아갈 수도 없었다. 그는 두 번째 걸음을 떼어놓았고 또 한 걸음 떼어놓았다. 다리의 밧줄을 꼭 움켜잡고 되도록 아래쪽을 내려다보지 않으려고 애썼다. 한참을 그렇게 걷다가 문득 숲사람이 따라오지 않는다는 생각이 들었다. 데이빗은 다리 위에 멈춰 서서 뒤를 돌아보았다.

이제 숲은 온통 늑대들의 눈으로 뒤덮여 있었다. 횃불의 불빛에 늑대들의 눈동자가 반짝였다. 늑대들은 서서히 숲에서 걸어 나와 숲사람에게로 다가오고 있었다. 보다 진화가 덜 된 늑대들이 앞장을 섰고 루프들은 뒤쪽에 서서 열등한 늑대들이 먼저 힘으로 숲사람을 제압할 때를 기다렸다. 트롤들은 어디론가 사라지고 없었다. 늑대들과 수수께끼 놀음을 해봐야 득 될 것이 없다고 판단한 것이 분명했다.

"아저씨! 빨리 오세요! 할 수 있어요!"

그러나 숲사람은 꼼짝도 하지 않은 채로 데이빗에게 소리를 질렀다.

"어서 가라! 어서! 내가 최대한 시간을 끌고 있을 테니 반대편으로 건너가자마자 다리를 잘라. 내 말 알겠니? 다리를 자르란 말이야!"

데이빗은 고개를 저었다.

"싫어요!"

데이빗은 울며 소리쳤다.

"저하고 같이 가요! 아저씨 없이는 못 가요!"

바로 그 순간 늑대들이 일제히 숲사람에게로 덜려들었다.

"뛰어!"

도끼와 칼을 휘두르며 숲사람이 소리쳤다. 처음으로 쓰러진 늑대의 몸에서 붉은 피가 솟구치자 늑대들이 숲사람을 완전히 에워쌌다. 숲사람을 물어뜯는 놈도 있었고 틈새를 노리며 소년을 잡을 기회를 넘보는 놈도 있었다. 데이빗은 마침내 뛰기 시작했다. 반도 채 못 건넜을 때 다리가 심하게 요동쳤다. 데이빗의 발자국 소리가 골짜기에 울려 퍼졌다. 잠시 후 나무 바닥에 부딪치는 짐승들의 발자국 소리까지 가세했다. 왼쪽 다리를 코니 숲사람이 막고 서 있어서 데이빗의 다리로 진입할 수 없었던 늑대 세 마리가 반대편으로 먼저 건너가서 데이빗을 잡으려고 그 옆의 다리 위를 달리고 있었다. 늑대들은 무서운 속도로 질주했다. 세 마리 중 가장 뒤쪽에서 달려오던 루프는 흰 드레스를 걸치고 있었고 귀에 금빛 귀걸이를 달고 있었다. 루프는 턱에 흐르는 침을 혀로 닦으며 말했다.

"죽을힘을 다해 뛰어보시지! 그러면 더 맛이 좋아질 테니까!"

루프의 목소리는 여자의 목소리였다.

데이빗은 밧줄을 너무 세게 잡고 달리는 바람에 팔이 아팠고 다리가 출렁거려서 어지러웠다. 늑대들은 거의 그와 비슷한 속도로 달리고 있었다. 늑대들보다 다리를 먼저 건널 수는 없을 것 같았다.

그때 늑대들이 달리던 다리의 밑판이 푹 꺼지면서 늑대 한 마리가 협곡 아래로 떨어졌다. 작살이 날아오는 소리가 들렸고 늑대의 배에 작살이 꽂히더니 트롤들이 있는 협곡의 벽 쪽으로 끌려갔다.

뒤쫓아 오던 또 다른 늑대가 갑자기 멈춰 서는 바람에 여자 루프와 하마터면 부딪칠 뻔했다. 밑판이 꺼진 부분은 2미터에서 3미터 정도 되었다. 뚫린 구멍으로 작살들이 날아들기 시작했다. 트롤들은 더 이상 먹이가 떨어질 때까지 기다리지 않았다. 다리를 잘못 고른 늑대들은 죽음을 피할 수 없었다. 날카로운 작살이 남아 있던 늑대에게 꽂혔고 이번에도 고통으로 몸부림치며 작살에 끌려갔다. 이제 여자 루프만 홀로 남았다. 루프는 다리의 구멍을 훌쩍 뛰어 넘었다. 루프는 잠시 비틀거리긴 했지만 얼른 뒷다리로 일어서서 트롤의 작살을 피한 것을 자축하는 듯 울부짖었지만 그 순간 커다란 그림자가 하늘을 덮었다.

지금껏 본 것 중에 가장 크고 가장 힘이 세고 나이가 많아 보이는 하피였다. 하피는 늑대를 툭 쳐서 다리 한쪽으로 밀어놓은 다음 다리에서 떨어지기 직전에 발톱으로 루프를 낚아챘다. 하피의 발톱이 루프의 살갗을 파고들었다. 루프는 발버둥을 치면서 하피를 물어뜯으려 했지만 이미 승부는 끝났다. 데이빗은 두려움에 떨며 하피를 바라보았다. 또 다른 하피가 합세하여 발톱으로 루프의 목을 조였다. 두 괴수들이 힘차게 날갯짓을 하며 서로 다른 방향으로 루프를 당겼고 루프의 몸뚱이가 둘로 찢어졌다.

숲사람은 늑대들을 따돌리려고 여전히 사투를 벌이고 있었지만 처음부터 이길 수 없는 싸움이었다. 움직이는 엄니과 털의 벽과도 같은 늑대들을 칼로 베고 또 베다가 마침내 숲사람이 쓰러졌다. 늑대들이 순식간에 그를 덮쳤다.

"안 돼!"

데이빗이 소리쳤다.

그러나 분노와 슬픔 속에서도 데이빗은 달리기 시작했다. 루프 두 마리가 숲사람의 몸을 넘어 다리 위로 올라왔다. 그들의 발자국 소리가 다리 위에 울려 퍼졌고 늑대들의 무게로 다리가 흔들렸다. 협곡 맞은편에 도착하자마자 데이빗은 칼을 들고 달려오는 짐승들을 바라보았다. 어느새 다리의 반 이상을 지나 빠른 속도로 다가오고 있었다. 커다란 바위에 박힌 기둥에 다리를 지탱하고 있는 네 개의 밧줄이 고정되어 있었다. 데이빗은 칼을 들어 밧줄을 내리쳤다. 밧줄이 반쯤 끊어졌다. 데이빗은 한 번 더 내리쳤다. 다리가 한쪽으로 기울어지면서 늑대들이 협곡 아래로 떨어졌다. 하피들의 환호가 들려왔고 그들의 날갯짓이 더욱 거세어졌다.

다리 위에는 아직도 루프가 두 마리 더 올라와 있었다. 그들은 발톱으로 밧줄을 꼭 움켜쥐고 버텼다. 뒷다리로 서서 밧줄을 따라 움직이면서 데이빗에게로 다가오고 있었다. 데이빗은 다시 칼을 들고 두 번째 밧줄을 베기 시작했다. 루프들이 괴성을 질렀다. 데이빗의 칼날 밑으로 밧줄이 가늘어지면서 다리가 흔들렸다. 데이빗은 칼을 밧줄 위에 올려놓고 루프들을 바라본 다음 팔을 들어 있는 힘을 다해 내리쳤다. 밧줄이 끊어졌고 이제 루프들은 밑판 외에는 더 이상 붙잡을 것이 없었다. 날카로운 비명과 함께 늑대들이 떨어졌다.

데이빗은 협곡 맞은편을 바라보았다. 이제 숲사람은 보이지 않았다. 늑대들에게 끌려가면서 남긴 핏자국만이 남아 있었다. 늑대들의 우두머리 르로이가 홀로 그곳에 서 있었다. 흰 셔츠에 붉은색 바지 차림의 르로이는 분노로 가득 찬 눈빛으로 데이빗을 쏘아보았다. 그는 고개를 들고 죽은 부하들의 넋을 달래려는 듯 큰 소리로 울었다. 그러고 나서 꼼짝도 하지 않았다. 자신의 목숨

을 구해준 숲사람을 생각하면서 데이빗은 눈물을 흘리며 다리에
서 돌아섰다. 그가 언덕 너머로 사라질 때까지 르로이는 계속 데
이빗을 지켜보았다.

제13장
신경질적인 난쟁이들

　데이빗은 크고 작은 자갈이 깔린 하얀 언덕길을 걷고 있었다. 길은 곧지 않았고 장애물이 있을 때마다 휘어졌다. 조그만 시냇물도 있었고 거대한 바위산이 나오기도 했다. 길 양쪽으로 좁은 도랑이 있었고 그 뒤로 잡초와 풀로 뒤덮인 초원을 지나면 숲이 시작되었다. 데이빗이 지나온 숲보다는 나무들이 키가 작았고 빽빽하게 들어서 있지도 않아서 숲 뒤쪽으로 바위로 뒤덮인 조그만 언덕의 능선까지 볼 수 있었다. 갑자기 피로가 몰려왔다. 더 이상 쫓아오는 짐승들이 없었기 때문에 긴장이 풀려서인지 잠을 자고 싶었지만 협곡에서 멀리 오지도 못한 데다 탁 트인 평지에서 잠을 자는 것이 내키지 않았다. 몸을 숨길 곳을 찾아야 했다. 다리에서 당한 일 때문에 늑대들은 데이빗을 결코 용서하지 않을 것이다. 어떻게든 협곡을 건너서 그의 뒤를 쫓아올 것이다. 데이빗은 본능적으로 하늘을 바라보았다. 새들도 없었고 그의 위치를 늑대들에게 알려줄 못된 갈가마귀들도 없었다.

데이빗은 기운을 차리기 위해 자루에서 빵 한 조각을 꺼내 먹고 물도 마셨다. 한결 기분이 나아졌지만 정성스럽게 싼 음식들과 자루를 보니 다시 숲사람 생각이 났다. 눈가에 눈물이 고였다. 그러나 우는 것은 사치였다. 자리에서 일어서서 자루를 메고 걸음을 떼어놓으려는 순간 데이빗은 왼쪽에 있던 도랑에서 막 기어 올라온 난쟁이와 하마터면 부딪칠 뻔했다.

"앞 좀 보고 다니시지!"

난쟁이가 말했다.

90센티미터 정도의 키에 무릎까지 오는 푸른색 웃옷과 검은색 바지를 입고 무릎까지 오는 검은색 부츠를 신고 있었다. 푸른색 긴 모자 끝에 달린 방울은 소리가 나지 않았다. 얼굴과 손에는 흙이 묻어 있었고 어깨에는 괭이를 메고 있었다. 코는 붉은빛을 띠고 있었고 짧고 흰 턱수염에는 음식물 부스러기 같은 것이 묻어 있었다.

"죄송해요."

데이빗이 말했다.

"당연히 그래야지."

"미처 못 봤어요."

"못 봤다니. 그게 무슨 뜻이지?"

난쟁이가 말했다.

그는 위협하듯 괭이를 휘둘렀다.

"키 작다고 우습게 보는 거야? 그러니까 내가 작다는 소리야?"

"작긴 작잖아요. 아니 그러니까 제 말은, 그게 잘못 됐다는 게 아니고요. 사실 그렇게 따지면 저도 작죠. 저보다 큰 사람들과 비교하면요."

데이빗이 말했다.

그러나 난쟁이는 더 이상 데이빗의 말에 귀를 기울이지 않고 그들 쪽으로 다가오는 조그만 사람들을 향해 소리를 질렀다.

"이봐 동지들! 여기 어떤 얼간이가 나보고 키가 작다는데?"

"나쁜 놈!"

누군가의 목소리였다.

"우리가 갈 때까지 잡아두게, 동지!"

또 다른 목소리가 들려왔다. 그리고 잠시 생각하는 듯싶더니, "잠깐만, 그렇게 말하는 녀석은 얼마나 큰데 그래?"

난쟁이가 데이빗을 훑어보았다.

"그렇게 크진 않아. 기껏해야 난쟁이 하나 반 정도? 잘 봐줘야 난쟁이 하나하고 3분의 2 정도?"

"좋았어! 당장 그놈을 잡자!"

대답이 들려왔다.

데이빗은 '인권'이니 '자유'니 하는 말들을 써가며 이런 일이라면 이제 지긋지긋하다며 투덜거리는 키 작은 사람들에게 둘러싸였다. 모두 더러웠고 부서진 방울이 달린 모자를 쓰고 있었다. 그들 중 한 명이 데이빗을 걷어찼다.

"아얏! 아파요!"

데이빗이 소리쳤다.

"이제 우리가 어떤 기분이었는지 알겠지!"

첫 번째 난쟁이가 말했다.

조그맣고 통통한 손이 데이빗의 자루 안으로 들어왔다. 또 다른 손이 데이빗의 칼을 훔치려 했다. 또 다른 난쟁이는 재미삼아 데이빗의 몸을 여기 저기 찔러보았다.

"왜들 이러세요! 그만 좀 하세요!"

데이빗이 소리치며 자루를 홱 돌렸다.

그 바람에 난쟁이 두 명이 자루에 휘둘려 바닥에 넘어지면서 도랑 쪽으로 한참을 굴러갔다. 데이빗은 은근히 고소했다.

"왜 그랬지?"

첫 번째 난쟁이가 물었다. 무척 놀란 표정이었다.

"저를 발로 찼잖아요."

"안 그랬는데?"

"그랬잖아요. 그리고 제 자루를 빼앗으려고 했그요."

"안 그랬어."

"거짓말 하지 마세요! 분명히 그랬잖아요!"

데이빗이 말했다.

난쟁이는 고개를 숙인 채로 발로 땅을 비벼서 먼지를 일으켰다.

"좋아. 그럼 그랬나 보지 뭐. 미안해."

"괜찮아요."

데이빗이 말했다.

데이빗은 도랑 쪽으로 가서 난쟁이 두 명이 진흙탕에서 일어나는 것을 도와주었다. 크게 다친 사람은 없었다. 난쟁이들은 조금 전에 일어난 일이 아주 재미있었다는 듯한 표정이었다.

"대전투의 기억이 떠오르는군. 안 그런가, 동지?"

"정말 그렇군, 동지. 우리 노동자들은 늘 이런 박해를 견뎌야 했지."

"하지만 전 박해를 하지 않았어요."

데이빗이 말했다.

"하지만 만약 우릴 박해하고 싶었다면 그럴 수도 있었을걸? 안 그래?"

첫 번째 난쟁이가 말했다.

그는 애원하는 듯한 표정으로 데이빗을 바라보았다. 난쟁이들은 자기들이 박해를 이겨냈다고 생각하고 싶어하는 것이 분명했다.

"그럴 수도 있었겠죠."

난쟁이를 기쁘게 해주기 위해 데이빗이 말했다.

"만세!"

난쟁이가 소리쳤다.

"우와! 우리가 박해를 이겨냈다! 우리 노동자들은 이제 자유다!"

"만세! 우리가 잃은 것은 오직 족쇄뿐!"

"하지만 족쇄는 원래 없었잖아요."

데이빗이 말했다.

"우리가 말하는 족쇄는 상징적인 의미야."

첫 번째 난쟁이가 말하면서 자기가 방금 아주 중요한 말을 했다는 듯이 고개를 끄덕였다.

"알겠어요."

데이빗이 말했다.

그러나 '상징적인 의미'라는 것이 정확히 어떤 뜻인지는 알 수 없었다. 사실 데이빗은 난쟁이들이 하는 이야기들을 통 알아들을 수가 없었다.

난쟁이들은 모두 일곱 명이었고 그 숫자는 왠지 적절하게 느껴졌다.

"이름이 있으세요?"

데이빗이 물었다.

"이름? 이름이라면 당연히 있지. 나는 1번 동지야. 2번 동지도 있고 3번 동지도 있고, 4번, 5번, 6번, 그리고 8번까지 있어."

첫 번째 난쟁이가 말했다.

"7번은 어떻게 됐어요?"

잠시 묘한 침묵이 흘렀다.

"우리는 옛 동지에 대해서는 절대 얘기를 하지 않아. 우리 당에서 공식적으로 제명됐거든."

1번 동지가 말했다.

"7번 동지는 자기 엄마를 돌보러 갔어."

3번 동지가 설명했다.

"자본주의자!"

1번 동지가 소리쳤다.

"빵가게를 하거든."

3번 동지가 부연설명을 했다.

그는 까치발을 들고 데이빗에게 속삭였다.

"우린 7번 동지와 말을 하는 게 금지되어 있어. 그의 엄마가 파는 빵을 먹어서도 안 돼. 날짜가 지난 것도."

"하지만 우리도 얼마든지 빵을 만들 수 있어. 조직을 배신한 자의 빵을 사지 않더라도 말이야."

1번 동지가 말했다.

"아니. 우린 만들 수 없어. 그러니까 우리가 만든 빵이 딱딱하다고 그 여자가 항상 투덜대잖아."

3번 동지가 말했다.

그 말과 함께 명랑했던 난쟁이들이 한 순간에 침울해졌다. 난쟁이들이 주섬주섬 연장을 챙기며 떠날 채비를 했다.

"그만 가봐야 해. 만나서 반가웠네, 동지. 자네…… 우리 동지 맞지?"

"그런 것 같아요."

데이빗이 대답했다.

그 자신도 확신은 없었지만 난쟁이들과의 싸움에 휘말리고 싶지 않았다.

"여러분의 동지가 되어도 빵은 먹을 수 있는 거죠?"

"7번 동지가 구운 빵만 아니면 괜찮아."

"그의 엄마가 구운 빵도 안 되잖아."

3번 동지가 냉소적으로 덧붙었다.

"그것만 빼면 어떤 빵이든 먹어도 돼."

1번 동지가 3번 동지에게 주의를 주듯 손가락을 들어 보이며 말했다.

난쟁이들은 다시 도랑으로 내려가서 도랑을 가로지른 다음 숲으로 난 거친 길을 따라 걷기 시작했다.

"잠깐만요! 혹시 하룻밤만 재워주실 수 있으세요? 전 길을 잃었고 몹시 지쳤어요."

1번 동지가 걸음을 멈추었다.

"그 여자가 좋아하지 않을 텐데."

4번 동지가 말했다.

"하지만 항상 얘기할 사람이 없다고 투덜대잖아. 새로운 친구를 보면 기분이 좀 좋아지지 않을까?"

2번 동지가 말했다.

"기분이 좋아진다고?"

1번 동지가 마치 아주 오래전에 맛보았던 기가 막힌 아이스크림 맛을 떠올리는 것 같은 표정을 지으며 말했다.

"좋은 생각이야."

그가 말한 뒤 다시 데이빗에게로 돌아섰다.

"우리 집에 가자. 어서 따라와."

데이빗은 너무 기뻐서 깡충깡충 뛰고 싶었다.

집으로 걸어가면서 데이빗은 난쟁이들에 대해 조금 더 알게 되었다. 적어도 그의 생각에는 그랬다. 그러나 그들이 하는 말을 전부 다 이해할 수는 없었다. 생산 수단에 대한 노동자들의 소유 권이 어떻다는 둥, 3차 위원회의 2차 의회 원칙이 아니라 2차 위 원회의 3차 의회의 원칙이 옳다는 둥 하는 이야기를 하다가 결국 에는 저녁식사 설거지를 누가 할지를 놓고 말다툼을 벌였다.

데이빗은 그들이 말하는 '그 여자'가 누구일지 감이 잡혔지만 만약을 대비해서 확인해두고 싶었다.

"같이 사는 여자 분이 계신가요?"

그가 1번 동지에게 물었다.

난쟁이들의 대화가 갑자기 중단되었다.

"불행히도 그렇게 됐어."

1번 동지가 말했다.

"일곱 분 모두하고요?"

데이빗이 물었다.

이유는 알 수 없지만 이 작은 사람들과 같이 사는 여자는 어딘 가 조금 이상한 여자일 것 같았다.

"각자 다른 침대에서 자니까 재미는 하나도 없어."

"물론 그렇겠죠."

데이빗이 말했다.

그는 난쟁이가 말하는 '재미'라는 것이 무엇일까 생각해보았지만 곧바로 생각하지 않는 편이 낫겠다는 결론을 내렸다.

"혹시 그 여자분 이름이…… 백설 공주인가요?"

1번 동지가 갑자기 걸음을 멈췄고 그 바람에 그 뒤를 따라 걷던 난쟁이들이 줄줄이 멈춰 섰다.

"혹시 그 여자하고 아는 사이는 아니겠지?"

의심하는 듯한 목소리로 그가 물었다.

"아뇨. 만난 적도 없는 걸요. 얘기만 들었어요."

"그렇군."

1번 동지가 다행이라는 듯한 표정을 지은 뒤 다시 걷기 시작했다.

"하긴, 그 여자를 모르는 사람이 어디 있겠어? 난쟁이들과 함께 사는 백설 공주, 난쟁이들의 살림을 축내는 여자, 난쟁이들이 죽일 수도 없었던 여자……. 그 유명한 백설 공주를 모르는 사람이 어디 있겠어?"

"죽일 수도 없었다고요?"

데이빗이 물었다.

"독이 든 사과 말이야. 약이 안 들더라고. 양이 너무 적었나봐."

"사악한 계모가 백설 공주를 독약으로 죽이려 했던 게 아니었어요?"

"넌 신문도 안 보니? 사악한 계모는 알리바이가 있었던 걸로 판명됐잖아."

"우리가 미리 알았어야 했어. 그 시간에 계모는 다른 사람을 독살할 음모를 꾸미고 있었어. 백만분의 일 확률이지. 한마디로 우리가 재수가 없었어."

이번에는 데이빗이 가던 길을 멈추었다.

"그러니까 아저씨들이 백설 공주를 죽이려고 했던 거였어요?"

"우린 그냥 잠이나 좀 재울 생각이었지."

2번 동지가 말했다.

"아주 긴 잠."

3번 동지가 말했다.

"하지만 왜요?"

데이빗이 물었다.

"이제 곧 알게 될 거야."

1번 동지가 말했다.

"어쨌든 우리가 사과를 먹였어. 어적어적 잘도 먹더군. 우린 훌쩍훌쩍 엉엉 울고불고 난리를 쳤지. '불쌍한 백설 공주님! 공주님이 몹시 그립겠지만 어떻게든 살아야 하겠지요!' 하고 통곡하면서. 우리는 백설 공주를 침상에 눕혀놓고 꽃으로 장식했어. 어린 토끼들을 불러서 그 곁에서 울게 했지. 그런데 느닷없이 그 왕자라는 작자가 나타나서 키스를 해버린 거야. 사실 이 왕국에는 왕자라는 게 없거든. 그런데 그자는 어느 날 갑자기 피 흘리는 말을 타고 나타났어. 그러더니 말에서 뛰어내려서 마치 토끼 굴을 발견한 사냥개처럼 백설 공주한테 달려들었어. 도대체 뭐하는 놈인지 모르겠어. 잠들어 있던 낯선 여자한테 키스를 퍼붓는 게 취미인 놈이었는지 원……."

"변태! 그런 놈은 감옥에 쳐 넣어야 해!"

3번 동지가 말했다.

"어쨌든 그 왕자란 작자는 하얀 말을 타고 거들먹거리며 나타나서는 자기하고 아무 상관도 없는 여자한테 키스를 퍼부어댄 거야. 그러고 나서 백설 공주가 눈을 떴는데 기분이 영 안 좋더라고. 그자는 공주가 하는 말에 별로 귀를 기울이지도 않았어. 공주가 자기 몸을 마음대로 이용했으니 책임을 지라고 했거든. 한 5분 정도 이야기를 듣더니 왕자는 아무런 대꾸도 없이 다시 말을 타고는 그 길로 석양 속으로 사라져버렸어. 그 뒤로는 아무도 그자를 보지 못했지. 우리는 그게 다 마녀의 짓이라고 뒤집어씌웠지. 하지만 그 사건을 통해서 우리가 배운 게 있다면, 어떤 사람을 비난하고 싶을 땐 먼저 그 사람이 실제로 그런 짓을 할 시간이 있었는지를 확인한 다음에 뒤집어씌워야 한다는 거야. 재판이 열렸고 우리는 증거 불충분과 무고죄로 집행유예를 선고받았어. 앞으로 백설 공주한테 무슨 일이 생기면, 심지어는 손가락만 물어뜯어도 우리는 '끝장'인 줄 알라고 하더군."

혹시 '끝장'이라는 말을 데이빗이 알아듣지 못할까봐 1번 동지가 올가미에 목이 매달리는 시늉을 하며 말했다.

"그건 제가 알고 있는 이야기하고는 좀 다른데요?"

"네가 알고 있는 이야기라면, 그 후로 오래오래 행복하게 살았다는 그거?"

1번 동지가 코웃음을 친 뒤 말을 이었다.

"네 눈엔 우리가 행복해 보이냐? 행복하게 오래오래 살기는커녕 그날 이후로 아주 비참하게 살고 있다고."

"그냥 곰한테 넘겨버릴 걸 그랬나봐. 곰들은 암살이라면 도가 텄는데."

"하긴 골디락스만 봐도 그렇지."

"참 못된 애였어. 그런 애를 죽인 걸 욕할 수만은 없어."

5번 동지가 말했다.

"잠깐만요. 골디락스는 곰들의 집에서 달아나서 다시는 거기로 돌아가지 않았잖아요."

데이빗이 말했다.

어디가 조금 모자라는 사람 보듯 난쟁이들이 데이빗을 쳐다보았다.

"아닌가요?"

데이빗이 물었다.

"수프 맛을 본 것까지는 맞아."

1번 동지가 마치 중요한 비밀을 누설하듯 콧잔등을 문지르며 말했다.

"그런데 한번 맛을 보고 나서 도저히 멈출 수가 없었던 게 문제지. 숲 속으로 달아나서 그 후로 다시는 볼 수 없었다…… 아주 그럴 듯한 얘기야."

"그러니까……곰들이 골디락스를 죽였다는 거예요?"

데이빗이 말했다.

"잡아먹었다니까! 수프에 넣어서. 여기서 '숲으로 달아나서 그 후로 다시는 볼 수 없었다'는 건 바로 그런 뜻이야."

1번 동지가 말했다.

"그럼 '그 후로 오래오래 행복했다'는 건 무슨 뜻인데요?"

데이빗이 미심쩍어하며 물었다.

"그야 아주 빨리 잡아먹혀버렸다는 뜻이지."

1번 동지가 말했다.

그들은 어느덧 난쟁이들의 집 앞에 도착해 있었다.

제14장
퉁명스러운 백설 공주

"왜 이렇게 늦었어!"

1번 동지가 오두막 문을 열고 들어서면서 '우리 왔어요!'라고 명랑하게 외치는 순간 안에서 들려오는 소리에 데이빗은 고막이 터질 뻔했다. 난쟁이들의 인사는 데이빗의 아빠가 밤늦게까지 술을 마셔서 엄마가 화가 났다는 것을 알고 들어올 때처럼 과장되어 있었다.

"들어올 때 그런 식으로 말하지 말랬지! 도대체 어딜 갔다 이제 오는 거야! 배고파 죽겠어! 뱃가죽이 등짝에 달라붙었잖아!"

안에서 고함소리가 들려왔다.

그런 목소리는 한 번도 들어본 적이 없었다. 여자의 목소리인 것은 분명했지만 깊으면서도 낮았다. 마치 바닷속 동굴에서 들려오는 목소리 같았다. 물기를 머금지 않은 것만 달랐다.

"배 속에서 창자가 요동을 치잖아! 한번 들어볼래?"

여자가 소리치며 커다랗고 하얀 손으로 순식간에 1번 동지의 목을 잡아 번쩍 들어서 안으로 들여놓았다. 잠시 후 1번 동지가 웅얼거리는 소리가 들렸다. 무언가에 짓눌린 것 같은 목소리였다.

"잘 들려요. 잘 들린다고요."

데이빗은 다른 난쟁이들이 먼저 들어가도록 비켜섰다. 난쟁이들은 마치 사형 집행관이 일을 마치고 돌아가기 전에 시간이 좀 남아서 몇 사람을 더 처형할 수 있게 되었다는 소식을 들은 죄수들 같은 표정이었다. 데이빗은 잠시 어두운 숲을 바라보며 망설였다. 이곳에서 묵기로 한 것이 과연 잘한 결정인지 의문이 들었다.

"문 닫아! 얼어 죽겠네! 이가 딱딱 부딪치잖아!'

데이빗은 어차피 다른 선택이 없음을 깨닫고 오두막 안으로 들어서서 문을 닫았다.

그의 눈앞에 지금까지 본 여자들 중에서 가장 비대한 여자가 서 있었다. 허옇게 덕지덕지 분칠한 얼굴에 밝은 색 천으로 묶은 검은 머리카락, 보라색으로 칠한 입술이 눈에 들어왔다. 여자의 드레스는 조그만 서커스 천막을 칠 수도 있을 정도로 넉넉했다. 1번 동지는 출렁이는 드레스자락 속에서 백설 공주의 배에 머리를 박고 배 속에서 나는 이상한 소리를 듣고 있었다. 드레스에 달린 수많은 리본과 단추장식들을 바라보면서 과연 어떤 것이 장식용이고 어떤 것이 벗을 때 실제로 푸는 것인지 저 여자가 구분할 수 있을까 하는 의문이 들었다. 두 발은 발 크기에 비해 지나치게 작다 싶은 실크 슬리퍼에 억지로 쑤셔넣었고 반지는 피둥피둥한 손가락에 파묻혀 보일락 말락 했다.

"누구세요?"

"우리 친구예요."

1번 동지가 말했다.

"친구?"

마치 싫증난 장난감을 내던지듯이 여자가 1번 동지를 바닥에 내동댕이쳤다.

"친구를 데려왔다고 왜 미리 말하지 않았지?"

백설 공주는 머리카락을 매만진 다음 립스틱으로 얼룩진 치아를 드러내며 웃었다.

"옷도 좀 갈아입고 화장도 좀 고칠 걸 그랬나?"

데이빗은 3번 동지가 8번 동지에게 '그런다고 뭐가 달라지나?'라고 속삭였다. 그러나 그 말이 백설 공주의 귀에까지 들렸고 3번 동지는 백설 공주에게 뒤통수를 세게 얻어맞았다.

"말조심해! 건방진 놈 같으니라고!"

여자는 희고 넓적한 손을 데이빗에게 내밀면서 몸을 조금 숙인 다음 "백설 공주라고 해요, 만나 뵙게 돼서 영광입니다"라고 말했다.

데이빗이 백설 공주와 악수를 했다. 자신의 손을 완전히 집어삼킨 백설 공주의 통통한 손이 놀라울 뿐이었다.

"전 데이빗이라고 합니다."

그가 말했다.

"멋진 이름이네요."

백설 공주가 말하고는 가슴에 턱을 파묻고 키득거렸다. 그 웃음 때문에 얼굴에 붙은 살덩이들이 출렁거렸다. 금방이라도 녹아내릴 것처럼 흐물흐물했다.

"혹시 왕자님이신가요?"

"아닌데요. 죄송합니다."

백설 공주는 실망한 것 같았다.

그녀는 데이빗의 손을 놓고 손에 낀 반지를 만지작거렸지만 반지가 손가락에 너무 꽉 끼어서 꿈쩍도 하지 않았다.

"그래도 신분이 높은 분이시겠지요?"

"아뇨."

"열여덟 번째 생일날 엄청난 유산을 물려받는 귀족의 자제분도 아니시고요?"

데이빗은 그 질문을 곰곰이 생각해보는 척했다.

"음…… 아닌데요."

"그럼 도대체 뭐예요? 혹시 노동자나 노동자의 억압에 대해 떠들어대러 온 따분한 친구는 아니겠죠? 내가 분명히 일러두었을 텐데! 내가 식사를 끝낼 때까지 절대로 혁명이니 뭐니 떠들지 말라고!"

"하지만 우린 정말 억압당하고 있다고요!"

1번 동지가 항의했다.

"억압당하는 게 당연하지! 키가 1미터도 안 되니 별 수 있어? 괜히 헛소리나 하면서 내 기분 망쳐놓지 말고 어서 식사 준비나 해! 장화 벗어! 깨끗한 우리 집 마루가 진흙으로 엉망이 되고 있잖아! 어제 닦았는데 벌써 이 모양이니⋯⋯."

난쟁이들은 장화를 벗어서 연장들과 함께 문가에 놓아 둔 다음 조그만 세면대에서 손과 얼굴을 씻고 저녁식사를 준비하기 시작했다. 빵과 야채를 자르는 동안 한쪽 화로에 토끼 두 마리를 구웠다. 고기 굽는 냄새에 데이빗은 입 안에 침이 고였다.

"같이 드실래요?"

백설 공주가 물었다.

"조금 배가 고프긴 해요."

데이빗이 인정했다.

"그럼 난쟁이들하고 토끼고기 나눠 먹어요. 내 건 손댈 생각 하지 말고."

백설 공주는 화로 옆에 놓인 커다란 의자에 풀썩 하고 주저앉았더니 뺨을 뾰로통하게 부풀리고 크게 한숨을 쉬었다.

"난 여기가 지겨워요! 정말 따분해 죽겠어!"

"그럼 다른 데로 가지 그러세요?"

데이빗이 말했다.

"다른 데? 다른 데 어디로 가란 말이에요?"

"갈 곳이 없으신가요?"

데이빗이 물었다.

"아버지하고 계모는 멀리 이사 갔어요. 그런데 자기들이 살게 될 집은 저까지 들어가 살기엔 너무 좁대요. 어쨌든 그 사람들도 따분하긴 마찬가지예요. 차라리 얘들이랑 따분한 게 낫지."

"그렇군요."

데이빗이 말했다.

재판과 난쟁이들의 독살 음모에 관한 이야기를 꺼내도 될지 궁금했다. 궁금한 건 사실이었지만 그런 질문을 하는 것이 예의에 어긋나는지 아닌지 알 수 없었다. 괜히 이야기를 꺼냈다가 안 그래도 힘들게 살고 있는 난쟁이들을 더 힘들게 만들고 싶지는 않았다.

그 결단을 내려준 사람은 백설 공주였다. 그녀는 몸을 앞으로 숙이고 마치 돌멩이 두 개를 서로 비벼대는 것 같은 거친 목소리로, "어쨌든 쟤들은 날 보살펴야 해요. 판사가 그러라고 했거든요. 날 독살하려다가 그렇게 됐어요."

데이빗이라면 자기를 죽이려고 했던 사람들하고 절대로 살고 싶지 않을 것 같았지만 백설 공주는 난쟁이들이 또다시 독살을 시도할 거라고는 생각하지 않는 모양이었다. 만약 또다시 독살을 기도한다면 난쟁이들은 교수형에 처해질 것이 분명했다. 그러나 1번 동지의 표정으로 보아 백설 공주와 사느니 차라리 죽는 게 낫다고 생각하는 것 같기도 했다.

"하지만 멋진 왕자님을 만나고 싶지 않으세요?"

그가 말했다.

"예전에 멋진 왕자님을 만난 적이 있어요."

백설 공주가 말하고는 꿈꾸는 듯한 표정으로 창밖을 내다보았다.

"키스로 날 깨워주셨는데, 바로 떠날 수밖에 없었어요. 용인지 뭔지 하는 괴물을 처단하면 꼭 돌아오신다고 했는데……."

"우리 집에 있는 용을 먼저 처단할 것이지……."

3번 난쟁이가 중얼거리자 백설 공주가 장작 한 개를 집어던졌다.

"이제 내가 어떻게 살고 있는지 알겠죠? 하루 종일 빈 집을 지키고 있다가 난쟁이들이 돌아오면 그때부터 저 투덜대는 소리를 들어야 한다고요. 도대체 탄광에는 왜 나가는 건지도 모르겠어요. 매번 빈손으로 돌아오면서!"

백설 공주의 이야기에 난쟁이들이 서로 눈짓을 주고받았다. 3번 동지는 조금 웃는 것 같았고 4번 동지가 그의 정강이를 걷어차면서 가만히 있으라고 소리쳤다.

"왕자님이 돌아오실 때까지, 아니면 또 다른 왕자님이 나타날 때까지 계속 이렇게 살아야 하다니……."

백설 공주가 손톱을 물어뜯어서 씹다가 벽난로 안에 퉤 하고 뱉었다.

"그건 그렇고, 도대체 식사는 어떻게 된 거야!"

백설 공주가 다시 화제를 원점으로 돌렸다.

백설 공주의 우레 같은 목소리에 오두막 안에 있던 모든 컵과 주전자, 냄비, 쟁반들이 달그락거렸고 천장에서 먼지가 떨어졌다. 생쥐 가족들이 벽에 난 쥐구멍으로 달아났고 다시는 나타나지 않았다.

"난 배가 고프면 이상하게 목소리가 커지더라. 얼른 토끼고기 가져와!"

백설 공주가 말했다.

모두 조용히 식사를 했다. 쩝쩝거리면서 고기를 물어뜯는 소리와 테이블 제일 끝 쪽에 앉은 백설 공주의 트림소리 외에는 아무 소리도 나지 않았다. 백설 공주는 정말 엄청나게도 많이 먹었다. 토끼 한 마리를 뼈만 남기고 홀랑 먹어치운 다음 6번 동지의 접시에 담긴 고기를 허락도 구하지 않고 가져가서 뜯어먹었다. 커다란 빵 하나를 혼자 다 먹더니 지독한 냄새가 나는 치즈도 반 이상을 혼자 먹었다. 난쟁이들이 창고에서 가져온 맥주는 끝도 없이 마셔댔고 1번 동지가 구운 과일 케이크 조각으로 맥주잔을 닦아가며 먹었다. 그러고 나서 이빨 사이에 건포도가 끼었다고 투덜거렸다.

"거봐. 포도를 너무 오래 말린 것 같다고 했지!"

2번 동지가 1번 동지에게 속삭이자 1번 동지가 뭐라고 웅얼거렸다. 식탁 위에 있던 음식이 남김없이 사라져버린 뒤에야 백설 공주는 비틀거리며 일어서서 벽난로 옆의 의자에 앉았고 앉자마자 바로 잠이 들었다. 데이빗은 난쟁이들이 식탁을 치우고 설거

지하는 것을 도왔다. 일을 마치자 난쟁이들은 한구석에 모여서 담배를 피우기 시작했다. 마치 축축하고 오래된 양말을 태우는 것 같은 냄새가 났다. 1번 동지가 데이빗에게 한 대를 권했지만 데이빗은 공손하게 사양했다.

"그런데 탄광에선 뭘 캐시는 건데요?"

데이빗이 물었다.

난쟁이 몇 명이 기침을 하기 시작했다. 누구도 데이빗과 눈을 맞추지 않았다. 1번 동지만이 데이빗의 질문에 대답을 하려고 애썼다.

"말하자면 일종의 석탄 같은 걸 캔다고 할 수 있지."

데이빗이 말했다.

"일종의 석탄이라니요?"

"그러니까, 예전에는 석탄이나 마찬가지였다는 거야."

"석탄의 한 종류라고."

3번 동지도 거들었다.

데이빗은 잠시 그의 말을 생각해보았다.

"다이아몬드 말인가요?"

일곱 명의 난쟁이들이 일제히 그에게 달려들었다. 1번 동지가 조그만 손으로 데이빗의 입을 막았다.

"그 말만은 절대로 해서는 안 돼! 절대로!"

데이빗은 고개를 끄덕였다.

데이빗이 상황의 중요성을 이해했다는 확신이 들자 난쟁이들이 차례로 그에게서 떨어졌다.

"백설 공주한테는 아직…… 그러니까 그 석탄 같은 것에 대해 말씀을 안 하셨나 봐요."

데이빗이 말했다.

"물론 안 했지. 그 얘긴 한 번도 입 밖에 낸 적이 없어."

"백설 공주를 못 믿으세요?"

"너 같으면 믿겠니?"

3번 동지가 묻고는 잠시 후 다시 말을 이었다.

"지난겨울, 먹을 것이 귀해졌을 때 한번은 4번 동지가 잠에서 깨어나 보니 백설 공주가 4번 동지 발가락을 깨물고 있더래."

4번 동지는 데이빗에게 그것이 사실임을 확인시켜주려는 듯 고개를 끄덕였다.

"아직도 상처가 남아 있는걸."

"우리가 다이아몬드를 캐는 걸 알면 아마 모조리 빼앗아갈걸?"

3번 동지가 말했다.

"그렇게 되면 우리는 지금보다 더 억압받고 더 가난해지겠지."

데이빗은 오두막 안을 둘러보았다. 살림살이가 별로 없었다. 방은 전부 두 개였다. 그들이 앉아 있는 방과 백설 공주가 쓰고 있는 방이었다. 난쟁이들은 벽난로 한구석에 놓인 침대에서 세 명은 이쪽 끝, 네 명은 저쪽 끝에서 잤다.

"백설 공주만 없다면, 집을 좀 꾸며볼 수도 있을 텐데."

1번 동지가 말했다.

"그런데 돈을 쓰기 시작하면 의심을 할 테니까 계속 이렇게 사는 수밖에. 침대 하나도 더 못 들여놓는다니까."

"이웃 사람들이 전혀 모르고 있나요? 의심하는 사람도 없어요?"

"사람들한테는 우리가 탄광 일을 해서 그저 근근이 먹고 살 정도로 번다고 말하거든. 탄광일이 워낙 힘든 일이라 돈벌이가 될 것 같지 않으면 아무나 섣불리 뛰어들진 않아. 우리가 입을 다물고 돈을 물 쓰듯 쓰지만 않으면 아무도 눈치 못 챌 거야. 이를테면 멋진 옷을 산다든가 금목걸이를 산다든가 하지만 않으면……."

"아니면 침대를 산다든가……."

8번 동지가 말했다.

"맞아. 침대를 산다든가."

1번 동지가 맞장구를 쳤다.

"그런 짓만 하지 않으면 괜찮아. 문제는 우리도 이제 나이를 먹을 만큼 먹었는데, 좀 편안하게 살면서 호사를 누리고 싶다는 거지."

난쟁이들이 의자에 앉아 코를 고는 백설 공주를 바라보면서 일제히 한숨을 내쉬었다.

"돈을 줘서라도 다른 사람한테 백설 공주를 떠넘길 수 있다면 좋으련만."

1번 동지가 말했다.

"백설 공주와 결혼하는 사람한테 그 대가로 돈을 주려고요?"

데이빗이 물었다.

"물론 아주 절박한 상황에 처한 사람이어야 하겠지. 그런 돈이라면 얼마든지 쓸 수 있어. 하긴, 이 나라의 다이아몬드를 전부다 긁어모은다고 해도 과연 저 여자랑 같이 사는 대가가 될지 의문이지만, 적어도 부담을 좀 덜어줄 수 있겠지. 성능 좋은 귀마개하고 아주 커다란 침대를 살 정도는 되어야 하지 않겠어?"

난쟁이 중 몇 명이 꾸벅꾸벅 졸기 시작했다. 1번 동지가 긴 막대기를 들고 백설 공주에게 다가갔다.

"깨우면 싫어하거든. 이 방법이 제일 좋더라고."

그가 데이빗에게 말했다.

그가 나뭇가지로 백설 공주를 찔렀다. 백설 공주는 꿈쩍도 하지 않았다.

"좀 더 세게 하셔야 될 것 같은데요."

데이빗이 말했다.

이번에는 세게 찔렀다. 효과가 있는 것 같았다. 백설 공주는 본능적으로 나뭇가지를 움켜잡으면서 홱 잡아끌었고 1번 난쟁이는 하마터면 벽난로에 처박힐 뻔했지만 때마침 나뭇가지를 잡고 있던 손을 놓아서 벽난로 옆의 석탄 통에 처박혔다.

"음냐 음냐……."

백설 공주가 웅얼거렸다.

백설 공주는 입가에 흐른 침을 닦고 의자에서 일어서더니 비틀거리며 방으로 들어갔다.

"아침엔 베이컨 줘. 달걀 네 개, 소시지 하나하고 같이. 아니, 소시지는 여덟 개로 해."

그 말과 함께 백설 공주는 문을 쾅 닫고 침대에 쓰러져서 곧장 잠이 들었다.

데이빗은 화로 옆의 의자에 몸을 웅크리고 앉았다. 백설 공주와 난쟁이들의 코고는 소리, 콧바람 소리, 기침 소리가 뒤엉켜 오두막 안이 시끄러웠다. 데이빗은 숲사람을 생각했고 숲으로 이어진 핏자국을 생각했다. 르로이와 그의 눈빛을 생각했다. 난쟁이들과 하룻밤 이상을 머물 수 없다는 것을 데이빗은 잘 알고 있었다. 그는 계속 걸어야 했다. 하루빨리 왕을 만나야 했다.

데이빗은 의자에서 일어나 창가로 다가갔다. 아무것도 보이지 않았다. 어둠은 너무도 짙고도 무겁게 드리워져 있었다. 데이빗은 귀를 기울였다. 부엉이의 울음소리만 들려올 뿐이었다. 자신이 어떻게 이곳으로 오게 되었는지 데이빗은 잊지 않았다. 그러나 이 세계로 들어온 이후 엄마의 목소리는 한 번도 듣지 못했다. 엄마의 목소리를 들어야만 엄마를 찾을 수 있었다.

"엄마! 혹시 밖에 계시면 절 도와주세요! 엄마가 길을 안내해 주지 않으시면 엄마를 찾을 수가 없어요!"

그러나 대답은 들려오지 않았다.

그는 다시 의자로 돌아가서 눈을 감았다. 그는 잠이 들었고 그가 살던 집의 방과 아빠, 새 가족의 꿈을 꾸었지만 그들 외에 또 다른 사람이 있었다. 데이빗의 꿈속에서 꼬부라진 남자가 복도를 서성거리다가 아기 방으로 들어갔다. 그는 한참 동안 조지를 바라보다가 다시 자신의 세계로 돌아갔다.

제15장
사슴소녀

다음 날 아침 데이빗과 난쟁이들이 집을 나설 무렵, 백설 공주는 여전히 침대에서 코를 골고 있었다. 난쟁이들은 집에서 멀어질수록 점점 더 기분이 좋아지는 것 같았다. 그들은 하얀 자갈길이 나올 때까지 데이빗과 함께 걷다가 일제히 멈춰 서서 어색해하면서 제각기 작별 인사를 나눌 방법을 찾았다.

"광산이 어딘지는 알려줄 수 없어."

1번 동지가 말했다.

"그러시겠죠. 이해해요."

"왜냐하면 그건 비밀이거든."

"저도 알아요."

"이 사람 저 사람이 기웃거리면 안 되니까."

"그럼요."

1번 동지는 슬픈 표정을 지어 보이며 자기 귀를 잡아당겼다.

"실은, 저기 언덕 너머 오른쪽이야."

그가 얼른 말했다.

"그쪽으로 오솔길이 하나 나 있는데 숲에 가려져 있어서 잘 보고 가야 돼. 나무에 눈동자를 하나 파두었는데 그걸 보고 찾아오면 될 거야. 적어도 우리가 보기엔 확실한 표시거든. 그 표시 없이는 절대 찾지 못해. 그러니까 내 말은, 혹시 작은 친구들이 필요하면 거기로 오라는 뜻이야."

그 말을 하는 순간 1번 동지의 얼굴이 환하게 밝아졌다.

"방금 내가 한 말 들었지? 내가 내 입으로 작다고 말한 거? 작은 친구들! 난쟁이 친구들!"

그의 말에 데이빗도 웃었다.

"잘 들어. 혹시 길을 가다가 왕자나 귀족 청년을 만나게 되면, 아니 꼭 그런 사람이 아니더라도 돈 때문에 뚱뚱한 여자하고 결혼할 생각이 있는 사람을 만나게 되면 우리를 찾으라고 해. 알았지? 바로 이 자리에서 우리가 나타날 때까지 기다리라고 해. 곧장 오두막으로 갔다가 혹시……."

"깜짝 놀라면 안 되니까요."

데이빗이 대신 말을 끝내줬다.

"맞아, 바로 그거야. 이 길을 따라서 하루나 이틀 정도 계속 걷다보면 마을이 하나 나오는데, 거기 아마 널 도와줄 사람이 있을 거야. 어쨌든 무슨 일이 있어도 길에서 벗어나면 안 돼. 절대로.

이 숲에는 사악한 짐승들이 아주 많아. 어떻게든 널 유혹하려 할 거야. 그러니까 정신 똑바로 차려야 해. 알았지?"

그 말과 함께 그의 '작은 친구들'은 숲 속으로 사라졌다. 난쟁이들은 일터로 향할 때 부르는 노래를 불렀다. 1번 동지가 만든 아주 단조로운 곡이었다. '노동의 집단화'와 '자본가 앞잡이들의 억압' 같은 대목에서는 운율을 타기가 조금 어려웠는지 박자가 안 맞았지만 노랫소리가 점점 멀어지고 길가에 홀로 남겨지자 왠지 서운했다.

데이빗은 난쟁이들이 싫지 않았다. 물론 그들이 하는 말을 다 알아들을 수는 없었지만 살인 미수의 전력이 있는 '억압당하는' 작은 사람들 치고는 그런대로 유쾌한 사람들이었다. 난쟁이들이 떠나고 나자 외롭다는 생각이 들었다. 큰 길인 것은 분명했지만 인적이 없었다. 곳곳에 다른 사람들이 지나간 흔적이 있긴 했다. 꺼진 지 한참 된 불 피운 자국도 있었고 굶주린 짐승이 한쪽 끝을 물어뜯은 것 같은 가죽 벨트도 있었다.

이른 아침과 늦은 밤을 제외하면 하루 종일 황혼 같은 하늘 때문에 왠지 힘이 빠지고 기분이 가라앉았다. 가끔 선 채로 깜빡 잠이 들었다 깬 것 같은 기분이 들기도 했다. 눈앞에 모벌리 박사가 나타나서 말을 걸기도 했고 어둠 속에서 아빠의 목소리를 들은 것 같기도 했다. 그럴 때면 그의 발이 그 길 밖으로 벗어났고 자갈밭이 풀밭이 되는 순간 바로 걸음이 뒤엉켰다.

데이빗은 몹시 배가 고팠다. 난쟁이들과 아침식사를 하긴 했지만 배 속이 요동을 쳤다. 자루에는 아직도 음식이 남아 있었고 난쟁이들이 말린 과일도 보태주었다. 그러나 왕이 사는 성까지 얼마나 더 가야 할지 알 수 없었다. 난쟁이들조차도 얼마나 더 가야 성이 있는지 알지 못했다. 왕은 왕국이 어떻게 돌아가든 전혀 개의치 않는 것 같았다. 1번 동지는 데이빗에게 언젠가 국왕의 세금 징수원이라면서 자기네 오두막을 찾아온 사람이 있었는데, 백설 공주하고 한 시간쯤 이야기를 나눈 뒤 모자를 두고 달아나서 다시는 돌아오지 않았다고 했다. 1번 동지가 국왕에 대해 알려준 정확한 정보는, 국왕 따위는 아마도 없는 것 같다는 것, 데이빗이 걷고 있는 길의 끝에 성이 있는 것은 사실이지만 1번 동지조차도 그 성을 본 적이 없다는 것 정도였다. 어쨌든 데이빗은 계속 걸었다. 머릿속은 몽롱했고 속은 쓰렸고 눈앞에는 하얗게 반짝이는 자갈길이 펼쳐져 있었다.

데이빗은 걷다가 발을 헛디뎌 몇 번이나 도랑에 빠질 뻔했다. 부근에 있던 나무 한 그루에 사과가 열려 있는 것을 본 것도 바로 그럴 때였다. 초록빛이었고 거의 다 익은 사과였다. 입 안에 침이 고였다. 문득 난쟁이들의 경고가 떠올랐다. 길에서 벗어나지 말라고, 유혹에 넘어가서는 안 된다고 했다. 그러나 사과 몇 개를 따먹는다고 무슨 큰 일이 생기겠는가? 나무 옆에서도 길은 보일 것이다. 사과나무 가지 한 개를 꺾으면 하루 종일, 어쩌면 그 다음 날까지 먹고 남을 만큼의 사과를 비축할 수 있을지도 모른다. 그는 걸음을 멈추고 귀를 기울여보았다. 숲은 고요했다.

데이빗은 결국 길에서 벗어났다. 흙이 보드라웠고 걸을 때 흙이 밟히는 소리가 왠지 기분 나쁘게 느껴졌다. 사과나무에 다가가서 살펴보니 가운데 쪽에 열린 사과들은 어른 남자의 주먹만큼 크고 탐스러운 데 비해서 가장자리에 열린 사과들은 크기도 작고 덜 익어 있었다. 나무를 타고 올라가면 큰 사과를 딸 수 있을 것 같았다. 나무 타기라면 자신이 있었다. 데이빗은 순식간에 나무를 타고 올라가서 가지 위에 걸터앉아 사과 하나를 깨물었다. 믿을 수 없을 정도로 달콤했다. 사과를 먹어본 지가 일주일도 더 된 것 같았다. 이웃 농부가 아이들 주라며 로즈에게 사과 두 개를 가져다주었을 때였다. 그 사과는 작고 시큼했지만 이 사과는 맛이 있었다. 데이빗은 즙을 줄줄 흘리며 입 안 한 가득 사과를 깨물어 먹었다.

사과 하나를 다 먹어 치운 다음 데이빗은 사과 씨를 버리고 또 한 개를 땄다. 이번에는 조금 천천히 먹었다. 사과를 너무 많이 먹으면 배탈이 난다는 엄마의 말이 떠올랐기 때문이었다. 무엇이든 너무 많이 먹으면 탈이 나는 게 당연했지만 하루 종일 아무것도 먹지 않은 경우에 많이 먹는다는 것이 정확히 어느 정도를 말하는 건지 알 수 없었다. 그가 아는 것이 있다면 이 사과가 정말 맛이 있고, 배 속에서 이 사과를 간절히 원하고 있다는 것뿐이었다.

두 번째 사과를 반쯤 먹고 있을 때 부스럭거리는 소리가 들렸다. 왼쪽에서 뭔가가 다급히 이쪽으로 달려오고 있었다. 얼핏 숲 속에서 뭔가가 움직이는 것이 보였다. 갈색 짐승 같았다. 사슴 같았지만 머리는 볼 수 없었고 도망치고 있는 것 같았다. 데이빗은 늑대들을 떠올리면서 나무 위에서 최대한 몸을 낮추었다. 늑대들이 이곳을 지나가다가 그의 냄새를 맡을지 아니면 사슴을 쫓느라 정신이 없어서 그냥 지나칠지 알 수 없었다.

잠시 후 수풀에서 사슴이 튀어나와 데이빗이 숨어 있는 쪽으로 다가왔다. 사슴은 잠시 방향을 정하지 못하고 머뭇거렸다. 그 순간 데이빗은 처음으로 사슴의 머리를 똑바로 볼 수 있었다. 데이빗은 기겁을 했다. 사슴의 머리는 금발 머리카락에 짙은 초록빛 눈동자를 지닌 소녀의 얼굴이었다. 인간의 곡이 끝나고 사슴의 목이 시작되는 부분에 붉은색 띠가 둘러져 있었다. 데이빗이 놀라서 낸 소리를 듣고 소녀가 고개를 들었고 드 사람의 눈이 마주쳤다.

"도와주세요! 제발요!"

소녀가 소리쳤다.

추격자의 소리가 점점 더 가까워졌다. 말을 탄 사냥꾼이 데이빗 쪽으로 달려오고 있었다. 사냥꾼이 활을 쏘려고 힘껏 활시위를 당겼다. 사슴소녀도 그 소리를 들었다. 사슴소녀는 뒷다리를 부르르 떨며 숲 쪽으로 달렸지만 달리는 도중 날아온 화살이 목에 꽂히고 말았다. 사슴소녀는 옆으로 쓰러지더니 온몸을 부르르 떨었다. 사슴소녀는 마지막 말을 하려는 듯 입을 벌렸다 다물었다. 그리고 뒷다리로 흙을 몇 번 걸어차더니 몸 전체가 부르르 떨렸고 마침내는 모든 움직임이 완전히 멈추었다.

　사냥꾼이 거대한 검은색 말을 타고 사슴소녀에게 다가왔다. 사냥꾼은 두건을 쓰고 있었는데 입고 있는 옷이 온통 가을 숲을 연상시키는 초록빛과 황금빛이었다. 왼손에는 화살을 오른쪽 어깨에는 활을 메고 있었다. 사냥꾼은 말에서 내려서 안장에 있는 칼집에서 긴 칼을 뽑은 다음 바닥에 쓰러져 있는 사슴소녀에게로 다가갔다. 그는 칼을 쳐들더니 목 부분을 세게 두 번 내리쳤다. 처음 칼을 휘두를 때 데이빗은 고개를 돌리면서 손으로 입을 막고 눈을 질끈 감았다. 마침내 용기를 내어 다시 돌아보았을 때 사냥꾼은 몸에서 완전히 잘려나간 사슴소녀의 머리를 들고 있었다. 목에서 피가 뚝뚝 떨어졌다. 사냥꾼은 사슴소녀의 머리카락을 안장 앞쪽의 뿔에 묶어서 말의 옆구리로 늘어뜨린 다음 사슴의 몸은 말의 몸 위에 가로로 걸쳤다. 말을 타고 왼발로 말의 옆구리를 걷어차려는 순간 사냥꾼은 잠시 멈추고 땅을 바라보았다. 데이빗도 그의 시선을 따라가보았다. 말발굽 옆에 데이빗이 버린 사과 씨가 떨어져 있었다. 사냥꾼은 들었던 다리를 내리고 사과 씨를 유심히 바라보았다. 그리고 순식간에 화살을 활에 꽂은 뒤 사과나무 위에 앉은 데이빗을 겨냥했다.

　"내려와."

　사냥꾼이 말했다.

　목에 두른 스카프 때문에 소리가 조금 파묻혔다.

　"어서 내려오지 않으면 쏴서 떨어뜨리겠다."

시키는 대로 하는 수밖에 없었다. 데이빗은 울음을 터뜨리고 말았다. 아무리 애를 써도 울음을 멈출 수가 없었다. 사슴소녀의 피 냄새가 진동하고 있었다. 데이빗의 유일한 희망은 사냥꾼이 오늘 사냥을 충분히 해서 그를 놓아주는 것뿐이었다.

데이빗이 나무에서 내려왔다. 그대로 숲으로 달아나버릴까 하는 생각이 얼핏 들었지만 곧바로 접었다. 말을 타고 달리면서 달아나는 사슴을 쏘아 맞힐 수 있는 사냥꾼이라면 데이빗은 더 쉽게 맞힐 수 있을 것이다. 사냥꾼이 그를 불쌍히 여겨서 살려주기를 바라는 수밖에 없었지만 말에 매달린 소녀의 초점 없는 눈동자를 바라본 순간 그런 짓을 저지른 사냥꾼에게 과연 동정심 따위가 있을까 하는 의문이 들었다.

"엎드려."

사냥꾼이 말했다.

"제발 살려주세요!"

"엎드려!"

데이빗은 먼저 무릎을 꿇은 뒤 바닥에 배를 깔고 누웠다. 사냥꾼이 다가와서 그의 양팔을 뒤로 젖힌 다음 거친 밧줄로 손목을 묶었다. 칼도 빼앗았다. 사냥꾼은 데이빗의 발목을 밧줄로 묶은 뒤 번쩍 들어서 커다란 말 잔등 위, 사슴의 시체 위에 포개어 걸쳤다. 왼쪽 옆구리가 안장에 닿아서 아팠다. 그러나 아픈 게 문제가 아니었다. 말이 움직이기 시작하면서 옆구리의 통증이 칼로 갈비뼈 사이를 규칙적으로 찌르는 것처럼 고통스러웠지만 그래도 그것은 아무것도 아니었다. 데이빗의 신경은 온통 오직 사슴 소녀의 머리로 집중되어 있었다. 말이 움직이면서 소녀의 얼굴이 그의 얼굴에 닿았고 따듯한 피가 그의 뺨을 적셨으며 짙고 푸른 소녀의 눈동자 속에 자신의 모습이 비쳤기 때문이었다.

제16장
세 명의 외과의사

한 시간쯤 달렸을까? 어쩌면 그보다 더 달린 것도 같았다. 사냥꾼은 한 마디도 하지 않았다. 말에 엎드린 채로 달리다 보니 현기증이 났고 머리도 아팠다. 사슴소녀의 피 냄새가 진동을 했고 시간이 흐를수록 얼굴이 점점 더 차가워졌다.

마침내 그들은 기다란 석조건물에 이르렀다. 별다른 장식이 없는 수수한 건물이었다. 기다란 창문과 높은 지붕이 전부였다. 건물 한 옆으로 커다란 마구간이 있었는데 사냥꾼은 그곳에 자신의 말을 묶었다. 다른 동물들도 있었다. 암사슴 한 마리가 풀을 뜯고 있었고 닭장에 닭들이, 토끼장에는 토끼들이 있었다. 우리에 갇혀 창살을 붙잡고 서 있던 여우 한 마리가 사냥꾼과 그의 손이 닿지 않는 거리의 먹이들을 번갈아 바라보고 있었다.

사냥꾼이 말에서 내린 뒤 사슴소녀의 머리를 안장에서 풀었다.

그는 다른 팔로 데이빗을 어깨에 들쳐 멘 다음 집으로 향했다. 사냥꾼이 빗장을 젖히는 순간 사슴소녀의 머리가 문에 부딪쳤다. 안으로 들어서자 사냥꾼은 데이빗을 차가운 돌바닥에 내동댕이 쳤다. 데이빗은 등을 바닥에 대고 겁에 질린 채 멍하니 누워 있었다. 하나 둘 램프가 밝혀졌고 마침내 사냥꾼의 보금자리가 모습을 드러냈다.

벽은 온갖 종류의 머리들로 가득했다. 수많은 머리들이 목판 위에 고정되어 돌 벽에 걸려 있었다. 대부분 동물의 머리였다. 사슴, 늑대, 심지어는 루프의 머리도 있었는데 루프의 머리는 가장 눈에 잘 띄는 벽 한복판에 걸려 있었다. 그 외에는 전부 사람이었다. 젊은 여자의 머리 하나와 나이 든 남자의 머리 세 개가 보였다. 그러나 대부분은 여자아이와 남자아이의 머리였다. 눈알을 빼고 그 자리에 유리를 박아 넣어서 램프의 불빛에 인조 눈알이 반짝였다. 방 한구석에는 벽난로가 있었고 그 옆에 좁은 침상이 하나 있었다. 또 다른 벽에는 조그만 책상과 의자가 있었다. 데이빗은 맞은편에 갈고리로 찍어서 매달아 놓은 말린 고기들을 바라보았다. 사람이나 짐승의 고기가 분명했다.

실내에서 가장 큰 자리를 차지하고 있는 것은 참나무로 만든 커다란 두 개의 테이블이었다. 테이블이 얼마나 큰지 거의 집 크기와 맞먹었다. 테이블은 온통 피로 물들어 있었고 데이빗이 있는 곳에서도 그 위에 놓인 사슬과 족쇄와 가죽이 보였다. 한 옆에 놓인 칼과 수술도구도 보였다. 오래된 것 같았지만 날카롭고도 깨끗했다. 테이블 위에는 금속과 유리로 만든 가느다란 관이 있었다. 바늘처럼 가느다란 것도 있었고 데이빗의 팔뚝처럼 굵은 것도 있었다.

선반 위에는 다양한 크기와 모양의 유리병들이 있었는데 그속에는 신체의 각 부위들이 투명한 액체 속에 담겨 있었다. 어떤 병은 눈알만 한가득이었다. 마치 살아 있는 사람의 눈알 같았는데, 아직도 볼 수 있을 것만 같았다. 여자의 손이 들어 있는 병도 있었다. 금반지를 끼고 손톱에 칠한 매니큐어가 조금 벗겨진 손이었다. 그 옆 유리병에는 뇌 반쪽이 들어 있었다. 뇌의 내부가 훤히 드러난 채로 색이 있는 핀으로 고정되어 있었다. 그보다 훨씬 더 끔찍한 것들도 많았다.

다시 발자국 소리가 들려왔다. 사냥꾼이 일어서더니 모자를 뒤로 젖히고 얼굴에 둘렀던 스카프를 풀었다. 사냥꾼은 여자였다. 피부는 불그스름했고 화장은 전혀 하지 않았다. 입술은 가늘었고 웃음기가 없었으며 머리는 느슨하게 뒤로 묶었다. 머리카락은 마치 오소리의 털처럼 검은색과 흰색, 은색이 뒤섞여 있었다. 여자는 데이빗 앞에서 머리를 풀었고 긴 머리카락이 어깨와 등을 덮었다. 여자는 무릎을 꿇고 오른손으로 데이빗의 얼굴을 잡은 다음 머리를 앞뒤로 움직이며 두개골을 살펴보았다. 그 다음에는 얼굴을 뒤로 젖히고 목과 팔 다리의 근육들을 살펴보았다.

"됐어."

데이빗에게라기보다는 자기 자신에게 하는 말이었다. 여자는 데이빗을 바닥에 남겨두고 사슴소녀의 머리를 손질하기 시작했다. 몇 시간에 걸쳐 일을 다 마칠 때까지 단 한 마디도 하지 않았다. 여자가 데이빗을 일으켜서 작은 의자에 앉힌 다음 자신의 작품을 감상하게 했다.

사슴소녀의 머리가 어두운 색 나무판 위에 고정되어 있었다. 머리카락은 깨끗하게 감은 다음 나무판 위에 펼쳐서 풀로 고정했다. 눈을 뽑고 그 자리에는 초록빛과 검은빛이 섞인 구슬을 끼워 넣었다. 피부를 보존하기 위해 왁스를 바른 것 같았다. 여자가 두드렸을 때 소녀의 머리에서 텅 빈 것 같은 소리가 났다.

"예쁘지 않니?"

여자가 물었다.

데이빗은 고개를 저었지만 말은 하지 않았다. 사슴소녀에게도 한때는 이름이 있었을 것이다. 아빠와 엄마, 어쩌면 형제나 자매도 있었을 것이다. 마음껏 뛰어놀고 사랑하고 사랑받았을 것이다. 자라서 아이를 낳을 수도 있었을 것이다. 이제 그 모든 미래가 영원히 사라져버렸다.

"예쁘지 않다는 거야?"

여자가 물었다.

"아마 쟤가 불쌍하다고 생각하는 모양인데, 생각해봐. 앞으로 몇 년 동안 저 아인 점점 더 늙고 추해질 거야. 남자들한테 이용을 당하겠지. 새끼를 줄줄이 낳을 테고 이는 썩고 피부는 쭈글쭈글해지고 머리는 가늘고 희게 변하겠지. 하지만 이젠 항상 아름다운 소녀의 모습으로 영원히 남아 있을 수 있게 되었어. 안 그래?"

여자가 몸을 앞으로 숙였다. 그녀는 데이빗의 뺨을 만지면서 이곳으로 들어온 이후 처음으로 미소를 지었다.

"곧 너도 저 애처럼 될 거야."

데이빗은 얼른 고개를 돌렸다.

"도대체 당신은 누구죠? 왜 이런 짓을 하는 건가요?"

"난 사냥꾼이야. 사냥꾼이면 당연히 사냥을 해야지."

"하지만 아직 어린아이잖아요. 짐승의 몸을 갖고 있긴 했지만 그래도 어린 여자아이였어요. 말하는 것도 들었는데, 몹시 두려워하고 있었어요. 그런데 당신이 그 여자아이를 죽였어요!"

사냥꾼이 사슴소녀의 머리카락을 쓰다듬었다.

"맞아. 내가 죽였어. 하지만 그 아인 내가 예상했던 것보다 훨씬 더 오래 살았어. 생각보다 교활하더군. 여우의 몸으로 만들어 줄 걸 그랬나 봐. 이미 다 지나간 일이지만."

"당신이 그렇게 만들었다고요?"

두려움 속에서도 데이빗은 여자의 말 한 마디 한 마디가 너무도 섬뜩했다. 여자는 데이빗의 목소리에 담긴 원망을 이해할 수 없다는 듯한 표정을 짓더니 조금 더 설명이 필요하다는 생각이 든 모양이었다.

"사냥꾼은 언제나 새로운 사냥감을 찾게 마련이야. 짐승을 잡는 것도 싫증이 났고 사람을 잡는 건 너무 쉬웠어. 사람은 머리는 영리하지만 육체는 너무 나약해. 어느 날 문득, 사람의 머리와 짐승의 몸이 결합되면 어떨까 하는 생각이 들었지. 그러면 내 사냥 실력을 제대로 시험해볼 수 있을 것 같았어. 하지만 쉽지 않더군. 그런 종족을 만들어낸다는 것이. 사람도 짐승도 내가 그 둘을 이어붙이기도 전에 죽어버렸으니까. 오랫동안 피를 흘리는 상태로 방치해두면 결합을 할 수가 없었어. 뇌가 죽고 심장이 멈추는 순간 내가 공들여 쌓은 탑이 와르르 무너져버렸지. 그러던 어느 날 나에게 행운이 찾아왔어. 숲 속을 여행하던 외과의사 세 명을 만난 거야. 나는 그들을 이리로 데리고 왔어. 자기들이 만들었다는 연고 이야기를 하더군. 잘려나간 손도 손목에 붙일 수 있고, 다리도 몸뚱이에 붙일 수 있다고 했어. 내가 한번 보여 달라고 했더니 그중 한 명이 자기 팔을 잘랐다가 다시 그 팔을 붙여 보이더군. 내가 그중 한 명의 목을 잘랐더니 곧바로 다시 붙였어. 그리고 그들은 내 새로운 사냥의 첫 희생자가 됐지."

벽에 걸린 비교적 나이가 많은 세 남자의 얼굴을 가리키며 그녀가 말했다.

"연고를 어떻게 사용하는지 가르쳐주자마자 죽여버렸어. 내 사냥감들은 모두 제각기 다른 모습을 하고 있어. 내가 어린아이의 일부에 짐승의 몸 일부를 붙여 놓았으니까."

"하지만 왜 꼭 아이들이어야 하죠?"

"어른들은 쉽게 절망하지만 아이들은 새로운 몸과 새로운 삶에 쉽게 적응하거든. 한번쯤 짐승이 되는 꿈을 꿔보지 않은 애들이 어디 있어? 게다가 난 아이들을 사냥하는 게 좋아. 아이들을 사냥하는 게 훨씬 더 재미있고 또 아이들을 걸어놓는 게 훨씬 더 예쁘잖아?"

사냥꾼은 뒤로 한 걸음 물러서서 마치 그의 질문을 다시 한 번 생각해보는 듯한 표정을 지으며 데이빗을 찬찬히 살펴보았다.

"네 이름은 뭐니? 어디서 왔어? 여기 사는 애는 아닌 것 같구나. 네 말투나 억양을 보면 알아."

"제 이름은 데이빗이에요. 전 다른 세계에서 왔어요."

"어디?"

"영국요."

"영국이라…… 그런데 어떻게 여기로 왔지?"

"저희 집 정원에 이 세계로 통하는 길이 있었어요. 그 길을 통해서 이곳에 왔는데 다시 돌아갈 수가 없어요."

"저런, 그것 참 안됐구나. 영국이라는 곳에는 아이들이 많니?"

데이빗은 대답을 하지 않았다.

여자가 그의 얼굴을 움켜쥐었다. 여자의 손톱이 그의 얼굴에 파고들었다.

"대답해!"

"네."

데이빗이 마지못해 대답했다.

"네가 나한테 길을 좀 알려줘야겠다. 여긴 아들이 너무 없어. 전처럼 애들이 아무데나 돌아다니지를 않거든. 디 아이는……."

사냥꾼이 사슴소녀의 머리를 가리켰다.

"마지막 남은 애라서 그동안 아껴뒀던 거야. 하지만 이젠 네가 있으니 얼마나 다행인지. 널 저 아이처럼 이용하는 게 좋을까? 아니면 너를 앞세워서 영국이란 곳에 가는 게 좋을까?"

그녀는 잠시 데이빗에게서 떨어져서 생각에 잠겼다.

"나는 참을성이 있는 사람이야. 이 왕국에 대해서도 잘 알고 있고. 나는 항상 숲의 변화에 적응해왔어. 아이들은 곧 돌아올 거야. 곧 겨울이 오겠지만 겨울을 날만큼 식량을 비축해두었지. 눈이 오기 전에 널 내 마지막 사냥감으로 삼아야겠어. 널 여우의 몸과 붙여야겠다. 꽤 영리해 보이니까. 혹시 네가 화살을 피해 숲 속에서 용케 숨어 살아갈 수 있을지 누가 알아? 물론 아직 한 번도 성공한 사람은 없지만 절대 희망을 버려선 안 된다, 데이빗. 절대로. 일단 잠을 좀 자두렴. 얘기는 내일 다시 하자."

그 말을 하고나서 여자는 데이빗의 얼굴을 닦아준 다음 입술에 부드럽게 키스했다. 그러고 나서 그를 커다란 테이블로 데리고 가서 밤사이 달아나지 못하도록 쇠사슬로 묶었다. 여자가 램프의 불을 모두 껐다. 그리고 벽난로 불가에서 옷을 모두 벗은 다음 발가벗은 채로 침대에 누워 잠이 들었다.

그러나 데이빗은 잠들지 않았다. 데이빗은 자신이 처한 상황을 곰곰이 생각해보았다. 그는 숲사람이 들려준 과자로 만든 집 이야기를 떠올렸다. 모든 동화에는 배울 점이 있게 마련이었다. 데이빗은 작전을 짜기 시작했다.

제17장
켄타우로스와 여자 사냥꾼의 허영심

　다음 날 아침 일찍 여자가 일어나서 옷을 입었다. 그녀는 고기를 구워서 양념을 뿌리고 허브 차를 곁들여 식사를 한 다음 데이빗에게 다가와서 그를 일으켰다. 딱딱한 테이블과 움직일 때마다 당겨지는 쇠사슬 때문에 등과 팔다리가 뻐근했지만 그 어느 때보다도 머리가 맑았다. 지금까지 데이빗은 주로 다른 사람의 도움으로 목숨을 부지해왔다. 숲사람의 도움도 받았고 난쟁이들의 도움도 받았다. 그러나 이제 그는 혼자였다. 그의 목숨은 오직 자신의 손에 달려 있었다.

　여자가 그에게 차를 주고 고기를 먹이려 했지만 데이빗은 입을 벌리지 않았다. 음식에서 역겨운 냄새가 풍겨왔다.

　"사슴 고기야. 먹어야 돼. 그래야 힘이 나지."

　그러나 데이빗은 입을 꼭 다물었다. 사슴소녀의 얼굴을 머릿속에서 떨쳐버릴 수가 없었다. 그녀의 얼굴에 닿던 촉감도 잊을 수가 없었다. 이 고기가 어떤 아이의 몸일지 누가 알겠는가? 어쩌면 사슴소녀의 몸일 수도 있었다. 그녀의 얼굴을 떼어내고 남은 것을 아침식사로 먹고 있는 것일 수도 있었다. 데이빗은 먹을 수 없었다. 아니 절대로 먹지 않을 것이다.

여자는 결국 포기하고 데이빗에게 빵을 주었다. 혼자 먹을 수 있도록 손 하나를 풀어주기까지 했다. 데이빗이 빵을 먹는 동안 여자는 우리에 갇힌 여우 한 마리를 데이빗 곁으로 끌고 왔다. 여우는 마치 다음에 벌어질 일을 알고 있는 것 같은 표정으로 데이빗을 바라보았다. 데이빗과 여우가 서로를 쳐다보고 있는 동안 사냥꾼은 필요한 도구들을 준비하기 시작했다. 칼과 톱, 면봉, 붕대, 긴 바늘, 검은 실, 관, 유리병, 그리고 투명하고 끈적끈적한 연고 한 병이 준비되었다. 관 몇 개에는 끝에 주름관이 연결되어 있었는데 피가 응고되는 것을 방지하기 위한 도구라고 했다.

"새로운 몸을 갖게 된 거에 대해서 어떻게 생각해? 꽤 쓸 만한 녀석이야. 어리고 날렵해."

준비를 마친 뒤 여자가 데이빗에게 물었다. 여자의 말에 여우가 날카로운 흰 이를 드러내고 철창을 물어뜯었다.

"제 몸하고 여우 머리는 어쩌실 건데요?"

"네 몸은 말려서 겨울철에 대비해서 저장해둘 거야. 어린아이의 머리하고 짐승의 몸은 붙일 수가 있지만 그 반대로는 붙일 수가 없거든. 짐승의 두뇌는 새로운 몸에 적응을 못해. 제대로 걷지도 못해서 좋은 사냥감이 될 수가 없어. 처음에는 그냥 그렇게 붙여서 돌아다니게 내버려두었는데, 지금은 그런 데 시간 낭비하고 싶지 않아. 아직도 살아남은 것들이 숲 속을 돌아다니고 있지. 아주 한심한 족속들이야. 가끔 우연히 눈에 띄면 쿨쌍해서 그냥 죽여버려."

"어제 말씀하신 걸 생각해봤는데요."

데이빗이 조심스럽게 말했다.

"아이들이 누구나 짐승이 되는 꿈을 꾼다고 하셨잖아요."

"그게 사실이 아니라는 거니?"

사냥꾼이 물었다.

"아뇨. 사실이에요. 전 늘 말이 되고 싶었거든요."

사냥꾼이 재미있다는 듯한 표정을 지어보였다.

"그래? 왜 하필 말이지?"

"제가 어렸을 때 읽은 책에 켄타우로스라는 짐승이 나오는데요. 반은 말이고 반은 사람이에요. 상체가 사람이어서 활을 들고 다닐 수가 있었어요. 보기에도 아주 멋지고 체력도 좋아서 사냥꾼으로는 완벽했어요. 말의 체력과 속도에 인간의 기술과 지혜를 갖추었으니까요. 어젯밤에 말을 타고 다니시는 걸 봤는데, 말과 한 몸처럼 보이진 않았어요. 가끔 말이 비틀거리거나 엉뚱한 방향으로 갈 때는 없나요? 저희 아빠도 어렸을 때 갈을 타셨는데, 제 아무리 훌륭한 기수라고 해도 말에서 떨어질 대가 있는 법이라고 하셨어요. 켄타우로스가 될 수만 있다면 최고의 사냥꾼이 될 수 있을 거예요. 아무도 제 화살을 피할 수 없을걸요."

사냥꾼이 여우와 데이빗을 번갈아 쳐다보았다. 그러고는 그들에게서 돌아서서 책상 쪽으로 다가가 앉았다. 그리고 종이 한 장과 펜을 찾아서 그림을 그리기 시작했다. 앉아 있는 자리에서 데이빗은 마치 예술가의 그림처럼 섬세하게 그려진 사람과 말의 그림들을 보았다. 데이빗은 여자를 방해하지 않았다. 그저 인내심을 갖고 그녀를 지켜보았다. 여우도 여자를 바라보고 있었다. 데이빗과 여우는 똑같이 기대감에 들떠서 여자 사냥꾼이 작품을 완성할 때까지 기다렸다.

그녀가 자리에서 일어나 거대한 수술 테이블로 다가왔다. 그리고 한 마디도 하지 않고 움직이지 못하도록 데이빗의 손을 도로 묶었다. 데이빗은 겁이 났다. 작전이 실패한 걸까? 여자 사냥꾼은 데이빗의 머리를 잘라서 짐승과 이어 붙이고 피와 연고와 분노가 결합된 작품을 만들 참이었다. 도끼로 한 번에 자를까 아니면 톱으로 뼈와 연골을 천천히 자를까? 마취를 시켜서 눈을 뜨면 전혀 다른 모습이 되어 있게 만들까? 아니면 고통을 지켜보고 싶어할까? 여자의 손이 그의 몸에 닿는 순간 데이빗은 울고 싶었지만 울음을 참았다. 대신 두려움을 삼키며 조용히 기다렸다. 그리고 그렇게 참고 기다린 보람이 있었다.

데이빗을 다시 단단히 묶어 놓은 뒤 여자는 망토를 입고 밖으로 나갔다. 몇 분 뒤 말 울음소리가 들려왔고 여자가 숲으로 달려가는 소리가 들렸다. 데이빗은 여우와 단 둘이 집에 남겨졌다. 이제 데이빗과 한 몸이 될 운명인 여우였다.

데이빗은 깜빡 졸다가 여자가 돌아오는 소리에 눈을 떴다. 이번에는 말 울음소리가 아주 가까이서 들렸다. 문이 열리고 여자의 모습이 나타났다. 말의 고삐를 쥐고 있었다. 말은 처음에는 들어오지 않으려고 버티다가 여자가 나지막한 목소리로 어르자 여자를 따라 안으로 들어왔다. 말의 코가 집 안에서 진동하는 냄새에 반응하며 씰룩거렸고 말의 눈에 두려움이 서렸다. 여자는 고삐를 벽에 달린 고리에 걸고 데이빗에게 다가왔다.

"내가 제안을 하나 하지. 켄타우로스라는 짐승에 대해 생각해 봤는데, 네 말이 맞아. 그런 짐승이라면 완벽한 사냥꾼이 될 수 있을 거야. 그래서 내가 켄타우로스가 되려고 해. 네가 날 도와주면 널 풀어줄게."

"켄타우로스가 된 다음에 바로 절 죽이지 않으리란 걸 어떻게 믿죠?"

데이빗이 물었다.

"내 활과 화살을 망가뜨리고 너한테 숲에서 나가는 길을 지도로 그려줄게. 내가 널 쫓아간다고 해도 화살 없이 무슨 짓을 할 수 있겠니? 머지않아 새 활과 화살을 만들겠지만 그때쯤 넌 이미 멀리 달아나 있겠지. 앞으로 혹시라도 숲에서 다시 만나더라도 날 도와준 은혜를 생각하고 널 살려주마."

그러고 나서 여자는 몸을 숙여 데이빗의 귓가에 속삭였다.

"하지만 네가 날 도와주지 않으면 널 여우의 몸에 붙여버리겠어. 내가 장담하는데, 절대로 오래 못 버틸 거야. 지쳐서 나가떨어질 때까지 널 괴롭히다가 산 채로 네 피부를 벗겨서 추운 겨울날 입고 다닐 거야. 자, 이제 너는 죽을 수도 있고 살 수도 있어. 선택은 네 자유야."

"전 살고 싶어요."

데이빗이 말했다.

"그럼 됐어."

사냥꾼이 말했다.

그 말과 함께 그녀는 활과 화살을 벽난로의 불길 속에 던져버린 다음 데이빗에게 숲에서 벗어나는 길을 그려주었고 데이빗은 지도를 주머니 속에 넣었다. 여자가 방법을 설명해주기 시작했다. 먼저 커다란 한 쌍의 칼을 들고 왔다. 마치 단두대의 칼처럼 크고 날카로웠다. 여자는 밧줄과 도르래를 이용하여 칼날을 수술대 위에 고정했다. 그리고 칼날이 자신의 몸 중간을 자르도록 위치를 고정한 뒤 몸을 자르자마자 말의 몸에 붙이기 전에 피를 너무 많이 쏟아서 죽지 않도록 곧바로 연고를 바르는 방법을 가르쳐주었다. 여자는 데이빗이 완전히 익힐 때까지 그 절차를 반복해서 설명해주었다. 설명을 끝낸 뒤 여자는 발가벗은 다음 길고 무거운 칼을 손에 들고 단 두 번에 말의 머리를 잘랐다. 처음에는 엄청난 양의 피가 쏟아져 나왔지만 여자와 데이빗이 말의 잘린 목에 얼른 연고를 쏟아 붓자 상처에서 연기와 함께 지글거리는 소리가 나면서 혈관에서 뿜어져 나오던 피가 멈추었다. 말의 몸은 바닥에 쓰려졌다. 심장은 아직 뛰고 있었고 말의 머리는 눈을 허옇게 뒤집고 혀를 길게 빼어 문 채로 그 옆에 떨어졌다.

"시간이 없어! 서둘러야 해! 어서!"

여자가 수술대로 올라가서 칼날 밑에 누웠다. 데이빗은 여자의 발가벗은 몸을 보지 않고 그가 교육받은 대로 칼을 작동하는 법에만 집중하려 애썼다. 밧줄을 다시 한 번 확인허보고 있을 때 여자가 그의 팔을 잡았다. 오른손에는 날카로운 칼을 들고 있었다.

"혹시 달아나거나 날 배신하면 여기서 빠져나가기 전에 이 칼을 던질 거야. 알겠니?"

데이빗이 고개를 끄덕였다.

데이빗의 발목이 테이블 다리에 묶였다. 설령 데이빗이 모험을 시도한다고 해도 멀리 달아나는 것은 불가능했다. 여자가 손을 놓아주었다. 그녀의 곁에 기적의 연고가 들어 있는 유리병이 있었다. 여자의 잘린 몸에 연고를 부은 다음 여자의 몸을 바닥으로 내리는 것이 데이빗이 해야 할 일이었다. 그 다음에는 여자가 말에게로 기어가도록 데이빗이 도울 것이다. 상처 부위가 서로 맞닿으면 데이빗은 다시 연고를 부을 것이다. 그러켠 말과 여자는 한 몸이 될 것이다.

"어서 해! 빨리!"

데이빗이 한 발 뒤로 물러섰다. 칼이 매달린 밧줄이 팽팽하게 당겨졌다. 칼로 밧줄을 잘라서 칼날이 여자의 몸 위로 떨어지면서 몸이 정확하게 반으로 잘라지도록 해야 했다.

"준비되셨어요?"

데이빗이 물었다.

데이빗은 칼을 밧줄 가까이로 가져가며 물었다. 여자는 이를 악물었다.

"해! 어서!"

데이빗이 칼을 머리 위로 들고, 있는 힘을 다해 밧줄을 잘랐다. 줄이 잘리면서 칼날이 떨어졌고 여자의 몸이 둘로 갈라졌다. 여자가 고통의 비명을 지르며 테이블 위에서 몸부림쳤다. 잘린 부분에서 피가 솟구쳤다.

"연고!"

여자가 소리쳤다.

"빨리 뿌려!"

하지만 데이빗은 다시 칼을 들어서 여자의 오른손을 잘랐다. 칼을 꼭 움켜쥐고 있는 채로 오른손이 바닥에 떨어졌다. 세 번째로 데이빗은 자신의 발을 테이블에 묶은 밧줄을 잘랐다. 그리고는 얼른 말의 몸을 타 넘고 문 쪽으로 달렸다. 분노와 고통의 비명이 울려 퍼졌다. 문은 잠겨 있었지만 열쇠는 아직도 열쇠 구멍에 꽂혀 있었다. 데이빗이 열쇠를 돌려보려 했지만 움직이지 않았다.

여자의 비명소리가 극에 달하더니 이내 타는 것 같은 소리가 들려왔다. 데이빗이 돌아보니 여자의 몸 상체의 잘린 부위에서 연고가 상처를 치유하면서 연기와 지글거리는 소리를 내고 있었다. 오른쪽 팔도 물약을 뿌려서 지글거렸고 바닥에도 약을 뿌려서 잘린 손의 절단면에 약이 닿도록 했다. 여자는 몸이 잘린 채로 테이블에서 바닥으로 내려왔다.

"당장 돌아오지 못해! 아직 안 끝났어! 널 산 채로 먹어버리겠어!"

여자는 오른팔을 잘린 손 쪽으로 뻗은 뒤 양쪽 절단면에 연고를 뿌렸다. 상처가 곧바로 아물었다. 그녀는 칼을 입에 물고 천천히 데이빗에게로 기어 왔다. 그녀의 손이 데이빗의 바지 자락에 닿는 순간 열쇠가 돌아갔고 문이 열렸다. 데이빗은 다리로 여자를 힘껏 걷어 찬 뒤 밖으로 뛰어나갔다. 그러나 그 순간 그 자리에 얼어붙고 말았다.

그는 혼자가 아니었다.

여자의 집 앞마당은 어린아이의 몸과 짐승의 머리를 한 괴물들이 우글거렸다. 여우와 사슴과 토끼와 족제비의 몸에 붙은 어린아이의 얼굴과 널찍한 사람의 어깨에 어색하게 올라앉은 비교적 작은 동물들의 얼굴들이 보였다. 그들의 목은 연고 때문에 오그라들어 있었다. 온갖 잡종 괴물들이 사지를 제대로 가누지 못한 채 비틀거리며 걷고 있었다. 모두 발을 질질 끌면서 비틀거렸고 얼굴은 온통 혼란과 고통으로 가득 차 있었다. 그들이 천천히 집 쪽으로 다가왔고 때마침 여자가 문턱을 넘어서 풀밭으로 내려섰다. 여자는 입에 물고 있던 칼이 바닥에 떨어지자 얼른 손으로 잡았다.

"여기서 뭣들 하는 거야! 이 괴물들아! 당장 꺼져! 컴컴한 동굴로 돌아가란 말이야!"

그러나 괴물들은 움직이지 않았다. 괴물들이 일제히 여자에게 시선을 고정한 채 서서히 다가왔다. 여자가 데이빗을 바라보았다. 겁에 질린 표정이었다.

"날 안으로 데려가줘! 저 놈들이 날 잡기 전에. 네가 한 짓을 다 용서해줄게. 이제 넌 자유야. 제발 날 여기 내버려두지 마!"

데이빗은 고개를 저었다.

남자아이의 몸에 다람쥐의 얼굴을 한 짐승이 코를 씰룩거렸다.

"날 버리지 마!"

사냥꾼이 소리쳤다.

여자는 이제 완전히 짐승들에게 둘러싸여 맥없이 공중에 칼을 휘두르고 있었다.

"도와줘!"

여자가 소리쳤다.

"도와달란 말이야!"

그리고 짐승들이 그녀를 덮쳤다. 그들은 여자를 깨물고 물어뜯고 찢고 부러뜨렸다.

데이빗은 끔찍한 광경을 뒤로 하고 숲을 향해 달렸다.

제18장

롤랜드

데이빗은 사냥꾼이 그려준 지도를 보고 길을 찾으면서 몇 시간 동안 숲길을 걸었다. 지도의 길은 중간에 끊어질 때도 있었고 아예 없어져버릴 때도 있었다. 오랜 세월에 걸쳐 이정표로 사용되던 돌무덤은 긴 풀로 가려졌거나 이끼로 뒤덮였거나 산짐승들과 심술궂은 여행객들이 무너뜨려 놓았기 때문에 데이빗은 이정표를 찾기 위해 왔던 길로 되돌아가기도 했고 길게 자란 풀을 베어내기도 했다. 혹시 가짜 지도를 그려줘서 그를 골탕 먹이려 했던 것일까? 숲 속에서 길을 잃은 데이빗을 켄타우로스가 되어서 잡으려고 했던 것일까?

그때 나무들 사이로 언뜻 희고 좁은 오솔길이 보였다. 잠시 후 데이빗은 숲에서 나와 오솔길 위에 섰다. 자신이 서 있는 곳이 어디인지 알 수 없었다. 어쩌면 난쟁이들을 만났던 지점일 수도 있고 거기에서 동쪽으로 더 내려온 지점일 수도 있었다. 어느 쪽이건 상관없었다. 숲에서 빠져나와 왕의 성으로 자신을 데려다줄 길 위에 서 있다는 것만으로도 그저 감사할 따름이었다.

그는 계속 걸었다. 황혼의 햇살이 어두워지고 있었다. 낮 동안에도 환한 햇살이 없으니 왠지 기분이 가라앉았다. 그것만으로도 기분이 우울해졌다. 데이빗은 그 어느 때보다도 우울했다. 데이빗은 바위에 걸터앉아 딱딱한 빵과 난쟁이들이 준 말린 과일을 조금 먹은 다음 시냇물에 얼굴을 닦았다.

아빠와 로즈가 뭘 하고 있을지 궁금했다. 지금쯤 무척 그를 걱정하고 있을 것이다. 지하 정원을 보고 얼마나 놀랐을지, 지금 정원이 흔적이나마 남아 있을지도 궁금했다. 데이빗은 밤하늘에서 불이 붙은 채로 추락하던 폭격기를 떠올렸다. 추락하면서 울려 퍼지던 굉음도 생생했다. 폭격기가 추락하면서 정원은 완전히 날아가버렸을 것이다. 벽돌도 다 날아가고 폭격기의 부품들이 잔디 위에 흩어지면서 나무에까지 불이 붙었을지도 모른다. 어쩌면 데이빗이 들어갔던 돌담의 구멍도 폭격기가 추락한 이후 무너져내렸는지도 모른다. 그래서 그가 살던 세계와 이 세계를 이어주던 통로가 아예 사라져버렸는지도 모른다. 폭격기가 추락했을 당시 데이빗이 정원에 있었다는 사실을 그의 아빠가 알 턱이 없었다. 그 이후 그에게 무슨 일이 일어났는지 아빠는 모를 것이다. 폭격기의 잔해 속에서 혹시 어린아이의 시신이 나오지 않을까 조바심을 내면서 숯덩이가 된 시신들을 헤치고 다니는 가족들의 모습이 눈에 선했다.

이 세계로 들어온 이후 과연 이 세계로 건너온 것이 잘한 일이었나 하는 의문이 몇 번 고개를 들었다. 만약 아빠나 다른 누군가가 이 세상으로 그를 찾으러 온다면 데이빗이 떨어졌던 그곳으로 오지 않을까?

숲사람은 왕을 만나는 것이 최선의 방법이라고 확신했다. 그러나 이제 숲사람은 없었다. 그는 늑대들로부터 자신을 지킬 수 없었고 데이빗을 지켜줄 수도 없었다. 이제 데이빗은 혼자였다.

데이빗은 걸어온 길을 돌아보았다. 돌아가기에는 이미 늦었다. 아직도 늑대들이 그를 쫓고 있을 것이다. 협곡으로 돌아간다고 해도 다른 다리를 찾아야 할 것이다. 이제 데이빗은 어떻게든 왕을 만나서 그가 도와주기를 기대하는 수밖에 없었다. 혹시라도 아빠가 이곳으로 왔다면 제발 무사해야 할 텐데. 아빠나 다른 누군가가 그를 찾아올 경우를 대비하여 데이빗은 평평한 돌을 하나 찾아서 날카로운 돌멩이로 이름을 새긴 다음 그가 가고 있는 방향으로 화살표를 그렸다. 그리고 그 밑에 '왕을 만나러 갑니다'라고 썼다. 그는 길가에 조그만 돌멩이들을 쌓아 이정표를 만들었다. 숲길에서 몇 번인가 그런 이정표를 보았다. 그리고 그 꼭대기에 글을 쓴 돌을 올려놓았다. 그가 할 수 있는 일은 그것뿐이었다.

남은 음식들을 다시 싸서 넣으려는데 하얀 말을 탄 누군가가 그에게로 다가오고 있었다. 숨고 싶었지만 데이빗기 볼 수 있었다면 상대방도 그를 볼 수 있었을 거란 생각이 들었다. 그가 점점 더 가까이 다가왔다. 두 개의 태양이 그려져 있는 은색 갑옷을 입고 머리에는 은색 투구를 쓰고 있었다. 허리춤에 칼이 꽂혀 있었고 어깨에 활과 화살을 메고 있었다. 아마 이 세계에서는 주로 활과 화살을 무기로 사용하는 모양이었다. 역시 두 개의 태양이 그려진 방패가 안장에 걸려 있었다. 그는 말을 몰아 데이빗이 있는 곳으로 다가와서 그를 바라보았다. 말을 탄 사람의 인상이 어딘가 숲사람을 연상시켰다. 차분하고 따뜻한 사람 같았다.

"어디 가니, 꼬마야?"

그가 물었다.

"왕을 만나러 가요."

데이빗이 말했다.

"왕?"

조금 실망한 표정이었다.

"왕을 만나서 뭘 하려고?"

"집으로 돌아가려고요. 왕이 갖고 있는 책에 제가 살던 곳으로 돌아가는 방법이 적혀 있을지도 모른대요."

"네가 살던 곳이 어딘데?"

"영국요."

데이빗이 말했다.

"그런 나라 이름은 처음 들어본다. 어쨌든 여기서 아주 먼 곳인 것 같구나."

그가 말했다.

"하긴, 어떤 나라든 여기선 다 멀지만."

잠시 후 그가 다시 덧붙였다.

그는 말을 타고 왔다 갔다 하면서 데이빗과 나무와 그 뒤의 언덕과 그가 서 있는 길의 앞과 뒤를 차례로 바라보았다.

"여긴 너 같은 아이가 혼자 돌아다닐 만한 곳이 아니야."

그가 말했다.

"그저께 협곡을 건너왔어요. 늑대들이 쫓아와서 절 도와주시던 아저씨가 있었어요. 숲사람이라는 분이었는데 그만……."

데이빗은 말을 잇지 못했다. 숲사람이 어떻게 되었는지 차마 말할 수가 없었다. 숲사람이 늑대들의 공격을 받고 쓰러지던 모습과 숲으로 이어지던 긴 발자국이 아직도 눈에 선했다.

"협곡을 건너왔다고? 그럼 밧줄을 자른 게 너였니?"

데이빗은 기사의 표정을 읽으려 애썼다. 문제를 일으킬 생각은 없었지만 아무래도 그가 다리를 끊어서 문제가 생긴 것이 분명했다. 그러나 거짓말을 하고 싶지도 않았다. 게다가 말을 탄 기사는 그의 거짓말에 속을 것 같지 않았다.

"어쩔 수 없었어요. 늑대들이 쫓아와서 다른 방법이 없었어요."

말을 탄 사람이 미소를 지었다.

"트롤들이 잔뜩 화가 났겠구나. 게임을 계속하려면 다리를 다시 놓아야 하는데 하피들이 훼방을 놓을 테니까."

데이빗은 어깨를 으쓱했다. 트롤들이 화가 나는 것 따위는 상관없었다. 지나가는 사람들에게 말도 되지 않는 수수께끼를 풀어내라고 강요하는 것은 불공평했다. 데이빗은 차라리 하피들이 트롤들을 먹어치웠으면 좋겠다고 생각했다. 물론 트롤들이 그렇게 맛이 있을 것 같지는 않았지만.

"난 북쪽에서 왔단다. 그러니까 너 때문에 불편을 겪진 않았어. 하지만 트롤들을 화나게 하고 하피들과 늑대로부터 벗어날 수 있는 친구라면 가까이 둘 필요가 있을 것 같구나. 자, 나하고 협상을 하자. 나하고 며칠 함께 있어주면 널 왕에게 데려다줄게. 해야 할 일이 좀 있는데 도와줄 사람이 필요해. 며칠이면 될 거야. 대신 널 안전하게 왕에게 데려다주겠다고 약속하마."

어차피 데이빗에게는 선택의 여지가 없는 것 같았다. 늑대들은 동지들을 죽인 데이빗을 결코 용서하지 않을 것이다. 어쩌면 벌써 협곡을 건널 다른 길을 찾아서 그의 뒤를 쫓고 있을 수도 있었다. 다리에서는 운이 좋았다. 그러나 두 번째에는 운이 따라주지 않을 수도 있었다. 혼자 숲길을 걷다가 자신을 해칠지도 모르는 여자 사냥꾼 같은 사람들을 언제 어디서 또 만나게 될지 알 수 없었다.

"아저씨하고 같이 갈게요. 고맙습니다."

"잘 생각했다. 내 이름은 롤랜드야."

"전 데이빗이에요. 아저씨는 기사이신가요?"

"아니. 나는 난 그냥 투사일 뿐이란다."

롤랜드는 말에 탄 채로 데이빗에게 손을 내밀었다. 그 손을 잡는 순간 롤랜드는 단숨에 데이빗을 끌어올려서 자신의 뒤에 태웠다.

"피곤해 보이는구나. 특별히 나하고 같이 말을 타게 해주지."

그가 말 옆구리를 발꿈치로 가볍게 걷어차자 말이 걷기 시작했다.

데이빗은 말을 타는 것이 익숙하지 않았다. 말의 움직임에 적응하기가 쉽지 않았고 말안장 위에서 들썩거릴 때마다 엉덩이가 아팠다. 말의 이름은 스킬라였다. 스킬라가 속력을 내어 달리기 시작하면서 비로소 말 타는 것을 즐길 수가 있었다. 마치 물 위를 미끄러지는 것 같은 기분이었다. 데이빗까지 탔는데도 스킬라의 속도는 놀라웠다. 데이빗은 처음으로 늑대들에 대한 두려움이 조금 잦아들었다.

한동안 달리다 보니 어느덧 주위의 풍경이 달라져 있었다. 풀밭은 시커멓게 타 있었고 엄청난 폭발이 있었던 듯 땅이 파헤쳐져 있었다. 허리가 잘린 나무들이 마치 적을 방어하기 위해 설치해 놓은 장애물처럼 줄지어 늘어서 있었다. 곳곳에 흩어진 갑옷이 있었고 부서진 방패와 칼들도 보였다. 격전의 현장을 보는 것 같았다. 핏자국과 피 웅덩이, 갈색보다는 붉은색이 가까운 진흙탕도 보였지만 시체는 단 한 구도 보이지 않았다.

그 한복판에 주변 상황과 전혀 어울리지 않는 물건이 있었다. 너무 이상해서 스킬라마저도 걸음을 멈추고 발로 땅을 굴렀다.

롤랜드도 낯선 물건에 대한 두려움을 감추지 못했다. 그것이 무엇인지 아는 사람은 데이빗뿐이었다.

그것은 마크 V 탱크였다. 1차 세계대전에 사용되었던 것이었다. 포탑에는 6파운드 포가 달려 있었지만 전투의 흔적은 전혀 없었다. 사실 대포가 너무도 깨끗하고 잘 보존되어 있어서 공장에서 막 출시된 것 같았다.

"혹시 저게 뭔지 아니?"

"탱크예요."

데이빗은 자신의 대답이 롤랜드에게 조금도 도움이 되지 않는다는 사실을 깨달았다.

"일종의 기계인데요. 말하자면 사람이 이동할 때 쓰는, 커다랗고 보호막이 씌워져 있는 마차 같은 거예요. 그리고 이건,"

데이빗이 대포를 가리켰다.

"일종의 총인데요. '대포'라고 하는 거예요."

데이빗은 탱크 표면에 돌출된 못대가리들을 손잡이와 발판으로 삼아 탱크의 본체에 올라갔다. 문이 열려 있었다. 안을 들여다보니 운전석 쪽에 브레이크와 기어가 보였고 커다란 리카르도 엔진이 보였지만 사람은 없었다. 아무리 봐도 사용한 흔적이 없었다. 데이빗은 탱크에 올라앉아서 주위를 둘러보았다. 진흙탕 위에도 탱크가 지나온 흔적이 전혀 없었다. 마치 어디선가 뚝 떨어진 것 같았다.

데이빗은 탱크에서 천천히 내려오다가 마지막에 풀쩍 뛰어내

렸다. 진흙탕에 떨어지는 바람에 핏물과 흙탕물이 튀어 바지가
엉망이 되었다. 그가 서 있는 바로 그 자리에서 사람들이 다치
거나 어쩌면 죽었을지도 모른다는 사실을 생각하지 않을 수 없
었다.

"도대체 무슨 일이 있었을까요?"

데이빗이 롤랜드에게 물었다.

그는 안장 위에서 조금 몸을 움직였다. 탱크 앞에 서 있는 것이
여전히 불안한 모양이었다.

"나도 모르겠구나. 아마 무슨 전투가 있었던 모양이지. 최근이
었던 것 같아. 아직 피 냄새가 나는 걸 보니. 그런데 시체들은 다
어디 갔지? 땅에 묻었으면 무덤이라도 있을 텐데?"

뒤쪽에서 누군가의 목소리가 들려왔다.

"엉뚱한 데서 시체를 찾고 있군. 여긴 시체가 없어. 다른 곳에
있어."

롤랜드가 말을 홱 돌리면서 칼을 뽑았다. 롤랜드는 데이빗이
말을 타는 것을 도와주었다. 자리에 앉자마자 데이빗도 칼집에서
조그만 칼을 뽑았다.

이미 오래전에 무너져버린 커다란 건물의 잔해로 보이는 오래
된 돌담 위에 웬 노인이 앉아 있었다. 노인은 완전히 대머리였다.
춥고 메마른 황야의 지도에 그려진 강줄기처럼 푸른빛이 감도는
굵은 정맥이 맨 머리를 뒤덮고 있었다. 눈동자는 충혈되어 있었
고 눈동자에 비해 너무 큰 것 같은 눈구멍 밑으로 살이 축 늘어져

있었다. 코는 길었고 입술은 창백하고 건조했다. 발목 바로 위까지 내려오는 낡은 갈색 가운은 마치 승려의 옷 같았다.

"여기서 누가 싸웠습니까?"

롤랜드가 물었다.

"이름은 물어보지 못했네. 하지만 여기서 싸웠고 또 여기서 죽었지."

노인이 대답했다.

"무엇을 위해 싸웠습니까? 싸울 명분이 있었을 텐데요."

"그야 당연하지. 그들은 자신들의 명분이 정당하다고 생각했겠지. 하지만 불행히도 그 암컷은 그렇게 생각하지 않았어."

전장에서 풍겨오는 냄새 때문에 데이빗은 구역질이 났다. 왠지 이 노인을 믿어선 안 될 것 같았다. '그 암컷'이라고 말할 때의 어투와 그 말을 하면서 기분 나쁘게 웃는 것으로 보아 데이빗은 사람들이 아주 끔찍하게 죽어갔음을 짐작할 수 있었다.

"어떤 암컷이죠?"

롤랜드가 물었다.

"괴물 암컷. 깊은 숲 속, 폐허가 된 성에 살고 있는 짐승. 아주 오랫동안 잠을 자고 있었는데 또 한 번 잠에서 깨어났지."

노인은 숲을 가리키며 말을 이었다.

"왕의 병사들이었어. 몰락해가는 왕국을 지키려다가 대가를 치르고 말았지. 여기서 싸우다가 밀려서 내 뒤쪽 숲으로 후퇴했어. 여기서 죽은 사람들과 부상당한 사람들을 모두 데리고서. 괴물도 그들을 쫓아갔고."

데이빗이 헛기침을 했다.

"이 탱크는 어쩌다가 여기로 왔죠? 이곳 물건이 아닌 것 같은데."

데이빗이 말했다.

노인이 썩은 치아가 박힌 자줏빛 잇몸을 드러내며 웃었다.

"네가 여기 온 것과 같은 방법으로 왔지. 너도 이곳 아이가 아니잖아."

롤랜드는 노인과 거리를 두려고 애쓰면서 스킬라를 뒤쪽 숲으로 몰았다. 스킬라는 용감한 말이었지만 잠시 머뭇거리다가 이내 주인의 명령을 따랐다.

숲으로 들어갈수록 피 비린내와 시체 썩는 냄새가 점점 더 강해졌다. 부러지고 잘린 나무들이 보였다. 악취의 진원지는 바로 그곳이었다. 롤랜드는 데이빗에게 말에서 내리라고 한 뒤 나무에 기대어 서서 노인을 잘 지켜보고 있으라고 말했다. 노인은 돌담 위에 앉아서 어깨 너머로 그들을 바라보고 있었다

롤랜드는 데이빗이 수풀 속을 들여다보는 것을 원치 않았다. 그러나 롤랜드가 수풀을 헤치고 들어갈 때 데이빗은 그 안을 들여다보고 싶은 충동을 억누를 수가 없었다. 결국 데이빗은 나무에 매달린 시체들과 피가 엉겨 붙은 뼈의 잔해들을 보고 말았다. 데이빗은 얼른 고개를 돌렸다. 그런데 바로 눈앞이 노인의 눈동자가 있었다. 그가 어떻게 그렇게 빨리, 소리 없이 움직였는지 이

해할 수가 없었다. 조금 전까지만 해도 돌담 위에 앉아 있었는데, 이제 입 냄새까지 맡을 수 있을 정도로 가까이 있었다. 노인의 입에서 시큼한 딸기 냄새 같은 것이 풍겼다. 데이빗은 칼을 더욱 꽉 움켜쥐었지만 노인은 눈 하나 깜짝하지 않았다.

"집에서 아주 멀리 왔구나, 꼬마야."

노인이 말했다.

그가 오른손을 들더니 데이빗의 머리카락을 어루만졌다. 데이빗은 고개를 흔들며 노인을 떠밀었다. 그러나 마치 벽을 미는 것 같았다. 보기에는 왜소했지만 노인이 데이빗보다 훨씬 강했다.

"아직도 엄마 목소리가 들리니?"

그가 왼손을 귓가에 대고 귀를 기울이는 흉내를 내며 물었다.

"데이빗! 데이빗!"

그가 높은 목소리로 마치 노래하듯 그의 이름을 불렀다.

"그만! 그만 하세요!"

데이빗이 말했다.

"그만두지 않으면 어쩌려고?"

노인이 물었다.

"집에서 이렇게 멀리 멀리 떠나왔는데 여기서 죽은 엄마가 보고 싶다고 울 셈이냐?"

"이 칼로 찌를 거예요. 정말이에요."

데이빗이 말했다.

노인이 바닥에 침을 퉤 뱉었다. 침이 떨어진 자리의 풀밭이 지글지글 끓더니 침방울이 점점 더 부풀어 오르면서 커다란 웅덩이가 되었다.

그 웅덩이 속에서 아빠와 로즈, 조지의 모습이 보였다. 그들은 모두 웃고 있었다. 한때 데이빗에게 해주었던 것처럼 아빠는 조지를 공중에 번쩍 안아 들었고 조지는 환하게 웃고 있었다.

"아무도 널 그리워하지 않아. 손톱만큼도. 아마 네가 사라져서 속이 시원할걸? 네 아빠는 널 볼 때마다 죽은 네 엄마 생각이 나서 죄책감이 들고 괴로웠겠지만 이제 너도 없고 네 기분을 걱정할 일이 없으니 새 가족하고 아주 행복하겠지. 네 엄마를 잊었듯이 네 아빤 너도 완전히 잊었어."

장면이 다시 바뀌어서 그의 아빠와 로즈가 함께 쓰는 침실이 보였다. 로즈와 그의 아빠는 침대 옆에 서서 키스를 하고 있었다. 데이빗은 두 사람이 함께 침대에 눕는 모습을 지켜보았다. 데이빗은 고개를 돌렸다. 얼굴이 후끈거렸고 속에서 뭔가가 울컥 하고 치밀었다. 믿고 싶지 않았지만 노인이 뱉은 침 웅덩이 속에 데이빗이 알고 싶었던 모든 것이 있었다.

"이제 알겠지? 넌 돌아갈 이유가 없어."

노인이 웃으며 말했다.

그 순간 데이빗은 노인을 향해 칼을 휘두르고 말았다. 데이빗 자신조차 의식하지 못한 행동이었다. 너무도 화가 났고 너무도 슬펐다. 이렇게 심한 배신감을 느껴보기는 처음이었다. 마치 몸이 자신이 아닌 다른 것에 휘둘리는 것 같은, 자신의 통제권을 완전히 벗어난 것 같은 느낌이었다. 팔이 제멋대로 혼자 움직여서 노인의 갈색 옷을 찢고 그 밑의 살에 붉은 줄을 그어놓은 것만 같았다.

노인이 뒷걸음을 치면서 가슴의 상처에 손을 대었다. 그의 손도 붉게 물들었다. 갑자기 그의 얼굴이 변하기 시작했다. 얼굴이 길게 늘어나서 반달 모양이 되더니 턱이 뾰족해지고 구부러지면서 비뚤어진 코와 맞닿을 정도로 휘었다. 검은 머리카락이 자라나서 그의 머리를 뒤덮었다. 그가 망토를 벗어던지자 그 속에서 초록색과 금색이 섞인 옷과 화려한 금색 벨트, 뱀처럼 꼬불꼬불한 단도가 드러났다. 그의 옷 일부가 찢겨 있었다. 데이빗의 칼이 그 화려한 옷을 찢어놓은 것이었다. 마지막으로 남자의 손바닥에 검은색 동그라미가 나타났다. 그가 공중에 휙 던지는 순간 동그라미는 꼬부라진 모자로 변해서 그의 머리 위에 내려앉았다.

"당신은…… 내 방에 들어왔었죠!"

꼬부라진 남자가 코웃음을 쳤고 그와 함께 허리에 꽂혀 있던 단도가 마치 진짜 살아 있는 뱀처럼 꿈틀거렸다. 그의 얼굴이 분노와 고통으로 일그러졌다.

"네 꿈속에 들어갔던 적이 있지. 나는 네가 무슨 생각을 하고 있는지, 네 기분이 어떤지, 뭘 두려워하는지, 다 알고 있어. 네가 얼마나 못되고 질투심이 많은 아이인지 난 알아. 그래도 난 널 도와줄 생각이었다고. 그런데 날 칼로 찌르다니! 정말 무서운 아이로구나! 난 말이야. 네가 정말 후회하게 만들어줄 수도 있어. 네가 이 세상에 태어난 걸 후회하게 만들어줄 수도 있단 말이야. 하지만……."

그의 어조가 갑자기 바뀌었다. 그러나 그의 침착하고 이성적인 목소리가 데이빗은 더 두려웠다.

"그러지 않을 생각이다. 왜냐하면 너한텐 내가 필요하니까. 난 네 엄마를 찾아줄 수도 있고 엄마와 함께 집으로 돌아가게 해줄 수도 있어. 그렇게 할 수 있는 사람은 오직 나뿐이야. 그런데 내가 그 대가로 원하는 건 한 가지야. 너무 시시한 거라 아마 넌 그걸 나한테 줘도 하나도 아깝지 않을 거다!"

그가 얘기를 마치기 전에 롤랜드가 돌아오는 소리가 들렸다. 꼬부라진 남자는 데이빗의 얼굴 앞에 손가락을 흔들어 보였다.

"그 얘긴 나중에 다시 하자. 다음번엔 좀 더 예의바르게 굴었으면 좋겠구나."

그 말과 함께 꼬부라진 남자가 빙그르르 돌았다. 얼마나 빨리 도는지 바닥에 구멍이 파이더니 잠시 후 갈색 망토만 남기고 완전히 사라져버렸다. 데이빗이 살던 세계의 모습도 더 이상 보이지 않았다.

롤랜드가 그의 곁으로 다가왔다. 두 사람은 꼬부라진 남자가 남겨놓은 검은 구멍을 바라보았다.

"어떻게 된 거야?"

롤랜드가 물었다.

"노인으로 변장을 했어요. 절 집으로 데려다줄 사람은 자기밖에 없대요. 숲사람이 말했던 사람이 바로 이 사람이었던 것 같아요. 숲사람은 요술쟁이라고 불렀어요."

롤랜드가 데이빗의 칼을 바라보았다. 피가 뚝뚝 떨어지고 있었다.

"그자를 찔렀니?"

"너무 화가 났어요. 미처 생각해볼 틈도 없이 찔러버리고 말았어요."

롤랜드는 데이빗에게서 칼을 받아서 근처에 있던 덤불에서 커다란 잎사귀를 뜯어서 칼날을 닦았다.

"충동을 다스리는 법을 배워야겠구나. 칼은 항상 뭔가를 찌르고 싶어한단다. 피를 보고 싶어하지. 그게 칼의 존재 이유니까. 네가 칼을 다스리지 못하면 칼이 널 다스릴 거야."

그는 다시 칼을 데이빗에게 건네주었다.

"다음번에 그자를 보거든 찌르지 말고 죽여버려. 그자가 하는 말은 너한테 하나도 도움이 되지 않아."

롤랜드가 말했다.

두 사람은 스킬라가 풀을 뜯고 있는 곳으로 함께 걸어갔다.

"수풀 속에 뭐가 있었어요?"

데이빗이 말했다.

"네가 본 것과 똑같은 것."

롤랜드가 대답했다.

데이빗이 자기 말을 듣지 않아서 조금 화가 난 것 같았다.

"저들을 죽인 게 뭔지 모르지만 뼈에서 살을 다 뜯어먹고 해골을 나무에 걸어놓았어. 숲이 온통 시체 천지야. 바닥은 아직 피로 흥건하고. 죽은 사람들이 죽기 직전까지 그 괴물을 공격한 것 같아. 바닥에 검고 고약한 냄새가 나는 액체가 있고 창과 칼의 끝이 녹아 있어. 놈에게 상처를 입힐 수 있다면 죽이는 것도 가능할 거야. 하지만 한 명의 투사와 한 명의 꼬마로는 역부족이야. 어쨌든 이건 우리가 상관할 일이 아니니까 가던 길을 계속 가는 게 좋겠다."

"하지만……."

데이빗이 말했다.

데이빗은 무슨 말을 해야 할지 알 수 없었다. 동화 속에서는 이야기가 이런 식으로 전개되지 않았다. 용감한 기사들은 반드시 용과 괴물들을 처단했다. 그들은 두려워하지 않았다. 결코 죽음의 위협에서 도망치지 않았다.

롤랜드는 벌써 스킬라를 타고 있었다. 그가 손을 내밀고 데이빗이 손을 잡기를 기다렸다.

"할 말 있으면 해보렴."

데이빗은 적절한 말을 찾으려 애썼다. 롤랜드의 기분을 상하게 하고 싶진 않았다.

"이렇게 많은 사람들이 죽었고 이 사람들을 죽인 괴물이 아직 살아 있어요. 상처를 입었다고 해도 또다시 사람들을 죽일 거예요. 아주 많은 사람들이 죽게 될지도 몰라요."

"그럴 수도 있겠지."

롤랜드가 말했다.

"어떻게든 손을 써야 하지 않을까요?"

"그래서 어떻게 하자는 거냐? 칼 한 자루를 들고 그 괴물을 쫓아가자고? 인생은 온갖 두려움과 위험으로 가득 차 있단다, 데이빗. 물론 피할 수 없는 일들은 맞서 싸워야 하겠지. 목숨을 걸고라도 대의를 위해서 싸워야만 하는 때도 있겠지만 불필요한 일에 함부로 목숨을 내던져서는 안 돼. 목숨은 꼭 하나뿐이니까. 한번 죽으면 다 끝이야. 희망이 없는 일에 목숨을 내버리는 것은 전혀 명예롭지 못해. 자, 이제 해가 저물고 있단다. 어서 오늘밤 묵을 곳을 찾아야 해."

데이빗은 잠시 망설이다가 롤랜드의 손을 잡고 말에 올라탔다. 데이빗은 그곳에서 죽은 사람들을 생각했다. 도대체 어떤 짐승이 그런 짓을 저지를 수 있을지 생각해보았다. 탱크는 아직도 전장 한복판에 낯설고도 어정쩡한 모습으로 서 있었다. 그 탱크는 데이빗이 살던 세계에서 이 세계로 떨어졌다. 그러나 탱크에는 사람이 타고 있지 않았다.

데이빗은 탱크에서 돌아서면서 꼬부라진 남자의 침 웅덩이 속에서 보았던 장면들과 그가 했던 말을 생각했다.

'아무도 널 그리워하지 않아. 손톱만큼도. 아마 네가 사라져서 속이 시원할걸?'

그럴 리가 없었다. 정말 그럴까?

그러나 데이빗은 아빠가 조지를 어르는 모습과 로즈를 바라보던 눈빛을 똑똑히 보았다. 두 사람이 침실 문을 잠그고 무슨 짓을 할지 짐작이 갔다. 만약 집으로 돌아갔는데 아무도 그를 반기지 않는다면 어떻게 해야 할까? 만약 데이빗 없이 그들이 훨씬 더 행복하다면?

　　그러나 꼬부라진 남자가 말했다. 그가 모든 것을 바로잡을 수 있다고. 엄마를 찾아줄 수도 있고 함께 집으로 돌아갈 수 있게 해줄 수도 있다고 했다. 한 가지 부탁만 들어주면 그렇게 해주겠다고 했다.

　　롤랜드와 함께 말을 타고 달리는 동안에도 데이빗은 꼬부라진 남자가 말하는 부탁이라는 것이 과연 무엇일지 궁금했다.

　　한편, 서쪽 끝, 데이빗이 볼 수도, 소리를 들을 수도 없는 그곳에서 승리의 함성이 울려 퍼졌다. 늑대들이 협곡을 건너는 또 다른 다리를 찾아낸 것이다.

제19장

롤랜드의 이야기와 늑대 정찰병

롤랜드는 하룻밤을 묵는 것이 영 내키지 않았다. 멈추지 않고 계속 달리고 싶었고 데이빗을 쫓아오는 늑대들도 걱정이 되었다. 그러나 스킬라가 너무도 지쳐 있었고 데이빗도 더 이상은 롤랜드의 허리를 붙잡고 있을 기운이 없었다. 교회였던 것 같은 어떤 건물의 폐허에 이르렀을 때 롤랜드는 여기서 몇 시간만 쉬어도 좋다고 했다. 춥더라도 불을 피워서는 안 된다고 했다. 대신 데이빗에게 담요를 주면서 덮고 있으라고 한 다음 은색 병에 담긴 액체를 마시게 해주었다. 액체가 목 안으로 흘러들어갈 때 목이 뜨거웠다. 데이빗은 누워서 하늘을 바라보았다. 교회의 뾰족탑이 머리 위로 높이 솟아올라 있었고 창문은 죽은 사람들의 눈동자처럼 텅 비어 있었다.

"새로운 종교라……."

롤랜드가 빈정거리는 투로 말했다.

"국왕은 새로운 종교를 전파하려고 했어. 그의 의지를 뒷받침해줄 권력이 있을 때 새로운 종교를 만들었지만 이제 성에 은둔하며 살고 있으니 교회들도 다 폐허가 될 수밖에."

"아저씨는 어떤 종교를 믿으세요?"

데이빗이 물었다.

"난 내가 사랑하고 신뢰하는 사람들만 믿는단다. 그 외의 다른 것들은 다 엉터리야. 신은 교회만큼이나 공허하지. 사람들이 자기가 가진 모든 것을 신에게 바치다가 막상 그들이 고통을 당할 때 신이 외면하면, 자기들이 모르는 깊은 뜻이 있을 거라면서 신의 손에 자신을 내맡기지 않니? 무슨 놈의 신이 그 모양이지?"

롤랜드의 목소리에서 분노와 씁쓸함이 배어났고 데이빗은 그가 한때나마 그 '새로운 종교'를 믿었는지, 그리고 그에게 아주 나쁜 일이 일어나서 그 종교를 버리게 되었는지 궁금했다. 엄마가 세상을 떠나고 나서 성당에서 신부가 하느님과 하느님의 사랑에 대해서 이야기할 때마다 데이빗도 그런 생각을 했다. 목사가 말하는 하느님과 엄마를 서서히, 고통스럽게 죽어가게 만든 하느님이 과연 같은 하느님일까 하는 의문이 들기도 했다.

"아저씨가 사랑하는 사람이 누군데요?"

그러나 롤랜드는 그의 말을 못들은 척했다.

"너희 집 이야기를 해보렴. 네가 살던 곳 사람들 이야기 말이야. 엉터리 신에 관한 이야기만 아니라면 무슨 이야기든 해도 좋아.”

　데이빗은 롤랜드에게 엄마와 아빠, 지하 정원, 조나단 툴베이, 낡은 책들, 엄마의 목소리, 그 목소리를 듣고 이 이상한 나라에 오게 된 이야기를 들려주었다. 그리고 마지막으로 로즈와 조지의 이야기도 했다. 이야기를 하는 도중에도 로즈와 로즈의 아기에 대한 증오심을 감출 수가 없었다. 그런 마음을 들킨 것이 부끄럽기도 했다. 롤랜드가 자신을 어린애라고 생각할 것 같아서였다.

　“정말 힘들었겠구나. 너무 많은 것을 잃어야 했으니까. 하지만 어떻게 보면 많은 것을 얻은 것 같기도 해.”

　롤랜드는 더 이상 아무 말도 하지 않았다. 설교하는 것처럼 들릴 것 같아서였다. 롤랜드는 스킬라의 안장을 깔고 누워서 데이빗에게 이야기를 들려주었다.

롤랜드의 첫 번째 이야기

　옛날 옛날에, 한 노쇠한 왕이 살았다. 그는 자신의 외아들을 먼 나라의 공주와 결혼시키겠다고 약속을 했다. 왕은 먼 나라로 떠나는 왕자에게 작별인사를 하면서 대대로 집안에서 보물로 간직해왔던 황금잔을 내어주었다. 왕은 그 잔이 공주에게 줄 선물이며 두 집안의 오랜 인연의 상징이라고 말했다. 왕자의 시중을 들기 위해 하인 한 명이 따라가기로 했다. 두 사람은 함께 공주의 나라로 여행을 떠났다.

여행을 시작한 지 여러 날이 지났을 때 왕자를 질투했던 하인은 왕자가 잠든 틈을 타 황금잔을 훔치고 왕자의 옷을 빼앗아 입었다. 왕자가 잠에서 깨어나자 하인은 왕자와 왕자의 가족들을 살려주는 대가로 아무에게도 비밀을 말하지 않겠다고 맹세하게 만들었다. 그리고 왕자에게 앞으로 자신의 하인이 되라고 했다. 그래서 왕자는 하인이 되었고 하인은 왕자가 되어 공주의 성으로 향했다.

성에 도착했을 때 가짜 왕자는 극진한 대접을 받았고 진짜 왕자는 돼지 치는 일을 하게 되었다. 가짜 왕자가 공주에게 하인이 아주 못되고 믿을 수 없는 사람이라고 했기 때문이었다. 그래서 공주의 아버지는 진짜 왕자에게 돼지를 치고 진흙과 지푸라기 위에서 자게 했다. 한편 가짜 왕자는 가장 좋은 음식들을 먹고 푹신한 베개를 베고 잠이 들었다.

그러나 왕자를 따라온 하인이 인품이 훌륭할 뿐 아니라 자신이 돌보는 가축들을 잘 보살피고 다른 하인들한테도 친절하다는 소문을 듣고 지혜로운 왕은 그를 직접 찾아가서 자신에 대한 이야기를 해보라고 했다. 그러나 진짜 왕자는 맹세를 했기 때문에 왕에게 이야기를 할 수 없다고 말했다. 왕은 몹시 화가 났다. 왕의 명령을 거역하는 사람은 없었기 때문이었다. 그러나 진짜 왕자는 무릎을 꿇으며 이렇게 말했다.

"저는 제 자신의 신분에 대해 그 누구에게도 말하지 않기로 맹세를 했습니다. 부디 용서해주십시오. 폐하를 공경하지 않아서가 아닙니다. 하지만 남자가 한번 맹세를 했으면 반드시 지켜야 합니다.

맹세를 지킬 줄 모르는 사람은 짐승보다 못하니까요."

왕은 잠시 생각해본 뒤 그에게 말했다.

"그 비밀을 지키느라 자네가 몹시 괴로운 모양인데 한번 큰 소리로 말해보게. 그러고 나면 속이 시원해질 테니. 하인들의 숙소에 있는 벽난로 속에 대고 말해보는 게 어떻겠나? 한결 편안해질 걸세."

진짜 왕자는 왕이 말한 대로 해보았다. 그러나 왕은 벽난로 뒤에 숨어서 그의 이야기들 전부 다 엿들었다. 그날 저녁 왕은 성대한 파티를 열었다. 다음 날이 공주가 가짜 왕자와 결혼하기로 한 날이었다. 진짜 왕자도 가면을 쓰고 귀빈으로 가장하여 테이블에 앉도록 했고 그 반대편에는 가짜 왕자를 앉게 했다. 지혜로운 왕이 가짜 왕자에게 물었다. "자네의 지혜를 시험해봐야겠네. 시험에 응하겠나?"

가짜 왕자는 그러겠다고 했다. 왕은 다른 사람의 신분을 훔쳐서 온갖 부귀영화를 누리고 있는 사람 이야기를 들려주었다. 그러나 오만한 가짜 왕자는 그 이야기가 자기 자신의 이야기일 거라고는 꿈에도 생각하지 않았다.

"자네라면 그자를 어떻게 하겠나?"

왕이 물었다.

"발가벗겨서 못이 잔뜩 들어 있는 통에 집어넣겠습니다. 그래서 그 통을 네 마리 말에 묶고 통 안에 든 사람의 몸이 갈기갈기 찢길 때까지 마을을 돌아다니게 하겠습니다."

"네가 바로 그 죄인이니 그것이 네가 받을 벌이다!"

진짜 왕자는 본래의 자리를 되찾아서 공주와 결혼하고 오래오래 행복하게 살았지만 가짜 왕자는 못이 잔뜩 들어 있는 통 속에서 갈기갈기 찢겨서 죽었다. 아무도 그의 죽음을 슬퍼하지 않았고 아무도 그의 이름을 들먹이지 않았다.

이야기가 끝나자 롤랜드가 데이빗을 바라보았다.

"내 이야기가 어떠니?" 그가 물었다.

데이빗은 미간을 찌푸렸다.

"전에 그런 이야기를 읽은 적이 있어요. 그런데 제가 읽은 이야기는 왕자 이야기가 아니라 공주 이야기였어요. 어쨌든 끝은 똑같아요."

"이 결말이 마음에 드니?"

"어렸을 때는 마음에 들었어요. 나쁜 사람은 벌을 받아 마땅하다고 생각했어요. 나쁜 공주가 죽는 게 좋았어요."

"지금은?"

"너무 잔인하다고 생각해요."

"하지만 만약 그 왕자가 권력을 손에 넣었다면 다른 사람한테 그런 짓을 했겠지."

"그랬겠죠. 하지만 그렇다고 해서 그런 벌이 정당하다고 말할 수는 없어요."

"너라면 자비를 베풀었겠니?"

"만약 제가 진짜 왕자였다면 그랬을 거예요."

"과연 그를 용서할 수 있었을까?"

데이빗은 잠시 생각해 보았다.

"아뇨. 잘못을 저질렀으니 벌은 받아야죠. 저라면 진짜 왕자가 당했던 것처럼 가짜 왕자한테 돼지 치는 일을 시켰을 거예요. 그 자가 가축이나 사람을 해치지 않는 이상 아무도 그를 해치지 못하게 할 거예요."

롤랜드는 고개를 끄덕였다.

"아주 적절하고도 너그러운 벌인 것 같구나. 자, 이제 그만 자거라. 늑대들이 쫓아오고 있어. 쉴 수 있을 때 쉬어두는 게 좋겠다."

데이빗은 시키는 대로 했다. 자루 위에 머리를 눕히고 눈을 감자 곧바로 잠이 들었다.

꿈은 꾸지 않았다. 아침 햇살인 줄 알고 딱 한 번 눈을 떴을 뿐이었다. 눈을 떴을 때 롤랜드가 누군가와 이야기를 나누는 소리가 들렸다. 돌아보니 그는 목걸이에 달린 조그만 은색 액자를 바라보고 있었다. 액자 속에는 롤랜드보다 어리고 잘생긴 남자의 얼굴이 보였다. 롤랜드는 그 사진 속의 남자와 이야기를 나누고 있었다. 무슨 말인지 전부 다 알아들을 수는 없었지만 '사랑'이라는 말을 한 번 이상 했던 것은 분명했다.

조금 무안해진 데이빗은 담요를 머리까지 끌어올린 다음 잠이 들 때까지 그 단어를 지워버리려 애썼다.

데이빗이 다시 눈을 떴을 때 롤랜드는 벌써 일어나서 서성거리고 있었다. 데이빗이 갖고 있던 음식을 롤랜드와 나누어 먹었기 때문에 이제 먹을 것은 조금밖에 남아 있지 않았다. 데이빗은 냇가에서 세수를 한 다음 그만의 의식을 시작하다가 중간에 그만두었다. 숲사람의 충고가 떠올랐기 때문이었다. 그래서 대신 칼을 닦은 다음 칼날을 바위에 갈았다. 데이빗은 칼을 꽂은 벨트가 튼튼한지, 칼집이 손상되지 않고 제자리에 붙어 있는지 확인해본 다음 롤랜드에게 안장을 얹고 고삐를 조이는 법을 가르쳐 달라고 했다. 롤랜드는 그뿐 아니라 말의 다리와 발굽이 다치지 않았는지 불편한 곳이 없는지 확인하는 방법까지 가르쳐주었다.

데이빗은 사진 속의 남자에 대해 물어보고 싶었지만 몰래 훔쳐보았다고 생각할까봐 걱정이 되었다. 대신 처음 그를 만난 이후로 줄곧 생각해왔던 질문을 하기로 마음을 먹었다. 그러면 사진 속 남자에 대한 궁금증도 풀릴 것 같았다.

"아저씨."

롤랜드가 데이빗에게 보여주기 위해 다시 한 번 스킬라의 등 위에 안장을 얹을 때 데이빗이 물었다.

"아저씨가 해야 할 일이라는 게 뭐예요?"

롤랜드가 안장을 말의 배에 단단하게 조였다.

"나한텐 친구가 있었단다."

그가 데이빗을 바라보지도 않은 채로 말했다.

"이름은 라파엘이야. 라파엘은 자기한테 겁쟁이라고 놀리고 험담을 하는 사람들한테 본때를 보여주고 싶어했지. 어느 날 마녀의 저주 때문에 보석이 가득한 방에서 잠을 잔다는 여자의 이야기를 들었어. 라파엘은 그 여자를 마녀의 저주에서 풀어주겠다고 마음을 먹었어. 그래서 그 여자를 찾아서 길을 떠났는데 다시는 돌아오지 않았어. 나한테는 형제나 다름없는 친구였단다. 난 무슨 일이 있어도 라파엘을 찾아서 도대체 그에게 무슨 일이 일어났는지 알아내고 말겠다고 결심을 했어. 만약 죽었다면 왜 죽었는지 알아내서 복수를 하겠다고. 그 여자가 잠들어 있다는 성은 달의 주기에 따라 위치가 바뀌는데, 지금은 여기서 이틀 정도만 가면 되는 곳에 있어. 내 친구한테 무슨 일이 있는지 알아내고 나면 그 다음에 내가 너를 왕에게 데려다주마.”

데이빗이 스킬라에 올라타자 롤랜드는 말을 다시 큰 길로 몰면서 숨겨진 웅덩이 같은 것이 있는지 길 앞쪽을 살펴보았다. 전날 오랫동안 말을 탔기 때문에 아직도 몸이 욱신거렸지만 시간이 흐를수록 데이빗은 말을 타는 자세와 스킬라의 움직임에 익숙해졌다. 데이빗은 안장 앞쪽의 뿔을 잡았다. 두 사람은 교회의 폐허를 뒤로 하고 희미한 새벽의 여명이 하늘을 가르자마자 길을 떠났다.

그런데 가시나무 덤불 속에서 그들을 쫓는 두 개의 눈동자가 있었다. 털은 검었고 얼굴은 짐승이라기보다는 사람에 가까웠다. 수컷 루프와 암컷 늑대 사이에서 태어난 잡종이었지만 외모와 성향은 어미 쪽에 가까워서 무리 중 가장 체격이 크고 사나웠다. 조랑말만한 몸집에 남자의 가슴을 통째로 집어삼킬 수 있을 정도로 주둥이가 컸다. 소년을 찾기 위해 르로이가 파견한 정찰병이었다. 정찰병은 길가에서 소년의 냄새를 맡고 숲 속에 있는 작은 오두막까지 따라갔었다. 난쟁이들이 집 주변에 설치해 놓은 덫 때문에 하마터면 죽을 뻔했다. 난쟁이들은 땅을 파고 뾰족한 나무들을 꽂아 놓은 다음 풀과 지푸라기로 위장을 해놓았다. 그러나 타고난 조심성 덕분에 덫에 빠지지 않을 수 있었고 그 뒤로는 한층 더 조심했다. 소년의 체취가 난쟁이들의 냄새와 뒤섞였다가 다시 길가로 이어졌다. 냇가에 이를 때까지 정찰병은 잠시 소년의 체취를 놓쳤다. 그런데 냇가에서부터는 소년의 체취가 말 냄새와 뒤섞여 있었다. 그것은 소년이 더 이상 걷고 있지 않다는, 어쩌면 혼자가 아니라는 의미였다. 다른 늑대들이 뒤쫓아오기 쉽도록 정찰병 늑대는 가는 곳마다 배설물로 표시를 해두었다.

롤랜드와 데이빗이 모르고 있는 것을 정찰병 늑대는 알고 있었다. 늑대의 무리는 협곡을 건너자마자 잠시 멈추어서 다른 늑대들이 합류할 때까지 기다렸다가 왕의 성으로 향하고 있었다. 정찰병은 르로이로부터 소년을 데려오라는 명령을 받았다. 가능하다면 산 채로 데려오라고 했다. 그러나 그럴 수 없다면 소년을 죽이고 그 증거로 소년의 머리를 가져오라고 했다. 정찰병은 이미 소년의 머리를 가져오는 편이 훨씬 수월하리라는 결론을 내려 놓고 있었다. 그 나머지는 먹어도 될 것이다. 마지막으로 인간의 고기를 먹어본 것이 언제였던가?

변종 늑대는 전장에서 소년의 흔적을 찾았다. 그러나 정체를 알 수 없는 냄새 때문에 코가 따갑고 눈물이 났다. 정찰병 늑대는 해골들의 뼈를 핥기 시작했다. 뼈 속에 남은 골수를 빨아먹다보니 어느덧 배가 불러왔다. 기운을 회복한 늑대는 다시 말의 체취를 찾기 시작했고 교회의 폐허에 도달했을 때 소년과 남자가 막 그곳을 떠나던 참이었다.

거대한 뒷다리를 가진 덕분에 정찰병 늑대는 높고도 멀리 뛸 수가 있었다. 말을 타고 달리는 사람을 눈 깜짝할 새에 말에서 끌어내려서 길고 날카로운 이빨로 목을 물어뜯는 것은 식은 죽 먹기였다. 소년을 잡기는 그보다 더 쉬울 것이다. 마음만 먹으면 같이 있는 남자가 알아차리기도 전에 소년을 덮쳐서 갈기갈기 찢어놓을 수도 있을 것이다. 소년을 물고 달아나다가 혹시 남자가 쫓아오면 동료들에게 넘겨주면 그만이었다.

남자는 낮은 가지들과 덤불들을 살펴보면서 천천히, 조심스럽게 말을 몰고 있었다. 정찰병 늑대는 기회를 노리면서 서서히 그들에게 다가갔다. 저만치 앞에 나무 하나가 쓰러져 있었고 말은 잠시 멈추어 서서 장애물을 넘을 방법을 고민해볼 것이 분명했다. 말이 멈추면 그때 소년을 잡을 생각이었다. 정찰병 늑대는 천천히 말을 따라잡으면서 어느 쪽으로 덮치는 것이 가장 효과적일지 가늠해보았다. 늑대는 쓰러진 나무가 있는 곳으로 먼저 달려가서 오른쪽 덤불숲의 바위에 올라갔다. 완벽한 위치였다. 입 안에 침이 고였다. 소년의 살점이 벌써 입 안에 들어온 것만 같았다. 마침내 말이 시야에 나타났고 늑대는 온몸을 부르르 떨며 공격할 채비를 했다.

뒤쪽에서 소리가 들려왔다. 금속이 돌에 부딪치는 것 같은 소리였다. 정찰병 늑대는 무슨 소리인지 알아보려고 고개를 돌렸다. 그러나 때는 이미 늦었다. 휙 하고 칼날이 스치는가 싶더니 목에서 불에 덴 것 같은 통증이 느껴졌다. 너무 깊은 상처여서 고통과 충격의 비명조차 지를 수 없었다. 뿜어져 나오는 피에 숨이 막힌 늑대는 이내 뒷다리가 풀려버렸다. 눈동자에 두려움이 서린 채로 늑대는 죽어갔다. 눈동자가 빛을 잃어가기 시작했고 몸이 부르르 떨리고 뒤틀리다가 마침내 잠잠해졌다.

늑대의 어두운 눈동자에 꼬부라진 남자의 얼굴이 비쳤다. 그는 칼로 정찰병의 주둥이를 벤 다음 벨트에 달린 가죽 주머니 속에 넣었다. 또 하나의 전리품이었다. 주둥이가 없는 동료의 시체를 발견한 순간 르로이와 늑대의 무리들은 멈칫할 것이다. 이제 그들의 상대가 누구인지 알게 되리라. 그 누구도 그의 물건에 손을 댈 수 없었다. 소년은 그의 것이었다. 오직 그만의 것이었다. 어떤 늑대도 그 아이를 잡아먹을 수 없었다.

꼬부라진 남자는 데이빗과 롤랜드가 지나가는 것을 지켜보았다. 스킬라는 정찰병이 짐작했던 것처럼 쓰러진 나무 앞에서 잠시 멈추었다가 한 번에 훌쩍 뛰어넘은 다음 계속 달렸다. 꼬부라진 남자는 가시덤불 속에서 몸을 웅크렸다가 어디론가 사라졌다.

제20장

낯선 마을과 롤랜드의 두 번째 이야기

데이빗과 롤랜드는 그날 아침 길가에서 아무도 만나지 못했다. 길을 오가는 사람이 거의 없다는 것이 데이빗은 참 신기했다. 이렇듯 숲 속에 길이 나 있다면 지나다니는 사람이 있어야 옳았다.

"왜 이렇게 조용하죠? 왜 다른 사람들은 통 안 보여요?"

"세상이 이상하게 변해서 사람들이 밖에 돌아다니기를 두려워하는 거야. 어젯밤에 사람들이 무슨 일을 당했는지 너도 봤지? 마법에 걸려서 잠을 자는 여자 이야기도 해주었고. 이 왕국에는 항상 위험한 짐승들이 있었고 살기가 쉽지 않았단다. 요즘 들어 새로운 괴물들이 출몰하고 있는데 어디서 생겨난 것들인지 아무도 몰라. 궁전에서 흘러나오는 얘기를 들어보면 국왕도 더 이상은 믿을 수가 없다고 하더라. 거의 죽을 날이 가까웠대."

롤랜드는 오른손을 들고 북동쪽을 가리켰다.

"저 언덕 뒤에 마을이 하나 있는데 저기서 하룻밤을 보내고 성으로 가자. 저 마을에 사는 사람들이 마법에 걸린 여자와 내 친구한테 무슨 일이 일어났는지 알고 있을 거야."

그가 말했다.

한 시간쯤 달렸을 때 사람들의 모습이 보였다. 그들이 들고 있는 창살 끝에 죽은 토끼와 들쥐가 꽂혀 있었다. 모두 날카로운 죽창과 짧고 투박한 칼로 무장한 상태였다. 말을 타고 다가오는 두 사람을 보자 그들이 무기를 들었다.

"너희들은 누구냐! 정체를 밝혀라!"

롤랜드가 그들의 무기가 닿지 못하는 거리에서 스킬라를 세웠다.

"저는 롤랜드라고 합니다. 이쪽은 제 친구 데이빗이고요. 우리는 마을로 가던 중이었습니다. 먹을 것과 쉴 곳이 필요해서요."

"쉴 곳은 찾을 수 있을지 몰라도 먹을 것은 별로 없습니다."

그들 중 한 명이 죽은 짐승이 꽂힌 죽창을 들어 보이며 말했다.

"숲과 들판이 텅 비었어요. 이틀 동안 사냥을 했는데 잡은 거라고는 이게 전부예요. 한 명은 목숨을 잃었고요."

"어쩌다가요?"

롤랜드가 물었다.

"뒤에서 공격을 당한 것 같은데, 비명소리를 듣고 달려가보니 벌써 사라지고 없더라고요."

"어떤 놈인지 짐작할 만한 흔적도 없었고요?"

"없었습니다. 지하에서 뭔가 솟아난 것처럼 흙이 파여 있었고 그 위에 우리가 알지 못하는 짐승의 것으로 보이는 독한 액체와 피가 묻어 있었어요. 사실 그런 식으로 죽은 사람이 그 친구 말고도 여럿인데, 아직 어떤 짐승의 짓인지 알아내지 못했어요. 조를 짜서 몇 명씩만 순찰을 돌고 있습니다. 머지않아 마을도 습격을 당할 것 같아서요."

롤랜드는 그들이 지나온 길을 돌아보았다.

"여기서 하루 반 정도 되는 거리에 병사들의 시체가 있더군요. 보아하니 왕의 병사들이었던 것 같은데 괴물을 이기지 못했어요. 훌륭한 무기로 무장한 훈련받은 병사들이었는데도요. 높고 견고한 방어벽을 쌓을 수 없으면 차라리 괴물이 사라질 때까지 마을을 떠나 있는 편이 안전할 겁니다."

남자는 고개를 저었다.

"농장이 있고 가축들도 있어요. 우린 대대로 이곳에 살았습니다. 얼마나 힘들게 일궈낸 삶의 터전인데, 그렇게 쉽게 포기할 순 없어요."

롤랜드는 아무 말도 하지 않았지만 데이빗은 그가 무슨 생각을 하고 있는지 알 것 같았다.

'그러면 결국 다 죽어요.'

데이빗과 롤랜드는 그들과 이야기를 나누며 걸었다. 롤랜드의 술병에 남아 있는 술도 나눠 마셨다. 마을 사람들은 그의 친절에 감사하면서 그동안 왕국에 일어난 변화와 숲과 들판에 살고 있는 짐승들에 대해 자세히 설명해주었다. 새로 출현한 짐승들은 하나같이 적대적이고 굶주려 있었다. 점점 더 대범해지고 있는 늑대들에 대한 이야기도 들려주었다. 최근에는 숲에서 사냥을 하다가 늑대 한 마리를 올가미로 잡아 죽였다고 했다. 먼 나라에서 흘러들어온 루프였다고 했다. 털은 흰색이었고 물개 가죽으로 만든 반바지를 입고 있었는데 숨이 끊어지기 전에 자신이 멀리 북쪽에서 왔으며 머지않아 동료들이 복수를 하러 올 거라고 말했다고 했다. 숲사람이 데이빗에게 한 말과 똑같았다. 늑대들은 왕국을 손에 넣기 위해 세력을 불리고 있었다.

굽이진 오솔길을 돌아서자 마을의 풍경이 눈에 들어왔다. 마을을 둘러싼 초원에서 소와 양 몇 마리가 풀을 뜯고 있었다.

나무들을 통째로 잘라 끝을 뾰족하게 깎아서 만든 방어벽이 마을을 빙 둘렀고 방어벽 안쪽에 높이 세운 전망대에서 마을 쪽으로 접근해오는 짐승들을 관찰할 수 있었다.

방어벽 너머로 가느다란 연기가 피어오르는 집들이 보였다. 높이 솟아오른 교회 탑도 하나 보였다. 롤랜드는 그 교회가 별로 반갑지 않은 모양이었다.

"여기서는 아직도 새로운 종교를 믿는가보다. 괜히 분란을 일으키고 싶지 않으니 잠자코 있어야지."

마을 안쪽에서 누군가가 소리를 질렀고 그들을 맞이하기 위해 방어벽의 문들이 열리기 시작했다. 아빠를 보고 아이들이 달려나왔고 여자들이 아들과 남편들에게 키스했지만 함께 사냥을 떠났던 일행 중에 애인을 찾을 수 없었던 여자가 오열하기 시작했다. 젊고 예쁜 여자였다. 여자는 흐느껴 울면서 애인의 이름인 것 같은 '에이던'을 몇 번이고 불렀다.

일행 중의 우두머리라는 플레처라는 사람이 데이빗과 롤랜드에게 다가왔다. 그의 아내가 무사히 살아 돌아온 남편 곁에 서 있었다.

"에이던은 오늘 우리가 잃은 친구입니다. 두 사람은 곧 결혼할 예정이었죠. 그런데 이제 찾아갈 무덤조차 없군요."

다른 여자들이 울고 있는 여자를 둘러싸고 그녀를 위로하려 애썼다. 그들은 여자를 데리고 부근에 있던 조그만 집으로 데려간 뒤 문을 잠갔다.

"이리로 오세요."

플레처가 말했다.

"저희 집 뒤쪽에 마구간이 있는데 거기서 묵어가셔도 좋습니다. 괜찮으시다면 오늘 저녁에 저희 가족들과 함께 식사를 하시죠. 하지만 내일은 나누어 드릴 음식이 없으니 마을을 떠나주세요."

롤랜드와 데이빗은 고맙다고 인사한 뒤 그를 따라 좁은 골목길을 지나 오두막집으로 향했다. 흰색으로 페인트칠한 집이었다. 플레처는 그들을 마구간으로 안내해주고 물을 먹을 수 있는 곳을 가르쳐주었다. 스킬라에게 줄 건초와 귀리도 가져다주었다. 롤랜드는 안장을 내려 스킬라를 편안하게 해준 다음 물통의 물로 세수를 했다. 두 사람 다 옷에서 냄새가 났다. 롤랜드에게는 갈아입을 옷이 있었지만 데이빗은 입고 있는 옷이 전부였다. 그 이야기를 듣고 플레처의 부인이 아들의 낡은 옷을 가져다주었다. 플레처의 아들도 열일곱 살인데 벌써 아내와 아들을 두었다고 했다. 옷을 갈아입고 나서 한결 기분이 좋아진 데이빗은 롤랜드와 함께 플레처의 집으로 갔다. 저녁식사가 준비되어 있었고 플레처와 그의 가족들이 그들을 기다리고 있었다. 플레처의 아들은 아빠를 꼭 닮았다. 아빠처럼 붉은 머리를 길게 길렀다. 그러나 턱수염은 아빠처럼 굵고 은빛이 감돌지 않았다. 그의 아내는 피부색이 검고 키가 작았으며 말수가 적었다. 그녀는 품에 안은 아기를 돌보느라 정신이 없었다. 플레처에게는 자식이 둘이 더 있었는데 나머지는 둘 다 여자아이였다. 데이빗보다 어렸지만 많이 어린 것 같지는 않았다. 그들은 데이빗을 힐끔힐끔 쳐다보며 키득거렸다.

대화는 마을의 문제에서부터 사냥 여행, 에이던의 실종으로 이어졌고 마침내 플레처는 롤랜드와 데이빗에게 어떤 목적으로 여행을 하는지 묻기에 이르렀다.

"가시의 성을 찾아온 사람이 당신이 처음은 아니에요."

롤랜드의 이야기를 듣고 플레처가 말했다.

"왜 그렇게 부르죠?"

"왜냐하면 정말 그렇거든요. 주위가 온통 가시덤불로 둘러싸여 있습니다. 다가가기만 해도 가시에 온몸이 찔릴 정도니까요. 그

벽을 뚫고 들어가려면 방패만 가지고는 안 돼요."

"본 적이 있으신가요?"

"한 달 반쯤 전에 그 성이 이 마을을 지나갔어요. 고개를 들어 보니 아무 소리도 없이 성이 움직이더군요. 마을 사람 몇 명이 성을 따라가서 어디 내려앉는지 확인했는데 감히 다가가진 못했어요. 그런 성은 건드리지 않는 게 상책이죠."

"그 성을 찾아가던 사람들이 있었다고 하셨는데, 그 사람들은 어떻게 됐죠?"

"아무도 돌아오지 못했습니다."

플레처가 대답했다.

롤랜드는 셔츠 속에 손을 넣어 목걸이를 꺼낸 다음 목걸이에 달린 액자를 열고 젊은 남자의 사진을 플레처에게 보여주었다.

"이 사람도 돌아오지 않은 사람 중 한 명인가요?"

플레처가 목걸이 속의 사진을 들여다보았다.

"기억이 납니다. 여기서 말에게 물을 먹이고 여인숙에서 맥주를 마셨어요. 어두워지기 전에 이곳을 떠났는데 그 뒤로는 한 번도 본 적이 없어요."

롤랜드는 목걸이의 뚜껑을 닫고 가슴에 한 번 더 대보았다. 롤랜드는 식사가 끝날 때까지 한 마디도 하지 않았다. 식탁을 치우고 나서 플레처는 롤랜드에게 벽난로 앞에 앉으라고 한 뒤 담배를 권했다.

"아빠, 재미있는 얘기 해주세요!"

여자아이 중 한 명이 플레처의 발치에 앉으며 소리쳤다.

"제발요, 네?"

또 다른 여자아이가 말했다.

플레처는 고개를 저었다.

"들려줄 이야기가 없단다. 내 이야기들은 이미 다 알고 있잖니? 혹시 이 아저씨가 재미있는 이야기를 알고 있을지 모르겠구나."

그가 부탁한다고 말하는 듯한 눈빛으로 롤랜드를 쳐다보았다. 두 소녀도 낯선 남자를 쳐다보았다. 롤랜드는 잠시 생각에 잠겼다가 담배 파이프를 내려놓고 이야기를 시작했다.

롤랜드의 두 번째 이야기

옛날 옛날에, 알렉산더라는 이름의 기사가 살았다. 그는 그야말로 타고 난 기사였다. 용감하고 씩씩했으며 충성스럽고 사려 깊었다. 그러나 한편으로는 너무 젊었고 자신의 실력을 뽐내고 싶어 안달했다. 그가 살던 나라는 아주 오랫동안 평화로웠고 알렉산더에게는 전쟁터에서 이름을 떨칠 기회가 주어지지 않았다. 어느 날 그는 왕과 영주에게 낯선 땅을 여행하면서 자신의 능력을 시험해보고 싶다고 말했다. 자신이 과연 훌륭한 기사의 대열에 합류할 수 있을지 알아보고 싶다고 했다. 허락해주기 전에는 결코 물러서지 않으리라는 것을 알았던 왕은 그를 축복하며 허락해주었고 기사는 말과 무기들을 준비하여 돌봐줄 사람 하나 거느리지 않고 자신의 운명을 시험해보기 위해 홀로 길을 떠났다.

　그 후로 몇 년 동안 알렉산더는 자신이 오랫동안 꿈꿔왔던 모험을 했다. 그는 기사단에 합류하여 동쪽 끝에 위치한 어느 왕국까지 가게 되었다. 그곳에서 그는 '아부치네자르'라는 마법사를 만나게 되었다. 아부치네자르는 눈빛만으로 사람을 먼지로 바꿀 수도 있었는데, 먼지가 된 사람들은 한 줌의 재처럼 들판에 흩날리며 사라져 갔다. 사람의 힘으로는 그 마법사를 죽일 수 없을 거라고들 했고 그를 죽이려 했던 사람들은 모두 죽고 말았다. 그러나 기사들은 그 마법사를 처단할 방법이 있다고 믿었다. 마법사를 피해 숲 속에 숨어 살고 있는 왕국의 왕도 마법사를 처단해주기만 하면 큰 상을 주겠다고 약속했다.

　마법사는 자신의 성 앞의 평원에 악랄한 꼬마도깨비들을 세워 보초를 서게 했다. 그곳에서 격전이 벌어졌다. 알렉산더는 동료 기사들이 도깨비들의 발톱과 이빨에 쓰러지고 결국에는 마법사의 눈빛에 재로 변하는 것을 지켜보았다. 그는 마법사 뒤쪽으로 숨어서 가까이 다가갈 때까지 절대로 마법사를 보지 않았다. 그러다가 마법사 바로 뒤에서 그의 이름을 불렀고 마법사가 돌아보는 순간 얼른 방패를 뒤집어서 방패의 안쪽이 마법사를 향하게 했다. 알렉산더는 전날 밤을 새워가며 방패 안쪽 면을 닦아 광을 냈기 때문에 방패는 오후의 햇살에 눈부시게 빛이 났다. 방패에 비친 자기 자신의 모습을 본 순간 아부치네자르 자신이 재로 변해버렸다. 꼬마 도깨비들도 공중에서 사라져버렸고 그 후로 다시는 그들을 볼 수 없었다.

왕의 약속은 진심이었다. 그는 알렉산더에게 금은보화를 내어 주면서 자신의 딸과 결혼하여 왕국의 후계자가 되어달라고 했다. 그러나 알렉산더는 그 모든 제안을 거절하고 그가 살던 왕국의 왕에게 자신의 업적을 전해달라고만 했다. 왕은 그러겠다고 약속했고 알렉산더는 다시 길을 떠났다. 서쪽 어느 나라에서는 아주 오래 된 끔찍한 용을 죽여서 용의 가죽으로 외투를 만들어 입었다. 그는 그 외투를 지하세계의 열기로부터 자신을 보호하는 데 사용했다. 그는 지하세계에서 악마에게 유괴되었던 여왕의 아들을 구출했다. 그가 무공을 세울 때마다 소문이 그의 나라로 전해졌고 알렉산더의 명성은 점점 더 높아져갔다.

10년이 지났고 어느덧 알렉산더는 여행에 지쳐가고 있었다. 수많은 모험을 하면서 온갖 상처를 얻었지만 이제 그 누구도 자신의 명성을 따를 수 없을 거라고 확신했다. 그는 집으로 돌아가기로 결심하고 긴 여행길에 올랐다. 그러나 어두운 숲 속을 걷다가 그만 산적 떼의 습격을 받았다. 격전 끝에 가까스로 그들을 물리쳤지만 온몸에 상처를 입고 말았다. 그는 계속 말을 타고 달렸지만 상처 때문에 도저히 더는 버틸 수가 없었다. 언덕 위에 올라서자 성 한 채가 보였고 그는 성으로 말을 몰면서 도와달라고 소리를 쳤다. 어느 왕국을 가든 낯선 사람이 도움을 청하면 도와주는 것이 관례였고 특히 말을 탄 기사에게는 누구든 기꺼이 필요한 것들을 내주었다.

그러나 위쪽 창문에 불이 밝혀져 있었음에도 불구하고 대답이 들려오지 않았다. 알렉산더는 다시 한 번 소리를 질렀고 이번에는 여자의 목소리가 들려왔다.

"전 당신을 도와드릴 수가 없어요! 당장 이곳을 떠나서 안전한 곳을 찾으세요!"

"심한 부상을 입었습니다! 당장 손을 쓰지 않으면 죽을지도 몰라요!"

"어서 가세요! 전 당신을 도와드릴 수 없어요! 계속 말을 타고 가세요! 조금만 더 가면 마을이 보일 거예요! 그곳 사람들이 당신을 돌봐줄 거예요!"

알렉산더는 하는 수 없이 말을 돌려 마을로 향했다. 그러나 얼마 후 완전히 정신을 잃고 말았다. 그는 결국 말에서 떨어져서 차갑고 단단한 땅바닥에 고꾸라졌다. 날은 점점 더 어두워지고 있었다.

눈을 떠보니 그는 깨끗한 시트가 깔린 커다란 침대 위에 눕혀져 있었다. 호화롭게 꾸며진 방이었지만 아주 오랫동안 사용하지 않은 듯 겹겹이 먼지가 쌓여 있었고 거미줄이 쳐져 있었다. 몸을 일으켜 보니 누군가 그의 상처를 깨끗이 닦은 다음 붕대를 감아 놓았다. 그의 무기와 갑옷은 보이지 않았고 침대 맡에 음식들과 포도주가 준비되어 있었다. 그는 먹고 마신 다음 벽에 걸려 있던 가운을 걸쳤다. 기운이 없었고 걸을 때마다 몸이 욱신거렸지만 더 이상 생명의 위협은 느껴지지 않았다. 밖으로 나가보려고 했지만 문이 잠겨 있었다.

그때 다시 여자의 목소리가 들려왔다.

"본의 아니게 도와드렸지만 저의 성을 마음대로 돌아다니는 것은 허락할 수 없습니다. 지난 몇 년 동안 아무도 이 성에 들어오지 않았어요. 이곳은 저의 영역입니다. 다시 여행을 할 수 있을 만큼 건강을 회복하시면 그때 문을 열어드릴게요. 그때 떠나시면 다시는 돌아오지 마세요."

"당신은 누구죠?"

알렉산더가 물었다.

"저는 그저 여자일 뿐입니다. 이름은 없어요."

"어디 있습니까?"

벽 뒤 어딘가에서 목소리가 들려오는 것 같아서 알렉산더가 다시 물었다.

"여기 있어요."

그 순간 그의 오른편에 있던 거울이 반짝이면서 투명해지더니 거울 속에 여자의 모습이 나타났다. 검은 옷을 입고 아무것도 없는 빈 방의 의자에 여자가 앉아 있었다. 여자의 얼굴은 베일로 가려져 있었고 손에는 벨벳 장갑을 끼고 있었다.

"제 목숨을 살려주신 분의 얼굴을 좀 볼 수 없을까요?"

"그럴 수 없습니다."

여자가 대답했다.

알렉산더는 고개를 숙였다. 그것이 여자의 뜻이라면 받아들일 수밖에 없었다.

"하인들은 어디 있습니까? 제 말이 잘 있는지 궁금합니다."

알렉산더가 물었다.

"저에겐 하인이 없어요. 제가 말을 직접 돌보고 있어요. 말은 아주 건강합니다."

알렉산더는 묻고 싶은 것이 너무도 많았지만 어디서부터 시작해야 할지 알 수 없었다. 그가 입을 떼려는 순간 여자가 손을 들어 그의 말을 막았다.

"그만 가보겠어요. 어서 주무세요. 그래야 하루 빨리 몸을 회복해서 이곳을 떠날 수 있을 테니까요."

거울이 반짝이면서 여자의 모습이 사라졌고 알렉산더 자신의 모습이 그 자리를 대신했다. 다른 할 일이 없었기 때문에 알렉산더는 다시 침대로 돌아가 잠을 청했다.

다음 날 아침 눈을 떠보니 갓 구운 빵과 따뜻한 우유가 침대 맡에 놓여 있었다. 밤사이 누가 들어오는 소리는 듣지 못했는데 이상하다는 생각이 들었다. 알렉산더는 우유를 마시고 빵을 먹으면서 거울 속을 들여다보았다. 거울 속에 여자의 모습은 없었지만 알렉산더는 여자가 거울을 통해 자신을 지켜보고 있다는 것을 느낄 수 있었다.

알렉산더는 모든 위대한 기사들이 그렇듯이 단순한 투사가 아니었다. 그는 류트(14~17세기의 기타 비슷한 현악기—옮긴이)와 칠현금(고대 그리스의 악기—옮긴이)을 연주할 줄 알았고 시를 쓸 줄 알았으며 그림도 잘 그렸다. 그는 또한 책을 사랑하는 사람이었다. 책 속에는 그보다 앞서 살았던 사람들의 지혜가 담겨 있었다. 그날 밤 여자가 다시 거울 속에 나타났을 때 그는 몸이 회복될 때까지 무료함을 달랠 수 있도록 이것저것 달라고 부탁했다. 다음 날 아침에 눈을 떠보니 오래된 책들과 먼지 쌓인 류트, 캔버스, 물감, 붓 같은 것들이 있었다. 그는 류트를 연주한 다음 책을 읽기 시작했다. 역사와 철학, 천문학에 관한 책들과 시집을 읽었고 종교에 관한 책도 있었다. 그로부터 며칠 동안 그 책들을 읽었고 여자는 거울에 점점 더 자주 나타나면서 그에게 책에 대해 이것저것 물었다. 책의 내용을 전부 다 알고 있는 것으로 보아 여자도 그 책을 여러 번 읽은 것이 분명했다. 알렉산더는 무척 감동했다. 그가 살던 나라에서 여자들은 그런 책들을 읽을 수 없게 되어 있었다. 알렉산더는 그녀와의 대화가 즐거웠다. 어느 날 여자가 류트를 연주해달라고 했고 그는 류트를 연주했다. 그의 연주를 듣고 여자는 무척 기뻐했다.

그렇게 몇 주가 흘렀고 여자는 거울의 반대편에 앉아 알렉산더와 책과 그림 이야기를 나누었고, 알렉산더의 연주를 들었으며 그가 무슨 그림을 그리는지 물어보면서 많은 시간을 보냈다. 알렉산더는 그림이 완성될 때까지 보여주지 않겠다고 했고 그녀로부터 절대로 밤에 그림을 훔쳐보지 않겠다는 약속을 받아냈다. 그림을 완성하기 전에는 보여주고 싶지 않았다. 알렉산더의 상처가 거의 다 회복이 되었음에도 불구하고 여자는 그를 쫓아낼 마음이 없는 것 같았다. 알렉산더 자신도 떠나고 싶지 않았다. 거울 뒤에 베일을 쓰고 있는 이상한 여자와 사랑에 빠졌기 때문이었다. 그는 자신이 참

전했던 전투에 대해 이야기했고 자신의 승리로 얻은 명예에 대해 이야기했다. 그가 훌륭한 여자를 아내로 맞이할 자격이 있는 훌륭한 기사임을 여자가 알아주기를 원했다.

두 달이 지난 뒤 어느 날 여자가 나타나 늘 앉던 자리에 앉았다.

"오늘은 무척 슬퍼 보이시네요."

몹시 상심한 듯한 기사의 표정을 보고 여자가 물었다.

"그림을 완성할 수가 없습니다."

그가 말했다.

"왜죠? 붓과 물감을 갖고 계시잖아요. 뭐가 더 필요한가요?"

알렉산더는 벽 쪽으로 돌려놓았던 그림을 여자가 보도록 돌려놓았다. 여자의 그림이었지만 얼굴이 비어 있었다. 얼굴을 보지 못했기 때문에 그릴 수가 없었다.

"용서해주세요. 당신과 사랑에 빠졌습니다. 지난 몇 달 동안 우리는 많은 시간을 함께 보냈고 저는 당신에 대해 많은 것을 알게 되었습니다. 지금껏 당신 같은 여자는 한 번도 만난 적이 없어요. 이곳을 떠나면 다시는 만나지 못할 것 같습니다. 혹시 당신도 저와 같은 마음일지도 모른다는 희망을 가져도 될까요?"

여자는 고개를 숙였다. 무슨 말인가 하려는 것 같았지만 거울이 반짝이더니 사라져버렸다.

며칠이 지나도록 여자는 나타나지 않았다. 알렉산더는 자신이 한 말 때문에 여자가 기분이 상한 것인지 궁금했다. 매일 밤 아무 일도 일어나지 않았고 매일 아침 음식이 준비되었지만 여자의 모습은 좀처럼 볼 수 없었다.

그렇게 닷새가 지난 뒤 그의 방 자물쇠에 열쇠가 꽂히는 소리가 들리더니 여자가 안으로 들어왔다. 여자는 여전히 베일로 얼굴을 가리고 있었고 검은 옷을 입고 있었지만 어딘가 다른 날과 다르다는 느낌이 들었다.

"당신이 한 말을 곰곰이 생각해봤어요. 저 역시 당신에 대해 특별한 감정을 갖고 있어요. 하지만 먼저 말씀해주세요. 절 사랑하시나요? 무슨 일이 있어도 절 사랑하실 건가요?"

젊은이 특유의 열정을 지닌 알렉산더는 "물론입니다! 전 언제까지나 당신을 사랑할 겁니다!"라고 대답해버리고 말았다.

그 말을 듣고 여자가 베일을 걷었다. 알렉산더는 처음으로 여자의 얼굴을 제대로 보았다. 그것은 사람의 얼굴이라기보다는 짐승의 얼굴이었다. 표범이나 암컷 호랑이 같은 들짐승의 얼굴이었다. 알렉산더는 무슨 말이든 하려고 입을 벌렸지만 말을 하기에는 충격이 너무도 컸다.

"저의 계모가 저를 이런 모습으로 만들어놓았어요. 제 미모를 시샘해서 저를 짐승의 얼굴로 바꾸어놓고 저에게 평생 그 누구의 사랑도 받지 못할 거라고 저주를 했어요. 저는 그 말을 믿고 평생 숨어서 살았어요. 당신이 나타나기 전까지요."

여자가 알렉산더에게 다가와서 손을 뻗었다. 여자의 눈빛에는 희망과 사랑과 두려움이 교차하고 있었다. 지금껏 그 누구에게도 보인 적이 없는 자신의 모습을 처음 드러낸 순간이었다. 마치 날카로운 칼 앞에 자신의 심장을 꺼내놓은 것 같은 기분이었다.

그러나 알렉산더는 그녀에게 다가가지 않았다. 오히려 뒷걸음을 쳤다. 바로 그 순간, 그의 운명은 결정되었다.

"나쁜 자식! 변덕스러운 놈! 날 사랑한다고 말했지만 네가 사랑했던 건 결국 네 자신이었어!"

여자는 고개를 쳐들더니 날카로운 이를 드러냈다. 날카로운 손톱이 장갑을 뚫고 나왔다. 여자는 기사를 향해 으르렁거린 뒤 그에게 달려들어서 그를 물어뜯고 할퀴고 갈기갈기 찢어 놓았다. 남자의 따뜻한 피가 여자의 혀에 닿았고 여자의 털을 적셨다.

여자는 침실에서 그의 살점을 뜯어먹으면서 흐느껴 울었다.

롤랜드가 이야기를 마쳤을 때 두 소녀는 충격에 휩싸인 채로 서로를 바라보았다. 롤랜드는 자리에서 일어나 플레처와 그의 가족들에게 고맙다고 인사한 뒤 데이빗에게 가자고 눈짓을 했다. 문가에서 플레처가 조심스럽게 롤랜드의 팔을 잡았다.

"잠깐 얘기 좀 할 수 있을까요? 마을 어른들이 무척 걱정을 하고 있습니다. 당신이 말하는 그 괴물이 마을을 노리고 있는 것 같아서요. 이 부근에 있는 게 분명해요."

"무기는 있습니까?"

롤랜드가 물었다.

"있습니다. 하지만 저희보다는 이런 싸움에 대해 더 잘 아실 것 같아서요. 저희는 농부고 사냥꾼이지만 투사는 아니거든요."

플레처가 말했다.

"어쩌면 그게 다행인지도 모릅니다. 병사들은 그 괴물을 물리치지 못했어요. 어쩌면 당신들이 더 운이 좋을지도 몰라요."

플레처는 이해가 가지 않는다는 듯한 표정으로 그를 바라보았다. 롤랜드가 심각하게 말하는 건지 아니면 조롱하는 건지 확실히 알 수 없었다. 데이빗조차도 확실히 알 수 없었다.

"지금 농담하시는 겁니까?"

플레처가 물었다.

롤랜드는 자기보다 나이가 많은 플레처의 어깨에 손을 얹었다.

"전부 다 농담은 아닙니다. 병사들은 마치 인간의 군대와 싸우듯 괴물에게 접근했지요. 낯선 땅에서 자신들이 이해하지 못하는 괴물과 싸웠던 겁니다. 전장에 남아 있는 흔적으로 보아 방어벽을 설치했던 것 같은데, 결국 지켜내지를 못했어요. 숲 속으로 후퇴했다가 결국 거기서 당하고 말았죠. 뭔지는 모르겠지만 엄청나게 크고 무게도 많이 나가는 놈이에요. 나무하고 덤불이 쓰러진 것을 보면 알 수 있죠. 몸놀림이 민첩한지는 모르겠지만 힘이 아주 세고 죽창이나 칼 따위는 두려워하지 않아요. 그러니까 평지에서 싸우면 병사들은 적수가 될 수가 없어요. 하지만 당신과 이 마을 사람들은 입장이 다릅니다. 여긴 여러분의 땅이고 지리도 잘 알죠. 아마 마을의 가축을 위협하는 늑대나 여우를 상대하듯이 이 괴물을 상대해야 할 겁니다. 여러분이 선택한 장소로 놈을 유인한 다음 붙잡아서 죽이는 거죠."

"미끼를 쓰라는 겁니까? 살아 있는 짐승으로요?"

롤랜드는 고개를 끄덕였다.

"바로 그겁니다. 고기 맛을 알기 때문에 마을로 올 거예요. 놈이 마지막으로 식사를 한 곳과 이 마을은 그다지 멀리 떨어져 있지 않아요. 모두 방어벽 안에 옹기종기 모여서 벽이 지탱해주기만 바라고 있든지, 아니면 놈을 완전히 끝장낼 작전을 짜든지, 둘 중 하나예요. 어쩌면 가축 몇 마리를 잃는 것 이상의 대가를 치러야 할 수도 있습니다."

"그게 무슨 뜻입니까?"

두려워하는 표정으로 플레처가 물었다.

롤랜드는 물병에 손을 넣어 손가락을 적신 뒤 바닥에 한 면이 조금 뚫린 원을 그렸다.

"자, 이게 이 마을이라고 칩시다. 여러분이 세운 벽은 밖에서의 공격을 막기 위해 세워진 거죠."

그가 밖으로 향하는 화살표를 그렸다.

"하지만 놈을 안에 가두고 문을 닫으면 어떻게 되죠?"

롤랜드가 원을 완성하고 이번에는 안쪽으로 화살표를 그렸다.

"이 벽이 덫이 되겠지요."

플레처가 이미 말라서 사라지기 시작한 그림을 바라보았다.

"놈이 안으로 들어오면 그때부터 어떻게 해야 하죠?"

플레처가 물었다.

"그럼 불을 질러서 전부 다 태워야 해요. 놈을 산 채로 불태워

죽이는 거죠."

그날 밤 롤랜드와 데이빗이 잠든 사이 엄청난 눈보라가 몰아 쳐서 마을이 눈 속에 완전히 파묻혔다. 눈은 낮에도 하루 종일 내렸다. 얼마나 많이 오는지 불과 몇 미터 앞도 보이지 않았다. 롤랜드는 날씨가 갤 때까지 마을에 머물기로 했다. 그러나 두 사람에게는 먹을 것이 더 이상 남아 있지 않았고 마을 사람들도 겨우 연명하는 정도였다. 롤랜드는 마을 노인들을 만나서 교회에서 그들과 이야기를 나누었다. 교회는 마을 어른들이 중요한 일들을 의논하는 장소였다. 롤랜드는 먹을 것을 나눠주면 괴물을 처치하는 일을 돕겠다고 했다. 롤랜드가 그들에게 자신의 계획을 설명하고 노인들과 이야기를 주고받는 동안 데이빗은 뒷자리에 앉아 있었다. 마을 사람들 중에는 그들이 살아온 보금자리를 불태워버리는 것에 반대하는 사람들이 많았다. 데이빗은 그들을 비난할 수 없었다. 그들은 괴물이 왔을 때 방어벽이 그들을 지켜줄 거라고 믿고 싶어했다.

"그랬다가 벽이 뚫리면 어쩌죠? 그땐 어떻게 하냔 말입니다. 일단 벽이 무너지고 나면 그땐 그저 앉아서 당하는 수밖엔 없어요."

결국 타협안이 제시되었다. 날이 개면 여자와 아이들은 모두 마을 부근 언덕 위에 있는 동굴로 가서 숨어 있기로 했다. 가구를 포함한 중요한 물건들은 모두 동굴로 옮겨놓고 집은 껍데기만 남겨놓기로 했다. 마을 한복판에 있는 집에 기름을 잔뜩 비축해두고 괴물이 공격을 해오면 일단은 벽 뒤에서 놈을 처치하려고 시도해보다가 만약 벽이 뚫리면 놈을 마을 한복판으로 유인한 다음 최후의 수단으로 기름에 불을 붙여서 괴물을 가두고 죽이자는 의견이 나왔다. 마을 사람들이 모두 그것이 가장 훌륭한 작전이라는 데 동의했다.

롤랜드는 교회 밖으로 뛰쳐나갔다. 데이빗이 뒤따라 뛰어가서 그를 붙잡았다.

"아저씨, 왜 그렇게 화를 내세요? 아저씨의 제안을 거의 받아들인 거나 마찬가지잖아요!"

데이빗이 물었다.

"우리는 괴물이 어떤 놈인지조차 알지 못하고 있어. 분명한 건 강철갑옷으로 무장한 병사들조차도 놈을 죽일 수 없었다는 거지. 그런 괴물과 싸우는 농부들한테 얼마나 승산이 있겠니? 내 말대로 하면 아무도 희생되지 않고 괴물을 물리칠 수 있어. 몇 주면 뚝딱하고 지을 수 있는 판잣집하고 헛간 때문에 귀한 생명을 잃게 생겼잖아."

"하지만 저 사람들 마을이잖아요. 어떻게 하건 저 사람들 마음이에요."

롤랜드가 걸음을 늦추다가 마침내 멈춰 섰다. 그의 머리가 눈으로 하얗게 뒤덮였다. 눈 때문에 훨씬 더 나이가 들어 보였다.

"맞아. 저 사람들 마을이야. 하지만 이제 우리 운명도 저 사람들하고 얽히게 됐어. 만약 이번 작전이 실패하걘 우리도 여기서 죽을지도 몰라."

눈이 내렸고 집집마다 군불을 때기 시작했다. 나무 타는 냄새가 바람을 타고 숲 속 깊은 곳까지 날아갔다.

바람을 타고 온 장작불 냄새를 맡고 자신의 거처에 있던 괴물이 천천히 움직이기 시작했다.

제21장

괴물의 출현

그날과 그 다음 날 마을을 비우는 작업이 시작되었다. 여자들과 아이들, 노인들이 수레와 말에 실을 수 있는 만큼 짐을 실었다. 단 스킬라는 제외되었다. 롤랜드가 스킬라와 한 시도 떨어질 수 없다고 했기 때문이었다. 롤랜드는 말을 타고 안팎으로 방어벽을 점검해보면서 취약한 부분이 있는지 살펴보았다. 롤랜드의 표정은 좋지 않았다. 여전히 눈이 내리고 있었고 손가락과 발가락이 얼얼했다. 마을을 무장하는 작업이 눈 때문에 더욱 힘들어졌다. 사람들은 투덜거리면서 이런 준비 작업이 왜 필요하냐고, 차라리 여자들과 아이들과 함께 달아나는 편이 낫지 않겠냐고 수군거렸다. 롤랜드조차도 이 작전에 대해 회의적인 것 같았다.

"뾰족한 돌이나 나무로 장애물을 만드는 게 좋을 것 같습니다."

데이빗은 롤랜드가 플레처에게 하는 말을 들었다. 괴물이 어느 쪽에서 공격해올지 전혀 예상을 할 수가 없기 때문에 벽이 무너지면 어느 쪽으로 빠져나와서 어떻게 대처해야 하는지도 반복해서 설명해주었다. 괴물이 벽을 뚫고 들어왔을 때 아니면 모든 것이 다 무너졌을 때, 당황해서 목숨을 잃는 일이 없도록 하기 위해서였다. 사실 롤랜드는 괴물이 벽을 뚫고 들어올 거라고 확신했다. 롤랜드는 그들이 당황하리라는 것을 알고 있었다. 전세가 기울어도 그들이 끝까지 싸울 것 같지는 않았다.

"물론 저 사람들이 겁쟁이라는 뜻은 아니야."

막 짜낸 따뜻한 우유를 마시며 불가에 앉아 쉴 때 롤랜드가 데이빗에게 말했다. 마을 남자들은 앉아서 죽창과 칼을 갈거나 소와 말을 이용하여 방어벽 안쪽에 쌓을 통나무를 실어 날랐다. 해가 지고 어둠이 내리기 시작하면서 사람들의 말수가 줄어들었다. 모두 긴장했고 두려움에 떨었다.

"저들은 자기 아내나 아이들을 위해 자기 목숨을 내놓은 사람들이니까. 강도나 늑대나, 산짐승들을 만나면 싸우다가 죽을 수도 있고 살 수도 있겠지. 하지만 이번엔 달라. 저 사람들은 자기 상대를 잘 몰라. 훈련을 받은 것도 아니고 모두 한 몸처럼 싸울 만큼 경험이 풍부하지도 않아. 힘을 합쳐 싸우긴 하겠지만 결국 각자 다른 방식으로 혼자 싸우는 거나 마찬가지야. 저들 중 단 한 명만 겁을 집어먹고 달아나면, 그때야말로 모두 한 몸처럼 그 뒤를 쫓아가겠지."

"아저씨는 사람들을 별로 믿지 않는 편이신가봐요. 그렇죠?"

데이빗이 물었다.

"난 아무것도 믿지 않는단다. 나 자신조차도."

롤랜드가 대답했다.

그는 마지막 남은 우유를 마신 뒤 차가운 물이 담긴 양동이에 컵을 씻었다.

"자, 가자. 죽창과 칼을 갈아야지."

그가 공허한 미소를 지었지만 데이빗은 웃지 않았다.

마을 사람들은 그들의 빈약한 부대에서 가장 강한 팀을 문 옆에 배치하기로 했다. 괴물을 유인하기 위해서였다. 만약 벽이 무너지면 괴물을 마을 한복판으로 유인하여 함정에 빠뜨릴 계획이었다. 그렇게 되면 그들은 괴물을 죽일 단 한 번의 기회를 갖게 되리라.

달빛조차 없는 어둠 속에서 사람들과 가축들이 조용히 마을을 떠났다. 사람들을 동굴로 안전하게 피신시키기 위해 남자들 몇 명이 함께 움직였다. 남자들이 마을로 돌아오자 방어벽에 파수꾼이 배정되었고 그들이 망을 보았다. 다 합쳐봐야 데이빗을 제외하고 어른 남자 마흔 명 정도였다. 롤랜드는 데이빗에게 다른 사람들과 함께 동굴에 가겠냐고 물었다. 데이빗은 두려웠지만 그래도 롤랜드 곁에 남아 있겠다고 했다. 이유는 알 수 없었다. 어쩌면 롤랜드와 함께 있는 편이 더 안전할 것 같아서일 수도 있었다. 롤랜드는 이곳에서 그가 믿고 의지할 수 있는 유일한 사람이었다. 그러나 한편으로는 궁금했다. 그 괴물이 도대체 어떻게 생겼는지 직접 보고 싶었다. 사람들이 롤랜드에게 왜 데이빗을 보내지 않았냐고 묻자 롤랜드는 데이빗이 자신의 조수이며 그에게는 칼이나 말처럼 소중한 존재라고 대답했다. 그 말에 데이빗은 얼굴을 붉혔다.

그들은 늙은 소 한 마리를 방어벽 앞에 묶어 두었다. 괴물을 유인하기 위해서였다. 그러나 첫날도, 둘째 날도 아무 일도 일어나지 않았고 사람들은 점점 더 지쳐갔고 또 따분해했다. 눈은 쏟아지고 얼고 또 쏟아지고 또 얼었다. 방어벽 앞의 파수꾼들은 눈보라 때문에 숲을 볼 수가 없었다. 사람들이 투덜거리기 시작했다.

"이건 완전히 미친 짓이야."

"괴물도 우리처럼 추울 게 분명한데 이런 날씨에 마을을 습격할 리가 없잖아?"

"어쩌면 괴물 같은 건 애당초 없었는지도 몰라. 에이던도 늑대나 곰한테 당한 건지도 몰라. 병사들의 시체를 봤다는 그깟 떠돌이 말을 믿고 이런 일을 꾸미다니……."

"대장장이 말이 맞아! 어쩌면 이게 다 속임수인지도 몰라!"

그들에게 이성을 되찾아준 사람은 플레처였다.

"그 사람이 도대체 무엇 때문에 이런 속임수를 쓰겠나? 그 사람은 아이를 데리고 있어. 이런 일을 꾸며놓고 우리가 잠들어 있는 틈에 우릴 죽이고 물건을 훔치기라도 한다는 건가? 먹을 것 때문이겠나? 어차피 우린 먹을 것도 없지 않은가? 믿음을 좀 가져봐. 조금만 참고 경계를 늦추지 말게."

사람들은 투덜거리던 것을 멈추었지만 여전히 춥고 괴로웠으며 아내와 가족들이 보고 싶었다.

데이빗은 롤랜드 곁을 떠나지 않았다. 쉴 때에는 그의 곁에서 잠이 들었고 망을 볼 차례가 되면 함께 방어벽 주변을 돌았다. 방어벽은 튼튼하게 보강되었다. 롤랜드는 마을 사람들과 이야기를 나누거나 농담을 주고받았고 졸고 있는 사람들을 깨웠으며 사기가 떨어진 사람들을 격려했다. 그들이 가장 힘든 시기를 보내고 있다는 것을 롤랜드는 알고 있었다. 망을 보며 기다린다는 것은 지루하고도 고통스러운 일이었다. 그가 마을 사람들 사이를 오가며 사람들을 격려하는 모습을 보고 데이빗은 롤랜드가 그 자신이 말하는 것처럼 단순한 투사가 아닐지도 모른다는 생각이 들었다. 비록 혼자 말을 타고 다니긴 해도 롤랜드는 마치 군대의 지휘관처럼 타고난 지도자 같았다.

두 번째 날 밤에 그들은 외투로 꽁꽁 몸을 여미고 모닥불 앞에 모여 앉았다. 롤랜드는 데이빗에게 가까운 오두막에서 눈을 붙여도 좋다고 말했지만 아무도 그렇게 하지 않았기 때문에 혼자만 나약하게 보이고 싶지 않았다. 차가운 들판에서 잠을 자는 한이 있어도 그렇게 하고 싶진 않았다.

그래서 데이빗은 롤랜드와 남기로 했다. 모닥불의 불빛이 롤랜드의 얼굴을 비쳤고 그의 얼굴에 그림자가 드리워졌다. 그의 광대뼈와 깊은 눈동자가 한층 더 강렬해 보였다.

"라파엘 아저씨한테는 무슨 일이 일어난 걸까요?"

데이빗이 물었다.

롤랜드는 말없이 고개를 저었다. 입을 다물어야 할 것 같았지만 왠지 그러고 싶지 않았다. 데이빗의 머릿속은 온통 의심과 질문으로 가득했고 롤랜드 역시 마찬가지임을 알 수 있었다. 두 사람이 함께 있는 것은 결코 우연이 아니었다. 이곳에서 일어나는 일들은 그 어떤 것도 우연이 아니었다. 이 모든 일에는 어떤 목적이 있었고 비록 데이빗이 이해할 수는 없지만 일정한 규칙이 있었다.

"그 친구가 죽었다고 생각하시죠?"

데이빗이 나지막이 물었다.

"그래. 내 직감이 그렇게 말하고 있어."

"하지만 무슨 일이 일어났는지 알고 싶은 거죠?"

"그걸 알아내기 전까진 결코 마음이 편할 수 없을 테니까."

"하지만 잘못하면 죽을 수도 있어요. 그분이 갔던 길을 따라갔다가 친구 분과 똑같이 죽을 수도 있다고요. 아저씨는 죽음이 두렵지 않으세요?"

롤랜드는 나뭇가지로 모닥불을 휘저었고 밤하늘로 불꽃이 솟아올랐다. 불꽃은 멀리 가지 못하고 잦아들었다. 미처 달아나기 전에 불에 타 버리는 날벌레들처럼.

"나도 죽음의 고통은 두렵단다. 예전에 심하게 다친 적이 있었는데, 그땐 그대로 죽을 것 같더구나. 그 고통이 아직도 기억 속에 생생해. 다시는 그런 고통을 겪고 싶지 않아. 하지만 난 늘 다른 사람의 죽음을 더 두려워하면서 살았어. 내가 사랑하는 사람들을 잃고 싶지 않았지. 그들이 내 곁에 살아 있을 때조차도 그런 걱정을 하면서 살았어. 그들을 잃을지도 모른다는 두려움 때문에 정작 그들과 함께하는 시간들을 즐기지 못했던 것 같아. 라파엘과도 그랬어. 라파엘은 내 몸 안에 흐르는 피, 내 이마에 흐르는 땀과 같은 존재였는데도 말이야. 라파엘이 없는 지금 나는 더 이상 예전의 내가 아니란다."

데이빗은 불꽃을 바라보았다. 롤랜드의 말이 가슴속 깊은 곳에서 울려 퍼졌다. 엄마에 대한 데이빗의 마음도 꼭 그랬다. 엄마를 잃을지도 모른다는 두려움 때문에 정작 엄마가 세상을 떠나기 전까지 함께 했던 시간을 제대로 즐기지 못했다.

"넌 어떠니? 아직 어리고 이런 데 있을 나이가 아닌데, 두렵지 않니?"

"두려워요. 하지만 전 엄마의 목소리를 들었어요. 엄만 여기 어딘가에 계세요. 전 엄마를 찾아야 해요. 그래서 엄마와 함께 집으로 돌아갈 거예요."

"엄마는 돌아가셨다고 네가 말하지 않았니?"

롤랜드가 다정하게 말했다.

"그렇다면 왜 엄마가 여기 있는 거죠? 제가 왜 엄마의 목소리를 들었던 거죠?"

롤랜드가 대답을 하지 않자 데이빗은 점점 더 화가 났다.

"도대체 여기가 어디예요? 여긴 이름도 없어요? 아저씨는 이 왕국의 이름도 몰라요? 게다가 여기엔 이곳 물건이 아닌 물건들이 있어요! 탱크도 그렇고 제 뒤를 따라 나무에서 나온 독일군 폭격기도 그렇고 또 하피들도 그래요! 전부 다 이상해요! 전부 다!"

데이빗은 할 말을 잃었다. 맑은 여름날 오후 갑자기 하늘을 뒤덮은 구름처럼 그의 머릿속에서 흥분과 분노와 혼란이 뒤섞인 말들이 한꺼번에 쏟아져 나왔다. 그리고 데이빗 자신조차 놀란 섬뜩한 질문이 튀어나왔다.

"아저씨, 아저씨는 죽었나요? 우리 둘 다 죽은 건가요?"

롤랜드는 불꽃을 사이에 두고 그를 바라보았다.

"나도 모르겠다. 난 너와 똑같이 살아 있는 것 같은데 말이야. 난 더위와 굶주림, 갈증과 욕망, 그리고 후회를 느낀단다. 내가 쥐고 있는 칼의 무게를 느끼고 저녁 때 갑옷을 벗을 때면 내 피부에 닿는 갑옷의 감촉을 느껴. 빵과 고기의 맛을 느낄 수 있고 하루 종일 말을 타다가 말등에서 내릴 때 스킬라의 체취를 맡지. 만약 내가 죽었다면 그런 것들을 느낄 수 없지 않을까?"

"느낄 수 없겠죠."

데이빗이 말했다.

사람이 죽어서 살던 세계를 떠나 다른 세계로 건너갈 때 어떤 일들이 일어나는지 데이빗은 알 수 없었다. 그가 어떻게 알겠는가? 데이빗이 아는 것이 있다면 죽은 엄마의 피부는 아주 차가웠지만 자신의 몸은 아직 따뜻하다는 사실이었다. 롤랜드처럼 그도 냄새를 맡고 만지고 맛을 볼 수 있었다. 고통과 불편함을 느꼈다.

모닥불의 온기도 느낄 수 있었고 불길에 손을 대면 손을 델 것이 분명했다.

그러나 이 세계에는 데이빗에게 익숙한 것들과 익숙하지 않은 것들이 뒤섞여 있었다. 마치 이 세계로 건너오면서 데이빗이 자신의 삶의 일부를 끌고 들어온 것 같았다.

"혹시 꿈에 이런 곳을 본 적이 있으세요?"

데이빗이 롤랜드에게 물었다.

"혹시 제 꿈을 꿔본 적이 있으세요? 아니면 여기서 일어나는 그 어떤 거라도?"

"길에서 널 보았을 때, 난 널 처음 본 거야. 이 부근에 마을이 있다는 건 알았지만 전에 와본 적은 없었고. 사실 난 고향을 떠나 이렇게 멀리 와본 것도 처음이란다. 데이빗, 너와 내가 실제로 존재하는 것처럼 이 세계도 실제로 존재하는 곳이야. 네 마음속 어딘가에서 만들어진 상상의 세계라고 생각하지 마라. 늑대의 무리와 그들을 몰고 다니는 늑대인간 이야기를 할 때 네 눈빛에서 두려움을 보았단다. 놈들이 널 찾으면 네가 죽음을 피할 수 없으리란 걸 난 알았어. 우린 괴물과 격전이 벌어졌던 곳에서 시체 썩는 냄새도 맡아. 그 사람들을 쓸어버린 것이 뭔지는 몰라도 머지않아 정체를 알게 되겠지. 어쩌면 이 전투에서 살아남을 수 없을지도 몰라. 이 모든 것들은 현실이란다, 데이빗. 너도 이 세계에서 고통을 느끼지 않았니? 고통을 느낄 수 있으면 죽을 수도 있는 거란다. 여기서 죽으면 네가 살던 세계와도 영원히 끝이야. 그걸 절대 잊지 마라. 그걸 잊으면 넌 지는 거야."

어쩌면 그의 말이 옳은지도 모른다고 데이빗은 생각했다.

어쩌면.

세 번째 날 밤, 방어벽의 문 한 곳에서 망을 브던 사람이 한밤중에 소리를 질렀다.

"저쪽에서 뭔가 움직였어!"

정문에서 마을로 이어진 큰 길 쪽을 지켜보고 있던 젊은 남자가 소리를 질렀다.

"소리가 들렸어. 뭔가 움직이는 것도 봤고. 틀림없어."

졸고 있던 사람들이 그의 곁으로 달려왔다. 은에서 멀찌감치 떨어져 있던 사람들도 비명소리를 듣고 달려올 참이었지만 롤랜드가 각자 자리를 지키라고 소리쳤다. 롤랜드는 방어벽 쪽으로 가서 사다리를 놓고 벽 위로 올라갔다. 몇 사람이 벌써 위로 올라가서 그를 기다리고 있었고 또 몇몇 사람은 밑에서 나무 벽에 만들어놓은 틈새로 밖을 내다보고 있었다. 그들이 들고 있던 햇불에 눈송이가 떨어지면서 소리를 내며 타들어갔다.

"아무것도 안 보이는데? 쓸데없이 깨우고 난리야!"

대장장이가 젊은 남자에게 소리쳤다.

미끼로 묶여 있던 소가 소리를 냈다. 잠에서 깨어난 소는 기둥에 묶여 있는 밧줄에서 벗어나려 안간힘을 썼다.

"잠깐만."

롤랜드가 말했다.

그는 벽에 기대어 쌓아놓은 화살 더미에서 화살을 하나 들었다. 화살 끝에 기름에 흠뻑 적신 천이 감겨져 있었다. 그는 화살 끝을 횃불에 댔고 곧바로 불길이 타올랐다. 롤랜드는 조심스럽게 조준한 다음 성벽에서 망을 보던 파수꾼이 말했던 방향으로 활을 쏘았다. 그 뒤로 너덧 명이 그와 같은 방향으로 활을 쏘았다. 활은 마치 밤하늘에 스러져 가는 별처럼 어둠을 가르며 날아갔다.

한동안 눈과 검은 나무 외에는 아무것도 보이지 않았다. 그때 뭔가가 움직였다. 마치 거대한 노란 벌레처럼 생긴 뭔가가 꿈틀거리면서 땅 위로 솟아올랐다. 울퉁불퉁하게 솟아오른 돌기마다 검고 굵은 털이 나 있었고 털끝에는 날카로운 가시가 있었다. 불붙은 화살이 괴물의 몸에 박혔고 고약한 살 썩는 냄새가 진동했다. 냄새가 얼마나 고약한지 사람들이 모두 입과 코를 틀어막았다. 괴물의 상처에서 검은 분비물이 흘러나왔다. 괴물의 몸 곳곳에는 부러진 화살과 화살촉이 꽂혀 있었다. 병사들과의 전투에서 맞은 화살들이 분명했다. 괴물의 길이는 가늠하기가 어려웠지만 몸체의 높이만 바닥에서 3미터 정도는 되어 보였다. 모두가 괴물이 몸을 꿈틀거리면서 땅 위로 솟아오르는 것을 지켜보았고 마침내 끔찍한 괴물의 얼굴이 드러났다. 거미의 눈 같은 크고 작은 검은 눈동자들이 한 무더기였고 그 아래의 입술 속에는 여러 겹의 날카로운 이빨들이 있었다. 눈과 입 사이에는 인간의 냄새를 맡고 씰룩거리는 콧구멍들이 있었다. 턱 양쪽으로 달린 두 개의 팔

끝에는 먹이를 잡아 입 안에 집어넣는 세 개의 발톱이 있었다. 그런 입으로 도대체 어떤 소리를 낼까 싶었지만 숲과 평지를 지나 마을 쪽으로 다가오면서 괴물은 입맛을 다시는 것 같은 쩝쩝거리는 소리를 냈다. 마치 먹음직스러운 잎사귀에 다가가는 거대하고 흉측한 애벌레처럼 몸을 일으키자 몸 위쪽에서 끈적끈적한 점액이 뚝뚝 떨어졌다. 괴물이 바닥에서 6미터 정도로 머리를 들자 가시로 뒤덮인 검은색 다리 한 쌍이 드러났다.

"방어벽보다 더 키가 크군! 벽을 부술 필요가 없겠어! 그냥 넘어오면 될 테니까!"

플레처가 소리쳤다.

롤랜드는 대답 대신 사람들에게 화살에 불을 붙여서 괴물의 머리를 향해 쏘라고 했다. 화살들이 괴물을 향해 빗발치듯 날아갔다. 어떤 것은 빗나갔고 어떤 것은 굵고 뾰족한 털에 튕겨 나갔다. 그러나 어떤 것은 명중했다. 데이빗은 화살 하나가 괴물의 눈에 꽂히는 것을, 그리고 그 순간 지글지글 눈알이 타들어가는 것을 바라보았다. 썩는 냄새와 타는 냄새가 진동했다. 괴물이 고통스러워하며 고개를 젓더니 성벽 쪽으로 다가왔다. 이제 사람들은 괴물이 얼마나 큰지 똑똑히 볼 수 있었다. 머리에서 다리까지가 10미터 가까이 되었다. 괴물은 롤랜드가 생각했던 것보다 훨씬 빨리 움직였다. 펑펑 쏟아지는 눈 때문에 더 속도를 내지 못하는 것 같았다. 괴물은 머지않아 그들을 덮칠 기세였다.

"계속 화살을 쏘세요! 놈이 가까이 다가오면 그때 후퇴합시다!"

롤랜드가 소리치면서 데이빗의 팔을 잡았다.

"가자! 네 도움이 필요해!"

그러나 데이빗은 움직일 수가 없었다. 그는 괴물의 검은 눈동자들로부터 고개를 돌릴 수가 없었다. 악몽이 현실이 된 것만 같았다. 데이빗의 어두운 상상 속에 웅크리고 있던 괴물이 살아난 것 같았다.

"데이빗!"

롤랜드가 소리쳤다.

롤랜드가 팔을 잡고 흔들었고 데이빗은 마침내 정신을 차렸다.

"자, 가자! 시간이 없어!"

그들은 방어벽에서 내려와 문 쪽으로 향했다. 방어벽의 문은 거대한 두 개의 나무판으로 이루어져 있었고 나무의 몸통을 반으로 잘라서 가로로 빗장을 쳐놓았다. 롤랜드와 데이빗은 온 힘을 다해 빗장을 한쪽으로 잡아당겼다.

"지금 뭐하는 겁니까! 그러다가 우리 다 죽어요!"

대장장이가 소리쳤다.

그때 거대한 괴물의 머리가 대장장이의 머리 위에 나타났고 날카로운 두 개의 팔이 그를 잡아서 공중에 높이 쳐들더니 눈 깜짝할 사이에 집어삼키고 말았다. 데이빗은 고개를 돌렸다. 대장장이의 죽음을 차마 볼 수가 없었다. 다른 사람들은 양쪽에 서서 창과 칼로 괴물을 공격하고 있었다. 사람들 중에 단연 체구가 크고 힘이 센 플레처는 칼을 높이 쳐들고 괴물의 한쪽 팔을 자르려 했지만 나무 몸통만 한 괴물의 팔에 조그만 상처를 냈을 뿐이었다. 그러나 상처가 난 팔 때문에 괴물이 잠시 주춤거리는 사이 사람들은 뒤쪽으로 달아날 수 있었고 바로 그때 데이빗과 롤랜드가 문의 빗장을 들어올렸다.

괴물이 담을 기어오르려고 다가왔고 롤랜드는 방어벽 틈새로 죽창을 넣어 괴물을 찌르라고 지시했다. 죽창에 살이 찢긴 괴물은 몸을 뒤틀며 고통스러워했다. 죽창 공격으로 속도가 늦추어지긴 했지만 괴물은 계속 방어벽을 타넘으려고 했다. 바로 그때 롤랜드가 문을 열고 밖으로 나갔다. 롤랜드는 괴물의 머리 옆쪽에 화살을 쏘았다.

"이봐! 여기야! 이쪽!"

그가 손을 흔들면서 다시 화살을 날렸다. 괴물이 벽에서 몸을 떼고 바닥으로 웅크렸다. 괴물의 몸에서 쏟아져나온 진액이 눈밭을 검게 물들였다. 괴물이 롤랜드에게로 돌아서면서 문으로 몸을 밀어 넣고 양팔로 그를 움켜잡으려 손을 뻗었다. 괴물의 입이 롤랜드의 발꿈치를 가까스로 놓쳤다. 괴물은 문 안으로 들어서서 잠시 멈추더니 꼬불꼬불한 마을의 길들과 달아나는 사람들을 바라보았다. 롤랜드가 횃불과 칼을 흔들었다.

"이쪽이야! 이쪽!"

그가 소리쳤다.

롤랜드가 다시 활을 쏘았다. 이번에는 괴물의 턱을 조금 빗나갔다. 그러나 괴물은 더 이상 그에게 관심이 없었다. 대신 코를 썰룩거리면서 머리를 낮추고 이리저리 먹이를 찾았다. 괴물이 대장간 옆에 숨어 있던 데이빗을 발견했고 데이빗은 괴물의 눈동자 속에 비친 자신의 모습을 보았다. 괴물은 침과 피를 뚝뚝 흘리면서 입을 쩍 벌렸고 데이빗을 잡기 위해 순식간에 대장간의 지붕을 날려버렸다. 데이빗은 괴물의 손을 아슬아슬하게 피해 뒤쪽으로 달아났다. 어렴풋이 롤랜드의 목소리가 들렸다.

"어서 뛰어! 놈을 유인해!"

데이빗은 마을의 좁은 길로 달리기 시작했다. 뒤에서 돌담들과 지붕들을 뭉개며 괴물이 그의 뒤를 쫓아왔다. 괴물의 머리가 소년을 찾아 두리번거렸고 날카로운 발톱이 공중을 할퀴었다. 데이빗이 비틀거리는 순간 발톱이 그의 옷 뒤쪽을 찢었지만 이번에도 아슬아슬하게 피해 또다시 뛰었다. 조금만 더 뛰면 마을 한복판의 광장이었다. 교회가 있고 평화로운 시절에는 장이 열리곤 했던 곳이었다. 사람들은 광장을 빙 둘러 도랑을 판 다음 기름이 안으로 흘러들게 만들어 두었다. 데이빗은 교회 문을 향해 달렸고 괴물이 바로 그의 뒤에 쫓아왔다. 롤랜드는 이미 교회 문 앞에 서서 데이빗을 재촉하고 있었다.

그때 괴물이 갑자기 그 자리에 멈추었다. 데이빗도 돌아서서 바라보았다. 도랑에 기름을 부을 채비를 하고 있던 사람들도 멈춰 서서 괴물을 바라보았다. 괴물이 부르르 몸을 떨기 시작했다. 괴물의 턱이 믿을 수 없을 정도로 크게 벌어지면서 고통의 신음이 새어 나왔다. 신음소리와 함께 바닥에 쓰러지면서 괴물의 배가 커다랗게 부풀어 올랐다. 배 안쪽에서 뭔가가 움직이는 것 같았다. 배 속에서 무언가가 괴물의 배를 세게 미는 것 같았다.

암컷.

꼬부라진 남자는 괴물이 암컷이라고 말했다.

"새끼를 낳으려고 해요! 빨리 죽여야 해요!"

데이빗이 소리쳤다.

그러나 너무 늦었다. 괴물의 배가 엄청난 소리를 내며 찢어지더니 새끼들이 쏟아져 나오기 시작했다. 데이빗 정도의 키에 모습은 어미와 똑같았고 눈은 제대로 뜨지 못했지만 입을 쩍쩍 벌리면서 먹을 것을 찾았다. 몇 마리는 죽어가는 어미의 몸을 뜯어 먹었다.

"기름을 부으세요!"

롤랜드가 소리쳤다.

"기름을 붓고 불을 붙이고 어서들 피하세요!"

새끼들이 광장으로 몰려나오고 있었다. 사냥하고 죽이는 본성이 강한 녀석들이었다. 롤랜드는 데이빗을 교회 안으로 데리고 들어가서 문을 잠갔다. 무언가가 문에 부딪치는 소리가 들렸고 그 충격으로 문이 흔들렸다.

롤랜드는 데이빗의 손을 잡고 교회 종탑으로 향했다. 두 사람은 돌계단을 올라가서 종탑에 서서 광장을 내려다보았다. 괴물은 모로 누워 있었고 더 이상 움직이지 않았다. 아직 죽지 않았지만 곧 죽을 것이 분명했다. 새끼들이 계속 어미를 뜯어먹었다. 내장도 파먹고 눈도 파먹었다. 광장을 돌아다니면서 먹을 것을 찾는 놈들도 있었다. 도랑에 기름이 흐르기 시작했지만 새끼 괴물들은 개의치 않았다. 데이빗은 마을 사람들이 괴물들로부터 달아나려고 문 쪽으로 뛰어가는 것을 바라보았다.

"불이 없어요! 불을 아직 안 붙였어요!"

데이빗이 소리쳤다.

롤랜드가 기름에 적신 화살을 화살 통에서 꺼냈다.

"그럼 우리가 붙여야지."

그가 말했다.

그는 들고 있던 횃불로 화살 끝에 불을 붙인 뒤 기름이 흐르는 도랑을 겨냥했다. 화살 촉이 검은 기름에 닿자 순식간에 불길이 일었다. 불길은 도랑을 따라 곧바로 광장 안으로 흘러들었다. 새끼 괴물들이 괴성을 지르며 불에 타 죽었다. 롤랜드는 다시 한 번 활을 쏘았고 이번에는 화살이 오두막 창문 안으로 날아갔지만 아무 일도 일어나지 않았다. 불타는 광장에서 벗어나려고 새끼들이 아우성을 치기 시작했다. 한 마리라도 숲으로 돌아가게 해서는 안 되었다.

롤랜드는 마지막으로 활을 힘껏 당겨 화살을 쏘았다. 이번에는 오두막 안에서 엄청난 폭발이 일어났다. 폭발의 위력으로 지붕이 날아가면서 불길이 치솟았다. 롤랜드가 오두막 안에 놓아두었던 기름통들이 하나씩 폭발하면서 불꽃이 비처럼 쏟아졌고 광장 안에 있던 모든 괴물들을 불태웠다. 불길 속에서 높은 종탑에 있던 롤랜드와 데이빗만이 살아남았다. 불길은 종탑까지는 미치지 못 했다. 두 사람은 그곳에 숨어 있었다. 괴물들의 살이 타는 냄새와 독한 연기 냄새가 진동했다. 불길이 잦아드는 소리와 불길에 눈 녹는 소리만이 한밤의 정적을 갈랐다.

제22장

꼬부라진 남자와 의혹의 씨앗

데이빗과 롤랜드는 다음 날 아침 마을을 떠났다. 쏟아지던 눈도 멎었다. 온 세상이 흰 눈 속에 파묻혔지만 언덕 사이로 난 길을 찾을 수는 있었다. 여자들과 아이들, 노인들이 숨어 있던 동굴에서 나와 집으로 돌아왔다. 마을 사람들은 잿더미로 변해버린 마을과 희생된 자들 때문에 울부짖었다. 괴물과 싸우다가 세 사람이 목숨을 잃었다. 몇몇 사람들이 광장에 모여 말과 소를 부리며 일을 시작했다. 숯덩이로 변한 괴물과 괴물 새끼들의 시체를 치우기 위해서였다.

롤랜드는 데이빗에게 왜 그 괴물이 데이빗을 표적으로 삼았는지 묻지 않았지만 데이빗은 마을에서 떠날 채비를 하면서 줄곧 롤랜드의 시선을 느꼈다. 플레처 역시 그 광경을 지켜보았기 때문에 궁금해하고 있는 것이 분명했다. 그들이 물으면 어떻게 대답해야 할지 데이빗 자신도 알 수 없었다. 괴물의 모습이 낯설지 않았고 마치 데이빗의 상상의 세계 어딘가에서 존재했던 것 같은 기분을 어떻게 설명할 수 있겠는가? 무엇보다도 데이빗이 가장 두려웠던 것은 왠지 그 괴물의 출현에 자신이 책임이 있는 것 같은 기분이 든다는 사실이었다. 데이빗은 마을 사람들과 병사들의 죽음이 자신의 탓인 것만 같았다.

스킬라에게 안장을 올린 뒤 먹을 것을 챙기고 수통을 채운 다음 롤랜드와 데이빗은 마을을 지나 방어벽의 문으로 향했다. 그들에게 행운을 빌어주는 사람들은 거의 없었다. 모두 그들에게서 등을 돌린 채로 멍하니 폐허만 바라보았다. 플레처만이 진심으로 미안해하는 것 같았다.

"마을 사람들의 행동을 제가 대신 사과합니다. 두 분께 감사를 드려야 할 텐데……."

"저희 때문에 마을에 이런 일이 일어났다고 생각하고 있는 것 같군요. 하긴, 자기들 지붕을 날려버린 사람들한테 고마워할 이유가 있겠습니까?"

롤랜드가 플레처에게 말했다.

플레처는 무안해하는 표정이었다.

"괴물이 당신을 쫓아왔다고 생각하는 사람들이 있어요. 그 사람들은 처음부터 두 분을 마을에 들이지 말았어야 했다고 믿고 있어요."

플레처는 얼른 데이빗을 흘금 쳐다보았다. 데이빗과 눈을 맞추는 것이 불편한 모양이었다.

"괴물이 당신이 아니라 이 아이를 공격한 것도 아이가 저주를 받아서 그렇다고 생각해요. 그러니까 두 분이 가신다니 오히려 홀가분해하는 거죠."

"저희를 이리로 데려왔다고 아저씨한테 화가 났나요?"

플레처는 데이빗의 질문이 의외라는 표정이었다.

"그렇다고 해도 곧 잊어버리겠지. 벌써 숲으로 나무를 베러 사람들이 나갔단다. 집을 다시 지을 거야. 바람 덕분에 남쪽과 서쪽의 집은 그대로 남아 있어. 집을 다시 지을 때까지는 남아 있는 집에 모여 살면 돼. 머지않아 저 사람들도 깨닫게 될 거야. 두 사람이 아니었다면 아예 송두리째 사라져버리고 수많은 사람들이 괴물과 그 새끼들한테 희생되었으리란 걸."

플레처는 롤랜드에게 먹을 것이 담긴 자루를 건넸다.

"받을 수 없습니다. 다들 먹을 것이 부족하지 않습니까?"

롤랜드가 말했다.

"괴물이 죽었으니 산짐승들이 돌아오겠죠. 다시 사냥을 하면 됩니다."

롤랜드는 그에게 고맙다고 인사한 뒤 떠날 채비를 했다.

"정말 용감하더구나. 너한테 뭔가 더 좋은 것을 주고 싶지만 지금 줄 수 있는 게 이것뿐이다."

플레처가 데이빗에게 말했다.

그가 내민 손바닥 위에는 검은색 갈고리 모양의 물건이 놓여 있었다. 그는 그것을 데이빗에게 내밀었다. 꽤 묵직했고 뼛조각 같았다.

"괴물의 발톱이란다. 만약 누군가 너의 용기를 의심하거나 아니면 네 자신이 용기가 없어질 때 이걸 손에 쥐고 네가 여기서 했던 일을 생각해보거라."

데이빗은 그에게 고맙다고 말한 뒤 괴물의 발톱을 자루에 넣었다. 롤랜드가 말에 박차를 가했고 그들은 폐허가 된 마을을 뒤로하고 길을 떠났다.

그들은 황혼 속에서 조용히 말을 몰았다. 소복이 쌓인 눈 때문에 황혼이 더더욱 신비롭게 느껴졌다. 세상의 모든 것이 엷은 푸른빛으로 반짝였고 눈 덮인 대지는 환하고 또 낯설었다. 날씨가 몹시 추웠다. 숨결까지 훤히 보일 정도였다. 콧구멍 속의 짧은 콧털이 얼었고 입에서 새어나온 습기가 눈썹에 구슬처럼 맺혔다. 롤랜드는 구덩이나 물웅덩이에 빠져서 다치지 않도록 천천히 스킬라를 몰았다.

"저, 궁금한 게 하나 있는데요. 아저씨는 아저씨가 그냥 투사일 뿐이라고 하셨잖아요. 그런데 제가 보기에 그건 사실이 아닌 것 같아요."

데이빗이 말했다.

"왜 그런 말을 하니?"

"아저씨가 마을 사람들한테 명령을 하셨잖아요. 사람들은 아저씨를 별로 좋아하지 않았는데도 그 명령을 따랐어요. 아저씨의 칼과 방패를 봤어요. 처음에는 청동이거나 금속이라고 생각했는데 자세히 보니 금이었어요. 갑옷과 방패에 새겨진 태양 무늬는 진짜 금이었어요. 칼집하고 칼자루에도 금장식이 있고요. 그냥 투사일 뿐이라면 어떻게 그런 것들을 가질 수가 있죠?"

롤랜드는 한동안 말이 없다가 마침내 입을 열었다.

"한때 나는 그저 평범한 투사가 아니었단다. 나의 아버지는 거대한 영토의 영주였어. 나는 장남이자 아버지의 후계자였지. 하지만 아버지는 나를 후계자로 인정하지 않으셨어. 내가 살아가는 방식을 인정하지 않으셨거든. 우리는 말다툼을 했고 몹시 화가 난 아버지가 날 영지에서 내쫓아버렸어. 얼마 후 나는 라파엘을 찾아 여행을 떠났단다."

데이빗은 더 물어보고 싶었지만 롤랜드와 라파엘의 관계에는 아주 사적이고 은밀한 뭔가가 있는 것 같았다. 그런 것들을 캐묻는 것은 무례할 뿐 아니라 롤랜드의 마음을 다치게 할 것 같았다.

"그러는 너는? 너와 네가 살던 곳 이야기를 해볼래?"

롤랜드가 물었다.

데이빗은 이야기를 시작했다. 그가 살던 세상에 있는 놀라운 것들에 대해 이야기했다. 폭격기와 라디오, 영화와 자동차에 대해 이야기했다. 다른 나라를 침공하고 도시를 폭격하는 전쟁 이야기도 했다. 롤랜드는 속으로는 놀랐는지 모르지만 겉으로는 조금도 드러내지 않았다. 마치 어린아이의 이야기를 듣는 어른의 표정으로, 그런 이야기를 꾸며낼 수 있는 상상력이 놀랍지만 믿을 수는 없다는 듯한 표정으로 데이빗의 이야기를 들어주었다. 롤랜드는 데이빗의 이야기보다 숲사람이 데이빗에게 들려준 왕에 관한 이야기와 그가 갖고 있다는 비밀의 책에 더 큰 관심을 보였다.

"왕이 동화를 아주 많이 알고 있다는 이야기는 나도 들었단다. 왕국이 몰락해가는데도 하루 종일 동화 이야기만 한다지. 숲사람이 널 왕에게로 데려가려 했던 것이 옳은 판단이었던 것 같아."

"만약 국왕이 쇠약해져서 어느 날 죽게 된다면 왕국은 어떻게 되죠? 왕위를 계승할 아들이나 딸이 있나요?"

"자식은 없어. 왕은 이 왕국을 아주 오랫동안 통치해왔단다. 내가 태어났을 때부터. 하지만 결혼을 하지 않았어.'

"그럼 그 전에는요?"

데이빗이 물었다.

왕과 여왕, 왕국과 기사에 대한 이야기는 늘 재기있었다.

"지금 왕의 아버지도 왕이었나요?"

롤랜드는 기억을 되살리려 애썼다.

"전에는 여왕이 있었어. 아주 나이가 많은데, 여왕이 어느 날 사람들에게 지금까지 그 누구도 본 적이 없는 젊은 남자가 조만간 나타나서 이 왕국을 통치할 거라고 말하곤 했다더구나. 당시 살아 있던 사람들의 증언에 의하면 며칠 후 정말 젊은 남자가 성으로 찾아왔고 여왕은 그 길로 바로 침대에 누웠는데 다시 깨어나지 못했대. 사람들 말이, 마침내 죽을 수 있어서 행복해하는 표정이었다는구나."

두 사람은 어느덧 냇가에 이르렀다. 급격히 떨어진 기온에 물이 얼어붙어 있었다. 그들은 그곳에서 잠시 쉬어가기로 했다. 롤랜드는 칼끝으로 얼음을 깨서 스킬라가 얼음 밑의 물을 마실 수 있게 해주었다. 롤랜드가 식사를 하는 동안 데이빗은 냇가를 돌아다녔다. 그는 배가 고프지 않았다. 플레처의 아내가 그날 아침 집에서 만든 커다란 빵과 잼을 준 덕에 배 속이 아직 그득했다. 데이빗은 바위에 앉아 얼음에 던질 돌멩이를 찾으려고 눈을 파헤쳤다. 눈이 얼마나 많이 왔는지 팔이 눈 속에 완전히 파묻혔다. 그런데 손가락이 돌멩이에 닿는 순간 갑자기 눈 속에서 손 하나가 튀어나와서 데이빗의 팔꿈치 바로 위를 붙잡는 것이 아닌가! 희고 가느다란 손이었고 손톱이 톱니처럼 까칠까칠했다. 그 손은 엄청난 힘으로 데이빗을 눈 속으로 끌어당겼다. 데이빗이 도움을 청하려고 입을 벌렸지만 또 다른 손이 그의 입을 막았다. 두 손에 끌려가는 동안 눈이 그의 머리 위로 쏟아졌고 그 후로는 나무도 하늘도 보이지 않았다. 데이빗을 움켜잡은 손은 잠시도 경계를 늦추지 않았다. 등 쪽에 단단한 땅이 느껴졌고 데이빗은 숨을 쉴 수가 없었다. 그는 그대로 땅 속으로 끌려 들어갔고 잠시 후 정신을 차려보니 흙과 돌로 이루어진 지하 동굴 속이었다. 마침내 데이빗을 끌어내린 손이 그를 놓고 불을 밝혔다. 데이빗의 머리 위쪽에서 뻗어 내려온 나무뿌리가 얼굴을 간질였다. 데이빗이 앉아

있는 곳에서 세 개의 동굴이 뻗어나가고 있었다. 동굴 한구석에
는 노란빛으로 변해가는 해골들이 있었다. 해골에 붙어 있던 살
점은 이미 썩어서 없어진 지 오래인 것 같았다. 사방이 기어 다니
는 벌레와 날벌레와 거미들 천지였다. 벌레들은 습하고 차가운
공간에서 바쁘게 움직이고 싸우고 또 죽었다.

그리고 꼬부라진 남자가 있었다. 그는 한쪽 구석에 웅크리고
앉아서 데이빗을 잡아끌었던 손으로 램프를 들고 다른 손으로는
크고 검은 딱정벌레를 쥐고 있었다. 데이빗이 보는 앞에서 꼬부
라진 남자는 버둥거리는 벌레를 입 안에 집어넣었다. 머리를 먼
저 넣어서 입으로 반을 자른 다음 데이빗을 똑바로 쳐다보면서
딱정벌레를 씹어 먹었다. 벌레의 몸통 반 토막은 조금 더 움직이
다가 멈추었다. 꼬부라진 남자가 벌레를 데이빗에게 내밀었다.
몸통 속의 내장이 조금 보였다. 흰색이었다. 데이빗은 구역질이
났다.

"살려주세요! 아저씨! 저 여기 있어요!"

데이빗이 소리쳤다.

그러나 대답이 없었다. 대신 비명이 일으킨 진동으로 머리 위
의 흙이 떨어져서 데이빗의 머리와 입 안에까지 들어갔다. 데이
빗은 흙을 퉤 뱉고 나서 다시 한 번 소리를 지를 채비를 했다.

"나라면 안 그러겠다."

꼬부라진 남자가 이 사이에 낀 딱정벌레의 검은 다리를 뽑으
며 말했다.

"여긴 토양이 별로 단단하지 않아서 말이야. 게다가 눈까지 잔뜩 쌓여 있어. 눈하고 흙이 한꺼번에 내려앉으면 어떻게 될 것 같니? 아마 죽을걸? 그것도 아주 끔찍하게."

데이빗은 입을 다물었다. 곤충과 벌레들과 꼬부라진 남자와 함께 산 채로 매장되고 싶지는 않았다.

꼬부라진 남자는 벌레 반 토막에서 등껍데기를 벗겨냈다. 벌레의 내장이 그대로 드러났다.

"정말 안 먹을래? 아주 맛있는데. 껍질은 아삭아삭하고 내장은 연하단다. 그런데 가끔은 딱딱한 게 싫고 연한 것만 먹고 싶더라."

그가 벌레의 몸을 입으로 가져간 뒤 내장을 빨아먹은 다음 껍데기를 한구석에 던져버렸다.

"우리 할 얘기가 좀 있지? 너랑 같이 다니는 그 아저씬지 뭔지 하는 작자 없이 너하고 나 단 둘이서 말이야. 내가 보기에 너는 지금 네가 어떤 상황에 처했는지 잘 모르고 있는 것 같아. 아직도 지나가는 사람 아무나 널 도와줄 수 있을 거라고 생각하는 모양인데, 절대로 그렇지가 않아. 네가 지금까지 살아 있는 건 다 내 덕이야. 그 미련한 숲사람이나 명예롭지 못한 기사 때문이 아니란다."

데이빗은 자신을 도와준 사람을 그런 식으로 모욕하는 것을 가만히 듣고 있을 수가 없었다.

"숲사람은 절대 미련하지 않아요. 그리고 롤랜드 아저씨는 자

기 아버지와 다투긴 했지만 절대 남에게 해를 끼치지 않는 사람
이고요."

꼬부라진 남자가 음흉하게 웃었다.

"그자가 그렇게 말하든? 쯧쯧. 그자가 가지고 다니는 사진을
봤겠지? 라파엘이라는 친구를 찾아다닌다고 했지? 라파엘! 정말
멋진 이름이야. 그 둘은 아주 가까웠어. 무슨 뜻인지 알겠니? 아
주 많이 가까웠단 말이다."

데이빗은 그 말이 무슨 뜻인지 이해할 수는 없었지만 왠지 더
럽고 추잡한 의미를 담고 있는 것 같았다.

"어쩌면 너를 새 친구로 사귀고 싶은 건지도 모르겠구나. 그 자
는 밤마다 네가 잠든 모습을 바라보면서 네가 참 아름답다고 생
각하거든. 너하고 가까워지고 싶어한단 뜻이야. 그것도 아주 많
이."

"함부로 말하지 마세요!"

데이빗이 소리쳤다.

꼬부라진 남자가 갑자기 벌떡 일어서더니 개구리처럼 팔짝팔
짝 뛰어서 데이빗에게 다가왔다. 그의 앙상한 손이 소년의 턱을
세게 움켜쥐었다. 손톱이 턱을 파고들 것만 같았다.

"머리에 피도 안 마른 녀석이 어른한테 이래라 저래라 하면 못
쓴다, 아가! 난 네 머리를 부셔서 저녁식사 테이블에 장식용으로
쓸 수도 있어. 네 골을 빨아먹은 다음 머리에 구멍을 뚫어서 양초
를 꽂을 수도 있다고. 사실 별로 빨아먹을 것도 없겠지만 말이야.

넌 그다지 영리한 녀석이 아니야. 죽은 사람의 목소리를 듣고 알지도 못하는 세계로 건너왔어. 집으로 돌아가는 길도 모르면서 네가 돌아갈 방법을 알고 있는 유일한 사람인 나한테 대들기나 하고. 한마디로 넌 아주 무례하고 배은망덕하고 멍청한 녀석이야."

그가 손가락으로 탁 하고 소리를 내자 꼬부라진 남자의 손에 길고 날카로운 바늘이 나타났다. 마치 딱정벌레의 다리를 이어서 만든 것 같은 거칠고 검은 실이 꿰어져 있었다.

"입을 확 꿰매버리기 전에 말조심하는 게 좋을걸!"

그가 데이빗의 얼굴을 잡고 있던 손을 풀고 그의 뺨을 가볍게 두드렸다.

"내가 네 편이라는 증거를 보여주지."

그가 가르랑거리는 소리를 내더니 벨트에 차고 있던 가죽 주머니에서 늑대 정찰병의 주둥이를 꺼내 데이빗의 코앞에서 흔들었다.

"널 쫓고 있었어. 숲 속에 있던 교회 건물에서 나오는 널 발견했지. 내가 아니었으면 놈이 널 죽였을걸? 정찰병이 앞서 간 길을 다른 놈들이 뒤따라오고 있었어. 놈들이 네 뒤를 밟고 있단 뜻이야. 놈들은 점점 더 많아지고 있어. 변종의 수도 늘어나고 있고. 이제 아무도 놈들을 막을 수가 없어. 놈들이 머지않아 왕국을 점령할 거야. 왕도 그 사실을 알고 있지만 왕에게는 그들을 막을 힘이 없어. 그러니까 늑대들한테 잡히기 전에 네가 살던 곳으로 돌아가는 게 좋을 거다. 내 질문에 대답을 해주면 해가 지기 전에 돌아가게 해주지. 집으로 돌아가면 아주 편안할 거야. 그러면 모든 문제가 해결되는 거지. 네 아빠는 널 사랑할 거야. 오직 너만을 사랑할 거야. 내 질문에 대답을 해주면 내가 그 모든 걸 보장해주마."

데이빗은 꼬부라진 남자와 거래를 하고 싶지 않았다. 그는 믿을 수 없는 사람이었고 많은 것을 감추고 있는 사람이었다. 그와의 거래는 결코 단순하고 쉬운 것일 리가 없었다. 그러나 그가 한 말은 사실이었다. 늑대들이 쫓고 있었고 그들은 데이빗을 찾을 때까지 절대로 포기하지 않을 것이다. 롤랜드도 늑대들을 전부다 죽일 수는 없을 것이다. 게다가 괴물들도 있었다. 그가 죽인 괴물은 이 숲에 살고 있는 많은 괴물들 중에 한 놈일 뿐이었다. 어쩌면 루프들이나 그 괴물보다 더 끔찍한 괴물들이 살고 있을 수도 있었다. 이곳에 있는지, 아니면 다른 곳에 있는지는 알 수 없지만 데이빗의 엄마는 그의 손길이 닿지 않는 곳에 있는 것이 분명했다. 엄마가 어디 있는지 데이빗으로서는 알 길이 없었다. 엄마를 찾을 수 있다고 생각했던 자신이 너무도 한심했지만 엄마를 찾고 싶은 마음이 그만큼 간절했다. 데이빗은 엄마가 살아 있기를 바랐다. 엄마가 보고 싶었다. 가끔 엄마를 잊고 지낼 때도 있긴 했지만 그러다가도 문득 엄마가 너무도 그리워졌다. 그러나 이곳에서도 그의 외로움은 달랠 수가 없었다. 이제 집으로 돌아갈 시간이었다.

그래서 데이빗이 물었다.

"알고 싶은 게 뭐죠?"

꼬부라진 남자가 데이빗에게로 몸을 숙인 뒤 그에게 속삭였다.

"너희 집에 있는 아기의 이름을 말해다오. 네 이복남동생의 이름 말이야."

그 말을 듣는 순간 데이빗은 두려운 마음이 잦아들었다.

"하지만 왜요?"

이해할 수가 없었다. 만약 그의 침실에서 서성거리던 남자가 바로 그였다면 어느 방이든 마음대로 드나들 수 있었던 것이 아닐까? 잠을 자다가 언뜻 누군가, 혹은 뭔가가 그의 얼굴을 만지는 것 같은 불쾌한 느낌에 잠에서 깨어났던 기억이 떠올랐다. 조지의 침실에서 나던 낯선 냄새, 평상시에 조지에게서 나던 냄새보다 조금 더 이상한 냄새도 기억하고 있었다. 그것이 혹시 꼬부라진 남자가 남긴 흔적은 아니었을까? 그의 집 안에서 돌아다닐 때 가족들이 조지의 이름을 부르는 것을 듣지 못했던 것일까?

"네 입으로 그 아이 이름을 말해. 뭐 대단한 일도 아니잖아? 아주 시시한 부탁이지. 어서 말해. 그럼 모든 고생이 다 끝나는 거야."

데이빗은 침을 꿀꺽 삼켰다. 집에 가고 싶은 마음이 굴뚝같았고 그가 해야 할 일은 조지의 이름을 말하는 것뿐이었다. 데이빗이 입을 벌리려는 찰나, 그의 귓가에 들려온 이름은 조지의 이름이 아니라 그 자신의 이름이었다.

"데이빗! 어디 있니!"

롤랜드였다.

땅을 파는 소리가 들렸다. 롤랜드의 목소리를 듣고 꼬부라진 남자가 몹시 불쾌해하며 씩씩거렸다.

"빨리! 어서 말해! 어서!"

그가 다그쳤다.

머리 위로 흙 한 무더기가 떨어졌고 거미 한 마리가 그의 얼굴 위로 지나갔다.

"어서 말하라니까!"

그가 소리를 질렀고 데이빗의 머리 위로 땅이 꺼졌다. 흙더미가 데이빗의 시야를 가리며 얼굴 위로 쏟아졌다. 시야가 가려지기 직전에 데이빗은 꼬부라진 남자가 지반의 붕괴를 피해 터널로 달아나는 것을 보았다. 데이빗의 입과 코가 온통 흙으로 막혔다. 숨을 쉬려 해보았지만 흙이 목에 걸렸다. 데이빗은 흙 속에서 질식하고 있었다. 그때 누군가의 손이 그의 어깨를 잡아 어둠으로부터 깨끗하고 상쾌한 공기 속으로 끌어냈다. 마침내 앞이 보였지만 흙과 벌레들이 여전히 코와 입을 막고 있었다. 롤랜드가 그의 몸에서 흙과 벌레들을 털어냈다. 데이빗은 기침을 하면서 목에 막혀 있던 흙과 피와 담즙을 뱉어내고 눈밭에 모로 누웠다. 눈물이 뺨 위에 얼어붙었고 이가 딱딱 부딪쳤다.

롤랜드가 그의 곁에 무릎을 꿇고 앉았다.

"데이빗, 도대체 어떻게 된 거니? 어서 얘기해봐라."

'말해! 말해!'

롤랜드가 데이빗의 얼굴을 어루만졌고 데이빗은 움츠러들었다. 데이빗의 반응을 보고 롤랜드도 얼른 손을 거두었다.

"집으로 돌아가고 싶어요……."

데이빗이 흐느껴 울며 말했다.

"제가 원하는 건 그것뿐이에요. 집으로 돌아가고 싶어요."

데이빗은 눈밭에서 몸을 웅크리고 더 이상 눈물이 나오지 않을 때까지 펑펑 울었다.

제23장
늑대들의 진격

　데이빗은 스킬라를 탔지만 롤랜드는 말을 타지 않고 고삐를 잡고 걸었다. 롤랜드와 데이빗 사이에 묘한 긴장이 감돌았다. 롤랜드가 상처를 받았고 그 이유도 알고 있었지만 데이빗은 어떻게 사과해야 할지 알 수 없었다. 꼬부라진 남자가 롤랜드와 라파엘의 관계에 대해 암시를 주긴 했지만 그가 데이빗에게 그런 감정을 품고 있다는 말은 선뜻 믿기지가 않았다. 다 거짓말이었다. 지금껏 롤랜드가 그에게 보여준 감정은 단순한 친절 이상이 아니었다. 그의 호의에 다른 의도가 숨어 있었다면 이미 오래전에 드러났을 것이다. 데이빗은 롤랜드의 손길에 움츠러들었던 것이 후회가 되었다. 그러나 아주 짧은 순간이나마 꼬부라진 남자의 말이 사실일지도 모른다는 생각이 들었던 것만은 부인할 수 없었다.

　다시 기운을 차리기까지 꽤 많은 시간이 걸렸다. 목이 아팠고 냇가의 얼음물로 헹궈냈는데도 입 안에서 흙이 씹혔다. 한참이 지난 뒤에야 데이빗은 롤랜드에게 땅 속에서 있었던 일을 설명할 수 있었다.

"그자가 원한 게 그게 전부야? 네 이복동생의 이름을 말하라는 것?"

데이빗의 이야기를 듣고 롤랜드가 물었다.

데이빗은 고개를 끄덕였다.

"그렇게만 하면 바로 집으로 돌아갈 수 있댔어요."

"그자 말을 믿니?"

데이빗은 그의 질문을 잠시 생각해 보았다.

"네. 그 사람이 마음만 먹으면 절 집으로 돌려보내줄 수 있을 거 같아요."

"그렇다면 결정을 내려야 하겠구나. 하지만 잘 기억해라. 대가를 치르지 않고는 아무것도 얻을 수 없어. 잿더미가 된 마을을 보고 마을 사람들이 똑똑히 배웠던 것처럼. 세상의 모든 일에는 치러야 할 대가가 있는 법이지. 거래를 하기 전에 그 대가가 무엇인지를 아는 편이 좋을 거다. 숲사람이 이 남자를 요술쟁이라고 불렀다고 했지? 만약 정말 그렇다면 그가 하는 말을 전부 다 믿어선 안 돼. 그런 자와 거래를 할 땐 조심해야 한다. 그가 하는 말을 잘 들어야 해. 그 사람은 절대로 자기 생각을 전부 다 말하지 않을 거고 드러내는 것보다는 감추는 게 많을 거야."

롤랜드는 그 말을 하는 동안 데이빗을 바라보지 않았다. 그 후로 한참 동안 두 사람은 말이 없었다. 그날 밤 쉬어가기 위해 말을 세웠을 때 두 사람은 롤랜드가 피워놓은 모닥불을 사이에 두고 마주 앉아서 말없이 저녁을 먹었다. 롤랜드는 스킬라의 등에서 안장을 내린 뒤 나무 위에 기대어놓고 데이빗의 담요를 깔아놓은 곳에서 멀찌감치 떨어진 곳에 누웠다.

"그만 쉬렴. 난 별로 피곤하지 않아. 네가 자는 동안 망을 보고 있을게."

데이빗이 고맙다고 말했다.

자리에 누워서 눈을 감았지만 잠이 오지 않았다. 늑대와 루프, 아빠와 로즈, 조지의 모습이 차례로 떠올랐고 죽은 엄마와 꼬부라진 남자의 제안이 떠올랐다. 데이빗은 이곳을 떠나고 싶었다. 조지의 이름을 말하는 것만으로 돌아갈 수 있다면 더더욱 그러고 싶었다. 그러나 롤랜드가 곁에 있는 한 꼬부라진 남자는 그를 찾아오지 않을 것이다. 데이빗은 롤랜드에게 점점 더 화가 났다. 롤랜드는 그를 이용하고 있었다. 그를 보호해주고 왕이 살고 있는 성으로 안내해주겠다는 약속의 대가는 너무도 컸다. 데이빗은 지금 알지도 못하는 사람, 롤랜드가 특별한 감정을 갖고 있다는 사람을 찾아 헤매고 있었다. 게다가 꼬부라진 남자의 말이 옳다면, 롤랜드가 친구에 대해 품고 있는 특별한 감정은 전혀 자연스러운 감정이 아니었다. 데이빗이 살던 세계에서는 그런 사람들을 칭하는 이름이 따로 있었다. 데이빗은 늘 그런 사람들과 가까이 해서는 안 된다는 이야기를 들으며 자랐지만 이 낯선 세계에서 그런 사람과 친구가 되어 있었다. 머지않아 그들은 헤어질 것이다. 다음 날이면 성에 도착할 것이다. 그곳에 가면 그의 친구 라파엘에게 무슨 일이 일어났는지 알 수 있을 것이다. 그 다음에 롤랜드는 그를 왕에게로 데려다줄 것이다. 그러면 그들의 만남도 끝이었다.

데이빗이 잠든 사이, 그리고 롤랜드가 생각에 잠겨 있는 사이, 플레처는 마을의 돌담 뒤에서 활을 옆에 놓고 무릎을 꿇고 앉아 있었다. 다른 사람들도 그의 곁에 웅크리고 앉아 있었다. 괴물을 상대할 때처럼 그들의 얼굴이 또다시 횃불로 밝혀졌다. 그들은 모두 숲을 바라보고 있었다. 어둠 속에서도 더 이상 숲이 고요하고 텅 비어 있지 않다는 것을 알 수 있었다. 나무들 사이로 그림자들이 움직였다. 셀 수도 없이 많은 그림자들이었다. 대부분 네 발로 걸어다녔고 회색과 흰색, 검은색 짐승들이었지만 간혹 짐승의 얼굴을 하고 사람처럼 옷을 입고 두 발로 걸어다니는 짐승들도 있었다.

플레처는 몸을 떨었다. 말로만 들었던 늑대 무리가 분명했다. 이렇게 많은 짐승들이 한꺼번에 몰려다니는 것은 처음 보았다. 늦여름에 떼를 지어 이동하는 철새들도 이렇게 많지는 않았다. 게다가 이 짐승들은 단순한 짐승이 아니었다. 그들은 사냥을 하고 번식을 하는 본능을 넘어 하나의 목표를 향해 치밀하게 움직였다. 그들의 우두머리인 루프는 규율을 정하고 작전을 짰다. 그들은 인간과 늑대의 가장 끔찍한 면만을 지니고 있었다. 왕의 군대라고 해도 그들을 물리칠 수 없을 것이다.

늑대의 무리에서 루프 하나가 앞으로 나와 숲의 가장자리에 서서 조그만 마을의 돌담 뒤에 웅크리고 있는 사람들을 바라보았다. 그 루프의 옷차림은 다른 녀석들보다 훨씬 더 화려했다. 멀리서도 다른 늑대들보다 훨씬 더 사람에 가깝다는 것을 알 수 있었지만 그렇다고 사람으로 착각할 정도는 아니었다.

르로이. 왕이 되고 싶어하는 늑대.

괴물을 기다리는 동안 롤랜드는 늑대와 루프들, 그리고 데이빗이 어떻게 놈들을 물리쳤는지에 대해 플레처에게 이야기해주었다. 플레처는 소년과 롤랜드가 무사하고 안전하기를 바랐지만 그러면서도 그들이 이 아직 이 마을에 남아 있지 않다는 것이 다행스러웠다.

르로이는 그들이 이곳에 왔던 것을 알고 있었다. 만약 아직도 이곳에 있다고 생각했다면 이미 늑대들을 이끌고 공격을 감행했을 것이다.

플레처가 발꿈치를 들고 평지 맞은편 르로이가 서 있는 곳을 바라보았다.

"뭐하시는 거예요!"

곁에 서 있던 사람이 속삭였다.

"한낱 짐승 따위를 두려워하지 않겠어. 저들이 원하는 것을 주지 않을 거야."

플레처가 말했다.

마치 플레처의 말을 알아들었다는 듯이 르로이가 고개를 끄덕이고는 천천히 뾰족한 손톱 끝으로 목을 어루만졌다. 왕을 처치하고 나서 플레처와 마을 사람들이 얼마나 용감한지 시험해볼 생각이었다. 르로이는 돌아서서 무리에 합류했다. 마을 사람들은 어마어마한 규모의 늑대 부대가 왕국을 손에 넣기 위해 숲으로 향하는 것을 망연히 바라볼 뿐이었다.

제24장
가시의 성

다음 날 아침 눈을 떠보니 롤랜드가 보이지 않았다. 모닥불도 꺼졌고 스킬라도 나무에 묶여 있지 않았다. 일어나 주위를 둘러보니 말의 발자국이 숲 쪽으로 나 있었다. 처음에는 걱정이 되었다가 그 다음에는 차라리 잘됐다는 생각이 들었다. 그러나 나중에는 작별인사도 없이 사라져버린 그에게 화가 났고 마지막으로는 두려움이 밀려들었다. 꼬부라진 남자를 혼자 상대할 자신이 없었고, 늑대를 상대하는 것은 그보다 더 자신이 없었다. 데이빗은 수통의 물을 마셨다. 손이 부들부들 떨렸고 그 바람에 물이 쏟아져서 옷을 적셨다. 셔츠에 묻은 물을 닦아내려다가 손톱이 거친 셔츠 자락에 걸리고 말았다. 셔츠의 올이 풀렸고 올에 끼어 손톱이 부러졌다. 데이빗은 아파서 소리를 질렀다. 그리고 화가 나서 수통을 수풀에 던진 다음 바닥에 털썩 주저앉아 두 손으로 머리를 감쌌다.

"그래봐야 무슨 소용이 있니?"

롤랜드의 목소리였다.

데이빗이 고개를 들었다. 롤랜드가 스킬라를 타고 숲에서 막 벗어나고 있었다.

"아저씨가 떠나버린 줄 알았어요."

"왜 그런 생각을 했지?"

데이빗이 어깨를 으쓱했다.

그를 믿지 못하고 화를 낸 것이 부끄러웠다. 데이빗은 화를 내는 것으로 자신의 감정을 숨기려 했다.

"눈을 떠보니 아저씨가 없었어요. 그러니까 당연히 떠나버린 줄 알았죠."

"주변을 둘러보러 나갔다고 생각했어야지. 널 혼자 둬도 안전하다고 생각했어. 여긴 땅 속이 암석 투성이니까 그 이상한 자가 널 데려가지 못할 테니까. 네가 소리를 지르면 금방 달려올 거리에 있었어. 네가 괜한 걱정을 했구나."

롤랜드는 말에서 내려서 말을 끌고 데이빗이 앉아 있는 곳으로 다가왔다.

"네가 그 기분 나쁜 자식한테 끌려갔다 온 뒤로 우리 관계가 좀 불편해진 것 같구나. 그자가 너한테 무슨 이야기를 했을지 대충 짐작이 간다. 라파엘에 대한 나의 감정은 오직 나만의 것이야. 나는 라파엘을 사랑했고 그게 전부란다. 그 나머지는 다른 사람이

상관할 바가 아니라고 생각해. 그리고 너에 대한 감정은…… 넌 내 친구야. 너는 보기보다 용감한 아이이고 네 자신이 생각하는 것보다도 훨씬 더 강한 사람이야. 갑자기 낯선 세계에 떨어져서 낯선 사람과 함께 지내게 됐지만 늑대들과 트롤들을 물리쳤고 무장한 병사들도 다 죽여버린 괴물을 물리쳤고 너가 '꼬부라진 남자'라고 부르는 그 교활한 자의 제안도 뿌리쳤어. 넌 단 한 번도 절망에 빠지지 않았어. 솔직히 처음에 널 왕에게 데려다주겠다고 했을 때 난 네가 짐이 될 거라고만 생각했단다. 하지만 넌 네가 믿고 의지할 수 있는 사람이란 걸 내게 보여주었어. 이제 내가 믿고 의지할 사람이라는 것을 너에게 증명할 차례인 것 같구나. 그렇지 않으면 너와 나 모두 길을 잃고 방황하는 것일 뿐일 테니까. 자, 이제 다시 길을 떠나자. 우리의 목적지가 멀지 않으니."

그가 데이빗에게 손을 내밀었다. 데이빗이 손을 잡자 롤랜드가 그를 일으켰다.

"죄송해요."

데이빗이 말했다.

"죄송할 것 없다. 어서 짐을 챙겨. 이제 우리 여행도 거의 끝나가고 있어."

잠시 말을 달렸을 뿐인데 주위의 공기가 달라지는 것 같았다. 데이빗의 머리카락과 팔에서 털이 쭈뼛 섰다. 손으로 만져보니 정전기가 났다. 서쪽에서 이상한 냄새가 밴 바람이 불었다. 마치

지하에서 나는 냄새처럼 곰팡내와 마른 내가 뒤섞여 있었다. 두 사람은 경사진 길을 오르다가 마침내 언덕마루에 이르러서 아래쪽을 내려다보았다.

그들 앞에는 마치 눈 위의 얼룩처럼 어두운 성의 그림자가 펼쳐져 있었다. 성이라기보다는 하나의 얼룩 같았다. 전체적으로 어딘가 이상했다. 중앙의 탑과 벽, 헛간들을 분간할 수는 있었지만 마치 축축한 종이에 번진 수채화의 선처럼 경계가 불분명했다. 깊은 숲 속에 자리 잡은 성의 주위로는 엄청난 폭발이라도 있었던 듯 나무들이 모두 쓰러져 있었다. 성벽 총안마다 반짝이는 금속이 보였다. 성 위로 새들이 날고 있었고 마른 냄새는 점점 더 강해졌다.

"썩은 고기를 먹는 새들이야. 시체를 파먹는 새."

롤랜드가 새들을 가리키며 말했다.

데이빗은 그가 무슨 생각을 하고 있는 지 알 것 같았다. 라파엘은 바로 저 성에 들어갔다가 돌아오지 못했다.

"아무래도 넌 여기 있는 게 좋겠다. 그게 안전하겠어."

롤랜드가 말했다.

데이빗은 주위를 둘러보았다. 이곳의 나무들은 다른 곳의 나무들과 달랐다. 비틀어지고 오래된 데다 나무껍질은 병이 들었고 곳곳에 구멍이 뚫려 있었다. 마치 고통 속에서 그 자리에 얼어붙은 노인들을 연상시켰다. 그는 이런 나무들 틈에 혼자 있고 싶지 않았다.

"안전하다고요? 늑대들이 쫓아오고 있어요. 게다가 이 숲에 무슨 짐승들이 살고 있는지 누가 알아요? 절 여기다 두고 가시면 전 걸어서라도 아저씨를 쫓아갈 거예요. 어쩌면 저기서도 제가 도움이 될지도 모르잖아요? 괴물과 싸울 때도 잘 해냈잖아요. 이번에도 잘할 수 있을 거예요!"

데이빗이 단호하게 말했다.

롤랜드는 굳이 그를 말리지 않았다. 두 사람은 함께 성으로 향했다. 숲을 지날 때 어디선가 목소리들이 들려왔다. 나무 속에서 나는 소리가 구멍 밖으로까지 새어나오는 것 같았다. 그러나 나무가 내는 소리인지 아니면 나무 안에 살고 있는 뭔가가 내는 소리인지는 확실히 알 수 없었다. 두 번인가 나무 안에서 뭔가 움직이는 것을 본 것도 같았다. 한번은 나무 안의 뭔가가 그를 바라보고 있는 것 같은 생각이 들어서 롤랜드에게 그렇게 말했다.

"무서워할 필요 없어. 그 안에 뭐가 있는지는 모르지만 저 성과는 아무 상관이 없으니 그들이 널 건드리지 않는 한 신경 쓸 것 없다."

그렇게 말하면서도 롤랜드는 오른손으로 천천히 칼집에서 칼을 뽑아 스킬라의 옆구리 쪽으로 내려 들었다.

나무가 얼마나 빼곡하게 들어섰는지 숲을 가로지르는 동안 성이 잠시 시야에서 사라졌다. 마침내 쓰러진 나무들이 있는 곳에 이르렀을 때 데이빗은 충격에 휩싸였다. 폭발의 위력은 대단했다. 어떤 폭발이었는지는 알 수 없지만, 뿌리채 뽑혀버린 나무들이 커다란 구멍들 옆에서 뒹굴고 있었다.

그 아수라장의 한복판에 성이 있었다. 데이빗은 이제야 왜 성의 경계가 뚜렷하지 않았는지 알 것 같았다. 갈색 가시덤불이 탑과 성벽과 총안을 뒤덮고 있었다. 어떤 가시는 길이가 30센티미터나 되었고 데이빗의 팔뚝보다 굵은 것도 있었다. 가시를 밟고 성벽을 기어오를 수도 있을 것 같았다. 잘못해서 발을 헛디뎠다가는 팔이나 다리, 심지어는 머리나 가슴까지 가시에 찔려 죽을 것 같았다.

두 사람은 말을 타고 성을 돌면서 문을 찾아보았다. 문은 열려 있었지만 가시덤불이 입구를 점령하고 있었다. 그들은 가시덤불 틈으로 성의 안뜰과 탑 아래쪽에 닫혀 있는 문을 보았다. 탑의 문 앞에 갑옷 한 벌이 있었지만 투구도 없었고 머리도 없었다.

"아저씨, 혹시 저 갑옷……."

그러나 롤랜드는 탑의 문이나 그 앞에 놓인 머리 없는 기사 쪽을 보고 있지 않았다. 그는 목을 길게 빼고 성벽의 총안들을 바라보고 있었다. 데이빗은 그의 시선을 따라가 보았고 비로소 멀리서 보았을 때 성벽에서 반짝이던 것들이 무엇이었는지 깨달았다. 총안마다 뾰족한 가시에 사람들의 머리가 달려 있었다. 맨 얼굴도 있었고 화려한 투구를 쓰고 있는 얼굴도 있었다. 그러나 투구를 쓴 얼굴도 안면 보호대가 젖혀져 있어서 표정만은 똑똑히 볼 수 있었다. 대부분 해골보다 조금 나은 상태였다. 얼굴을 알아볼 수 있는 것도 서너 개 있었지만 살점이라고는 거의 남아 있지 않았고 대부분 뼈에 얇은 회색 껍데기를 씌워놓은 것 같았다. 롤랜드는 총안의 해골들을 차례로 바라보았고 전부 다 확인한 뒤 안도했다.

"다행히 라파엘은 저기 없는 것 같구나. 라파엘의 머리도, 투구도 없어."

그가 말에서 내려 성의 문을 향해 걸었다. 롤랜드는 칼을 빼들고 가시를 쳐내면서 걸었다. 잘라낸 가시가 바닥에 떨어지면 그 자리에 또 다른 가시가 자라났다. 잘린 가시보다 더 크고 굵은 가시였다. 가시는 무서운 속도로 자라났고 어떤 것은 하마터면 롤랜드의 가슴을 찌를 뻔했다. 그때부터 롤랜드는 가시를 자르지 않고 덤불을 헤치며 걸었다. 그러나 그의 칼날이 가시를 아주 조금만 잘라내도 곧바로 또 다른 가시가 자라났다.

롤랜드는 한 걸음 뒤로 물러서서 칼을 칼집에 넣었다.

"안으로 들어가는 길이 있을 거야. 그렇지 않으면 저 사람들이 어떻게 저 안에 들어가서 죽었겠어? 기다리자. 기다리고 또 지켜보는 거야. 그럼 이 성의 비밀이 드러나겠지."

두 사람은 모닥불을 피워놓고 조용히 기다렸다. 가시의 성 앞에서의 고요하면서도 불안한 기다림이었다.

어둠이 내렸다. 아니, 어둠이 내렸다기보다는 어둠이 짙어졌다. 이것이 이 이상한 세계의 밤이었다. 하늘을 올려다보니 으스름한 달빛이 보였다. 성 주변을 돌아보는 동안 멈추지 않았던 숲의 속삭임이 달이 떠오르자 일제히 멈추었다. 시체를 파먹던 새들도 보이지 않았다. 이제 데이빗과 롤랜드뿐이었다.

탑의 맨 꼭대기 창문에서 흐릿한 불빛이 새어나왔고 그림자 하나가 지나가면서 잠시 불빛이 가려졌다. 그림자는 잠시 멈춰서서 롤랜드와 소년을 바라보다가 이내 사라졌다.

"저 안에 사람이 있어."

데이빗이 입을 떼기 전에 롤랜드가 말했다.

"여자 같았어요."

데이빗이 말했다.

성에서 잠자는 여자를 지키는 마녀인 모양이었다. 달빛에 총안마다 꽂혀 있는 해골의 투구들이 반짝이면서 그와 롤랜드에게 다가올 위험을 예고했다. 이 성에 처음 왔을 때만 해도 그들은 모두 완전 무장을 하고 있었을 것이다. 그러나 그들은 모두 죽었다. 탑문 앞에 놓인 기사의 시신은 롤랜드보다 적어도 30센티미터는 더 커 보였고 어깨도 두 배는 되어 보였다. 성을 지키는 사람이 누구이건 아주 강하고 빠르고 또 잔인한 것이 분명했다.

그들이 멍하니 탑을 바라보고 있는 동안 갑자기 성문을 막고 있던 가시덤불이 움직이더니 천천히 벌어지면서 사람 하나가 지나갈 정도의 공간이 만들어졌다. 기다란 가시들이 마치 깨물려고 벌린 입처럼 도사리고 있었다.

"이건 덫이야. 틀림없어."

롤랜드가 일어섰다.

"하지만 나한테는 다른 선택이 없어. 라파엘에게 무슨 일이 일어났는지 밝혀내야만 해. 이렇게 넋 놓고 앉아서 가시와 성벽을 바라보려고 이 먼 길을 온 건 아니니까."

롤랜드가 왼손으로 방패를 들었다. 두려워하는 것 같진 않았다. 오히려 데이빗이 그를 처음 만난 이후 그 어느 때보다도 편안해 보였다. 그는 사라져버린 친구를 찾아 고향을 버리고 온갖 고생을 겪으며 이곳까지 왔다. 저 안에서 무엇이 그를 기다리고 있건, 그의 친구가 살아 있건 죽었건, 이제 라파엘에게 무슨 일이 일어났는지 진실을 알게 되리라.

"넌 여기 있어라. 불이 꺼지지 않도록 계속 피워야 한다."

롤랜드가 말했다.

"아침이 밝아도 내가 돌아오지 않으면 스킬라를 타고 최대한 빨리 이곳에서 달아나. 스킬라는 이제 네 말이나 다름없어. 녀석은 날 사랑하는 것과 똑같이 널 사랑하니까. 큰 길로 나가면 스킬라가 너를 왕의 성으로 데려다줄 거야."

롤랜드가 데이빗을 바라보며 미소를 지었다.

"그동안 너와 함께 여행할 수 있어서 정말 영광이었어. 우리가 다시 만나지 못하더라도, 네가 어떻게든 집으로 돌아갈 수 있게 되길 바란다."

두 사람은 악수를 했다.

데이빗은 울지 않았다. 그 자신도 롤랜드처럼 용감한 남자가 되고 싶었다. 그러나 잠시 후 데이빗은 롤랜드가 정말 용감했던 것인지 의문이 들었다. 롤랜드는 라파엘이 죽었다고 믿고 있었고 라파엘을 죽인 자에게 복수를 하고 싶어했다. 그러나 성문을 지나 안으로 들어서는 롤랜드를 바라보면서 데이빗은 깨달았다. 롤랜드는 라파엘 없이는 살 수가 없고, 라파엘 없이 사느니 차라리 죽는 편이 낫다고 생각했던 것이었다.

데이빗은 입구까지 롤랜드를 배웅했다. 문으로 다가서면서 롤랜드는 가시를 뚫어지게 바라보았다. 그가 들어가기 전에 다시 가시들이 막혀버릴까봐 두려워하는 것 같았다. 그러나 그가 다가갈 때까지 가시들은 움직이지 않았고 롤랜드는 무사히 안으로 들어설 수 있었다. 그는 탑 입구에 쓰러진 기사의 갑옷을 넘은 뒤 탑의 문을 열었다. 그리고 뒤를 돌아보면서 칼을 들어 마지막 작별 인사를 한 다음 탑 안의 어둠 속으로 사라졌다. 가시덤불이 꿈틀거리며 부풀어 오르더니 다시 공간을 막아버렸다. 성 주위에는 다시 정적만이 흘렀다.

꼬부라진 남자는 숲에서 가장 높은 나뭇가지에 앉아서 그 모든 광경을 지켜보았다. 나무 안에 살고 있는 것들 따위는 신경조차 쓰지 않았다. 나무 속에 살고 있는 것들은 이 이상한 세계에서 꼬부라진 남자를 가장 두려워했다.

탑에 살고 있는 마녀는 늙고 잔인했지만 꼬부라진 남자는 그보다 더 늙었고 더 잔인했다. 그는 불가에 앉아 있는 소년을 바라보았다. 스킬라가 나무에 묶이지 않은 채로 소년의 곁을 지켰다.

용감하고 영리한 말이라 주인을 두고 겁에 질려 달아나지 않았다. 꼬부라진 남자는 데이빗에게 다가가서 다시 한 번 아이의 이름을 물어볼까 생각했다가 그만두기로 했다. 가시의 성을 바라보면서 죽은 기사들의 해골들과 함께 하룻밤을 보내고 나면 좀 더 고분고분해질 것이다.

꼬부라진 남자는 알고 있었다. 롤랜드가 결코 성에서 살아나오지 못하리라는 것을.

그렇게 되면 데이빗은 다시 혼자였다.

시간은 더디게 흘렀다. 데이빗은 나뭇가지로 모닥불을 쑤시면서 롤랜드가 돌아오기만을 기다렸다. 이따금씩 스킬라가 그의 목을 핥았다. 마치 자기가 여기 있다고 말하는 것 같았다. 데이빗은 스킬라의 힘과 충성스러움이 왠지 믿음직스러웠다.

그러나 어느 순간 피로가 엄습해왔고 온갖 생각들이 떠오르기 시작했다. 깜빡 잠이 들 때마다 꿈을 꾸었다. 떠나온 집이 보였고 지난 며칠 동안 일어났던 일들이 재연되었다. 늑대들과 난쟁이들과 괴물의 새끼들이 모두 등장했다. 데이빗의 이름을 부르는 엄마의 목소리도 들렸다. 마지막이 가까워왔을 때 그랬던 것처럼 몹시 고통스러워하는 목소리였다. 엄마의 얼굴이 다시 로즈의 얼굴로 바뀌었다. 마치 데이빗이 독차지했던 아빠의 사랑을 조지에게 빼앗겨버린 것처럼.

하지만 정말 그럴까? 데이빗은 문득 자신이 조지를 보고 싶어

한다는 것을 깨달았다. 데이빗 자신조차도 그러한 감정이 너무 놀라워서 하마터면 잠에서 깨어날 뻔했다. 아기가 그를 보고 웃는 모습이나 통통한 손으로 그의 손가락을 움켜잡던 생각이 났다. 시끄럽고 냄새 나고 이것저것 요구가 많은 것은 사실이지만 아기들이란 원래 다 그렇지 않은가? 그런 것들이 조지의 잘못이라고는 말할 수 없었다.

조지의 모습이 흐릿해졌고 그 자리에 롤랜드가 나타났다. 롤랜드는 한 손에 칼을 들고 길고 어두운 복도를 걷고 있었다. 그는 탑 안에 있었지만 탑 자체가 하나의 환영이었다. 탑 안에는 수많은 방들과 복도들이 있었고 방마다 방심하는 사람들을 걸려들게 만드는 덫이 있었다. 롤랜드는 크고 둥근 방에 있었다. 꿈속에서 롤랜드의 눈은 믿을 수 없다는 듯 휘둥그레졌고 어둠 속에서 누군가가 데이빗의 이름을 불렀다. 그리고 방 벽이 붉게 물들었다.

데이빗은 눈을 번쩍 떴다. 그는 모닥불 가에 앉아 있었고 불길은 거의 잦아들고 있었다. 롤랜드는 돌아오지 않았다. 데이빗은 자리에서 일어서서 가시의 문 쪽으로 다가갔다. 데이빗이 멀어지자 스킬라가 날카로운 소리를 냈지만 데이빗을 쫓아오지는 않았다. 데이빗은 문 앞에 서서 손가락 끝으로 조심스럽게 가시 하나를 만졌다. 가시덤불이 움츠러들면서 공간이 생겼다. 데이빗은 스킬라와 잦아드는 모닥불을 바라보았다.

지금 당장 이곳을 떠나야 했다. 새벽까지 기다릴 이유가 없었다. 스킬라가 그를 왕에게로 데려다줄 것이고 왕이 그에게 돌아가는 길을 알려줄 것이다.

그러나 데이빗은 망설였다. 자기가 돌아오지 않으면 어떻게 해야 하는지 롤랜드가 그에게 일러주었지만 데이빗은 포기하고 싶지 않았다. 어떻게 해야 할 지 알 수 없어 망설이는 동안 목소리가 들려왔다.

"데이빗! 어서 들어와!"

엄마의 목소리였다.

"엄만 탑 안에 갇혀 있어! 병이 들어서 잠들었는데, 어느새 이곳에 와 있더구나! 마녀가 날 감시하고 있어! 깨어날 수가 없구나! 빠져나갈 수가 없어! 어서 날 도와다오!"

"엄마! 전…… 무서워요!"

데이빗이 말했다.

"이렇게 멀리까지 오지 않았니? 아주 용감하더구나! 꿈속에서 널 지켜보고 있었단다, 데이빗! 엄만 네가 정말 자랑스러워! 조금만 더 와보렴! 조금만 더 용기를 내봐! 엄마가 이렇게 부탁하잖니!"

데이빗은 자루에서 괴물의 발톱을 꺼냈다. 그는 발톱을 주머니에 넣고 플레처의 말을 생각했다. 예전에 용기를 낼 수 있었다면 엄마를 위해서 다시 한 번 용기를 낼 수도 있으리라. 꼬부라진 남자는 나무 위에서 여전히 그를 지켜보고 있었다. 그는 상황을 파악하고 행동을 개시했다. 그는 나무 꼭대기에서 폴짝 뛰어내려서 이 가지에서 저 가지로 옮겨 다니다가 마치 한 마리 고양이처럼 사뿐히 땅으로 뛰어내렸다. 그러나 이미 너무 늦었다. 데이빗은 이미 안으로 들어갔고 그가 다가갔을 때 가시덤불 문은 이미 닫히고 말았다.

꼬부라진 남자가 화가 나서 고함을 질렀지만 이미 성 안으로 들어가버린 데이빗의 귀에는 들리지 않았다.

제25장

마녀, 그리고 라파엘과
롤랜드에게 일어난 일

　성의 안뜰에는 검은색과 흰색 자갈이 깔려 있었고 자갈은 낮
동안 성을 배회하는 까마귀들의 배설물로 얼룩져 있었다. 성벽의
총안으로 이어진 계단 옆에는 창과 방패, 칼들이 쌓여 있었지만
모두 녹슬어서 쓸 수도 없게 망가진 것들이었다. 화려한 문양의
무기들도 있었다. 칼자루나 방패의 겉면에 은이나 청동으로 복잡
한 소용돌이무늬와 섬세한 꼬임을 새겨넣은 것들이었다. 그 문양
의 아름다움과 그것이 뒹굴고 있는 장소의 음산함이 왠지 어울리
지 않았다. 그 모든 것이 이 성이 항상 지금과 같은 모습은 아니
었다는 사실을 말해주고 있었다. 어떤 미치광이가 성을 장악하면
서 가시덤불로 뒤덮인 음산한 성으로 변해버렸고 본래의 주인은
죽었거나 달아난 것이 분명했다.
　안으로 들어서니 손상된 부분들이 보였다. 성벽과 안뜰에 폭탄

을 맞은 것 같은 구멍들이 패어 있었다. 아주 오래된 성인 것만은 분명했지만 성 주위를 둘러싼 나무들이 쓰러져 있는 것으로 보아 롤랜드와 플레처가 했던 이상한 이야기가 사실인 것 같았다. 달의 주기에 따라 성이 정말로 하늘을 날아다니는 모양이었다.

성벽을 따라 마구간들이 있었지만 건초도 없었고 마구간에서 으레 나게 마련인 건강한 말의 냄새도 풍겨오지 않았다. 대신 주인을 잃고 굶어죽은 말의 해골과 시체, 서서히 부패했음을 알려주는 악취만이 풍겼다. 마구간 맞은편에 자리 잡은 탑의 양쪽에 보초들의 초소와 부엌으로 사용되었던 것 같은 건물이 있었다. 데이빗은 조심스럽게 다가가서 창문 안을 들여다보았다. 초소와 부엌 모두 비어 있었다. 초소에는 빈 침상이 있었고 부엌에는 싸늘하게 식은 빈 화덕이 있었다. 식사를 하다가 공격을 받아서 끝내 식사를 끝내지 못했던 듯 접시들과 컵들이 널려 있었다.

데이빗은 탑의 문 쪽으로 다가갔다. 한 손에 칼을 쥐고 있는 어느 기사의 시신이 그의 발치에 뒹굴고 있었다. 칼은 아직 녹이 슬지 않았고 기사의 갑옷은 광이 났다. 게다가 어깨에 난 구멍에 하얀 꽃이 핀 나뭇가지 하나가 꽂혀 있었다. 꽃이 아직 시들지 않은 것으로 보아 시체가 오래된 것 같지는 않았다. 목이나 바닥에 피의 흔적은 없었다. 사람의 목을 자르는 것에 대해서는 별로 아는 것이 없었지만 목을 쳤다면 당연히 피가 많이 나야 했다. 데이빗은 죽은 기사가 누구인지 궁금했다. 롤랜드처럼 가슴속에 자신의 신원을 알려줄 무언가를 지니고 있을지 궁금했다. 기사는 엎드려 있었고 데이빗의 힘으로 시체를 뒤집기가 힘들 것 같았지만 왠지 그 기사의 신원을 알아야만 할 것 같았다. 그래야만 다른 사람들에게 그의 죽음을 알려줄 수 있을 것 같아서였다.

데이빗은 무릎을 꿇고 심호흡을 한 뒤 시신을 뒤집을 채비를 했다. 그리고 힘껏 시신을 밀었다. 놀랍게도 생각보다 쉽게 뒤집혔다. 갑옷이 무거운 것은 사실이었지만 갑옷을 입은 시체치고는 너무 가벼웠다. 가까스로 돌아 눕히고 나서 데이빗은 기사의 갑옷에 새겨진 독수리와 독수리의 발톱을 휘감고 있는 뱀을 보았다. 그는 오른손으로 갑옷을 두드려보았다. 갑옷 안에서 소리가 울려 퍼졌다. 마치 빈 쓰레기통을 두드릴 때 나는 소리 같았다. 갑옷은 속이 비어 있었다.

그러나 그럴 리가 없었다. 갑옷을 뒤집을 때에도 분명히 소리와 느낌이 있었고 머리가 잘려나간 자리의 뼈와 살도 보았다. 척추의 머리가 잘린 부분은 흰색으로 변해 있었지만 그 속에도 피는 남아 있지 않았다. 기사는 시체에 꽂혀 있는 꽃이 채 시들기도 전에 순식간에 빈껍데기가 되어버린 것이 분명했다.

데이빗은 다 포기하고 달아나버릴까 생각해보았다. 그러나 그렇게 한다고 해도 가시들이 길을 열어주지 않을 것이 분명했다. 이곳은 한 번 들어오면 나갈 수 없는 곳이었다. 정말 엄마의 목소리를 들었던 것인지 의심이 들 무렵 다시 그 목소리가 들려왔다. 만약 정말 엄마가 여기 있다면 두고 갈 수는 없었다.

데이빗은 기사의 시체를 타넘고 탑문을 열고 안으로 들어섰다.

돌계단이 위쪽으로 나선형으로 뻗어 있었다. 가만히 귀를 기울여 보았지만 위에서는 아무런 소리도 들려오지 않았다. 엄마의 이름을 불러보고 싶었고 롤랜드의 이름도 불러보고 싶었지만 그가 이곳에 와 있는 것을 알리고 싶지 않았다. 물론 성 안에 살고 있는 사람이 누구이건 그는 데이빗이 이 성 안에 들어온 것을 이미 알고 있을 것이다. 그가 가시를 열어 데이빗을 안으로 들여주었을 것이다. 그래도 왠지 소란을 피워서는 안 될 것 같았다. 그는 탑 꼭대기의 불 켜진 창문에서 움직이던 그림자를 생각해보았다. 누군가가 다가와 키스로 깨워주기 전까지 영원히 잠에서 깨어나지 못하도록 저주를 걸어놓고 여자를 감시하는 마녀 이야기를 생각해보았다. 탑 꼭대기에서 잠을 자고 있는 여자가 엄마일 수도 있을까? 어쨌든 대답은 저 위에 있을 것이다.

데이빗은 칼을 뽑아 들고 계단을 오르기 시작했다. 계단 열 칸마다 조그만 창문이 있었고 그 창문으로 새어 들어오는 달빛 때문에 방향을 가늠할 수가 있었다. 탑 꼭대기의 돌바닥에 이를 때까지 그런 창문이 꼭 열두 개가 있었다. 앞쪽으로 복도가 길게 뻗어 있었고 그 양쪽으로 문들이 있었다. 밖에서 보기에 탑은 너비가 고작해야 10미터 정도밖에 안 되어 보였지만 그의 앞에 뻗은 복도는 너무도 길어서 끝이 보이지 않을 정도였다. 벽에 걸려 있는 횃불의 불빛으로 가늠해보건대 30미터도 더 되어 보였다. 그렇게 긴 복도가 좁은 탑 안에 들어 있다는 것이 신기했다.

데이빗은 복도를 걸으면서 방 안을 들여다보았다. 거대한 침대와 벨벳 커튼으로 장식된 침실도 있었고 소파와 의자가 있는 방도 있었다. 커다란 피아노 한 대만 덩그러니 놓여 있는 방도 있었다.

비슷한 그림들이 수백 개가 걸려 있는 방도 있었다. 일란성 쌍둥이인 것 같은 두 남자아이의 그림이었는데, 두 아이들이 들여다보고 있는 그림 속에는 그들 자신이 똑같은 비경 속에 서 있었다. 결국 두 아이들은 끝없이 반복되는 자신의 복제품을 바라보고 있는 셈이었다.

복도 중간쯤에 커다란 식당이 있었다. 거대한 참나무 식탁에는 백 개쯤 되어 보이는 의자가 놓여 있었다. 식탁의 처음부터 끝까지 촛불이 밝혀져 있었고 촛불의 불빛이 식탁에 차려진 음식들을 비추었다. 칠면조와 거위, 오리 요리가 준비되어 있었고 한복판에는 사과를 입에 문 커다란 통돼지 요리가 있었다. 생선과 차가운 고기 요리, 커다란 냄비에 담긴 삶은 야채 요리도 있었다. 음식 냄새가 기가 막혔다. 데이빗은 저도 모르게 식탁으로 다가갔다. 배 속이 꾸르륵거렸고 도저히 식욕을 억누를 수가 없었다. 누군가 칠면조 요리에 막 손을 댄 모양이었다. 칠면조 다리가 뜯겨져 나갔고 얇게 저민 가슴살이 촉촉하게 물기를 거금은 채로 접시에 담겨 있었다. 데이빗은 가장 큰 고기 한 조각을 집어 들었다. 덥석 한 입을 베어 먹으려는 순간, 식탁 위를 기어가던 벌레 한 마리가 눈에 들어왔다. 커다란 붉은 개미가 칠면조 고기 부스러기를 향해 다가가고 있었다. 개미가 부스러기를 물어서 옮길 채비를 하는 순간 생각보다 너무 무겁다는 듯이 개미의 다리가 부르르 떨렸다. 개미는 부스러기를 떨어뜨리고 나서 조금 더 비틀거리더니 어느 순간 움직임을 완전히 멈추었다. 손가락으로 건드려봐도 꼼짝도 하지 않았다. 죽은 것이 분명했다.

데이빗은 식탁 위에 칠면조 고기를 떨어뜨리고는 얼른 손을 닦았다. 자세히 들여다보니 식탁은 온통 죽은 벌레들로 뒤덮여 있었다. 날벌레와 딱정벌레와 개미들이 식탁 위에, 그리고 접시 위에 독이 든 음식을 먹고 죽어 있었다. 데이빗은 식탁에서 물러나 다시 복도로 돌아갔다. 식욕은 이미 완전히 사라졌다.

식탁이 있는 방이 역겨웠다면 그 다음 방은 마음을 몹시 불편하게 했다. 그것은 로즈의 집에 있는 그의 방과 똑같이 꾸며져 있었다. 책장에 꽂힌 책까지 똑같이 꾸며 놓았지만 데이빗의 방보다 훨씬 깨끗했다. 침대도 정돈되어 있었고 이불과 베개는 노란색으로 빛이 바랬고 먼지가 앉아 있었다. 책장에도 먼지가 있었고 데이빗이 방 안으로 들어서는 순간부터 발자국이 남았다. 정면에 나 있는 창문으로 정원이 내려다 보였다. 창문이 열려 있었고 밖에서 소리가 들려왔다. 웃음소리와 노랫소리였다. 다가가서 창밖을 내다보았다. 정원에는 세 사람이 원을 그리며 춤을 추고 있었다. 데이빗의 아빠와 로즈, 그리고 남자아이 하나였다. 처음에는 알아보지 못했지만 데이빗은 곧바로 그가 조지임을 알았다. 조지는 네 살이나 다섯 살쯤 되어 보였고 여전히 통통했다. 그는 아빠 엄마와 함께 춤을 추면서 환하게 웃고 있었다. 오른쪽으로 아빠 손을, 왼쪽으로 엄마의 손을 잡고 있었고 구름 한 점 없이 파란 하늘에서 햇볕이 내리쬐고 있었다.

"조지 포지, 푸딩과 파이, 여자애한테 키스해서 울려버렸네!"

모두 함께 노래를 불렀고 조지가 깔깔대며 웃었고 벌과 새들이 날아다녔다.

"모두 널 잊었어."

엄마의 목소리였다.

"이건 네 방이었지만 이제 아무도 이 방에 오지 않아. 처음에는 네 아빠가 왔었지. 하지만 머지않아 네가 사라졌다는 사실을 받아들이고 새 아내와 새 아이한테 정을 붙였단다. 로즈는 지금 또 임신을 했어. 본인은 아직 모르고 있지만. 머지않아 조지에게 여동생이 생길 거야. 이제 네 아빠는 아이가 둘이 되는 거야. 그러면 너에 대한 기억은 완전히 사라지겠지."

엄마의 목소리는 여기저기서 들려오는 것 같기도 했고 아무데서도 들려오지 않는 것 같기도 했다. 데이빗의 머릿속에서 들려오는 것 같기도 했고 복도에서 들려오는 것 같기도 했고 발밑에서 들려오는 것 같기도 했다. 천장에서 들려오는 것 같기도 했고 벽 속에서 들려오는 것 같기도 했고 책장의 책들 속에서 들려오는 것 같기도 했다. 바로 그 순간 유리창에 언뜻 엄마의 모습이 비친 것 같았다. 엄마가 데이빗의 뒤에 서서 그를 바라보고 있었다. 돌아서 보니 아무도 보이지 않았지만 유리창에는 여전히 엄마의 모습이 있었다.

"우리가 바꿀 수도 있단다."

엄마의 목소리였다. 유리창의 엄마도 입술을 움직였지만 데이빗의 귀에 들리는 것과 다른 말을 하는 것 같았다. 입술의 움직임이 소리와 일치하지 않았다.

"용감하고 씩씩하게 조금만 더 버텨. 여기서 엄마를 구해주면 다시 예전으로 돌아갈 수 있어. 로즈와 조지 대신 너와 내가 그 자리를 다시 차지하게 될 거야."

정원에서 들려오던 소리가 바뀌었다. 그들은 더 이상 노래를 부르거나 웃고 있지 않았다. 내려다보니 아빠는 잔디를 깎고 있었고 엄마는 전정가위로 장미가지를 조심스럽게 잘라서 꽃가지를 발치에 있는 바구니에 던져 넣고 있었다. 두 사람 사이의 벤치에 앉아 책을 읽고 있는 사람은 다름 아닌 데이빗이었다.

"앞으로 우리가 어떻게 살 수 있는지 봤지? 어서 이리 오렴! 우리는 너무 오랫동안 떨어져 지냈어. 이제 다시 함께 살아야겠지? 하지만 조심해라. 그 여자가 감시하면서 기다리고 있으니까. 엄마를 만나면 오른쪽도 왼쪽도 보지 말고 오직 내 얼굴만 봐. 그럼 안전할 거야."

유리창에서 엄마의 모습이 사라졌고 정원에 있던 사람들도 사라졌다. 차가운 바람이 불면서 방 안에 쌓인 먼지가 풀썩 일어나 시야를 흐릿하게 만들었다. 먼지 때문에 기침이 났고 눈물이 났다. 데이빗은 기침을 하고 침을 뱉으면서 복도로 나왔다.

가까이에서 소리가 들렸다. 문이 닫히고 안에서 잠기는 소리였다. 데이빗이 돌아서는 순간, 또 하나의 문이 닫히고 안에서 잠겼다. 그가 지나왔던 모든 방의 문들이 닫히고 또 잠겼다. 이제 그의 방과 똑같은 방의 문도 닫혔고 복도의 다른 문들도 모두 닫혔다. 복도의 벽에서 길을 밝혀주던 횃불마저도, 가장 가까운 계단에 있는 것부터 하나 둘 꺼지기 시작했다. 이제 뒤로는 어둠뿐이었고 어둠은 빠른 속도로 그가 있는 쪽으로 다가왔다. 머지않아 복도는 완전한 암흑에 휩싸일 것이 분명했다.

데이빗은 뛰기 시작했다. 어둠의 그림자에게 쿨잡히지 않으려고 정신없이 뛰었다. 문이 닫히는 소리가 귓가에 울려 퍼졌다. 그는 돌바닥 위로 세게 발을 구르며 최대한 빨리 움직였지만 그가 달리는 것보다 훨씬 더 빠른 속도로 횃불이 꺼졌다. 그의 바로 뒤쪽 횃불이 꺼지더니 그의 양옆의 횃불이 꺼졌고 다지막으로 앞에 있던 횃불마저 꺼져버렸다. 데이빗은 계속 달리면서 어떻게든 속도를 따라잡으려고 애썼다. 어둠 속에 홀로 남겨지고 싶지는 않았다. 마지막 횃불이 꺼지자 주위는 완전한 어둠에 휩싸였다.

"안 돼!"

데이빗이 소리쳤다.

"엄마! 롤랜드! 아무것도 안 보여요! 도와주세요!"

그러나 대답은 들려오지 않았다.

데이빗은 어떻게 해야 좋을지 몰라 가만히 그 자리에 서 있었다. 앞에 무엇이 있는지 알 수 없었지만 계단이 뒤에 있는 것만은 분명했다. 데이빗은 벽을 잡고 걸어온 길을 되돌아갈까 생각했다. 계단을 찾을 수는 있겠지만 그것은 엄마와, 만약 살아 있다면 롤랜드마저 저버리는 것을 의미했다. 앞으로 나아간다면 정체를 알 수 없는, 그의 엄마가 말했던 '그 여자'라는 마녀, 가시덤불로 성을 지키면서 갑옷 입은 기사들을 껍데기만 남겨놓고 그 머리를 성벽에 매달아놓은 마녀의 제물이 될 것이 뻔했다.

그때 멀리 아주 작은 불빛이 보였다. 어둠 속을 날아다니는 개똥벌레처럼 작은 불빛이었다. 그리고 엄마의 목소리가 들려왔다.

"데이빗! 두려워하지 마라! 이제 거의 다 왔어! 이제 와서 포기하면 안 돼!"

데이빗은 목소리가 시키는 대로 했고 불빛이 점점 더 커지고 환해졌다. 다가가서 보니 불빛은 천장에 달린 램프였다. 그리고 서서히 아치문이 모습을 드러냈다. 데이빗은 조심스럽게 다가가 보았다. 커다란 방으로 들어가는 아치문이었다. 둥근 천장을 네 개의 거대한 돌기둥이 받치고 있었다. 벽과 기둥은 성문과 성벽을 둘러싸고 있던 것보다 훨씬 더 촘촘한 가시덤불로 뒤덮여 있었다. 가시들이 얼마나 길고 날카로운지 어떤 것은 길이가 데이빗보다 더 컸다. 기둥 사이사이에 화려한 청동 램프가 매달려 있었고 그 불빛이 금은보화와 보석, 술잔, 황금빛 액자틀, 칼과 방패, 금궤와 갖가지 보석들을 비추었다. 한 사람이 지니기에는 너무 엄청난 보물들이었다. 그러나 그것들은 데이빗의 관심을 잠깐 끌었을 뿐이었다. 그의 관심은 방 한가운데 석재로 높이 세운 제대로 집중되었다. 제대 위에 웬 여자가 죽은 듯이 누워 있었다.

붉은색 벨벳 드레스를 입고 있었고 양손은 가슴에 포개놓고 있었다. 가까이 다가가서 보니 숨결에 가슴이 오르락내리락 했다. 마녀의 마법에 걸린 잠자는 공주인 모양이라고 데이빗은 생각했다.

데이빗은 방 안으로 들어섰다. 흔들리는 램프의 불빛에 오른쪽 벽의 뭔가가 반짝이며 그의 시선을 끌었다. 돌아서서 벽을 바라보는 순간 데이빗은 가슴이 조여오는 것 같은 고통을 느끼며 몸을 숙였다.

롤랜드의 시체가 거대한 가시에 찔린 채로 바닥에서 3미터 정도 떨어져서 매달려 있었다. 가시가 그의 가슴을 관통하고 갑옷 위로 뚫고 나와 두 개의 태양 문양을 일그러뜨렸다. 갑옷 위로 핏자국이 있었지만 많지는 않았다. 롤랜드의 얼굴은 회색빛이었고 야위었으며 뺨은 움푹했고 뼈가 앙상하게 드러나 있었다. 롤랜드의 시체 옆에 두 개의 태양 문양이 새겨진 갑옷을 입은 또 다른 남자의 시신이 있었다. 라파엘이 분명했다. 롤랜드는 마침내 사라진 친구에게 무슨 일이 일어났는지 알아냈던 것이다.

두 사람의 시체만 있는 것이 아니었다. 둥근 천장의 방은 마치 거미줄에 걸린 파리들처럼 가시에 찔려 죽은 시체들로 가득했다. 갑옷이 붉은 갈색빛으로 녹이 슨 것으로 보아 어떤 시체들은 아주 오래되었고 머리가 해골만 남은 것도 있었다.

데이빗의 분노가 두려움을 넘어섰다. 이제 달아나고 싶다는 생각도 들지 않았다. 그 순간 그는 소년이라기보다는 남자였다. 이제 막 어른이 되려는 순간이었다. 데이빗은 천천히 잠자는 여자의 주위를 돌았다. 마녀가 갑자기 그를 덮치지 않도록 경계를 늦추지 않았다. 오른쪽도 왼쪽도 보지 말라는 엄마의 경고가 떠올랐지만 벽에 걸려 있는 롤랜드의 모습을 보는 순간 그들을 처참하게 죽인 마녀를 죽이고 싶다는 충동이 일었다.

"어서 나와서 정체를 밝혀라!"

그러나 방 안에는 아무런 움직임도 없었고 대답도 없었다. 그의 귓가에 들려온 소리는, 현실인 것 같기도 하고 그의 상상인 것 같기도 한 '데이빗!' 하고 부르는 엄마의 목소리뿐이었다.

"엄마! 저 여기 있어요!"

이제 그는 제대 앞에 있었다. 계단이 다섯 개가 있었다. 데이빗은 보이지 않는 위협을 느끼며 천천히 계단을 올랐다. 롤랜드와 라파엘을 죽인, 저 수많은 남자들을 찔러서 벽에 걸어놓은 살인자가 이 방 안에 있었다. 마침내 계단을 오르니 잠이 든 여자의 얼굴이 보였다. 여자는 다름 아닌 그의 엄마였다. 피부는 창백했지만 볼은 발그레했고 입술은 도톰하고 촉촉했다. 붉은 머리카락이 불꽃 같았다.

"키스해다오!"

엄마의 목소리가 들렸다. 그러나 입술은 움직이지 않았다.

"키스해다오! 그럼 우린 다시 함께 살 수 있을 거야!"

데이빗은 칼을 내려놓고 몸을 숙여 엄마의 뺨에 키스했다. 그의 입술이 엄마의 피부에 닿았다. 엄마의 살갗은 차가웠다. 관에 누워 있을 때보다 더 차가웠다. 너무도 차가워서 피부에 닿는 그의 입술이 시릴 정도였다. 입술이 얼얼했고 혀가 굳었다. 데이빗의 숨결이 작은 얼음조각으로 변해서 조그만 다이아몬드처럼 공중에 흩뿌려졌다. 엄마에게서 떨어지는 순간 또다시 그의 이름을 부르는 소리가 들렸다. 이번에는 남자의 목소리였다.

"데이빗……."

데이빗은 누구의 소리인지 알아보려 뒤를 돌아보았다. 벽에서 뭔가가 움직였다. 롤랜드였다. 그는 왼쪽 손을 힘겹게 들어 가슴을 관통한 가시를 움켜쥐었다. 마치 그렇게 하면 마지막 힘을 끌어 모아 하고 싶은 말을 할 수 있다는 듯이. 그는 가까스로 고개를 들어서 한 마디를 내뱉었다.

"데이빗…… 조심해……."

롤랜드는 오른손을 들어서 집게손가락으로 제대 위의 여자를 가리킨 뒤 고개를 떨어뜨렸다. 몸에서 생명이 빠져나가자 그의 몸은 축 늘어졌다.

그는 잠자는 여자를 바라보았다. 그 순간 여자가 눈을 떴다. 그런데 여자의 눈은 엄마의 눈이 아니었다. 엄마의 눈은 초록빛이고 따스하고 사랑스러웠다. 그런데 여자의 눈은 마치 눈 속에 뒹구는 석탄처럼 검은빛이었다. 여자의 얼굴도 변했다. 엄마가 아니었지만 어딘가 익숙했고 어느새 로즈의 얼굴로 바뀌어 있었다. 그런데 머리색이 붉은색이 아니라 검은빛이었다. 마치 출렁이는 어둠 같았다. 입을 벌리는 순간 드러난 여자의 치아는 무척 희고 날카로웠고 송곳니가 다른 이보다 길었다. 여자가 일어나 앉는 순간 데이빗은 뒷걸음질을 치다가 하마터면 제대에서 떨어질 뻔했다. 여자가 등을 한껏 뒤로 젖히고 두 팔을 쭉 펴면서 고양이처럼 기지개를 켰다. 그 바람에 어깨에 걸치고 있던 숄이 흘러내리면서 눈처럼 흰 목과 가슴 윗부분이 드러났다. 데이빗은 가슴 위에 마치 루비 목걸이처럼 뚝뚝 떨어진 핏자국을 보았다. 여자가 제대 위에서 돌아앉자 가운이 한 옆으로 흘러내렸다. 깊고 검은 눈동자가 데이빗을 쏘아보았고 창백한 혀가 뾰족한 이빨을 핥았다.

"고맙다!"

여자의 목소리는 감미롭고 낮았지만 마치 뱀의 쇳소리처럼 묘한 마찰음이었다.

"아주 멋지고 용감한 소년이구나!"

데이빗이 뒷걸음을 쳤다. 그러나 그가 한 계단을 내려올 때마다 여자도 한 계단을 내려왔기 때문에 두 사람의 거리는 좀처럼 벌어지지 않았다.

"내가 예쁘지 않니?"

여자가 물었다. 고개를 갸우뚱하고 있었고 조금 당혹스러운 표정이었다.

"예쁘지 않아? 어서 와서 다시 키스해주렴!"

여자는 로즈였지만 로즈가 아니었다. 여자는 새벽이 오지 않는 밤이었고 불 켜질 희망이 없는 어둠이었다. 데이빗은 칼을 잡으려 손을 뻗는 순간 칼을 제대 위에 놓고 왔음을 깨달았다. 칼을 도로 찾으려면 여자를 지나가야 하는데 그랬다간 여자의 손에 죽게 되리라는 것을 본능적으로 알 수 있었다. 데이빗의 생각을 읽은 듯 여자가 제대 위의 칼을 흘긋 쳐다보았다.

"칼 따윈 필요 없어. 너처럼 어린애는 이곳에 한 번도 온 적이 없었단다. 너무도 어리고 또 너무도 아름답구나!"

여자가 손가락 하나를 들어 입술로 가져갔다. 손톱에 피가 묻어 있었다.

"여기! 여기다 키스해다오!"

여자가 속삭였다.

데이빗은 여자의 검은 눈동자에 비친 자신의 모습을 바라보았다. 어두운 눈동자에 빨려들면서 데이빗은 자신의 운명을 예감하고 얼른 돌아서서 마지막 한 계단을 뛰어내렸다. 오른발을 딛는 순간 발목이 삐끗했다. 너무도 아팠지만 멈출 수는 없었다. 바닥에 내려서자 그는 죽은 기사의 칼이 떨어져 있는 쪽으로 향했다. 칼을 잡기만 하면…….

그때 머리 위에서 뭔가가 움직이더니 옷자락이 그의 머리카락을 스치는 것 같았다. 그리고 여자가 데이빗의 앞에 나타났다. 여자는 붉은색과 검은색, 피와 어둠을 휘감은 채로 공중에 떠 있었다. 더 이상 웃고 있지 않았다. 여자의 커다란 입이 점점 더 커지면서 상어의 이빨 같은 날카로운 겹겹의 이빨들이 드러났다. 여자가 데이빗에게 손을 뻗어왔다.

"키스를 해다오!"

여자의 손톱이 데이빗의 어깨를 파고들었고 여자의 입이 데이빗의 입술을 향해 다가왔다.

데이빗은 재킷 주머니에 손을 넣어 괴물의 발톱을 꺼내 여자의 얼굴을 휙 그었다. 상처가 났지만 피는 흐르지 않았다. 여자의 혈관에는 피가 흐르지 않았다. 여자가 깜짝 놀라며 얼굴에 손을 대는 순간 데이빗은 다시 한 번 왼쪽에서 오른쪽으로 여자의 눈을 그었다. 그 순간 여자가 손톱으로 데이빗의 손목을 할퀴어서 괴물의 발톱을 놓치게 만들었다. 데이빗은 얼른 문을 향해 뛰었다. 어두운 복도로 나아가서 계단을 찾아야 한다는 생각뿐이었다. 그러나 가시덤불이 꿈틀거리면서 입구를 막았고 데이빗은 꼼짝없이 더 이상은 로즈의 모습이 아닌 여자의 방에 갇히고 말았다.

여자는 데이빗을 향해 양팔을 벌리고 공중에 떠 있었다. 눈과 얼굴이 엉망이 되어 있었다. 데이빗은 바닥에 떨어진 칼을 집으려고 손을 뻗었다. 여자의 볼 수 없는 눈이 데이빗을 쫓았다.

"냄새로도 얼마든지 널 찾을 수 있어! 네가 저지른 일의 대가를 치르게 해주마!"

여자가 손톱의 날을 세우고 이빨을 드러낸 채로 데이빗을 향해 날아왔다. 데이빗은 오른쪽 왼쪽으로 왔다 갔다 하면서 여자를 속여 칼을 집으려고 해보았지만 여자는 너무도 민첩해서 항상 그보다 빨리 움직였다. 얼마나 빨리 움직이는지 마치 하나의 점 같았다. 여자는 데이빗이 달아날 길을 완전히 차단하면서 가시덤불 쪽으로 그를 가둔 다음 천천히 다가왔다. 창살처럼 길고 뾰족한 가시덤불이 등에 닿았다. 더 이상은 갈 곳이 없었다. 여자의 손이 그의 얼굴에서 불과 몇 센티 떨어진 곳까지 다가왔다.

"이제 넌 내 거야! 널 사랑해줄게! 넌 날 사랑하면서 죽게 될 거야!"

여자가 허리를 쭉 펴더니 머리가 둘로 갈라질 것처럼 입을 크게 벌리고 데이빗의 목을 물어뜯을 채비를 했다. 데이빗은 여자가 가까이 다가올 때까지 기다렸다가 마지막 순간에 갑자기 몸을 숙였다. 여자의 드레스가 얼굴을 뒤덮는 바람에 소리는 들었지만 어떻게 되었는지는 보이지 않았다. 썩은 과일이 꼬챙이에 꽂히는 것 같은 소리가 났고 여자의 한쪽 발이 머리를 세게 걸어찼지만 딱 한 번뿐이었다.

데이빗은 붉은색 벨벳 드레스 밖으로 기어나왔다. 가시가 여자의 심장과 옆구리를 관통해 있었다. 오른쪽 손도 가시에 찔렸지만 왼손은 성했다. 가시덤불 속에서 유일하게 꿈틀거리는 것이 여자의 왼손이었다. 데이빗은 여자의 얼굴을 바라보았다. 로즈의 얼굴이 아니었다. 머리카락은 은색으로 변해 있었고 피부는 늙고 쭈글쭈글했다. 몸에 난 상처에서 쾌쾌하고 눅눅한 냄새가 났다. 아랫턱이 쪼글쪼글한 가슴 밑으로 축 늘어졌다. 여자는 데이빗의 냄새를 맡는 순간 코를 씰룩거리며 뭔가 말을 하려고 애썼다. 목소리가 너무 작아서 처음에는 알아들을 수가 없었다. 죽어가는 것이 분명했지만 그래도 조심하면서 여자에게 다가가보았다. 입에서 썩는 냄새가 났지만 이번에는 여자의 말을 알아들을 수가 있었다.

"고맙다!"

여자가 그에게 속삭인 뒤 몸을 축 늘어뜨렸고 순식간에 재가 되어 사라져버렸다. 여자가 사라지자 가시들이 꿈틀거리더니 모두 사라져버렸고 가시에 걸려 있던 죽은 기사들도 바닥에 모두 떨어졌다. 데이빗은 롤랜드에게로 달려갔다. 그의 몸에는 거의 피가 남아 있지 않았다. 데이빗은 울고 싶었지만 눈물이 나오지 않았다. 대신 롤랜드를 끌어서 제대 위에 반듯하게 눕혔다. 라파엘의 시체도 곁에 나란히 눕혔다. 그러고 나서 칼을 그들의 가슴 위에 올려놓은 뒤 두 사람의 손을 칼자루 위에 포개놓았다. 동화책에서 죽은 기사들이 그렇게 누워 있는 것을 본 적이 있었다. 데이빗은 칼을 칼집에 꽂은 다음 방 안에 있던 램프 하나를 들어 복도를 비추었다. 수많은 방이 있던 긴 복도는 더 이상 보이지 않았다. 먼지 앉은 돌바닥과 금이 간 벽만이 남아 있었다. 밖으로 나오자 가시덤불도 모두 사라졌고 남은 것이라고는 낡고 무너져가는 성 한 채뿐이었다. 꺼져버린 모닥불 옆에서 스킬라가 그를 기다리고 있었다. 데이빗을 발견한 순간 스킬라는 신이 나서 히잉! 하고 울었다. 데이빗은 한 손을 말 머리에 얹은 뒤 그의 주인이 어떻게 되었는지를 스킬라의 귓가에 속삭여주었다. 그러고는 말에 올라타고 동쪽으로 향했다.

숲을 지나는 동안 주위는 온통 고요했다. 숲에 살고 있는 모든 생명체들이 데이빗을 알아보았고 또 두려워했다. 꼬부라진 남자조차도 높은 나무 꼭대기 그의 자리에 앉아서 전혀 새로운 눈으로 소년을 바라보면서 이 예기치 못한 사건을 어떻게 하면 자신에게 유리하게 이용할 수 있을지 궁리했다.

제26장
두 번의 살인, 두 명의 왕

데이빗과 스킬라는 동쪽으로 향했다. 데이빗의 시선은 앞을 향하고 있었지만 앞을 제대로 보고 있는 것은 아니었다. 스킬라는 고개를 축 늘어뜨린 채로 걸었다. 주인의 죽음을 그만의 방식으로 애도하는 것 같았다. 끝없는 황혼 속에서 눈이 내리고 있었고 숲속의 덤불과 나무에도 얼어버린 눈물 같은 고드름이 맺혔다.

롤랜드는 죽었다. 데이빗의 엄마도 죽었다. 엄마가 살아 있을 거라고 생각했던 그가 어리석었다. 말을 타고 음산하고 어두운 숲길을 걸으면서 데이빗은 엄마가 죽었다는 사실을 어쩌면 그가 처음부터 알고 있었다는 생각이 들었다. 사실이 아니라고 믿고 싶었다. 엄마가 병들었을 때 날마다 혼자만의 의식을 치르면서 엄마를 살릴 수 있기를 바랐던 것처럼. 그러나 그것은 헛된 희망이었고 근거 없는 꿈이었으며 그를 이 낯선 세계로 이끌었던 목소리만큼이나 공허한 것이었다. 데이빗은 그가 떠나온 세계를 바꿀 수 없었다. 데이빗이 모든 것을 바꿀 수 있다는 듯 그를 유혹하고 있는 이 낯선 세계도 이제 다 짜증스러웠다. 이제 집으로 돌아갈 시간이었다. 만약 이 나라의 왕조차 그를 도울 수 없다면 꼬부라진 남자와 거래를 해볼 수도 있을 것이다. 조지의 이름을 큰 소리로 말하기만 하면 된다고 했다.

하지만 꼬부라진 남자는 그에게 모든 것을 예전으로 되돌릴 수 있다고 했고 그것은 거짓말이었다. 엄마는 죽었고 다시 엄마와 함께 살 수 있을지도 모른다는 꿈은 이제 영원히 사라졌다. 살던 곳으로 다시 돌아간다고 해도 엄마는 데이빗의 추억 속에서만 살아 있을 것이다. 그가 돌아갈 집이라는 곳은 이제 로즈와 조지가 함께 사는 곳이었다. 이제 그곳에서 그들과 함께 사는 수밖에 없었다. 꼬부라진 남자의 약속이 거짓말이었다면 그가 또 어떤 거짓말을 했을까? 롤랜드도 데이빗에게 경고했었다.

'그 사람은 절대로 자기 생각을 전부 다 말하지 않을 거고 드러내는 것보다는 감추는 게 많을 거야.'

꼬부라진 남자와 어떤 거래를 하건 함정과 모험을 피할 수는 없을 것이다. 데이빗은 왕이 그를 도와줄 수 있기를, 그래서 그 변덕스런 요술쟁이를 상대할 일이 없기를 바랄 뿐이었다. 그러나 지금까지 들은 바로는 왕은 그다지 신뢰할 만한 사람이 아닌 것 같았다. 롤랜드만 해도 그를 별 볼일 없는 사람으로 여기고 있었다. 숲사람도 왕이 예전처럼 왕국을 다스리지 못한다고 생각했다. 르로이와 그 부하들의 도전에 국왕은 심각한 위협을 받고 있었다. 왕국은 무력으로 점령될 것이고 왕은 르로이에게 물려 죽을 것이다. 그러한 상황에 처한 왕이 과연 자신의 왕국에서 길을 잃은 소년과 이야기를 나눌 시간이라도 내어줄까?

왕이 갖고 있다는 책에는 도대체 어떤 내용이 들어 있을까? 『잃어버린 것들의 책』이라니. 과연 그 책이 데이빗이 집으로 돌아가는 것을 도와줄 수 있을까? 나무 구멍으로 들어가는 지도나 아니면 그를 집으로 돌려보내 줄 마법의 주문 같은 것이라도 있다는 것일까? 그러나 만약 그 책에 그렇게 대단한 마법이 들어 있다면 왜 왕은 자신의 왕국을 지키기 위해 그 책을 이용하지 않는 것일까?

데이빗은 왕이 오즈의 마법사처럼 잔꾀는 부릴 줄 알고 남을 돕고 싶어하지만 그런 것들을 뒷받침해줄 만한 능력은 없는 사람이 아니었으면 좋겠다고 생각했다.

깊은 생각에 잠긴 채로 혼자 말을 타고 숲길을 걷던 데이빗은 바로 코앞에서 마주치기 전까지 그들을 보지 못했다. 두 사람이었는데 둘 다 넝마 같은 옷을 입고 있었고 얼굴은 두건으로 가리고 눈만 내놓고 있었다. 한 사람은 짧은 칼을 들고 있었고 또 다른 사람은 활을 쏠 채비를 하고 있었다. 그들은 흰 가죽을 뒤집어쓰고 덤불에 숨어 있다가 달려나와 데이빗에게 무기를 겨누었다.

"멈춰라!"

칼을 든 남자가 소리쳤고 데이빗은 그들이 서 있는 곳에서 불과 몇 미터 떨어진 곳에 스킬라를 세웠다.

활을 든 남자가 있는 대로 활시위를 당겼다가 힘을 풀었다.

"에잇! 꼬마잖아!"

그가 말했다.

목소리가 거칠고 위협적이었다. 그는 얼굴에 두르고 있던 두건을 내렸다. 입술에 세로로 난 커다란 상처 때문에 입이 뒤틀어져 있었다. 코는 대부분이 잘려나갔고 남은 것이라고는 두 개의 구멍과 상처투성이의 연골 조직뿐이었다.

"말 하나는 쓸 만하군. 이런 꼬마가 타기엔 좀 과분한 것 같은데? 아마 훔쳤을걸? 훔친 말을 빼앗는 건 죄가 아니겠지?"

그가 스킬라의 고삐를 잡으려 손을 뻗는 순간 데이빗이 뒤로 한 걸음 물러섰다.

"훔친 말 아니에요."

데이빗이 말했다.

"뭐? 지금 뭐라고 했니, 꼬마야? 함부로 주둥이를 놀렸다간 평생 후회하게 만들어줄 테다."

그가 데이빗에게 칼을 겨누며 말했다. 거칠고 조잡한 칼이었다. 칼날에 숫돌 자국이 남아 있었다. 스킬라가 히잉! 하고 한 걸음 뒤로 물러섰다.

"훔친 말이 아니라고 했어요. 이 말은 아저씨하고는 아무 데도 가지 않아요. 그러니까 그만 비켜주세요."

"이 버르장머리 없는……"

칼을 든 남자가 다시 한 번 스킬라의 고삐를 빼앗으려 했다. 이 번에는 데이빗이 말의 앞다리를 들어 발길질을 하게 했다. 말의 발길이 칼을 든 남자의 이마를 걷어찼고 뼈가 으스러지는 소리와 함께 남자가 바닥에 쓰러졌다. 곁에 있던 또 다른 남자는 너무도 놀란 나머지 잠시 어떻게 대처해야 할지 몰라 허둥댔다. 그가 허 겁지겁 활을 당기는 순간 데이빗이 칼을 뽑아 남루한 넝마 위로 그의 목을 그었다. 남자가 비틀거렸고 그의 손에서 활이 떨어졌 다. 그는 목을 움켜잡고 말을 하려고 했지만 물을 삼키는 것 같은 소리만이 새어나올 뿐이었다. 손가락 사이로 뿜어져 나온 피가 눈 위에 흩뿌려졌다. 옷 앞섶이 피로 붉게 물들었고 마침내 그는 무릎을 꿇으면서 고꾸라졌다. 핏줄기가 서서히 약해지더니 마침 내 그의 심장이 멈추었다.

데이빗은 말머리를 돌려서 스킬라를 죽어가는 남자와 마주서 게 했다.

"경고했잖아요!"

데이빗이 소리쳤다.

그는 울고 있었다. 롤랜드 때문에 울었고 엄마와 아빠 때문에 울었고 조지와 로즈, 그가 잃어버린 모든 것들, 이름이 있는 모든 것들, 느낄 수 있는 모든 것들 때문에 울었다.

"비키라고 했는데, 왜 비키지 않았어요! 비켜섰으면 안 죽었을 텐데! 바보! 멍청이!"

활을 들고 있던 남자가 입을 벌렸다 다물었지만 아무런 소리도 낼 수 없었다. 그의 눈은 소년에게 고정되어 있었다. 데이빗은 그의 입이 다물어지는 것을 바라보았다. 데이빗이 하는 말을, 그리고 자신에게 일어난 일을 이해할 수 없다는 듯한 표정이었다.

그의 눈동자가 서서히 커졌다가 고요해졌다. 죽음이 그에게 모든 것을 설명해주었다.

데이빗은 말에서 내려서 혹시 스킬라의 다리에 상처가 나지 않았는지 확인해보았다. 다행히 스킬라는 다치지 않았다. 데이빗의 칼에 피가 묻어 있었다. 죽은 남자의 넝마로 칼을 닦을까도 생각해 보았지만 시체에 손을 대고 싶지 않았다. 자기 옷으로 닦고 싶지도 않았다. 그들의 피를 묻히고 싶지가 않았다. 데이빗은 자루를 열고 플레처가 치즈를 싸주었던 모슬린 보자기를 꺼내 칼에 묻은 피를 닦았다. 데이빗은 피 묻은 보자기를 눈밭에 던진 다음 시체들을 길가의 구덩이에 발로 밀어 넣었다. 시체들을 숨기기에는 역부족이었다. 갑자기 속이 울렁거렸다. 신물이 넘어왔고 식은땀이 났다. 데이빗은 비틀거리며 시체들로부터 돌아서서 바위 뒤에서 토하기 시작했다. 역한 공기만 나올 때까지 남김없이 모두 쏟아냈다.

사람을 둘이나 죽였다. 그럴 생각은 추호도 없었다. 정말이었다. 그러나 두 사람이 그로 인해 목숨을 잃었다. 루프들이나 늑대들을 죽였을 때, 여자 사냥꾼과 마녀를 죽였을 때에도 이런 기분은 아니었다. 그들도 데이빗으로 인해 죽었지만 이번에는 그가 직접 칼로 찔러서 죽였다. 한 명은 스킬라의 발길질에 죽었지만 그 역시 데이빗이 스킬라를 조종했기 때문이었다. 깊이 생각하고 저지른 일도 아니었다. 어쩌다 보니 그렇게 되었다. 아무렇지도 않게 남을 해칠 수 있었다는 사실이 무엇보다도 데이빗의 마음을 불편하게 만들었다.

데이빗은 눈을 뭉쳐서 입을 닦은 다음 말을 타고 자신이 저지른 일들과 그 흔적들로부터 돌아섰다. 말을 모는 동안 굵어진 눈발이 그와 스킬라의 머리에 내려앉았다. 바람은 없었다. 흰 눈은 직선으로 천천히 내렸고 길과 나무와 숲과 시체들, 살아 있는 것과 죽은 모든 것에 베일을 드리우듯 한 겹, 또 한 겹 쌓여갔다. 산적들의 시체들은 곧 눈으로 뒤덮일 것이다. 늑대의 촉촉한 주둥이가 킁킁거리며 냄새를 맡고 다가와서 그들의 시체를 파헤치지만 않았다면 그렇게 그들은 누구의 애도도 없이, 누구에게도 발견되지 않은 채로 봄이 올 때까지 눈 속에 파묻혀 있을 것이다. 늑대는 낮게 울부짖었고 그 소리를 듣고 늑대들이 모여들기 시작했다. 그들은 살을 찢고 뼈를 씹었다. 강한 녀석들이 빠르게 배를 채우는 동안 약한 녀석들은 한 점이라도 더 살을 뜯어먹으려고 안간힘을 썼다. 그러나 겨우 한 마리의 한 끼분 식사에 달려드는 늑대들의 숫자가 너무 많았다. 어느덧 늑대들의 숫자는 수 천 마리에 이르게 되었다. 멀리 북쪽에서 온 흰 늑대들은 흰 눈밭에서 오직 검은 눈동자와 붉은 입만 보였다. 동쪽에서 온 검은 늑대들을 노인들은 악마가 짐승의 모습으로 환생한 것이라고 믿었다.

서쪽 숲에서 온 회색 늑대들은 덩치가 큰 반면 다른 늑대들보다 굼떠서 자기들끼리만 몰려다녔고 다른 종족들을 믿지 않았다. 그 외의 루프들은 사람처럼 차려입고 늑대처럼 굶주렸으며 제왕처럼 지배했다. 그들은 무리와 동떨어져서 숲 가장자리에 서서 야만적인 동료들이 시체를 뜯어먹으려고 싸우고 물어뜯는 광경을 지켜보았다. 암컷 한 마리가 그들에게 다가왔다. 피 묻은 모슬린 천 조각을 입에 물고 있었다. 피 냄새 때문에 입에 침이 고였고 천을 씹어서 삼켜버리고 싶은 것을 가까스로 참고 있었다. 암컷은 우두머리의 발치에 천을 떨어뜨린 다음 조용히 물러섰다. 르로이가 천을 들어 코끝에 대고 킁킁거렸다. 죽은 자의 피비린내는 강렬하고도 날카로웠지만 그 속에서도 소년의 체취를 맡을 수 있었다.

르로이는 정찰병이 찾아낸 소년의 체취를 가시의 성에서 마지막으로 맡았다. 늑대들은 성의 탑 꼭대기로 이어진 계단을 오르지 않았지만 르로이는 성 꼭대기에 무엇이 있는지 궁금해서라기보다는 부하들에게 자신의 용기를 보여주고 싶어서 그 계단을 올랐다. 마녀가 사라지고 난 뒤 탑은 그저 오래된 성채 한복판에 자리 잡은 빈껍데기일 뿐이었다. 예전의 모습이 남아 있는 곳이라고는 탑 꼭대기 대리석 방의 시체들과 인간의 것이 아닌 재 한 줌뿐이었다. 방 한복판의 석조 제대에는 롤랜드와 라파엘의 시신이 눕혀져 있었다. 르로이는 롤랜드의 체취를 알아보았다. 이제 소년의 보호자는 죽고 없었다. 르로이는 두 구의 시체들을 갈기갈기 찢어놓고 싶은 충동을 느꼈지만 그것은 짐승들이나 하는 짓이었다. 그는 더 이상 짐승이 아니었다. 르로이는 시체들을 그대로 남겨두고 탑에서 나왔다. 그 탑에서 빠져나온 것이 너무도 기뻤지만 부하들에게는 결코 내색을 하지 않았다. 그가 이해할 수 없는 것들이 있었고 그것이 왠지 그를 불안하게 만들었다.

피 묻은 천 조각을 들고 서서 르로이는 소년에 대한 존경심마저 느끼고 있었다. 참으로 놀라운 변화라고 르로이는 생각했다. 불과 얼마 전만 해도 겁에 질린 어린아이에 불과했던 소년은 무장한 기사들조차도 해내지 못했던 일을 거뜬히 해치웠다. 사람을 죽이고 나서 다음번에 쓸 때를 대비하여 칼을 닦아두는 치밀함이라니. 그런 아이가 죽어야 한다는 것이 안타까울 정도였다.

하루하루 지날수록 르로이는 점점 더 인간에 가까워졌고 점점 더 늑대에서 멀어졌다. 적어도 그 자신은 그렇게 믿고 있었다. 온몸에 거친 털이 나 있고 귀는 뾰족하고 이빨은 날카로웠지만 주둥이는 그저 조금 입이 돌출된 정도였고 얼굴의 윤곽도 늑대보다는 인간의 골격에 가깝게 변했다. 속도를 내야 할 때나 냄새를 맡고 흥분했을 때를 제외하면 네 발로 걷는 일은 거의 드물었다. 대부대를 거느리고 다니면 좋은 점이 있었다. 말의 체취는 소년이나 다른 남자의 체취보다 훨씬 강했지만 최근에 내린 눈 때문에 수시로 끊겼다. 그럴 때마다 정찰병을 여럿 파견하면 곧바로 냄새를 다시 찾을 수가 있었다. 소년을 쫓아 마을까지 갔을 때 르로이는 부하들을 이끌고 마을을 공격하고 싶었지만 말과 소년의 냄새가 동쪽에서 나는 것을 감지하면서 그들이 더 이상 마을에 있지 않다는 것을 알아차렸다. 몇몇 루프들이 마을을 공격할 것을 제안했다. 모두들 굶주려 있었기 때문이었다. 그러나 르로이는 그것이 시간낭비라고 판단했다. 부하들의 욕구를 억눌렀다가 왕의 성을 공격할 때 한꺼번에 분출시키려는 계산이 깔려 있었다. 그는 마을의 돌담 뒤에 서서 늑대들을 노려보던 남자를 떠올렸다. 그것이야말로 인간 본성 중에서 그가 존경하는 면모 중 한 가지였다. 르로이는 인간을 닮아가는 자신의 모습이 싫지 않았다. 그러나 언젠가 반드시 마을로 다시 돌아와서 자신을 노려보던 자를 처치해버리고 싶은 욕망까지 억누를 수는 없었다.

소년과 기사가 마을을 떠난 뒤 늑대들은 한동안 그들의 흔적을 찾을 수가 없었다. 르로이는 그들이 곧장 성으로 향할 거라고 생각했고 자신의 실수를 깨닫기까지 반나절이나 허비했다. 데이빗은 운 좋게 늑대들에게 들키지 않고 가시의 성에서 빠져나갈 수 있었다. 늑대들은 성 주변의 숲을 두려워했고 그 숲에 들어서기를 망설였다. 탑 안에 생존자가 없음을 확인한 뒤 르로이는 데이빗을 찾기 위해 정찰병 열둘을 급파하여 숲을 수색했고 나머지는 모두 동쪽 왕의 성으로 출발하되 안전한 경로를 택할 것을 지시했다. 정찰병들이 다시 무리에 합류했을 때 열두 마리 중에 세 마리만 남아 있었다. 일곱 마리는 나무 안에 살고 있는 짐승들에게 당했고 두 마리는 목이 베이고 주둥이가 잘려나간 채로 발견되어서 르로이의 관심을 끌었다.

"꼬부라진 남자가 소년을 보호하고 있습니다."

르로이가 가장 신뢰하는 부하가 보고했다. 그 역시 인간으로 진화하는 과정이긴 했지만 르로이보다는 진행이 느렸고 두드러지지 않았다.

"새로운 왕을 찾았다고 생각하는 모양이군. 하지만 인간의 왕이 지배하는 시대는 이제 끝났어. 그 아이는 절대로 왕이 될 수 없어."

르로이가 말했다.

그가 명령을 내리자 루프들이 무리에 합류했다. 루프들은 민첩하게 움직이지 못하는 늑대들을 다그쳤다. 마침내 때가 왔다. 하루만 더 가면 성에 도착할 것이다. 성에 도착하면 마음껏 고기를 먹을 수 있으리라. 그리고 새로운 왕 르로이의 시대가 열리리라.

르로이는 짐승보다는 우월하고 인간보다는 열등했다. 그러나 그의 내면에는 항상 늑대의 본성이 남아 있었다.

제27장
왕의 궁전과 국왕의 환대

또 하루가 저물었다. 힘없이 축 늘어진 오후는 기꺼이 밤에게 자리를 내주었다. 데이빗은 기운이 없었다. 오랜 시간 말을 타느라 허리와 다리가 아팠다. 데이빗은 등자에 반듯하게 발을 걸치는 방법을 익혔고 롤랜드를 관찰했던 덕분에 고삐 잡는 법도 알고 있었다. 스킬라를 모는 모습이 그 어느 때보다도 편안해 보였지만 그래도 말은 그에게 너무 컸다.

눈발이 가늘어지더니 어느새 완전히 멈추었다. 희고도 고요한 세상은 참으로 아름다웠다. 눈이 세상을 더욱 아름답게 만들었다.

길이 구부러지는 곳에서 데이빗은 말을 세웠다. 저만치 수평선에서 가냘프고 노란 불빛이 새어나오고 있었다. 왕의 성이 멀지 않았다. 지치고 굶주렸지만 데이빗은 갑자기 기운이 솟아 스킬라를 재촉했다. 스킬라도 건초와 깨끗한 물, 쉴 곳의 냄새를 맡았는지 속도를 냈다. 그러나 데이빗은 곧바로 스킬라를 세우고 귀를 기울였다. 어디선가 소리가 들려왔다. 바람소리인가 생각했지만 바람이 없는 고요한 밤이었다. 스킬라 역시 그 소리를 들었는지 히잉! 소리를 내며 발을 굴렀다. 데이빗은 스킬라의 옆구리를 다독거리면서 말을 진정시켰다. 그러나 그 자신도 긴장이 되는 것을 어쩔 수가 없었다.

"착하지, 스킬라!"

그가 속삭였다.

다시 소리가 들려왔다. 이번에는 훨씬 더 가까웠다. 늑대의 울음소리였다. 소복이 쌓인 눈이 소리를 삼켜버렸기 때문에 얼마나 가까이 와 있는지는 가늠할 길이 없었지만 소리가 들릴 정도로 가까운 거리였다. 오른쪽 숲에서 뭔가가 부스럭거렸다. 데이빗은 흰 이빨과 분홍색 혀, 쩍 벌린 주둥이를 생각하면서 칼을 뽑아들었지만 숲 속에서 나타난 것은 꼬부라진 남자였다. 그는 가늘고 꼬부라진 칼을 들고 있었다. 데이빗은 칼로 꼬부라진 남자의 목을 겨누고 그를 쏘아보았다.

"칼을 내려놔라. 날 두려워할 필요는 없어."

꼬부라진 남자가 말했다.

그러나 데이빗은 꼼짝도 하지 않았다. 팔이 떨리지 않아서 다행이라는 생각이 들었다. 그러나 꼬부라진 남자 역시 조금도 동요하는 것 같지 않았다.

"정 그렇다면 좋아. 마음대로 해. 늑대들이 쫓아오고 있고 나도 얼마나 오래 놈들을 붙잡아둘 수 있을지 자신이 없어. 적어도 네가 성에 도착할 때까지는 잡아둬야겠지. 큰 길에서 벗어나지 마. 절대 샛길로 빠져선 안 돼."

늑대들의 울음소리가 더 가까워졌다.

"왜 날 도와주는 거죠?"

데이빗이 물었다.

"난 처음부터 계속 널 도왔단다. 네가 너무 고집불통이라 내 말을 믿지 않아서 그렇지. 난 길을 안내해주고 네 목숨을 구해주었어. 네가 성에 도착할 수 있도록 말이야. 어서 왕에게로 가거라. 왕이 널 기다리고 있으니. 자, 어서!"

그 말과 함께 꼬부라진 남자는 데이빗에게서 돌아서서 칼을 휘두르며 숲으로 사라졌다. 마치 늑대의 목을 베는 연습을 하는 것 같았다. 그의 모습이 완전히 사라질 때까지 데이빗은 그를 바라보았다. 꼬부라진 남자의 조언을 따르는 것 외에는 달리 방법이 없었다. 데이빗은 불빛을 향해 스킬라를 몰았다. 꼬부라진 남자는 커다란 나무 구멍 속에 들어앉아서 그를 바라보았다. 일이 좀 꼬이긴 했지만 소년은 머지않아 목적지에 이를 것이다. 그렇게 되면 그도 고생한 대가를 얻게 되리라.

"조지 포지, 푸딩과 파이!"

그가 노래를 불렀다. 그리고 입맛을 다셨다.

"조지 푸딩, 조지 파이!"

그는 웃음소리가 새어나가지 않도록 입을 막고 키득거렸다. 그는 혼자가 아니었다. 가까이에서 거친 숨결이 피어올랐다. 꼬부라진 남자는 몸을 웅크려 동그랗게 만든 다음 칼을 든 손만 앞으로 뻗었다. 그의 몸이 반쯤 눈 속에 파묻혔다.

정찰병 늑대가 그 앞을 지나갈 때 그는 늑대의 목에서 꼬리까지 단칼에 죽 그었다. 차가운 밤공기 속에 쏟아진 늑대의 내장에서 더운 김이 피어올랐다.

성에 가까워질수록 길은 점점 더 꼬불꼬불해졌다. 길 양쪽으로 깎아지른 듯한 바위산이 협곡을 이루었고 그 속에서 스킬라의 발굽 소리가 울려 퍼졌다. 바위산이 지붕을 이룬 덕분에 길 위에는 눈이 많이 쌓이지 않았다. 협곡에서 벗어나자 강이 가로지르는 분지가 펼쳐졌고 강둑을 따라 1.5킬로미터쯤 들어간 곳에 거대한 궁전이 자리 잡고 있었다. 성벽이 높고 두꺼웠으며 탑과 건물들이 수없이 많았다. 창문마다 불이 켜져 있었고 성벽의 총안에도 횃불이 밝혀져 있었다. 보초를 서는 군인들의 모습도 보였다. 그가 지켜보고 있는 동안 성의 내리닫이 쇠창살문이 올려지면서 말탄 기수들이 모습을 드러냈다. 그들은 성 앞의 다리를 건너서 데이빗을 향해 빠른 속도로 달려왔다. 늑대들에게 쫓기는 것이 두려웠던 데이빗도 그들을 향해 달려갔다. 그를 본 순간 기수들은 더욱 속도를 내어 달려와 그를 에워쌌다. 맨 뒤쪽에 서 있던 기수는 계곡 쪽에서 갑자기 공격을 당할 때를 대비하여 창을 들고 계곡을 바라보며 서 있었다.

"기다리고 있었습니다."

그들 중 한 사람이 말했다.

다른 사람들보다 나이가 조금 많아 보였고 얼굴에는 전쟁에서 얻은 것 같은 상처가 여러 개 있었다. 회색빛이 감도는 갈색 머리카락이 투구 밑에서 곱슬거렸고 검은 외투 속에 청동 장식이 있는 은색 갑옷을 입고 있었다.

"저희가 국왕 폐하께 안전하게 모셔드리겠습니다. 어서 가시죠."

그가 말했다.

데이빗은 그들과 함께 성으로 향했다. 무장한 병사들이 양쪽에서 그를 호위하는 바람에 한편으로는 든든했고 한편으로는 죄수가 된 것 같은 기분이 들었다. 모두 무사히 다리를 건넜고 성 안으로 들어갈 수 있었다. 그들이 들어서자마자 곧바로 창살문이 내려졌다. 하인들이 다가와 데이빗이 말에서 내리는 것을 도와주었다. 그들은 검은 털로 만든 보드라운 외투로 데이빗을 감싸주었고 은으로 만든 컵에 따듯하고 달콤한 마실 것을 가져다주었다. 그들 중 한 명이 스킬라의 고삐를 잡았다. 데이빗이 그를 막으려 하자 기수들의 우두머리가 앞으로 나섰다.

"말을 잘 돌봐줄 겁니다. 계신 곳에서 가장 가까운 마구간에 들여놓겠습니다. 저는 국왕의 근위대 대장 던칸이라고 합니다. 두려워하지 마십시오. 저희와 함께 있으면 안전합니다."

그가 데이빗에게 따라오라고 말했다. 데이빗은 궁전의 안뜰을 지나 안으로 들어갔다. 이 세계로 들어와서 여행하면서 만났던 사람들을 전부 다 합친 것보다 더 많은 사람들이 이곳에 있었고 그들 모두가 데이빗만 바라보았다. 하녀들은 걸음을 멈추고 그의 뒤에서 소근거렸고 노인들은 고개를 숙였고 어린아이들은 경외의 눈길로 그를 바라보았다.

"모두들 이야기를 들었거든요."

던칸이 말했다.

"어떤 이야기요?"

데이빗이 물었다.

그러나 던칸은 국왕께서 말씀해주실 거라고만 대답했다. 두 사람은 석재로 마감한 복도를 지났고 환하게 타오르는 횃불들과 화려하게 꾸며진 방들을 지났다. 어느새 수수한 차림의 하인들이 금목걸이를 하고 손에는 문서를 들고 있는 보다 진지한 표정의 신하들로 바뀌었다. 그들은 온갖 감정이 뒤섞인 얼굴로 데이빗을 바라보았다. 그들이 표정에는 행복과 걱정과 의혹, 심지어는 두려움마저 스치고 있었다. 마침내 두 사람은 용과 비둘기 장식이 새겨진 거대한 문 앞에 이르렀다. 창을 들고 무장을 한 병사 둘이 문 양쪽을 지키고 있었다. 그들이 문을 열어주었다. 대리석 기둥이 있고 아름다운 카펫이 깔린 방이었다. 벽마다 걸려 있는 장식용 걸개그림이 방안을 아늑해 보이게 만들었다. 전투와 결혼식, 장례식, 대관식의 그림이었다. 그 안에는 더 많은 신하들과 더 많은 병사들이 데이빗과 던칸이 지나가는 길 양쪽에 서 있었다. 마침내 두 사람은 세 칸의 돌계단 위에 마련된 왕좌 앞에 서게 되었다. 왕좌에는 아주 늙은 노인이 앉아 있었다. 붉은 보석으로 장식된 금관도 노인에겐 너무 버거워 보였다. 금관에 닿은 앞이마가 발갛게 부어올랐다. 눈은 반쯤 감겨 있었고 숨결은 매우 가냘팠다.

던칸이 한쪽 무릎을 꿇고 고개를 숙였다. 그는 데이빗의 다리를 가볍게 치면서 무릎을 꿇으라는 암시를 주었다. 한 번도 왕을 만나본 적이 없는 데이빗이 어떻게 처신해야 하는지 모르는 것은 당연했다. 그는 던칸이 시키는 대로 무릎을 꿇으면서 이마에 흘러내린 머리카락 사이로 국왕의 모습을 훔쳐보았다.

"폐하, 모셔 왔습니다."

왕이 몸을 추스르더니 눈을 크게 떴다.

"가까이 다가오라."

왕이 데이빗에게 말했다.

데이빗은 일어서야 할지 아니면 무릎을 꿇은 채로 그에게 다가가야 할지 확실히 알 수 없었다. 불손하게 행동하고 싶지 않았고 말썽을 일으키고 싶지도 않았다.

"일어서서 이리 가까이 와봐."

국왕이 다시 한 번 말했다.

데이빗은 일어서서 왕좌로 다가갔다. 왕이 쭈글쭈글한 손가락으로 올라오라고 손짓을 했고 데이빗은 계단을 올라가서 왕의 얼굴을 바라보았다. 왕은 힘겹게 몸을 앞으로 숙여 데이빗의 어깨를 붙잡았다. 그가 체중을 실어 데이빗에게 기대었지만 거의 무게가 느껴지지 않았다. 문득 가시의 성에서 보았던 속이 빈 시체가 떠올랐다.

"참 먼 길을 왔구나. 그 누구도 이곳까지 오지 못했지……."

데이빗은 어떻게 대답해야 할지 알 수 없었다. 고맙다는 인사도 적절치 않은 것 같았다. 자신이 별로 자랑스럽게 느껴지지 않았다. 롤랜드와 숲사람은 죽었고 도둑들의 시체도 눈 속에 파묻힌 채로 길가에 뒹굴고 있었다. 왕이 그런 것들까지 다 알고 있는지 궁금했다. 자신의 왕국을 빼앗길지도 모르는 위기에 처한 왕치고는 아는 것이 꽤 많아 보였다.

마침내 데이빗은 "뵙게 되어서 영광입니다, 국왕 폐하"라고 대답했다. 그리고 롤랜드의 유령이 그의 곁에 서서 그의 의젓한 모습을 보고 기뻐하는 상상을 했다.

왕은 미소를 지으며 고개를 끄덕였다. 마치 누구라도 그를 만나는 것을 영광으로 생각하는 것이 당연하다는 듯한 표정이었다.

"국왕 폐하, 폐하께서 제가 집으로 돌아가는 것을 도와줄 수 있으실 거라고 들었습니다. 폐하께서 특별한 책을 갖고 계시다고……."

왕이 보라색 핏줄과 갈색 반점으로 뒤덮인 쪼글쪼글한 손을 들었다.

"나중에. 나중에 얘기하자꾸나. 일단은 식사를 하고 좀 쉬어라.

그 얘기는 아침에 다시 하자. 던칸이 방을 안내해줄 거야. 여기서 멀지 않은 곳이야."

왕과의 첫 번째 만남은 그렇게 끝나고 말았다. 데이빗은 뒷걸음으로 왕좌에서 내려왔다. 왕에게 등을 돌리는 것은 무례하다는 생각이 들어서였다. 던칸이 그에게 고개를 끄덕인 뒤 일어서서 왕에게 인사를 했다. 던칸은 왕좌의 오른편에 있는 조그만 문으로 데이빗을 안내했다. 문을 열고 들어가서 계단을 오르니 왕의 접견실이 내려다보이는 난간이 나왔고 그 난간에 이어진 복도에 방들이 있었다. 데이빗은 그중 한 방으로 안내돼었다. 한쪽 벽에 커다란 침대가 있었고 한복판에 여섯 개의 의자와 테이블이 있었다. 침대 맞은편에는 벽난로가 있었고 그 옆으로 강과 길이 내려다보이는 조그만 창문이 세 개 있었다. 침대 위에는 갈아입을 옷이 준비되어 있었고 식탁 위에는 음식이 차려져 있었다. 따끈따끈한 닭요리와 감자, 세 종류의 야채, 신선한 과일들이었다. 커다란 주전자에 담긴 음료는 뜨거운 포도주 같은 냄새를 풍겼다. 벽난로 앞에 커다란 욕조가 있었고 욕조 밑에 물을 데우기 위해 벌겋게 달아오른 석탄을 놓아두었다.

"마음껏 드시고 푹 주무십시오. 아침에 모시러 오겠습니다. 혹시 필요한 게 있으시면 침대 맡에 놓아둔 종을 흔드세요. 문은 잠그지 않겠습니다. 하지만 절대 이 방에서 나가지 마십시오. 성 내부의 지리를 잘 모르시니 길을 잃으실지도 모릅니다."

던칸이 말했다.

그는 인사를 한 뒤 방에서 나갔다. 데이빗은 신발을 벗었다. 그리고 닭요리와 과일들을 거의 다 먹어 치웠다. 따뜻한 포도주를 마셔보았지만 별로 입맛에 맞지 않았다.

한 옆으로 조그만 방이 하나 딸려 있었는데 그 방에는 동그란 구멍이 나 있는 나무 의자가 있었다. 변기인 모양이라고 생각했다. 꽃다발과 향기로운 풀들로 장식이 되어 있음에도 불구하고 악취가 진동했다. 데이빗은 얼른 볼일을 보았다. 볼일을 보는 내내 숨을 꾹 참고 있다가 밖으로 뛰쳐나와서 문을 쾅 닫은 뒤에야 숨을 내쉬었다. 그는 옷을 벗고 욕조에 들어가 몸을 닦은 다음 사각거리는 면 잠옷을 입었다. 잠자리에 들기 전에 데이빗은 방문을 살짝 열어보았다. 국왕의 접견실에는 아무도 없었고 왕도 보이지 않았다. 보초 하나가 데이빗에게 등을 돌린 채로 난간에서 왔다 갔다 하고 있었고 복도 끝에도 또 한 명의 보초가 서 있었다. 두꺼운 벽이 모든 소리를 삼켜버렸기 때문인지 그와 보초 두 명이 성 안에 살아 있는 유일한 사람들인 것 같았다. 데이빗은 방문을 닫고 녹초가 된 몸으로 침대에 쓰러졌다. 그리고 몇 초 만에 깊은 잠에 빠져들었다.

한참 뒤 갑자기 잠에서 깨어난 데이빗은 잠시 자신이 있는 곳이 어디인지 몰라 어리둥절했다. 그의 방 침대인 모양이라고 생각하고 책과 자신의 물건들을 찾아보았지만 그런 것들이 눈에 띄지 않았다. 그 순간 모든 것이 되살아났다. 일어나보니 그가 잠든 사이 누군가 새 땔감을 가져다 놓았다. 그가 먹고 남은 음식들과 접시들을 누군가가 깨끗하게 치웠고 욕조와 뜨거운 숯이 담긴 그릇도 그를 깨우지 않고 조용히 치웠다.

시간을 가늠하기 어려웠지만 아직 한밤중인 모양이었다. 성 전체가 잠이 든 것 같았다. 창밖을 내다보니 창백한 달이 구름에 가려져 있었다. 분명히 무언가가 그를 깨웠다. 꿈속에서 그는 집으로 돌아가 있었는데, 그의 집이 아닌 다른 곳으로부터 어떤 소리가 들려왔다. 꿈속에서 데이빗은 그 소리를 그의 집에서 나는 소리로 바꾸어 들으려고 애썼다. 마치 몹시 피곤해서 깊이 잠들었을 때 자명종 소리가 꿈속에서 울리는 전화벨 소리로 들리는 것처럼.

폭신한 침대 위에 베개들에 둘러싸여 앉아 있었더니 두 남자가 수군거리는 소리가 한층 선명하게 들렸다. 데이빗의 이름이 들먹여지는 것도 똑똑히 들을 수 있었다. 데이빗은 이불을 밀쳐내고 살금살금 문 쪽으로 다가갔다. 열쇠구멍에 귀를 대어보았지만 여전히 알아들을 수가 없었다. 그는 소리를 내지 않고 문을 열고 밖을 내다보았다.

난간 위에서 왔다 갔다 하던 보초들도 보이지 않았다. 수군거리는 소리는 왕의 접견실에서 들려오는 것이었다. 데이빗은 양치식물들이 가득 꽂힌 커다란 항아리 뒤에 숨어서 접견실에 있는 두 남자를 바라보았다. 한 사람은 왕이었다. 그는 왕좌에 앉아 있지 않았다. 흰색과 금색이 섞인 잠옷에 자주색 가운을 걸치고 돌계단에 앉아 있었다. 왕의 머리 윗부분은 완전히 대머리였고 피부는 수많은 갈색 점들로 뒤덮여 있었다. 희고 긴 머리카락이 귀 뒤로, 그리고 가운의 깃 위로 흘러 내렸다. 왕은 썰렁한 접견실에서 추위에 떨고 있었다.

꼬부라진 남자가 왕좌에 앉아 있었다. 다리를 꼬고 깍지를 끼고 있었다. 왕의 말이 불쾌하다는 듯 그가 대리석 바닥에 침을 퉤 뱉었고 데이빗은 바닥에 떨어진 침이 지글거리는 소리를 들었다.

"조바심 낼 필요 없어. 몇 시간 더 기다린다고 죽기야 하겠어?"

꼬부라진 남자가 말했다.

"말이 나왔으니 말인데, 이제 제발 좀 죽고 싶어. 이 모든 고통이 끝나게 해주겠다고 약속했잖아. 난 쉬고 싶어. 잠을 자고 싶다고. 내 무덤에서 썩어서 먼지가 되고 싶어. 그렇게 해주겠다고 넌 분명히 약속했어."

"그 책이 자기를 도와줄 거라고 믿고 있더군. 아무 짝에도 쓸모도 없는 책이란 걸 알게 되면 정신을 차리고 우리가 시키는 대로 하겠지."

왕이 자세를 뒤척이자 그의 무릎 위에 놓여 있던 책이 보였다. 갈색 가죽으로 제본한 책은 아주 오래되고 낡아 보였다. 왕이 사랑스럽다는 듯 책표지를 손끝으로 쓰다듬었다. 그의 얼굴에는 슬픔이 가득했다.

"나한테는 소중한 책이야."

그가 말했다.

"그러면 무덤까지 가지고 가든지. 어차피 다른 사람한텐 아무 쓸모도 없을 테니까. 그래도 그때까지는 그렇게 믿게 내버려둬."

왕이 힘겹게 일어서서 비틀거리며 계단을 내려왔다. 그는 벽에 달린 조그만 보관함을 열고 금빛 쿠션 위에 조심스럽게 그 책을 올려놓았다. 데이빗이 왕을 처음 만났을 때 커튼이 드리워져 있어서 보지 못했던 곳이었다.

"걱정 마십시오, 국왕 폐하! 이제 곧 거래가 이루어질 테니까요!"

꼬부라진 남자가 조롱이 가득 담긴 목소리로 말했고 왕은 얼굴을 찌푸렸다.

"그건 거래라고 말할 수가 없어. 적어도 나한테는. 그 거래 때문에 네가 데려온 사람에게도."

꼬부라진 남자가 왕좌에서 풀쩍 뛰어내리더니 한 번에 왕의 코앞으로 다가왔다. 그러나 늙은 왕은 조금도 움츠러들거나 피하지 않았다.

"다 네가 자초한 일이었어. 난 네가 원하는 걸 줬고 그 대가로 내가 원하는 게 뭔지 처음부터 분명히 밝혔어."

"그때 난 어린애였어! 몹시 화가 나 있었고! 내가 저지른 일이 얼마나 엄청난 일인지 알지 못했다고!"

"그게 말이 된다고 생각해? 어렸을 때는 세상의 모든 것을 검은 것과 흰 것, 좋은 것과 나쁜 것, 즐거운 것과 슬픈 것으로 나누더니 이제 모든 것을 회색으로 보고 있군. 이제 왕국 따위는 안중에도 없고 뭐가 옳고 뭐가 그른지도 판단이 안 서는가 본데, 넌 그 거래가 어떤 거래였는지 정확히 알고 있었어. 후회 때문에 기억이 흐릿해진 건가? 네 나약함으로 인해 빚어진 일을 나한테 덮어씌우려고? 말조심해! 입 다물지 않으면 아직 나에게 널 괴롭힐 힘이 남아 있다는 걸 보여줄 테니까."

"나한테 더 이상 무슨 짓을 할 수 있지? 이제 내게 남은 것은 어차피 죽음뿐인데."

꼬부라진 남자가 코가 닿을 정도로 왕에게 가까이 몸을 숙였다.

"잘 기억해둬. 아주 잘 기억해두라고. 세상에는 편안한 죽음이 있고 고통스러운 죽음이 있어. 오후의 산들바람처럼 편안히 죽을 수도 있고 목숨이 붙어 있는 마지막 순간까지 고통에 몸부림치면서 죽을 수도 있어. 절대로 그걸 잊으면 안 돼."

꼬부라진 남자가 왕좌의 뒤쪽 벽으로 다가갔다. 햇불의 불빛 속에서 유니콘을 사냥하는 남자의 모습이 그려진 걸개그림이 조금 흔들리더니 잠시 후 접견실에는 국왕 혼자 남았다. 왕은 보관함으로 다가가서 다시 한 번 책을 꺼내 한동안 책장을 넘겨보다가 넣은 뒤 난간 바로 밑의 문으로 나갔다. 이제 데이빗은 혼자였다. 보초가 돌아올 것 같아 기다려보았지만 돌아오지 않았다. 5분이 지났고 주위는 고요했다. 데이빗은 천천히 계단을 내려가서 접견실을 가로지른 다음 보관함 쪽으로 갔다.

그러니까 숲사람과 롤랜드가 말했던 책이 바로 이 책이었다.

『잃어버린 것들의 책』

꼬부라진 남자는 아무짝에도 쓸모없는 책이라고 말했지만 왕
은 왕관보다 더 소중히 여기는 것 같았다. 꼬부라진 남자가 잘못
생각한 것일지도 모른다고 데이빗은 생각했다. 그 책의 내용을
이해하지 못한 것일 수도 있었다.

데이빗은 손을 뻗어 책을 꺼냈다.

제28장
잃어버린 것들의 책

첫 번째 페이지에는 집 그림이 있었다. 나무들과 정원, 긴 창문이 있는 집이었다. 하늘에는 해가 떠 있고 단순하게 그린 남자와 여자, 소년이 집 앞에 손을 잡고 서 있었다. 한 페이지를 더 넘겨 보니 개찰한 런던 극장의 입장권이 들어 있었다. 그 밑에는 어린 아이의 필체로 '나의 첫 번째 공연 관람!'이라고 적혀 있었다. 그 옆 페이지에는 바닷가 방파제의 모습이 담긴 엽서가 있었다. 너무 낡아서 흑백이라기보다는 갈색에 가까웠다. 몇 장을 더 넘겨 보니 말린 꽃잎과 '멋진 개 럭키!'라고 설명을 붙인 개털 한 움큼이 나왔다. 그 외에도 수많은 사진들과 그림들, 여자의 옷자락인 것 같은 천 조각, 금색 칠이 벗겨져서 금속이 드러난 끊어진 개 줄도 있었다. 다른 책에서 찢어낸 그림도 있었다. 용을 무찌르는 기사의 모습을 그린 것이었다. 소년의 필체로 쓴 고양이와 쥐에 관한 시도 있었다. 썩 훌륭한 시라고는 말할 수 없지만 운율을 맞추려고 노력한 흔적이 보였다.

데이빗은 이해할 수가 없었다. 이 모든 것은 이 세계가 아닌 데이빗이 살던 세계의 흔적들이었다. 그가 갖고 있는 것들과 별로 다르지 않은 일상 속의 작은 기념품들이었다. 조금 더 넘겨보니 몇 편의 일기가 나왔다. 대부분은 학교생활이나 바닷가 여행에 관한 짧은 글들이었고 정원 거미줄에서 발견한 엄청나게 크고 털이 많이 난 거미 이야기도 있었다.

페이지를 넘길수록 글이 점점 길어졌고 점점 더 화가 난 투로 변하고 있었다. 여자아이가 온다는 이야기가 있었고 그 여자아이가 여동생이 된다는 이야기, 여자아이 때문에 사람들의 관심을 빼앗긴 소년의 분노가 드러나 있었다. 여자아이가 오기 전 단란했던 시절에 대한 그리움과 슬픔이 있었다. 데이빗은 소년의 분노에 공감하면서도 한편으로는 그 소년이 싫었다. 여자아이를 그의 세계로 끌어들인 부모에 대한 그의 증오심이 너무 지나치다 싶었다.

'저 계집애를 없애버릴 수만 있다면 무슨 짓이든 할 수 있을 것 같다. 내 장난감, 내 책들을 전부 다 줘서라도. 내가 저축해놓은 돈도 달라면 다 줄 것이다. 평생 바닥 청소나 하며 살아도 좋다. 저 계집애를 없애버릴 수만 있다면 영혼이라도 팔겠다.'

마지막 장이 가장 짧았다.

'마음을 정했다. 난 할 수 있다.'

마지막 장에는 가족사진 한 장이 붙어 있었다. 네 사람이 촬영소의 꽃병 앞에 서 있었다. 대머리인 아빠와 레이스 장식이 달린 흰 드레스 차림의 아름다운 엄마가 있었다. 사진사에게서 아주 불쾌한 말을 들은 듯 인상을 쓰고 있는 세일러 수트 차림의 소년이 있었고 그 곁에는 검은색 구두와 드레스 밑단만 남겨두고 긁어낸 누군가의 흔적이 있었다.

데이빗은 책의 첫 장으로 돌아가보았다. '조나단 툴베이의 이야기'라고 적혀 있었다. 데이빗은 얼른 책을 덮고 뒷걸음질을 쳤다.

조나단 툴베이!

입양한 여동생과 함께 실종된 뒤 한 번도 소식이 없었다는 로즈의 증조할아버지였다. 이 책은 조나단의 이야기였고 그의 삶의 자취들이었다. 데이빗은 늙은 왕의 모습을 떠올려보았다. 애정이 담긴 손길로 이 책을 쓰다듬던 모습도 떠올려보았다.

'나한텐 아주 소중한 책이야.'

왕은 바로 조나단 툴베이였다.

그가 꼬부라진 남자와 거래를 했고 거래의 대가로 이 나라의 왕이 된 것이었다. 어쩌면 그도 데이빗이 이곳으로 건너올 때와 똑같은 문을 통과했는지도 모른다. 그렇다면 여자아이는 어떻게 된 것일까? 꼬부라진 남자와 어떤 거래를 했는지는 몰라도 엄청난 대가를 치른 것이 분명했다. 제발 죽게 해달라고 애원하는 그의 모습이 바로 그 증거였다.

위쪽에서 기척이 들렸다. 데이빗은 벽에 바짝 기대어 섰다. 접견실이 비어서 보초가 다시 계단 난간 위의 자리로 돌아온 모양이었다. 이제 보초에게 들키지 않고 방으로 돌아갈 방법은 없었다. 데이빗은 주위를 둘러보면서 빠져나갈 길이 있는지 살펴보았다. 왕이 드나들던 문이 따로 있었지만 그곳에 보초가 없을 리가 없었다. 왕좌 뒤의 걸개그림도 있었다. 꼬부라진 남자는 그곳으로 빠져나갔다. 꼬부라진 남자가 빠져나간 곳이라면 보초가 없을 거라는 생각이 들었다. 그 뒤에 뭐가 있을지 궁금하기도 했다. 데이빗은 처음으로 꼬부라진 남자나 왕이 생각하는 것보다 자신이 많은 것을 알고 있다는 생각이 들었다. 이제 알고 있는 것을 이용할 차례였다.

그는 조용히 걸개그림 쪽으로 다가가서 그림을 들추어보았다. 그림 뒤에 문이 하나 있었다. 데이빗은 소리를 내지 않고 손잡이를 돌려 조용히 문을 열었다. 천장이 낮은 복도가 보였고 돌로 세공을 한 움푹한 벽감마다 촛불이 밝혀져 있었다. 천장이 얼마나 낮은지 머리에 닿을 정도였다. 그는 문을 닫고 어둡고 서늘한 복도를 따라 걸었다. 성의 지하로 이어진 내리막길이었다. 해골이 널려 있는 방이 있는가 하면 죄수들을 고문했던 기구들이 잔뜩 쌓여 있는 방도 있었다. 그 방에는 뼈를 부러뜨리는 도구도 있었고 살을 뚫는 창과 칼도 있었고 한쪽 구석에는 처형대도 있었다. 처형대는 박물관에서 본 미이라의 관처럼 생겼지만 수많은 못들이 뽀족하게 튀어나와 있는 뚜껑이 그 위로 떨어져서 처형대에 누워 있던 사람을 처참하게 죽이는 기구였다. 데이빗은 소름이 돋아 얼른 그 방을 지나쳤다.

모래시계가 있는 거대한 방도 있었다. 모래시계의 불룩한 부분이 제각기 집채만큼 컸다. 윗부분에는 모래가 거의 없었고 나무와 유리가 모두 아주 낡아 보였다. 누구인지는 모르지만 시간이 얼마 남지 않은 것이 분명했다.

모래시계 옆에는 더러워진 매트리스에 낡은 회색 담요가 덮여 있는 침실이 있었다. 침대 맞은편에는 단도와 장검, 칼 같은 무기들이 질서 있게 정리되어 있었다. 또 다른 벽의 선반 위에는 갖가지 모양과 크기의 유리병들이 진열되어 있었다. 그중 한 개의 유리병에서 희미한 불빛이 새어나왔다.

어디선가 기분 나쁜 냄새가 풍겨왔고 데이빗은 코를 찡그렸다. 어디서 나는 냄새인지 알아보려고 돌아섰다가 천장에 매달려 있던 물건에 머리를 부딪쳤다. 아직 피가 마르지 않은 늑대의 주둥이 스무 개에서 서른 개를 모아 만든 목걸이였다.

"넌 누구니?"

갑자기 들려온 목소리에 데이빗은 심장이 멎는 것 같았다. 누구의 목소리인지 알아보려 주위를 둘러보았지만 아무도 없었다.

"네가 여기 있는 걸 그 사람이 알아?"

다시 목소리가 들려왔다. 여자아이의 목소리였다.

"난 네가 안 보여."

데이빗이 말했다.

"난 네가 보여."

"어디 있니?"

"여기. 선반 위에."

데이빗은 목소리를 따라 유리병이 진열되어 있는 선반 쪽으로 다가가 보았다. 한쪽 구석에 있는 초록색 유리병 속에 조그만 여자아이가 있었다. 긴 금발 머리카락에 눈동자는 푸른색이었고 몸에서 희미한 빛을 발했다. 수수한 흰색 잠옷 차림의 소녀의 왼쪽 가슴에는 커다란 구멍이 뚫려 있었고 그 주위로 초콜릿색 얼룩이 묻어 있었다.

"여기 들어오면 안 돼! 그 사람이 널 찾으면 가만두지 않을 거야! 나한테 했던 것처럼!"

"너한테 무슨 짓을 했는데?"

데이빗이 물었다.

그러나 여자아이는 울음을 참으려는 듯 입술을 깨물고 고개를 저을 뿐이었다.

"이름이 뭐니?"

화제를 돌리려고 데이빗이 물었다.

"내 이름은 애나야."

여자아이가 대답했다.

애나…….

"난 데이빗이야. 어떻게 하면 널 여기서 빼낼 수 있니?"

"그럴 수 없어. 난 죽었거든."

여자아이가 말했다.

데이빗은 유리병에 가까이 다가가 보았다. 여자아이의 조그만 손이 유리병에 닿았지만 지문이 남지 않았다. 얼굴은 창백했고 입술은 자줏빛이었으며 눈 주위가 검었다. 잠옷에 난 구멍도 한층 선명하게 보였다. 주위의 갈색 얼룩은 피가 마르면서 생긴 것이 분명했다.

"거기 갇힌 지 얼마나 오래됐니?"

"너무 오래전 일이라 이젠 기억도 안 나. 처음 여기 왔을 때 나는 아주 어렸거든. 그때 여기 다른 남자애가 하나 있었는데, 지금도 가끔 그 아이 꿈을 꿔. 그 애도 지금 나처럼 아주 약했는데 내가 들어오자마자 사라져버려서 그 뒤로는 한 번도 보지 못했어. 나도 점점 더 약해지고 있어. 너무 무서워. 그 애한테 일어났던 일이 나한테도 일어날 거야. 나도 그렇게 사라져버릴 거야. 그럼 내가 그동안 어떤 일을 겪었는지 그 누구도 알지 못하겠지."

소녀가 울기 시작했지만 눈물은 흐르지 않았다. 죽은 사람은 눈물이나 피를 흘릴 수 없었다.

데이빗은 소녀가 손을 댄 곳에 자신의 손을 가져갔다. 유리가 두 사람을 가르고 있었다.

"네가 여기 있는 걸 아무도 몰라?"

데이빗이 물었다.

애나는 고개를 끄덕였다.

"오빠가 가끔 들르긴 하는데, 이젠 오빠도 아주 늙었어. 사실 오빠라고 할 수도 없어. 난 그렇게 되길 원했지만. 어쨌든 나한테 미안하다고 했어. 그 말은 진심일 거야. 정말 미안해하고 있을 거야."

그 순간 모든 것이 분명해졌다.

"그러니까 조나단이 널 이리로 데리고 와서 꼬부라진 남자한테 널 넘겨준 거였구나. 그게 바로 거래였어."

데이빗은 차갑고 딱딱한 침대에 걸터앉았다.

"널 질투했던 거야."

데이빗이 말했다. 병 속의 소녀에게라기보다는 그 자신에게 하는 말이었다.

"꼬부라진 남자가 조나단한테 널 사라지게 해주겠다고 제안했을 거야. 조나단은 이 왕국의 왕이 되었고 그래서 그 이전의 여왕은 마침내 눈을 감을 수 있었어. 아마 아주 오래전에, 그 여왕도 꼬부라진 남자와 비슷한 거래를 했겠지. 네가 왔을 때 병에 갇혀 있던 소년은 죽은 여왕의 남동생이거나 사촌이었을 거야. 아니면 여왕을 괴롭혀서 없어져버렸으면 좋겠다고 생각했던 이웃집 남자아이였거나."

꼬부라진 남자는 여왕의 꿈을 엿보았을 것이다. 왜냐하면 그는 늘 그곳에서 어슬렁거렸을 테니까. 그의 세계는 상상 속의 세계였고 이야기가 시작되는 세계였다. 이야기는 누군가가 말해주고 읽어주기를 그리고 생명을 얻게 되기를 기다리고 있었다. 그래야만 그들의 세계에서 우리의 세계로 건너올 수 있었다. 꼬부라진 남자는 그 두 세계를 배회하면서 자신만의 이야기를 찾아 헤맸다. 악몽을 꾸는 어린아이들, 시기하고 분노한 아이들, 저밖에 모르는 아이들을 찾아다녔다. 그는 그런 아이들을 왕과 여왕으로 만들어주고 권력을 주었지만 사실 진짜 권력은 그가 쥐고 있었다. 권력의 대가로 아이들은 그들이 질투하던 또 다른 아이들을 그에게 넘겨주었고 꼬부라진 남자는 그 아이들을 성 지하의 자신만의 은신처에 가두었다.

"힘들겠지만 이렇게 되기까지 무슨 일이 있었는지 말해줄래? 이건 아주 중요한 문제니까, 제발 부탁해."

데이빗은 일어서서 병 속의 소녀에게 말했다.

애나는 얼굴을 일그러뜨리면서 고개를 저었다.

"싫어. 너무 힘들어. 생각하기도 싫단 말이야."

"말해줘. 제발!"

데이빗이 말했다.

그의 목소리에 전에 없던 힘이 느껴졌다. 한층 굵어진 목소리에서 부쩍 어른스러워진 그의 면모가 엿보였다.

"이런 일이 다시 일어나지 않게 하려면 그자가 너한테 무슨 짓을 했는지 다 말해줘야 해."

애나는 고개를 저으며 몸을 떨었다. 애나는 입술에 힘을 주었고 뼈가 드러날 정도로 주먹을 세게 쥐었다. 슬픔과 분노의 신음이 새어나왔다. 고통의 기억이 되살아나면서 마침내 이야기가 쏟아져나오기 시작했다.

"난 지하 정원을 통해서 이곳에 왔어."

소녀가 이야기를 시작했다.

"오빠는 항상 날 괴롭혔어. 나를 놀리고 꼬집그 머리를 잡아당겼어. 나를 숲 속으로 끌고 가서 길을 잃게 만들었다가 내가 큰 소리로 울면 부모님이 내 울음소리를 듣게 될까봐 얼른 나를 데리고 갔어. 만약 부모님한테 이르면 낯선 사람한테 날 넘겨버리겠다고 했어. 내가 무슨 말을 해도 부모님이 내 말을 믿지 않을 거라면서. 자기가 진짜 아들이고 나는 아니라면서. 어차피 나는 불쌍해서 데려온 아이니까 어느 날 사라져버린다고 해도 그렇게 오랫동안 슬퍼하진 않을 거라고 했어.

하지만 아주 가끔은 나한테 따듯하고 다정할 때도 있었어. 마치 한 번도 날 미워한 적이 없었다는 듯이. 그게 오빠의 본래 모습인 것 같았어. 그래서 그날 밤에도 오빠를 따라서 정원에 갔던 거야. 그날도 나한테 아주 상냥했거든. 자기 돈으로 사탕을 샀고, 내가 푸딩을 바닥에 쏟았을 땐 자기 걸 나한테 나누어주었어. 오빠가 한밤중에 나를 깨우더니 나한테 아주 특별한 비밀을 보여주고 싶다고 했어. 모두가 잠들었을 때 나는 오빠의 손을 잡고 지하 정원으로 갔어. 무서워서 안으로 들어가고 싶지 않았지만 오빠가 아주 이상하고 신기한 나라를 보여준다면서 먼저 들어갔고 내가 그 뒤를 따라갔어. 처음에는 아무것도 보이지 않았어. 어둠과 거미들뿐이었지. 그러고 나서 나무들과 꽃들이 보였고 사과 꽃향기와 소나무 향기가 풍겼어. 조나단은 한복판에 서서 빙글빙글 돌고 큰 소리로 웃으면서 나에게 같이 뛰자고 했지. 그래서 그렇게 했어."

애나는 한동안 잠자코 있었고 데이빗은 그녀가 말을 잇기를 기다렸다.

"그런데 웬 남자가 기다리고 있었어. 꼬부라진 남자. 바위에 앉아서 나를 바라보면서 입맛을 다셨어. 그리고 오빠한테 이렇게 말했어. "자, 이제 말을 해봐"라고. 그랬더니 오빠가, "애 이름은 애나예요"라고 말했어. "애나!" 꼬부라진 남자는 마치 음식 맛을 보는 것처럼 내 이름을 부르더니, "어서 와라, 애나!"라고 말했어. 그러고 나서 바위에서 펄쩍 뛰어 내리더니 나를 안고 빙글빙글 돌기 시작했어. 오빠가 그랬던 것처럼. 그런데 얼마나 세게 돌았던지 바닥에 구멍이 파였어. 나를 땅 속으로 끌고 들어가서 나무 뿌리와 흙과 날벌레, 딱정벌레 같은 것들을 지나고 동굴들을 지나면서 지하세계에서 끌고 다녔어. 아주 오랫동안. 나는 울고 또 울었어. 그리고 마침내 이 방에 오게 됐지. 그리고……."

애나가 말을 멈추었다.

"그리고?"

데이빗이 재촉했다.

"그가 내 심장을 먹어버렸어……."

애나가 속삭였다.

데이빗의 얼굴이 하얗게 질렸다. 구역질이 나서 쓰러질 것 같았다.

"손톱으로 상처를 내서 내 몸속에 손을 집어넣고는 심장을 꺼내서 내 눈앞에서 먹어버렸어. 정말 아팠어. 끔찍할 정도로. 너무 아파서 내 몸을 떠날 수밖에 없었어. 그리고 바닥에 쓰러져서 죽어가는 내 자신의 모습을 지켜보았지. 어느 순간 내 몸이 번쩍 들리는 것 같더니 불빛과 목소리들이 들려왔고 그 다음엔 사방이 유리였어. 그렇게 난 유리병에 갇혀서 선반 위에 진열된 거야. 그 뒤로 항상 이렇게 지내왔지. 그 다음번에 오빠를 만났을 때 오빠는 왕관을 쓰고 있었어. 자기가 왕이 되었다고 했는데, 하나도 행복해 보이지 않았어. 아주 겁에 질린 것 같았고 비참해 보였어. 그 뒤로 줄곧 오빠도 그렇게 살아왔어. 나는 잠을 자지 않아. 피로를 느끼지 않거든. 배가 고프지 않아서 먹지도 않아. 목이 마르지 않아서 물을 안 마셔. 그냥 여기 이렇게 갇혀서 며칠이 지났는지, 몇 년이 지났는지도 모르고 있다가 오빠가 찾아오면 오빠의 얼굴이 많이 늙어 있는 것을 보고 시간이 많이 흘렀다는 걸 깨닫곤 해. 그나마 자주 찾아오진 않았어. 이젠 오빠도 아주 늙고 병들었거든. 내가 빛을 잃어가면서 오빠도 점점 약해지고 있어. 나는 오빠가 꿈속에서 하는 말을 들을 수 있어. 지금 오빠는 나와 자기 자리를 채워줄 사람을 기다리고 있어."

데이빗은 다시 한 번 방 안에 있던 모래시계를 바라보았다. 윗부분이 거의 비어 있었다. 이 모래시계가 꼬부라진 남자에게 남아 있는 시간을 말하는 것일까? 만약 그가 또 다른 아이를 납치해 올 수 있다면 모래시계가 다시 뒤집어지고 그의 삶이 새로 시작되는 것일까? 얼마나 여러 차례 모래시계를 뒤집었을까? 선반 위에는 수많은 병들이 놓여 있었고 대부분 먼지와 곰팡이가 두껍게 쌓여 있었다. 저 병 하나하나가 사라진 아이의 영혼을 담고 있는 것일까?

그러니까 꼬부라진 남자와의 거래란 바로 이런 것이었다. 그에게 어린아이의 이름을 말해주면 그 순간 그 아이의 운명이 결정된다. 아이의 이름을 말한 순간, 허울뿐인 왕이 되지만 나보다 약한 아이, 나보다 어리고 내가 지켜주어야 했을 아이, 무슨 일이 생기면 내가 지켜줄 거라고 믿었던 아이, 날 숭배하는 아이, 어쩌면 어른이 될 때까지 항상 내 곁을 지켜줄 아이를 배신했다는 죄책감에 괴로워하며 평생을 살아야 한다. 일단 거래가 이루어지고 나면 빠져나올 길은 없다. 그렇게 끔찍한 일을 저질렀는데 어떻게 예전의 삶으로 돌아갈 수 있겠는가?

"나하고 같이 가자. 널 잠시도 여기 두고 싶지 않아."

데이빗이 말했다.

데이빗은 선반에서 유리병을 내렸다. 코르크 뚜껑으로 막혀 있었지만 아무리 애를 써도 열 수가 없었다. 얼굴이 벌겋게 달아오를 때까지 힘을 주었지만 허사였다. 그는 주위를 둘러보고 방 한 구석에서 낡은 자루 하나를 찾았다.

"저기 집어넣을게. 누가 볼지도 모르니까."

"괜찮아. 난 이제 아무것도 두렵지 않아."

애나가 말했다.

데이빗은 자루에 유리병을 조심스럽게 집어넣고 어깨에 멨다. 막 방을 나서려는 순간 그의 시선을 끄는 것이 있었다. 데이빗의 잠옷과 가운, 슬리퍼 한 짝이었다. 왕을 찾아 길을 떠나면서 숲사람이 버린 것들이었다. 너무도 오래전 일처럼 느껴졌지만 그 옷가지들이야말로 그가 떠나온 세계의 유일한 징표들이었다.

데이빗은 꼬부라진 남자의 방에 그런 물건들이 있는 것이 찜찜했다. 그는 옷가지들을 주워서 자루에 넣은 다음 문가에 귀를 대어보았다. 아무 소리도 들리지 않았다. 데이빗은 크게 심호흡을 한 뒤 달리기 시작했다.

제29장

꼬부라진 남자의 비밀 왕국과
그가 숨겨놓은 보물들

꼬부라진 남자의 은신처는 생각보다 훨씬 넓고 또 깊었다. 성 밑 지하로 한참을 더 뻗어 있었다. 그곳에는 녹슨 고문도구들과 죽은 여자아이의 혼령이 들어 있는 유리병보다 훨씬 더 끔찍한 물건들이 있었다. 이곳이 바로 꼬부라진 남자의 본거지였다. 이곳이야말로 모든 것이 태어나고 모든 것이 죽는 곳이었다. 최초의 인류가 태어나는 순간부터 그는 인류와 함께 존재해왔다. 인간이 그에게 생명과 목적을 주었고 그 대가로 그는 인류에게 이야기를 주었다. 꼬부라진 남자는 모든 이야기를 기억하고 있었다. 사람들에게 들려주기 전, 결정적인 순간에 이야기를 왜곡시키긴 했지만 그 자신의 이야기도 있었다. 그의 이야기 속에서 그의 이름을 오직 추측할 수 있을 뿐이었다. 그것이 바로 그의 장난이었다. 사실 꼬부라진 남자에게는 이름이 없었다. 다른 사람들은 부르고 싶은 대로 그를 불렀다. 나이가 너무도 많아서 사람들이 그에게 붙인 이름들 따위는 그에겐 아무런 의미도 없었다. 사기꾼. 요술쟁이. 꼬부라진 남자. 럼펠 어쩌고저쩌고.

말하자면, '참, 내 이름이 뭐였더라? 하긴 내 이름이 뭐든 그게 무슨 상관인가?' 하는 식이었다. 그에게 중요한 이름은 오직 아이들의 이름뿐이었다. 왜냐하면 꼬부라진 남자가 이 세상에 들려주는 이야기 속에는 진실이 있어야 하기 때문이었다.

사람의 이름은 특별한 힘을 지니고 있다. 사람의 이름을 제대로 이용하면, 그러니까 꼬부라진 남자가 그 이름을 적절히 이용하면 그는 그 힘을 손에 넣을 수 있다.

그의 지하 은신처의 어느 커다란 방에는 꼬부라진 남자가 알고 있는 모든 이름들의 유물이 전시되어 있다. 조그만 해골들이 있었고 해골마다 사라진 아이들의 이름이 적혀 있었다. 꼬부라진 남자는 그 아이들의 생명을 담보로 수많은 거래를 해왔다. 그는 아이들의 얼굴과 목소리를 전부 다 기억하고 있었다. 그 유골들 사이에 서 있으면 그들에 얽힌 추억이 되살아나서 그들의 영혼들로 방 안이 가득 채워졌고 아빠 엄마를 부르며 훌쩍이는 아이들의 합창이 울려 퍼졌다. 그것은 잊혀진 아이들, 배신당한 아이들의 통곡이었다.

꼬부라진 남자에게는 수많은 이야기의 유물들이 있었다. 이미 사용한 이야기도 있었고 아직 사용하지 않은 이야기도 있었다. 지하의 긴 동굴은 두꺼운 유리관을 일렬로 전시해놓는 진열장으로 사용되었다. 유리병마다 부패되지 않도록 노란 액체 속에 시체가 담겨 있었다.

가까이 다가가서 이 유리관을 들여다보라. 아주 가까이, 유리벽에 입김이 닿을 정도로 가까이 들여다보면 뚱뚱한 대머리 남자의 흐릿한 눈동자와 맞춰질 것이다. 아주 오랜 세월 동안 한 번도 숨을 들이쉬지도 내쉬지도 않았던 그이지만 마치 살아서 숨을 쉬고 있는 것처럼 보일 것이다. 찢어지고 불에 탄 그의 살갗을 보라. 그의 입과 목, 배와 가슴이 얼마나 끔찍하게 부풀어 올랐는지 보라. 그의 이야기를 듣고 싶은가? 그의 이야기는 너무도 잔혹하지만 꼬부라진 남자가 가장 좋아하는 이야기이기도 하다.

그 뚱뚱한 남자의 이름은 마니우스로 몹시 탐욕스러운 사람이었다. 그는 땅 부자였다. 새들이 그의 땅에 앉으면 하루 밤낮을 날아도 그의 땅을 벗어나지 못했다. 그는 자기 밭에서 일하는 마을 사람들에게 엄청난 소작료를 물렸다. 그의 땅에 발을 들여놓기만 해도 돈을 내야 했다. 뚱보 마니우스는 점점 더 부자가 되어갔지만 어떻게 하면 조금 더 돈을 벌 수 있을까 하는 궁리를 멈추지 않았다. 꽃에서 꿀을 빨아먹는 벌에게 돈을 물릴 수 있다면, 그리고 흙 속의 나무뿌리에게 돈을 물릴 수 있다면 그렇게 하고도 남았을 인간이었다.

하루는 자신이 소유한 가장 큰 과수원을 거닐다가 지하 동굴을 파고 있던 꼬부라진 남자와 마주쳤다. 꼬부라진 남자가 그의 땅을 파헤쳐 놓고 있었다. 마니우스는 비록 흙을 뒤집어쓰긴 했지만 꼬부라진 남자가 황금 단추와 황금실로 단을 댄 옷을 입고 있는 데다 루비와 다이아몬드 장식이 달린 단검을 차고 있는 것을 보고 그에게 시비를 걸었다.

"여긴 내 땅이오! 그러니까 이 땅 위에 있는 것도 이 밑에 있는 것도 다 내 것이나 마찬가지란 말이오! 내 땅 밑을 지나가려면 사용료를 지불하시오!"

꼬부라진 남자는 생각에 잠긴 듯 턱을 쓰다듬었다.

"듣고 보니 그렇군. 그럼 내 적절한 값을 지불하겠소."

꼬부라진 남자의 말에 마니우스는 미소를 지었다.

"오늘 저녁 파티를 열 생각이오. 식탁에 음식을 잔뜩 차려놓을 테니 내가 음식을 다 먹고 난 뒤 내가 먹은 음식과 똑같은 양의 금을 그릇에 채워놓으시오."

"금이라…… 그렇게 합시다. 오늘 저녁에 당신이 먹은 양만큼 금으로 채워주겠소."

그들은 악수를 하고 헤어졌다. 그날 밤 꼬부라진 남자는 마니우스가 식탁에 앉아 먹고 또 먹는 것을 지켜보았다. 그는 칠면조 두 마리를 먹어치웠고 햄 한 덩어리, 감자와 야채 수십 접시, 수프 여러 그릇, 과일과 케이크와 크림 여러 접시를 비우면서 와인도 계속 마셨다. 꼬부라진 남자는 그가 먹기 시작하기 전에 무게를 잰 다음 식사가 끝난 뒤 남아 있는 음식의 무게를 쟀다. 그가 먹어치운 분량을 채우려면 수천 개의 밭을 사고도 남을 정도의 엄청난 양의 금이 필요했다.

마니우스가 트림을 했다. 피로감이 몰려와서 눈을 뜰 수조차 없었다.

"내 금은 어디 있지?"

그가 물었다.

그러나 꼬부라진 남자의 모습이 그의 눈앞에서 흐릿해지더니 방 안이 빙글빙글 돌았고 그는 미처 대답을 듣기도 전에 잠이 들어버렸다.

다시 눈을 떴을 때 그는 어두운 지하 감옥의 의자에 묶여 있었다. 그의 입은 쇠집게로 벌려져 있었고 머리 위에는 부글부글 끓는 가마솥이 매달려 있었다.

그의 옆에 꼬부라진 남자가 서 있었다.

"나는 한 번 한 약속은 반드시 지키는 사람이오. 자, 이제 금을 받을 준비를 하시지."

솥이 기울여졌고 녹인 금이 마니우스의 입 안으로, 목으로 그의 살과 뼈를 태우며 흘러들었다. 고통은 상상을 초월한 것이었지만 숨이 바로 끊어지지도 않았다. 최대한 오래 생명이 붙어 있도록 꼬부라진 남자가 꾀를 썼기 때문이었다. 그는 금을 조금 붓고 식을 때까지 기다렸다가 다시 부었고 결국 목구멍까지 끓는 금이 차오를 때까지 그 과정을 반복했다. 그때쯤 마니우스는 이미 숨이 끊어져 있었다. 그때는 꼬부라진 남자로서도 더 이상 그의 목숨을 연장할 재간이 없었다. 결국 마니우스는 유리관의 방에 한 자리를 차지하게 되었고 꼬부라진 남자는 지금도 가끔 자신의 걸작을 바라보면서 큰 소리로 웃곤 했다.

꼬부라진 남자의 동굴에는 그런 사연들이 수도 없이 많았다. 수천 개의 방마다 수천 개의 이야기가 있었다. 왕거미가 우글거리는 방도 있었다. 아주 늙고 교활하고 살찐 거미들로 크기가 1미터가 넘었다. 우물에 거미 독 한 방울만 떨어뜨려도 마을 전체를 몰살시킬 수 있을 정도로 독한 녀석들이었다.

꼬부라진 남자는 그 거미들을 그의 지하 동굴 근처를 배회하는 사람들을 잡는 데 사용했다. 거미들이 지나가는 여행자들을 은색 실로 휘감아서 거미줄로 만든 방으로 데려오면 거미들이 달려들어서 한 방울도 남기지 않고 체액을 빨아먹은 다음 서서히 죽게 만들었다.

또 어느 방에는 여자 하나가 빈 벽을 바라보면서 긴 은빛 머리카락을 끝도 없이 빗고 있었다. 이따금 꼬부라진 남자는 자신의 신경을 건드린 사람을 여자에게로 데리고 갔다. 여자가 돌아보는 순간 그들은 여자의 눈에 비친 자신들의 모습을 보게 되었다. 여자의 눈동자가 거울로 만들어졌기 때문이었다. 여자의 눈동자 속에서 사람들은 자신이 어떻게 죽게 될지를 정확하게 볼 수 있었다.

자신의 죽음을 미리 보는 것이 뭐가 그렇게 끔찍한 일일까 생각하는 사람도 있겠지만 그건 모르는 소리이다. 인간은 자신이 언제 어떻게 죽게 될지 모르는 채로 살아간다. 어쩌면 인간의 무의식 속에서 누구나 자기만은 불멸의 존재라고 믿고 있는지도 모른다. 그런데 자신의 죽음을 미리 본 사람은 그날부터 잠자는 것, 먹는 것은 물론 그 어떤 삶의 축복도 즐길 수가 없고 자기가 본 죽음만을 생각하면서 스스로를 고문하기 시작한다. 그들은 더 이상 기쁨을 누리지 못하고 오직 두려움과 슬픔만이 가득한, 죽은 것이나 다름없는 삶을 살아가게 된다. 그러다가 마침내 죽음이 찾아오면 그들은 마침내 죽을 수 있음에 감사한다.

발가벗은 여자와 남자가 있는 침실도 있었다. 꼬부라진 남자는 아이들을 그들에게로 데려가곤 했다. 그에게 생명을 준 아이들이 아니라 마을에서 그가 훔쳐온 아이들, 숲에서 길을 잃은 아이들을 데리고 갔다. 남자와 여자는 어둠 속에서 그들의 귀에 무언가를 속삭인다. 아이들이 알아서는 안 되는 것들, 아이들이 잠든 깊은 밤, 어른들이 하는 놀이에 관한 은밀한 이야기들을 들려준다. 그런 이야기를 들은 아이들은 영혼이 죽어버린다. 미처 준비가 되기도 전에 아이들은 성인들의 세계로 들어서고 그들의 순수함은 음란한 생각들의 무게를 이기지 못하고 무너져버리고 만다. 그런 아이들 중 몇몇은 사악하고 악랄한 어른으로 성장하고 그렇게 악의 씨앗이 널리 퍼져나간다.

아무 장식도 없는 수수한 거울로 둘러싸여 있는 작고 환한 방도 있었다. 꼬부라진 남자는 잠자리에 든 남편들과 아내들을 배우자 몰래 이곳으로 데리고 와서 거울 앞에 앉혀놓았다. 그러면 거울이 그들의 배우자들이 감추어온 진실들을 보여주었다. 그들은 배우자가 이미 저지른 죄악과 저지르고 싶어하는 죄악들, 이미 양심을 저버린 배신들, 앞으로 일어날 배신들을 보아야 했다. 그러고 나서 그들은 다시 집으로 돌아가서 아침에 눈을 뜨면 그 방이나 거울, 꼬부라진 남자에게 납치당했던 일들은 모두 잊고 그저 자신들이 사랑했던 사람, 그리고 자신들을 사랑할 거라고 믿었던 사람들이 생각했던 것과 달랐다는 깨달음만이 남았다. 그 때부터 그들의 삶은 의심과 배신에 대한 두려움으로 결국 파멸에 이르고 말았다.

곳곳에 투명한 물웅덩이가 있는 방도 있었다. 웅덩이마다 왕국의 모습들을 보여주고 있었다. 덕분에 이 왕국에서 일어나는 일들 중에 꼬부라진 남자가 모르고 지나가는 일은 거의 없었다. 웅덩이 속에 뛰어들면 꼬부라진 남자는 실제로 그 웅덩이가 비추고 있는 장소로 이동할 수 있었다. 물방울이 일고 수면이 반짝이다가 웅덩이 속 세상에 꼬부라진 남자의 팔 하나가 나타나고 그 다음에는 다리가, 마침내는 얼굴과 꼬부라진 등이 나타나면서 성의 지하에서 먼 곳의 들판으로 한 순간에 이동할 수 있었다.

꼬부라진 남자가 가장 좋아하는 고문은 대가족이 모여 사는 집의 남자나 여자를 이곳으로 데리고 와서 이 웅덩이 방에 쇠사슬로 묶어놓고 그가 가족들을 차례로 죽이는 것을 지켜보게 하는 것이었다. 한 명을 죽일 때마다 꼬부라진 남자는 부랴부랴 이 방으로 돌아와서 제발 가족들을 살려달라고 울부짖는 포로의 애원을 듣지만 그들이 아무리 큰 소리로 비명을 지르고 울부짖고 애원을 해도 단 한 사람의 목숨도 살려주지 않았다. 마침내 가족들을 모두 죽이고 나서 혼자 남은 사람을 그의 동굴 속 가장 깊고 어두운 감방에 가두어 두면 외로움과 슬픔으로 서서히 미쳐갔다.

작은 불행도 큰 불행도 꼬부라진 남자에게는 빵에 바르는 버터와도 같았다. 거미줄처럼 엮인 지하 동굴들과 웅덩이들 덕분에 그는 왕국에서 일어나는 일을 그 누구보다도 잘 꿰고 있었고 은밀하게 왕국을 지배하고 있었다. 그는 항상 다른 세계, 그러니까 우리 인간 세계의 어두운 일면을 쫓아다녔고 아이들을 데려와 이 왕국의 왕과 여왕으로 만들면서 그들의 영혼을 파괴하고 그들이 지켜줘야 마땅한 어린아이들을 배신하게 만들었다. 아이들이 반항하면 언젠가는 그들이 배신한 아이들과 함께 돌아가게 해주겠다고, 유리병에 갇힌 아이들도 다시 살려주겠다고 말했다. 조나단 툴베이가 그랬던 것처럼 대부분의 아이들은 꼬부라진 남자와의 거래가 처음부터 잘못된 것이었음을 곧바로 깨달았다.

그러나 꼬부라진 남자의 힘으로 통제할 수 없는 것들도 있었다. 다른 세계의 아이들을 이 세계로 데려오면서 일어난 일들이었다. 아이들은 저마다의 두려움과 악몽을 이 세계로 끌고 왔고 이 세계가 그것들을 현실로 만들었다. 루프들도 바로 그렇게 해서 태어난 짐승들이었다. 조나단은 어렸을 때부터 늑대인간을 가장 두려워했다. 그는 사람처럼 걷고 말하는 늑대나 짐승들의 이야기를 몹시 싫어했다. 꼬부라진 남자가 그를 이 세상으로 데리고 왔을 때 조나단의 악몽도 따라왔고 그때부터 늑대들이 인간으로 진화하기 시작했다. 늑대들은 꼬부라진 남자를 두려워하지 않았다. 마치 꼬부라진 남자에 대한 조나단 툴베리의 증오심이 늑대인간들에게도 내재되어 있는 것 같았다. 게다가 숫자도 점점 늘어나고 있었고 늑대들은 이제 이 왕국에서 가장 위협적인 집단으로 부상했다. 꼬부라진 남자는 이 위기를 어떻게 기회로 이용할 수 있을지 궁리했다.

데이빗이라는 아이는 지금껏 그가 유혹했던 다른 아이들과는 달랐다. 데이빗은 괴물과 가시의 성에 사는 마녀를 처단했다. 데이빗 자신은 깨닫지 못하고 있지만 그들은 데이빗 자신의 두려움이 현실화한 존재들이었다. 꼬부라진 남자가 놀랐던 것은 데이빗이 그들을 상대하는 태도였다. 그의 분노와 슬픔이 어른들조차 해낼 수 없었던 일들을 가능하게 만들었다. 데이빗은 강한 아이였다. 자신의 두려움을 극복할 만큼 강했다. 게다가 이제 증오와 질투심마저 극복하기 시작했다. 자신의 감정만 잘 다스린다면 데이빗은 아주 훌륭한 왕이 될 것이 분명했다.

그러나 시간이 얼마 남지 않았다. 또 다른 아이의 목숨이 필요했다. 조지의 심장을 먹을 수만 있다면 조지의 수명만큼 더 살 수 있을 것이다. 조지의 수명이 100살이라면 꼬부라진 남자가 그만큼 살고 대신 조지의 영혼은 유리병 안에 갇힐 것이다. 데이빗이 분노에 휩쓸려 그 어린아이의 이름을 큰 소리로 말해주기만 한다면…….

모래시계가 그의 삶이 하루밖에 남지 않았음을 말해주고 있었다. 자정이 되기 전에 데이빗이 이복동생의 이름을 말해주어야만

했다. 꼬부라진 남자는 웅덩이 방에 앉아서 성 주위의 언덕을 바라보면서 자신의 목표를 달성하기 위한 최후의 작전을 짰다. 수십 년 만에 처음으로 그는 두려웠다. 늑대들이 모여들고 있었고 머지않아 성을 공격할 것이다.

꼬부라진 남자가 늑대들의 집결에 정신이 팔려 있는 동안 데이빗은 애나의 영혼이 담긴 유리병을 들고 지하의 미로를 지나 왕의 접견실로 돌아왔다. 걸개그림으로 가려진 문에 이르렀을 때 발자국 소리와 무기들이 부딪치는 소리가 들렸다. 데이빗은 그가 말도 없이 사라져서 밖이 이렇게 소란스러운 건지 궁금했다. 사람들에게 뭐라고 말을 해야 할지도 걱정이었다. 그는 걸개그림 뒤에 서서 주위를 둘러보았다. 던칸이 총안으로 사람들을 보내고 성의 모든 문을 수비하도록 지시하고 있었다. 그가 등을 돌리고 있는 틈을 타서 데이빗은 얼른 접견실을 가로질러 계단으로 향했다. 다행히 아무도 그에게 관심을 갖지 않았다. 이 소란의 원인은 데이빗이 아니었다. 방으로 돌아오자마자 데이빗은 문을 닫고 애나의 영혼이 담긴 유리병을 자루에서 꺼냈다. 꼬부라진 남자의 동굴에서 데이빗의 방으로 돌아오는 그 짧은 시간에도 애나의 불빛은 더 옅어졌다. 애나는 유리병 바닥에 쓰러져 있었고 전보다 더 창백했다.

"왜 그래?"

데이빗이 물었다.

애나는 오른손을 들어 보였다. 오른손이 거의 투명에 가깝게 엷어져 있었다.

"기운이 없어. 뭔가 변화가 일어나고 있어. 내 모습이 점점 더 희미해지는 것 같아."

애나를 어떻게 위로해야 할지 알 수 없었다. 데이빗은 애나를 숨길 곳을 찾다가 커다란 벽장 옆, 낡은 거미줄에 죽은 곤충들이 걸려 있는 어두운 방구석에 두기로 했다. 그러나 그곳에 유리병을 내려놓으려는 순간 애나가 소리를 질렀다.

"싫어! 제발 여기다 두지 마! 아주 오랜 시간 동안 난 어둠 속에서만 살았어. 어차피 시간이 얼마 남지 않았으니 날 창가에 놓아줘. 거기서 나무와 사람들을 구경하고 싶어. 조용히 있을게. 내가 거기 있을 거라고는 아무도 생각하지 못할 거야."

창문 하나를 열었더니 아담한 철제 발코니가 있었다. 곳곳에 녹이 슬어 있었지만 유리병 하나 정도는 지탱할 수 있을 것 같았다. 그는 발코니 한구석에 조심스럽게 유리병을 내려놓았다. 두 사람이 만난 이후 처음으로 애나가 미소를 지었다.

"어머! 정말 아름다워! 저 강 좀 봐! 그리고 저 나무들도! 사람들도 보이네! 고마워! 이런 것들이 얼마나 보고 싶었는지 몰라!"

그러나 데이빗은 애나의 말이 귀에 들어오지 않았다. 언덕 너머에서 늑대 울음소리가 들려왔고 수천 개의 검은색, 흰색, 회색 그림자들이 분주하게 움직이고 있었다. 늑대들은 마치 전투를 준비하는 군인들처럼 용의주도하고 치밀했다. 성이 내려다보이는 언덕의 가장 높은 지점에는 옷을 입고 뒷다리로 선 늑대인간들이 있었고 서열이 낮은 늑대들이 앞뒤로 오가면서 루프들과 전방의 늑대들 사이의 의사소통을 맡고 있었다.

"무슨 일이야?"

애나가 물었다.

"늑대들이 몰려왔어. 왕을 죽이고 왕국을 통치하려고 해."

"오빠를 죽인다고?"

애나가 물었다.

애나의 목소리에서 끔찍한 두려움이 느껴졌다. 데이빗은 늑대들로부터 고개를 돌려 다시 꺼져가는 어린 소녀를 바라보았다.

"너한테 이런 짓을 했는데 뭐하러 그 사람 걱정을 하니? 그 사람은 널 배신했고 꼬부라진 남자한테 널 넘겼어. 그리고 널 지하 동굴의 유리병 속에서 가두었어. 그런 사람한테 아직도 미련이 남아 있니?"

애나는 고개를 저었다. 잠시나마 무척 어른스러워 보였다. 겉모습으로 보아서는 한낱 소녀에 불과하지만 그보다 훨씬 더 긴 세월을 살아온 것이 사실이었다. 어둠 속에서 애나는 지혜와 인내와 용서를 배웠을 것이다.

"어쨌든 그 사람은 내 오빠야. 나한테 무슨 짓을 했건 난 오빠를 사랑해. 이 거래를 할 때 오빠는 어렸고 몹시 화가 나 있었고 철이 없었어. 만약 시간을 돌릴 수 있었다면 오빤 분명히 그러지 않았을 거야. 오빠가 다치는 걸 보고 싶지 않아. 만약 늑대들이 이 왕국을 점령하면, 여기 있는 사람들은 어떻게 되는 거지? 늑대들은 살아 있는 인간은 전부 다 찢어 죽이겠지? 그나마 남아 있는 좋은 것들마저 모두 다 사라지겠지?"

애나의 말에 귀를 기울이면서 데이빗은 조나단이 어떻게 이토록 착한 아이를 배신할 수 있었는지 의문이 들었다. 아마도 몹시화가 나고 슬펐을 것이다. 분노와 슬픔 때문에 다른 생각은 아무것도 나지 않았을 것이다.

데이빗은 늑대들이 모이는 것을 바라보았다. 늑대들에게는 오직 한 가지 목표만이 있을 뿐이었다. 성을 점령하고 국왕을 살해하고 국왕의 곁에 있는 모든 사람들을 살해하는 것이었다. 그러나 성벽은 견고하고 두꺼웠고 문은 굳건히 닫혀 있었다. 쓰레기를 방출하는 냄새나는 구멍조차도 보초들이 지키고 있었다. 무장한 병사들이 지붕과 창문마다 지키고 서 있었다. 수적으로는 늑대들이 훨씬 우세였지만 어쨌건 그들은 성 밖에 있었다. 아무리봐도 들어올 구멍은 없었다. 이 상황이 계속되는 한 늑대들은 계속 울부짖을 것이고 루프들은 수도 없이 통신병들을 파견해 정보를 주고받을 것이다. 그러나 그런다고 달라지는 것은 없었다. 그들은 결코 성벽을 뚫을 수 없었다.

제30장
꼬부라진 남자의 배신

　깊은 지하 동굴 속에서 꼬부라진 남자는 자신의 생명의 모래
알이 하나씩 빠져나가는 것을 지켜보았다. 그는 점점 더 약해지
고 있었다. 이미 온몸에서 이상 징후가 나타나기 시작했다. 치아
도 헐거워졌고 입술도 부르텄다. 꼬부라진 손가락에서 피가 뚝뚝
떨어졌고 눈에는 노랗게 눈곱이 끼었다. 피부는 건조하고 각질이
일어나서 어쩌다가 긁기라도 하면 곧바로 깊은 상처가 나면서
근육과 힘줄이 드러났다. 관절이 욱신거렸고 머리카락이 뭉텅이
로 빠졌다. 그는 죽어가고 있었다. 그러나 당황하지는 않았다. 전
에도 지금보다 더 죽음에 가까이 다가갔던 적이 있었다. 그때 그
는 아이를 잘못 골랐다고 생각했다. 아이가 배신을 하지 않으려
고 했기 때문에 왕좌에 앉히고 뒤에서 조종할 수가 없을 것 같았
다. 그러나 결국에는 두 아이들을 파멸시킬 방법을 찾아내고 말

왔다. 아니, 그들 자신이 스스로 파멸의 길을 찾았다고 생각하고
싶었다.

꼬부라진 남자는 모든 인간은 의식이 생성도는 그 순간부터
악을 지니고 있다고 믿었다. 어린아이의 마음속에서 그것을 끄집
어내는 것은 시간 문제였다. 데이빗이라는 꼬마는 지금껏 그가
상대해온 아이들과 비슷한 정도의 분노와 상처를 지니고 있었지
만 그것을 발산하기를 거부하고 있었다. 이제 마지막 승부를 걸
어볼 때가 왔다. 지금까지 데이빗이 엄청난 일을 해냈고 누구보
다도 용감한 모습을 보여주긴 했지만 그래봐야 한낱 어린애일 뿐
이었다. 그는 익숙한 세상으로부터 멀리 떨어져 있었다. 마음속
깊은 곳에서 무척 두렵고 또 외로울 것이다. 만약 그 두려움을 강
하게 파고들면 집에 있는 아기의 이름을 말할 것이고 꼬부라진
남자는 살 수 있을 것이다. 그러고 나서는 바로 데이빗의 뒤를 이
을 아이를 찾아 나설 생각이었다.

이 상황을 해결할 열쇠는 바로 두려움이었다. 목숨을 건지기
위해서라면 인간은 무슨 짓이든 할 수 있다는 것을 그는 알고 있
었다. 자신의 목숨을 부지하기 위해 인간은 통곡을 하고 애원을
하고 살인을 하고 또 배신을 한다. 데이빗도 생명의 위협을 느끼
게 되면 결국에는 그가 원하는 것을 내놓고 말 것이다.

마침내 그 이상하게 꼬부라진 남자, 인간의 기억만큼이나 나이
를 먹은 남자는 웅덩이와 모래시계, 거미와 죽음의 눈을 가진 여
자가 있는 방을 지나 마치 벌집처럼 복잡한 지하통로를 달리기

시작했다. 그는 궁전 밑을 지나 벽들을 지나 그 옆의 시골마을로 향했다.

머리 위에서 늑대들의 울음소리가 들려오자 그는 비로소 자신이 목적지에 이르렀음을 깨달았다.

데이빗은 애나의 곁을 떠나고 싶지 않았다. 애나가 너무 약해 보였다. 이대로 두고 가면 영원히 사라져버릴 것 같았다. 오랜 세월을 어둠 속에서 홀로 보내야 했던 애나는 데이빗이 곁에 있어 주는 것이 고마웠다. 애나는 꼬부라진 남자와 보냈던 세월에 대한 이야기, 우연히 마주친 사람들에게 그가 저지른 잔혹한 고문과 형벌에 대한 이야기를 들려주었다. 데이빗은 죽은 엄마 이야기와, 애나의 부모가 세상을 떠난 뒤 애나가 잠깐 살았고 지금은 로즈와 조지와 함께 그가 살고 있는 집 이야기를 들려주었다. 집 이야기를 할 때 잠시나마 애나의 영혼이 환하게 밝아졌다. 애나는 그 집과 마을이 어떻게 변했는지, 그리고 자신이 떠난 뒤에 어떤 일들이 일어났는지 이야기해달라고 졸랐다. 데이빗은 전쟁과 유럽 전역을 휘젓고 다니면서 모든 것을 짓밟아버리는 무서운 군대 이야기를 들려주었다.

"기껏 전쟁을 피해서 왔는데 여기도 또 전쟁터구나."

애나가 말했다.

데이빗은 늑대들이 일사불란하게 계곡과 언덕을 넘어오는 것을 바라보았다. 시간이 지날수록 그들의 숫자도 급격하게 늘어나고 있었다. 검은색과 회색 행렬이 성을 둘러쌌다. 플레처가 그랬던 것처럼 데이빗 자신도 그들의 질서와 치밀함이 가장 거슬렸다. 사실 루프들이 없었다면 늑대들은 한낱 짐승들일 뿐이었다. 루프들이 아니었다면 뿔뿔이 흩어져서 먹을 것을 두고 저희끼리 싸우다가 결국 그들의 본거지로 돌아갔을 것이다. 그러나 늑대의 본성을 억누를 수 있는 루프들은 다른 늑대들의 본성마저 마비시키고 있었다. 루프들은 네 발로 걷는 동료들보다는 자신들이 훨씬 더 우월하고 진화한 짐승이라고 믿고 있었다. 그러나 사실 루프들은 늑대들보다 더 나빴다. 그들은 인간도 짐승도 아닌, 불온한 변종들이었다. 두 개의 본능이 끊임없이 싸우는 루프의 내면 세계는 과연 어떤 것일지 궁금했다. 르로이의 눈동자에는 광기가 있었다. 그것만은 데이빗도 분명히 알 수 있었다.

"조나단은 절대 늑대들한테 당하지 않을 거야. 늑대들은 성 안으로 들어올 수 없어. 왜 저 늑대들은 뿔뿔이 흩어지지 않지? 뭘 기다리고 있는 거야?"

애나가 물었다.

"기회를 노리는 거야." 데이빗이 대답했다.

"르로이와 루프들한테는 나름대로 계획이 있을 거야. 왕이 허점을 보이기를 기다리는 것일 수도 있고. 어차피 돌아가기에는 이미 늦었어. 이렇게 많은 늑대들이 다시 집결하기도 힘들 테고 이번에 실패하면 살아남지 못할 테니까."

방문이 열리더니 근위대장 던칸이 들어왔다. 혹시 그가 애나를 볼까봐 데이빗은 얼른 창문을 닫았다.

"폐하께서 뵙고 싶어하십니다."

그가 말했다.

데이빗은 고개를 끄덕였다.

성 안에 있고 무장한 병사들이 그를 지켜주고 있기 때문에 안전하긴 했지만 그래도 데이빗은 침대 기둥에 걸쳐두었던 칼과 벨트를 허리에 찼다. 이제 그것은 하나의 의식이 되었다. 칼을 차지 않으면 옷을 제대로 입은 것 같지가 않았다. 꼬부라진 남자의 지하 동굴을 둘러보고 난 뒤에는 그 어느 때보다도 칼이 필요하다는 생각이 들었다. 고통과 고문의 흔적으로 가득한 그의 방들을 둘러보면서 데이빗은 변변한 무기조차 지니지 않았을 때 자신이 얼마나 나약한 존재인지 새삼 깨닫게 되었다. 머지않아 꼬부라진 남자는 애나가 사라졌다는 것을 알게 될 것이고 곧바로 애나를 찾아 나설 것이다. 데이빗의 짓이라는 것을 알아내기까지 오랜 시간이 필요하지 않을 테고 데이빗은 무기 하나 없이 그와 맞서고 싶지 않았다.

근위대장은 그가 칼을 챙기는 것에 대해서는 별말을 하지 않았다. 오히려 소지품을 모두 챙기라고 말했다.

"이 방으로 다시 돌아오실 일이 없으실 겁니다."

그가 말했다.

데이빗은 애나를 감춰둔 발코니 쪽을 쳐다보지 않을 수 없었다.

"왜요?"

그가 물었다.

"폐하께서 말씀해주실 겁니다. 조금 전에도 왔었는데 안 계시더군요."

"산책을 나갔었어요."

데이빗이 말했다.

"돌아다니시면 안 된다고 말씀드렸을 텐데요."

"늑대 울음소리가 들려서 무슨 일인지 궁금했어요. 다들 너무 정신이 없는 것 같아서 그냥 방으로 돌아왔어요."

"두려워하실 필요 없습니다. 그 누구도 성벽을 뚫은 적이 없고 짐승들은 결코 인간 병사들을 이길 수 없어요. 자, 가시죠. 폐하께서 기다리십니다."

데이빗은 자루를 챙긴 뒤 꼬부라진 남자의 방에서 찾은 그의 옷가지를 집어넣은 다음 근위대장을 따라 왕의 접견실로 향했다. 그는 마지막으로 발코니 쪽을 한 번 더 바라보았다. 유리창 너머로 애나의 희미한 불빛이 보이는 것만 같았다.

늑대들의 부대 뒤쪽에서 눈 한 무더기가 공중에 흩날리더니 곧이어 흙과 잔디풀도 사방으로 흩날렸다. 꼬부라진 남자는 꼬부라진 칼 하나를 빼어들었다. 이번 작전은 위험했다. 늑대들과는 협상이 불가능했다. 그들의 우두머리인 루프들은 이미 그의 능력을 간파하고 있었고 그가 그들을 믿지 않는 것처럼 그들도 그를 믿지 않았다. 게다가 이미 동지들을 너무도 많이 죽였기 때문에 결코 그를 용서하지 않을 것이다. 혹시라도 저들 중 한 놈에게 걸려들면 살려달라고 애원할 기회조차 주지 않고 그를 죽여버릴 것이다. 그는 죽은 병사의 군복을 벗겨 입은 루프들에게로 살금살금 다가갔다. 그들 중에는 담배를 물고 눈밭에 그려놓은 성의 지도를 바라보면서 안으로 들어갈 궁리를 하고 있는 놈들도 있었다. 성벽에 균열이나 보초가 없는 구멍 같은 것이 있는지 알아보기 위해 이미 정찰병이 파견되었다. 회색 여우들은 주로 총알받이로 이용되었고 화살의 사정거리 안에 들어서는 순간 죽고 말았다. 흰 늑대들은 더 드물었다. 흰 늑대들의 숫자도 많이 줄어들었지만 그들 중 몇 마리는 안으로 들어갈 길을 찾느라 코를 킁킁거리면서 용케도 성벽 가까이까지 다가가 있었다. 살아남은 늑대들은 돌아가서 성이 겉보기와 마찬가지로 빈틈이 없다고 보고했다.

꼬부라진 남자는 루프들의 목소리를 들을 수 있을 정도로, 그리고 그들의 냄새를 맡을 수 있을 정도로 가까이 다가갔다. 미련하고 한심한 짐승들 같으니라고. 그는 생각했다. 비록 사람처럼 차려입고 사람 흉내를 내고 있긴 해도 짐승의 냄새를 풍기는 것만은 어쩔 수 없었다. 그들은 결코 되지 못할 인간이 되려고 애쓰는 짐승일 뿐이었다. 꼬부라진 남자는 늑대들이 미웠고 그들을 현실 속의 존재로 만들어낸 조나단이 미웠다. 조나단은 『빨간 모자』라는 동화를 그만의 상상력으로 각색해서 그들에게 생명을 부여했다. 꼬부라진 남자는 늑대들이 진화해가는 모습이 경이로울 따름이었다. 그들의 변화는 처음에는 서서히 진행되었다. 언젠가부터 으르렁거리는 소리가 인간의 목소리와 비슷하게 변화했고 사람처럼 두 발로 서려고 앞발을 공중으로 자주 들었다. 처음에는 그저 재미있다고만 생각했다. 그러다가 어느 순간 얼굴이 변하기 시작했고 그 다음에는 이미 예민한 감각이 더욱 더 예민해지기 시작했다. 그는 조나단에게 병사들을 소집하여 늑대들을 소탕하라고 재촉했지만 조나단은 너무 행동이 굼떴다. 늑대들을 소탕하기 위해 처음 파견된 병사들은 모두 늑대 밥이 되고 말았고 마을 사람들은 새로운 짐승들의 위협에 벽을 더 높이 세우고 밤마다 문과 창문을 잠그는 것 외에는 달리 할 일이 없었다. 그런데 이제 어떻게 되었는가? 반은 인간이고 반은 짐승인 루프들이 늑대들을 이끌고 왕국을 집어삼키려 하고 있었다.

"어디 한번 해보라지."

꼬부라진 남자가 혼잣말을 했다.

"왕의 목숨을 원한다면 가져가. 이제 난 필요 없으니까."

꼬부라진 남자는 뒤로 물러서서 늑대 부대의 주위를 빙빙 돌다가 망을 보고 있던 암컷 늑대 한 마리를 표적으로 삼았다. 그는 눈보라가 비교적 적게 흩날리는 방향으로 암컷에게 접근했다. 암컷 늑대가 그를 발견했을 때 암컷의 운명은 이미 결정되었다. 꼬부라진 남자가 칼을 휘두르며 펄쩍 뛰어올랐다. 늑대의 몸을 덮치는 순간 칼날이 늑대의 몸 깊숙이 꽂혔고 그와 동시에 꼬부라진 남자의 손이 늑대의 주둥이를 세게 움켜쥐었다. 암컷 늑대는 비명을 지를 수도 없었다. 적어도 그때까지는.

그 자리에서 암컷을 죽여버릴 수도 있었다. 주둥이를 기념품으로 가져갈 수도 있었다. 그러나 그러지 않았다. 대신 칼을 깊숙이 밀어 넣어서 눈밭이 피로 물들게 했다. 그가 주둥이를 놓았을 때 늑대가 깽깽거리며 신음소리를 냈고 다른 늑대들이 동요하기 시작했다. 지금부터가 가장 위험한 대목이었다. 커다란 암컷 늑대를 처치하는 것보다 지금부터가 더 위험했다. 늑대들이 그를 볼 수 있되 그를 잡을 수 있을 정도로 가까이 접근하게 해서는 안 되었다. 커다란 회색 여우들이 언덕 가장자리에 올라서서 다른 늑대들에게 경고의 신호를 보냈다. 그들 뒤로 아주 꼴사나운 루프 한 마리가 나타났다. 최대한 군복을 갖추어 입은 루프였다. 금색 꼬임과 단추 장식이 있는 짙은 붉은색 재킷을 입고 전에 입었던 사람이 남긴 흔적으로 보이는 핏자국이 있는 흰 바지를 입고 있었다. 검은색 가죽 벨트에는 기다란 칼을 꽂고 있었다. 루프는 이미 칼을 뽑아들고 죽어가는 암컷 늑대를 바라보면서 늑대의 고통에 대한 책임감을 느끼고 있었다.

르로이였다.

왕이 되고자 하는 짐승이었고 루프들의 시기와 두려움의 대상이었다. 마침내 자신의 가장 큰 적수와 대면한 꼬부라진 남자는 그를 공격하고 싶은 충동을 느꼈다. 가늠할 수 없을 정도로 나이가 많은 데다가 애나의 불빛이 꺼져가면서 그 자신의 생명도 서서히 꺼져가는 중이긴 했지만 꼬부라진 남자는 여전히 빠르고 강했다. 회색 늑대 네 마리를 죽인 다음 르로이를 처치하는 것쯤은 식은 죽 먹기였다. 르로이만 처치한다면 늑대들은 뿔뿔이 흩어질 것이다. 왜냐하면 늑대를 집결시킨 것은 르로이의 힘이었고 루프들은 르로이만큼 진화하지 못했기 때문에 새로운 왕의 병사들이 충분히 제압할 수 있었다.

새로운 왕.

자신이 이곳에 온 목표를 떠올리는 순간 꼬부라진 남자는 정신을 차렸다. 더 많은 늑대들과 루프들이 르로이 뒤로 나타났고 흰색 정찰병 늑대들이 남쪽에서 몰려오기 시작했다. 죽어가는 암컷 늑대를 사이에 두고 늑대들이 가장 큰 적과 마주 선 순간 잠시 온 세상이 정지한 듯 고요했다. 그때 꼬부라진 남자가 마치 승리의 함성을 지르듯 괴성을 지르면서 칼을 높이 쳐들고 달아나기 시작했다. 늑대들은 본능적으로 그의 뒤를 쫓았다. 늑대들은 살기로 눈을 번득이며 나무들 사이를 질주했다. 무리 중 가장 날렵하고 빠른 흰 늑대 한 마리가 퇴로를 차단하기 위해 무리에서 이탈했다. 꼬부라진 남자가 달리는 길은 내리막길이었고 늑대들은 뒷다리를 움츠렸다가 높이 날아오르면서 그의 목을 물어뜯을 셈으로 날카로운 이빨을 드러냈다. 그러나 그렇게 당할 꼬부라진 남자가 아니었다. 그는 머리 위로 칼을 흔들면서 빙글빙글 돌다가 아래서 위로 늑대의 몸을 갈랐다. 늑대가 발치에 죽어서 쓰러졌고 꼬부라진 남자는 다시 달리기 시작했다. 10미터. 5미터. 그리고 3미터가 남았다. 저만치 흙과 눈이 파헤쳐진 동굴의 입구가 보였다. 입구에 거의 도착했을 때 왼쪽에서 무언가 붉은 것이 보이더니 쉭! 하고 칼을 휘두르는 소리가 들렸다. 칼날을 막기 위해 적시에 꼬부라진 남자도 얼른 칼을 들었지만 르로이는 그가 생각했던 것보다 훨씬 강했다. 꼬부라진 남자는 잠시 비틀거렸고 하마터면 바닥에 쓰러질 뻔했다. 쓰러졌다간 그대로 끝장날 것이 분명했다. 르로이가 이미 마지막 일격을 가할 준비를 하고 있었다. 그러나 르로이의 칼날은 다행히 옷자락만 베면서 남자의 팔을 살짝 스쳤다. 꼬부라진 남자는 엄청난 상처를 입은 척 연기를 했다. 그는 칼을 떨어뜨리면서 비틀거리더니 왼손으로 생기지도 않은 오른팔의 상처를 움켜잡았다. 둘의 대결을 지켜보기 위해 늑대들이 주위에 몰려들었다. 늑대들이 르로이를 응원하면서 어서 일을 끝내라고 독촉했다. 르로이가 고개를 쳐들고 포효하자 늑대들이 한 순간에 잠잠해졌다.

"아주 치명적인 실수를 저질렀군. 성 안에 진득하게 숨어 있을 것이지 왜 명을 재촉했나? 어차피 우리가 조만간 성을 침공할 계획이지만 그랬다면 조금이라도 더 목숨을 부지할 수 있었을 텐데."

르로이가 말했다.

꼬부라진 남자가 르로이의 얼굴을 보고 깔깔거리며 웃었다. 르로이의 얼굴은 곳곳에 난 털과 조금 돌출된 주둥이를 제외하면 완연한 인간의 얼굴이었다.

"실수는 내가 아니라 네가 했지. 네 꼴을 좀 봐. 넌 짐승도 아니고 인간도 아니야. 짐승보다도 못하고 인간보다도 못한 가련한 생명일 뿐이지. 너는 네 천성을 혐오하고 네가 절대로 될 수 없는 것이 되려고 애쓰고 있어. 물론 겉모습은 달라질 수 있겠지. 네가 죽인 사람들의 옷을 훔쳐서 그럴듯하게 차려 입어도 넌 한낱 늑대일 뿐이야. 설령 인간과 똑같은 모습으로 진화한다고 해도 그 다음에 어떻게 될까? 네가 쫓던 인간과 똑같아진다면 늑대들은 더 이상 널 알아보지 못하겠지. 네가 그토록 간절하게 원했던 것이 결국 널 죽음으로 몰아넣을걸. 네 이빨에 물어 뜯겨 죽은 수많은 인간들처럼 넌 결국 늑대들의 이빨에 물어 뜯겨 죽게 될 거란 뜻이다, 이 불쌍한 변종아! 그럼 그때까지, 안녕!"

그 말과 함께 꼬부라진 남자는 발부터 동굴 손으로 사라졌다. 상황을 파악하기까지 르로이는 잠시 어리둥절했다. 마침내 분노의 포효를 위해 입을 벌렸을 때 포효 대신 기침만 나왔다. 꼬부라진 남자의 말이 옳았다. 르로이의 진화는 거의 끝났고 늑대의 포효는 인간의 목소리로 바뀌어가고 있었다. 더 이상 늑대처럼 울 수 없다는 것이 그에게는 큰 충격이었지만 르로이는 자신의 감정을 감추고 두 명의 정찰병에게 동굴로 들어갈 것을 지시했다. 정찰병 늑대들은 경계를 늦추지 않고 파헤쳐진 땅 주변을 킁킁거리다가 안으로 머리를 넣어보았지만 혹시 꼬부라진 남자가 나올까 봐 얼른 뒤로 뺐다. 아무도 없는 것을 확인한 뒤 늑대들은 다시 머리를 안으로 밀어 넣고 이번에는 좀 더 오래 머물렀다. 그들은 동굴 안에서 코를 킁킁거렸다. 꼬부라진 남자의 체취가 여전히 남아 있었지만 벌써 엷어지고 있었다. 그는 벌써 저만치 달아나고 있었다.

르로이가 한쪽 무릎을 꿇고 구멍을 살펴보았다. 그리고 성이 있는 언덕을 바라보았다. 그는 자신이 할 수 있는 일들을 생각해 보았다. 큰소리를 치긴 했지만 성 안으로 들어갈 방법을 찾을 수 있을 것 같지가 않았다. 빨리 공격을 감행하지 않으면 늑대들은 지금보다 더 불안해하고 더 굶주릴 것이다. 서로 다른 종족에게 등을 돌리고 싸우기 시작할 것이고 그 과정에서 약자들이 희생될 것이다. 어느 순간 분노가 폭발하면 르로이와 루프들을 향해 반란을 일으킬 것이다. 빨리 행동을 취해야 했다. 그것도 아주 빨리. 성을 손에 넣기만 하면 늑대들의 굶주린 배를 채울 수 있고 그 동안 그를 비롯한 루프들이 늑대들의 기강을 잡을 수 있을 것이다.

그렇다면 꼬부라진 남자는 지하 동굴로 그 누구도 쫓아오지 못할 거라고 생각하고 겨우 늑대 몇 마리를, 어쩌면 르로이를 죽이려고 여기까지 왔던 것일까? 이유야 어떻든 르로이는 거의 포기했던 기회를 찾았다. 지하 통로는 좁았고 루프든 늑대든 꼭 한 마리만이 통과할 수 있었다. 그러나 성 안으로 작은 병력 하나가 들어가기에는 충분했다. 그렇게만 된다면 그들이 안에서 성문을 열어줄 수 있을 것이고 곧바로 그들을 제압할 수 있을 것이다.

르로이는 부하에게 돌아섰다.

"소부대를 보내서 경비를 교란시키고 부대는 전방으로 배치한다. 최정예 회색 부대를 나한테 보내라! 작전 개시다!"

제31장
전투 그리고 왕의 운명

　왕은 턱을 가슴에 묻은 채로 왕좌에 축 늘어져 있었다. 잠이 든 것 같은 모습이었지만 가까이 다가가 보니 눈을 뜬 채 멍하니 바닥만 내려다보고 있었다. 『잃어버린 것들의 책』이 그의 무릎 위에 있었고 왕은 한 손이 그 위에 있었다. 네 명의 근위병이 단상의 네 귀퉁이를 지키고 있었고 문과 계단 난간어도 근위병들이 있었다. 근위대장과 데이빗이 다가가자 왕이 고개를 들었다. 그의 얼굴을 바라보는 순간 데이빗은 가슴이 찢어지는 것 같았다. 왕의 표정이 마치 자기 대신 죽을 사람을 찾은 ㅅ-형수를 연상시켰다. 왕은 데이빗이 바로 그 사람이라고 믿고 있었다. 대장이 왕에게 고개를 숙여 인사한 뒤 두 사람만 남겨놓고 자리를 피했다. 왕은 근위병들이 그들의 이야기를 듣지 못하도록 한 발짝 뒤로 물러설 것을 지시한 뒤 애써 따스한 표정을 지으려 했지만 절망

적이고 적대적이고 심지어 교활하기까지 한 눈빛만은 감출 수가 없었다.

"좀 더 편안한 상황에서 이야기를 했으면 좋았으련만 결국 이렇게 되고 말았구나. 우린 지금 완전히 포위되었다. 하지만 두려워할 필요는 없어. 저들은 한낱 짐승들일 뿐이고 우린 항상 그들보다 우월했으니까."

왕이 손짓을 했다.

"가까이 와봐."

데이빗이 계단을 올라가서 왕과 눈높이를 맞추었다. 늙은 왕은 왕좌의 팔걸이를 쓰다듬다가 유난히 섬세한 세공 위에 멈춰서 루비와 에메랄드를 어루만졌다.

"이 왕좌를 보렴. 참 멋지지 않니?"

그가 데이빗에게 물었다.

"아주 훌륭합니다."

그 대답이 그를 조롱하기 위한 것인지 아닌지 확실히 알 수 없었던 왕이 고개를 들어 소년을 날카롭게 쏘아보았다. 데이빗의 표정에 조금도 변화가 없는 것을 확인하자 왕은 더 이상 추궁하지 않기로 했다.

"아주 오래전부터 이 왕국의 왕과 여왕은 이 자리에 앉아서 나라를 통치했지. 그들의 공통점이 뭔지 아니? 내가 말해줄까? 그들은 모두 이 세계가 아닌, 네가 살던 세계에서 온 사람들이었단다. 네가 살던 세계, 그리고 내가 살았던 세계. 왕이 죽으면 또 다른 사람이 그 두 세계의 경계를 넘어 이곳으로 와서 왕위를 물려받았지. 지금까지 항상 그런 식으로 왕위가 이어져왔어. 왕으로 뽑힌다는 것은 아주 영광스러운 일이지. 이제 네가 그 영광을 누릴 차례야."

데이빗이 대답을 하지 않았기 때문에 왕이 말을 이었다.

"꼬부라진 남자를 만나보았겠지? 겉모습만 보고 그를 함부로 판단하지 말았으면 좋겠다. 물론 진실을 조금 왜곡하는 경향이 있긴 하지만 나쁜 뜻으로 그러는 건 아니거든. 네가 이 세계로 들어온 이후 그자가 줄곧 네 뒤를 따라다녔어. 죽을 뻔했던 고비도 몇 번이나 있었지만 그자가 널 살려주었지. 그자가 네게 집으로 돌아가게 해준다고 했겠지? 그건 거짓말이야. 네가 왕좌에 앉기 전에 그자에게는 널 돌려보낼 만한 재능도 권력도 없어. 네가 왕좌에 앉기만 하면 네 마음대로 그를 부릴 수 있단다. 하지만 만약 네가 왕위를 거부하면 그자가 널 죽이고 다른 아이를 찾을 거야. 지금까지 항상 그래왔듯이. 그러니까 넌 그의 제안을 받아들여야만 해. 이곳 생활이 마음에 안 들거나 왕국을 통치하는 일이 적성에 안 맞으면 언제든 꼬부라진 남자한테 말하면 돼. 네가 살던 곳으로 돌아가게 해달라고 말하면 바로 그렇게 해줄 거야. 어쨌든 너는 왕이고 그자는 너의 부하일 뿐이니까. 그가 원하는 것은 오직 한 가지, 네가 왕위에 오르면서 네 동생을 함께 데려오는 것뿐이야. 어쩌면 네 아버지까지 이리로 데려와줄지도 몰라. 네가 원한다면 말이야. 자기 아들이 왕국의 왕이 되었다는 것을 알면 얼마나 자랑스러워하시겠니? 자, 어떻게 할래?"

왕이 말을 마쳤을 때 데이빗이 그나마 품었던 동정심마저 모두 사라져버렸다. 왕이 한 말은 전부 다 거짓말이었다. 왕은 데이빗이 『잃어버린 것들의 책』을 들여다본 것도, 그리고 꼬부라진 남자의 지하 은신처에 들어가서 애나를 만난 것도 알지 못했다. 애나는 어둠 속에서 그에게 심장을 파 먹혔고 유리병 속에 영혼만이 갇혀서 꼬부라진 남자의 생명의 연료로 소모되고 있었다. 죄책감과 슬픔에 사로잡힌 왕은 꼬부라진 남자와의 거래를 끝내고 싶었고 데이빗을 그 자리에 앉히기 위해서라면 무슨 말이든 할 수 있을 것이다.

"그게 바로 『잃어버린 것들의 책』이란 책인가요? 그 책 속에 모든 것이 들어 있다면서요? 이를 테면 마법 같은 것도요. 정말 그런가요?"

데이빗이 물었다.

왕의 눈이 반짝거렸다.

"암. 그렇고말고. 내가 왕좌에서 물러나고 네가 왕관을 쓰게 되면 내가 이 책을 너에게 주마. 대관식 선물로 말이야. 이 책만 있으면 꼬부라진 남자를 네 마음대로 부릴 수가 있어. 어차피 네가 왕이 되면 이 책은 더 이상 나한테 쓸모가 없거든."

그 말을 하고 난 뒤 왕은 잠시 후회하는 것 같았다. 그의 손끝이 책 표지를 가로지른 다음 실이 헐거워지면서 책과 책등과 분리되기 시작한 부분을 어루만지기 시작했다. 그 책은 그에게 생명과도 같았다. 이 세계로 처음 건너왔을 때 그의 심장이 그의 몸에서 분리되어 이 책에 스며든 것 같았다.

"제가 왕이 되면 당신은 어떻게 되죠?"

데이빗이 물었다.

왕은 대답하기 전에 고개를 돌렸다.

"난 여길 떠나 조용한 곳을 찾아가서 노후를 즐길 생각이야. 어쩌면 예전에 살았던 곳으로 돌아갈 수도 있고. 너가 떠나온 뒤로 많이 달라졌겠지."

그러나 그의 말은 어딘가 공허했고 그의 목소리는 죄책감과 거짓의 무게를 이기지 못하고 갈라졌다.

"전 당신이 누군지 알아요."

데이빗이 나지막이 말했다.

"지금 뭐라고 했니?"

왕이 몸을 앞으로 숙이며 물었다.

"당신은 조나단 툴베이예요. 입양한 여동생의 이름은 애나였고요. 애나가 당신 집에 들어와 살기 시작하면서 애나를 질투하기 시작했어요. 질투심은 좀처럼 잦아들지 않았죠. 꼬부라진 남자가 나타나서 그 아이가 없는 삶이 얼마나 행복할지를 보여줬겠죠? 그래서 당신은 애나를 배신했어요. 지하 정원을 통해 이곳으로 데리고 왔죠. 꼬부라진 남자가 애나를 죽이고 애나의 심장을 먹은 다음 영혼을 유리병에 가두었어요. 무릎 위에 있는 그 책에는 마법이 들어 있지 않아요. 당신의 비밀이 들어 있을 뿐이죠. 당신

415

은 처량한 신세가 된 악랄한 늙은이일 뿐이에요. 이 왕국과 왕좌
는 당신이나 가져요. 난 필요 없으니까. 손톱만큼도 탐나지 않아
요."

어둠 속에서 누군가가 나타났다.

"그럼 죽을 텐데도?"

꼬부라진 남자였다.

데이빗이 마지막으로 보았을 때보다 훨씬 더 늙은 것 같았다.
피부병에 걸린 것처럼 살갗이 부르텄고 얼굴과 손도 온통 물집과
상처투성이였다. 그의 온몸이 마지막을 예고하고 있었다.

"그동안 아주 바쁘게 지냈더구나. 여기저기 참견하고 다니느라
고 말이야. 내 물건 하나를 가져간 것 같던데 지금 어디 있지?"

"그 아인 당신 물건이 아니에요. 누구의 소유도 아니에요."

데이빗이 칼을 뽑아 들었다. 이번에는 그의 손이 떨렸지만 심
하지는 않았다. 꼬부라진 남자가 그를 비웃었다.

"상관없어. 어차피 이제 거의 쓸모가 없어졌으니까. 너도 똑같
은 처지가 되지 않으려면 조심하는 게 좋을 거다. 넌 지금 죽음의
문턱에 있어. 그 칼로도 막을 수 없을걸? 넌 네가 용감하다고 생
각하겠지? 뜨거운 늑대의 입김과 침이 네 얼굴에 느껴질 때, 놈들
이 네 목을 물어뜯으려고 달려들 때, 그때도 과연 그렇게 용감할
수 있을까? 그때는 울며불며 나한테 매달리겠지? 어쩌면 내가 도
와줄 수도 있어. 어쩌면. 네 동생의 이름을 말해. 그러면 내가 널
그 고통에서 벗어나게 해주지. 절대로 널 해치지 않겠다고 약속

하마. 왕국에는 새로운 왕이 필요해. 이 왕국의 왕이 되어주기만 하면 네 동생을 살려주마. 네 동생 대신 다른 아이를 데려오면 돼. 아직 모래알이 조금은 남아 있으니까. 너와 네 동생은 같이 이 궁전에 살면서 이 나라를 다스리면 되는 거야. 그러면 그걸로 끝이라고. 내 말 믿어. 그러니까 어서 네 동생의 이름을 대!"

근위병들이 데이빗을 바라보고 있었다. 혹시라도 데이빗이 왕을 해칠 경우를 대비하여 모두 무기를 들고 달려들 태세를 갖추었다. 그러나 왕이 손을 들어 그들을 진정시켰고 그들은 다시 조금 편안한 자세로 상황을 지켜보았다.

"네 동생의 이름을 말하지 않으면 다시 네가 살던 곳으로 돌아가서 아기를 죽여버리겠다. 그것이 죽기 전에 내가 할 수 있는 마지막 일이라고 해도 그 아이의 피로 베개와 침대를 적시고 말겠어. 네가 할 일은 아주 간단해. 동생과 함께 이 나라를 통치하든가, 아니면 둘 다 따로 따로 죽음을 맞이하든가. 그 외의 다른 방법은 없어."

꼬부라진 남자가 말했다.

데이빗은 고개를 저었다.

"절대 용납하지 않겠어요."

"용납하지 않겠다고? 지금 용납하지 않겠다고 했니?"

그 말을 하는 순간 꼬부라진 남자의 얼굴이 있는 대로 일그러졌다. 입술이 갈라지면서 피가 흘렀지만 더 이상 흐를 피가 남아 있지 않았기 때문에 피의 양은 많지 않았다.

"내 말 잘 들어라, 꼬마야. 네가 그렇게 돌아가고 싶어하는 그 세계의 진실을 알려주마. 그곳은 고통과 슬픔의 세계야. 네가 이곳에 와 있는 동안 도시가 폭격을 당했어. 여자와 어린아이들이 폭격기에서 떨어진 폭탄에 갈기갈기 찢기고 산 채로 불에 타버렸고 사람들이 거리로 끌려나와 총살을 당했단다. 네가 살던 그 세계도 이미 산산조각이 나고 있단 말이다. 더 기가 막힌 게 뭔지 아니? 그 전쟁이 일어나기 전에도 지금보다 나을 게 없었단 거야. 전쟁은 사람들에게 본능에 충실할 수 있는 구실을 주었을 뿐이야. 사람을 죽여도 비난을 당하지 않으니까. 전쟁은 과거에도 있었고 또 앞으로도 있을 거야. 전쟁이 일어나지 않아도 인간들은 늘 싸우고 괴롭히고 상처를 주고 배신을 할 거야. 지금까지 항상 그래왔던 것처럼.

설령 네가 전쟁을 용케 피한다고 해도, 그래서 끔찍한 죽음을 피할 수 있다고 해도, 널 기다리고 있는 게 뭔지 아니? 산다는 게 뭔지 너도 이미 잘 알겠지. 세상은 네 엄마를 빼앗아갔어. 세상이 네 엄마의 건강과 아름다움을 빼앗았고 시들고 썩은 과일 껍데기처럼 만들어 놓지 않든? 세상은 너에게서 다른 것들도 빼앗아갈 거야. 두고 봐라. 네가 사랑하는 사람들, 네 아이와 연인, 모두 너에게서 빼앗아갈 테니. 네가 아무리 그들을 사랑해도 그들을 지켜줄 수 없어. 그리고 너도 늙고 병이 들겠지. 팔다리가 아프고 눈도 흐릿해지고 피부도 점점 더 쪼글쪼글해지겠지. 끔찍한 고통을 견뎌야 하지만 그 어떤 의사도 네 고통을 잠재울 수가 없겠지.

병마가 찾아와서 네 몸의 축축하고 따스한 곳을 찾아 그곳에 자리를 잡고 번식을 하면서 네 몸의 기능들을 마비시킬 거야. 네가 의사한테 제발 차라리 죽게 해달라고 애원할 때까지 그렇게 너의 세포들을 하나씩 파괴할 거야. 고통에서 벗어나게 해달라고 아무리 애원을 해도, 의사들은 그렇게 해주지 않을 거다. 너는 어쩔 수 없이 그렇게 목숨을 부지하면서 살아야 하겠지. 어둠 속에서 죽음이 너에게 손짓할 때에도 네 손을 잡아줄 사람도, 이마에 손을 얹어줄 사람도 없어. 사실 네가 떠나온 세계의 삶은 삶이라고 말할 수 없어. 하지만 이곳에서 너는 왕으로 살 수 있어. 품위 있고 고통이 없는 삶을 내가 보장하마. 그러다가 마침내 죽음이 찾아왔을 때, 편안히 잠들었다가 눈을 뜨면 네가 꿈에 그리던 천국에서 눈을 뜨게 해주마. 누구에게나 자기만의 천국이 있는 거니까. 그 천국의 대가로 내가 너에게 원하는 것은, 네 집에 있는 아이의 이름을 대는 것뿐이야. 어서 이름을 대! 너므 늦기 전에 어서 이름을 대란 말이야!"

그가 말하는 동안 걸개그림이 흔들리고 들썩이더니 회색빛 무언가가 그 뒤에서 나와 가까운 곳에 서 있던 근위병에게 달려들었다. 늑대가 근위병의 목에 머리를 처박고 비틀자 근위병의 숨이 끊어졌다. 계단 위에서 빗발치듯 화살이 날아오기 시작했다. 화살이 심장을 관통한 순간에도 회색 늑대는 큰 소리로 울었다. 늑대들이 속속 걸개그림 뒤에서 나왔고 어느 순간 낡은 그림이 버티지 못하고 먼지를 일으키며 바닥에 툭 떨어졌다. 르로이의 군대에서 가장 충성스럽고 잔인한 회색 늑대들이 마침내 궁전에 잠입한 것이었다. 뿔피리 소리가 울려 퍼졌고 사방에서 근위병들이 나타났다. 곧바로 숨 막히는 전투가 시작되었다. 근위병들은 늑대를 찌르고 베면서 성을 사수하려 했고 늑대들은 으르렁거리면서 닥치는 대로 병사들의 다리와 배, 팔, 배와 목을 물어뜯었다. 바닥에 흥건하게 피의 강이 흘렀다. 돌기둥 사이사이로 핏물이 흘렀다. 근위병들은 출입구를 반원 모양으로 둘러쌌지만 늑대들의 압도적인 숫자에 서서히 밀리기 시작했다.

꼬부라진 남자가 인간과 짐승의 격전 현장을 가리켰다.

"자, 봤지? 네 칼은 널 지켜주지 못해. 오직 나만이 널 구해줄 수 있어. 어서 이름을 말해! 그럼 곧바로 너를 다른 곳으로 데려가주지. 말해! 더 늦기 전에 말하란 말이야!"

회색 늑대들의 뒤를 이어 검은색 늑대와 흰 늑대들이 속속 도착했다. 늑대 부대들은 근위병들의 방어막을 뚫고 들어와 방마다, 복도마다 쳐들어가서 닥치는 대로 사람들을 물어 죽였다. 왕은 왕좌에서 뛰어 내려와 근위병들이 늑대의 공격에 서서히 밀리는 것을 겁에 질린 표정으로 지켜보았다.

그의 오른편에 근위대장이 나타났다.

"국왕 폐하! 어서 피하셔야 합니다!"

그러나 왕은 그를 밀쳐내고 몹시 화가 난 표정으로 꼬부라진 남자를 바라보았다.

"넌 우리 모두를 배신했어!"

꼬부라진 남자는 그의 말을 무시했다. 그의 관심은 오직 데이빗에게만 쏠려 있었다.

"말해! 어서 이름을 대란 말이야!"

그의 뒤쪽에서 늑대들이 인간의 방어벽을 완전히 무너뜨리고 있었다. 옷을 갖춰 입고 뒷다리로 걷는 늑대들이 나타나기 시작했다. 그들은 칼로 근위병들을 처치하고 곧바로 접견실에 연결된 문으로 돌진했다. 루프 둘이 복도 쪽으로 사라지자 여섯 마리의 늑대가 그 뒤를 쫓았다. 성문 쪽으로 향하는 것이었다.

그때 르로이가 모습을 드러냈다. 그는 눈앞에 펼쳐진 주검들을 둘러본 다음 머지않아 그의 것이 될 왕좌를 바라보았다. 그는 자신의 승리를 확인하듯 목을 빼고 길게 한 번 울었다. 그 소리에 왕이 온몸을 부르르 떨었다. 르로이가 왕과 눈을 맞추면서 그를 죽이려고 다가왔다. 근위대장이 가까스로 국왕을 지키고 있었지만 칼 하나로 회색 늑대 두 마리를 막아내기는 역부족이었다. 그는 점점 지쳐가고 있었다.

"어서 피하십시오! 폐하, 어서요!"

그때 루프가 쏜 화살이 근위대장의 목에 꽂혔고 그는 더 이상 말을 할 수가 없었다. 그가 쓰러지자 늑대들이 달려들었다. 왕은 가운 안에 손을 넣어 화려한 황금빛 단도를 꺼내 꼬부라진 남자에게 달려들었다.

"비열한 놈! 나를 이 꼴로 만들어놓고 결국 날 배신하다니!"

"조나단, 난 너한테 아무것도 강요하지 않았어. 넌 그저 네가

421

하고 싶었던 일을 했던 것뿐이야. 그 누구도 너에게 악을 행하도록 강요할 순 없어. 네 안에 악이 있었고 네가 그 악에 진 것뿐이지. 인간이란 늘 내면의 악에 휘둘리게 마련이니까."

꼬부라진 남자가 국왕을 향해 칼을 휘둘렀고 왕은 칼을 피하려 비틀거렸다. 꼬부라진 남자는 재빨리 돌아서서 데이빗을 붙잡으려고 손을 뻗었고 데이빗은 그의 손길을 피하면서 칼로 그의 가슴을 그었다. 그러나 피는 나지 않았다.

"죽여버리겠어!"

꼬부라진 남자가 소리쳤다.

"당장 이름을 대! 살려줄 테니!"

그는 상처도 아랑곳하지 않고 데이빗에게 달려들었다. 데이빗이 다시 한 번 칼을 휘둘렀지만 이번에는 용케 피하면서 데이빗의 팔을 손톱으로 할퀴었다. 독약이 파고드는 것 같은 통증이 팔에서 느껴졌다. 독성이 혈관을 타고 흘러 손끝에까지 전해지는 것 같았고 손끝이 얼얼해지는 바람에 데이빗은 그만 칼을 떨어뜨리고 말았다. 데이빗은 벽을 등지고 서 있었고 병사들과 으르렁거리는 늑대들이 그를 둘러쌌다. 꼬부라진 남자의 어깨 너머로 르로이가 왕에게 다가가는 것이 보였다. 왕은 르로이에게 단검을 휘둘렀지만 르로이가 그의 손목을 치자 단검이 바닥에 떨어졌다.

"이름을 대!"

꼬부라진 남자가 소리쳤다.

"당장 이름을 대지 않으면 늑대들한테 넘겨버리겠어!"

마치 인형을 잡듯 르로이가 한 손으로 왕의 머리를 잡고 고개를 뒤로 젖혔다. 르로이는 잠시 멈춰 서서 데이빗을 바라보았다.

"다음엔 네 차례다."

그가 말하고는 입을 크게 벌리고 날카로운 흰 이빨을 드러냈다. 그는 왕의 목을 물어뜯고 양쪽으로 고개를 흔들었다. 왕의 죽음을 지켜보던 꼬부라진 남자의 눈에 두려움이 스쳤다. 그의 얼굴에서 커다란 살점이 툭 떨어져 나가면서 그 속의 회색빛 썩어가는 살이 드러났다.

"안 돼!"

그가 비명을 지르면서 데이빗의 목 뒤를 잡았다.

"이름을 대! 이름을 대지 않으면 너와 나 둘 다 죽어!"

데이빗은 겁에 질렸다. 죽음이 바로 코앞에 있었다.

"내 동생 이름은……."

데이빗이 말했다.

"어서!"

꼬부라진 남자가 재촉했다.

왕의 숨이 끊어지자 르로이는 그의 시신을 내려놓고 입에 묻은 피를 닦으며 그들 쪽으로 다가왔다.

"그 이름은……."

"어서 대라니까!"

꼬부라진 남자가 소리쳤다.

"동생이에요."

데이빗이 말했다.

꼬부라진 남자가 절망하며 털썩 주저앉았다.

"그건 이름이 아니잖아……."

바로 그때, 그의 지하 은신처에서 모래시계의 마지막 모래 한 알이 시계의 목을 통과했고 궁전의 어느 침실 발코니에서 소녀의 영혼이 잠시 환하게 빛을 발했다가 완전히 잦아들었다. 만약 누군가가 그 광경을 지켜보았다면, 마침내 모든 고통이 끝났음을 깨달은 소녀에게서 기쁨과 평화의 작은 한숨이 새어나오는 것을 보았을 것이다.

"안 돼!"

꼬부라진 남자가 비명을 질렀다.

그의 살갗이 갈라지면서 독한 가스가 뿜어져 나오기 시작했다. 그는 이제 모든 것을 잃었다. 헤아릴 수조차 없는 시간, 말로 다 할 수도 없는 이야기들을 뒤로하고 이제 마침내 그의 삶이 끝난 것이다. 걷잡을 수 없는 분노에 휩싸인 그는 머리에 양손을 올려놓더니 양쪽으로 머리를 갈랐다. 먼저 피부와 근육이 갈라졌다. 이마가 둘로 쪼개어지더니 그 틈이 점점 더 벌어져서 입까지 반으로 갈라졌다. 그는 양손으로 얼굴 반쪽씩을 붙잡았다. 그가 몸을 쪼개는 동안에도 양쪽 눈은 부릅뜨고 있었다. 틈이 점점 더 벌어지면서 목과 가슴과 배까지 갈라졌고 그의 몸은 완전히 반으로 나누어졌다. 둘로 갈라진 그의 몸에서 온갖 징그러운 벌레들이 쏟아져 나왔다. 기어다니는 벌레와 날벌레와 지네, 거미, 흰 송충

이 같은 것들이 꿈틀거리면서 기어나왔지만 모래시계의 마지막 한 알이 떨어지는 순간 꼬부라진 남자와 함께 벌레들도 움직임을 멈추었다.

그 끔찍한 광경을 보고 르로이는 회심의 미소를 지었다. 데이빗이 죽음을 맞이할 각오로 눈을 감으려는 순간 갑자기 르로이가 몸을 떨기 시작했다. 말을 하려고 입을 벌리는 순간 르로이의 턱이 발치에 툭 떨어졌다. 피부는 마치 회반죽처럼 가루가 되어 부스러졌다. 움직이려 해봐도 더 이상 다리가 그를 지탱해주지 않았다. 다리가 부러지면서 그는 바닥에 고꾸라졌다. 얼굴과 손과 등에 금이 가기 시작했다. 바닥을 움켜쥐려고 손가락을 움직이는 순간 손가락이 유리처럼 깨졌다. 오직 그의 눈동자만이 그대로였지만 온통 혼란과 고통으로 가득했다.

데이빗은 죽어가는 르로이를 바라보았다. 데이빗 혼자만이 이 상황을 이해하고 있었다.

"너는 나의 악몽이 아니라 왕의 악몽이었어. 왕을 죽인 순간 넌 네 자신을 죽인 거야."

르로이가 이해할 수 없다는 듯 눈을 깜박이다가 마침내 모든 동작을 완전히 멈추었다. 이제 르로이는 아무도 두려워하지 않는 한낱 부서진 짐승의 동상일 뿐이었다. 그의 온몸이 잘게 부서지더니 수백만 개의 작은 조각이 되어서 먼지처럼 사라져버렸다.

왕의 접견실에 있던 다른 루프들도 모두 먼지가 되어 사라졌다. 우두머리를 잃은 늑대들은 근위병들이 속속 방으로 들어와서 방패로 방어벽을 만들고 창끝을 겨누자 동굴로 슬금슬금 달아나기 시작했다. 데이빗이 칼을 들고 복도를 지나, 겁에 질린 하인들, 신하들 틈을 지나 밖으로 뛰쳐나갈 때까지 늑대들은 그를 막지 않았다. 데이빗은 가장 높은 총안에 올라가 밖을 내다보았다. 늑대 부대는 혼란에 휩싸였다. 그들은 서로 싸우고 물어뜯기 시작했고 발이 빠른 놈들은 벌써 발길을 돌려 고향으로 향했다. 이미 많은 늑대들이 성을 떠나고 있었다. 남아 있는 것은 루프들의 잔해뿐이었고 그 잔해조차도 바람에 휩쓸려 모두 사라졌다.

누군가가 데이빗의 팔을 잡았다. 돌아보니 낯익은 얼굴이 있었다. 숲사람이었다. 그의 옷과 살갗에 늑대의 피가 묻어 있었고 그가 들고 있던 도끼에서도 핏방울이 뚝뚝 떨어졌다.

데이빗은 아무 말도 할 수가 없었다. 데이빗은 칼과 칼자루를 바닥에 내던지고 그를 꼭 끌어안았다. 숲사람은 소년의 머리를 쓰다듬어 주었다.

"아저씨가 죽은 줄 알았어요! 늑대들이 아저씨를 끌고 가는 걸 봤거든요!"

데이빗이 말했다.

"늑대한테 죽을 순 없지. 가까스로 달아나서 오두막에 숨었단다. 문을 막아놓고 나서 의식을 잃었어. 며칠이 지난 뒤에야 정신을 차리고 네 뒤를 따라올 수 있었지. 늑대들 눈을 피하기가 힘들더구나. 그나저나 어서 여길 피해야겠다. 이 성은 오래 버티지 못할 것 같아."

발밑이 흔들렸다. 벽에도 균열이 가기 시작했다. 성의 벽돌과 회반죽이 떨어지기 시작했다. 성 지하의 미로가 붕괴되기 시작했고 왕의 궁전과 꼬부라진 남자의 은신처가 모두 무너져내렸다.

숲사람은 말 한 마리가 기다리고 있는 안뜰로 데이빗을 데리고 갔다. 숲사람이 타라고 했지만 데이빗은 마구간으로 가서 스킬라를 찾았다. 싸우는 소리와 늑대 울음소리에 겁을 먹고 있던 스킬라는 데이빗을 보자 안도하는 듯 히잉! 하고 울었다. 데이빗은 말의 이마를 어루만져서 진정시킨 다음 숲사람을 따라 성 밖으로 향했다. 말을 탄 병사들이 늑대들을 성 밖으로 몰아내고 있었다. 늑대들은 점점 더 성에서 멀리 달아났다. 사람들도 성 밖으로 빠져나가기 시작했다. 하인들과 신하들이 먹을 것과 귀중품 같은 것을 챙겨 들고 성이 무너지기 전에 빠져나가려고 앞을 다투었다. 데이빗과 숲사람은 늑대와 사람들의 혼란을 피해 다른 길로 돌아 언덕 위로 올라가서 성을 내려다보았다. 두 사람은 언덕 위에 나란히 서서 벽돌과 나무 조각들과 먼지로 뒤덮인 커다란 구멍만 남기고 성이 완전히 무너져내리는 것을 지켜보았다.

잠시 후 두 사람은 말머리를 돌려서 데이빗이 처음 이 세계로 건너왔던 숲을 향해 며칠을 달렸다. 이제 밧줄로 표시가 된 나무는 꼭 하나뿐이었다. 꼬부라진 남자의 마법은 그의 죽음과 함께 모두 사라져버렸다.

커다란 나무 앞에서 숲사람과 데이빗은 말에서 내렸다.

"자, 이제 집으로 돌아갈 시간이다."

제32장
로즈

데이빗은 숲 속 한복판에 서서 다시 한 번 모습을 드러낸 나무
구멍을 바라보았다. 가까이 있던 나무 한 그루는 얼마 전에 산짐
승이 상처를 내는 바람에 피를 흘리고 있었다. 나무 밑 눈밭에 붉
은 피가 웅덩이를 이루었다. 산들바람이 불자 가까이 있던 나뭇
가지와 잎들이 다친 나무를 감싸고 위로하며 자신들의 존재를 일
깨워주었다. 때마침 머리 위를 뒤덮고 있던 구름 사이로 햇살이
비쳤다. 꼬부라진 남자의 죽음으로 이 세계도 변화하고 있었다.

"집에 가야 한다는 건 알지만 정말 가고 싶은지 제 마음을 잘
모르겠어요. 여기도 아직 제가 모르는 것들이 많은데……. 제가
떠나고 난 뒤에 이곳이 다시 예전으로 돌아가지 말았으면 좋겠어
요."

"저쪽 세상에서 널 기다리는 사람들이 있잖니? 그 사람들한테

로 돌아가야지. 모두 널 사랑한단다. 네가 없으면 네 가족들의 삶은 아주 쓸쓸할 거야. 아빠도 있고 동생도 있고 네가 허락하기만 하면 네 엄마가 되어줄 사람도 있어. 그러니까 돌아가야지. 어떻게 보면 넌 이미 결정을 내린 셈이야. 꼬부라진 남자와의 거래를 거부했으니까. 그 순간 넌 이곳이 아닌 네가 살던 곳으로 돌아가기로 결정한 거야."

데이빗은 고개를 끄덕였다. 숲사람의 말이 모두 옳았다.

"그런 모습으로 돌아가면 사람들이 이상하게 생각하지 않겠니? 옷을 갈아입어라. 칼도 내려놓고. 네가 사는 곳에선 그런 것들은 필요하지 않을 테니까."

데이빗은 자루에서 너덜너덜해진 잠옷과 가운을 꺼내 덤불숲에서 갈아입었다. 예전에 입던 옷이 낯설게 느껴졌다. 며칠 새 그는 완전히 다른 사람이 된 것 같았고 예전에 입던 옷이 마치 다른 아이의 옷처럼 느껴졌다. 그가 어렴풋이 알기는 하지만 지금의 그 자신보다 더 어리고 어리석은 어떤 아이의 옷……. 그 옷은 어린아이의 잠옷이었지만 이제 그는 더 이상 어린아이가 아니었다.

"여쭤볼 게 있는데요."

데이빗이 말했다.

"뭐든 물어보렴."

숲사람이 말했다.

"제가 이곳에 왔을 때 저한테 남자아이의 옷을 주셨잖아요? 아저씨한테도 아이들이 있었나요?"

숲사람이 미소를 지었다.

"모두가 나의 아이들이란다. 길을 잃은 아이들, 다시 찾은 아이들, 이곳에 살았던 아이들, 또 이곳에서 죽은 아이들은 모두."

"저를 왕에게로 데려다주시려고 했을 때 왕이 진짜 왕이 아니라는 사실을 알고 계셨나요?"

그것은 숲사람을 다시 만난 이후로 줄곧 묻고 싶었던 질문이었다. 숲사람이 그 위험한 길로 데이빗을 기꺼이 안내했다는 사실이 납득이 가지 않았다.

"왕과 요술쟁이에 대해 내가 알고 있던 것, 의심하고 있던 것을 말해주었다면 네가 어떻게 됐을까? 이곳에 왔을 때 너는 분노와 슬픔에 사로잡혀 있었어. 그때 넌 요술쟁이의 꼬임에 쉽게 넘어갔을 거야. 그랬다면 모든 걸 다 잃었겠지. 나는 너를 직접 왕에게로 데려다주고 싶었단다. 그 여행길에서 네가 어떤 위험에 처했는지 깨닫게 해줄 생각이었지만 그럴 수가 없었어. 대신 다른 사람들이 너에게 그 길을 안내해주었지. 이곳에서, 그리고 네가 살던 세계에서 너의 자리를 되찾을 수 있었던 것은 결국 네 자신의 힘과 용기 때문이었어. 우리가 처음 만났을 때 너는 어린아이였는데 이제 넌 어른이 된 거야."

그가 손을 내밀었다. 데이빗은 악수를 하고 숲사람을 끌어안았다. 잠시 후 두 사람이 떨어졌고 이번에는 숲사람이 그를 끌어안았다. 햇살이 화환처럼 머리 위에 내리쬐는 동안 두 사람은 한참을 그렇게 서 있었다. 마침내 데이빗이 그에게서 떨어졌다.

데이빗이 스킬라에게 다가가 말의 이마에 키스했다.

"네가 보고 싶을 거야."

데이빗이 귓가에 속삭이자 말이 나지막이 울면서 소년의 목을 파고들었다.

잠시 후 데이빗은 늙은 나무쪽으로 향했다. 그러나 걷다 말고 다시 돌아서서 숲사람을 바라보았다.

"다시 여기 올 수 있을까요?"

데이빗이 물었다.

그때 숲사람은 아주 이상한 말을 했다.

"대부분의 사람들은 언젠가는 이곳으로 돌아온단다."

그가 손을 들어 작별인사를 했고 데이빗은 심호흡을 한 뒤 나무 구멍 속으로 들어갔다.

사향 냄새와 흙냄새와 오래된 나뭇잎 썩는 냄새가 풍겨왔다. 데이빗은 손끝으로 나무 안쪽의 벽을 만져보았다. 커다란 나무였지만 불과 몇 발자국 걷고 나니 바로 벽에 부딪쳤다. 꼬부라진 남자의 손톱이 파고들었던 팔이 아직도 아팠다. 밀폐공포증이 밀려왔다. 출구가 없는 것 같았다. 그러나 숲사람이 거짓말을 했을 리가 없었다. 아무래도 뭔가 잘못된 것 같았다. 다시 밖으로 나가야겠다고 생각하고 돌아서 보니 구멍이 어느새 사라지고 없었다. 나무 구멍은 완전히 막혀버렸고 그는 안에 갇히고 말았다. 데이빗은 도와달라고 소리를 지르면서 주먹으로 나무를 세게 두드렸지만 그의 목소리는 나무 안에서 메아리처럼 울려 퍼지며 그를 조롱할 뿐이었다.

그때 빛이 보였다. 나무는 막혀 있었지만 위쪽 어딘가에서 빛이 새어 들어오고 있었다. 고개를 들어보니 별처럼 반짝이는 무언가가 보였다. 그가 바라보고 있는 동안 그 빛은 점점 더 커져서 그가 있는 곳으로 내려왔다. 어쩌면 그가 올라간 것일 수도 있었다. 그의 모든 감각이 혼란에 휩싸였다. 낯선 소리들이 들려왔다. 금속이 부딪치는 소리, 바퀴가 굴러가는 소리, 그리고 화학 약품 냄새 같은 것이 풍겼다. 그리고 뭔가가 보이기 시작했다. 빛, 나무 몸통의 홈과 구멍……. 그러나 그는 눈을 감고 있었다. 눈을 감고도 이런 것들을 볼 수 있다면, 눈을 떴을 때 무엇을 보게 될까?

데이빗은 눈을 떠보았다.

그는 낯선 방의 철제 침대 위에 누워 있었다. 커다란 창문으로 내다보이는 잔디밭에는 아이들이 간호사들과 함께 걷고 있거나 휠체어를 타고 흰 옷을 입은 보조원들과 함께 산책을 하고 있었다. 그의 침대 맡에는 꽃들이 있었다. 오른쪽 팔에는 주사 바늘이 꽂혀 있었고 바늘에 이어진 가느다란 줄은 철제 통에 이어져 있었다. 머리가 지끈거렸다. 머리에 손을 대보니 붕대가 만져졌다. 데이빗은 천천히 왼쪽으로 고개를 돌려보았다. 목이 아팠고 머리가 견딜 수 없을 정도로 욱신거렸다. 그의 침대 맡에는 로즈가 의자에 잠들어 있었다. 옷은 다 구겨졌고 머리는 더럽고 엉망으로 헝클어져 있었다. 무릎 위에 놓인 책은 붉은색 책갈피로 표시가 되어 있었다.

말을 하고 싶었지만 목이 잠겨서 말이 나오지 않았다. 다시 입을 벌렸을 때는 쉰 소리만 새어나왔다. 로즈가 눈을 뜨고 믿을 수 없다는 표정으로 그를 바라보았다.

"데이빗?"

데이빗은 여전히 말을 할 수가 없었다. 로즈는 유리잔에 물을 따른 뒤 한 팔로 데이빗의 머리를 받치고 컵을 그의 입에 대주었다. 로즈는 울고 있었다. 로즈의 눈물 몇 방울이 그의 얼굴에 떨어졌고 유리컵을 치우는 동안 눈물이 입 안으로 흘러들어갔다.

"데이빗, 우리가 얼마나 걱정했는지 아니?"

로즈가 속삭였다.

로즈는 그의 뺨에 손을 대고 쓰다듬었다. 로즈의 눈물은 멎지 않았지만 울고 있음에도 로즈가 기뻐하고 있다는 것을 데이빗은 알 수 있었다.

"새엄마……."

데이빗이 말했다.

"그래, 데이빗. 말해봐."

데이빗이 로즈의 손을 잡았다.

"죄송해요."

데이빗이 말했다.

그리고 데이빗은 또다시 꿈도 없는 깊은 잠 속으로 빠져들었다.

제33장

잃어버린 모든 것과
다시 찾은 모든 것

그로부터 며칠 동안 데이빗의 아빠는 데이빗이 얼마나 위험한 상태였는지, 폭격 이후에 그를 찾을 수가 없어서 얼마나 속을 태웠는지 이야기해주었다. 처음에는 데이빗이 폭격에 목숨을 잃었다고 생각했다가 시신을 찾지 못하자 그 다음에는 유괴되었는지도 모른다고 생각했다. 그래서 동네를 샅샅이 뒤지기 시작했다. 친구들과 경찰, 심지어는 모르는 사람들까지 나서서 도와주었다고 했다. 혹시 단서를 찾을 수 있을까 해서 그의 방을 샅샅이 뒤져보기도 했고 마침내 지하 정원 돌담 속 빈 공간의 흙더미 속에 누워 있는 데이빗을 발견했다. 벽돌 사이에 난 조그만 틈으로 기어들어갔다가 벽이 무너졌을 때 구멍 속에 갇혀버린 모양이라고 했다.

의사들은 그가 폭발의 충격으로 인해 정신을 잃었고 그로 인해 혼수상태에 빠졌다고 했다. 그날 아침 로즈를 부르며 잠에서 깨어나기 전까지 데이빗은 며칠 동안 잠만 잤다. 물론 설명되지 않는 부분들이 남아 있긴 했다. 도대체 그 시간에 왜 정원에 나가 있었는지, 그의 몸에 난 상처들은 어쩌다가 생긴 것인지 아무도 설명할 수 없었다. 그러나 가족들은 데이빗이 살아서 돌아온 것만으로도 너무도 기뻐서 야단을 치지도, 화를 내지도 않았다. 며칠이 지나 마침내 데이빗이 위험한 고비를 넘기고 집으로 돌아왔을 때, 로즈와 그의 아빠는 사고 이후로 달라진 데이빗의 모습을 칭찬했다. 데이빗은 한층 조용해졌고 다른 사람을 배려했고 로즈에게도 상냥해졌으며 두 남자 사이에서 자신의 자리를 찾으려 애쓰는 로즈의 고충에 대해서도 이해하게 되었다. 반면 소음이나 위험에 대해 보다 민감해졌고 자기보다 약한 사람, 특히 이복동생인 조지에 대한 애정도 각별해졌다.

세월이 흘렀고 데이빗은 너무 느리게, 어쩌면 너무 빨리 소년에서 어른이 되었다. 그에게는 더디게 느껴졌지만 아빠와 로즈에게는 너무 빠른 변화였다. 조지도 자랐다. 데이빗과 조지는 유난히 우애가 좋았다. 로즈와 데이빗의 아빠가 어른들이 종종 그러는 것처럼 이혼을 한 뒤에도 조지와 데이빗은 가깝게 지냈다. 로즈와 데이빗의 아빠는 웃으며 헤어졌고 헤어진 뒤에는 둘 다 결혼을 하지 않았다. 데이빗은 대학에 진학했고 그의 아빠는 냇가의 조그만 오두막에서 낚시를 하며 말년을 보냈다. 로즈와 조지는 커다란 낡은 저택에서 둘이 살았고 데이빗은 자주 그들을 찾아갔다. 혼자 갈 때도 있었고 아빠와 함께 갈 때도 있었다. 시간이 날 때면 그가 어린 시절을 보냈던 방으로 들어가서 책들이 소곤거리는지 귀를 기울여보았지만 언제나 조용할 뿐이었다. 날씨가 좋을 때면 지하 정원이 있던 곳으로 내려가서 폭격기가 추락한 곳을 수리해보기도 했지만 예전과 같은 모습이 되진 않았다. 데이빗은 벽 속의 구멍을 멍하니 바라볼 뿐 그 속으로 들어갈 생각은 하지 않았다. 그 누구도 그곳으로 들어가지 않았다.

세월이 흘렀고 데이빗은 꼬부라진 남자가 했던 말 중에서 적어도 한 가지만은 거짓이 아님을 깨달았다. 그의 삶에는 물론 행복도 있었지만 슬픔도 있었고 성취와 만족만큼 고통과 후회도 있었다. 데이빗이 서른두 살이 되던 해에 아버지가 세상을 떠났다. 아버지는 낚싯대를 잡고 냇가에서 쓰러진 채로 발견되었다. 심장마비였다. 몇 시간 뒤 지나가는 사람에게 발견되었을 때 햇볕 때문에 시신은 따뜻한 상태였다. 조지는 군복을 입고 장례식에 참석했다. 또 다른 전쟁이 일어나고 있었고 조지는 전쟁터에서 자신의 임무를 다하고 싶어했다. 조지는 고향에서 멀리 떨어진 곳에서 싸우다가 동료들과 함께 전사했다. 명예와 영광의 꿈은 전장의 진흙창 속에서 끝나고 말았다. 조지의 유골은 집으로 운송되었다. 그는 교회 묘지에 묻혔고 그의 이름이 새겨진 십자가 비석에는 그가 태어난 날과 사망한 날, 그리고 '사랑받는 아들이자 동생이었던 자, 이곳에 묻히다'라는 비문이 새겨졌다.

데이빗은 짙은 머리카락에 초록빛 눈동자를 지닌 여자와 결혼을 했다. 여자의 이름은 앨리슨이었다. 두 사람은 가정을 꾸렸고 마침내 앨리슨이 아기를 낳게 되었다. 데이빗은 두려웠다. 그가 사랑하는 사람들, 그의 아이와 연인, 모두를 빼앗길 것이고 그가 아무리 그들을 사랑해도 그들을 지켜줄 수 없을 거라는 꼬부라진 남자의 말을 잊을 수가 없었다.

출산 도중에 문제가 생겼다. 삼촌의 이름을 따서 조지라는 이름을 붙였던 그의 아들은 끝내 살지 못했고 아기에게 짧은 삶을 선물했던 앨리슨도 결국 목숨을 잃고 말았다. 꼬부라진 남자의 예언이 들어맞은 셈이었다. 데이빗은 다시 결혼을 하지도, 아이를 낳지도 않았다. 대신 작가가 되어서 책을 썼다. 그는 그 책의 제목을 『잃어버린 것들의 책』이라고 정했고 지금 여러분이 읽고 있는 책이 바로 그 책이다. 아이들이 실제로 있었던 이야기냐고 물으면 그는 "그럼! 실제로 있었던 일이고말고! 이 세상에서 일어나는 다른 모든 일들처럼 말이야! 그래서 그렇게 잘 기억할 수 있는 거란다!"라고 대답했다.

세상의 모든 아이들이 그의 아이들이 되었다.

로즈가 늙고 병들었을 때 데이빗이 그녀를 돌보았다. 로즈는 세상을 떠나면서 자신의 집을 데이빗에게 남겼다. 값이 많이 나가는 집이었기 때문에 팔 수도 있었지만 그러지 않았다. 대신 데이빗은 그 집에 들어가서 아래층에 조그만 집필실을 꾸미고 그곳에서 편안하게 몇 년을 살았다. 워낙 유명한 집이라 둘러보고 싶다고 찾아오는 아이들, 때로는 어른들과 같이 온 아이들을 그는 항상 반갑게 맞아주었다. 아이들은 언제나 그의 집을 구경하고 싶어했다.

착한 아이들 같으면 지하 정원으로 데리고 가기도 했다. 돌담의 구멍은 이미 오래전에 막아버렸다. 혹시라도 아이들이 그곳으로 들어갔다가 곤경에 처할까봐 그가 그렇게 했다. 대신 그는 아이들에게 이야기를 들려주었다. 세상의 모든 이야기들이 누군가 말해주기를 기다린다고. 모든 책들이 누군가 읽어주기를 바란다고. 인생에서 우리가 알아야 할 모든 것이, 우리가 상상할 수 있는 모든 이야기들이 전부 다 책 속에 들어 있다고.

아이들 중 더러는 그의 말을 이해했고 더러는 그의 말을 이해하지 못했다.

머지않아 데이빗 자신도 늙고 병들어서 더 이상 글을 쓸 수 없게 되었다. 기억력과 시력이 나빠졌고 예전처럼 아이들을 맞이하기 위해 나가는 것조차 힘들어졌다. 꼬부라진 남자가 예언했던 대로였다. 그는 마치 거울 눈을 가진 여자의 눈동자 속에서 자신의 미래를 봐버린 것 같았다.

통증을 조금 줄여주는 것 외에는 의사들이 할 수 있는 일이 별로 없었다. 그는 간병인을 고용했고 가끔 친구들이 찾아와 시간을 보내주었다.

마지막이 가까워오자 그는 침대를 아래층 서재로 옮겨 달라고 부탁했다. 매일 밤 그는 어려서부터 읽어왔던 책들 속에 파묻혀 잠이 들었다. 그는 정원사를 불러서 부탁 한 가지만 해도 되겠냐고 물었다. 단 아무한테도 말하지 말아달라고 했다. 노인을 사랑했던 정원사는 기꺼이 그의 부탁을 들어주었다.

깊고 어두운 밤이면 그는 뜬눈으로 누워서 귀를 기울였다. 책들이 다시 소곤거리기 시작했지만 이제는 두렵지 않았다. 책들은 낮은 목소리로 위로와 격려의 말을 해주었다. 때로는 그가 좋아하는 이야기를 들려주었지만 이제 그 자신의 이야기도 그 속에 있었다.

어느 날 밤, 그의 호흡이 아주 가냘파졌고 눈빛이 흐릿해졌다. 데이빗은 서재에 옮겨놓은 침대에서 일어나 천천히 밖으로 향했다. 가는 길에 잠깐 멈춰 서서 책 한 권을 들었다. 낡은 가죽제본 앨범이었다. 그 속에는 사진들과 편지들, 카드들, 갖가지 장신구들, 그림과 시, 머리카락과 결혼반지와 같은 긴 삶의 흔적들이 담겨 있었다. 그 자신의 삶의 흔적들이었다. 책들의 속삭임이 점점 더 커지더니 송가처럼 합창으로 울려 퍼졌다. 이제 하나의 이야기가 끝나고 새로운 이야기가 시작되려는 순간이었다. 노인은 방을 거닐며 책등을 쓰다듬고 일일이 작별인사를 했다. 그리고 그는 서재와 집을 떠나 마지막으로 축축한 여름 풀밭을 걸어서 지하 정원으로 향했다.

정원 한구석에 정원사가 구멍을 다시 뚫어놓았다. 어른 한 명이 들어갈 수 있을 만큼 커다란 구멍이었다. 데이빗은 엎드려서 힘겹게 기어서 구멍 안으로 들어갔다. 그러고 나서 어둠 속에 앉아서 기다렸다. 처음에는 아무 일도 일어나지 않았다. 감겨오는 눈을 뜨고 있기가 힘이 들었다. 그러나 잠시 후 불빛이 보이기 시작했고 산들바람이 얼굴에 닿는 것이 느껴졌다. 나무껍질 냄새와 싱그러운 잔디 향기와 꽃향기가 풍겨왔다. 그의 앞에 구멍이 뚫렸고 그는 그 구멍 밖으로 나갔다. 그는 울창한 숲 한복판에 있었다. 이곳은 완전히 달라져 있었다. 인간을 닮은 짐승도 없었고 방심하고 있는 사람들을 함정에 빠뜨리는 악몽들도 없었다. 두려움도, 끝없는 황혼도 없었다. 어린아이의 얼굴 같은 꽃들도 모두 사라졌다. 음침한 곳에서 죽어가는 아이들이 흘린 피는 더 이상 없었고 아이들이 모두 편안히 잠들었기 때문이었다. 해가 지고 있었지만 아름다운 광경이었다. 황혼이 하늘을 자줏빛과 붉은빛, 오렌지빛으로 물들이면서 평화로운 하루를 마감하고 있었다.

그의 앞에 한 남자가 서 있었다. 그는 한 손에 도끼를, 다른 손에는 꽃다발을 들고 있었다. 오는 길에 숲에서 딴 꽃들을 풀잎으로 묶은 것이었다.

"저 왔어요."

데이빗이 말했고 숲사람이 미소를 지었다.

"대부분의 사람들은 결국엔 이곳으로 돌아온단다."

그가 대답했다.

데이빗은 문득 숲사람이 아버지와 무척 닮았다는 사실을 깨달왔다. 전에는 왜 그런 생각을 하지 못했을까?

"어서 와라. 널 기다리고 있었다."

데이빗은 숲사람의 눈에 비친 자신의 모습을 바라보았다. 그는 더 이상 노인이 아니었다. 젊은 남자였다. 남자는 누구나 자기 아버지 앞에서는 아이가 된다. 아무리 나이가 들고 아무리 오랜 시간을 떨어져 있었다고 해도 마찬가지였다.

데이빗은 숲사람을 따라 숲길로 들어섰다. 오솔길을 걷고 시냇물을 지나자 굴뚝에서 연기가 피어오르는 오두막이 보였다. 조그만 뜰에 묶여 있는 말이 평화롭게 풀을 뜯고 있었다. 말은 데이빗을 보고 반갑다는 듯 히잉! 하고 울고는 갈기를 흔들며 그에게 다가왔다. 데이빗도 다가가서 스킬라에게 고개를 숙였다.

데이빗이 스킬라의 이마에 키스하는 동안 스킬라는 눈을 감았다. 데이빗이 오두막으로 향할 때는 마치 자기를 봐달라는 듯 그의 어깨에 코를 파묻고 비볐다.

오두막의 문이 열리면서 여자가 나타났다. 초록빛 눈동자에 머리색이 검은 여자였다. 팔에는 아기를 안고 있었다. 갓 태어난 아기였다. 아기는 그녀가 걷는 동안 옷자락을 꼭 움켜잡았다. 이곳에서는 일생이 순간이었고 누구에게나 그만의 천국이 있었다.

어둠 속에서 데이빗은 비로소 눈을 감았다. 그가 잃어버렸던 모든 것을 이제야 다시 찾았다.

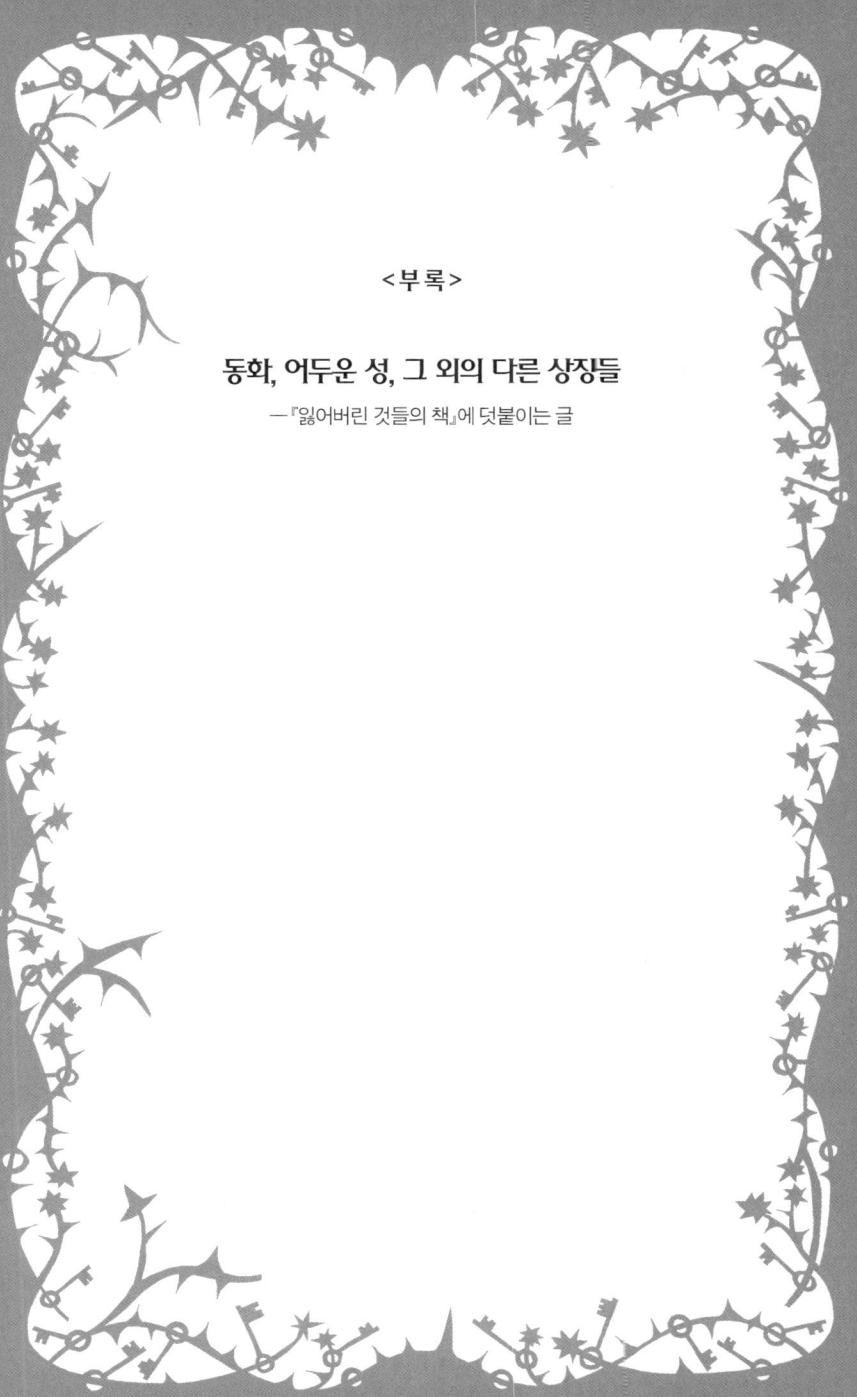

<부록>

동화, 어두운 성, 그 외의 다른 상징들

—『잃어버린 것들의 책』에 덧붙이는 글

룸펠스틸트스킨

사실 꼬부라진 남자에게는 이름이 없었다. 다른 사람들은 부르고 싶은 대로 그를 불렀다. 나이가 너무도 많아서 사람들이 그에게 붙인 이름들 따위는 그에겐 아무런 의미도 없었다. 사기꾼. 요술쟁이. 꼬부라진 남자. 럼펠 어쩌고저쩌고.

말하자면, '참, 내 이름이 뭐였더라? 하긴 내 이름이 뭐든 그게 무슨 상관인가?' 하는 식이었다.

— 『잃어버린 것들의 책』 29장

데이빗을 제외하면 『잃어버린 것들의 책』에서 가장 중요한 인물은 '꼬부라진 남자'이다. 꼬부라진 남자의 조상은 룸펠스틸트스킨 Rumpelstiltskin이다. 룸펠스틸트스킨은 불쌍한 방앗간집 딸을 위해 짚으로 금실을 자아주지만 훗날 그녀가 낳은 첫 아기를 내놓을 것을 요구하면서 자기 이름을 알아맞혀야만 아기를 빼앗지 않겠다고 한 동화 속 난쟁이이다.

요술쟁이들은 질서를 무너뜨리는 인물이다. 노스 고드 로키Norse god Loki(눈먼 호드를 속여 겨우살이 나뭇가지로 쌍둥이 형제 볼더를 죽이게 만들었음)가 그렇고 프랑스 중세 서사시에 등장하는 여우 르나르Reynard가 그렇고, 아메리카 원주민의 이야기 속에 등장하는 갈가마귀와 코요테가 그렇다. 질서를 무너뜨리는 행위는 절도 행위, 혹은 이름에서 암시하는 바와 같이 요술을 부리는 행위로 표출된다.

고전에 등장하는 전형적인 요술쟁이는 세상의 풍파를 속임수로 헤쳐 나가려 하는 때로는 익살맞고 때로는 사악한 캐릭터이다. 그들이 일으키는 말썽에도 불구하고 요술쟁이들은 사람들로 하여금 그들이 지니고 있는 한계와 그들이 살고 있는 세상의 한계를 직시하게 해준다. 그들은 파괴자이면서도 한편으로는 자신들에게 유리하게 세상의 질서를 재편하는 존재들이다. 그들은 인간의 관습에 얽매이지 않은 인간의 상상력을 대변한다. 그것이야말로 어쩌면 인간이 시련을 대면하고 극복하는 데 가장 필요한 것이라고 말할 수 있다.

조셉 캠벨Joseph Campbell의 『천의 얼굴을 가진 영웅Hero With A Thousand Faces』에서도 그런 요술쟁이의 전형을 볼 수 있다. 죽음을 초월하고 반복하여 환생하는 요술쟁이는 어떻게 보면 기독교의 창조 신화나 영원한 생명과도 연관이 있다. 요술쟁이 이야기에는 대개 시계와 시간에 관한 상징이 가미되는데, 『잃어버린 것들의 책』에서도 모래시계가 등장한다. 요술쟁이는 '이야기꾼'으로 표현되기도 하는데 그러한 특성 때문에 『잃어버린 것들의 책』에서도 막강한 권력을 지니게 된다.

[기 원]

룸펠스틸트스킨 이야기 중에서 가장 잘 알려진 것으로는 1812년에 처음 출판된 그림형제의 작품이 있지만 영어와 이태리어, 스웨덴어 권에서 여러 변형들이 있었고 이름도 티텔리투어, 판치만치, 우피티 수투리, 퍼치니젤르 등으로 다양했다. 어떤 문화권에서는 결혼을 위한 일종의 시험으로 여자의 실을 잣는 능력을 평가했다. 그림형제는 그 소재에서 착안하여 그들만의 독특한 동화를, 말하자면 '자아냈다'고 말할 수 있다. 물론 다소 끔찍한 결말은 논외로 한다면 말이다. 구전으로 전해 내려오는 이야기 중에는 소녀가 짚으로 금을 자을 수 없는 것이 문제가 아니라 오직 금밖에 자을 줄 모르는 게 문제인 경우도 있었다. 소녀의 아기를 빼앗으려는 대목만 제외하면 사실 룸펠스틸트스킨이라는 난쟁이는 사실 상당히 온순한 인물로 볼 수도 있고 실제로 어떤 동화에서는 끝까지 해를 끼치지 않기도 한다.

룸펠스틸트스킨을 골칫거리로 만든 것은 인간의 시기와 욕심이다. 그가 아주 사랑스러운 인물로 묘사되고 있는 이야기에서도 마찬가지이다. 결국 소녀가 온갖 곤경에 처하게 되었던 이유는 애초에 가난한 방앗간 주인이 왕에게 거짓말을 했기 때문이고, 왕 자신이 자신의 아내가 될 사람에게 점점 더 많은 실을 자으라며 욕심을 부렸기 때문이다. 어떻게 보면 이야기 속에서 거짓말을 하지 않은 인물은 룸펠스틸트스킨밖에 없다고 볼 수도 있다. 그는 처음부터 자신이 원하는 바를 분명히 밝혔고 마지막에는 소녀에게 이름을 알아맞히는 게임을 허락할 정도로 자비를 베풀었다. 사실 그에게는 전혀 그런 자비를 베풀 이유가 없었고 본래의 계약을 고수했다고 해도 누구도 그를 비난할 수 없었다.

『잃어버린 것들의 책』에서 꼬부라진 남자는 비록 고전에 등장하는 요술쟁이들과 여러 면에서 닮았지만 그들의 보다 심술궂은 변형이라고 말할 수 있다. 온갖 심술을 부리긴 했지만 데이빗에게 그의 삶을 침범해온 조지에 대한 책임감을 일깨워준 사람은 다름 아닌 꼬부라진 남자였다.

　이 이야기의 변형은 엠마 도나휴Emma Donoghue의 『마녀에게 키스하기Kissing the Witch』, 윌리엄 해서웨이William Hathaway의 『마법에서 풀려나다Disenchantments』, 앤 섹스턴Anne Sexton의 『변화Transformations』에서도 찾아볼 수 있다.

룸펠스틸트스킨

/ 그림형제

    옛날 옛적에, 아주 가난한 방앗간 주인이 살았다. 그에게는 어여쁜 딸이 있었다. 하루는 그가 왕을 만날 일이 있었는데, 왕의 눈에 들기 위해 그만 자기 딸이 짚으로 금실을 자을 수 있다고 거짓말을 하고 말았다. 왕은 "그것 참 신기하구나! 내일 당장 궁으로 데리고 와서 나에게 그 솜씨를 보여다오!"라고 말했다.

    방앗간집 딸이 궁전에 도착하자 왕은 그를 데리고 가서 짚으로 가득 찬 방으로 데리고 가서 물레와 실패를 내어주고 "당장 일을 시작해라. 내일 아침까지 이 지푸라기들을 전부 다 금으로 자아놓지 않으면 너는 죽을 것이다"라고 말했다. 왕은 밖에서 문을 잠갔다. 불쌍한 방앗간집 딸은 어쩔 줄을 모르고 멍하니 앉아 있었다. 어떻게 짚으로 금실을 잣는단 말인가? 시간이 흐를수록 두려움도 커졌고 결국 소녀는 흐느껴 울기 시작했다.

    그때 갑자기 방문이 열리더니 조그만 남자가 나타났다.

"안녕하세요, 방앗간집 아가씨! 왜 울고 있나요?"

그가 물었다.

"이 지푸라기로 금실을 자아야 하는데 어떻게 해야 할지 몰라서요."

"내가 대신 금실을 자아주면 나한테 무얼 줄 건가요?"

난쟁이가 물었다.

"내 목걸이요."

소녀가 말했다.

난쟁이는 목걸이를 받아 들고 물레 앞에 앉아서 한 번, 두 번, 세 번 물레를 돌렸고 실패에는 금실이 가득 감겼다. 또다시 한 번, 두 번, 세 번, 물레를 돌리자 두 번째 실패에도 금실이 가득 감겼다. 난쟁이는 아침이 될 때까지 금실을 자았고 방 안에 있던 모든 지푸라기가 금실로 변해서 실패마다 금실이 그득하게 감겼다.

아침이 밝아오자 왕이 나타났다. 방 안에 가득한 금을 보자 왕은 무척 놀랐고 또 기뻤지만 더 욕심이 났다. 왕은 방앗간집 딸을 지푸라기로 가득한 또 다른 방으로 데리고 갔다. 먼젓번 방보다 훨씬 큰 방이었고 이번에도 하룻밤 사이에 지푸라기를 다 금실로 자아놓지 않으면 죽게 될 거라고 말했다. 어쩔 줄을 몰라 소녀가 또다시 울고 있는데 이번에도 난쟁이가 나타났다.

"이 지푸라기를 전부 다 금실로 자아주면 나한테 무얼 줄 건가요?"

"내 반지를 줄게요."

소녀가 대답했다.

난쟁이는 반지를 받아 들고 다시 물레를 돌리기 시작했고 아침이 되자 방 안에 있던 모든 지푸라기가 반짝이는 금실로 변해 있었다.

소녀가 자아놓은 금을 보고 왕은 말로 표현할 수 없을 정도로 기뻤지만 그것으로도 욕심이 차지 않아서 더 큰 방을 지푸라기로 채워놓고 이렇게 말했다.

"이번에도 밤새 금실을 자아라. 이번에도 성공하면 널 내 아내로 삼겠다."

비록 방앗간집 딸이긴 했지만 그보다 더 부자 아내를 어디서 얻는단 말인가?

소녀가 혼자 있을 때 세 번째로 난쟁이가 나타나서 물었다.

"이번에도 금실을 자아주면 나한테 무엇을 줄 건가요?"

"이젠 아무것도 줄 게 없어요."

소녀가 말했다.

"그럼 약속하세요. 왕비가 되면 첫 아이를 내게 주겠다고."

달리 방법도 없고 과연 왕비가 될지도 모르는 일이라 방앗간집 딸은 그러겠다고 대답했다. 난쟁이는 다시 한 번 지푸라기를 금으로 자았다.

다음 날 아침 왕이 와서 그가 바라던 대로 된 것을 보고 왕은 소녀를 아내로 맞았다. 그렇게 해서 어여쁜 방앗간집 딸은 왕비가 되었다. 1년 뒤 왕비는 예쁜 아기를 낳았지만 난쟁이가 한 말은 까맣게 잊고 있었다. 그러던 어느 날 난쟁이가 갑자기 왕비의 방에 나타나서 이렇게 말했다.

"자, 이제 약속했던 것을 주세요."

왕비는 겁에 질려서 성 안에 있는 모든 금은보화를 다 내어줄 테니 제발 아기만은 데려가지 말라고 사정했다. 그러나 난쟁이는 "살아 있는 생명이야말로 그 어떤 것보다 소중하지요"라며 왕비의 제안을 거절했다.

왕비가 울며불며 애원을 하자 난쟁이는 왕비가 불쌍하다는 생각이 들었다.

"내가 딱 사흘을 줄 테니 그사이 내 이름을 알아맞히면 아이를 데려가

451

지 않겠어요."

왕비는 밤새 자신이 들어본 이름들을 생각해보았고 사람들을 멀리 보내 이름들을 알아오게 했다. 다음 날 난쟁이가 찾아왔을 때 왕비는, 캐스파, 멜시오르, 발타자르 같은 이름으로 시작하여 자기가 아는 모든 이름을 대보았다. 그러나 난쟁이는 매번 '그건 내 이름이 아닌데요'라고 말했다. 두 번째 날, 왕비는 더 멀리까지 사람들을 보내어 이름들을 알아보았고 그중 가장 신기하고 낯선 이름들을 대어보았다.

"당신 이름은 아마 쇼트립스, 쉬프섕크, 라셸레그, 아니면……"

그러나 대답은 역시 매번 "그건 내 이름이 아닌데요"였다.

셋째 날 왕비의 신하 한 사람이 돌아와서 이렇게 말했다.

"더 이상은 새로운 이름을 찾을 수가 없습니다. 그러나 숲이 끝나는 곳에 있는 높은 언덕에 올라갔더니 여우와 토끼가 서로에게 인사를 하는 곳에 조그만 집이 있었어요. 집 앞에 불이 지펴져 있었는데 아주 우스꽝스럽게 생긴 조그만 남자가 불 주위를 깡충깡충 뛰면서 이렇게 노래를 부르더군요.

오늘은 빵을 굽고 내일은 차를 끓이고
그 다음에는 왕비의 아기를 가져야지.
내 이름은 그 누구도 알지 못하지!
그 이름은 바로 바로 룸펠스틸트스킨!"

그 이름을 듣는 순간 왕비가 얼마나 기뻤을지 짐작할 수 있으리라. 머지않아 난쟁이가 나타나 다시 물었다.

"왕비마마 제 이름이 무엇입니까?"

처음에 왕비는 이렇게 물었다.

"그 이름이 콘라드인가요?"

"아닙니다."

"그 이름이 해리인가요?"

"아닙니다."

"그럼 그 이름은 룸펠스틸트스킨이겠군요!"

"그걸 어떻게 알았지! 그걸 어떻게 알았냐고!"

조그만 남자가 소리를 질렀다.

그는 분을 못 이기고 오른발을 세게 굴러 땅 속 깊이 박은 다음 왼발도 세게 굴러 땅 속 깊이 박고 서서 양손으로 자신의 몸을 둘로 갈랐다.

생명의 물

달라진 세상에 적응하는 것은 너무도 힘들었다. 데이빗도 어떻게든 적응해보려고 안간힘을 썼다. 그는 일상의 규칙들을 철저히 지켰다. 숫자를 셀 때도 항상 조심했다. 그렇게 철저하게 규칙을 지켰건만 세상은 그를 끝내 배신했다. 현실 속의 세상은 이야기 속의 세상과 달랐다. 이야기 속의 세상에서는 선은 보상을 받았고 악은 처벌을 받았다. 큰 길을 벗어나 숲으로 들어가지만 않으면 항상 안전했다. 동화 속의 늙은 왕이 병들면 왕자들이 병을 고칠 약이나 생명의 물을 찾아 길을 떠났다. 왕자들 중에 용감하고 진실한 아들이 있으면 왕의 생명을 구할 수 있었다. 데이빗은 용감한 소년이었다. 데이빗의 어머니는 더 용감했다. 그러나 그들의 용기로는 충분치 않았다. 그들이 살고 있는 세상은 용기를 보상해주지 않았다. 그런 생각을 하면 할수록 데이빗은 점점 더 이 세상에 살고 싶지가 않았다. —『잃어버린 것들의 책』 2장

『잃어버린 것들의 책』에는 잠깐 언급이 되었을 뿐이지만 데이빗에게 이 동화가 왜 그토록 큰 의미가 있었는지를 이해하기란 어렵지 않다. 어린아이에게 부모를 잃는다는 것은 아주 큰 두려움이다. 데이빗의 경우 엄마가 세상을 떠나면서 그 두려움은 현실이 된다. 그때부터 데이빗은 그가 읽은 동화와 인간의 유한함이라는 현실 사이의 괴리를 깨닫게 된다. 이 동화는 아들이 생명의 물을 찾으러 떠나게 해달라고 했을 때 "그냥 죽게 내버려 두라"고 했던 왕의 대답 때문에 이 책에서도 언급이 된다. 그의 대답 속에는 자연의 순리에 대한 지혜가 담겨 있다. 늙으면 언젠가는 죽어야 하고 젊은 사람들이 그 뒤를 이어 살아가도록 해야 한다는 지혜이다.

　마지막으로 형제의 오만함과 배신도 이 동화가 닫고 있는 주제이다. 데이빗 역시 그런 죄책감을 느끼고 있었다. 주로 로즈와 그의 이복동생 조지를 가족으로 받아들일 수 없는 자신에 대한 죄책감이었다. 그러한 죄책감은 데이빗의 배신으로 이어질 가능성을 내포하고 있다. 꼬부라진 남자는 『잃어버린 것들의 책』 전반에 걸쳐 데이빗의 죄책감을 이용하려 한다.

생명의 물

/ 그림형제

옛날 옛적에, 몹쓸 병에 걸린 왕이 있었다. 그 누구도 왕의 병이 나아
서 다시 살 수 있을 거라고 생각하지 않았다. 왕에게는 아들이 셋 있었는
데, 하루는 세 아들이 병든 아버지 때문에 슬퍼하며 정원에서 흐느껴 울
고 있었다. 그때 한 노인이 그들에게 다가와 왜 울고 있냐고 물었다. 세
아들은 아버지가 몹시 위독하신데 치료할 약을 구할 수가 없어서 머지않
아 돌아가실 것 같다고 말했다. 그러자 노인이 말하기를, 자기가 한 가지
묘약을 알고 있는데 바로 '생명의 물'이라고 했다. 마시기만 하면 바로 건
강을 회복하지만 좀처럼 찾기가 어렵다고 했다. 그 말을 듣고 첫째 왕자
는 그 약을 구해 오기로 결심했다. 그는 왕에게로 가서 왕의 목숨을 생명
을 구할 수 있는 생명의 물을 찾아오겠노라고 말했다.

"안 된다. 너무 위험한 여행이야. 차라리 날 죽게 내버려 두어라"라고
말했다.

그러나 첫째 왕자는 끈질기게 아버지를 졸랐고 왕은 마침내 승낙하고

말았다.

'만약 내가 생명의 물을 구해 오면 아버지는 날 가장 사랑해주시겠지. 그러면 내가 왕위를 계승할 수 있을 거야'라고 속으로 생각했다.

그렇게 해서 첫째 왕자가 여행길에 올랐다. 말을 타고 한동안 달렸을 때 길가에 난쟁이가 나타나서 그에게 소리를 질렀다.

"어디를 그렇게 급히 가십니까?"

난쟁이가 물었다.

"하찮은 난쟁이 주제에, 네가 간섭할 일이 아니야!"

첫째 왕자가 거만하게 말하고는 계속 말을 달렸다. 화가 난 난쟁이는 왕자에게 저주를 걸었다. 머지않아 왕자는 어느 계곡에 이르렀는데 말을 달리면 달릴수록 산이 점점 더 좁아져서 더 이상은 한 걸음도 떼어놓을 수 없는 지경에 이르렀다. 왕자는 말을 돌릴 수도, 말에서 내릴 수도 없었다. 그렇게 해서 첫째 왕자는 마치 감옥에 갇힌 것처럼 깊은 계곡에 꼼짝없이 갇혀버리고 말았다.

병든 왕은 왕자가 돌아올 날만을 손꼽아 기다렸지만 왕자는 돌아오지 않았다. 그러자 둘째 왕자가 왕에게 간청했다.

"아버지, 제가 가서 생명의 물을 찾아오겠습니다!"

둘째 왕자는 '만약 형이 죽었다면 이 왕국은 나의 것이 되겠지!' 하고 생각했다.

왕은 이번에도 선뜻 허락하지 않았지만 결국에는 승낙해주고 말았다. 둘째 왕자도 첫째 왕자와 똑같은 길을 달렸고 그 역시 난쟁이를 만났다. 난쟁이는 이번에도 왕자에게 어딜 그렇게 급히 가냐고 물었다.

"네가 알 바 아니야!"

둘째 왕자는 눈길도 주지 않고 말을 달렸다. 난쟁이는 이번에도 그에게 저주를 걸었고 둘째 왕자도 형처럼 깊은 계곡으로 들어갔다가 오도 가도 못하는 지경에 이르렀다. 그것이 거만한 왕자들의 운명이었다.

둘째 형도 돌아오지 않자 막내가 왕에게 가서 생명의 물을 구해 오겠다며 허락해달라고 간청했다. 이번에도 왕은 마지못해 그를 보내주었다. 막내 왕자 역시 난쟁이를 만났다. 난쟁이가 어디를 그렇게 서둘러 가냐고 묻자 왕자는 말을 멈추고 그에게 상황을 설명해주었다.

"생명의 물을 찾으러 갑니다. 아버지가 위독하시거든요."

"그 물이 어디 있는지 알고는 있나요?"

난쟁이가 물었다.

"아뇨."

왕자가 대답했다.

"보아하니 아주 예의 바른 분이시군요. 두 형들과는 달리 거만하지 않은 왕자인 것 같으니 생명의 물을 어디서 구할 수 있는지 가르쳐 드리지요."

난쟁이가 말했다.

"마법에 걸린 성의 정원에 생명의 물이 있습니다. 하지만 제가 드리는 지팡이와 빵 두 조각이 없으면 들어갈 수가 없어요. 이 지팡이로 철문을 세 번 두드리면 문이 열릴 겁니다. 안에 들어가면 사자 두 마리가 입을 쩍 벌리고 있을 거예요. 한 마리에 한 조각씩 빵을 던져주면 잠잠해지죠. 그러고 나서 12시 종이 울리기 전에 얼른 생명의 물을 길어 와야 해요. 12시에는 문이 닫혀버리는데 한번 그 안에 갇히면 영원히 나올 수가 없어요."

왕자는 난쟁이에게 고맙다고 인사한 뒤 지팡이와 빵을 받아들고 길을 떠났다. 모든 것이 난쟁이가 말한 것 그대로였다. 성에 도착해서 지팡이로 문을 세 번 두드리자 문이 열렸다. 사자 두 마리에게 빵 한 조각씩을 던져준 다음 성 안으로 들어가자 넓고 으리으리한 낭이 나왔다. 그곳에는 마법에 걸린 왕자들이 앉아 있었는데 셋째 왕자는 그들의 손에서 반지들을 빼서 챙겼다. 그곳에 있던 칼 한 자루와 빵 한 조각도 챙겼다. 그 다음 방에는 아름다운 아가씨가 기다리고 있었는데 그녀는 셋째 왕자에게 자신을 구해줘서 고맙다며 키스한 뒤 1년 후 자신을 찾아오라면서, 그때 결혼식을 올리고 자신의 왕국을 다스려 달라고 했다. 그녀는 셋째 왕자에게 생명의 물이 어디 있는지 가르쳐주었고 그는 서둘러 가라면서 곧 12시 종이 울릴 거라고 말했다.

그는 그 방에서 나와 마지막 방으로 들어갔다. 그곳에는 아름답게 꾸며진 침대가 있었다. 몹시 지쳐 있던 왕자는 그곳에서 잠시 쉬고 싶었다. 침대에 눕는 순간 왕자는 잠이 들었다. 눈을 떠보니 벌써 12시 15분 전이었다. 그는 깜짝 놀라 샘물로 달려가서 가까이 있던 컵에 물을 담은 다음 서둘러 성 밖으로 향했다. 그러나 막 성에서 빠져나오려는 순간 12시 종이 울리면서 철문이 내려오는 바람에 그만 발꿈치가 조금 잘려나가고 말았다. 그러나 셋째 왕자는 생명의 물을 얻었다는 것만으로도 너무 기뻤다. 그는 바로 아버지의 성으로 출발했다. 돌아가는 길에 그는 다시 난쟁이를 만났다. 난쟁이가 셋째 왕자가 칼과 빵을 들고 있는 것을 보았다.

"그 두 가지를 얻었으니 이제 부자가 되셨군요. 그 칼로는 어떤 적이든 물리칠 수가 있고 그 빵은 아무리 먹어도 줄어들지 않습니다."

그러나 왕자는 형들을 찾지 않고는 집으로 돌아갈 수가 없었다.

"난쟁이님, 제 두 형들이 어디 있는지 알고 계시는지요?"

"계곡의 산에 갇혀 있습니다. 건방지게 굴어서 제가 저주를 걸었지요."

막내 왕자는 난쟁이가 그들을 풀어줄 때까지 애원하고 또 애원했다.

난쟁이는 결국 저주를 풀어주었지만 그에게 경고를 했다.

"그들을 조심하세요. 그 두 사람은 아주 사악하니까요."

형들이 돌아오자 막내는 뛸 듯이 기뻤다. 그는 형들에게 그간 있었던 일들을 이야기했다. 생명의 물을 한 컵을 얻었고 아름다운 공주를 마법에서 구한 이야기도 했다. 공주가 1년 후 다시 만나서 결혼한 뒤 공주의 왕국을 다스려달라고 했다는 이야기도 했다. 돌아오는 길에 세 왕자는 어느 가난한 나라를 지나가게 되었는데 그 나라의 왕은 전쟁과 가난 때문에 왕위에서 물러나려고 생각하고 있었다.

셋째 왕자가 그 왕에게 빵 한 조각을 주었고 그 빵으로 왕국의 모든 국민들이 배불리 먹었다. 셋째 왕자는 자신의 칼도 내어주었다. 그 칼로 왕의 군대는 적들을 모두 물리칠 수 있어서 마침내 왕국은 평화를 되찾았다. 셋째 왕자는 빵과 칼을 돌려받은 뒤 다시 형들과 말을 달렸다. 그 이후에도 전쟁과 기아에 허덕이는 나라 두 곳을 더 지나쳤는데 셋째 왕자는 매번 칼과 빵을 그 나라 왕에게 빌려줘서 모두 세 나라를 구해주었다. 그 뒤로 세 왕자는 커다란 배를 타고 바다를 항해했다.

항해 도중 두 형이 그 생명의 물에 관한 이야기를 나누었다. 막내가 생명의 물을 찾았으니 아버지가 막내에게 왕국을 물려줄 것이 분명했다. 왕국은 원래 그들의 것이었지만 이제 막내에게 전부 다 빼앗겨버렸다. 두 형제는 셋째 왕자를 파멸시킬 음모를 꾸몄다. 그들은 막내가 잠이 들 때까지 기다렸다가 생명의 물을 다른 컵에 옮겨서 자기들이 갖고 막내의 컵에는 소금물을 부어두었다.

성으로 돌아오자마자 막내는 컵을 들고 아버지에게 달려갔다. 짠 바닷물을 들이킨 왕은 병세가 더욱 악화되었다. 막내가 속상해하자 두 형들이 달려와 아버지를 독살하려 했다며 막내를 비난했다. 그들은 진짜 생

명의 물을 가져왔다고 하고 왕에게 건넸다. 생명의 틀을 아주 조금 맛보
았을 뿐인데도 왕은 씻은 듯이 병이 나았고 마치 젊은 시절로 돌아간 것
처럼 기운이 넘쳤다.

두 왕자는 막내에게 가서 그를 조롱하면서 "네가 분명히 생명의 물을
찾긴 했지만 네 물은 고통을 주는 물이고 우리가 가져온 물이 진짜 물이
구나. 좀 더 정신을 바짝 차리고 눈을 크게 뜨고 있었어야지! 네가 잠든
사이에 우리가 바닷물을 부어놓았지! 1년 뒤에는 우리 중 한 명이 아름
다운 공주를 만나러 갈 거야. 아버지한테 한 마디라도 했다가는 가만두
지 않겠어. 아버지는 네 말을 믿지도 않으실 뿐더러 넌 우리 손에 죽게
될 테니까. 하지만 입을 꼭 다물고 있으면 목숨만은 살려주지."

한편 왕은 막내아들에게 몹시 화가 났다. 그는 아들이 자기를 죽이려
했다고 생각했다. 왕은 근위병들을 불러서 셋째 왕자를 몰래 쏘아 죽이
라고 명령했다. 막내 왕자가 사냥을 나갈 때 왕의 사냥꾼이 함께 따라 나
섰다. 셋째 왕자와 단둘이 남게 되자 사냥꾼은 몹시 슬픈 표정을 지었다.
왕자가 그에게, "왜 그리 얼굴에 수심이 가득한가?"라고 물었다.

사냥꾼은 "말씀드려선 안 되는 일이지만 말씀드리겠습니다."

"무슨 말이든지 해보게. 다 용서할 테니."

"실은, 국왕 폐하께서 왕자님을 쏘아 죽이라고 명령을 하셨습니다."

왕자는 깜짝 놀랐다.

"제발 살려다오. 나의 옷을 모두 내주마. 대신 네 옷을 내게 다오."

"기꺼이 그렇게 하겠습니다. 도저히 왕자님을 죽일 수가 없군요."

사냥꾼이 말했다.

두 사람은 서로 옷을 바꾸어 입었다. 사냥꾼은 성으로 돌아갔고 왕자
는 숲으로 더 깊숙이 들어갔다. 얼마 후 금은보화를 가득 실은 세 대의

마차가 셋째 왕자 앞으로 도착했다. 마법의 칼로 자신들의 적을 물리쳐 주고 마법의 빵으로 백성들의 배를 채워준 대가로 세 나라의 왕들이 고마움을 표시하기 위해 보낸 것이었다.

"내 아들이 그렇게 선한 일을 했다니! 그런 아이를 내가 죽여버렸구나!"

늙은 왕이 가슴을 치며 한탄했다.

"폐하! 왕자님은 아직 살아 계십니다! 도저히 왕자님을 죽일 수가 없었습니다!"

사냥꾼이 왕에게 자초지종을 설명했다. 왕은 비로소 마음을 놓았다. 그리고 셋째 왕자가 하루속히 다시 돌아오기를 바란다고 나라 곳곳에 알렸다.

한편 공주는 자신의 궁전 앞에 황금 길을 만들어놓고 그 길로 오는 사람이 그녀에게 청혼을 할 사람이니 안으로 들여보내고 그 외의 다른 길로 오는 사람은 들여보내지 말라고 했다. 1년이 가까워오자 첫째 왕자가 공주를 찾아가서 자신이 공주를 구한 사람이라고 하고 공주를 아내로 맞고 왕국을 다스리기로 했다.

그가 말을 달리다가 성 앞의 번쩍거리는 황금 길을 보았다. 첫째 왕자는 황금을 밟고 가는 것은 옳지 못한 일이라고 생각하고 옆길로 걸었다. 그러나 성문 앞에 이르렀을 때 신하들은 그를 들여보내줄 수 없다면서 돌아가라고 했다. 두 번째 왕자도 길을 떠났다. 그의 말이 황금 길에 한발을 들여놓는 순간 그 역시 황금 길에 흠집을 내는 것은 옳지 않다고 생각하고 왼쪽 길로 걸었다. 성문 앞에 이르자 이번에도 신하들이 돌아가라고 했다.

마침내 1년이 거의 끝나갈 무렵, 막내 왕자는 숲 속 생활을 접고 모든 슬픔을 잊고 공주에게로 가기로 결심했다. 하루 빨리 공주를 만나고 싶은 생각에 셋째 왕자는 궁전의 앞길이 황금 길인 것조차 눈치 채지 못했다. 왕자는 곧장 말을 달려 성 앞에 이르렀고 성문이 열리자 공주가 그를 반갑게 맞으면서 그가 바로 자신의 은인이며 왕국의 왕이라고 말했다. 그들은 성대한 결혼식을 치렀다. 결혼식이 끝나자 공주는 왕자의 아버지가 그를 용서했으며 돌아오기를 기다린다는 소식을 전했다. 두 사람은 함께 돌아가서 형들에게 배신당한 이야기를 털어놓았다. 형들과의 비밀을 지킬 수밖에 없었다는 이야기도 했다. 늙은 왕은 두 왕자를 처벌하려 했지만 그들은 이미 배를 타고 바다로 달아난 뒤였다.

빨간 모자

옛날 옛적에, 숲 부근의 어느 마을에 한 소녀가 살았다. 소녀는 활기
차고 명랑했고 빨간 망토를 입었다. 그래야만 혹시 길을 잃더라도 쉽게
사람들 눈에 띌 수 있었다. 소녀의 빨간 망토는 나무와 수풀 사이에서
사람들 눈에 쉽게 뜨였다. ─ 『잃어버린 것들의 책』 9장

숲사람은 데이빗에게 루프의 탄생에 대한 이야기를 들려주었다. '루프
(프랑스어로 '루')'는 프랑스어로 '늑대'라는 뜻으로 늑대인간은 '루 가로'
라고 불렸다. 숲사람의 이야기 속에는 동화 한 편과 전설 한 편이 섞여
있다. 『잃어버린 것들의 책』에서 루프들의 존재감이 큰 이유는 조나단 툴
베이가 늑대들을 두려워했고 그 두려움이 데이빗에게 고스란히 전달되
었기 때문이기도 하지만 한편으로는 데이빗의 상상의 세계에서 서식하
는 모든 야생동물들 중에서 늑대야말로 인간의 두려움을 가장 잘 간파하
고 있는 섬뜩한 짐승이기 때문이기도 하다. 인간이 늑대에게 느끼는 두

려움은 쉽게 말해서 '잡아먹힐'지도 모른다는 두려움이다. 인간은 다른 동물들에게 감정을 이입하는 경향이 있다. 곰 같은 경우만 해도 그렇다. (물론 베르너 헤르조크의 영화 〈그리즐리 맨Grizzly Man〉에서는 그런 생각이 완전히 잘못된 것이라고 지적하고 있다) 그러나 늑대는 결코 그런 식으로 인식되지 않는다. 늑대는 무리를 지어 사냥을 할 뿐 아니라 지능적이기 때문에 위험한 동물로 여겨진다. 따라서 늑대인간의 전설, 즉 인간이지만 늑대의 본성을 지닌 인간은 곰이 되려는 인간, 혹은 멧돼지가 되려는 인간보다 훨씬 더 위험하게 느껴진다. 늑대인간에 대한 두려움은 늑대라는 짐승 자체에 대한 두려움일 뿐 아니라 우리 인간의 내면에 존재하는 야만성에 대한 두려움이기도 하다. 늑대인간의 우두머리인 '르로이'는 반은 짐승이고 반은 인간이며 전혀 새로운 방식으로 말하고 사고하는 동물이다.

이 동화에 내재되어 있는 성적 요소들은 다양한 이야기에서 다양한 방식으로 다뤄졌지만 『잃어버린 것들의 책』에서는 비교적 노골적으로 부각되었다. 『빨간 모자』의 여주인공은 성적인 가해자가 되어 자신과의 접촉을 피하려는 늑대들을 유혹한다. 다른 대목에서도 나타나고 있지만 이 대목 역시 데이빗 자신의 성적인 자각을 암시하고 있으며 한편으로는 아빠와 로즈의 관계에서 성적인 측면에 대한 그의 인식을 보여주고 있기도 하다. 앞부분에서 데이빗은 전희를 암시하는 '낮고 음흉한' 로즈의 웃음소리를 듣게 되는데 꼬부라진 남자는 뒷부분에서 데이빗의 분노를 유발하기 위해 그 장면을 이용한다.

ㆍ짐승에게 잡아먹히는 신화나 동화의 기원은 고대로 거슬러 올라간다. 신화 속의 인물인 크로노스는 자신의 아이들을 삼켰지만 그의 아내인 레아가 아이 대신 돌덩이를 강보에 싸서 삼키게 함으로써 아이들을 기적적으로 살려냈다. 11세기 라틴어 작품 『페쿤다 라티스Fecunda ratis』에서는 늑대의 무리 속에 발견된 빨간 모자 소녀가 등장한다. 이 이야기가 처음으로 동화에 접목된 것은 1697년에 출판된 페로Perrault의 동화집에서이다. 그러나 그 동화는 그리 널리 읽히지는 않았다. 빨간 모자가 늑대에게 잡아먹힌 뒤 우리에게 익히 알려진 것처럼 다시 살아나지 않았기 때문이었다. 그림형제가 그 소재에 약간의 변화를 가했다. 초기 『빨간 모자』에서 빨간 모자는 늑대들을 물리치는 영리한 소녀로 묘사되었다. 심지어는 늑대들의 혼을 빼기 위해 발가벗고 춤을 추다가 늑대들이 방심한 틈을 타서 쏜살같이 내빼는 이야기도 있다. 그림형제는 그 이야기를 소재로 좀 더 섬세한 이야기를 만들어냈다. 그림형제의 빨간 모자는 절대 한눈을 팔아서는 안 된다는 엄마의 주의에도 불구하고 꽃과 나비를 따라 큰길에서 벗어남으로써 늑대들에게 자신과 할머니를 공격할 빌미를 제공한다. 다소 논란의 여지는 있겠지만 그림형제는 이 동화에서 에로티시즘을 모두 배제했다. 그러나 『빨간 모자』의 에로티시즘을 복원하는 데는 그다지 많은 상상력이 필요치 않다. (내친 김에 말하자면, 미시시피 대학의 '빨간 모자 프로젝트' 웹페이지에 들어가 보면 빨간 모자를 소재로 한 열여섯 가지 동화가 게재되어 있어서 다양한 이미지들과 함께 빨간 모자에 대한 다양한 분석들을 접할 수 있다.)

브루노 베텔하임Bruno Bettelheim은 『옛이야기의 매력The Uses of

Enchantment』에서 페로의 동화를 비하하면서 도덕적 교훈을 남기려는 욕구가 너무 강해서 늑대를 굶주린 짐승이 아닌 하나의 은유로 둔갑시켜 놓았다고 비판했다. 페로의 빨간 모자에서는 아무도 소녀에게 큰 길에서 벗어나지 말라고 경고하지 않는다. 페로가 전하고자 하는 도덕적 교훈은 한 마디로, '낯선 사람과 얘기할 땐 조심하라'로 요약될 수 있다. 혹시 그 교훈이 제대로 전달되지 않을 경우에 대비하여 페로는 동화의 끝부분에 독자들을 위하여 작은 시까지 곁들였다.

> 이 동화를 통해 아이들이 배워야 할 것은,
> 예쁘고 행실 바른 착한 소녀들이라면
> 절대로 낯선 사람과 얘기해선 안 된다는 것!
> 그러다가 늑대들한테 잡아먹혀도
> 절대 놀랄 일이 아니라는 것!
> 물론 모든 늑대가
> 다 그렇다는 것은 아니지!
> 어떤 늑대들은 아주 귀엽고
> 거칠지도 잔인하지도 화가 나 있지도 않고
> 아주 얌전하고 유쾌하고 다정해서
> 젊은 아가씨들을 따라
> 집으로, 방으로 들어가기도 하지만
> 그래도 조심해야 한다네.
> 늑대들을 길들인다는 것은
> 세상에서 가장 어려운 일이니까.

이제 한결 더 분명해졌을 것이다. 물론 그림형제의 동화에서도 경고는 있었다. 그 경고는 엄마가 딸에게 하는 말 속에 비교적 은밀한 방식으로 표현되었다.

『빨간 모자』에 성적 요소가 가미되면서 다양한 변형들이 등장하게 되었다. 결국 빨간 모자 소녀가 부딪치게 되는 가장 큰 시련은 바로 그 자신의 성적 정체성이 되었고 그 결과로 늑대의 출현에 다소 묘한 반응을 보이는 빨간 모자 소녀가 등장하기에 이르렀다. 그림형제는 『빨간 모자』 초판을 각색하여 『빨간 모자』 개정판을 쓰게 되었는데 개정판에서는 소녀가 할머니네 집으로 가는 길에 늑대를 만나지만 이번에는 할머니에게로 일단 줄행랑을 쳐서 두 사람이 함께 힘을 합쳐 늑대를 물리치고 결국엔 말구유 통에 빠뜨려 늑대를 익사시키는 것으로 되어 있다.

현대판 『빨간 모자』 중에서 가장 훌륭한 작품은 안젤라 카터Angela Carter의 동화집에 수록된 「피의 방Bloody Chamber」으로 이 소설은 닐 조단의 영화 〈늑대의 혈족The Company of Wolves〉에도 영감을 주었다. 1996년 리즈 위더스푼 주연으로 리즈가 빨간 재킷을 입고 연쇄살인범에게 쫓기는 이야기를 다룬 〈프리웨이Freeway〉라는 영화도 『빨간 모자』의 변형이라고 말할 수 있다.

빨간 모자

/ 그림형제

옛날 옛적에, 아주 귀여운 소녀가 살고 있었다. 누구든 그 아이를 본 사람은 사랑하지 않을 수 없었다. 그러나 소녀를 가장 사랑하는 사람은 할머니였다. 할머니는 손녀딸에게 무엇이든 다 주고 싶었다. 하루는 할머니가 빨간 벨벳 모자를 만들어서 선물로 주었는데, 소녀에게 너무도 잘 어울렸고 소녀는 항상 그 모자를 쓰고 다녔다. 그때부터 사람들이 소녀를 '빨간 모자'라고 부르기 시작했다.

하루는 엄마가 빨간 모자를 불렀다.

"빨간 모자야, 케이크 한 조각하고 와인 한 병을 할머니께 가져다 드리렴. 할머니가 몹시 편찮으시단다. 이걸 드시면 기운이 좀 나실 거야. 날씨가 더워지기 전에 일찌감치 출발하렴. 숲을 지나갈 땐 큰 길에서 벗어나선 안 된다. 샛길로 빠졌다가 혹시 발을 헛디뎌서 넘어지기라도 하면 할머니가 아무것도 못 드실 테니까. 할머니 집에 가면 공손히 인사하는 것 잊지 말고 이것저것 캐물으면 안 된다!"

"네. 그렇게 할게요."

빨간 모자가 대답했다.

할머니의 집은 마을에서 멀찌감치 떨어진 숲 속에 있었다. 숲으로 접어들자마자 빨간 모자는 늑대를 만났다. 그러나 늑대가 얼마나 교활한 짐승인지 모르는 빨간 모자는 늑대가 두렵지 않았다.

"안녕, 빨간 모자!"

늑대가 말했다.

"안녕하세요! 늑대 아저씨!"

"이렇게 이른 아침부터 어딜 가는 거니?"

"할머니 댁에요."

"앞치마 속에는 뭐가 들었지?"

"케이크하고 와인이에요. 할머니가 편찮으셔서 어제 빵을 만들었어요. 빨리 기운 차리시라고요."

"할머니는 어디 사시니?"

"여기서 한 시간만 더 가면 돼요. 커다란 참나무 세 그루가 있는 곳이에요. 개암나무 숲 옆에 있어요."

빨간 모자가 말했다.

늑대는 생각했다.

'저 아일 잡아먹으면 아주 맛이 있겠지. 늙은 할망구보다는 훨씬 맛이 좋을 거야. 꾀를 잘 써서 둘 다 잡아먹어야지!'

늑대는 빨간 모자에게 다가가서 말했다.

"빨간 모자야, 숲에 피어난 꽃들이 얼마나 아름다운지 좀 둘러보지 그러니? 새들의 아름다운 노래 소리도 들어본 적이 없겠지? 학교 가는 것처럼 그렇게 허겁지겁 가야 할 필요는 없지 않니? 이렇게 아름다운 숲길을 걸으면서 말이야."

빨간 모자는 주위를 둘러보았다. 나무 사이로 춤추는 햇살과 아름다운 꽃들이 만발한 숲이 보였다. 빨간 모자는 잠시 망설였다.

'꽃을 한 다발 꺾어다 드리면 할머니가 아주 기뻐하시겠지? 아직 이른 시간이었고 늦지 않게 도착할 수 있을 거야.'

빨간 모자는 큰 길에서 벗어나 숲으로 들어가서 꽃을 꺾기 시작했다. 꽃 한 송이를 꺾을 때마다 더 예쁜 꽃이 눈에 뜨였고 그렇게 꽃을 따다보니 점점 더 깊은 숲 속으로 들어가게 되었다.

한편 늑대는 곧장 할머니의 집으로 가서 문을 두드렸다.

"누구세요?"

"빨간 모자예요! 케이크와 와인을 가지고 왔어요! 문 좀 열어주세요!"

"빗장을 올리고 들어오너라! 너무 아파서 일어날 수가 없구나!"

빗장을 들자 문이 열렸다. 늑대는 곧장 할머니의 침대로 달려가서 할머니를 잡아먹었다. 그러고 나서 할머니의 옷을 입고 모자를 쓰고 할머니의 침대에 누운 다음 커튼을 쳤다.

한편 빨간 모자는 꽃을 따러 여기저기 돌아다니다가 더 이상 들 수 없을 정도로 꽃을 딴 뒤에야 할머니의 집에 가야 한다는 사실을 떠올렸다. 마침내 할머니의 집에 도착한 빨간 모자는 문이 열려 있는 것을 보고 이상하게 생각하고 안으로 들어갔다. 빨간 모자는 '참 이상하네. 오늘 따라 왜 이렇게 으스스하지? 할머니네 집에 오면 항상 포근했는데' 하고 생각하면서 '안녕하세요, 할머니!'라고 소리쳤다.

그러나 대답이 없었다.

빨간 모자는 할머니의 침대로 가서 커튼을 젖혔다.

이상하게도 할머니는 모자를 얼굴까지 내리고 누워 있었다.

"할머니! 할머니 귀는 왜 그렇게 큰가요?"

"네 목소리를 더 잘 듣기 위해서지!"

"할머니, 할머니 손은 왜 그렇게 큰가요?"

"널 잘 붙잡기 위해서지!"

"할머니, 할머니 입은 왜 그렇게 큰가요?"

"널 잘 잡아먹기 위해서지!"

늑대는 벌떡 일어나 빨간 모자에게 달려들어 소녀를 잡아먹고 말았다. 배가 불러오자 늑대는 침대에 누워 코를 드르렁드르렁 골며 잠을 잤다.

때마침 지나가던 사냥꾼이 그 소리를 듣고 생각했다.

"할머니가 코 고는 소리가 좀 이상하네. 아무래도 들어가서 확인해봐야겠어."

할머니의 집에 들어간 사냥꾼은 침대에 누워있는 늑대를 보았다.

"드디어 찾았구나! 이 교활한 늑대 같으니라고! 얼마나 오랫동안 널 찾아 헤맸는데 여기서 이렇게 만나다니!"

그가 늑대에게 총을 겨누었다. 그러나 문득 늑대가 할머니를 잡아먹었을지도 모른다는 생각이 들었고 어쩌면 다시 살려낼 수 있을지도 모른다는 생각이 들었다. 사냥꾼은 총을 쏘는 대신 가위를 꺼내 잠자는 늑대의 배를 갈랐다. 싹둑싹둑 몇 번을 자르자 빨간 모자가 나왔고 싹둑싹둑 몇 번을 더 자르자 빨간 모자 소녀가 펄쩍 뛰어나와서 "얼마나 무서웠는지 몰라요! 늑대 배 속은 정말 컴컴하네요!"라고 소리쳤다.

곧 할머니도 늑대의 배 속에서 나왔다. 아직 살아 있었지만 숨을 헐떡거렸다. 빨간 모자는 얼른 커다란 돌멩이들을 가져와서 늑대의 배 안에 채워 넣었다. 잠에서 깨어난 늑대는 달아나려 했지만 몸이 너무 무거워서 바닥에 쓰러졌고 그대로 죽고 말았다. 늑대를 물리친 세 사람은 무척 기뻤다. 사냥꾼은 늑대의 가죽을 벗겨 집으로 가져갔다. 할머니는 빨간 모자가 가져온 케이크와 와인을 마시고 곧 기운을 차렸다. 한편 빨간 모자는 엄마 말씀대로 앞으로는 절대로 큰 길에서 벗어나 숲 속을 돌아다니지 않겠다고 결심했다.

헨젤과 그레텔

옛날 옛날에, 두 아이가 있었다. 남자아이 하나와 여자아이 하나였다.

— 『잃어버린 것들의 책』 11장

『헨젤과 그레텔』은 내가 가장 좋아하는 동화이고 따라서 당연히 『잃어버린 것들의 책』에도 등장한다. 이 책에 등장하는 모든 이야기들은, 롤랜드의 이야기이건 숲사람의 이야기이건, 노골적인 이야기이건 은밀한 이야기이건, 데이빗 자신이나 그가 처한 상황과 어떤 식으로든 연관이 있어서 등장하는 것들이다.

『헨젤과 그레텔』의 경우 그 연관성은 바로 '유아 유기'이다. 보다 구체적으로 말하자면 부모로부터 버림받을지도 모른다는 어린아이의 두려움이다.

지금도 내 기억 속에 아주 선명하게 남아 있는 일화가 있다. 아마 기껏해야 일곱 살쯤 되었을 것이다. 사실 요즘 같은 시대에는 일곱 살짜리 아이가 집에서 학교까지 혼자 걸어오도록 내버려두는 것은 아주 드문 일이지만 어쨌든 그날 학교를 파하고 집으로 돌아와보니 집이 온데간데없이 사라져버렸다. 아침까지만 해도 그 자리에 있었던 집이 말 그대로 사라져버린 것이다. 어떻게 된 거냐 하면, (내가 너무 한심한 아이처럼 보여도 용서하기를!) 부모님이 집 외벽을 새로 칠하는 바람에 벽과 지붕과 홈통의 색이 완전히 달라져버린 것이다. 게다가 페인트공이 페인트를 묻히지 않기 위해서 번지가 적힌 명패를 떼어버렸다. 그때만 해도 나는 우리 집을 색으로 기억하고 있었다. 우리 집은 빨간색이었다 그 거리에 들어선 집들은 모두 구조가 똑같았기 때문에, 우리 집을 다른 집과 구분하는 방법은 오직 색깔뿐이었다. 그런데 빨간 집이 사라지고 그 자리에 다른 색 집이 들어선 것이었다. 나는 한동안 충격에 휩싸였다. 이웃 아줌마인 커런 부인만이, 비록 버려지긴 했지만 내가 완전히 혼자는 아니라는 사실을 일깨워주었다. 아줌마가 나에게 어떻게 된 것인지 설명을 해주었지만 지금도 나는 비록 짧은 순간이나마 내 가장 끔찍한 악몽이 현실로 나타났던 그 순간을 생생하게 기억하고 있다.

이 이야기의 주제는 바로 버려지는 것에 대한 두려움이다. 『잃어버린 것들의 책』에서 데이빗은 이미 한쪽 부모로부터 버림을 받았다. 어머니가 세상을 떠나자 데이빗은 아빠와 아빠의 새로운 배우자가 새 아기를 위해 그를 버릴지도 모른다는 두려움을 느낀다. (데이빗의 경우에는 자식을 유기하는 사람이 어머니가 아닌 아빠로 바뀌어 있다.) 그러나 이 동화는 데이빗에게 또 다른 메시지를 전하고 있다. 그것은 바로 독립의 중요성이다. 아이들도 때가 되면 결국 혼자만의 길을 가야 한다는 진리이다. 어린아이의 독립은 부모를 잃어버림으로써 어쩔 수 없이 강요당하는 것일 수도 있고 아이가 어른이 되어가면서 서서히 길러지는 것일 수도 있다.

어느 쪽이건 결국은 마찬가지이다. 바로 그것이 『잃어버린 것들의 책』이 『헨젤과 그레텔』이라는 고전동화에서 한걸음 더 나아가서 말하고 싶은 주제이다. 『헨젤과 그레텔』에서 오누이는 둘이 힘을 합쳐서 시련을 이겨낸다. 그들은 마녀를 물리치고 목숨을 건진다. 그러나 『잃어버린 것들의 책』의 헨젤은 그레텔보다 약하다. 그레텔은 살기 위해서는 용기를 잃어서는 안 된다는 사실을 인식하지만 남동생은 그렇지 않다. 그레텔은 성장을 하고 대부분의 어린아이들이 상상조차 못하는 경지에 도달한다. 즉 시련을 막아주는 부모 없이도 혼자 힘으로 살아갈 수 있게 된 것이다. 반면 헨젤은 성장에 실패한다. 마녀가 사라진 뒤에도 헨젤은 의지할 누군가를 찾아 나서고 결국엔 스스로의 무덤을 판다.

[기 원]

『헨젤과 그레텔』은 독일 동화이지만 여러 나라에 그와 비슷한 전래동화가 있다. 이 이야기의 기원은 '아이들과 도깨비' 이야기로 거슬러 올라간다. 어린아이들이 도깨비의 동굴에 들어갔다가 도깨비를 물리치고 금은보화를 들고 빠져나온다는 이야기이다. 그 이야기는 1812년 그림형제가 처음 발표했고 그 소재는 훗날 빌헬름 그림의 부인이 된 이웃집 여자 도첸 와일드Dortchen Wild에게서 얻은 것이었다. 그림형제는 자신들이 펴낸 동화집을 계속 개정했는데 초판에서 1857년도의 마지막 판이 나오기까지 거의 50여 년에 걸쳐 개정이 이루어졌다고 볼 수 있다. 그 시기를 거치면서 아이들에게 이름이 생겼고 엄마는 계모로 바뀌었으며 그들을 버릴 수밖에 없었던 이유가 추가되었다.

그림형제가 이 동화를 유난히 좋아했던 이유는 어쩌면 자신들의 삶이 반영되었기 때문인지도 모른다. 어려서 여읜 아빠(유기), 엄마에 대한 사랑, 형제간의 우애 같은 것들이 이 이야기의 소재라고 말할 수 있다. 『헨젤과 그레텔』은 자매간의 불화를 소재로 한 『신데렐라』와는 달리 형제간의 우애에 관한 동화라고 말할 수 있다. 당시의 상황도 하나의 요인으로 작용했다. 19세기 독일에는 기아가 심각했기 때문에 아이들을 버리는 일이 종종 있었다. 아이를 낳던 도중, 혹은 낳은 뒤에 여자들이 죽는 일도 흔했기 때문에 계모를 맞아들이는 것도 드문 일이 아니었다. 숲이라는 배경이 지니고 있는 위험도 상당히 사실에 바탕을 든 것이었다. 숲에서 길을 잃은 아이들은 살아서 나올 확률이 극히 적었다.

현대판 『헨젤과 그레텔』로는 로버트 쿠버Robert Coover의 『점보악곡과 수창Pricksongs and Descants』, 개리슨 케일로Garrison Keillor의 『행복은 여기에happy to be here』, 엠마 도나휴의 『마녀에게 키스하기』, 앤 섹스턴이 1971년에 발표한 시집 『변화』 등이 있다.

헨젤과 그레텔

/ 그림형제

숲 부근의 어느 마을에 가난한 나무꾼이 아내와 두 아이와 함께 살고 있었다. 남자아이의 이름은 헨젤이었고 여자아이의 이름은 그레텔이었다. 나무꾼은 무척 가난했다. 마을에 흉년이 들자 매일 먹을 빵조차 구하기가 어려웠다. 잠자리에서 뒤척이며 고민을 하던 나무꾼은 아내에게 이렇게 말했다.

"여보, 이제 우린 어떻게 하면 좋겠소? 불쌍한 우리 아이들을 어떻게 먹여 살려야 하지? 당장 우리 먹을 것도 없는데 말이오."

"내 말 잘 들어요, 여보. 내일 아침 일찍 아이들을 숲 속 깊은 곳으로 데려가서 불을 지펴주고 빵 한 쪽씩을 쥐어준 다음 그냥 두고 옵시다. 아이들은 절대로 집을 찾아오지 못할 거예요. 그럼 우리끼리만 살 수 있어요."

아내가 말했다.

"그럴 순 없소. 어떻게 숲 속에 아이들을 버린단 말이오? 산짐승들이 달려들어 아이들을 물어죽이고 말 텐데."

아내는 남편이 동의할 때까지 뜻을 굽히지 않았다.

"한심하기는! 안 그러면 우리 넷이 모두 굶어 죽을 판인데 어서 관이나 짜두시구려!"

"하지만 아이들이 너무 불쌍하지 않소?"

남편이 말했다.

아이들은 배가 고파 잠이 들지 못하고 뒤척이다가 계모가 아빠에게 하는 말을 엿듣고 말았다.

"이제 우린 죽었어!"

그레텔은 울음을 터뜨리면서 헨젤에게 말했다.

"울지 마, 그레텔. 내가 어떻게든 방법을 찾아볼 테니 걱정하지 마."

부부가 잠이 들자 헨젤은 자리에서 일어나 외투를 입고 조용히 문을 열고 밖으로 나갔다. 환한 달빛에 집 앞마당에 깔린 흰 자갈들이 반짝였다. 헨젤은 흰 조약돌을 주워 외투 주머니를 가득 채웠다.

"그레텔, 걱정하지 말고 편안히 자. 하느님이 우릴 지켜주실 거야."

그는 집으로 돌아와서 동생에게 말했다.

그리고 헨젤도 침대에 누웠다. 새벽이 되자 해가 뜨기도 전에 계모가 그들을 깨웠다.

"어서 일어나! 이 게으름뱅이들아! 땔감을 구하러 숲어 가야 하니까."

계모는 아이들에게 빵을 한 쪽씩 주면서 "아껴두었다가 저녁때 먹어. 이것 말고는 먹을 게 없으니까"라고 말했다.

헨젤의 주머니 속에 조약돌이 들어 있었기 때문에 그레텔이 앞치마 속에 빵을 넣었다. 그들은 모두 숲으로 향했다. 헨젤이 걷다가 자꾸만 멈추어 서서 집 쪽을 돌아보았다. 그는 몇 번을 그렇게 했다.

"왜 그렇게 자꾸만 뒤를 돌아보니? 딴청 피우지 말고 부지런히 걸어라."

헨젤의 아버지가 말했다.

"지붕 위에 앉아 있는 흰 고양이를 보느라고요. 저에게 작별인사를 하는 것 같아서요."

"멍청한 것 같으니라고! 그건 고양이가 아니라 굴뚝 위에 해가 뜬 거야!"

계모가 말했다.

사실 헨젤은 고양이를 보는 게 아니라 주머니에서 하나씩 꺼내 땅에 떨어뜨려놓은 조약돌을 바라본 것이었다.

"얘들아 나뭇가지를 쌓아라. 너희들이 추울 테니 불을 좀 지펴야겠다."

깊은 숲 속에 이르자 아버지가 말했다.

헨젤과 그레텔은 나뭇가지를 주워서 작은 언덕만큼 높이 쌓았다. 나무에 불을 붙이자 불길이 높게 타올랐다.

"얘들아, 불가에 누워서 좀 쉬렴. 우린 저기서 나무를 좀 베고 있을 테니. 일을 마치면 데리러 오마."

계모가 말했다.

헨젤과 그레텔은 불가에 앉아 있었다. 한참이 지나도 아무도 오지 않자 빵을 조금 베어 먹었다. 가까이에서 도끼질을 하는 소리가 들렸고 아이들은 그것이 아버지가 도끼질을 하는 소리라고 생각했다. 그러나 사실 그것은 도끼질 소리가 아니라 아버지가 나무에 묶어놓은 나뭇가지 하나가 바람에 이리저리 흔들리며 나무에 부딪치는 소리였다. 한참동안 불가에 앉아 있으려니 피로가 몰려와서 눈이 감겼다. 아이들은 이내 잠이 들었다. 마침내 눈을 떴을 때는 이미 어둠이 내려 있었다. 그레텔이 울기 시작했다.

"이제 숲에서 어떻게 나가지?"

"잠깐만 기다려. 달이 뜨면 길을 찾을 수 있을 거야."

헨젤이 그레텔을 달랬다.

잠시 후 보름달이 떴고 헨젤은 어린 동생의 손을 잡고 달빛에 새 동전처럼 반짝이며 길을 안내해주는 조약돌을 따라 걸었다.

밤새 걸었더니 날이 밝을 무렵 집에 도착할 수 있었다. 문을 두드렸더니 계모가 나왔다. 계모는 아이들에게, "한심한 것들 같으니라고! 누가 숲에서 그렇게 오랫동안 자라고 했니? 길을 잃은 줄 알고 걱정했잖아!" 라고 소리쳤다.

그러나 아이들을 두고 온 것이 몹시 마음에 걸렸던 아버지는 아이들을 무척 반겼다.

그런데 얼마 후 마을에 또다시 흉년이 들었다. 아이들은 계모가 아버지에게 하는 말을 들었다.

"먹을 것이 똑 떨어졌어요. 남은 것이라고는 빵 반 조각밖에 없는데 그 것마저 먹고 나면 이제 아무것도 없다고요. 아이들을 내다 버립시다. 이번에는 더 깊은 숲 속으로 데리고 가서 두고 옵시다. 그러면 집을 찾아오지 못할 거예요. 그것 말고는 다른 방법이 없어요."

아버지는 마음이 무거웠다.

"마지막 한쪽까지 아이들하고 나누어 먹어야 하지 않겠소?"

그러나 계모는 그의 말을 들은 척도 하지 않고 남편을 비난하며 책망했다. 결국 아이들의 아버지는 처음에 그랬던 것처럼 이번에도 아내에게 지고 말았다.

이번에도 아이들은 잠을 자지 않고 그들의 대화를 엿들었다. 부모가 깊이 잠들었을 때 헨젤은 다시 일어나서 전에 했던 것처럼 흰 조약돌을 주우려 했지만 계모가 문을 잠가두었기 때문에 나갈 수가 없었다. 그래도 헨젤은 동생을 위로했다.

"울지 마, 그레텔. 걱정 말고 자. 하느님이 우릴 지켜주실 테니까."

다음 날 아침 일찍 계모가 아이들을 깨웠다. 이번에도 아이들에게 빵을 주었지만 전보다 훨씬 작았다. 숲으로 가는 길에 헨젤은 빵을 주머니에서 으깼다. 그리고 수시로 멈추어 서서 땅에 빵 부스러기를 떨어뜨렸다.

"왜 그렇게 꾸물거리니? 어서 부지런히 걸어라."

아버지가 헨젤에게 말했다.

"지붕 위에 앉아 있는 비둘기를 보고 있었어요. 비둘기가 저에게 작별 인사를 하는 것 같아서요."

헨젤이 대답했다.

"멍청하기는! 그건 비둘기가 아니야. 굴뚝 위에 떠오른 태양이라고!"

계모가 말했다.

헨젤은 조금씩 빵 부스러기를 떨어뜨렸다.

계모는 아이들을 점점 더 깊은 숲 속, 한 번도 가본 적 없는 곳으로 데리고 갔다. 그곳에서 다시 높이 장작을 쌓아 모닥불을 피운 다음 계모가 말했다.

"얘들아. 여기 가만히 있어. 피곤하면 자도 좋아. 우린 나무를 베다가 저녁때 너희들을 데리러 오마."

정오가 되었고 그레텔은 자기 빵을 헨젤과 나누어 먹었다. 헨젤의 빵은 오는 길에 다 뿌렸기 때문이었다. 둘은 잠이 들었고 저녁이 되어도 아무도 데리러 오지 않았다. 어두운 밤이 되자 그레텔이 울었고 이번에도 헨젤이 동생을 달랬다.

"조금만 기다려, 그레텔. 달이 뜨면 빵 부스러기를 따라서 집으로 돌아갈 수 있을 거야."

그러나 달이 떠도 빵 부스러기는 찾을 수가 없었다. 숲 속을 날아다니는 수천 마리의 새들이 모두 먹어버렸기 때문이었다.

헨젤은 그레텔에게 곧 길을 찾을 수 있을 거라고 말했지만 도저히 길을 찾을 수가 없었다. 그들은 밤새 걸었고 그 다음 날도 아침부터 밤까지 걸었지만 숲에서 벗어날 수 없었다. 아이들은 몹시 배가 고팠다. 산딸기 두세 개 말고는 먹은 것이 없었다. 너무 지쳐서 더 이상 걸을 수가 없게 되자 아이들은 나무 밑에서 잠이 들었다.

어느덧 집 떠난 지 사흘째였다. 그들은 쉬지 않고 걸었지만 점점 더 숲 속 깊이 들어갈 뿐이었다. 빨리 숲에서 벗어나지 않으면 지치고 굶주려서 죽게 될 것이 분명했다. 오후가 되자 희고 아름다운 새 한 마리가 나뭇가지 위에 앉아 노래를 불렀다. 노랫소리가 얼마나 아름다운지 둘은 잠시 서서 새의 노랫소리에 귀를 기울였다. 노래가 끝나자 새는 날개를 쭉 펴고 날기 시작했고 아이들은 새를 따라 걸었다. 새는 어느 집 지붕에 앉았고 아이들이 다가가 보니 집이 온통 케이크와 빵으로 이루어져 있었다. 유리창은 투명한 설탕이었다.

"조금 먹어도 되겠지? 그레텔, 난 지붕을 조금 떼어 먹을 테니 너는 창틀을 떼어 먹어."

헨젤이 손을 뻗어 지붕을 조금 떼어 먹었고 그레텔은 창틀을 조금씩 갉아먹었다. 그때 안쪽에서 다정한 목소리가 들려왔다.

"야금야금 내 집을 갉아먹는 게 도대체 누굴까?"

목소리가 물었다.

"바람, 바람! 하늘에서 불어온 바람이지요!"

아이들이 대답했다.

아이들은 멈추지 않고 계속 먹었다. 헨젤은 지붕이 너무 맛있어서 커다랗게 한 조각을 떼어냈고 그레텔도 창틀을 통째로 떼어서 들고 주저앉아 먹었다. 그때 갑자기 문이 열리더니 아주 늙은 노파가 목발을 짚고 절뚝거리며 걸어 나왔다. 너무도 놀란 헨젤과 그레텔은 들고 있던 것을 손에서 떨어뜨렸다.

"너희들이었구나! 누가 너희를 여기로 데려왔지? 어서들 들어오렴. 우리 집은 안전하단다."

노파는 아이들의 손을 잡고 안으로 들어갔다. 식탁에는 온갖 음식들이 차려져 있었다. 우유와 팬케이크, 설탕, 사과, 그리고 땅콩도 있었다. 식사를 마치고 난 뒤 흰색 리넨 침대보를 씌운 두 개의 조그맣고 예쁜 침대가 준비되어 있었다. 헨젤과 그레텔은 침대에 누웠다. 마치 천국에 온 것 같은 기분이었다.

그러나 착한 할머니인 척 연기를 하는 노파는 사실은 아주 못된 마녀였다. 노파는 빵으로 집을 지어놓고 아이들을 유인해서 아이들이 걸려들면 죽여서 끓여 먹었다. 아이들을 잡아먹는 날이 못된 마녀의 파티 날이었다. 마녀들은 눈동자가 붉어서 멀리까지 볼 수는 없었지만 짐승처럼 후각이 발달되어 있었다. 인간이 가까이 다가오면 곧바로 알아차렸다. 헨젤과 그레텔이 부근에 왔을 때 마녀는 사악하게 웃으면서 '저 녀석들은 내 거야. 절대 놓치지 않겠어!'하고 생각했다.

아침 일찍 아이들이 일어나기도 전에 마녀가 먼저 일어나 아이들을 바라보았다. 곤히 잠들어 있는 아이들은 너무도 귀여웠다. 통통하고 발그레한 뺨을 바라보면서 마녀는 "정말 먹음직스럽군!"하고 중얼거렸다.

마녀는 헨젤의 팔을 붙잡아 끌고 창살문이 있는 우리에 가두었다. 비명을 질러봤자 소용없었다. 그러고 나서 그레텔을 깨운 뒤, "어서 일어나지 못해! 이 게으름뱅이 같으니라고! 가서 물을 길어 와! 우리에 갇혀 있는 네 오빠를 잘 먹여서 통통하게 만들어야 하니까. 통통해지면 그때 잡아먹어야지."

그레텔은 훌쩍이며 울기 시작했지만 소용없는 일이었다. 그레텔은 마녀가 시키는 대로 했다.

이제 불쌍한 헨젤을 위해 음식을 잔뜩 준비했지만 그레텔에게는 게껍데기 말고는 아무것도 없었다.

마녀는 매일 아침 마구간으로 가서 소리를 질렀다.

"팔을 한번 내밀어 봐라! 얼마나 살이 올랐는지 보게!"

헨젤은 팔 대신 나뭇가지를 내밀었다. 눈이 흐릿한 노파는 그것이 헨젤의 팔이라고 믿고 조금도 살이 오르지 않았다며 실망했다. 4주가 지나도 헨젤은 여전히 살이 오르지 않았다. 마녀는 도저히 더 이상은 참을 수가 없었다.

"그레텔, 어서 가서 물 길어와! 말랐건 통통하건 내일은 네 오빠를 잡아먹어야겠다!"

물을 길어 오는 불쌍한 그레텔은 얼마나 가슴이 아팠던지 하염없이 눈물을 흘렸다.

"하느님! 제발 우리를 도와주세요! 차라리 숲에 사는 짐승들에게 잡아먹혔더라면 한 날 한 시에 죽을 수 있었을 텐데!"

"그만 조용히 좀 못 하겠니! 그래봐야 소용없는 일이야!"

아침 일찍 그레텔은 마녀가 시키는 대로 물을 길어 와서 불을 지폈다.

"먼저 빵을 구워야겠다. 내가 벌써 가마에 불을 때고 밀가루 반죽을 해두었지."

마녀가 그레텔을 가마 쪽으로 밀었다. 가마 속에서 불길이 훨훨 타오르고 있었다.

"들어가봐라. 이제 빵을 구워도 되겠는지 알려다오."

마녀는 그레텔이 안으로 들어가면 가마 문을 잠그고 그레텔을 통째로 익혀서 먹어버릴 생각이었다. 그러나 그레텔은 마녀의 생각을 읽고 이렇게 말했다.

"어떻게 들어가야 하는지 잘 모르겠어요."

"멍청하기는! 그렇게 문이 큰데 왜 못 들어간다는 거냐! 잘 봐! 내가 보여줄 테니!"

마녀가 가마 안에 머리를 집어넣었다. 그레텔은 얼른 마녀를 가마에 밀어 넣고 철문을 닫은 뒤 빗장을 걸었다. 마녀는 끔찍한 비명을 질렀지만 그레텔은 밖으로 뛰쳐나왔고 마녀는 결국 불에 타 죽고 말았다.

그레텔은 번개처럼 헨젤에게로 달려가서 우리의 문을 열었다.

"오빠! 우린 살았어! 늙은 마녀는 죽었어!"

헨젤도 우리에서 뛰쳐나왔다. 둘은 좋아서 얼싸안고 깡충깡충 뛰었다. 마녀가 사라지자 더 이상은 아무것도 두려워할 것이 없었다. 그들은 다시 마녀의 집으로 들어가서 구석구석 뒤져보았다. 서랍마다 금은보화들이 가득했다.

"이건 조약돌보다 훨씬 더 예쁘다!"

헨젤이 말하면서 주머니 속에 쑤셔 넣었다.

"나도 집에 좀 가져갈래."

그레텔도 말하며 앞치마를 채웠다.

"빨리 가자. 어서 마녀의 숲에서 벗어나야지."

두 시간쯤 걸었더니 커다란 강이 길을 가로막고 있었다.

"건널 수가 없어. 다리도 없고."

헨젤이 말했다.

"나룻배도 없어. 하지만 오리들이 헤엄치고 있어. 저 오리들한테 도와줄 수 있냐고 물어보자."

"작은 오리야, 작은 오리야 우리가 보이니?
헨젤과 그레텔이 너희들을 기다린단다.
나무다리도 없고 돌다리도 없는데
눈처럼 흰 너희 등에 우릴 태워주겠니?"

오리들이 그들에게 다가오자 헨젤은 오리의 등에 올라타고 그레텔에게 뒤에 타라고 했다.

"안 돼. 그러면 작은 오리한테 너무 무거울 거야. 한 사람씩 강을 건너자." 그레텔이 말했다.

착한 작은 오리는 차례로 아이들을 강 건너로 데려다주었다. 무사히 강을 건너고 난 뒤 헨젤과 그레텔은 다시 걷기 시작했다. 머지않아 낯익은 풍경이 펼쳐졌고 저 멀리 아버지의 집이 보였다. 아이들은 집을 향해 달렸다. 그리고 문을 열고 안으로 들어가서 아버지를 목을 끌어안았다. 아이들을 버리고 난 뒤 아버지는 한시도 마음이 편할 날이 없었고 계모는 죽고 말았다. 그레텔은 앞치마에서 진주와 보석들을 꺼내놓았고 헨젤도 주머니에서 자기가 가져온 것들을 꺼내놓았다.

마침내 모든 고생이 끝났고 그들은 그 후로 행복하게 살았다.

세 마리 염소

데이빗은 곧바로 수수께끼를 이해할 수 있었다. 항상 트롤들에게 매혹되어 있었던 데이빗이었지만 실제로 본 적은 한 번도 없었다. 트롤은 마치 다리 밑에 살면서 여행객들을 시험해보고 그들이 실수를 하면 잡아먹으려고 기다리는 짐승들이었다. 협곡 위에서 손에 햇불을 들고 있는 트롤의 모습은 그가 기대했던 것과는 전혀 달랐다. 그들은 숲사람보다 키가 작고 뚱뚱한데다 피부는 마치 코끼리의 살갗처럼 거칠고 쭈글쭈글했다. 마치 공룡처럼 등뼈가 울퉁불퉁하게 위로 솟아 있었지만 얼굴은 원숭이와 비슷했다. 원숭이 치고도 여드름이 덕지덕지 난 못생긴 원숭이였다. 트롤 두 마리는 다리 양쪽 끝에 자리를 잡고 앉아서 심술궂게 웃고 있었다. 막 내리기 시작한 어둠 속에서 그들의 빨갛고 조그만 눈동자가 기분 나쁘게 반짝였다. ― 『잃어버린 것들의 책』 12장

내가 기억하는 동화 중에 가장 처음 들은 이야기가 바로 세 마리 염소 이야기인 것 같다. 아이들이 이 이야기를 좋아하는 이유는 아주 단순하

고, 반복적이며, 기억하기 쉽기 때문이다. 염소들이 서로를 너무 쉽게 팔아넘기는 것이 조금 이상하게 느껴지긴 했지만 결국에는 염소들이 트롤을 이길 거라고 믿는 수밖에 없었다. 사실 이 이야기 속에는 아이들을 위한 교훈이 거의 담겨 있지 않다. 만약 있다면, 위험한 상대를 만날 때를 대비하여 덩치 큰 친구랑 어울려 다니고 곤경에 처하면 미련 없이 친구를 팔아버려도 좋다는 것 정도일까? 나의 이러한 해석에 몹시 불쾌해하던 친구가 있었다. 그 친구의 엄마는 이 이야기의 교훈이 '강자는 약자를 보호해야 한다'라고 했다는 것이다. 그러나 만약 그것이 사실이라면 당연히 가장 큰 염소가 먼저 나섰어야 했던 것이 아닐까? 또한 이 동화는 트롤들이 자신들의 욕구를 충족시키는 것을 잠시 보류할 줄도 안다는 잘못된 인식을 심어준다. (염소들은 가장 큰 염소가 어떻게든 트롤을 물리칠 것을 알고 고의적으로 자기보다 큰 염소에게 미루었을 가능성도 있다. 그런 면에서 보면 이 염소들은 〈데스 위시Death Wish〉라는 영화에서 동전을 가득 채운 양말로 뉴욕 밤거리에서 강도들을 소탕했던 찰스 브론슨의 조금 조잡한 버전이라고 볼 수도 있을 것이다.)

그럼에도 불구하고 나는 동화 속에 등장하는 다리 밑의 트롤의 이미지와 트롤에게 잡아먹힐지도 모른다는 두려움의 이미지가 늘 마음에 들었다. 『잃어버린 것들의 책』에서도 그 이미지를 그대로 사용하고 있다. 시련(여기서는 수수께끼)이 있고, 트롤들이 있고, 그 두 가지가 지극히 전형적인 방식으로 등장한다. 이 동화의 미덕은 단순한 구조에 있다. 위험, 그리고 그 위험을 이겨내는 한 수 위의 지혜가 이 이야기의 골격이다.

세 마리 염소

/ 전래동화

옛날 옛적에, 염소 세 마리가 살았다. 하루는 산 중턱에 올라가서 배불리 풀을 뜯어 먹기로 했다. 세 염소 모두 이름이 '그루프'였다.

산을 오르다보니 언덕을 가로지르는 강줄기가 있었고 다리 밑에는 커다랗고 못생긴 트롤이 살고 있었다. 눈은 접시만 했고 코는 포크처럼 길었다.

그때 가장 어린 염소 그루프가 앞으로 나섰다.

뚜벅. 뚜벅.

염소는 경쾌한 발걸음으로 다리를 건넜다.

"누가 내 다리를 건너는 거야!"

트롤이 소리쳤다.

"저예요, 가장 작은 염소! 언덕 위에 올라가서 배불리 먹고 통통해지려고요!"

작은 염소가 조그만 목소리로 말했다.

"널 잡아먹어야겠다!"

트롤이 말했다.

"안 돼요! 절 잡아먹지 마세요! 전 너무 작거든요. 조금만 기다리시면 저보다 조금 큰 염소가 나타날 거예요!"

"그래? 그럼 어서 가봐!"

트롤이 말했다.

잠시 후 두 번째 염소 그루프가 다리를 건넜다.

뚜벅. 뚜벅. 뚜벅. 뚜벅.

"누가 내 다리를 건너는 거야!"

"저예요, 중간 염소. 언덕 위에 올라가서 배불리 먹고 통통해지려고요."

두 번째 염소가 말했다. 이번에는 목소리가 아주 작지는 않았다.

"널 잡아먹어버릴 테다!"

"안 돼요! 절 잡아먹지 마세요! 조금만 기다리면 더 큰 염소가 올 거예요. 저보다 훨씬 크답니다!"

"그래? 그럼 어서 가봐!"

트롤이 말했다.

바로 그때 덩치 큰 염소가 나타났다.

뚜벅. 뚜벅. 뚜벅. 뚜벅. 뚜벅. 뚜벅.

덩치 큰 염소가 다리를 건너자 무게를 견디지 못한 다리가 삐거덕거리며 신음했다.

"누가 내 다리를 함부로 건너는 거야!"

트롤이 소리쳤다.

"저예요, 큰 염소!"

거칠고 듣기 싫은 목소리를 가진 염소가 말했다.

"널 잡아먹어버릴 테다!"

트롤이 소리쳤다.

"그래? 어디 한번 덤벼보시지! 나한텐 두 개의 뾰족한 창이 있어 네 눈알을 뽑아버릴 수도 있고 두 개의 둥근 돌멩이가 있어 네 뼈와 살을 갈아버릴 수도 있으니까!"

커다란 염소가 그렇게 말하고는 트롤에게 달려들어서 두 개의 뿔로 눈알을 뽑아버린 뒤 뼈와 살을 짓이겨서 강물에 던져버린 다음 언덕으로 향했다. 거기서 염소들은 걸을 수도 없을 정도로 배불리 먹었다. 그때 찐 살이 빠지지 않았다면 아직도 염소들은 통통할 텐데.

어그적, 어그적, 어그적.

이야기 끝!

백설 공주와 일곱 난쟁이

"하긴, 그 여자를 모르는 사람이 어디 있겠어? 난쟁이들과 함께 사는
백설 공주, 난쟁이들의 살림을 축내는 여자, 난쟁이들이 죽일 수도 없었
던 여자……. 그 유명한 백설 공주를 모르는 사람이 어디 있겠어?"

"죽일 수도 없었다고요?"

데이빗이 물었다.

"독이 든 사과 말이야. 약이 안 들더라고. 양이 너무 적었나봐."

— 『잃어버린 것들의 책』 13장

데이빗과 일곱 난쟁이의 만남은 이 소설에서 가장 가볍게 읽히는 대
목이다. 백설 공주 이야기의 어두운 측면이 배제되어 있지만 이 일화 역
시 데이빗에게 두려움에 관한 질문을 제기한다. 사악하고 질투심 많은
계모가 딸을 죽이고 잡아먹으려 한다는 이 이야기는 보다 어두운 쪽으로
흐를 수도 있었다. 그러나 어린 시절 이 이야기를 읽은 아이들에게, 특히

디즈니 영화를 기억하는 아이들에게 가장 기억에 남는 인물들은 역시 명랑한 난쟁이들이다. 물론 마녀이자 계모인 여자가 무시무시한 인물인 것도 사실이고 마녀가 거울 앞에서 외우던 주문을 따라서 외우는 아이들도 많지만 아이들은 난쟁이들로부터 위안을 얻고 비록 제한적이긴 해도 난쟁이들이 그들이 도와주고 지켜줄 것이라는 믿음을 갖는다. 책을 쓰면서 나는 내가 데이빗이라면 계모에 관한 이야기는 완전히 제쳐두고 난쟁이들 이야기에만 집중하지 않을까 생각했다.

그러나 난쟁이들의 캐릭터는 데이빗의 책장에 꽂혀 있던 공산주의에 관한 책들의 영향으로 다소 변질되었다. 공산주의에 관한 책들은 데이빗이 노력했지만 이해하지 못하고 결국 서너 페이지만 읽고 말았던 책이었다. 책들과 이야기들이 서로 영향을 주고받는다는 개념이야말로 이 책의 주제 중 하나이다. 작가로서 내가 읽은 책들이 내 작품에 영향을 미친 것처럼 데이빗도 그가 읽은 책들의 영향을 받았다. 그런 관점에서 보면『잃어버린 것들의 책』은 데이빗이 읽은 책들의 기록인 동시에 나에게 영향을 주었던 책들의 기록이기도 하다.

[기 원]

『백설 공주』는 아마 전 세계적으로 가장 널리 읽히는 동화일 것이다. 아시아, 아프리카, 스칸디나비아 반도, 남미, 유럽에 이르기까지 기본 골격에서 조금만 변형된 이야기들이 아이들에게 읽혀왔다. 예를 들면, 그림형제의 동화에서는 거울에게 물어보는 사악한 계모가 등장하지만 다른 나라의 동화에서는 태양이나 달, 심지어는 모르는 게 없는 유식한 송어와 상의를 한다. 마찬가지로 어떤 나라에서는 난쟁이들이 도둑이나 곰, 원숭이, 노파들, 남자 형제들로 바뀌기도 한다. 뮤지컬 〈일곱 형제와 일곱 신부〉도 이 이야기의 변형이라고 볼 수도 있다. 백설 공주는 첫 번째 신부를 상징하고 다른 여섯 신부가 그 발자취를 따라가는 것으로 묘사되고 있다. 가장 많이 읽힌 『백설 공주』에서는 공주의 엄마가 직접 백설 공주의 암살을 시도하지만 그 일을 못된 의사에게 맡기거나 거지를 보내는 경우도 있고 암살도구도 독이 든 포도, 와인, 편지, 꽃, 창, 슬리퍼, 비누에 이르기까지 다양하게 나타나고 있다.

『백설 공주』는 물론 어느 정도는 엄마와 딸 사이의 갈등을 다룬 이야기이다. 이 이야기의 수많은 변형에서 딸의 미모를 시기하는 사람이 그녀의 엄마라는 사실은 상당히 흥미롭다. 그림형제는 모성에 대해 상당히 긍정적인 감정을 갖고 있었다. 그들의 성장 과정의 영향으로 그림형제는 동화에 등장하는 나쁜 엄마를 기회가 있을 때마다 계모로 바꾸어 놓았다. 『백설 공주』가 가장 많이 알려진 동화라는 것은 사실이지만, 오랜 세월에 걸쳐 가장 많이 각색된 동화인 것 또한 사실이다. 엄마 혹은 계모의 잔인한 성향도 다양하게 표현되었다. 디즈니에서는 심장을 도려내 오라고 하는 것에 만족했던 반면 그림형제는 폐와 간, 심장 등을 번역판이 나올 때마다 변화를 주었고 특히 스페인어 판에서는 백설 공주의 피 한 병을 발가락으로 막아서 가져오라고 했다. 마녀의 최후도 디즈니 만화에서는 추락사였던 반면 뜨겁게 달궈진 빨간 구두를 신고 죽을 때까지 춤을 추는 것으로 끝나는 이야기도 있다.

브루노 베텔하임이 자신의 저서 『옛 이야기의 매력』에서 백설 공주에 많은 시간을 할애한 것은 놀라운 일이 아니다. 그는 난쟁이들에 대해서 유난히 비판적인 입장을 취하고 있다. 베텔하임은 난쟁이는 원작에 없다가 어느 순간부터 등장하기 시작한 인물들이라고 보고 그들을 '오이디푸스 콤플렉스 이전 단계에 영원히 머물고 있는 사람들'로 폄하했다. 그의 말이 사실일지도 모르지만 난쟁이들이 없었다면 『백설 공주』 이야기는 훨씬 재미가 덜했을 것이다.

그러나 『백설 공주』에 내재되어 있는 오이디푸스적 갈등(즉, 성적으로 성숙해지기 시작하는 딸을 질투하는 어머니)은 수많은 작가들로 하여금 그 어두운 이면을 파고들게 만들었다. 앤 섹스턴과 로버트 쿠버, 타니스 리 Tanith Lee, 도널드 바셀미Donald Barthelme가 이에 해당된다.

『백설 공주』에서는 다른 동화의 흔적들도 찾아 볼 수 있다. 『헨젤과 그레텔』에서 사용되었던 '유아의 숲 속 유기'가 이유는 다르지만 이 동화에서도 등장한다. 『백설 공주』에 대해 이야기할 때 난쟁이들이 보이는 반응은 골디락스에게 표출되었던 세 마리 곰의 불만과 유사하다. 그래서 골디락스 이야기도 『잃어버린 것들의 책』에 등장하게 되었다.

백설 공주와 일곱 난쟁이

/ 그림형제

옛날 옛적에, 하늘에서 흩날리는 깃털처럼 하얀 눈이 내리던 어느 겨울날, 왕비가 창가에 앉아 바느질을 하고 있었다. 창틀은 흑단으로 만들어서 검은빛이었다. 창밖의 눈을 바라보면서 바느질을 하다가 왕비는 그만 바늘에 손가락을 찔리고 말았다. 피 세 방울이 눈 위에 떨어졌다. 흰 눈밭에 떨어진 붉은 피가 너무도 아름다워서 왕비는 혼자 중얼거렸다.

"이 다음에 내가 아기를 낳게 되면 눈처럼 흰 아이일까? 피처럼 붉은 아이일까? 흑단처럼 검은 아이일까?"

머지않아 왕비는 딸을 낳았다. 눈처럼 피부가 희고 피처럼 입술이 붉고 흑단처럼 머리카락이 검은 아기여서 백설 공주라고 부르기로 했다. 그런데 아기가 태어나자마자 왕비는 그만 죽고 말았다.

1년이 지난 뒤 왕은 새 아내를 맞아들였다. 새 왕비는 아름다운 여자였지만 오만하고 심술궂어서 자기보다 더 예쁜 여자가 있는 것을 참지 못했다. 그런데 왕비에게는 신기한 거울이 있었다. 왕비는 매일 거울 앞에 서서 자신의 모습을 비추어 보면서, "거울아, 거울아, 요술 거울아, 이 세상에서 누가 제일 예쁘니?" 라고 물었다. 그러면 거울은, "이 세상에서 제일 예쁜 사람은 바로 왕비님이십니다"라고 대답했다.

그 대답을 들으면 왕비는 아주 흡족해했다. 거울은 절대 거짓말을 하는 법이 없었기 때문이었다.

백설 공주가 자라면서 점점 더 아름다워졌고 일곱 살이 되던 해에는 그 누구보다도, 심지어는 왕비보다도 더 아름다웠다.

하루는 왕비가 "거울아, 거울아, 요술 거울아, 이 세상에서 누가 제일 예쁘니?" 하고 물었더니 거울이 대답하기를 "왕비님은 그 누구보다도 아름다우시지만 백설 공주는 더 아름답습니다!"라고 대답했다.

몹시 충격을 받은 왕비는 질투심에 불타 얼굴이 새파랗게 질렸다. 그날부터 왕비는 백설 공주를 볼 때마다 분을 참을 수가 없었다. 왕비는 백설 공주가 너무도 미웠다. 왕비의 마음속에서 질투와 오만함이 걷잡을 수 없이 자라났고 밤이나 낮이나 마음 편할 날이 없었다. 어느 날 왕비는 사냥꾼을 불러서 "저 아이를 숲으로 끌고 가! 도저히 더 이상 저 아이 꼴을 볼 수가 없으니까. 저 아일 죽이고 그 증거로 심장을 도려내 와"라고 말했다.

사냥꾼은 왕비의 말대로 백설 공주를 숲으로 데리고 갔지만 칼을 꺼내들고 찌르려는 순간 공주가 흐느껴 울기 시작했다.

"제발 목숨만 살려주세요! 숲 속 깊은 곳에 들어가서 살게요. 다시는 궁전으로 돌아가지 않을게요."

공주가 애원했다.

"어서 가세요, 불쌍한 공주님!"

백설 공주가 너무도 아름다웠기 때문에 사냥꾼은 공주를 놓아주면서 말했다.

머지않아 산짐승들에게 잡아먹힐 것이 뻔했지만 그래도 공주를 죽이지 않아도 된다고 생각하니 사냥꾼은 가슴을 짓누르던 돌덩이를 내려놓은 기분이었다. 때마침 어린 멧돼지 한 마리가 지나갔고 사냥꾼은 멧돼지를 잡아서 심장을 꺼내 공주를 죽인 증거라며 왕비*에게 가져갔다. 요리사가 심장에 소금을 뿌렸고 사악한 왕비는 돼지의 심장을 먹고 백설 공주의 심장을 먹었다고 믿었다.

한편 깊은 숲 속에 혼자 남겨진 불쌍한 백설 공주는 너무 무서워서 숲속의 나뭇잎 하나하나를 바라보고 또 바라보았지만 어떻게 해야 할지 알수 없었다. 백설 공주는 무작정 달리기 시작했다. 날카로운 돌부리에 걸려 넘어지기도 했고 가시덤불에 찔리기도 했다. 산짐승들이 그녀의 곁을 지나쳤지만 해치지는 않았다.

해 질 무렵까지 백설 공주는 쉬지 않고 계속 달렸고 마침내 어느 조그만 오두막 앞에 이르렀다. 잠시 쉬어가려고 안으로 들어가보니 모든 것이 작았지만 깨끗하고 반듯하게 정돈되어 있었다. 흰 천이 씌워진 식탁이 있었고 일곱 개의 접시가 있었고 접시마다 작은 스푼이 있었다. 일곱 개의 작은 나이프와 포크, 일곱 개의 컵도 있었다. 벽 쪽으로 일곱 개의 작은 침대가 나란히 놓여 있었고 침대마다 작은 이불이 있었다.

어린 백설 공주는 너무도 배가 고프고 목이 말라서 식탁 위에 차려진 일곱 개의 접시에 준비된 야채와 빵을 조금씩 먹었고 컵에 담긴 포도주도 한 모금씩 마셨다. 음식을 먹고 나니 피로가 몰려왔고 백설 공주는 조그만 침대 하나에 몸을 눕혔다. 그런데 침대가 그녀에게 맞지 않았다. 어떤 침대는 너무 길었고 어떤 침대는 너무 짧았다. 다행히 일곱 번째 침대가 몸에 꼭 맞았고 백설 공주는 기도를 한 다음 잠이 들었다.

어둠이 내리자 오두막의 주인들이 돌아왔다. 그들은 일곱 명의 난쟁이로 산에서 금을 캐는 사람들이었다. 그들이 일곱 개의 촛불에 불을 붙이자 오두막에 누군가 들어온 흔적이 보였다. 그들이 집을 나설 때와 똑같은 상태로 있는 것이 하나도 없었다.

"누가 내 의자에 앉았지?"

첫 번째 난쟁이가 말했다.

"누가 내 접시에 손을 댔지?"

두 번째 난쟁이가 말했다.

"누가 내 빵을 뜯어먹었지?"

세 번째 난쟁이가 말했다.

"누가 내 야채를 먹었지?"

네 번째 난쟁이가 말했다.

"누가 내 포크를 썼지?"

다섯 번째 난쟁이가 말했다.

"누가 내 나이프를 썼지?"

여섯 번째 난쟁이가 말했다.

"누가 내 포도주를 마셨지?"

일곱 번째 난쟁이가 말했다.

첫 번째 난쟁이가 주위를 둘러보니 그의 침대 이불 속에 누군가 들어갔다 나온 흔적이 있었다.

"누가 내 침대에 누웠었나봐!"

난쟁이들이 우르르 침대로 몰려갔고 모두 "누군가 내 침대에 누웠었나봐!"라고 소리쳤다. 일곱 번째 난쟁이가 자기 침대에 누워 있는 작은 백설 공주를 보았다. 그가 다른 난쟁이들을 불렀고 모두 촛불을 들고 다가와 백설 공주를 불빛에 비추어 보았다.

"세상에!"

그들이 일제히 소리쳤다.

"참 예쁘기도 하지!"

그들은 공주를 깨우지 않아서 다행이라고 생각하고 공주가 잠을 자도록 내버려 두었다. 일곱 번째 난쟁이는 다른 친구들의 침대에서 한 시간씩 나누어 잤다.

아침이 되자 백설 공주는 난쟁이들을 두려워했다. 그러나 난쟁이들은 상냥하게 공주의 이름을 물었다.

"제 이름은 백설 공주예요."

그녀가 대답했다.

"그런데 어쩌다 여기까지 오게 되었나요?"

난쟁이가 물었다.

백설 공주는 계모가 자신을 죽이려 했지만 사냥꾼이 살려주었고 하루 종일 숲을 달려서 이 오두막까지 오게 되었다고 말했다.

"청소와 요리, 침대 정리, 빨래, 바느질 같은 것들을 해줄 수 있다면, 그리고 항상 깨끗하고 반듯하게 집안을 정돈해줄 수 있다면 우리와 함께 있어도 좋아요."

"좋아요! 열심히 일할게요!"

백설 공주가 대답했고 그렇게 해서 백설 공주는 난쟁이들과 함께 살게 되었다. 백설 공주는 난쟁이들을 위해 집안 살림을 도맡았다. 아침이 밝아오면 난쟁이들은 금과 광석을 캐러 산으로 갔다. 저녁때가 되어 집으로 돌아오면 백설 공주가 저녁을 준비했다. 낮 동안 백설 공주가 혼자 집을 지켜야 했기 때문에 착한 난쟁이들은 공주에게 주의를 주는 것을 잊지 않았다.

"왕비를 조심하세요. 머지않아 공주님이 여기 있다는 걸 알게 될 거예요. 아무도 집 안에 들이지 마세요."

한편 자신이 백설 공주의 심장을 먹었다고 믿은 왕비는 당연히 자신이 세상에서 가장 아름다울 거라고 철석같이 믿고 있었다. 그래서 거울에게 다가가 "거울아, 거울아, 요술 거울아, 이 세상에서 누가 제일 예쁘니?"라고 물었다.

그런데 거울이 대답하기를 "왕비님, 이곳에서는 왕비님이 가장 아름다우시지만, 언덕 너머 일곱 난쟁이들이 살고 있는 오두막에 백설 공주가 아직 살아 있습니다. 그 누구도 백설 공주만큼 아름답진 않습니다"라고 대답했다.

왕비는 깜짝 놀랐다. 거울은 절대로 거짓말을 하는 법이 없었기 때문에 사냥꾼이 왕비를 배신하고 공주를 살려준 것이 분명했다.

왕비는 어떻게 하면 공주를 죽일 수 있을지 궁리하고 또 궁리했다. 세상에서 가장 아름다운 여자가 되기 전에는 질투심 때문에 한시도 마음이 편치 않았다. 마침내 묘안이 떠올랐다. 왕비는 과일장수 노파처럼 차려입었다. 아무도 왕비를 알아보지 못했다. 변장을 한 왕비는 일곱 개의 언덕을 넘어 일곱 난쟁이의 오두막으로 가서 문을 두드렸다.

"싸고 예쁜 물건을 가져왔어요!"

"안녕하세요, 할머니! 무얼 파시는데요?"

"싸고 예쁜 물건들이죠! 갖가지 빛깔의 예쁜 레이스들이랍니다!"

왕비가 알록달록한 실크로 짠 레이스를 내밀며 말했다.

'할머니한테 문을 잠깐 열어드린다고 무슨 일이 있겠어?'

백설 공주가 생각하며 빗장을 열고 노파에게서 예쁜 레이스들을 샀다.

"예쁜 아가씨, 뭘 그렇게 두려워 하나요? 이리 와봐요. 레이스를 둘러 줄 테니."

백설 공주는 아무런 의심 없이 노파 앞에 서서 노파가 예쁜 레이스를 그녀의 목에 둘러주도록 허락했다. 그러나 노파는 레이스로 얼른 백설 공주의 목에 휘감고 힘껏 졸랐고 백설 공주는 숨이 막혀서 그만 바닥에 쓰러지고 말았다.

"이제는 내가 세상에서 가장 예쁘겠지!"

왕비가 혼잣말을 하고는 달아났다.

해가 저물고 일곱 난쟁이들이 집으로 돌아와 보니 사랑스러운 백설 공주가 바닥에 쓰러져 있었다. 백설 공주는 죽은 듯이 꼼짝도 하지 않았다. 난쟁이들이 공주를 일으킨 다음 목을 조르고 있는 레이스를 보고 얼른 가위로 잘랐다. 공주는 비로소 다시 숨을 쉬기 시작했다. 공주에게서 그날 있었던 이야기를 들은 난쟁이들은 "그 노파는 못된 왕비가 틀림없어요. 앞으로는 우리가 없을 때 절대로 아무한테도 문을 열어줘서는 안 돼요"라고 말했다.

그날 밤 집으로 돌아온 왕비는 다시 거울에게 물었다.

"거울아, 거울아, 말하는 거울아, 이 세상에서 누가 제일 예쁘니?"

거울의 대답은 예전과 똑같았다.

"왕비님, 이 근방에서는 왕비님이 가장 아름다우시지만, 언덕 너머 일곱 난쟁이들이 살고 있는 오두막에 백설 공주가 아직 살아 있습니다. 그 누구도 백설 공주만큼 아름답진 않습니다."

그 말을 듣는 순간 왕비는 온몸의 피가 거꾸로 솟아오르는 것 같았다.

"백설 공주가 아직도 살아 있다니! 이번에는 기필코 그 아이를 죽여버리고 말테다!"

왕비는 마법을 사용하여 독이 든 빗을 만들었다. 왕비는 이번에도 다른 모습의 노파로 변장을 한 뒤 일곱 개의 언덕을 넘어 난쟁이들의 오두막으로 찾아가 문을 두드렸다.

"싸고 좋은 물건이 있답니다!"

백설 공주는 "돌아가세요! 아무한테도 문을 열어주지 않을 거예요!"라고 대답했다.

"그럼 그냥 구경만 하세요!"

노파가 말하며 독이 든 빗을 내밀었다. 빗이 너무도 마음에 들었던 백설 공주는 이번에도 노파의 꼬임에 넘어가서 문을 열어주고 말았다. 공주가 빗을 사자 노파가 "제가 한 번만 빗겨 드릴게요"라고 말했고 백설 공주는 조금도 의심하지 않고 노파에게 머리를 맡겼다. 그러나 독이 묻은 빗이 머리에 닿는 순간 온몸에 독이 퍼져서 백설 공주는 의식을 잃고 쓰러지고 말았다.

"세상에서 제일 예쁜 백설 공주야, 이젠 너도 끝이야!"

마녀가 말한 뒤 돌아섰다.

다행히 곧바로 해가 졌고 일곱 난쟁이들이 집으로 돌아와 보니 백설 공주가 또다시 바닥에 쓰러져 있었다. 난쟁이들은 곧바로 계모의 소행이라고 추측하고 주위를 둘러보았다. 독이 묻은 빗이 바닥에 뒹굴고 있었다. 가까스로 독을 닦아내자 백설 공주가 그날 있었던 일을 들려주었다. 난쟁이들은 절대로 아무에게도 문을 열어주어선 안 된다고 다시 한 번 백설 공주에게 당부했다.

한편 왕비는 그날 밤 다시 거울 앞에 서서 물었다.

"거울아, 거울아, 이 세상에서 누가 제일 예쁘니?"

거울의 대답은 전과 똑같았다.

"왕비님, 이 근방에서는 왕비님이 가장 아름다우시지만, 언덕 너머 일곱 난쟁이들이 살고 있는 오두막에 백설 공주가 아직 살아 있습니다! 그 누구도 백설 공주만큼 아름답진 않습니다!"

그 말을 듣는 순간 왕비는 분노에 휩싸여 온몸을 부르르 떨었다.

"어떻게 해서든 그 아일 죽이고 말거야! 내 자신이 죽는 한이 있어도!"

왕비는 아무도 찾지 않는 비밀의 방에 가서 독이 든 사과를 만들었다. 겉으로 보기에는 빨갛고 탐스러워서 보기만 해도 입에 군침이 돌았지만 한 입만 깨물어도 그 자리에서 죽는 사과였다. 독 사과를 만들고 나서 왕비는 다시 노파로 변장을 한 다음 일곱 개의 언덕을 넘어 난쟁이들이 사는 집으로 가서 문을 두드렸다.

"아무한테도 문을 열어드릴 수가 없어요. 난쟁이들이 절대로 그러면 안 된다고 했거든요."

백설 공주는 창밖을 내다보며 소리쳤다.

"아무래도 상관없어요! 난 어서 이 사과를 팔아치워야 하니까 그냥 하나 드리지요!"

"싫어요. 아무것도 받지 않겠어요."

백설 공주가 말했다.

"혹시 독이라도 들었을까봐? 이렇게 반으로 잘라서 빨간 쪽은 아가씨가, 흰 쪽은 내가 먹으면 되잖아요?"

왕비는 빨간 쪽에만 독을 묻혀 놓았다. 백설 공주는 탐스러운 사과가 너무도 먹고 싶었다. 노파가 사과 한 쪽을 베어 먹는 것을 본 순간 백설 공주는 더 이상 참지 못하고 그만 독이 든 사과를 베어 먹고 말았다. 그러나 한 입을 다 깨물어 먹기도 전에 공주는 바닥에 쓰러지고 말았다. 왕비는 음흉한 미소를 지으며 공주를 바라보고는 큰 소리로 웃으며 이렇게 말했다.

"눈처럼 희고 피처럼 붉고 흑단처럼 검은 백설 공주! 이번에는 난쟁이들도 널 깨울 수 없을걸!"

집으로 돌아온 왕비는 다시 한 번 거울에게 물었다.

"거울아, 거울아, 이 세상에서 누가 제일 예쁘니!"

이번에는 거울이 "왕비님이 이 세상에서 가장 아름답습니다!"라고 대답했다.

시기심에 불탔던 왕비는 비로소 마음을 놓을 수가 있었다. 저녁이 되어 집으로 돌아온 난쟁이들은 또다시 바닥에 쓰러져 있는 백설 공주를 발견했다. 공주는 숨을 쉬지 않았고 죽어 있었다. 난쟁이들은 공주를 일으키고 혹시 독이 든 물건이 있는지 살펴보면서 레이스를 풀고 머리를 물과 포도주로 감겨주었지만 소용없는 일이었다. 불쌍한 공주는 그렇게 죽고 말았다. 난쟁이들은 공주를 관에 눕힌 뒤 공주를 둘러싸고 사흘 밤낮을 울었다.

난쟁이는 공주를 묻으려 했지만 그러기에는 공주가 마치 살아 있는 듯 너무도 아름다웠고 뺨도 여전히 발그레했다.

"공주를 어두운 땅 속에 묻을 순 없어."

난쟁이들이 말했다.

난쟁이들은 사방에서 볼 수 있도록 공주를 투명한 유리관에 눕히고 황금으로 백설 공주의 이름을 새겨 넣었다. 난쟁이들은 공주의 유리관을 산꼭대기에 두고 한 사람씩 돌아가며 관을 지키기로 했다. 새들도 날아와서 공주의 죽음을 슬퍼하며 울었다. 처음에는 부엉이가, 그 다음엔 갈가마귀가, 마지막으로 비둘기가 날아왔다.

아주 오랫동안 관 속에 누워 있었는데도 백설 공주는 조금도 변하지 않았고 마치 잠이 든 것 같은 모습이었다. 백설 공주는 여전히 눈처럼 희고 피처럼 붉고 머리카락은 흑단처럼 검었다.

마침 우연히 숲을 지나가던 이웃나라 왕자가 난쟁이들의 집에서 하룻밤을 묵게 되었다. 그는 산꼭대기의 유리관 속에 누워 있는 백설 공주와 관에 황금으로 새겨 넣은 공주의 이름을 보았다. 왕자는 난쟁이들에게, "이 관을 내게 다오. 원하는 것은 무엇이든 주겠다"라고 말했다. 난쟁이들은 "이 세상의 모든 금을 다 준다고 해도 이 관은 드릴 수 없습니다"라고 대답했다. 그러나 왕자는 "백설 공주를 보지 못하면 하루도 살 수가 없을 것 같구나. 내가 가장 소중한 보물로 간직할 테니 제발 이 관을 내게 다오"라며 애원했다. 난쟁이들은 왕자의 말을 듣고 그를 불쌍히 여겨 관을 내주었다.

왕자는 하인들을 시켜서 관을 어깨에 메게 했다. 하인 중 하나가 나무뿌리에 걸려 비틀거리자 백설 공주가 삼켰던 독 사과가 목에서 튀어나왔다. 백설 공주는 눈을 뜨고 관을 열었다. 다시 한 번 살아난 것이다.

"여기가 어디죠?"

공주가 소리쳤다.

왕자는 너무 기뻐서, "당신 곁에는 이제 제가 있습니다!"라고 말한 뒤 그간 일어난 일들을 이야기한 다음 "저는 당신을 이 세상 그 무엇보다도 사랑합니다. 저와 같이 성으로 가서서 제 아내가 되어주세요"라고 말했다.

백설 공주는 기꺼이 왕자를 따라 성으로 갔고 그들의 결혼식은 성대하게 치러졌다. 한편 백설 공주의 계모도 결혼식에 초대되었다. 그날도 왕비는 아름답게 차려입고 거울 앞에 서서 물었다.

"거울아, 거울아, 요술 거울아! 이 세상에서 누가 제일 예쁘니?"

거울이 대답했다.

"이 근방에서는 왕비님이 가장 아름다우시지만 이웃 나라의 젊은 왕비님이 더 아름다우십니다."

사악한 계모는 너무도 화가 나서 어쩔 줄을 몰랐다. 처음에는 결혼식에 가지 않을 생각이었지만 젊은 왕비가 도대체 누구인지 확인해보지 않을 수 없었다. 마침내 궁전에 가서 그 왕비가 백설 공주임을 알게 되자 왕비는 너무 놀라서 꼼짝도 할 수가 없었다. 한편 왕자는 왕비를 위해 뜨겁게 달군 쇠 구두를 준비해두었다가 못된 왕비에게 신겼다. 왕비는 뜨거운 쇠 구두를 신고 쓰러져 죽을 때까지 춤을 취야 했다.

골디락스

"잠깐만요. 골디락스는 곰들의 집에서 달아나서 다시는 거기로 돌아가지 않았잖아요." — 『잃어버린 것들의 책』 13장

이 동화는 난쟁이들과 데이빗의 대화 도중에 등장한다. 난쟁이들은 골디락스를 곰들이 사는 집을 털려고 들어갔다가 잠들어버린 멍청이로 폄하했다. 그저 농담 정도로 하는 이야기였지만, 이 이야기를 통해 난쟁이들은 데이빗의 고지식함을 지적하고 있다. 곰은 어리석고, 난쟁이들은 절대 살인 따위는 생각하지 않고, 백설 공주는 예쁘고 착하다는 것이 데이빗의 생각이었다. 하지만 글쎄. 과연 그럴까?

[기 원]

이 이야기는 시인 로버트 사우디Robert Southey의 단편집 『의사the doctor』에서 「곰 세 마리」라는 제목의 산문으로 처음 소개되었다. 그 산문에는 골디락스는 아직 등장하지 않고 대신 늙은 여자가 등장한다. 훗날 다른 버전에서 노파가 은발 머리로 바뀌었다가 마침내 『옛날이야기 Old Nursery Stories and Rhymes』라는 책에서 골디락스가 처음으로 모습을 드러냈다. 사우디의 이야기도 구전되어 오던 이야기에 바탕을 둔 것일 수도 있지만 지금은 골디락스 이야기가 너무도 많이 알려져서 사우디의 산문은 거의 잊혀졌다.

곰 세 마리

/ 로버트 사우디

지식인과 시인들이 좋아할 만한 동화.

— 개스코인

옛날 옛적에, 곰 세 마리가 숲 속 오두막에서 함께 살고 있었다. 작은 곰과 중간 곰, 큰 곰 이렇게 세 마리였다. 그들에게는 각자의 수프 그릇이 있었다. 작은 곰에게는 작은 그릇이, 중간 곰에게는 중간 그릇이, 큰 곰에게는 큰 그릇이 있었다. 각자 앉는 의자도 정해져 있었다. 작은 곰에게는 작은 의자가, 중간 곰에게는 중간 의자가, 큰 곰에게는 큰 의자가 있었다. 침대도 각자 있었다. 작은 곰에게는 작은 침대가, 중간 곰에게는 중간 침대가, 큰 곰에게는 큰 침대가 있었다.

하루는 아침식사로 수프를 만들어서 각자의 그릇에 브은 다음 서둘러 먹다가 입이 델까봐 수프를 식힐 겸 산책을 나갔다. 집을 비운 사이 웬 노파가 그들의 오두막으로 다가왔다. 노파는 착하고 정직한 노파가 아니었다. 노파는 창문으로 안을 들여다보고 열쇠구멍을 바라보았다. 아무도 없는 것을 보고 노파는 곰의 오두막집 문을 열고 안으로 들어갔다. 문은 잠겨 있지 않다. 세 마리 곰은 착한 곰들이었고 아무에게도 해를 끼치

511

지 않았기 때문에 다른 사람들도 그들에게 해를 끼치지 않을 거라고 생각했다. 안으로 들어간 노파는 식탁 위에 놓인 수프들을 보고 무척 기뻐했다. 만약 착한 노파였다면 곰들이 돌아올 때까지 기다렸다가 같이 먹어도 되겠냐고 물어보았을 것이다. 대부분의 곰들이 그렇듯이 이들 세 마리 곰들은 조금 짓궂기는 해도 착하고 친절한 곰들이었기 때문이었다. 그러나 뻔뻔스럽고 악랄했던 노파는 수프를 보자마자 앉아서 먹기 시작했다.

처음에는 큰 곰의 수프를 맛을 보았다. 첫 번째 수프는 너무 뜨거웠다. 노파는 투덜거렸다. 이번에는 두 번째 수프를 맛보았다. 두 번째 수프는 너무 차가웠다. 노파는 또 한 번 투덜거렸다. 이번에는 세 번째 수프를 맛보았다. 이번에는 뜨겁지도 않고 차갑지도 않았다. 노파는 수프 한 그릇을 다 비웠지만 그래도 여전히 투덜거렸다. 양이 부족했기 때문이었다. 노파는 큰 곰의 의자에 앉았다. 너무 딱딱했다. 이번에는 중간 곰의 의자에 앉아 보았다. 너무 푹신했다. 마지막으로 작은 곰의 의자에 앉아보았다. 너무 딱딱하지도 나무 푹신하지도 않고 딱 적당했다. 그래서 그녀는 의자 다리가 부러져서 바닥에 쓰러질 때까지 의자에 앉아 있었다. 의자 다리가 부러지자 심술궂은 노파는 또다시 투덜거렸다.

노파는 세 마리 곰이 잠을 자는 2층 침실로 갔다. 처음에는 큰 곰의 침대에 누웠다. 머리 부분이 너무 높았다. 중간 곰의 침대에 누워보았다. 이번에는 다리 부분이 너무 높았다. 마지막으로 작은 곰의 침대에 누웠다. 너무 높지도 너무 낮지도 않고 딱 적당했다. 그래서 노파는 이불을 덮고 그곳에서 잠이 들었다.

한편 세 마리 곰은 수프가 다 식었을 거라고 생각하고 아침을 먹기 위해 집으로 돌아왔다. 큰 곰의 수프 그릇 속에 수저가 걸쳐져 있었다.

"누가 내 수프에 손을 댔어!"

큰 곰이 크고 거칠고 퉁명스러운 목소리로 소리쳤다.

둘째 곰이 자기 수프 그릇을 보니 거기에도 수저가 걸쳐져 있었다. 나무로 만든 수저들이었기 망정이지 은으로 만든 수저였다면 노파가 주머니에 넣었을 것이다.

"누가 내 수프에 손을 댔어!"

중간 곰이 중간 크기의 목소리로 소리쳤다.

이번에는 작은 곰이 자기 수프 그릇을 보았다. 수저가 그릇 속에 있었고 수프는 하나도 남아 있지 않았다.

"누가 내 수프에 손을 댔어! 전부 다 먹어버렸잖아!"

작은 곰이 작고 가냘픈 목소리로 말했다. 누군가 그들의 집에 들어와서 작은 곰의 아침식사를 전부 다 먹어치운 것이 틀림없었다. 곰 세 마리는 집 안을 둘러보기 시작했다. 노파는 큰 곰의 의자에서 일어설 때 쿠션을 반듯하게 제자리에 놓지 않았다.

"누가 내 의자에 앉았었나봐!"

큰 곰이 크고 거칠고 퉁명스러운 목소리로 소리쳤다.

노파는 중간 곰의 쿠션을 납작하게 만들어 놓았다.

"누군가 내 의자에 앉았었나봐!"

중간 곰이 중간크기의 목소리로 소리쳤다.

노파가 작은 곰의 의자에 무슨 짓을 했을지는 말 안 해도 알 줄로 믿는다.

"누군가 내 의자에 앉았었나봐!"

작은 곰은 작고 가냘픈 목소리로 소리쳤다.

세 마리 곰은 아무래도 좀 더 살펴보는 게 좋겠다고 생각하고 2층 침실로 갔다. 노파는 큰 곰의 베개를 꺼내 아무데나 두었다.

"누가 내 침대에 누웠었나봐!"

큰 곰이 크고 거칠고 퉁명스러운 목소리로 말했다.

노파는 중간 곰의 덧베개를 아무데나 두었다.

"누가 내 침대에 누웠었나봐!"

중간 곰이 중간 크기의 목소리로 말했다.

마지막으로 막내 곰이 침대를 살펴보니, 베개도 제 자리에 있고 덧베개도 제자리에 있는데 그 위에 더러운 노파의 머리가 있었다. 노파의 머리야말로 그곳에 결코 있어서는 안 되는 것이었다.

"누군가 내 침대에 누웠었고 지금도 누워 있어!"

작은 곰이 작고 가느다란 목소리로 말했다.

잠이 든 노파는 꿈속에서 크고 거칠고 퉁명스러운 큰 곰의 목소리를 들었지만 바람 소리나 천둥소리이겠거니 생각했다. 중간 곰의 목소리를 들었을 때는 누군가 잠꼬대를 하는 거라고 생각했다. 그러나 막내 곰의 작고 가냘픈 목소리를 들었을 때는 너무도 날카롭고 섬뜩해서 번쩍 눈을 떴다. 일어나보니 세 마리의 곰이 침대맡에 서 있었다. 노파는 깜짝 놀라 창문 쪽으로 달렸다.

마침 창문은 열려 있었다. 착하고 깔끔한 곰들이 항상 그렇게 하듯이 세 마리 곰은 항상 아침에 일어나면 침실 창문을 열어 두었다. 노파는 곧바로 창문에서 뛰어내렸다. 떨어질 때 목이 부러졌는지 아니면 그대로 숲으로 달아났다가 길을 잃었는지, 아니면 경찰관에게 붙잡혀서 감옥에 갔는지는 알 수 없다. 어쨌든 세 마리 곰은 그 후로 다시는 노파를 보지 못했다.

세 명의 군의관

그러던 어느 날 나에게 행운이 찾아왔어. 숲 속을 여행하던 외과의사 세 명을 만난 거야. 나는 그들을 이리로 데리고 왔어. 자기들이 만들었다는 연고 이야기를 하더군. 잘려나간 손도 손목에 붙일 수 있고, 다리도 몸뚱이에 붙일 수 있다고 했어. 내가 한번 보여 달라고 했더니 그중한 명이 자기 팔을 잘랐다가 다시 그 팔을 붙여 보이더군. 내가 그중 한명의 목을 잘랐더니 곧바로 다시 붙었어. 그리고 그들은 내 새로운 사냥의 첫 희생자가 됐지." — 『잃어버린 것들의 책』 16장

우리 집 벽에는 데이빗 모리스라는 화가가 그린 〈토끼〉라는 제목의 그림이 걸려 있다. 토끼의 머리를 한 어린아이와 어린아이의 머리를 한 토끼가 나무 뒤에 서서 고개를 빼고 뭔가를 바라보고 있는 그림이다. 그림 형제의 이야기 속에서 자주 등장하는 사냥꾼과 사냥의 이미지, 『세 명의 군의관』이라는 동화, 그리고 그 그림은 『잃어버린 것들의 책』에서 데이

빗이 여자 사냥꾼과 만나는 장면에 영감을 주었다. 그림을 보면서 나는 어떻게 토끼가 어린아이의 머리를 갖게 되었는지, 또 어떻게 어린아이가 토끼의 머리를 갖게 되었는지 생각해보게 되었다. 그러고 나서 어떻게 데이빗이 여자 사냥꾼을 물리칠 수 있을지도 생각했다. 숲사람에게 들었던 『헨젤과 그레텔』이야기에서 데이빗이 교훈을 얻었다고 볼 수도 있다. 왜냐하면 그레텔처럼 데이빗도 순수함을 무기로 자신을 위협하는 여자를 물리쳤기 때문이다. 그러나 데이빗이 그레텔보다 훨씬 더 영악하다. 데이빗은 켄타우로스의 이야기를 통해서 여자 사냥꾼의 허영심과 숲속의 모든 짐승들의 우두머리가 되고 싶다는 욕망을 자극했다.

이 동화의 기원에 대해서는 솔직히 말해서 거의 찾을 수가 없었고 『잃어버린 것들의 책』을 쓸 때 그 책으로부터 영감을 얻은 대목은 상처를 치유하는 연고뿐이었다. 물론 의사들의 오만, 의술을 상품화와 관련하여 많은 이야깃거리가 있을 수 있다. 아마도 19세기 초반 외과의사들의 수요가 절실했던 만큼 그들에 대해 사람들이 느꼈던 두려움이 이 이야기의 기원과 연관이 있을 것이다.

이 이야기는 '신체 강탈 공포'라고 정의할 수 있는 아주 흥미로운 개념을 제시하고 있다. 결국 이 이야기의 핵심은 자신이 아닌 다른 누군가에게 몸을 강탈당한다는 개념이다. 동화 속의 외과의사들은 제각기 다른 신체의 일부, 심지어는 정신의 일부가 그들의 통제를 벗어난 다른 생명체의 것으로 대체된다. 메리 셸리Mary Shelley의 『프랑켄슈타인』에서 이 동화의 흔적을 발견하기란 어렵지 않다. 특히 교수대에서 죽은 범죄자의 신체 일부를 사용했다는 점에서 그렇다.

〈우주의 침입자Invasion of the Body snatchers〉라든가 〈핸드 오브 오락The hands of Orlac〉데이빗 크로넨버그의 〈플라이〉같은 영화에서도 이 동화의 흔적을 발견할 수 있다.

　데이빗과의 대결에서 여자 사냥꾼이 자신의 실험으로 탄생한 변종들에 둘러싸이는 장면에서 동화의 이미지는 한층 더 부각된다. 개인적으로 나는 허버트 웰즈H.G. Welles의 『모로 박사의 섬The island of Doctor Moreau』도 어느 정도는 영향을 받았다고 확신한다.

　이 장면에서 우리는 변종괴물들이 여자 사냥꾼에 보여주는 잔인한 보복심리가 짐승의 성향인가 아니면 어린아이의 성향인가 하는 질문을 제기해볼 수 있을 것이다.

사냥꾼과 아버지상

　수많은 동화 속에 등장하는 남자는 '아버지'의 무의식적인 표출이라고 볼 수 있다. 주로 사냥꾼이나 나무꾼 같은 모습으로 등장하는데 『잃어버린 것들의 책』에서도 낯선 세상에서 처음 만나게 되는 사람이 숲사람이고 소설 끝부분에서 다시 만났을 때 데이빗은 그에게서 아버지의 모습을 본다. 그러나 데이빗의 관점에서 보면 숲사람은 아는 것이 부족하고 자신이 겪은 일들을 전부 다 데이빗에게 털어놓지는 않는 사람이다. 뒷부분에서는 숲사람이 데이빗을 위해 모든 것을 희생할 수 있었음을 암시하고 있지만 그는 결국 데이빗을 늑대들로부터 지켜주지 못했고 데이빗은 자신의 힘으로 역경을 헤쳐 나가야 했다.

　롤랜드 역시 또 한 사람의 아버지이다. 그러나 그가 라파엘이라는 친구를 찾아 헤매고 있다는 사실이 그가 숲사람보다 덜 디더운 존재임을 암시한다. 뒷부분에서 등장하는 사실상 마을의 지도자 역할을 하고 있는 플레처도 데이빗에게 또 다른 아버지상을 제시하고 있지만 마을 사람들과 마찬가지로 지나치게 신중하여 괴물과의 싸움에서 롤랜드의 제안을 전부 다 수용하지 못한다. 왕 역시 데이빗에게 아버지 역할을 하려고 하지만 그러면서도 한편으로는 그를 동등한 사람, 혹은 왕위를 수락하면 동등해질 존재로 대하려 한다.

결국 데이빗은 그가 필요로 하는 보호자 역할에 부합하지 못하는 사람들을 연거푸 만나게 되는 셈이다. 데이빗 자신의 아버지에 대한 불신과 엄마가 세상을 떠난 뒤 얼마 되지 않아서 새 여자를 사귄 아버지에 대한 배신감이 반영된 것이라고 말할 수 있다. 여기서 데이빗이 그런 불만을 제기하는 것이 적절한가 하는 질문을 던져볼 수 있다. 세상을 떠난 배우자를 그리워하며 슬퍼하는 시간으로는 어느 정도가 적당할까? 데이빗의 아버지가 로즈와 가까워진 속도와 데이빗의 엄마가 죽어가는 동안에 그녀가 그 병원에 있었다는 사실로 짐작컨대, 두 사람의 관계는 데이빗의 어머니가 살아 있는 동안 시작되었을 가능성도 있다. 데이빗은 어느 순간 그 사실을 인식하지만 그러한 과정을 데이빗에게 적절하게 설명하지 못한 점은 분명히 아버지의 성격적 결함이라고 말할 수 있다. 그러나 수많은 동화 속에서 우리는 나약한 아버지들을 만난다. 『룸펠스틸트스킨』에서 거짓말을 한 방앗간 주인과 왕이 그렇고 『헨젤과 그레텔』에서 아이들을 버리자는 계획에 동조하는 아버지가 그렇고, 자기 딸을 죽이려 하는 새 왕비의 계략에 대해 전혀 무지한 백설 공주의 아버지가 그렇다. 백설 공주를 죽이라는 왕비의 명령을 수행하지 못하고 그렇다고 해서 백설 공주를 지켜주지도 못한 사냥꾼도 마찬가지이다. 데이빗의 아버지 역시 그 나약한 아버지들과 동일선상에 있다.

이 소설에서 가장 냉혹하고 잔인한 인물인 여자 사냥꾼은 사실 동화 속에서 등장하는 전형적인 아버지 역할에 부합된다. 그녀는 보호자가 아닌 공격자이다. 그녀는 아이를 야생짐승들로부터 지켜주는 대신 그 짐승들을 이용하여 아이의 정체성을 빼앗아버리고 아이들을 괴상한 짐승으로 만들어버려서 사냥하고 죽여버린다. 그녀는 데이빗의 삶에서 '계모'의 모습으로 존재하면서 그를 지배하려 하는 여성적 위협을 상징한다고 말할 수도 있겠지만 실제로는 그보다 더 나쁘다. 왜냐하면 아버지가 자식들을 건사할 수 없을 때 여자들은 대개 그 나약함을 이용하는 데서 그쳤던 반면 여자 사냥꾼은 빌리 골딩을 죽인 철로 변의 남자처럼 아이를 죽이는 살인자이기 때문이다.

마지막으로 한 가지 의문이 제기될 수 있다. 『잃어버린 것들의 책』에는 실제로 어떤 일이 일어난 것인지 알 수 없는 두 아이가 등장한다. 그들에 대한 기억은 데이빗의 머리 속에서 떠나지 않는다. 특히 애나의 영혼은 문자 그대로 마지막까지 데이빗의 뇌리에 남는다.

데이빗은 상상을 통해서 그들에게 실제로 어떤 일이 일어났을지에 관한 하나의 가능성을 보여주고 있다. 만약 그가 여행했던 세계가 순전히 그의 상상의 산물이었다면(나는 그것이 유일한 선택이라고는 말하고 싶지 않다) 실제로 조나단과 애나에게는 실제로 어떤 일이 일어났던 것일까? 빌리 골딩의 끔찍한 죽음에 대한 데이빗의 기억은 그들에게도 똑같은 일이 일어났을지도 모른다는 가능성을 암시하고 있다. 바로 그 가능성이 이 책 속에서 일어나는 모든 사건에 영향을 주었다.

세 명의 군의관

/ 그림형제

의술에 완전히 통달했다고 생각한 세 군의관이 여행을 하다가 하룻밤을 묵어가기 위해 여관에 들렀다. 여관 주인이 그들에게 어디서 왔으며 또 어디로 가냐고 물었다.

"의술을 전파하기 위해 여행을 하고 있습니다."

의사들이 대답했다.

"어디 한번 시범을 보여주시죠."

여관 주인이 말했다.

그러자 첫 번째 의사가 자기는 팔을 잘랐다가 그 다음 날 아침에 도로 붙일 수 있다고 했다. 두 번째 의사는 심장을 꺼냈다가 다음 날 도로 집어넣을 수 있다고 했고, 세 번째 의사는 눈알을 뺐다가 도로 박을 수 있다고 했다.

"그런 걸 할 수 있다면 정말 못할 게 하나도 없겠네요. 과연 더 이상 배울 것이 없겠습니다."

그러나 사실 그들은 신기한 연고를 가지고 있었는데 그 연고를 바르기만 하면 무엇이든 도로 붙일 수 있었다. 그들은 그 연고가 들어 있는 약병을 항상 들고 다녔다. 그들은 말했던 대로 손과 심장, 눈알을 떼어서 커다란 접시 하나에 전부 다 올려놓은 뒤 그 접시를 여관 주인에게 주었다. 여관 주인은 다시 그 접시를 하녀에게 주면서 찬장에 넣어두고 잘 지키라고 했다.

그런데 하녀에게는 남몰래 좋아하는 사람이 있었다. 그는 군인이었다. 여인숙 주인과 세 명의 군의관과 여관에 묵고 있는 모든 손님들이 잠들었을 때 군인이 찾아와서 먹을 것을 달라고 했다. 하녀는 찬장을 열고 그에게 먹을 것을 내어주면서 깜빡하고 찬장 문을 닫지 않았다. 하녀는 연인의 곁에 나란히 앉아서 이야기를 나누었다. 하녀가 아무 생각 없이 수다를 떨고 있는 사이 고양이 한 마리가 기어 들어와서 찬장 문이 열린 것을 보고 손과 심장, 눈알을 물고 달아나버렸다.

군인이 음식을 다 먹고 난 뒤 하녀가 음식을 치우고 찬장 문을 닫으려는데 주인이 잘 지키라고 했던 접시가 비어 있었다. 하녀가 연인에게 말했다.

"이제 어떻게 하면 좋죠? 손도 없고 심장도 없고 눈알도 없어요! 아침이 되면 난리가 날 텐데!"

"걱정 말아요. 내가 도와줄 테니 교수대에 걸려 있는 도둑의 시체에서 손을 잘라오겠소. 어느 쪽 손이었지?"

"오른쪽 손이에요."

하녀는 군인에게 잘 드는 칼을 주었고 그는 밖으로 나가서 불쌍한 도둑의 오른손을 잘랐다. 그리고 고양이를 한 마리를 잡아서 눈알을 뺐지만 심장만은 구할 수가 없었다.

"혹시 창고에 돼지 잡아둔 것 있소?"

그가 물었다.

"네."

"그거 잘 됐군."

군인이 말하고는 저장실에 내려가 돼지의 심장을 꺼냈다. 하녀는 그 세 가지를 접시에 담아놓았고 군인이 떠나고 난 뒤 편안히 잠자리에 들었다.

아침이 밝아오자 세 명의 군의관이 하녀에게 손과 심장, 눈알이 담긴 접시를 가져오라고 했다. 하녀는 찬장에서 접시를 꺼내 그들에게 가져다주었다. 첫 번째 의사가 도둑의 손을 자기 팔에 대고 연고를 바르자 곧바로 멀쩡한 팔이 되었다. 그렇게 두 번째 의사는 고양이의 눈을, 세 번째 의사는 돼지의 심장을 자기 몸에 붙였다. 여관집 주인은 그들의 의술에 감탄했다. 이렇게 신기한 의술은 처음 본다면서 사람들에게 그들의 재능을 널리 알렸다. 의사들은 숙박비를 지불하고 여관을 나섰다.

그런데 돼지의 심장을 가진 의사는 그들과 함께 걷지를 못하고 모퉁이마다 달려가서 코를 박고 킁킁거렸다. 다른 의사들이 옷자락을 잡고 말리려 해도 소용없었다. 그는 동료 의사들을 뿌리치고 더러운 시궁창을 제멋대로 돌아다녔다.

두 번째 의사도 이상하게 행동했다. 그는 자기 눈을 문지르면서 "이봐, 도대체 어떻게 된 거지? 아무것도 보이지가 않아. 나한테 길을 좀 안내해주게. 이러다가 넘어지겠어."

그들 일행의 여행은 순탄치 않았다. 그들은 마침내 또 다른 여관에 묵게 되었다. 세 사람은 함께 술집에 들어갔는데 한쪽 구석 테이블에서 어떤 돈 많은 남자가 돈을 세고 있었다. 도둑의 손을 가진 의사는 갑자기 남자에게 다가가 팔을 두어 번 건드리더니 남자가 토지 않을 때 얼른 돈을 훔쳤다. 다른 의사가 그에게 "이봐, 도대체 뭐하는 짓인가? 돈을 훔치다니! 부끄럽지도 않은가!"

"하지만 도저히 멈출 수가 없었다네. 손이 근질거리더니 어느새 나도 모르게 돈을 훔쳐버렸는걸!"

그날 밤 세 사람이 잠자리에 들었고 자기 손조차 볼 수 없을 정도로 칠흑 같은 어둠이 내렸다. 갑자기 고양이의 눈을 한 의사가 일어나더니 다른 의사들을 깨웠다.

"여보게들! 저기 왔다 갔다 하는 흰 쥐가 보이는가?"

다른 두 의사가 일어났지만 아무것도 보이지 않았다.

"아무래도 뭔가 잘못됐어. 우리 몸에 붙인 것은 우리 것이 아니야. 어제 그 여인숙으로 돌아가야겠어. 그자가 우리를 속인 게 분명해."

그들은 다음 날 그 여인숙으로 돌아가서 몸에 붙인 것들이 자신들의 것이 아니었다고 말했다. 손은 도둑의 손이고 눈은 고양이의 눈이고 심장은 돼지의 것이 분명하다고 했다. 여인숙 주인은 잘못한 사람은 자기가 아니라 하녀라고 말하고 하녀를 불렀지만 세 군의관이 돌아오는 것을 보고 하녀는 뒷문으로 내빼서 다시는 돌아오지 않았다.

세 군의관은 여인숙 주인에게 보상금을 주지 않으면 집에 불을 질러버리겠다고 말했다. 여인숙 주인은 가지고 있는 돈을 다 내주었고 세 의사는 돈을 받고 여인숙을 떠났다. 평생을 먹고 살고도 남을 돈이었지만 그들은 모두 돈보다는 본래의 자기 몸을 되찾고 싶었다.

거위 소녀

이야기가 끝나자 롤랜드가 데이빗을 바라보았다.

"내 이야기가 어떠니?" 그가 물었다.

데이빗은 미간을 찌푸렸다.

"전에 그런 이야기를 읽은 적이 있어요. 그런데 제가 읽은 이야기는 왕자 이야기가 아니라 공주 이야기였어요. 어쨌든 끝은 똑같아요."

"이 결말이 마음에 드니?"

"어렸을 때는 마음에 들었어요. 나쁜 사람은 벌을 받아 마땅하다고 생각했어요. 나쁜 공주가 죽는 게 좋았어요."

"지금은?"

"너무 잔인하다고 생각해요."

"하지만 만약 그 왕자가 권력을 손에 넣었다면 다른 사람한테 그런 짓을 했겠지."

"그랬겠죠. 하지만 그렇다고 해서 그런 벌이 정당하다고 말할 수는 없어요."

"너라면 자비를 베풀었겠니?"

"만약 제가 진짜 왕자였다면 그랬을 거예요."

"과연 그를 용서할 수 있었을까?"

데이빗은 잠시 생각해보았다.

"아뇨. 잘못을 저질렀으니 벌은 받아야죠. 저라던 진짜 왕자가 당했던 것처럼 가짜 왕자한테 돼지 치는 일을 시켰을 거예요. 그자가 가축이나 사람을 해치지 않는 이상 아무도 그를 해치지 못하게 할 거예요."

롤랜드는 고개를 끄덕였다.

"아주 적절하고도 너그러운 벌인 것 같구나. 자, 이제 그만 자거라. 늑대들이 쫓아오고 있어. 쉴 수 있을 때 쉬어두는 게 좋겠다."

— 『잃어버린 것들의 책』 19장

이 동화는 여기 수록된 그림형제의 작품 외에도 유럽 여러 나라에서 널리 읽혔다. 한때는 무척 사랑받던 동화이지만 지금은 조금 덜 읽히고 있는데 아마도 이야기가 다소 단순해서 그런 게 아닌가 생각한다. 이 동화에는 난쟁이도 없고 괴물도 없고 마녀도 없다. 이것은 배신의 이야기이며 시련을 겪으며 자신의 운명을 받아들이는 인내에 관한 이야기이다. 전래동화에서는 주인공이 여자이었지만 롤랜드는 데이킷의 상황에 보다 부합되도록 주인공의 성을 남자로 바꾸었다. 영국의 전래동화 『로스왈과 릴리언Roswal and Lillian』에서처럼 여러 고전에서 이 이야기의 원형을 찾아볼 수 있다.

이 동화를 어린아이가 제대로 성장하도록 도와주지 못하는 부모의 무능함에 관한 교훈으로 보는 분석도 있다. 늙은 여왕은 딸에게 온갖 값진 물건들을 주었지만 딸을 안전하게 지킬 수는 없었다. 소녀에게 닥치는 모든 일은 결국 소녀 자신의 부주의함과 미숙함으로 인한 것이고 그것은 어린아이가 성장하는 과정에서 겪게 되는 시련과 역경을 상징하는 것이다. 또한 인간이 자기 자신의 본 모습으로 살아가는 것이 얼마나 중요한지, 다른 사람의 신분을 빼앗는다는 것이 얼마나 위험한 일인지도 이 이야기 속에 잘 나타나 있다.

그러나 롤랜드가 데이빗에게 들려주는 이야기는 훨씬 단순하다. 깊이의 차이는 있겠지만 결국 이 동화는 '둥지 안의 뻐꾸기' 이야기이며, 신분 강탈에 관한 이야기라고 볼 수 있다. 사실 그것이야말로 이복동생 조지를 바라보는 데이빗의 시각이다. 롤랜드는 새로 그의 가족이 된 조지에 대한 데이빗의 감정을 잘 간파하고 있다. 롤랜드가 이 이야기에 가한 변화는 마지막 부분에서 더욱 두드러진다. 두 동화 모두 잔혹한 결말로 끝이 나지만 롤랜드는 데이빗에게 죄인에게 가해진 형벌이 적절한 것이었는지, 어떻게 처벌하는 것이 옳다고 생각했는지 물어봄으로써 데이빗이 스스로 해답을 찾도록 유도하고 있다. (두 동화에서 모두 죄를 지은 자가 자신의 형벌을 스스로 결정하고 있는데, 그것은 한편으로는 결국 죄를 지은 사람 자신이 모든 것을 본래의 상태로 되돌려놓는다는 의미이고 또 한편으로는 처벌이 선택의 문제라는 의미가 담겨 있다)

데이빗이 보다 자비로운 형벌을 제안한다는 사실은 그가 이미 어느 정도는 조지와의 화해를 시작했음을 암시하고 자기보다 연약하고 힘없는 존재에 대한 책임감을 느끼기 시작했다는 뜻이기도 하다.

나는 이 책을 통해 전래동화를 '순화'시키고 싶지는 않았다. 때문에 전래동화의 잔혹성은 여전히 '치아와 손톱사이에 긴 붉은 핏자국'으로 이 책 곳곳에서 번득이고 있다. 아이들은 처벌의 본질을 이해하고 있을 뿐 아니라 악이 응징을 당한다는 사실에서 오히려 위안을 얻는다.

같은 맥락에서, 전래동화에서 폭력과 위협의 요소를 제거하는 것은 어쩌면 아이들이 살고 있는 이 세상에 범람하는 온갖 고통과 두려움을 이겨내는 데 필요한 동화의 메시지를 약화시키는 것일 수도 있다.

거위 소녀

/ 그림형제

옛날 옛날에, 남편을 잃고 오랜 세월을 혼자 살아온 늙은 여왕이 있었다. 여왕에게는 아름다운 딸이 하나 있었는데, 어느덧 자라서 먼 나라의 왕자와 약혼을 하게 되었다. 결혼식 날이 다가오자 공주는 먼 나라로 여행을 떠나야 했고 여왕은 공주를 위해 금과 은으로 만든 그릇들과 보석들을 잔뜩 챙겨주었다. 여왕은 그 누구보다도 공주를 사랑했기 때문에 귀한 왕실의 물건들을 모두 혼수로 내어주었다. 여왕은 함께 말을 타고 왕자에게 공주를 데려다주도록 하녀 한 명을 딸려 보내기로 했다. 공주와 하녀 모두 각자 말을 탔지만 공주의 말은 이름이 '팔라다'로 말도 할 줄 알았다. 떠날 시간이 되자 늙은 여왕은 공주의 방으로 가서 조그만 칼로 공주의 손을 벤 다음 흰 손수건에 피가 세 방울 떨어질 때까지 기다렸다가 손수건을 공주에게 쥐어 주며 이렇게 말했다.

"얘야, 이걸 잘 간직해라. 언젠가 필요한 날이 있을 거다."

여왕과 공주는 작별인사를 나누었다. 공주는 손수건을 품속에 넣은 다음 말을 타고 왕자의 나라로 향했다. 한동안 말을 타고 가다보니 몹시 목이 말랐다.

"말에서 내려서 컵을 들고 냇가로 가서 물을 좀 떠 다오. 몹시 목이 타는구나."

공주가 하녀에게 말했다.

"그렇게 목이 마르시면 직접 말에서 내려서 강가에 가서 물을 마시지 그러세요? 저는 더 이상 하녀 노릇을 하지 않겠어요."

몹시 목이 말랐던 공주는 황금 컵에 물을 마시는 대신 말에서 내려 강가로 내려가서 직접 물을 마신 다음 "내 신세가 참 처량하구나!" 하고 한탄했다.

그랬더니 세 방울의 피가 "여왕님께서 아시면 얼마나 가슴이 아프실까!"라고 말했다.

그러나 겸손한 공주는 아무 말도 하지 않고 다시 말을 탔다. 한참을 더 가다가 날이 덥고 태양이 뜨겁게 내리쬐자 공주는 또다시 목이 말랐다. 마침 냇가에 이르자 공주가 다시 하녀에게 "말에서 내려서 황금 컵에 물을 좀 떠 다오."라고 말했다. 하녀가 못되게 굴었던 것은 어느덧 까맣게 잊고 있었다. 하녀는 이번에도 심술궂게 대답했다.

"그렇게 목이 마르시면 직접 드세요! 더 이상 하녀 느릇은 하지 않겠어요!"

너무도 목이 말랐던 공주는 말에서 내려 냇가로 가서 흐느껴 울며 물을 마시고는 "내 신세가 참 처량하구나!" 하고 한탄했다.

그랬더니 이번에도 세 방울의 피가 "여왕님께서 아시면 얼마나 속상해 하실까!" 하고 말했다.

그런데 공주가 냇가에서 몸을 숙이고 물을 마시다가 그만 앞 품속에 넣어두었던 손수건이 빠져서 강물에 떠내려가버렸다. 이제 공주를 지켜줄 것은 아무것도 없었다. 그 광경을 지켜보던 하녀는 이제 공주한테 마음대로 해도 되겠다고 생각했다. 세 방울의 피를 잃어버리면 아무 힘도 없으리라는 것을 하녀는 알고 있었다. 공주가 팔라다에 올라타려는 순간 하녀는 "팔라다는 내가 탈 테니 넌 내 말을 타!" 하고 소리쳤다. 공주는 하는 수 없이 하녀가 시키는 대로 했다. 그리고 하녀는 공주의 아름다운 옷을 빼앗아 입고 자신의 누더기 옷을 공주에게 입혔다. 그리고 공주에게, 절대로 그 누구에게도 이 사실을 말하지 않겠다고 하늘에 맹세하게 했다. 만약 맹세를 지키지 않으면 그 자리에서 죽어버리겠다고 했다. 그러나 팔라다는 이 광경을 모두 지켜보았다.

그렇게 해서 하녀는 팔라다를 탔고 공주는 하녀의 말을 탔다. 마침내 두 사람은 왕자의 성에 이르렀다. 공주가 도착하자 모두들 환호했다. 왕자가 달려나와서 공주라고 생각하고 하녀를 말에서 내려주었다. 하녀는 궁전으로 들어갔지만 진짜 공주는 말과 함께 서 있었다. 늙은 왕이 창밖을 내다보다가 밖에 서 있는 하녀가 참으로 우아하고 기품이 있으며 아름답다고 생각하고 곧바로 공주에게 가서 뜰에 서 있는 하녀가 도대체 누구냐고 물었다.

가짜 공주는 "이곳에 오는 길에 우연히 만난 아이예요. 그 아이에게 일거리를 주세요. 저렇게 빈둥거리게 내버려두어선 안 됩니다"라고 대답했다. 그러나 왕은 하녀에게 시킬 일이 퍼뜩 떠오르지 않았다.

"거위를 돌보는 남자아이가 있는데, 그 아이를 돕게 해야겠구나."

소년의 이름은 콘라드였고 진짜 공주는 소년이 거위 치는 일을 돕게 되었다. 얼마 후 가짜 공주가 왕자에게 말했다.

"왕자님, 제 부탁을 들어주시겠어요?"

"무엇이든 들어주겠소."

"사람을 시켜서 제가 타고 온 말의 목을 쳐주세요. 여기 오는 길에 저를 몹시 힘들게 했거든요."

사실 그녀는 팔라다가 자신이 한 짓을 말할까봐 두려웠다. 가짜 공주는 왕자에게 그렇게 해주겠다는 약속을 받았다. 충성스러운 말 팔라다는 이제 죽을 운명이었고 진짜 공주가 그 소식을 듣게 되었다. 공주는 도살업자를 몰래 불러서 만약 자신의 부탁을 들어주면 금을 주겠다고 했다. 공주는 마을에는 어두운 골목이 있는데 그 골목에 팔라다의 머리를 매달아줄 수 있겠냐고, 그래서 골목을 지날 때마다 팔라다를 보게 해달라고 부탁했다.

아침 일찍 콘라드와 함께 거위들을 몰고 골목을 지날 때마다 진짜 공주는 "안녕, 팔라다! 거기 있었구나!"라고 인사를 했다.

그럴 때마다 팔라다의 머리는 "불쌍한 우리 공주님, 가엾기도 하지! 여왕님께서 아시면 얼마나 속상하실까!"라고 대답했다.

두 사람은 골목을 지나 거위를 몰고 풀밭으로 나갔다. 풀밭에 이르자 하녀는 자리에 앉아 황금빛 머리를 풀어헤쳤다. 콘라드가 황금빛 머리카락을 보고 몇 가닥을 뽑으려고 다가갔다.

"불어라, 불어라, 바람아 불어라! 콘라드의 작은 모자를 멀리 날려버려라! 모자를 쫓아 여기저기 뛰어다니게! 내가 내 머리를 다 땋아서 다시 묶을 때까지!"

공주가 말했다.

그러자 갑자기 거센 바람이 불어 콘라드의 모자가 멀리 날아갔다. 콘라드는 모자를 찾으러 이리저리 뛰어다녀야 했다. 돌아와 보니 하녀가 이미 머리를 다 땋아서 묶고 있었고 결국 머리카락은 한 올도 얻을 수가 없었다. 콘라드는 몹시 화가 나서 저녁이 되어 집으로 돌아갈 때까지 하녀에게 한 마디도 말을 걸지 않았다.

다음 날 아침 다시 거위를 몰고 어두운 골목을 지날 때 하녀가 또다시, "안녕, 팔라다! 거기 있었구나!"라고 인사를 했더니 이번에도 팔라다의 머리가, "불쌍한 우리 공주님, 가엾기도 하지! 여왕님께서 아시면 얼마나 속상하실까!"라고 대답했다.

하녀는 이번에도 풀밭에 앉아 머리를 빗기 시작했고 콘라드가 머리카락을 잡으려 하자 얼른 이렇게 말했다.

"불어라, 불어라, 바람아 불어라! 콘라드의 작은 모자를 멀리 날려버려라! 모자를 쫓아 여기저기 뛰어다니게! 내가 내 머리를 다 땋아서 다시 묶을 때까지!"

그러자 또다시 바람이 불어서 그의 작은 모자가 날아갔고 콘라드는 이번에도 어쩔 수 없이 모자를 잡으러 이리저리 뛰어다녔다. 다시 돌아와 보니 이번에도 하녀가 머리를 다 땋아서 묶고 있었고 결국 황금빛 머리카락은 한 가닥도 얻을 수가 없었다.

저녁이 되어 궁전으로 돌아오자 콘라드는 왕에게 가서 "저 아이하고는 더 이상 거위를 칠 수 없습니다!"라고 말했다.

"왜 그러느냐?"

늙은 왕이 물었다.

"하루 종일 저를 괴롭혀서 못 살겠습니다."

늙은 왕은 거위치기에게 상황을 설명해보라고 말했다.

"아침에 거위를 몰고 어두운 골목을 지날 때 골목에 말의 머리가 걸려 있는데 하녀가 그 말에게 "안녕, 팔라다! 거기 있었구나!" 하고 인사를 건네면 그 말이 "불쌍한 우리 공주님, 가엾기도 하지! 여왕님께서 아시면 얼마나 속상하실까!"라고 대답을 하더군요."

콘라드는 풀밭에서 모자를 쫓아다녔던 이야기도 했다.

왕은 소년에게 다음 날도 하녀와 거위를 몰고 가라고 말한 뒤 어두운 골목에 숨어서 기다렸다가 하녀가 말 머리에게 하는 말을 들었다. 왕은 풀밭으로 몰래 쫓아가서 숨어서 기다렸다. 머지않아 거위치기 소년과 하녀가 풀밭으로 왔고 듣던 대로 하녀는 황금빛 반짝이는 머리카락을 풀어 헤치더니 서둘러 이렇게 말했다.

"불어라, 불어라, 바람아 불어라! 콘라드의 작은 모자를 멀리 날려버려라! 모자를 쫓아 여기저기 뛰어다니게! 내가 내 머리를 다 땋아서 다시 묶을 때까지!"

그러자 갑자기 거센 바람이 불더니 콘라드의 모자를 날려버렸고 그 사이 하녀는 조용히 머리를 땋았다. 왕은 이 모든 광경을 지켜보았다. 그러다가 아무도 모르게 성으로 돌아갔다. 저녁이 되어 거위 소녀가 성으로 돌아오자 그는 소녀를 불러 그런 행동을 한 영문을 물었다.

"말씀드릴 수 없습니다. 하늘을 두고 맹세를 했거든요. 맹세를 지키지 않았다면 아마 전 벌써 죽었을 거예요."

왕은 거위 소녀를 다그치며 어떻게든 사연을 알아내려 했지만 소녀는 좀처럼 입을 열지 않았다.

"좋아. 정 내게 말할 수 없다면 저기 있는 저 벽난로에 대고 말해보렴."

왕이 그렇게 말하고 자리를 떴다.

거위 소녀는 몰래 벽난로에 들어가 통곡하면서 그동안 가슴속에 묻어 둔 말을 모두 쏟아냈다.

"이렇게 낯선 땅에 홀로 버려지다니……. 내가 공주인데, 못된 하녀가 강제로 내 옷을 벗기고 나에게 자기 옷을 입힌 다음 공주 행세를 하고 있어! 이제 난 거위치기로 살아가는 수밖에 없어! 어머니가 아신다면 얼마나 가슴이 아프실까?"

나이 든 왕은 밖에 서서 벽난로에 연결된 관에 귀를 기울이고 소녀가 하는 말을 전부 다 들었다. 왕은 소녀에게 따라 오라고 한 뒤 왕실의 옷을 입게 했다. 소녀의 모습은 눈부시게 아름다웠다. 왕은 아들을 불러서 그의 아내가 하녀이며 진짜 공주는 바로 눈앞에 서 있는 거위치기 소녀라고 말했다. 왕자는 젊고 아름다운 공주를 보고 무척 기뻐했다. 곧 성대한 만찬이 준비되었고 사람들이 초대되었다. 테이블 끝에 왕자가 앉았고 그 양쪽에 가짜 공주와 진짜 공주가 앉았다. 그러나 가짜 공주는 아름다운 옷을 차려입은 공주를 알아보지 못했다. 모두 즐겁게 먹고 마시다가 왕이 하녀에게 수수께끼를 냈다. 하녀가 한 짓을 그대로 이야기하면서 자기 주인을 배신한 하녀가 있다면 어떤 벌을 주어야 마땅하냐고 물었다. 가짜 하녀가 말하기를 "발가벗겨서 뾰족한 못이 잔뜩 든 통에 들어가게 한 다음 목숨이 끊어질 때까지 두 마리의 말이 끌고 다니게 해야 합니다!"라고 말했다.

"그게 바로 네 운명이다! 네가 자신의 벌을 말하였으니 당장 그 벌을 받을지어다!"

못된 하녀가 벌을 받는 동안 왕자는 진짜 공주와 결혼을 했고 두 사람은 오래오래 행복하게 살았다.

미녀와 야수

그 순간 그의 오른편에 있던 거울이 반짝이면서 투명해지더니 거울 속에서 여자의 모습이 나타났다. 검은 옷을 입고 아무것도 없는 빈 방의 의자에 여자가 앉아 있었다. 여자의 얼굴은 베일로 가려져 있었고 손에는 벨벳 장갑을 끼고 있었다.

"제 목숨을 살려주신 분의 얼굴을 좀 볼 수 없을까요?"

"그럴 수 없습니다."

여자가 대답했다.

— 『잃어버린 것들의 책』 20장

롤랜드가 데이빗에게 들려준 이 이야기는 『잃어버린 것들의 책』에서 비교적 후반부에 등장하는 동화로 데이빗에 관한 이야기라기보다는 롤랜드 자신의 여정에 관한 이야기이다. 그 동화를 통해 롤랜드는 가시의 성에서 자신을 기다리고 있는 위험에 대한 두려움을 표현하고 있지만 데이빗의 감정도 반영되어 있다는 사실에 유의할 필요가 있다. 그것은 바로 여성에 대한 두려움이다. 이 단계에서부터 자신이 처한 상황에 대한 데이빗의 감정은 다소 복잡해진다. 롤랜드의 이야기 속에서 잘못을 저지르는 사람은 여자가 아니다. 오만과 허영심으로 남자 주인공이 벌을 받는다.

미녀와 야수 이야기의 뿌리는 아풀레이우스Apuleius의 『황금 당나귀 The Golden Ass』 중에서 「큐피드와 프시케」에 뿌리를 두고 있다. 이 이야기는 15세기에 라틴어로 출판되어 유럽 전역으로 퍼져 나갔다가 훗날 여러 언어로 번역되면서 나라마다 조금씩 특징적인 부분이 가미되었고 그 후 수많은 아류들이 탄생한 경우라고 말할 수 있다. 그중에서도 이 이야기의 표본으로 일컬어지는 동화는 1757년, 보몽Beaumont 부인이 『소녀 잡지Magasin de enfants』에 발표한 것이지만 그 이전에도 바실레 Basile, 페로, 스트라파롤라Straparola 같은 작가들이 유사한 이야기를 발표한 바 있다. 1740년, 빌뇌브villeneuve 부인이 『선원 우화 혹은 젊은 미국 여인 이야기Les contes marins ou la jeunne Americaine』라는 소설을 발표했는데, 그 책에 소개된 미녀와 야수를 여기 수록했다.

아풀레이우스의 작품에 기원을 둔 이 이야기는 여성을 성적 자각을 주제로 한 이야기로 인식되어 왔다. (물론 비교적 도덕적인 버전에서는 야수가 멋진 남자로 변하기 때문에 남성의 성적 자각이라고 보기도 한다.) 또한 연인 관계에서 성의 중요성에 관한 이야기로 이해되기도 한다. 로버트 그레이브스Robert Graves는 이 이야기를 '이성적인 영혼이 지적인 사랑으로 성숙해가는 과정을 철학적으로 표현한 동화'로 보았다. 중세에는 영혼의 짝을 찾는 동반자적 사랑에 관한 이야기, 특히 자신을 이해해주는 추한 남자에 대한 여성의 인내에 관한 이야기로 비쳐졌을 가능성도 있다.

그 외에 여기서 언급할 만한 작품들로는 마리나 워너Marina Warner의 두 개의 걸작, 『도깨비야 물러가라No Go the Bogeyman』(1998), 『야수에서 금발미녀로From the beast to the Blonde: On Fairy Tales and Their Tellers』(1994)가 있다.

미녀와 야수

/ 보몽 부인

옛날에 아주 부유한 상인이 있었다. 그에게는 자식이 여섯 있었는데, 아들이 셋, 딸이 셋이었다. 그는 지혜로운 사람이라 자식들을 교육시키는 데 돈을 아끼지 않았고 여러 선생님들을 두어 자식들을 가르쳤다. 딸들은 모두 아름다웠는데, 그중에서도 막내가 가장 예뻤다. 어렸을 때부터 사람들은 막내의 미모를 칭찬하면서 '꼬마 미녀'라고 불렀다. 막내는 자라서도 뷰티(미녀)로 불려서 언니들의 시샘을 샀다. 막내는 가장 예쁘기도 했지만 마음씨도 가장 착했다. 두 언니들은 자신들이 부자라는 이유로 거들먹거렸다. 그들은 항상 거만하게 굴면서 다른 상인들의 딸들과는 어울리지 않고 오직 지체 높은 집안의 자식들만 상대했다. 언니들이 매일 파티와 무도회, 공연장으로 놀러 다니는 동안 막내는 좋은 책들을 읽으며 시간을 보냈다.

부자라는 소문이 퍼지면서 유명한 상인들이 청혼을 해왔지만 위의 두 딸은 백작이나 남작이 아니면 결혼을 하지 않겠다고 했다. 반면 뷰티는 그들의 청혼에 고맙다고 인사한 뒤 아직은 결혼하기에는 너무 이르고 아버지와 몇 년 더 살고 싶다며 공손하게 거절했다.

그런데 그 상인이 갑자기 재산을 모두 잃게 되어서 시골 마을의 조그만 집으로 이사를 하게 되었다. 그는 눈물을 흘리며 딸들에게 시골로 내려가서 일을 해야 한다고 말했다. 두 딸은 사귀고 있는 남자들이 몇 명 있었기 때문에 절대로 도시를 떠날 수 없다고 했다. 그들은 비록 가난해도 남자들이 기꺼이 자기들을 받아줄 거라고 생각했다. 그러나 그것은 그들의 착각이었다. 남자친구들은 가난해진 그들을 경멸하면서 모두 떠나버렸다. 두 딸의 성품이 형편없었기 때문에 사람들은 이제 좀 겸손해져보라고, 시골에서 소젖을 짜서 우유장사나 하면서 잘 살아보라고 빈정거렸다. 그러나 뷰티에 대해서만은 사람들도 무척 걱정했다. 뷰티는 예쁘고 착한 아이였고 가난한 사람들에게도 항상 친절했다. 뷰티가 돈 한 푼 없다는 것을 알면서도 많은 남자들이 그녀에게 청혼을 했지만 뷰티는 불쌍한 아버지를 떠날 수 없다고, 아버지와 함께 시골로 내려가서 아빠를 돌봐드리겠다며 거절했다. 불쌍한 뷰티는 처음에는 재산을 잃고 가난하게 된 것이 몹시 슬펐지만 '주저앉아 울어봐야 무슨 소용이 있어? 돈 없이도 얼마든지 행복하게 살 수 있어!'라며 스스로를 위로했다.

시골집으로 이사를 한 뒤 상인과 세 아들은 낙농업과 농사를 시작했다. 뷰티는 새벽 네 시에 일어나서 집을 청소하고 식사를 준비했다. 한 번도 그런 일을 해본 적이 없었던 뷰티는 처음에는 무척 힘들었지만 두 달이 지난 뒤에는 훨씬 더 건강해지고 튼튼해졌다. 일을 다치고 나면 책을 읽고 하프시코드를 연주하고 노래를 부르고 물레질을 했다.

반면 두 언니들은 시간을 주체할 줄을 몰랐다. 10시에 일어나서 하루 종일 빈둥거리면서 입을 옷이 없고 아는 사람이 없다고 투덜거렸다.

"막내 좀 봐! 정말 한심하고 멍청한 애 아니야? 이렇게 끔찍한 상황에 만족하며 살다니……."

두 언니들이 자기들끼리 수군거렸다.

그러나 착한 상인만은 다른 생각을 갖고 있었다. 그는 뷰티가 언니들보다 훨씬 됨됨이가 훌륭하다는 것을 잘 알고 있었다. 지적으로도 그렇거니와 인품도 그랬다. 그는 뷰티의 겸손함과 성실함을 사랑했지만 무엇보다도 그녀의 인내심이 마음에 들었다. 언니들이 뷰티에게 모든 일을 맡기고 볼 때마다 온갖 심술을 부렸기 때문이었다.

시골생활을 시작한 지 1년쯤 지난 뒤 그가 투자를 했던 배가 안전하게 항구에 들어왔다는 편지가 날아왔다. 이 소식을 듣자 두 언니들은 뛸 듯이 기뻐했다. 안 그래도 시골 생활에 슬슬 짜증이 나던 터였다. 아버지가 떠날 채비를 하는 것을 보고 두 딸들은 새 드레스와 모자와 리본, 온갖 사치품들을 사오라고 졸랐지만 뷰티는 아빠가 받게 될 돈으로 언니들이 사달라는 물건을 사기에도 부족할 거라고 생각하면서 아무런 부탁도 하지 않았다.

"넌 무얼 갖고 싶으니, 뷰티?"

아버지가 물었다.

"굳이 대답을 하자면……. 장미 한 송이만 꺾어주세요. 여기서는 통 장미꽃을 볼 수가 없어서요."

사실 장미가 꼭 갖고 싶은 것은 아니었지만 말을 하지 않으면 언니들이 괜히 착한 척을 한다며 시비를 걸게 뻔했기 때문에 그렇게 말을 했다.

착한 상인이 여행을 떠났다. 그런데 그는 그만 사기죄로 고소를 당해서 곤경에 처하고 아무 잘못도 없이 고통을 겪어야 했고 결국 떠날 때와 똑같이 빈털터리가 되었다.

돌아오는 길에 집에서 멀지 않은 곳에 이르자 자식들을 만날 생각에 상인은 가슴이 설레었다. 그러나 그만 숲 속에서 길을 잃고 말았다. 눈보라가 몰아쳤고 바람이 얼마나 거세었는지 말에서 두 번이나 떨어졌다. 어둠이 내렸고 상인은 얼어 죽거나 굶어 죽거나 늑대들에게 잡아먹힐까 봐 두려웠다. 멀지 않은 곳에서 늑대들의 울음소리가 들려오고 있었다. 그때 저만치에서 불빛이 보였다. 조금 더 다가가 보니 불빛은 온통 환하게 밝혀진 성에서 새어나오는 것이었다. 상인은 하느님께 감사하면서 성으로 향했다. 성의 안뜰에는 사람이 없었다. 그의 말은 커다란 마구간 문이 열려 있는 것을 보고 그리로 들어가서 마른 풀을 먹었다. 굶어 죽기 일보 직전이었던 불쌍한 말이 정신없이 건초를 먹는 것을 보고 상인은 말을 여물통에 묶어놓고 성 안으로 들어갔다. 커다란 홀에는 아무도 없었지만 불이 지펴져 있었고 식탁에는 음식이 차려져 있었지만 식기는 꼭 한 사람 것뿐이었다. 비바람을 헤치고 오느라 온몸이 젖어 있었던 그는 불가로 다가가 몸을 말렸다.

　"이 집 주인이든 하인이든 내가 마음대로 들어온 것을 이해해주었으면 좋으련만. 곧 누군가 나타나겠지."

　상인은 한참을 기다렸지만 11시 종이 치도록 아무도 나타나지 않았다.

　몹시 배가 고팠던 그는 더 이상은 도저히 참을 수가 없어서 닭 한 마리를 들고 두어 번 입 안 가득 물어뜯었다. 이제야 살 것 같았다. 포도주를 몇 모금 마시고 나서 배짱이 두둑해진 상인은 홀을 가로질러 멋진 가구들로 장식된 방들을 둘러보기 시작했다. 그러다가 커다란 침대가 놓인 방에 들어가게 되었다. 너무도 피곤한 데다 자정이 넘었기 때문에 상인은 침대에 누웠고 그대로 잠이 들고 말았다.

　다음 날 아침 눈을 떠 보니 10시가 다 되어 있었고 그는 전날 밤에 더

럽혀진 옷 대신 멋진 옷이 걸려 있는 것을 보고 이 성의 주인이 착한 요정이며 그 요정이 그의 불운을 불쌍히 여기는 모양이라고 생각했다. 그는 창밖을 내다보았다. 눈은 온데간데없고 온갖 아름다운 꽃과 나무들이 울창하게 자라 있었다. 전날 밤에 저녁을 먹은 홀로 돌아가 보니 작은 테이블에 코코아가 준비되어 있었다.

"착한 요정님, 고맙습니다. 이렇게 아침까지 챙겨주시다니 너무나 감사합니다."

착한 상인은 코코아를 마신 뒤 마구간으로 향했다. 그런데 정원의 장미를 바라본 순간 뷰티의 부탁이 떠올라서 꽃다발을 만들어야겠다고 생각하고 장미를 꺾기 시작했다. 그때 갑자기 무시무시한 짐승의 울부짖는 소리가 들리면서 무섭게 생긴 야수가 그의 앞에 나타났다. 상인은 하마터면 기절할 뻔했다.

"은혜도 모르는 놈 같으니라고!"

야수가 섬뜩한 목소리로 소리쳤다.

"내 성에 묵게 해주고 목숨을 살려주었더니 내 장미를 훔쳐? 내가 이 세상에서 가장 아끼는 장미를 훔쳤으니 넌 죽어 마땅해! 너에게 15분을 줄 테니 마지막 기도나 해!"

상인은 무릎을 꿇고 두 손을 쳐들며 말했다.

"오, 자비로우신 영주님! 부디 용서해주십시오! 제 막내딸이 장미꽃 한 송이를 따다 달라고 해서 꺾은 것뿐입니다!"

"나는 자비로운 영주가 아니라 무서운 야수야! 난 칭찬을 좋아하지 않아. 난 있는 그대로 말하는 게 좋아. 그런 말을 한다고 내가 좋아할 거라고 생각했다면 오산이야! 하지만 네게 딸이 있다고 했지? 너 대신 죽어 줄 딸을 보내주겠다고 약속하면 널 살려주마. 만약 네 딸을 보낼 수 없으면 석 달 내로 다시 이곳으로 와야 해!"

상인은 딸을 대신 죽게 할 생각은 눈곱만치도 없었지만 이렇게 해서라도 마지막으로 자식들을 한 번 더 보고 싶었다. 상인이 반드시 돌아오겠다고 약속을 한 뒤 돌아서려는 순간 야수는 "하지만 빈손으로 돌려보낼 순 없지. 네가 잠을 잤던 침실에 가보면 빈 금궤가 있을 것이다. 그 금궤를 가득 채워서 가지고 가거라"라고 말한 뒤 어디론가 사라졌다.

'어차피 죽을 목숨이라면 불쌍한 자식들에게 재물이라도 남겨 주어야지.'

상인이 생각하면서 침실로 돌아갔다. 그곳에는 엄청난 양의 금이 있었고 상인은 야수가 말한 대로 금궤에 금을 가득 채우고 잠근 뒤 마구간으로 가서 말을 타고 성을 나섰다. 기쁘게 들어온 성이었건만 나갈 때는 슬픔뿐이었다. 말은 아무 탈 없이 집으로 돌아가는 길을 찾았고 그는 몇 시간 만에 집에 도착했다.

자식들이 달려나와 그를 반겼지만 상인은 자식들의 포옹을 받는 대신 장미를 내밀며 눈물을 흘렸다.

"뷰티, 이 장미를 받아라. 이 장미는 애비의 목숨을 대가로 얻은 아주 귀한 장미란다!"

그는 자신이 처한 운명을 딸에게 들려주었다. 두 언니는 막내에게 온갖 비난을 퍼부으면서 날뛰었지만 막내는 조금도 울지 않았다.

"그래도 자존심은 있어가지고! 우리처럼 옷이나 사달라고 했으면 아무 탈이 없었을 것을! 착한 척하다가 아버지를 죽게 만들어놓고 눈물 한 방울도 흘리지 않는구나!"

"내가 왜 눈물을 흘려야 해? 아버지는 절대 나 때문에 돌아가지 않아. 딸을 대신 받아주겠다고 했으니 내가 가면 돼. 아버지 대신 죽을 수 있다니 얼마나 다행이야? 내가 아버지를 얼마나 사랑하는지 보여드릴 수도 있고!"

"뷰티, 널 보낼 수 없어. 우리가 가서 야수를 죽이고 올 거야."

세 오빠들이 말했다.

"그런 생각은 하지도 마라. 얼마나 무시무시한 괴물인지 몰라. 너희들 힘으로는 절대 당해낼 수 없을 거다. 막내야. 네 마음은 고맙지만 허락할 수 없다. 나는 이미 늙었고 살 만큼 살았어. 내가 살아봐야 얼마나 더 살겠니? 너를 잃고 살 바에야 차라리 죽는 게 낫다."

"아버지, 저를 두고 절대로 성으로 가지 마세요. 무슨 말씀을 하셔도 전 갈 거예요."

가족들이 말려봐야 소용없는 일이었다. 뷰티는 그 성으로 가겠다고 우겼고 예쁘고 착한 뷰티를 늘 질투했던 언니들은 기뻐했다.

딸을 잃는다는 생각에 몹시 상심한 나머지 금궤를 잊고 있었던 상인은 잠자리에 들기 위해 방문을 닫자마자 침대 맡에 놓여 있는 금궤를 보았다. 상인은 다시 부자가 되었다는 이야기를 아무한테도 하지 않기로 결심했다. 가족들이 다시 도시로 돌아가기를 원할 것이 뻔했고 그는 시골 마을을 떠나고 싶지 않았다. 그러나 막내에게만큼은 그 사실을 털어놓았다. 뷰티는 아버지가 집을 비운 사이 두 남자가 언니들에게 청혼을 하러 왔다고 말하고 아빠에게 그 돈으로 언니들을 결혼시키자고 설득했다. 뷰티는 마음씨가 착한 아이였고 온갖 심술에도 불구하고 언니들을 사랑했다. 한편, 언니들은 뷰티가 떠나는 것을 보고 양파를 눈에 문질러서 억지로 눈물을 짜냈지만 오빠들은 진심으로 막내를 걱정했다. 그러나 뷰티는 가족들의 마음을 더 아프게 하고 싶지 않아서 눈물을 참았다.

말이 두 사람을 태우고 성으로 향했다. 어두워지자 곧바로 성의 불빛이 보였다. 말은 곧장 마구간으로 향했고 상인과 딸은 큰 홀로 들어섰다. 커다란 테이블에 두 사람 분의 식사가 준비되어 있었다. 상인은 입맛이 없었지만 뷰티는 애써 명랑하게 보이려고 식탁에 앉아 아버지의 식사를 거들었다.

'이렇게 음식을 잔뜩 차려놓은 것을 보면 날 통통하게 살찌운 다음 잡아먹으려나 보지?' 뷰티가 속으로 생각했다.

식사를 마치고 나자 무시무시한 소리가 들려왔고 상인은 눈물을 흘리며 딸에게 작별인사를 했다. 야수의 소리였다. 무시무시하게 생긴 야수를 보고 뷰티는 잔뜩 겁에 질렸지만 야수가 본인의 의지로 이 성에 왔냐고 묻자 가까스로 용기를 내어 온몸을 떨면서 "네"라고 대답했다.

야수는 "참 착한 딸이로군. 아주 마음에 들어. 정직한 상인아, 이제 너는 집으로 가도 좋다. 하지만 다시는 이곳에 올 생각을 하지 마라."

"알겠습니다. 잘 있어라, 뷰티, 안녕히 계십시오, 야수님!"

그가 대답하자 야수가 사라졌다.

"막내야!"

장사꾼은 뷰티를 끌어안았다.

"정말 무서운 야수로구나. 아무래도 네가 가는 게 좋겠어. 내가 여기 있으련다."

"안 돼요, 아버지. 내일 아침 일찍 떠나세요. 저는 하느님께 맡기시고요."

뷰티가 단호한 목소리로 말했다.

그들은 잠자리에 들었다. 밤새 잠이 들어서는 안 될 것 같았지만 침대에 눕자마자 잠이 들고 말았다. 뷰티는 꿈을 꾸었다. 꿈속에서 아름다운 여자가 나타나서, "네 마음씨가 참으로 기특하구나! 아버지를 위해 기꺼이 목숨을 내놓은 너의 희생은 반드시 보상을 받을 것이다!"라고 말했다. 아침에 눈을 뜨자 뷰티가 아버지에게 꿈 이야기를 했고 상인은 조금이나마 마음이 편안해졌다. 그러나 사랑하는 딸을 두고 떠나야 하는 아버지는 눈물을 참을 수가 없었다.

아버지가 떠나자 뷰티는 커다란 홀에 홀로 남아 눈물을 흘렸다. 그러나 워낙 용감한 소녀였던 뷰티는 그날 밤 야수에게 잡아먹히더라도 너무 두려워하지 않게 해달라고 하느님께 빌었다.

뷰티는 아름다운 성을 한번 둘러보는 것도 나쁘지 않을 거라는 생각이 들었다. 둘러볼수록 탄성이 절로 나오는 아름다운 성이었다. '뷰티의 방'이라고 적힌 방을 보고는 깜짝 놀랐다. 조심스럽게 문을 열어본 뷰티는 방이 너무도 아름다워서 입을 다물 수가 없었다. 무엇보다도 뷰티의 주의를 끌었던 것은 커다란 도서관과 하프시코드와 악보였다.

"내가 따분할까봐 이런 것들을 준비해둔 모양이네!"

뷰티가 생각했다.

"하지만 겨우 하룻밤을 보내라고 이 모든 것을 준비해두었을까?"

그런 생각을 하니 용기가 솟았다. 책장에서 책을 꺼내 보니 황금빛 펜으로 쓴 글이 있었다.

환영합니다, 뷰티.
두려워하지 마세요.
당신은 이 성의 주인입니다.
무엇이든 말만 하세요.
곧바로 이루어질 것입니다.

뷰티는 한숨을 쉬었다.

"불쌍한 아버지가 지금 뭘 하고 계신지 알 수 있다면 더 바랄 게 없겠어요."

그녀의 말이 떨어지기가 무섭게 눈앞에 커다란 거울이 나타나더니 놀랍게도 그녀의 집이 보이는 것이 아닌가! 아버지가 몹시 낙담한 표정으로 집으로 들어서고 있었고 언니들은 슬픈 척 연기를 하면서도 막내가 사라졌다는 사실에 대한 기쁨을 감추지 못했다. 잠시 후 모든 것이 사라졌지만 뷰티는 야수의 친절이 무척 고마웠다.

점심이 되자 식사가 준비되었고 아름다운 음악이 울려 퍼졌지만 아무도 보이지 않았다. 밤이 되어 저녁식사 테이블에 앉는 순간 야수의 소리가 들려왔고 뷰티는 또다시 두려움에 떨었다.

"뷰티, 미안하지만 식사하는 것을 지켜보아도 되겠소?"

야수가 물었다.

"그렇게 하세요, 야수님."

뷰티가 벌벌 떨며 대답했다.

"이 성의 주인은 당신입니다. 만약 내가 여기 있는 게 싫으면 그렇다고 말해요. 곧바로 갈 테니까. 하지만 한 가지 물어보겠소. 내가 정말 그렇게 끔찍하게 못생겼소?"

"그건 사실이에요. 전 거짓말은 못한답니다. 하지만 당신은 아주 좋은 분 같아요."

"그건 사실이오. 하지만 난 못생긴 데다 또 아주 무식하다오. 내가 무식하기 짝이 없는 가엾은 짐승이라는 사실은 나도 잘 알고 있소."

"그렇다면 더더욱 무식한 분은 아니시네요. 정말 무식한 분이시라면 그 사실을 알 리가 없고 또 그렇게 겸손할 리도 없으니까요."

"어서 들어요. 이곳에 있는 것은 전부 당신 것이니 편안하게 즐겨요. 당신이 행복하지 않으면 나도 무척 불편하다오."

"참 친절한 분이시군요. 말씀을 듣고 보니 겉모습과는 전혀 다른 분이신 것 같아요."

"그렇소. 내 마음은 아주 선하다오. 하지만 그래도 야수인 것은 어쩔 수 없는 사실이지."

"인간 중에도 당신보다 더 야수 같은 사람들이 있어요. 그런 사람들보다는 당신이 백번 나아요. 인간의 모습을 하고도 믿을 수 없고 감사할 줄 모르는 썩은 마음을 가진 자들이 얼마든지 있으니까요."

"내가 똑똑한 사람이라면 멋진 말로 당신에게 고마움을 표현할 수 있으련만, 무식한 나로서는 그저 정말 고맙다고밖엔 달리 표현할 수 없군요."

야수가 말했다.

뷰티는 맛있게 저녁식사를 했다. 야수에 대한 두려움은 서서히 사라졌다. 그러나 야수가, "뷰티, 내 아내가 되어주겠소?"라고 묻는 순간 하마터면 기절할 뻔했다. 뷰티는 잠시 할 말을 찾지 못했다. 거절하면 야수가 화를 낼까봐 두려웠다. 그러나 뷰티는 잠시 후 조심스럽게 대답했다.

"그럴 수 없어요."

가엾은 야수는 긴 한숨을 내쉰 다음 분을 못 이기고 씩씩거렸다. 그 바람에 성 전체가 흔들리는 것 같았다. 뷰티는 두려웠다. 그러나 괴물은 잠시 후, "그럼 잘 있어요, 뷰티"라고 말한 뒤 자리에서 일어서서 밖으로 나갔다. 나가기 전에 몇 번 뒤를 돌아보았다.

"딱하기도 하지. 저렇게 착한 분이 저렇게 못생겼다니……."

뷰티는 석 달 동안 성에서 행복하게 지냈다. 매일 저녁식사 시간에 야수가 찾아와서 그녀와 이야기를 나누었다. 야수는 이성적이고 상식도 있었지만 유머감각이라고는 조금도 찾아볼 수 없었다. 그러나 뷰티는 날마다 야수의 좋은 점을 발견했고 매일 보다보니 그의 모습에 익숙해져서 처음 보았을 때처럼 끔찍하다는 생각은 들지 않았다. 심지어는 시계를 보면서 야수가 나타나는 9시를 기다리기도 했다. 야수는 한 번도 그 시간을 어기는 일이 없었다. 그런데 뷰티의 마음을 불편하게 하는 것이 한 가지 있었다. 매일 밤 야수는 그녀에게 자기와 결혼해주겠냐고 물었다. 하루는 뷰티가 이렇게 말했다.

"야수님, 당신은 제 마음을 정말 불편하게 만드시는근요. 당신의 청혼을 승낙할 수 있으면 좋겠지만 앞으로도 그런 일은 없을 거예요. 저는 당신을 친구로만 생각하고 있어요. 그러니 제발 당신도 그렇게 노력해주세요."

"알고 있어요. 알고 있다고! 내 자신이 얼마나 가여운 짐승인지 나도 잘 안다오. 하지만 나는 당신을 너무도 사랑하고 있소 물론 그것만으로도 행복하다고 생각해야겠지? 이렇게 당신이 내 곁에 있으니 말이오. 절대로 내 곁을 떠나지 않겠다고 맹세해주오."

그의 말에 뷰티는 얼굴을 붉혔다. 그러나 거울을 통해 아버지가 그녀를 잃은 슬픔에 병들어 누워 있는 것을 본 뒤로 아버지가 너무도 보고 싶었다.

"그럴게요. 절대로 당신을 떠나지 않겠어요. 하지만 아버지가 너무나 보고 싶어요. 아버지를 만나는 것을 허락해주지 않으면 전 이대로 죽을 지도 몰라요."

"조금이라도 당신 마음이 불편한 것을 지켜보느니 차라리 내가 죽는 편이 낫겠소. 당신을 아버지에게 보내주겠소. 하지만 다시 돌아오지 않으면 이 가엾은 야수는 슬퍼서 죽고 말 거요."

"아니에요! 그렇게 죽게 하기에는 당신은 제게 너무 소중한 분이에요. 일주일 내로 돌아오겠다고 약속할게요. 거울을 통해서 보니 언니들은 결혼을 해서 떠났고 오빠들은 모두 입대를 했어요. 아버지를 꼭 일주일만 돌봐드리고 올게요."

"내일 아침에 떠나도록 해요. 하지만 절대 약속을 잊어선 안 돼요. 다시 돌아올 생각이라면 잠자리에 들기 전에 반지를 빼서 테이블 위에 놓아두시오. 잘 가요, 뷰티."

야수가 한숨을 쉬고 여느 때처럼 작별인사를 했다. 뷰티는 야수의 모습을 보고 몹시 상심한 채로 잠자리에 들었다. 다음 날 아침 눈을 떠보니 뷰티는 아버지의 집에 와 있었다. 침대 밑에 있는 조그만 종을 흔들었더니 하녀가 달려와서 소리를 질렀고 그 소리를 듣고 아버지가 뛰어왔다. 막내딸을 본 순간 아버지는 기뻐서 어쩔 줄을 몰랐다. 그는 한참 동안 뷰티를 끌어안고 놓아주지 않았다. 잠시 후 뷰티가 잠자리에서 일어나려고 생각해보니 갈아입을 옷이 없었다. 그러나 하녀가 와서 옆방에 다이아몬드와 금으로 장식된 온갖 드레스들이 가득 들어 있는 가방이 있다고 일러주었다. 뷰티는 야수에게 감사하면서 그중에서 가장 수수한 드레스를 입었다. 뷰티가 언니들에게 선물로 드레스를 주어야겠다고 생각했지만 그 순간 트렁크가 사라졌다. 뷰티의 아버지가 그러지 말고 그냥 가지고 있으라고 말하자 곧바로 트렁크가 다시 나타났다.

뷰티는 옷을 차려 입었고 곧 사람을 시켜 언니들을 불렀다. 언니들이 남편들과 함께 나타났다. 언니들은 둘 다 행복하지 못했다. 큰 언니가 결혼한 남자는 아주 잘생긴 신사였지만 자신밖에 모르는 사람이라 아내를 돌보지 않았다. 둘째 언니는 아주 똑똑한 남자와 결혼했는데 그는 자신의 지식을 주변 사람들, 특히 부인을 괴롭히는 데만 사용했다. 언니들은 뷰티가 공주 같은 드레스를 입고 그 어느 때보다도 아름다운 모습으로 나타난 것을 보고 질투심에 휩싸였다. 상냥하고 사랑스러운 태도도 그렇거니와 자신이 너무도 행복하다고 말하는 순간에는 폭발할 것 같았다. 그들은 정원으로 뛰어나가서 통곡을 하면서 자기들보다 하나도 나을 것 없는 뷰티가 왜 그들보다 더 행복해야 하는지 분개했다.

"애, 나한테 좋은 생각이 있어."

언니가 동생에게 말했다.

"일주일이 지나도 못 돌아가게 하자. 그러면 그 멍청한 야수가 몹시 화가 나서 쟤를 잡아먹을지도 몰라!"

"좋아! 그러려면 우리가 최대한 친절하게 대해주어야 해."

두 언니는 그렇게 마음을 먹고 돌아가서 뷰티에게 상냥하게 대해주었고 불쌍한 뷰티는 기쁨의 눈물을 흘렸다. 일주일이 지나자 두 언니들은 울부짖고 머리를 뜯으며 이렇게 떠나보낼 수 없다고, 일주일만 더 있으라고 애원했다.

그러나 시간이 지날수록 뷰티는 괴로워할 야수 생각에 마음이 편치 않았다. 뷰티 자신도 야수를 사랑하고 있었고 너무도 보고 싶었다. 열흘째 되던 날 밤, 뷰티는 꿈에 야수가 몹시 지친 모습으로 풀밭에 앉아서 죽어가는 목소리로 그녀를 원망하고 있는 모습을 보았다.

"내가 정말 잘못했어! 매일 저녁 그렇게 나를 기쁘게 해주었던 야수였는데……. 못생기고 무식한 게 그의 잘못도 아니잖아? 친절하고 마음씨가 착한 것만으로도 충분해. 왜 청혼을 거절했을까? 언니들보다는 훨씬 더 행복하게 살 수 있었을 텐데……. 여자를 행복하게 해주는 남자는 똑똑한 남자도, 귀한 집안의 남자도 아니야. 착하고 따뜻하고 온순한 남자인데, 야수는 그 세 가지를 모두 갖추었어. 물론 야수에게 열정적인 사랑을 느끼는 것은 아니지만 고마움과 존경과 우정의 감정만으로도 충분해. 절대 그를 비참하게 만들지 않을 거야. 만약 야수에게 상처를 준다면 내 자신을 결코 용서할 수 없을 것 같아."

뷰티는 그 말과 함께 자리에서 일어서서 반지를 테이블 위에 올려놓고 잠자리에 들었다. 침대에 눕자마자 잠이 들었고 다음 날 아침 눈을 떠보니 야수의 성이었다.

뷰티는 야수를 기쁘게 해주기 위해 가장 아름다운 드레스를 입고 저녁이 오기만을 손꼽아 기다렸다. 마침내 기다리던 시간이 되었고 9시가 되었지만 야수는 나타나지 않았다. 뷰티는 혹시 자기 때문에 야수가 죽은 것은 아닐까 걱정이 되었다. 뷰티는 절망적인 심정으로 울면서 성 곳곳을 돌아다니며 야수를 찾았지만 어디에도 야수는 없었다. 뷰티는 꿈을 떠올려보면서 정원의 냇가로 달려가보았다. 불쌍한 야수는 그곳에 축 늘어져서 의식을 잃고 쓰러져 있었다. 뷰티는 야수에게로 달려가 심장에 귀를 대어보았다. 여전히 심장은 뛰고 있었다. 뷰티는 냇가에서 물을 떠서 그의 머리를 적셔주었다. 마침내 야수가 눈을 떴다.

"왜 약속을 지키지 않았소? 당신을 잃었다고 생각하니 도저히 견딜 수가 없어서 굶어 죽으려고 아무것도 먹지 않았소. 하지만 이렇게 당신의 모습을 다시 보게 되니 이제야 편안하게 눈을 감을 수 있겠군."

"야수님, 제발 죽지 마세요. 살아서 나와 결혼해주세요. 지금 이 순간부터 저는 당신의 여자가 되겠어요. 당신에 대한 나의 감정이 오직 우정이라고 생각했건만 이렇게 제 마음이 찢어지는 것을 보니 당신 없이는 도저히 살 수가 없을 것 같아요!"

뷰티가 그 말을 하는 순간 갑자기 성 전체가 환하게 불이 밝혀지면서 폭죽이 터지고 음악이 울려 퍼졌다. 마치 큰 축제의 시작을 알리는 것 같왔다. 그러나 주위에서 무슨 일이 일어나건 뷰티의 관심은 오직 야수에게로만 향해 있었다. 그런데 놀랍게도 야수는 어디론가 사라지고 발치에 잘생긴 왕자가 누워 있는 것이 아닌가! 왕자는 뷰티에게 자신을 오랫동안 야수의 모습으로 살게 만든 마법을 풀어주어서 고맙다고 인사를 했다. 뷰티의 시선을 사로잡기에 충분한 멋진 왕자였지만 뷰티는 야수가 어디 있냐고 묻지 않을 수 없었다.

"내가 바로 그 야수요. 못된 마녀가 나에게 저주를 걸어서 아름다운 처녀가 나타나 나와 결혼하겠다고 말할 때까지 흉측한 야수의 모습으로 살게 만들었소. 나의 학식도 모두 드러낼 수 없게 만들었소. 나의 착한 성품만을 보고 결혼을 허락해준 사람은 오직 당신뿐이었소. 내 왕관을 내주어도 당신의 은혜를 다 갚을 수는 없을 거요."

뷰티는 놀라고 또 기뻐하면서 멋진 왕자에게 손을 내밀어 일으켜주었다. 두 사람은 함께 성으로 향했다. 성에는 그의 가족들과 그의 꿈에서 보았던 아름다운 여자가 있었다.

"뷰티, 이리 와서 지혜로운 판단을 한 것에 대한 보상을 받아라! 너는 지혜나 외모보다 착한 성품을 더 우선으로 여긴 덕분에 그 세 가지 덕목을 모두 갖춘 왕자를 남편으로 맞이하게 되었다. 너는 훌륭한 왕비가 될 것이다. 왕비가 되어도 결코 그 마음을 잊지 말기를 바란다. 그리고 너희들은……."

요정이 뷰티의 언니들을 바라보며 말했다.

"얼마나 못된 마음을 품고 있는지 내가 잘 알고 있다. 너희들은 석상이 되어라! 다만 석상이 되어서도 여전히 생각은 할 수 있을 것이다! 동생이 살고 있는 성의 양쪽 문을 지켜라. 동생의 행복을 지켜보는 것이 너희들의 벌이다. 잘못을 깨달을 때까지 예전 모습으로 돌아가지 못할 것이다.

아무래도 평생 그런 모습으로 살게 될 것 같구나! 오만, 분노, 탐욕, 게으름은 이겨낼 수 있을지 모르겠지만 사악하고 시기하는 마음이 깨끗해진다는 것은 기적과도 같으니까!"

요정이 지팡이를 흔들자 성 안의 모든 것이 왕자의 궁전으로 변했다. 그의 신하들이 기뻐하며 그를 맞이했다. 왕자는 뷰티와 결혼해서 오랫동안 행복하게 살았다. 두 사람은 진실 속에서 행복을 찾았다.

미녀와 야수

/ 빌뇌브 부인

  옛날 옛적에, 아주 먼 나라에서 하는 일마다 성공을 거두어서 큰 부자가 된 상인이 있었다. 그러나 그에게는 여섯 아들과 여섯 딸이 있었기 때문에 상인은 그렇게 많은 재산을 갖고도 자식들이 원하는 것을 모두 누리게 해주기에는 부족하다고 생각했다.

  그러던 어느 날 그에게 불운이 닥쳤다. 집에 불이 나는 바람에 값비싼 가구들과 책들, 그림들, 금과 은을 비롯한 값진 보석들을 모두 태워버린 것이다. 그런데 불운은 거기서 끝나지 않았다. 그의 상선이 갑자기 해적을 만나고 암초에 걸리고 불이 붙어서 바다에서 전부다 난파되어버렸다. 게다가 먼 나라에서 그를 위해 일했던 사람이 알고 보니 사기꾼으로 판명되었고 그는 졸지에 갑부에서 빈털터리로 전락하고 말았다.

  이제 그에게 남은 것이라고는 그가 살던 시내의 집에서 멀리 떨어진 외딴 마을의 집 한 채뿐이었고 그는 절망에 빠진 자식들과 함께 그 시골집으로 이사를 할 수밖에 없었다. 그의 딸들은 부자였던 시절 워낙 친구

555

가 많았기 때문에 그들의 집에 머물 수 있을 거라고 생각했지만 아무도 그들을 거들떠보지 않았다. 그들이 친구라고 생각했던 사람들은 오히려 그들의 불행을 고소해했고 도와줄 생각은 눈곱만치도 하지 않았다. 어쩔 수 없이 딸들도 깊은 산 속에 자리 잡은 조그만 시골집으로 내려가는 수 밖에 없었다. 시골집은 아주 형편없는 집이었다. 너무 가난해서 하인들을 둘 수도 없었기 때문에 상인의 딸들은 마치 농부처럼 일해야 했고 아들들도 생계를 위해 밭농사를 지어야 했다. 넝마 같은 옷을 입고 지루하고 단순한 삶을 살다 보니 딸들은 호화롭던 예전의 삶이 너무도 그리웠다. 그러나 막내만은 항상 밝고 씩씩했다. 막내딸도 다른 자식들처럼 아버지에게 닥친 불행을 슬퍼했지만 머지않아 마음을 추스르고 하루하루 열심히 살면서 아버지와 오빠들을 즐겁게 해주고 함께 춤을 추고 노래를 부르자며 언니들을 위로하곤 했다. 그러나 언니들은 한 번도 막내의 말을 듣지 않았다. 자신들처럼 우울하지 않은 막내를 보고 이런 비참한 생활이 막내에게는 꼭 맞는 모양이라고 생각했다. 그러나 사실 막내는 딸들 중에서 가장 예쁘고 똑똑한데다 사랑스러워서 어렸을 때부터 '뷰티'라고 불렸다.

2년이 흘렀고 가족들이 모두 새로운 삶에 적응할 무렵, 그들의 일상을 뒤흔들만한 소식이 들려왔다. 난파된 줄로만 알았던 상인의 배 한 척이 짐을 싣고 무사히 항구로 들어온 것이다. 자식들은 마침내 가난이 끝이라는 생각에 너무도 기뻐하면서 바로 도시로 돌아가고 싶어 했다. 그러나 워낙 신중한 성격의 상인은 그들에게 조금만 더 기다리라면서 먼저 혼자 가서 상황을 알아보겠다고 했다. 그들이 다시 부자가 되어서 옛날 생활로 돌아갈 거라고 굳게 믿었지만 막내만은 그렇게 생각하지 않았다. 가족들은 모두 떠나는 아버지에게 보석과 드레스 같은 것들을 사달라고 부탁했지만 막내딸은 그런 부탁을 해봐야 소용없을 거라고 생각하고 아무런 부탁도 하지 않았다. 조용한 막내딸을 보고 아버지는 "뷰티, 넌 뭘 갖고 싶으냐?"라고 물었다.

"제가 바라는 것은 오직 아버지가 무사히 집으로 돌아오시는 것뿐이에요."

뷰티가 대답했다.

그러나 언니들은 뷰티의 그런 대답을 두고 자기들이 값비싼 물건들을 사달라는 것을 비난하는 것이라고 생각했다. 아버지는 막내가 기특했지만 그래도 분명히 갖고 싶은 것이 있을 거라고 생각하고 뭐든 한 가지만 말하라고 했다.

"아버지, 정 그러시면 장미 한 송이만 꺾어다 주세요. 장미꽃을 너무나 좋아하는데, 이곳에 온 뒤론 한 번도 본 적이 없네요"라고 대답했다.

상인은 서둘러 길을 떠났고 머지않아 시내에 도착했지만 죽은 줄만 알았던 그의 동업자가 배가 싣고 온 물건들을 가로챈 뒤였다. 여섯 달 동안 온갖 고생을 겪은 뒤에도 그의 수중에는 아무것도 남은 것이 없었고 간신히 집으로 돌아올 차비만 건졌다. 때마침 추운 겨울날이었기 때문에 집이 거의 가까워졌을 때 그는 극심한 추위와 굶주림으로 완전히 탈진한 상태였다. 숲을 지나려면 몇 시간이 걸린다는 것을 알고 있었지만 빨리 집으로 돌아가고 싶은 마음에 쉬지 않고 말을 달렸다. 그러나 밤이 되자 심한 눈보라가 몰아쳤고 그의 말은 더 이상 걸을 수가 없었다. 가까이에는 집 한 채 보이지 않았다. 눈을 피할 곳이라고는 구멍이 뚫린 커다란 나무 한 그루뿐이었다. 그는 나무 속으로 들어가 밤새 웅크리고 앉아서 눈을 피했다. 너무도 긴 밤이었다. 몹시 지쳤음에도 불구하고 부엉이 소리 덕분에 잠들지 않을 수 있었다. 다음 날 아침 눈을 떴을 때에도 상황은 조금도 나아지지 않았다. 온통 눈으로 뒤덮여 있어서 어느 길로 가야 할지 막막했다.

마침내 길 하나를 발견했는데 처음에는 거칠고 미끄러워서 몇 번이나 넘어질 뻔했지만 점점 더 길이 평평해지더니 웅장한 성으로 이어진 가로수 길이 나왔다. 가로수 길에는 이상하게도 눈이 하나도 쌓이지 않았고 꽃과 열매가 가득 열린 오렌지 나무들이 줄지어 들어서 있었다. 성의 정원에 도착해보니 돌계단이 보였다. 그는 돌계단을 올라가서 화려하게 꾸며진 방들을 둘러보았다. 따뜻한 성 안에 들어서니 허기가 느껴졌다. 커다란 성에는 사람이 살지 않는 것 같았고 누구에게 먹을 것을 달라고 해야 할지도 알 수 없었다. 성 안에는 온통 정적뿐이었고 마침내 빈 방을 돌아다니는 데 지친 상인은 모닥불이 지펴져 있고 그 가까이에 소파가 있는 조그만 방에서 쉬기로 했다. 이곳에 오기로 한 누군가를 위해 준비를 해둔 모양이라고 생각하면서 소파에 앉아서 누군가 나타나기를 기다리다가 그만 잠이 들고 말았다.

몇 시간을 자고 일어나보아도 여전히 주위에는 아무도 없었다. 그러나 조그만 테이블에 맛있는 음식들이 차려져 있었다. 하루 종일 아무것도 먹지 못했던 그는 자신도 모르게 테이블에 다가가 음식을 먹기 시작했다. 누구든 나타나면 고맙다는 인사를 할 생각이었다. 그러나 아무도 나타나지 않았다. 장사꾼이 다시 몇 시간을 더 자고 기운을 완전히 회복한 뒤에도 여전히 아무도 없었고 대신 케이크와 과일들이 새로 준비되어 있었다. 그는 슬슬 겁이 나기 시작했다. 성 안에 감도는 정적이 왠지 두려웠다. 그러나 그래봐야 소용없는 일이었다. 하녀 한 명조차 보이지 않았고 어디에도 사람이 사는 흔적이 없었다. 그는 잠시 어떻게 해야 할지 생각해보다가 이 성 안의 모든 보물들이 자신의 것이라고 상상하면서 그 보물을 자식들에게 어떻게 나누어줄지를 상상하며 흐뭇해했다. 잠시 후 그는 정원으로 나가보았다. 다른 곳은 다 겨울 날씨였지만 이 성의 정원에는 햇볕이 내리쬐고 새들이 노래하고 꽃들이 피고 산들바람이 불었다. 상인은 눈앞에 펼쳐진 풍경에 황홀해하며 "날 위해서 누군가가 이 모든 것을 준비해놓은 것이 틀림없어! 당장 집으로 돌아가서 아이들을 데리고 이곳으로 와야지!" 하고 생각했다.

이 성에 도착했을 때 날씨가 춥고 몹시 지쳤음에도 불구하고 그는 말을 마구간으로 데리고 가서 여물을 먹여 두었다. 말을 타고 집으로 돌아갈 생각으로 마구간으로 향하는데, 길 양쪽에 장미가 탐스럽게 피어 있었다. 그렇게 아름답고 향기로운 장미들은 난생 처음 보았다. 문득 막내딸에게 했던 약속이 생각나서 장미꽃을 꺾는 순간 갑자기 괴상한 소리가 들려왔다. 돌아서 보니 무섭게 생긴 야수가 몹시 화가 난 표정으로 소리를 지르고 있었다.

"누가 내 장미를 함부로 꺾어도 좋다고 했지? 기껏 내 성에서 묵어가게 해주었더니 고마운 줄도 모르고 내 꽃을 꺾으려 하다니! 네 무례함은 도저히 그냥 보아줄 수가 없구나!"

야수의 성난 목소리에 상인은 무서워서 벌벌 떨면서 꽃을 바닥에 던지고 무릎을 꿇고 통곡했다.

"제발 용서해주십시오! 저에게 베풀어 주신 은혜는 정말 감사하게 생각하고 있습니다! 장미 한 송이를 꺾었다고 이렇게 노여워하실 줄은 꿈에도 몰랐습니다!"

그러나 야수의 분노는 잦아들 줄을 몰랐다.

"어떤 변명이나 아부로도 네 목숨은 구할 수 없을 것이다!"

"장미 한 송이를 꺾으려다가 애비가 이런 곤경에 처하게 되었다는 것을 막내가 과연 알기나 할까!"

상인이 저도 모르게 탄식을 했다.

그는 절망적인 심정으로 야수에게 자신이 겪은 일들을 털어놓았고 막내딸의 부탁에 대해서도 이야기했다.

"다른 딸들이 부탁했던 것들을 살 돈은 없었지만 막내딸한테 장미꽃 한 송이만큼은 가져다주고 싶었습니다. 다른 뜻은 결코 없었으니 부디 용서해주세요!"

야수는 잠시 생각해보더니 조금 누그러든 목소리로 이렇게 말했다.

"용서해주는 대신 한 가지 조건이 있다. 네 딸 중 한 명을 내게 다오."

"제 목숨을 살리자고 제 딸아이를 바치라고요? 도대체 무슨 수로 딸아이를 여기로 데려오겠습니까?"

"변명은 필요 없다. 반드시 본인의 의사로 이곳에 와야 한다. 네 딸 중에서 이곳에 와서 아버지의 목숨을 살릴 만큼 용감하고 너를 사랑하는 아이가 있는지 보겠다. 너는 정직한 사람 같으니 내가 너를 믿고 집으로 보내주겠다. 한 달을 줄 테니 네 딸을 데리고 이곳으로 돌아와라. 만약 아무도 나서지 않으면 작별인사를 하고 네가 와야 한다. 달아날 생각은 하지도 마라. 약속을 지키지 않으면 내가 데리러 갈 테니까!"

야수가 말했다.

상인은 그의 제안을 받아들였지만 딸들 중에 그 누구도 그 대신 이 성에 올 것 같지 않았다. 그는 한 달 내로 돌아오겠다고 약속을 한 뒤 한시라도 빨리 야수에게서 벗어나고 싶다는 생각에 얼른 성을 떠나려 했지만 야수는 아침까지 기다리라고 했다.

"아침이 되면 말이 준비되어 있을 것이다. 오늘은 여기서 저녁식사를 하고 내 명령을 기다려라."

불쌍한 상인은, 살아 있어도 이미 죽은 목숨이나 다름없었다. 그는 방으로 돌아갔다. 벽난로 앞에 훌륭한 식사가 준비되어 있었다. 그러나 그는 너무도 두려운 나머지 아주 조금만 먹었다. 아예 먹지 않으면 야수가 화를 낼 것 같아서였다. 식사를 마치고 나자 옆방에서 괴상한 소리가 들려왔다. 야수가 오는 모양이라고 생각했다. 그를 피할 길이 없었기 때문에 상인은 숨을 죽이고 방 안에서 기다렸다. 마침내 야수가 나타나서 식사를 잘 했냐고 묻자 그는 그렇다고 대답하고 고맙다고 인사했다. 야수는 그에게 약속을 잊지 말라고 말하고 딸에게도 앞으로 닥칠 일들을 정확히 설명해주라고 했다.

"내일 아침 해가 뜨고 황금빛 종이 울릴 때 일어나라. 눈을 뜨면 아침 식사가 준비되어 있을 것이고 앞뜰에 말이 준비되어 있을 것이다. 한 달 뒤 딸을 데리고 올 때 그 말이 다시 이곳으로 두 사람을 데리고 올 것이다. 그럼 잘 가라. 네 딸에게 장미를 가져다주고 나와 한 약속을 잊어선 안 된다."

야수가 사라지자 무척 기뻤지만 걱정 때문에 잠이 오지 않았다. 그는 해가 높이 뜰 때까지 누워 있었다. 서둘러 아침을 먹은 뒤 그는 뷰티에게 줄 장미를 딴 다음 말을 탔다. 말을 타고 조금 달리자 순식간에 성이 사라졌고 그가 걱정하는 사이 말이 벌써 오두막 앞에 도착해 있었다.

오랫동안 소식이 없던 아버지를 걱정하고 있던 아들과 딸들이 아버지를 보고 달려나와 어떻게 된 거냐고 물었다. 멋진 천으로 휘감은 멋진 말에서 내리는 아버지를 보고 자식들은 잔뜩 희망에 부풀었다. 상인은 처음부터 사실을 말하지 않고 뷰티에게 장미를 건네주면서 슬픈 목소리로 이렇게 말했다.

"네가 부탁한 장미 여기 있다! 그게 얼마나 비싼 장미인지 아마 넌 모를 거다!"

그의 말을 듣고 무슨 영문인지 궁금해진 자식들이 그를 독촉했고 상인은 결국 그간 있었던 일들을 다 털어놓고 말았다. 자식들은 모두 몹시 슬퍼했다. 딸들은 희망이 사라졌다며 큰 소리로 목을 놓아 울었고 아들들은 아버지를 그 끔찍한 성으로 돌려보낼 수 없다며 야수가 아버지를 잡으러 오면 어떻게 야수를 죽일지 방법을 궁리하기 시작했다. 딸들은 다 뷰티 때문이라며 뷰티에게 화를 냈다. 그런 엉뚱한 선물을 부탁하지만 않았어도 이런 일은 일어나지 않았을 거라면서 뷰티 때문에 가족들이 모두 이런 곤경에 처하게 되었다고 몰아세웠다.

"다 나 때문에 생긴 일이야. 하지만 이렇게 될 줄은 정말 몰랐어. 한 여름에 장미 한 송이를 꺾어달라는 부탁이 이런 엄청난 화를 부를 줄 누가 알았겠어? 어쨌든 다 나 때문에 생긴 일이니 내가 아버지하고 그 성으로 가겠어."

처음에는 누구도 뷰티의 제안을 귀담아 듣지 않았다. 뷰티를 누구보다도 사랑했던 아빠와 오빠들은 절대로 그들을 보낼 수 없다고 했지만 뷰티는 단호했다. 약속한 날짜가 다가오자 뷰티는 자신의 물건들을 언니들에게 나누어주었고 아끼는 물건들에게 작별을 고했다. 마침내 그 날이 오자 뷰티는 아버지를 위로하면서 함께 말에 올라탔다. 말이 얼마나 빠른지 달린다기보다는 날아가는 것 같았다. 앞으로 닥칠 일에 대한 두려움이 없었다면 여행을 즐길 수도 있었을 것이다. 아버지는 그냥 집으로 돌아가자고 몇 번이나 뷰티를 설득했지만 허사였다. 두 사람이 이야기를 나누는 동안 어느덧 어둠이 내렸고 놀랍게도 색색의 불빛들이 사방에서 반짝이면서 폭죽이 터졌다. 불빛들이 숲을 환하게 밝혔고 추운 날씨였음에도 불구하고 숲이 온통 따스해지는 것 같았다. 오렌지색 가로수 길에 들어설 때까지 불빛은 사라지지 않았다. 가로수 길에는 횃불이 밝혀진 동상들이 서 있었다. 성에 가까이 다가가자 온통 환하게 불이 밝혀져 있었고 앞뜰에서 음악이 울려 퍼졌다.

"야수가 몹시 배가 고픈가 봐요. 자기 먹이를 위해 이런 환영식을 준비하다니요."

뷰티가 웃으려 애쓰며 말했다.

두려웠음에도 불구하고 두 사람은 눈앞에 펼쳐진 아름다운 광경에 감탄하지 않을 수 없었다.

말이 계단 앞에 멈추자 두 사람은 말에서 내렸다. 뷰티의 아버지는 전에 그가 묵었던 작은 방으로 뷰티를 안내했다. 벽난로에 불이 지펴져 있었고 식탁에는 훌륭한 만찬이 차려져 있었다.

상인은 이 식사가 두 사람을 위해 준비된 것임을 알고 있었다. 성 안의 방들을 둘러보아도 야수의 모습이 보이지 않자 두려운 마음이 조금 가라앉은 뷰티는 긴 여행으로 지쳐 있었던 터라 음식을 먹기 시작했다. 그러나 식사를 채 마치기도 전에 야수의 발자국 소리가 들렸고 뷰티는 아버지의 팔을 꼭 붙잡았다. 그러나 아버지가 두려워하는 도습을 본 순간 뷰티의 두려움은 오히려 더 커졌다.

마침내 야수가 모습을 드러냈고 뷰티는 애써 두려움을 감추고 공손히 인사했다.

뷰티의 인사를 받고 야수는 무척 흐뭇했다. 그녀의 도습을 보고 야수는, 아무리 용감한 사람이라도 주눅이 들게 만들 것 같은 끔찍한 목소리로 말을 했지만 그렇게 화가 난 것처럼 보이지는 않았다.

"어서들 오십시오!"

상인은 겁에 질려서 대답을 할 수가 없었다. 그러나 뷰티는 "안녕하세요, 야수님!"이라고 인사했다.

"본인의 의사로 이곳까지 왔소? 아버지가 떠나도 여기 남아 있을 생각이오?"

뷰티는 용기를 내어 그럴 생각이라고 대답했다.

"그것 참 잘된 일이군. 당신의 의사로 이곳까지 왔다면 여기 머물러도 좋아요. 그리고 당신은,"

야수가 상인에게로 돌아서며 물었다.

"내일 아침 종이 울리면 바로 일어나서 아침식사를 하고 어제 타고 왔던 말을 타고 곧바로 집으로 돌아가시오. 그리고 다시는 이곳에 올 생각을 하지 마시오."

야수는 다시 뷰티에게로 돌아섰다.

"아버지를 옆방으로 모시고 가서 형제와 자매들에게 가져다줄 것을 고르도록 도와 드리시오. 커다란 가방 두 개가 있을 테니 마음껏 채우도록 해요. 가족들이 당신을 잊지 않도록 보내는 선물이니까."

그러고 나서 야수는 "그럼 이만" 하고 말한 뒤 돌아섰다.

아버지가 떠난다고 생각하니 너무도 슬펐지만 야수의 명령을 어겨서는 안 될 것 같아 옆방으로 갔다. 그 방은 선반과 찬장에 온갖 진귀한 물건들이 잔뜩 진열되어 있었다. 여왕의 옷인 것 같은 화려한 드레스들과 그 드레스에 어울리는 온갖 장신구들이 있었고 찬장을 열어 보니 칸마다 값나가는 보석들이 진열되어 있었다. 언니들을 위한 아름다운 드레스와 장신구들을 잔뜩 고른 뒤 마지막으로 서랍을 열어 보니 금이 잔뜩 들어 있었다.

"아버지, 아무래도 이 금을 가져가시는 편이 나을 것 같아요. 다른 물건들은 모두 빼고 금으로만 가방을 채우세요."

두 사람은 금으로만 가방을 채우기 시작했지만 금을 아무리 넣어도 가방이 다 채워지지 않았다. 마침내 꺼냈던 드레스들과 장신구들을 도로 집어넣고도 보석들을 얼마 더 집어넣었지만 가방에는 여전히 자리가 남아있었다. 그러나 가방이 너무 무거워서 코끼리 등에 실어도 운반하기 힘들 것 같았다.

"저 야수가 우릴 골탕 먹이려는 게 분명해. 어차피 우리가 가져가지도 못할 거란 걸 알면서 괜히 선심을 쓰는 척하는 거야."

"아버지, 우리 좀 기다려 봐요. 제 생각엔 그 야수가 우릴 속이려는 것 같진 않아요. 그만 자루를 조이고 떠날 채비를 하는 게 좋겠어요."

두 사람은 다시 작은 방으로 돌아왔다. 놀랍게도 아침이 준비되어 있었다. 상인은 음식을 배불리 먹었다. 이렇게 너그러운 것을 보니 뷰티를 다시 보러 올 수도 있을 것 같았다. 그러나 뷰티는 아버지를 다시는 못보게 될 거라고 생각했다. 떠날 시간이 되었음을 알리는 종이 울리자 뷰티는 몹시 슬퍼졌다. 성 앞뜰로 내려가보았더니 말 두 마리가 기다리고 있었다. 한 마리에 벌써 가방 두 개가 실려 있었고 또 한 마리는 상인을 기다리고 있었다. 두 마리 말은 빨리 떠나고 싶어 바닥을 굴렀고 상인은 마침내 뷰티에게 작별인사를 했다. 그가 말에 오르자마자 얼마나 빨리 달리는지 순식간에 뷰티의 시야에서 사라져버렸다.

뷰티는 눈물을 흘리며 성 안의 방으로 돌아갔다. 침대에 누웠더니 곧바로 잠이 쏟아졌고 달리 할 일도 없어 그대로 잠이 들고 말았다. 꿈속에서 뷰티는 울창한 숲 속의 냇가를 거닐고 있었다. 자신의 운명을 슬퍼하고 있는데 너무도 멋진 왕자가 나타나서 그녀에게 다가와 "뷰티! 당신의 운명은 당신이 생각하는 것만큼 불행하지 않아요. 그동안 겪었던 고통을 이곳에서 모두 보상받을 것입니다. 당신의 모든 소원이 이루어질 겁니다. 날 찾아주세요. 내가 어떤 모습을 하고 있더라도 난 당신을 사랑합니다. 나를 행복하게 해주세요. 그러면 당신의 행복도 찾을 수 있을 거예요. 당신의 겉모습이 아름다운 만큼 마음도 진실하기를 바랍니다. 그러면 우리 두 사람은 더 이상 아무것도 부러울 게 없습니다."

"당신을 행복하게 해드리려면 어떻게 해야 하죠?"

뷰티가 물었다.

"항상 감사하세요. 그리고 눈에 보이는 것을 너무 믿지 마세요. 그리고 무엇보다도, 이 가혹한 운명으로부터 날 구해주기 전에는 절대 날 버리지 마세요."

잠에서 깨어 보니 그녀의 방에 아름다운 여자가 나타나서 이렇게 말했다.

"뷰티, 너무 슬퍼하지 말아요. 뷰티에게는 더 멋진 삶이 준비되어 있어요. 겉모습에 속지 마세요."

뷰티는 재미있는 꿈이라고 생각했고 꿈에서 깨어나고 싶지 않았다. 그러나 시계가 12시를 알렸고 일어나보니 화장대에 그녀에게 필요한 모든 것들이 준비되어 있었다. 화장을 마치고 나니 옆방에 저녁이 준비되었다. 혼자 하는 식사는 오래 걸리지 않았다. 식사를 마친 뒤 뷰티는 한 구석에 놓인 소파에 앉아 꿈에 본 멋진 왕자님을 생각했다.

'내가 왕자님을 행복하게 해줄 수 있다고 했지? 아무래도 이 야수가 그를 가둔 것 같은데 어떻게 하면 왕자님을 풀어줄 수 있을까? 그런데 왜 두 사람이 다 내게 겉모습을 믿지 말라고 했을까? 이해할 수가 없어. 하지만 어차피 한낱 꿈일 뿐인데 뭐. 성을 둘러보면서 다른 할 일을 찾아봐야겠어.'

뷰티는 일어서서 성 안의 방들을 둘러보았다.

첫 번째 방은 거울의 방이었다. 벽이 온통 거울이었다. 뷰티는 참 재미 있는 방이라고 생각했다. 그런데 샹들리에에 매달려 있는 팔찌가 그녀의 눈길을 끌었다. 그 줄 끝에는 그녀가 꿈속에서 보았던 왕자의 사진이 걸 려 있었다. 뷰티는 기뻐하며 팔찌를 손목에 차고 다른 방으로 가보았다. 이번에는 사진들이 잔뜩 걸려 있는 방이었다. 그곳에서도 역시 실물크기 의 커다란 왕자의 초상화가 있었다. 너무도 실물과 똑같아서 마치 실제 로 그녀를 향해 미소를 짓고 있는 것만 같았다. 뷰티는 초상화에서 발길 을 돌려 이 세상의 모든 악기들을 가져다놓은 것 같은 또 다른 방으로 들 어갔다. 그 방에서 뷰티는 악기 몇 가지를 연주해보기도 하고 지칠 때까 지 노래를 불렀다. 그 다음 방은 도서관이었다. 뷰티가 읽고 싶었던 모든 책들이 그 방 안에 있었고 평생을 읽어도 다 읽지 못할 정도로 많았다. 어느덧 해가 지고 있었고 다이아몬드와 루비로 장식된 촛대마다 초들이 환히 밝혀지기 시작했다.

시장기가 돌 무렵 저녁식사가 준비되었지만 아무도 보이지 않았고 아 무 소리도 들리지 않았다. 성에 혼자 남게 될 거라고 아버지가 경고를 하 긴 했지만 너무 따분하다는 생각이 들었다.

그때 야수가 다가오는 소리가 들렸다. 뷰티는 혹시 지금 당장 그녀를 잡아먹으려는 건가 궁금했다.

그러나 야수는 그다지 굶주린 것처럼 보이진 않았다. 그저 퉁명스럽 게, "안녕, 뷰티!"라고 인사를 건넸다. 뷰티는 애써 두려움을 감추고 밝은 목소리로 대답을 했다. 야수가 그녀에게 오늘 하루가 어땠냐고 물었고 뷰티는 방을 모두 둘러보았다고 했다. 야수는 앞으로도 이곳에서 즐겁게 지낼 수 있을 것 같으냐고 물었고 뷰티는 이런 곳에서 행복할 수 없다면 어디에서도 행복할 수 없을 거라고 대답했다. 한 시간쯤 이야기를 나눈 뒤 뷰티는 야수가 그녀가 생각했던 만큼 끔찍한 괴물은 아니라는 생각이 들었다. 마침내 그가 일어서면서 퉁명스러운 목소리로 물었다.

"뷰티, 나를 사랑하오? 나와 결혼해주겠소?"

"저, 어떻게 말씀을 드려야 할지……."

뷰티가 말했다.

그녀가 거절하면 야수가 화를 낼 것 같아 두려웠다.

"두려워하지 말고, 네, 아니오로 대답해줘요."

"아뇨."

뷰티가 얼른 대답했다.

"그럼 잘 자요, 뷰티."

그가 말하고 돌아섰다.

"안녕히 주무세요, 야수님."

뷰티는 그의 거절이 야수를 화내게 만들지 않아서 다행이라고 생각했다. 야수가 떠난 뒤 뷰티는 바로 침대에 누워 잠이 들었고 또다시 이름도 모르는 왕자를 만났다. 왕자는 뷰티에게 다가와, "뷰티! 왜 나를 그렇게 차갑게 대하는 건가요? 나는 아직도 많은 날들을 불행하게 보내야 할 것 같군요!"라고 말했다.

그러고 나서 다른 꿈들이 이어졌지만 멋진 왕자님은 꿈마다 등장했다. 아침이 되자 뷰티는 초상화가 있는 방으로 가서 그 초상화가 정말 꿈속의 왕자의 것인지 확인해보았다. 틀림없이 꿈속의 왕자였다.

뷰티는 정원을 둘러보아야겠다고 생각했다. 날씨가 화창했고 분수마다 물이 솟았다. 정원은 왠지 낯설지가 않았다. 뷰티는 어느덧 꿈속에서 왕자를 처음 만났던 곳과 똑같은 시냇가에 이르렀다. 뷰티는 그 왕자가 야수의 포로라는 생각이 더더욱 굳어졌다.

다시 궁전으로 돌아오자 방 하나에 꽃들을 장식하는 각양각색의 리본들이 가득 준비되어 있었다. 온갖 희귀한 새들이 있는 방도 있었다. 뷰티가 들어서자 새들이 날아와 그녀의 어깨와 머리에 앉았다.

"작고 예쁜 새들아! 너희들의 새장이 내 방 가까이에 있었으면 좋겠구나! 그럼 날마다 너희들의 노랫소리를 들을 수 있을 텐데!"

그 말을 하면서 옆 방문을 여는 순간 그녀의 방이 그곳으로 옮겨와 있었다. 사실 그녀의 방은 성 반대편에 있었다.

또 다른 방에도 온갖 새들이 있었다. 말하는 새들도 뷰티의 이름을 부르며 반겨주었다. 새들이 너무나 예뻐서 뷰티는 한두 마리를 방으로 데리고 왔고 저녁식사를 할 때는 새들이 곁에서 말을 걸어주었다. 저녁식사 뒤에는 항상 야수가 찾아와서 매번 똑같은 질문을 하고 "잘 자요"라고 인사를 한 뒤 돌아갔다. 그가 가고 나면 뷰티는 잠자리에 들었고 멋진 왕자의 꿈을 꾸었다. 날마다 새로운 즐거움을 발견하게 되었고 시간은 빨리 흘러갔다. 시간이 흐르면서 뷰티는 성에서 또 하나의 재미있는 방을 찾았다. 혼자 있는 것이 지루해질 때면 뷰티는 그 방으로 갔다. 눈에 띄는 것이 하나도 없는 이상한 방이었다. 커다란 방의 창가마다 푹신하고 편안해 보이는 의자가 놓여 있었다. 처음 그 방에 들어가서 창밖을 내다보았을 때 뷰티는 검은 커튼 때문에 밖이 보이지 않는 거라고 생각했다. 그러나 두 번째로 그 방에 갔다가 우연히 창가에 놓인 의자에 앉았더니 커튼이 젖혀지면서 곧바로 멋진 공연이 펼쳐지는 것이 아닌가! 화려한 춤과 현란한 조명, 음악과 아름다운 의상들을 바라보면서 뷰티는 황홀경에 빠졌다. 그 공연이 끝난 뒤 뷰티는 일곱 개의 창가에 돌아가며 앉아보았고 매번 다른 공연이 펼쳐졌다. 뷰티는 더 이상 외롭지 않았다. 저녁마다 야수가 찾아왔고 항상 잘 자라고 인사한 뒤 끔찍한 목소리로 "뷰티, 나와 결혼해주겠소?"라고 물었다.

그의 질문에 어느 정도 익숙해진 뷰티는 항상 "아뇨"라고 대답했고 그는 슬픈 표정으로 돌아섰다. 그러나 밤마다 꿈속에서 멋진 왕자님을 만나면 가엾은 야수에 대한 생각을 잊을 수 있었다. 한 가지 마음에 걸리는 게 있다면 꿈속의 왕자님이 그녀에게 항상 겉모습을 믿지 말라고, 눈이 아닌 마음으로 보라고 말한다는 것이었다. 그것 말고도 그녀가 이해할 수 없는 일들이 여러 가지가 있었다.

뷰티는 한동안 그렇게 시간을 보냈다. 궁전에서 지내는 날들이 행복하긴 했지만 아버지와 오빠 언니들이 보고 싶었다. 하루는 풀이 죽어 있는 뷰티를 보고 야수가 이유를 물었다. 뷰티는 더 이상 야수가 두렵지 않았다. 험상궂은 외모와 끔찍한 목소리에도 불구하고 그가 마음이 따듯한 사람이라는 것을 느낄 수 있었다. 뷰티는 한 번만 집에 다녀오고 싶다고 했다. 뷰티의 말을 듣자 야수는 몹시 상심한 듯 괴로운 신음소리를 냈다.

"뷰티, 불쌍한 이 야수를 그렇게 버릴 작정이오? 도대체 어떻게 하면 당신이 여기서 행복해질 수 있겠소? 내가 싫어서 여기서 달아나려는 거요?"

"아니에요, 야수님."

뷰티가 침착하게 대답했다.

"당신을 싫어하지 않아요. 만약 당신을 다시는 볼 수 없게 된다면 정말 슬플 거예요. 하지만 아버지가 너무 보고 싶어요. 딱 두 달만 아버지 곁에 머물게 해주세요. 반드시 다시 돌아올게요. 그리고 평생 이 성에서 살게요."

뷰티의 말을 듣고 야수는 긴 한숨을 내쉬더니 마침내 입을 열었다.

"당신의 부탁이라면 무엇이든 들어주겠소. 내 목숨을 바쳐서라도. 옆

방에 있는 상자 네 개에 당신이 원하는 것 전부를 담아서 가져가도록 해요. 하지만 두 달 내로 돌아와야 하오. 당신이 약속을 지키지 않으면 이 불쌍한 야수는 아마 죽게 될 거요. 돌아올 때는 마차가 필요치 않을 거요. 이 반지를 손에 끼고 있다가 형제들에게 작별인사를 하고 나서 반지를 돌리면서 '다시 성으로 돌아가서 야수를 만나고 싶어요'라고 말하기만 하면 돼요. 잘 자요, 뷰티. 아무 것도 두려워하지 말아요. 푹 자도록 해요. 머지않아 아버지를 다시 만나게 될 테니."

야수가 떠난 뒤 뷰티는 네 개의 상자에 온갖 진귀한 물건들을 담았다. 지칠 때까지 물건을 담은 뒤에야 마침내 상자가 가득 채워졌다.

그러고 나서 뷰티는 잠자리에 들었다. 가슴이 설레어서 잠이 오지 않았다. 마침내 잠이 들자 꿈에서 또다시 왕자님을 만나게 되었다. 그런데 왕자는 풀밭에 너무도 슬프고 지친 표정으로 쓰러져 있었고 전혀 그녀가 보아온 왕자 같지가 않았다. 뷰티는 가슴이 아팠다.

"왕자님, 도대체 왜 그러세요?"

뷰티가 물었다.

왕자는 원망이 담긴 눈빛으로 그녀를 쳐다보았다.

"왜 그러냐고? 당신은 참 잔인한 사람이군요. 이렇게 죽어가는 나를 두고 떠나려 하다니요!"

"슬퍼하지 마세요! 아버지에게 제가 편안히 잘 지내고 있다고 알려드리려는 것뿐이에요. 야수한테 반드시 돌아오겠다고 약속을 했어요. 만약 약속을 지키지 않으면 야수는 죽을지도 몰라요!"

"야수 따위가 죽는 게 당신한테 상관이 있나요? 아무래도 상관없는 것 아닌가요?"

"아무래도 상관없다니요! 그의 고통을 멎게 해줄 수만 있다면 전 죽을 수도 있어요. 야수가 그렇게 흉하게 생긴 것은 절대로 그의 잘못이 아니에요!"

뷰티가 화를 내며 말했다.

그때 멀지 않은 곳에서 낯선 소리들이 들려왔고 뷰티는 잠에서 깨어나 눈을 떴다. 전에 한 번도 본 적이 없는 낯선 방이었다. 야수의 성에 있는 화려한 방은 아닌 것 같았다. 여기가 어딜까 궁금해하며 뷰티가 일어나서 옷을 입었다. 전날 밤에 챙겨두었던 상자들이 방 안에 있었다. 도대체 야수가 무슨 마술을 부려서 그녀를 이곳으로 보낸 것일까 생각하고 있는데 어디선가 아버지의 목소리 들려왔다. 뷰티는 얼른 아버지에게로 달려갔다. 오빠와 언니들도 뷰티의 모습을 보고 놀라 끝도 없이 질문을 퍼부었다. 뷰티 역시 그들로부터 듣고 싶은 이야기가 많았다. 아버지가 뷰티와 헤어진 후 집까지 어떻게 돌아왔는지도 궁금했다. 그러나 뷰티가 잠시만 머물다가 다시 야수의 성으로 돌아가야 한다고 말하자 모두들 크게 낙담했다. 뷰티는 아버지에게 자신의 꿈 이야기를 하면서 왜 꿈속의 왕자님이 계속 뷰티에게 겉모습이 중요한 게 아니라고 말을 하는지 모르겠다고 했다. 이야기를 들어본 뷰티의 아버지는 "뷰티, 그 야수가 흉하게 생기긴 했지만 널 깊이 사랑하고 있다고 했지? 그리고 그의 착하고 친절한 마음씨가 고맙다고 했지? 비록 겉모습은 흉하지만 그가 바라는 대로 청혼을 승낙해서 그의 마음에 보답을 하는 게 옳다고 생각한다"고 말했다.

뷰티는 야수와 결혼을 할 수도 있을 것 같았다. 그러나 너무도 멋진 꿈속의 왕자님을 생각하면 왠지 야수와 결혼을 하고 싶지 않았다. 뷰티는 두 달 동안 생각해보기로 하고 언니들과 즐거운 시간을 보내기로 했다. 이제 그들은 부자가 되었고 다시 도시에 살고 있고 아는 사람도 많았지만 그 어느 것도 뷰티의 관심을 끌지 못했다. 뷰티는 행복했던 궁전에서의 생활을 생각했다. 게다가 집으로 돌아온 이후로는 한 번도 멋진 왕자님이 꿈속에서 나타나지 않았다. 그의 모습을 보지 못하니 왠지 즐겁지가 않았다.

게다가 언니들은 그녀 없이 사는 생활에 어느 정도 익숙해진 것 같았고 오히려 그녀를 귀찮아했다. 두 달이 지나고 마침내 돌아갈 때가 되어도 그다지 서운하다는 생각이 들지 않았다. 그런데 아버지와 오빠들은 그녀가 떠나야 한다는 사실을 너무도 슬퍼했고 뷰티는 도저히 그들에게 작별인사를 할 수가 없었다. 매일 아침에 일어나면 오늘밤에는 작별인사를 해야겠다고 생각했지만 막상 저녁때가 되면 또 하루를 미루게 되었다. 그러던 어느 날 아주 슬픈 꿈을 되었고 뷰티는 당장 야수의 궁전으로 돌아가기로 결심했다. 꿈속에서 궁전의 정원 오솔길을 걷다가 뷰티는 덤불숲에서 새어나오는 신음소리를 들었다. 다가가서 보니 덤불숲 속에 동굴의 입구가 있었다. 얼른 안으로 들어가 보니 야수가 동굴에 쓰러져 있었다. 야수는 자신에게 그런 고통을 준 뷰티를 원망하고 있었다. 그때 아름다운 요정이 나타나서 근엄한 목소리로 이렇게 말했다.

"뷰티, 조금만 늦었으면 야수가 죽을 뻔했구나. 약속을 지키지 않으면 어떤 일이 일어나는지 이제 알겠지? 하루만 늦었더라면 아마 야수는 죽었을 거야!"

뷰티는 그 꿈이 너무도 두려웠고 다음 날 가족들에게 그만 돌아가겠다고 말하고 작별인사를 했다. 그리고 야수가 시킨 대로 침대에 누워 반지를 돌리면서 "성으로 돌아가서 야수를 다시 보고 싶어요"라고 말했다.

뷰티는 곧바로 잠이 들었고 "뷰티, 뷰티"라고 열두 번을 부르는 시계소리에 눈을 떴다. 다시 성으로 돌아온 것이 분명했다. 모든 것이 전과 똑같았고 새들도 그녀를 반겨주었다. 그러나 야수를 만나려면 저녁때까지 기다려야 한다고 생각하니 하루가 너무도 길었다. 저녁시간은 영원히 오지 않을 것만 같았다.

그런데 저녁시간이 되어도 야수가 나타나지 않자 뷰티는 정말 두려워졌다. 한동안 앉아서 기다리다가 뷰티는 정원으로 야수를 찾아 나섰다. 뷰티는 이리저리 뛰어다니면서 야수를 불러보았지만 아무런 대답도 들을 수 없었고 야수의 흔적은 어디에도 없었다. 지친 뷰티는 잠시 앉아서 쉴 생각으로 정원에 앉았다가 자신이 꿈속에서 보았던 곳과 반대 방향에서 야수를 찾아 헤매었다는 것을 깨달았다. 반대편으로 걸어가보니 꿈속에서 보았던 대로 동굴이 있었고 그 속에 야수가 있었다. 야수는 잠이 들어 있었다. 뷰티에게는 그렇게 보였다. 너무도 기뻐서 달려가서 머리를 쓰다듬어 보았지만 움직이지도, 눈을 뜨지도 않았다. 뷰티는 너무도 두려웠다.

"이를 어쩌면 좋아! 야수는 죽었어! 다 내 잘못이야!"

뷰티가 눈물을 흘리며 소리쳤다.

그러나 다시 그를 바라보니 숨이 아직 붙어 있었다. 뷰티는 서둘러 냇가로 달려가서 물을 떠와서 그의 얼굴에 뿌려주었고 다행히 그가 정신을 차렸다.

"야수님! 당신이 죽었을까봐 얼마나 두려웠는지 몰라요! 지금까지 제가 얼마나 당신을 사랑하는지 알지 못했어요!"

"이렇게 못생긴 괴물을 사랑할 수 있겠소? 뷰티, 조금만 늦었어도 난 죽었을 거요. 당신이 약속을 잊었다고 생각했기 때문에 난 죽어가고 있었소. 하지만 이제 괜찮아요. 돌아가서 쉬어요. 이제 다시 당신을 볼 수 있게 되었으니."

그가 몹시 화를 낼 거라고 생각했던 뷰티는 그의 다정한 목소리를 듣는 순간 마음을 놓았다. 뷰티는 다시 궁전으로 돌아갔다. 저녁식사가 준비되어 있었고 예전처럼 야수가 나타나서 가족들과 지낸 이야기를 물었고 다시 돌아와 주어서 기쁘다고 말했다.

뷰티는 즐거운 마음으로 그간의 일을 야수에게 들려주었다. 마침내 가야 할 시간이 되자 그는 언제나처럼 "뷰티, 나와 결혼해주겠소?"라고 물었다.

뷰티는 "네, 야수님"이라고 대답했다.

그녀가 대답을 하는 순간 창밖에서 폭죽과 축포가 터졌고 오렌지 가로수 길에는 반딧불들이 '왕자님과 공주님! 오래오래 행복하시기를!'이라는 글자들을 만들었다.

도대체 어떻게 된 거냐고 야수에게 물으려 돌아서는 순간 뷰티는 그가 있던 자리에 꿈에서 보았던 왕자님이 서 있었다. 그와 동시에 궁전 앞에 마차가 멈추어 서더니 두 명의 요정이 궁전으로 들어왔다. 그중 한 명은 꿈에서 보았던 요정이었고 또 다른 한 명도 너무나 우아하고 아름다운 여인이었다. 뷰티는 누구에게 먼저 인사를 해야 할지 알 수 없었다.

뷰티가 만난 요정이 아름다운 여인에게 말했다.

"여왕 폐하, 이 아이가 뷰티입니다. 여왕님의 아드님을 끔찍한 마법에서 벗어나게 해준 용기 있는 아가씨입니다. 두 사람은 서로 사랑하고 있습니다. 여왕 폐하께서 두 사람의 결혼을 허락해주신다면 두 사람은 앞으로 더욱 행복해질 것입니다.

"허락하고말고! 이 아리따운 아가씨에게 무어라고 감사의 인사를 해야 할지! 내 아들을 본래의 모습으로 돌아오게 해주어서 고마워요!"

여왕이 요정의 축하 인사를 받으며 서 있던 왕자와 뷰티를 끌어안왔다.

"자, 오빠와 언니들을 모두 결혼식에 부르도록 해요."

뷰티는 요정이 시키는 대로 했다.

바로 다음 날 두 사람은 세상에서 가장 성대한 결혼식을 올렸고 뷰티
와 왕자는 그 후로 오래오래 행복하게 살았다.

잠자는 숲 속의 미녀

"나한테 친구가 있었단다."

그가 데이빗을 바라보지도 않은 채로 말했다.

"이름은 라파엘이야. 라파엘은 자기한테 겁쟁이라고 놀리고 험담을 하는 사람들한테 본때를 보여주고 싶어 했지. 어느 날 마녀의 저주 때문에 보석이 가득한 방에서 잠을 잔다는 여자의 이야기를 들었어. 라파엘은 그 여자를 마녀의 저주에서 풀어주겠다고 마음을 먹었어……."

— 『잃어버린 것들의 책』 19장

데이빗은 이제야 왜 성의 경계가 뚜렷하지 않았는지 알 것 같았다. 갈색 가시덤불이 탑과 성벽과 총안을 뒤덮고 있었다. 어떤 가시는 길이가 30센티미터나 되었고 데이빗의 팔뚝보다 굵은 것도 있었다.

— 『잃어버린 것들의 책』 24장

『잃어버린 것들의 책』에서 『잠자는 숲속의 미녀』 이야기는 로버트 브라우닝의 시 「롤랜드 공자가 암흑의 탑으로 돌아왔다Child Roland To the Dark Tower Came」와 함께 데이빗을 여자가 잠들어 있는 가시의 성으로 이끈다. 성 안의 여자는 표면적으로는 롤랜드의 여행의 종착지이지만 사실 롤랜드가 찾고 있던 사람은 영혼의 짝인 라파엘이다. 성 안의 여자에게 생명을 불어넣는 사람은 바로 데이빗이다. 그 여자는 데이빗의 어머니이기도 하고 로즈이기도 하다. 즉 데이빗의 어머니가 되려는 여자이면서 동시에 데이빗의 모든 두려움이 형상화한 존재로 앞부분에서 등장하는 괴물보다 훨씬 더 무서운 캐릭터이다.

각색되는 과정에서 엷어진 원전의 성적인 요소들이 여기서는 그대로 남아 있어서 성에 눈뜨기 시작한 데이빗의 모습과 로즈에 대한 그의 복합적인 감정(어쩌면 브루노 베텔하임이 자주 언급하는 '어머니에 대한 오이디푸스적인 감정'으로 볼 수도 있겠다)을 보여주고 있다. 잠자는 미녀의 이야기는 소녀에서 여인으로 변화해가는 여자의 모습을 비유적으로 표현한 것으로 해석된다. 가시에 찔려 피가 나는 것은 월경을 의미하고 잠에서 깨어나는 것은 키스에 의해, 혹은 보다 직접적인 육체적인 접촉에 의해 마침내 성에 눈뜨는 것을 의미한다.

[기 원]

『브라이어 로즈』, 『잠자는 숲속의 미녀』는 잘 알려진 바와 같이 다양한 형태로 전해 내려오던 이야기를 그림형제가 정리한 것이다. 14세기 카탈로니아의 『기쁨의 형과 쾌락의 누이Frayre de Joy e Sor de Placer』나

16세기 프랑스의 『뻬르세 포레스트Perceforest』는 물론이고 페로와 바실레의 작품들에서도 이 이야기의 원형을 발견할 수 있다.

초기의 이야기에서 잠자는 숲 속의 미녀는 그녀를 발견한 사람들에게 강간을 당한 뒤(바실레의 동화에서는 미녀를 발견한 왕이 그녀로부터 '사랑의 열매를 따 먹는다'고 묘사되어 있다) 아기를 낳으면서 잠에서 깨어난다고 되어 있다. 문자 그대로 '성에 눈을 뜨는' 셈이다. 흐대로 가면서 그러한 성적인 자각이 비유적으로 묘사되기 시작했고 그림형제의 동화에서는 키스로 바뀌었다.

초기 이야기에는 공주의 결혼, 사람을 잡아먹는 시어머니와의 만남, 뱀이 든 통에서 죽는 시어머니의 모습 등이 자세히 묘사되고 있다. 그러나 어느 버전에서건 잠자는 미녀는 동화 속 여주인공들 중에서 가장 수동적인 인물인 것이 사실이다. 이 동화를 재해석하려는 시도가 끊이지 않았던 것도 놀라운 일은 아니다. 『잃어버린 것들의 책』을 포함하여 엠마 도나휴, 앤 섹스턴, 로버트 쿠버도 새로운 결말로 이 이야기를 재구성했다.

어린 브라이어 로즈

/그림형제

옛날 옛적 어느 나라에 왕과 왕비가 살고 있었다. 그들은 날마다 "우리 한테도 아기가 있었으면!"하고 탄식을 했지만 좀처럼 아기가 생기지 않았다. 하루는 왕비가 목욕을 하고 있는데 개구리 한 마리가 물에서 나와 뭍으로 기어 올라오더니, "곧 소원이 이루어질 것입니다! 1년 내로 예쁜 딸을 얻으실 거예요!"라고 말했다.

개구리의 말은 사실이었다. 왕비는 예쁜 딸을 얻었고 왕은 너무나 기뻐서 성대한 파티를 열었다. 왕은 가족들과 친구들, 친지들을 모두 초대했고 아기의 앞날을 축복해 달라고 요정들까지 초대했다. 요정들은 모두 열세 명이었지만 궁전에는 황금 식기가 열두 벌밖에 없었기 때문에 한 명은 뺄 수밖에 없었다.

성대한 파티가 열렸고 파티가 끝날 무렵 요정들은 아기에게 선물을 하나씩 주었다. 어떤 요정은 선한 마음을 주었고 어떤 요정은 아름다움을 주었고 어떤 요정은 부유함을 주었다. 요정들은 아기에게 인간이라면 누구나 갖고 싶어 할 것들을 하나씩 주었다.

열한 번째 요정이 선물을 주었을 때 초대받지 못한 열세 번째 요정이 들이닥쳤다. 파티에 초대받지 못한 것에 대한 분풀이를 하려고 찾아온 것이었다. 열세 번째 요정은 인사도 하지 않고 "이 아기가 자라서 열다섯 살이 되는 날 물레 가시에 손을 찔려 죽을 것이다!"라고 소리치고는 인사도 없이 사라져버렸다.

모두 충격에 휩싸였지만 아직 축복을 하지 않은 열두 번째 요정이 앞으로 나와 사악한 주문을 풀 수는 없지만 약하게 만들 수는 있다면서 "죽는 대신 100년 동안 잠을 자게 될 것이다!"라고 말했다.

어린 딸의 불행을 막기 위해 왕은 나라 안의 모든 물레들을 불태워버릴 것을 명령했다. 한편 요정들의 선물로 공주는 너무도 아름답고 선하고 지혜로운 소녀로 성장했고 보는 사람마다 공주를 사랑하게 되었다.

그녀가 열다섯 살이 되던 해, 늙은 왕과 왕비가 궁전을 비운 사이, 공주는 혼자 성에 남게 되었다. 공주는 성 안을 이곳저곳 돌아다니다가 오래된 탑에 이르렀다. 탑으로 들어가서 좁은 계단을 따라 올라가 보니 조그만 문이 나왔다. 문에는 녹슨 열쇠가 꽂혀 있었다. 열쇠를 돌려보니 문이 열렸고 안으로 들어가 보니 웬 노파가 물레를 돌리며 실을 잣고 있었다.

"안녕하세요? 여기서 뭘 하고 계시나요?"

공주가 물었다.

"실을 잣고 있지요!"

"그렇게 재미있는 소리를 내는 기계는 도대체 무엇을 만드는 물건인가요?"

공주가 물으며 물레로 다가갔다.

그러나 공주가 물레에 손을 대자마자 요정의 주문이 효력을 발휘하여 물레 바늘에 손가락을 찔리고 말았다.

그때부터 공주는 방 안에 있던 침대에 누워 깊은 잠에 빠져들었다. 공주의 잠은 성 안에 퍼져서 막 궁전으로 돌아온 왕과 왕비도 잠이 들었고 신하들도 모두 잠이 들었다. 마구간의 말도 앞뜰의 개들도 잠이 들었고 지붕 위의 비둘기와 벽에 앉아 있던 파리도, 심지어는 벽난로에서 타오르던 불길마저도 서서히 잦아들더니 잠이 들었다. 석쇠 위의 고기도, 고기 위에 떨어진 머리카락을 주우려던 요리사도 하던 일을 멈추고 잠이 들었다. 바람마저 잠이 들어서 성 앞에 있는 나무의 잎사귀 하나 움직이지 않았다.

성 주위에 가시덤불이 자라기 시작했고 해마다 점점 더 높이 자라서 성은 온통 가시덤불로 둘러싸이게 되었다. 가시 말고는 심지어는 성의 탑에 꽂힌 깃발들조차도 보이지 않았다.

그러나 잠자는 공주 브라이어 로즈에 대한 이야기는 온 나라에 퍼졌고 이따금 왕자들이 가시덤불을 헤치고 궁전으로 들어오려 했다.

그러나 불가능한 일이었다. 가시덤불이 얼마나 빼곡한지 들어오려던 사람을 꼼짝 못하게 옭아맸고 수많은 남자들이 덤불에서 헤어나지 못하고 비참하게 죽어갔다.

오랜 세월이 흐른 뒤에 어느 나라의 왕자가 그 나라에 왔다가 노인들로부터 그 이야기를 듣게 되었다. 가시덤불 숲 속의 성에 브라이어 로즈라는 아름다운 공주가 100년 동안 잠들어 있으며 왕과 왕비, 신하들까지도 모두 공주와 함께 잠들어 있다는 이야기였다. 왕자도 할아버지로부터 들어서 공주의 이야기를 알고 있던 터였다. 수많은 왕자들이 가시덤불을 헤치고 들어가려고 했다가 비참한 최후를 맞이했다는 이야기도 들었다.

왕자는 "저는 두렵지 않습니다. 제가 가서 브라이어 로즈라는 공주를 만나보겠습니다"라고 말했다. 착한 노인은 그를 말렸지만 왕자는 들으려 하지 않았다.

어느새 100년이 흘렀고 공주가 깨어나야 할 시간이 다가오고 있었다. 왕자가 가시덤불로 다가가서 보니 덤불이 아니라 크고 아름다운 꽃들이었다. 꽃들은 저절로 벌어지면서 그에게 길을 내어주었다. 그는 아무 탈 없이 안으로 들어갈 수 있었고 그가 들어가자 덤불은 다시 닫혔다. 성 안에 들어서자 잠들어 있는 말과 개들이 보였다. 지붕에는 비둘기들이 날개 속에 머리를 파묻고 잠들어 있었고 성 안에는 벽에 앉아 있던 파리들도 잠들어 있었다. 요리사는 소년을 막으려고 손을 뻗고 있었고 하녀는 그 옆에 앉아서 검은 닭의 닭털을 뽑으려 하고 있었다.

조금 더 들어가 보니 커다란 홀이 나왔고 그곳에 있는 신하들도 모두 잠들어 있었다. 왕좌 위의 왕과 왕비도 잠들어 있었다. 왕자는 성 안을 둘러보았다. 너무 조용해서 그의 숨소리까지 들렸다. 마침내 탑으로 올라간 왕자는 브라이어 로즈 공주가 잠들어 있는 방문을 열었다. 너무도 아름다운 공주의 모습에서 왕자는 도저히 눈을 뗄 수가 없었다. 그는 몸을 숙이고 공주에게 키스했다. 그가 키스한 그 순간 공주가 눈을 뜨고 그를 바라보았다.

두 사람은 함께 탑을 내려갔다. 왕과 왕비, 신하들도 모두 잠에서 깨어나 기뻐했다. 뜰에 서 있던 말들도 머리를 흔들며 깨어났고 개들도 꼬리를 흔들며 짖어댔다. 지붕 위의 비둘기들이 날개에서 머리를 빼고 두리번거리다가 하늘로 날아갔다. 벽에 붙어 있던 벌레들도 다시 기어다니기 시작했고 부엌의 장작불이 타오르면서 고기가 지글거리며 익었다. 요리사는 소년의 뺨을 갈겼고 하녀는 닭털을 뽑았다.

브라이어 로즈 공주와 왕자의 성대한 결혼식이 열렸고 두 사람은 오래오래 행복하게 살았다.

롤랜드 공자가 암흑의 탑으로 돌아왔다

그중 한 권은 중세의 어느 기사에 관한 시였다. 그 기사는 시 속에서 '공자'라고 불렸다. 그가 어둠의 성을 찾아 여행을 떠난다는 이야기였는데 그 성에 어떤 비밀이 숨겨져 있는지는 알 수 없었다. 사실 그 시는 조금 황당하게 끝났다. 기사가 성에 도착했고, 그걸로 끝이었다. 데이빗은 그 성 안에 무엇이 있는지 궁금했고 그 성에 도착한 이후 기사에게 무슨 일이 일어났는지도 궁금했다. 그러나 그 시를 쓴 시인은 그런 것이 별로 중요하지 않다고 생각한 모양이었다. 데이빗은 도대체 어떤 사람들이 시를 쓰는 것인지 궁금했다. ─『잃어버린 것들의 책』 3장

전장에서 풍겨오는 냄새 때문에 데이빗은 구역질이 났다. 왠지 이 노인을 믿어선 안 될 것 같았다. '그 암컷'이라고 말할 때의 어투와 그 말을 하면서 기분 나쁘게 웃는 것으로 보아 데이빗은 사람들이 아주 끔찍하게 죽어갔음을 짐작할 수 있었다.

"어떤 암컷이죠?"

롤랜드가 물었다.

"괴물 암컷. 깊은 숲속, 폐허가 된 성에 살고 있는 짐승. 아주 오랫동안 잠을 자고 있었는데 또 한 번 잠에서 깨어났지."

—『잃어버린 것들의 책』18장

탑의 맨 꼭대기 창문에서 흐릿한 불빛이 새어나왔고 그림자 하나가 지나가면서 잠시 불빛이 가려졌다. 그림자는 잠시 멈춰 서서 롤랜드와 소년을 잠시 바라보다가 이내 사라졌다.

—『잃어버린 것들의 책』24장

더블린의 트리니티 대학에서 영문학을 공부하던 시절 비교적 후반기에 접하긴 했지만 로버트 브라우닝(1812-1889)이야말로 내가 가장 좋아하는 시인 중 한 사람이었다. 그가 쓴 인물시들은 참으로 인상적이었다. 나는 지금도 안드레아 델 사르토Andrea del Sarto나 리포 리피 신부Fra Lippo Lippi 같은 작가들을 생각할 때마다 브라우닝의 동명 작품『안드레아 델 사르토』나『리포 리피 신부』를 가장 먼저 떠올리게 된다. 브라우닝의 시들은 바실레(16세기 이탈리아의 화가이자 건축가—옮긴이)를 비롯한 예술가들의 삶을 연구하는 과정에서 영감을 얻은 작품들이다.

그러나 그중에서도 나에게 가장 큰 영향을 미친 작품은「롤랜드 공자가 암흑의 탑으로 돌아왔다」라는 시이다. 상상력이 탁월하고 모험담의 형식을 띠고 있으며 무엇보다도 시의 형식이 독자들의 호기심을 자극한다. (스티븐 킹의『다크 타워Dark Tower』시리즈의 기사 롤랜드도 이 시에서 영감을 얻은 것이다.) 그럼에도 불구하고 시의 결말에 대해서는 데이빗처럼 나도 조금 짜증스러웠던 것이 사실이다. 그 이야기의 주제를 이해한 다고 해도, 다시 말해서 성에서 만나게 되는 두려움이 개인에 따라 다른 것일 수 있고 글로 형상화하기에는 너무도 심오한 것이라고 해도, 나는 그런 식으로 끝나는 이야기들을 읽으며 자라지 않았다.

이제 나는 탑 안에 무엇이 있었는가는 별로 중요하지 않다는 것을 알고 있다. 중요한 것은 그것이 무엇이건 롤랜드가 그 모험을 치를 각오가되어 있다는 사실이다. 인간에게는 저마다 상대해야 할 제각기 다른 두려움이 있다. 어쩌면 성 안에 숨겨진 우리가 가장 두려워하는 것은 바로우리 자신의 도덕성일지도 모른다.

이 시는 1855년도에 『남자와 여자Men and Women』라는 제목의 시집에서 처음 발표되었는데, 브라우닝 자신이 쓴 주석에 의하면 리어 왕의 에드가가 미치광이 흉내를 낼 때 부르던 노래에서 제목과 영감을 얻었다고 했다. 시에서 리어 왕과 가장 연관이 있는 대목은 바로 이것이다.

> 롤랜드 공자가 암흑의 탑으로 돌아왔소.
> 그는 아직도 이렇게 말하지,
> "피, 체, 흥,
> 영국인의 피 냄새가 나는군."

스코틀랜드의 민요 〈롤랜드 공자〉나 12세기 프랑스의 「롤랑의 노래」 같은 곳에서도 롤랜드라는 인물이 등장한다. 브라우닝이 그 시 속에서 우화를 인용하고 있는 대목은 버니언Bunyan의 『천로역정Pilgrim's Progress』의 영향을 받은 흔적으로 보이며 고딕풍의 공포 이미지는 로맨스 소설의 기법이 반영된 것으로 보인다. 브라우닝은 아마도 중세의 영국 서사시 『거윈 경과 초록빛 기사Sir Gawain And the Green Knight』를 읽었는지도 모른다. '공자Childe'는 귀족 신분이기는 하지만 아직 정식 기사가 되지는 못한 청년을 부르는 호칭으로 데이빗이 처한 상황을 비유하고 있다. 데이빗은 아직 성인기에 접어들지 못한 소년이다. 그러나 『잃어버린 것들의 책』에서 데이빗의 보호자로 등장하는 롤랜드 역시 입지가 다소 불분명한 사람으로 묘사된다.

그렇다면 그 시는 데이빗의 상상의 세계에 어떤 영향을 미쳤는가? 또 『잃어버린 것들의 책』 전반의 정서에 어떤 영향을 미쳤는가? 탑의 이미지는 소설 속에서 되풀이하여 나타나고 있다. 폐허가 된 숲 속의 교회, 요새화 된 마을의 뾰족탑, 그리고 가시의 성 안의 탑이 그렇다. 탑은 이 책의 가장 중요한 이미지 중 하나로 이용되고 있는데 대체로 데이빗이 읽은 이 시에서 비롯된 것이다. 그 시를 읽고 짜증스러워했고 전반부에서는 그 자신의 두려움을 괴물로 형상화하기도 했지만 무의식 속에서 그는 그 시의 의미를 이해하고 있었다. 탑에서 데이빗은 롤랜드처럼 그 자신의 가장 끔찍한 두려움을 마주하게 된다. 데이빗이 사랑했던 동화에서 마녀들이 등장했듯이 두려운 여자 주인공을 신격화한 모습은 소설 전반에 걸쳐 반복적으로 나타난다.

이 시는 『잃어버린 것들의 책』의 다른 장면에도 영감을 주었다. 시에 등장하는 백발의 절름발이 노인은 전장에서 데이빗과 롤랜드가 만나게 되는 노인으로 등장한다. 롤랜드보다 앞서 죽었던 기사들 역시 이 책에서는 보다 구체적인 존재로 형상화된다.

그러나 궁극적으로는 이 시의 모험담을 현실로 받아들여야 할지 상상으로 받아들여야 할지는 불분명하다. 만약 상상이라면 『잃어버린 것들의 책』에서 데이빗이 그 자신의 마음속 악마와 대면하기 위해 그 배경을 창조했던 것처럼 화자는 그 자신의 기억, 두려움, 욕망으로 점철된 풍경을 형상화한 것이라고 볼 수 있다.

롤랜드 공자가 암흑의 탑으로 돌아왔다
— 리어 왕 중에서 에드가의 노래

우선 떠오르는 생각은 그자가 입만 열면 거짓말을 해댄다는 것이었다.
흰 머리에 절름발이인 그는 교활한 눈빛으로
그의 거짓말이 내게 어떻게 먹혀드는지를 곁눈으로 흘겨보고 있었다.
그리고 입은 기쁨을 이기지 못하고
묘하게 쭉 찢어져서는
또 다른 희생자를 얻은 것에 즐거워했다.

그가 지팡이를 짚은 채 다른 무슨 일을 꾀할 수 있었겠는가?
그저 길 가는 여행자들을 거짓으로 꼬여서
그가 서 있는 것을 보고 길을 묻는 그들을 함정에 빠뜨리는 것 말고는.
나는 생각했다. 괴기스런 웃음이 터져 나오고
먼지투성이 대로에서 들고 있던 목발로 심심풀이 삼아
내 묘비명을 쓰기 시작할 거라고.

그의 조언으로 내가 돌아서서
모두가 동의하듯 어두운 탑을 감추고 있는
불길한 길로 들어선다면—그러나 묵묵히
나는 그가 가리킨 곳으로 돌아섰다.
마지막 순간의 즐거움만큼도
새로이 타오르는 자부심과 희망이 보이지 않는 곳으로

전 세계를 방랑하고
오랜 세월의 탐색을 마친 터라, 나의 희망은
성공이 가져다줄 소란스런 환희에 대처하지 못할 만큼
허깨비 같은 것으로 사라지고 말았으니
난 나의 심장이 만들어낸 봄을 욕하려 하지 않았노라.
그 안에서 실패를 찾았더라도.

그리하여 나는 계속해서 길을 걸었다. 나는 결코 보지 못한 것 같다
그렇듯 헐벗고 천박한 자연을. 어느 것도 번창하지 못했다:
삼나무 숲은커녕 꽃 한 송이조차!
그러나 잡초와 잡풀들은 그들 법칙에 따라
무성하지만 누구에게도 놀라운 일은 아니니,
그대는 생각하리. 지금은 더러워진 그것이 한때는 보석 상자였음을.

그렇소! 빈궁함. 무기력. 찡그린 표정이
참으로 기이하게도, 그 땅의 일부였소. "보든지
아니면 눈을 감든지"라고 자연은 언짢다는 듯 말하고,

덧붙여 말하길, "방법이 없소. 어찌 해볼 수도 없고;
최후 심판의 불이 이 장소를 치유하리니,
흙덩이를 태우고 나의 죄수들을 자유롭게 하리오."

깔쭉한 엉겅퀴 줄기가
다른 것들을 밀어내더니, 그 머리가 잘렸다; 그 줄기들은
다른 것들을 부러워했다. 무엇이
잡초의 거칠고 검은 구멍과 갈라진 틈새들을
초록의 모든 희망을 상실토록 상처 입혔는가? 어떤 야만인이
그들의 생명을 잔인한 의도로 파괴해버린 게 틀림없다.

풀들은 마치 문둥이의 머리카락처럼 가늘게 자라고;
가늘고 마른 잎사귀들이
피로 반죽한 듯한 진흙을 뚫고 들어간다.
한 고집스런 눈 먼 말 한 마리가 뼈마디가 모두 휜 채
어디서 왔는지 멍청히 서 있다;
온갖 노역 끝에 악마의 마구간에서 뛰쳐나왔는가!

살아 있는가? 아마도 죽었을 것이다.
주름진 목은 붉게 여위고,
성긴 갈기 아래로 눈은 감겨져 있다;
그렇듯 끔찍하고 그렇듯 고통스럽게.
나는 그렇듯 증오스러운 짐승을 본 적이 없다;
그는 그러한 고통을 겪을 만큼 사악한 게 틀림없다.

그렇듯 예쁘면서도 그렇듯 사악하다니! 내내
키 작은 오리나무가 무릎을 꿇고 있다;
흠뻑 젖은 버드나무는 제 몸을 던져
침묵하는 절망 속으로 뛰어드니, 자살이라도 하려는가:
그들 모두에게 그렇듯 못되게 굴었던 강은
그것이 무엇이었든 간에 여전히 흘러 조금도 멈출 줄 모른다.

여울을 건너며 나는 얼마나 두려웠든가
죽은 자의 뺨에 발을 내려놓자니.
한 걸음마다 나는 창을 던져
죽은 자의 머리칼과 수염으로 얽힌 구멍을 뚫는 기분이다!
—내가 창을 던진 것은 물가에 사는 쥐였지만,
그러나 오우! 그것은 마치 어린아이의 비명처럼 들렸다.

다른 둑에 도착했을 때 얼마나 기뻤는지.
이제 좀 더 나은 곳으로, 헛된 바람일 뿐!
전사들은 누구였던가, 그들이 치른 전쟁은 무엇이었던가.
누구의 야만스런 발걸음이 습한 그 땅을
웅덩이로 만들었는가? 독이 든 웅덩이 속의 두꺼비
혹은 벌겋게 달구어진 쇠로 만든 우리 속의 고양이

그 싸움은 파여진 웅덩이에서 있었으리라.
무엇이 그들을 거기에 가두었을까.
선택할 평원이 그리도 많은데,

그 어떤 발자국도 무서운 우리 속으로 향하지 않고,
그곳에서 벗어난 자 또한 없도다. 미친 음모꾼이
옛날 로마 군함에 잡힌 터키 노예들에게 한 것처럼
재미로 기독교인과 유대인을 싸우게 하도다.

그것 이상으로 좀 더 가서 바로 거기!
그 기계장치가 얼마나 나쁘게 쓰였을까? 그 바퀴,
혹은 바퀴가 아닌 써레—마치 비단처럼
인간의 육체를 뽑아내는 데 적합한 그 써레가
도벳의 도구에 든 공기에도 불구하고, 아무것도 모른 채
그 녹슨 쇠 이빨을 날카롭게 한다.

그러고는 그루터기 땅, 한 번은 나무
다음은 습지. 그리고 그것은 이제 단지
황량하고 메마른 땅으로(그리하여 한 바보가 즐거워하며
무언가를 만들고 그러고는 부수고, 마침내 그의
기분이 변하여 사라진다!) 한 루드의 땅 안에—
습지와 진흙과 자갈, 모래 그리고 황량하고 어두운 불모지

종기들은 번들거리며 시커멓게 곪아가고,
이제 빈약한 땅들은
이끼와 부스럼 같은 것들 속으로 파고든다;
시든 오크나무가 나오고, 갈라진 틈은
가장자리가 갈라진 비뚤어진 입처럼

죽음을 앞두고 하품하며 주춤거리다 죽어간다.

이만큼이나 종말에서 멀리 떨어져 있구나!
저녁 이외에 먼 곳에 있는 그 어느 것도
더 이상 내 발걸음을 가리키지 못하노라! 그런 생각에 잠겨 있는데
아폴리온의 오랜 친구인 검은 새 한 마리가
스쳐 날아와 용마저 가두는 그 큰 날개를 퍼덕거리지도 않고
나의 모자를 스친다―우연히도 내가 찾던 안내자.

위를 쳐다보다 우연히 나는 깨닫게 되었지.
어스름 속에서도 그 평원은 주변의 모든 산에 길을 내주었지
이젠 시야에서조차 벗어난 추하게 쌓아올려진 더미들을
영광스럽게 하는 이름으로.
그리하여 그것들이 얼마나 나를 경악게 했는지―그대여. 풀어보라!
그것에서 어떻게 벗어나는가는 더 할 수 없이 명백한 경우임을.

그러나 난 내게 일어난 사악한 계략의
절반쯤을 인식하게 된 것으로 보였는데,
언제인지는 신만이 알고 있는 일
아마도 나쁜 꿈에서일 게다. 여기서 끝이 나고 그리고
이 길로 계속된다. 포기 상태에 빠져 있을 때
다시 한 번 찰칵 하는 소리가 들렸는데
그것은 마치 덫이 닫히는 소리였다. 이제 당신은 우리에 갇혔노라!

그것은 불타듯 불현듯 내게 다가왔는데
이곳이 바로 그 장소다! 오른편의 언덕 두 개가
뿔을 맞대고 싸우는 소 두 마리처럼 구부리고 있고;
왼쪽으로 높고 머리 부분이 벗겨진 산이 있다 멍청이.
노망든 인간이 바로 그 순간 졸고 있듯이.
그 광경에 익숙해지려고 평생을 보낸 끝에!

그 한가운데 탑 이외에 무엇이 놓일 수 있을까?
둥글고 나지막한 작은 탑, 바보의 마음처럼 눈멀고
갈색의 돌로 지어진 그것은 세상에
짝이 없으리. 폭풍우의 장난꾸러기 꼬마요정이
그 뱃사람을 가리키고 그리하여 보이지 않는 암초에.
그가 부딪힌다. 그 선재들이 움직일 때.

못 보았소? 아마도 밤이어서? 하지만
다시 낮이 찾아오는 것을! 그것이 떠나기 전,
죽어가는 일몰이 틈새 사이로 빛을 발했다
언덕들은 사냥에 나선 거인처럼 손에 뺨을 대고
누워 궁지에 몰린 사냥감을 바라본다
"이제 그 생물을 찔러 끝장내라구—강하게!"

못 들었소? 여기 저기 시끄러운 소리가 들리는데! 그것은
마치 종처럼 울려 퍼졌다. 내 귀에 들리는 이름들
나의 동료들, 모든 사라진 모험가들의—

그러한 것이 어찌 그리 강하고 어찌 그리 대담한지,
그리고 어찌 그리도 운이 좋은지, 옛것 하나하나가
사라지도다, 사라지도다! 한순간 세월의 고통이 조종처럼 울려 퍼졌다.

그들이 거기에 서 있었다, 언덕을 따라 그리고 맞이하여
나의 마지막 모습을 보았다, 살아 있는 그림틀
단 하나의 더 남은 그림을 위한! 한 줄기 불꽃 속에서
나는 그들을 보았고 그들 모두를 알았다
그러나 대담하게도 나는 술잔 모양의 나팔을 입에 물고 불었다오.
"롤랜드 공자가 암흑으로 돌아왔다!"

켄타우로스

"어제 말씀하신 걸 생각해봤는데요."

데이빗이 조심스럽게 말했다.

"아이들이 누구나 짐승이 되는 꿈을 꾼다고 하셨잖아요."

"그게 사실이 아니라는 거야?"

사냥꾼이 물었다.

"아뇨. 사실이에요. 전 늘 말이 되고 싶었거든요."

사냥꾼이 재미있다는 듯한 표정을 지어 보였다.

"그래? 왜 하필 말이지?"

"제가 어렸을 때 읽은 책에 켄타우로스라는 짐승이 있었는데요. 반은 말이고 반은 사람이에요. 상체가 사람이어서 활을 들고 다닐 수가 있었어요. 보기에도 아주 멋지고 체력도 좋아서 사냥꾼으로는 완벽했어요. 말의 체력과 속도에 인간의 기술과 지혜를 갖추었으니까요. 어젯밤에 말을 타고 다니시는 걸 봤는데, 말과 한 몸처럼 보이진 않았어요. 가끔 말이 비틀거리거나 엉뚱한 방향으로 갈 때는 없나요? 저희 아빠도 어렸을 때 말을 타셨는데, 제 아무리 훌륭한 기수라고 해도 말에서 떨어질 때가 있는 법이라고 하셨어요. 켄타우로스가 될 수만 있다면 최고의 사냥꾼이 될 수 있을 거예요. 아무도 제 화살을 피할 수 없을걸요." ― 『잃어버린 것들의 책』 17장

켄타우로스 신화에 관련하여 재미있는 사실은, 여기 수록된 『그리스 신화』의 일부처럼 내용이 아주 모호하다는 점이다. 그럼에도 불구하고 데이빗은 '켄타우로스'로 형상화된 인간과 짐승의 결합체에 상당히 매혹되어 있다. 이 장에서 흐르는 성적인 암시를 감안할 때 여자 사냥꾼이 인간과 짐승의 결합체를 동경했던 것은 단순히 사냥을 더 잘하고 싶다는 욕망 이상의 무언가가 담겨져 있다.

[기 원]

말은 신성한 동물로 여겨졌고 막대 말을 들고 춤을 추는 것은 비가 오게 하기 위해 고안된 것이었다. 그러한 사실들이 반은 말이고 반은 인간인 켄타우로스에 영감을 준 것이 분명하다. 켄타우로스가 등장한 가장 오래된 그리스 작품은 말의 몸에 사람 둘이 붙어 있는 것으로 미케네 문명의 아르고스의 헤레움에서 출토된 보석에서 처음 발견되었다. 이와 유사한 형상이 크레타 섬의 침대 문장에서도 발견되었는데, 본토에서 그 모티브가 흘러들어온 것이 분명하다. 고대 문학에서도 사티로스는 반은 사람 반은 말인 신으로 묘사되지만 후대에는 염소로 바뀐다. 켄타우로스

는 뱀의 꼬리를 지닌 불길한 짐승이었기 때문에 보리어스(북풍의 신)가 암말과 교미하는 이야기가 켄타우로스 신화에 덧붙여졌다.(로버트 그레이브의 『그리스 신화』 중에서)

하피

데이빗이 가지고 있던 그리스 신화 시리즈들은 시집들과 색깔이나 크기가 같았기 때문에 종종 신화를 뽑으려다가 시집을 뽑게 되곤 했다. 마음을 단단히 먹고 읽어보면 어떤 시집들은 생각만큼 형편없지는 않았다. ─ 『잃어버린 것들의 책』 3장

지금까지 그가 보았던 그 어떤 새보다도 더 커다란 새가 계곡 아래쪽에서 불어오는 바람을 타고 하늘을 날고 있었다. 새의 다리는 사람의 다리와 흡사했고 발가락은 마치 독수리의 발톱처럼 괴상하고도 길었다. 양쪽으로 펼친 팔과 그 밑으로 이어진 주름 잡힌 살이 날개의 구실을 했다. 희고 긴 머리카락이 바람에 흩날리면서 새가 노래를 부르기 시작했다.

새의 몸은 여자의 몸이었다. 나이가 들었고, 피부 대신 비늘을 갖고 있긴 했지만 분명히 여자의 몸이었다. 그는 수치심을 무릅쓰고 다시 한

번 그 짐승이 유선으로 원을 그리며 하강하는 것을 바라보았다.

"하피들이죠?"

데이빗이 말했다.

— 『잃어버린 것들의 책』 12장

내가 처음 하피들을 보았던 것은 레이 해리 하우-젠Ray Harryhausen의 영화 〈아르고 황금대탐험〉에서였다. 스톱모션 애니메이션으로 유명한 그 장면에서 여성의 모습을 한 하피들은 장님 피네우스를 공격했다. 『잃어버린 것들의 책』에 등장하는 하피들의 모습은 계모에 대한 데이빗의 빗나간 증오심이 부분적으로 반영된 것이라고 볼 수 있지만 어떻게 보면 어느 동화에서나 볼 수 있는 전형적인 하피들이라고 말할 수 있다. 브루노 베텔하임 같은 비평가들은 하피들을 오이디푸스적 갈등의 형상화로 보기도 하지만 어린아이에게 위협적인 여성, 혹은 어머니보다 더 무서운 존재는 없다는 의미로 이해할 수도 있다. 일반적으로 어린아이들은 어머니보다는 아버지를 더 무서워한다. 아버지는 권위로 상징되는 존재이며 훈육의 역할을 맡는 사람으로 인식된다. 따라서 어머니로부터 거절을 당하는 것은, 그것이 너무도 의외이고 부자연스러운 일이라는 점에서 훨씬 더 큰 불안감으로 다가온다. 심지어 셰익스피어의 희곡에서 멕베드 부인은 남편의 야망을 위해 살인을 저지르기도 한다.

하피들은 데이빗을 위협하는 여성 캐릭터 중에서 비교적 단순한 캐릭터이다. 그리스 신화에는 피네우스 신의 이야기가 가장 잘 알려진 것이기 때문에 그레이브스의 다른 글들과 함께 아래 첨부했다.

1) 네레우스, 포르키스, 타우마스, 에우리비아, 케토 모두 폰투스와 대

지의 여신이 결합하여 낳은 자식들이다. 포차이드와 네레이드는 하피들과 사촌지간이다. 하피들은 타우마스가 바다의 여신 엘렉트라와 결혼하여 낳은 금발 머리카락에 날렵한 날개를 지닌 딸들이다. 그들은 복수의 여신 에리니에스로부터 벌을 받는 사람들을 낚아채면서 크레타 섬의 동굴 속에 산다.

2) 그러나 혹자에 의하면 황금 개를 훔친 것은 탄탈루스(어린 제우스의 보호자)였고 탄탈루스는 그것을 판다로스에게 주었지만 판다로스가 그것을 받았다는 사실을 부정했기 때문에 신의 노여움을 사서 결국 부인과 함께 파멸에 이르렀거나 돌로 변한 것이라고 한다. 그러나 판다로스의 고아 딸인 메로페와 클레오테라('카메이로'로 불리기도 함), 클리티에로 불리기도 하는데 아프로디테에 의해 꽃과 꿀, 달콤한 와인으로 길러진다. 헤라가 그들에게 아름다움과 인간 이상의 지혜를 주었고 아르테미스는 그들이 크고 건강하게 자라게 했다. 아테네는 그들에게 온갖 수공예기술을 가르쳤다. 여신들이 왜 그들을 그토록 배려했는지, 또한 왜 그 고아들이 좋은 남자들과 결혼을 하도록 제우스의 노여움을 풀 사람으로 아프로디테를 선택했는지는 이해하기 어렵다. 그들이 판다로스로 하여금 물건을 훔치게 한 장본인들이기 때문에 더더욱 이해하기 어렵다. 제우스는 아마 뭔가 의심을 했을 수도 있었다. 그가 아프로디테와 함께 올림푸스 산에 갇혀 있는 동안 하피들은 제우스의 허락을 얻어 세 딸들을 가로채서 에리니에스 여신에게 바친 다음 아버지의 죗값을 치르게 했다.

3) 아르고 선원들은 다음 날 바다로 다시 나아가서 피네우스 신과 그의 아들 아게노르가 살고 있는 트라키아 동부에 이르렀다. 피네우스는

미래를 너무 정확하게 예측한다는 이유로 신들이 눈을 멀게 만들었고 한 쌍의 하피들로부터 시달리고 있었다. 하피들은 흉측하게 생긴 날개 달린 여자들로 식사 때마다 성으로 날아와서 음식들을 빼앗고 더럽혀서 도저히 먹을 수 없게 만들었다. 하피 중 하나는 이름이 아에로푸스이고 다른 하나는 오키페테였다. 아손이 피네우스에게 어떻게 하면 황금 양털을 훔칠 수 있냐고 조언을 구했더니, '먼저 하피들을 쫓아 달라!'고 말했다. 피네우스의 하인들은 아르고 선원들을 위해 만찬을 준비했고 하피들이 곧장 날아와서 늘 하던 대로 음식들을 더럽혔다. 그러나 보레아스의 날개 달린 아들들인 칼라이스와 제테스는 칼을 들고 그들을 쫓아 바다로 멀리 날아갔다. 그들이 스트로페이드 섬에서 하피들을 붙잡았지만 그들이 살려달라고 애원해서 목숨만은 살려주었다고 말하는 사람들도 있다. 헤라의 전령인 아이리스가 하피들을 위해 나서서 그들이 크레타의 동굴로 돌아가고 다시는 피네우스를 괴롭히지 않겠다는 약속을 했다는 것이다. 또 어떤 사람은 오키페테만 섬에서 타협에 성공했고 아에로푸스는 멀리 날아가서 펠로폰네소스의 티그리스 강에 빠져 죽어서 그 강이 하피스 강으로 불린다고도 한다.

4) 사이렌들은 장례식 용품에 만가를 부르는 죽음의 요정들로 조각이 되곤 하는데 한편으로는 죽은 자들에 대해 에로틱한 감정을 품은 신들로 알려지기도 한다. 죽은 사람의 영혼은 새처럼 하늘로 날아간다고 믿었기 때문에 사이렌들은 말하자면 하피들처럼 영혼을 잡으려고 기다리는 새들의 형상으로 표현되었다.

당신이 항상 책을 들고 다니던 꼬마였다면,
그 책들의 울림이 아직도 가슴속에 남아 있는 어른이라면,

책 속의 책, 이야기 속의 이야기에 빠져드는 소설광이라면,
오래된 이야기, 동화의 마법을 믿는 사람이라면.

선명하고 아찔한 블록버스터의 영상보다
마지막 장을 덮었을 때 남는
아련한 책의 여운을 좋아하는 사람이라면,

엄마 잃은 소년,
동생에게 사랑을 빼앗긴 사춘기 소년의 이야기를 듣고 싶다면,

그 소년이 건너간 또 하나의 세계,
과거이면서 현재이고
꿈이지만 현실이며
진실이지만 거짓인
이상하고 신비로운 세계를 거닐어보고 싶다면,

고통 속에서 상상과 현실의 경계가 흐릿해졌던 경험이 있다면,
단 한 번이라도 다른 세계로의 도피를 꿈꾸어본 적이 있다면,

소중한 것을 잃어본 적이 있는 사람이라면,
잃었던 것을 다시 찾아본 적이 있는 사람이라면,

모든 것을 잃었지만
또한 모든 것을 다시 찾은
열두 살 소년 데이빗의 이야기
『잃어버린 것들의 책』을 읽어보기를.

백설 공주와 잠자는 숲 속의 공주,
빨간 모자에 바치는 작가의 찬사를
나는 『잃어버린 것들의 책』에 바친다.

2008년 늦여름 이진

옮긴이 **이 진**

이화여대에서 문헌정보학을 전공하고 광고대행사에서 근무하다가 현재 번역 일을 하고 있다. 『사립학교 아이들』 『열세 번째 이야기』 『안녕이라고 말하는 그 순간까지 진정으로 살아 있어라』 『아잔 차의 마음』 『레이스 뜨는 여인』 등 40여 권의 책을 옮겼다.

잃어버린 것들의 책

초판 1쇄 펴낸날   2008년 10월 15일
초판 16쇄 펴낸날   2025년 5월 21일

지은이 | 존 코널리
옮긴이 | 이 진
펴낸이 | 김영정

펴낸곳 | 폴라북스
등록번호 | 제22-3044호
주소 | 06532 서울시 서초구 신반포로 321(잠원동, 미래엔)
전화 | 02-2017-0280
팩스 | 02-516-5433
홈페이지 | www.hdmh.co.kr

ISBN 978-89-93094-18-3 03840

• 폴라북스는 (주)현대문학의 새로운 종합출판 브랜드입니다.
• 책값은 뒤표지에 있습니다.
• 파본은 구입처에서 교환해드립니다.